Zu diesem Buch

Die BIBLIOTHEK, eine Schöpfung des brillanten Analytikers Harry Dunn, ist ein amerikanischer Geheimdienst – so geheim, daß nicht einmal der CIA genau weiß, was dort vor sich geht. Dunns Nachrichtenmaschine weiß alles. Denn sie ruft nicht nur per Computer die geheimsten Sitzungen und Truppenbewegungen im Ostblock ab. «Microcam»-Wanzen überwachen selbst das, was in den Schlafzimmern der eigenen Leute passiert, und ein Spezialist untersucht ihre Mülleimer. Doch einer von Dunns Leuten macht nicht mehr mit. Der sowjetische Geheimdienst erhält Informationen aus der BIBLIOTHEK. Wer ist der Maulwurf, den sie den «Doktor» nennen? Dunn muß sich sogar selber verdächtigen –«der moderne Mensch, der sich auf der Suche nach sich selbst durch Daten wühlt».

Science-fiction? Fast schon Realität? Ein packender, witziger, gruseliger Thriller – und zugleich seine Parodie.

«Es ist eine Fiktion, die Stan Lee aufbaut, aber er baut sie glaubwürdig auf. Mit ein bißchen Phantasie nimmt man ihm die überall spionierenden Microcams ab und kann sich zumindest vorstellen, daß Vera Bishop über ihre riesigen Himmelsteleskope den Schnurrbart eines russischen Generals erkennen kann. Es geht aber gar nicht so sehr um die Schilderung dieser technischen Meisterleistungen. Es ist lediglich das Szenario für eine sarkastische Anklage der Sandkastenspiele der Geheimdienstler, der machthungrigen Militärs und vor allem der unerschütterlichen SDI-Befürworter. Stan Lee geht einen Schritt weiter als die Politiker, die von einem eindeutig gewinnbaren Krieg träumen. Er läßt diesen Traum Wirklichkeit werden. Die Mitarbeiter der BIBLIOTHEK haben alle Daten und rechnen fortlaufend aus, wann dieser Krieg gewinnbar wird. Doch plötzlich entpuppen sich diese zwölf Mitarbeiter als Menschen mit Fehlern. Ein Roman, der mit viel Spannung und scharfsinnigen Spionagetricks auf erschreckende Art und Weise vor Augen führt, wie unberechenbar die Technik ist, aber auch die Menschen, die sie bedienen» («Schwäbische Zeitung»).

Stan Lee, geboren in New York, absolvierte die Columbia University. Nach seiner Tätigkeit als Elektronik-Ingenieur arbeitet er seit Jahren als Texter bei einer New Yorker Werbeagentur. «Dunn's Dilemma» ist sein erster Roman.

Stan Lee

DUNN'S DILEMMA

Spionageroman

Aus dem Amerikanischen
von Manfred Papst
und Beat Reck

rororo

Rowohlt

Die amerikanische Originalausgabe erschien 1985
unter dem Titel «Dunn's Conundrum»
im Verlag Harper & Row, New York
Umschlagillustration Horst Berner
Umschlagtypographie Walter Hellmann

Veröffentlicht im Rowohlt Taschenbuch Verlag GmbH,
Reinbek bei Hamburg, August 1989

Gesamtherstellung Clausen & Bosse, Leck
Printed in Germany
1280-ISBN 3 499 12363 0

FÜR

BERNICE UND JESS

UND

FRANCIS BARTLETT

I

DIE BIBLIOTHEK

Eberharts Job

Harry Dunn betrachtete Eberharts Gesicht. Oder zumindest die eine Hälfte von Eberharts Gesicht, denn das war alles, was er von seinem Platz aus sehen konnte. Aber Eberhart war symmetrisch, also kam es nicht drauf an; wenn man eine Seite von Eberhart sah, sah man alle. Dunn spürte ein ganzes Knäuel von Emotionen: Mitleid, Wut, Verwirrung, sogar Angst – ein komisches Gefühl gegenüber Toten, aber Dunn hatte seine Gründe.

Alle Linien in Eberharts Gesicht verliefen nach unten, was ihm einen negativen Ausdruck gab. War das ein Preis des Pessimismus? fragte sich Dunn. Zog die Schwere des Lebens diese feinen Muskeln buchstäblich nach unten, um Eberharts täglichen Pflichten einen passenden Ausdruck zu verleihen? Vielleicht waren es auch einfach die gesammelten Enttäuschungen eines unbeirrbaren Optimisten. Er mußte zugeben, daß er sich nie die Mühe gemacht hatte, Eberhart besser kennenzulernen. Wenigstens hatte der Leichenbestatter alles ziemlich so gelassen, wie es gewesen war, ohne die lebenslange Skepsis zu übertünchen. Charleys Gesicht sah echt aus. Es schien zu sagen: «Ich glaube nicht, daß mir das da gefallen wird.»

Dunn hatte der Witwe das übliche gesagt und saß jetzt auf einem Klappstuhl, nur wenige Fuß vom Sarg entfernt. Er quälte sich, überlegte hin und her und versuchte, wieder in seine spielerische Problemlösestimmung zu kommen, seine Angst unter Kontrolle zu bringen. Es passierte nicht gerade oft, daß er die Selbstbeherrschung verlor, aber die Sache mit Eberhart war ein Schock gewesen. Er hatte sich eben wieder im Griff, als Ives kam. Er merkte es, weil ein Pförtner den wenigen Trauernden auf die Schulter klopfte und alle aufstanden, um zu gehen. Nachdem Ives eingetreten war, schloß jemand die Doppeltür hinter ihm.

Ives trug einen schwarzen Anzug und ein standardblaues Fernsehhemd; er ging direkt zum Sarg und nahm sofort seine Konversationshaltung an: er verschränkte die Arme, beugte sich leicht vor und nickte oder schüttelte den Kopf, je nachdem, was er zu hören bekam; in diesem Fall schüttelte er ihn. Er trat gegen den Katafalk.

«Du verdammter Scheißkerl», sagte er zu Eberhart.

Ives war ein Amerikaner aus dem Musterkatalog; alles lag innerhalb der zugelassenen Toleranz. Mittelgroß, mittelschwer, nicht hübsch, nicht häßlich, ein weißer angelsächsischer Katholik, der zwar selbst nicht zur Kirche ging, aber eine Tochter hatte, die in einem Ashram saß. Ives war nur Berater, er besaß Macht, aber keinen Wahlkreis, eine unsichere Art von Macht also; dennoch war er ein wichtiger Berater, er hatte das *Ohr,* der Präsident hörte auf ihn. Ives pflegte das Image des schweigsamen Mannes, der hart arbeitet, sich hinter den Kulissen hält und Publizität haßt. Aber er verstand es, sich mit einem gekonnten Make-up durchzumogeln; er besaß eine Menge blauer Hemden und schaffte es immer, tadellos auszusehen und zu jedem erdenklichen Thema etwas Passendes bereitzuhalten, falls gerade mal ein Fernsehteam vorbeikam.

«Da geben wir einem Mann einen wichtigen Job in der Regierung», sagte Ives. «Einen heiklen Job, einen Job von entscheidender Bedeutung, höher, als er es je erwarten konnte. Ich wette, nicht mal seine verdammte Mutter hat geglaubt, daß er einmal so hoch hinauf kommt, der Mistkerl. Und was ist der Dank?»

«Das Schlimmste, was einer in der Regierung oder an der Börse tun kann», sagte Dunn zustimmend.

«Ich glaube nicht, daß Eberhart sich je um andere Leute geschert hat. Wie hätte er uns das sonst antun können?» Ives setzte sich hin – drei Klappstühle entfernt von Dunn, dessen 240 Pfund einige Leute bedrückten. «Ist es wenigstens so arrangiert worden, daß es wie ein Unfall aussieht?» fragte Ives. Er hielt sich nicht mit umständlichen Formulierungen auf; das brauchte zu viel Zeit.

«Sie sprechen von Blinddarmdurchbruch und Bauchfellentzündung.»

«Aber kommt man denn damit durch? Wird das Zeug von niemandem überprüft? Pathologen? Leichenbeschauern? Gut, ich verstehe nichts davon, aber kontrolliert niemand solche Dinge nach?»

Dunn fühlte sich langsam besser. Jetzt war er in seinem Element. Probleme. «Einer der ersten Notfallpläne, die ich in der BIBLIOTHEK ausgearbeitet habe, betraf mögliche Selbstmorde unter dem Bibliothekspersonal.»

Ives nickte. Er war noch nicht zufrieden, aber er nickte immerhin langsam, auf diese nette, sympathische Art, die überhaupt nichts sagte.

«Unser Arzt hat sich drum gekümmert. Oder, um die Wahrheit zu sagen, unsere Witwe. Sie will die Versicherung und die Pension nicht gefährden, und man hat ihr mitgeteilt, daß wir aufgrund von Charleys langjährigem Regierungsdienst das für sie möchten, was er gern für sie gehabt hätte und so weiter und so fort. Die Zeitungen kannst du vergessen; Charley wird auf Seite 37 bestattet werden.»

Ives nickte noch ein paarmal. Er war lange genug im Regierungsdienst, um Kompetenz zu schätzen. Sein Nicken wurde nach und nach rascher und ging in ein Kopfschütteln über. «Hattest du eine Ahnung, daß er es tun würde?» fragte er.

«Er sprach hin und wieder über seine Probleme, aber ich habe dem keine Beachtung geschenkt. Jeder meckert. Wenn man einen Job wie den von Charley bekommt, meckert man eben. Ich habe zwar den aufmerksamen Zuhörer gespielt, aber ich habe ihn nicht ernst genommen.»

Ives schüttelte den Kopf, wobei er sich mit Daumen und Zeigefinger die Augen zur Nasenwurzel hin rieb.

«Das geht ans Eingemachte», sagte er. «Ich meine, jeder könnte so ein Ding drehen, wenn man es sich recht überlegt. Eine Verirrung. Wie soll man eine Verirrung vorausberechnen, Himmel noch mal?»

«Eine Verirrung kann man nicht vorausberechnen. Man kann

sich nur darauf vorbereiten, wie man die Bescherung wieder wegkehrt. Bei Menschen kann man nie wissen. Wie soll man etwas voraussagen? Es sind eben Menschen. Das Verhalten von zehntausend Leuten kann man voraussagen. Aber nicht das von einem.» Dunn zuckte die Achseln; er sah Charleys Problem darin, daß sein Job ihm auch nicht eine einzige Illusion gelassen hatte; nach Harrys Ansicht hatte der Mann eine Überdosis Wahrheit abbekommen – und das konnte gefährlich sein.

«Was willst du jetzt tun?» fragte Ives.

«Ich überlege, ich überlege.»

«Der Präsident wird wissen wollen, wen du da ausgesucht hast.»

«Du kannst es mir glauben, Gene – es ist eine unangenehme Aufgabe.»

Er war die Namen seines Mitarbeiterstabs verbissen durchgegangen: unter der Dusche, beim Essen, auf dem Klo, auf der Fahrt ins Büro. In einer verqueren Weise war es der wichtigste Job in der Regierung.

Eugene Ives zog eine teure, anachronistische Zigarettendose hervor, zündete sich mit einer leicht femininen Bewegung eine Zigarette an und blies den Rauch in Eberharts Richtung, als verspotte ein Selbstmörder den anderen.

«Was ist mit Beebe?» meinte er.

«Das war auch mein erster Gedanke», antwortete Dunn. «Er ist gut. Und er ist gemein. Er ist gut und gemein, gemein genug für den Job. Er wäre wie Truman. Die Bombe abwerfen und nicht eine schlaflose Nacht darüber verbringen. Ja, an Beebe hab ich auch schon gedacht.»

«Nun, und was hast du gedacht?»

«Verdammt nochmal, er ist sogar so gemein, daß er den Job mögen würde.»

Beebes breites, ovales Gesicht war zur Einschüchterung wie geschaffen. Er hatte glatte Backenknochen, unerklimmbar wie der Mount Everest, und ein Lächeln, das auf einer Stufe mit seiner Verdauung oder besser noch mit seinem Niesen stand – ein Reflex seines Nervensystems, ausgelöst durch eine weitab liegende genotypische Erinnerung –, es erinnerte an einen Säugling, der sein

Bäuerchen macht: es bestand nur aus Muskeln und Nerven, es bedeutete nichts.

Dunn vertraute Beebe mehr als allen anderen in der BIBLIOTHEK, wenn auch Beebe die BIBLIOTHEK abwechselnd als das Büro der Büros, das Große Büro, das Superbüro, das Büro im Quadrat, das Büro der Ministerien, das Ministerium der Büros und so weiter bezeichnete. Es war der Inbegriff der großen Regierung, die er mit konservativer Bosheit verabscheute, aber nach ein paar Gläsern Scotch – die er so rasch kippte, daß man ihn kaum je mit einem Glas an den Lippen sah – räumte er gewöhnlich doch ein, sie sei ein notwendiges Übel.

McDermott Beebe III. hatte seine Ausbildung in West Point absolviert und zehn Jahre bei den Spezialtruppen in Vietnam verbracht; die Pathet Lao hatte einen Preis auf seinen Kopf ausgesetzt. Jetzt war er für die Sicherheit der BIBLIOTHEK verantwortlich, und er war völlig zuverlässig, hundert Prozent vertrauenswürdig. Loyal. Verläßlich. Bösartig. Eines stand für Harry fest: Wenn irgend jemand je mit physischer Gewalt in die BIBLIOTHEK einbräche, bekäme er es mit Schiwa zu tun, dem hinduistischen Gott der Zerstörung, auch bekannt als Mac Beebe III.

Vielleicht hatte Beebe zu lange im Sicherheitsdienst gearbeitet; diese Art von Beschäftigung schien poetischen Veranlagungen abträglich zu sein. In Beebes Denken gab es kaum Grautöne. Er war rechtschaffen und fest in seinem Urteil. Entweder war man dafür, oder man war dagegen. Wenn er nüchtern war, machte er den Eindruck eines gemeinen Trinkers; betrunken schwappte er herum wie eine Ladung Nitroglyzerin.

«Ich glaube nicht, daß Beebe für diesen Job zartfühlend genug ist», sagte Dunn und warf Ives einen Blick zu, der schlau und witzig wirken sollte.

Ives nickte wieder sehr langsam, um seine grundsätzliche, wenn auch widerwillige Zustimmung zu signalisieren. «Ich kann das verstehen», sagte er. «Ich mag ihn, weil ich glaube, daß er selbstmord-sicher ist, aber ich verstehe, worauf du hinauswillst. Aber du mußt aufpassen, daß du nicht zu weit in die andere Richtung gehst. Weißt du, wer meiner Meinung nach den Job übernehmen könnte? Ein Überraschungskandidat. Vera.»

«Sicher», sagte Dunn. «Eine ganz klare Möglichkeit. Zweifellos spricht vieles für sie.» In Wirklichkeit dachte er, daß Ives ganz daneben lag – aber das machte gar nichts aus. Besser, sie verbrachten ein paar Minuten mit dem Vorschlag, spielten die Übung durch, erwogen die Eventualitäten.

Vera Bishop war jahrelang Bildanalytikerin gewesen und hatte nach Satellitenfotos die Sowjetunion aus hundertsechzig Meilen Höhe studiert. Nun hatte sie über den Computer Zugang zu Millionen von Einzelbildern, die praktisch jeden Quadratzentimeter des Landes abdeckten. Zweifellos kannte sie die Sowjetunion besser als die meisten Russen. Wenn man sie beispielsweise plötzlich mitten in Dnepropetrovsk auf die Erde hätte fallen lassen, hätte sie sich nur kurz umsehen müssen und dann sagen können: «Na, ich glaube, in dem Laden um die Ecke kann ich einen Laib Schwarzbrot bekommen.»

Vor einem Jahr hatte der CIA nachdrücklich verlangt, daß für seine Agenten in der Sowjetunion ein zuverlässiges System zur Übermittlung dringender Nachrichten entwickelt werde. Vera brauchte eine Zehntelsekunde, um es zu erfinden. Sie mußten die Mitteilung nur in den Schmutz eines Autodachs kritzeln und den Wagen irgendwo parkieren, wo es keine hohen Gebäude gab. Innerhalb einer Zeitspanne von achtzehn Stunden würde ein Satellit die Nachricht aufnehmen. Selbst wenn der Wagen relativ sauber war, konnte die Computervergrößerung das Geschriebene sichtbar machen.

Vera hatte als Chemikerin begonnen und von der U.S. Army für ihre Arbeit bei der Synthese von Entlaubungsmitteln eine Kriegsverdienstmedaille erhalten. Zur Bildaufklärung war sie während des Vietnamkriegs gestoßen, als sie auf Fotos von entlaubten Gebieten regelmäßig Details bemerkte, die selbst erfahrenen Analytikern entgangen waren.

Vera Bishop hatte Qualitäten, die genau zu Eberharts Job paßten. Sie verfügte über ein enzyklopädisches Wissen, eine Eigenschaft, die ganz in ihrem Interesse an der Welt begründet war und nicht in einer genetischen Verirrung. Sie kannte den genauen geografischen Standort jedes Raketensilos in der Sowjetunion. Sie konnte auch darüber Auskunft geben, wie viele Tage die Kohlevorräte in den Stahlwerken von Magnitogorsk reichten. Sie wußte von jeder Armeedivision in der Sowjetunion, wo sie stationiert war und wie viele Fahrzeuge welchen Typs sie besaß. Sie trug die gesamte Gefechtsgliederung der Sowjetunion in ihrem Kopf herum. Aber sie wußte auch, in welchen Intervallen die Verkehrsampeln auf dem Roten Platz wechselten. Sie wußte zahllose unbedeutende Dinge, a) weil sie sie faszinierten, und b) weil sie erwartete, daß irgendwann etwas geschähe, das ihnen Bedeutung verleihen würde.

Sie war außerdem das exakte Gegenteil von McDermott Beebe III. Harry dachte dabei an eine spezifisch weibliche Eigenschaft: sie akzeptierte die Dinge, wie sie waren, ohne den Zuckerguß, den Männer offenbar verlangten. Sie könnte sich auf das einstellen, was sie in Eberharts Job zu tun und zu sehen bekäme. Sie würde das Wissen nüchtern und ohne zu rechten hinnehmen, statt sich nach Männerart damit zu quälen. Schließlich waren Menschen Menschen und taten menschliche Dinge. Die Schwächen anderer kümmerten sie nicht. Sie würde alles ganz klinisch ansehen: eine gute, objektive Krankenschwester, die schreckliche Dinge sieht und ruhige, begründete Entscheidungen trifft, nicht im Interesse des Patienten, sondern im Interesse der Republik.

Das Problem mit Vera war für Dunn, daß sie dazu neigte, zu viel Interesse zu entwickeln, selbst aus hundertsechzig Meilen Höhe. Sie hatte Dunn einmal erzählt, sie habe ein paar Bilder von einem Liebespaar auf einer Wiese unweit von Kursk. Eine Kleinigkeit. Es war mehr die Art, in der sie davon sprach, ein kleiner Wegweiser zur Psyche. Sie sagte, es müsse eine leidenschaftliche Affäre gewesen sein, denn der Satellit habe die beiden regelmäßig aufgenommen. Dann hatte sie eines Tages einen zweiten Mann auf der Wiese bemerkt, der auf das am Boden liegende Paar zeigte. Der Winkel war ganz ungünstig; keine Computervergrößerung konnte klarstellen, ob der zweite Mann ein Gewehr in der Hand hatte oder nicht; aber Veras Satelliten-Liebespaar tauchte nie wieder auf.

Deshalb fragte sich Dunn, ob Vera, wenngleich sie den Bombardierungsatlas unschätzbar bereichert hatte, im Grunde nicht zu sehr dazu neigte, sich in etwas hineinzusteigern und womöglich

Gott zu spielen, die allmächtige Göttin auf dem Olymp, die auf die Sterblichen niedersieht und mit dem Gedanken an einen präventiven Blitz-Erstschlag gegen den Ehemann spielt, um das Liebespaar zu retten. Diese Art zu denken mochte in 160 Meilen Höhe O.K. sein, nicht aber, wenn man wie Eberhart in äußerster Nähe operierte. Dunn wollte Gott nicht in diesem Job haben.

Was war mit Eberhart eigentlich los gewesen? Wovor war er weggelaufen? Unparteilichkeit? Die Haltung des Romanautors? Dunn hatte daran gedacht, den Job einem Romanautor zu geben. Sie waren die geborenen Geheimagenten. Voyeure, die sich heimlich Notizen machten. So groß war der Unterschied nicht zwischen einem Japaner, der Skizzen von Governors Island anfertigte, und einem Romancier, der eine Witwe ausspionierte und ihr Seelenleben plünderte, während er an ihren Gurkenbrötchen knabberte. Genau das brauchte man für diesen Job: einen hingegebenen und professionellen Voyeur – keinen, der Gott spielte, und vor allem keinen Killer. Wen sie auch auswählten – er müßte der allgemein menschlichen Neigung widerstehen, dem andern bei der nächsten Gelegenheit gegen die Achillesferse zu treten; die reine Freude, bei anderen Schwächen auszumachen, durfte ihn nicht dazu verleiten, sein eigenes armseliges Ich aufzublasen.

Dunns Gedanken wurden von einem Piepston unterbrochen. Das Weiße Haus rief Ives an irgendein Telefon, und Ives suchte nach einem Ort, wo er seine Zigarette loswerden konnte. Unbegreiflicherweise war es dem Leichenbestatter nicht eingefallen, für Aschenbecher zu sorgen. Ives steckte den Stummel mit einer abrupten Bewegung hinter ein paar Lilien in eine Vase und stellte den Piepser ab. Dunn trickste ihn aus; er wartete nicht einmal ab, ob Ives vielleicht zu einem Telefon rannte. *Nichts* war so wichtig.

«Ich würde sagen, Vera ist eine Möglichkeit», sagte er.

«Dann gib ihr den Job», antwortete Ives. Aber er meinte es nicht wirklich; es war nur eine Art zu fragen, was mit ihr nicht stimmte.

«Mir ist nicht ganz wohl dabei.»

Ives ging im Raum umher, die Hände auf dem Rücken. «Okay, dann nicht. Gardella müssen wir wohl gar nicht erst in Betracht ziehen?»

Dunn schwieg. Er hatte Gardella in Betracht gezogen. Gardella war ein verrückter, deprimierter Italiener, der so viele Dinge beherrschte, daß es schwerfiel zu entscheiden, wo man ihn einsetzen sollte. Ursprünglich hatte er Architekt werden wollen, er besaß einen akademischen Titel. Dann hatte er zur Elektronik übergewechselt und war schließlich Gruppenchef bei der Planung der MX-Rakete geworden. Bei der Arbeit mit den Projektgruppen, die sich mit den strategischen Aspekten der MX auseinandersetzten, hatte Gardella eine außerordentliche Auffassungsgabe gezeigt – nicht nur was Schrauben und Muttern anging, sondern auch in der Strategie.

Danach hatte er die Leitung der Microcam-Operationen übernommen. Die Microcam war eine so kleine Kamera, daß man sie beinahe überall verstecken konnte. Sie war ein Ableger der Satellitenfotografie, ganz Linse, kleiner als ein Kragenknopf. Sie brauchte keinen Film, sondern speicherte die Bilder auf einem Chip, der lichtempfindlicher war als jeder fotografische Film. Der Chip wurde periodisch von einem Lieferwagen der BIBLIOTHEK, der am Installationsort vorbeifuhr, abgefragt, und alle gespeicherten Informationen wurden innerhalb von vier Sekunden übertragen – das war die einzige Zeit, in der der Chip entdeckt werden konnte. In Washington, D.C., wo die Dichte der Microcaminstallationen hoch war, lohnte es sich, einen Lieferwagen aufs Geratewohl herumkurven zu lassen; dadurch konnte die BIBLIOTHEK direkt, während die beobachteten Szenen sich abspielten, die Bilder sehen und die Stimmen hören.

Wenn Leo Gardella den Auftrag erhielt, eine Installation zu planen, geriet er in eine tiefe Depression, bis er wußte, wie er es anpacken würde. Er war sowohl Architekt als auch Foto-Experte. Anhand von Bauplänen der betroffenen Gebäude konnte er ermitteln, wie er die Microcams plazieren mußte, um die gewünschten Bilder zu erhalten. Er wußte, wie man die kleinen Kragenknöpfe tarnen mußte. Er entwarf Szenarios für Agenten, so daß diese sich heimlich Zugang zu den Gebäuden verschaffen konnten. Leo Gardella war so geschickt, daß es für einen Politiker in Washington, D.C., nicht mehr ungefährlich war, mit jemandem ins Bett zu gehen – es sei denn in der Missionarsposition und mit einer Frau seiner eigenen Rasse, mit der er verheiratet war: alles wurde aktenkundig.

Gardella war eine freundlichere Spielart von Beebe, aber er war zu flatterhaft; er nahm alles zu persönlich. Er war der lebende Beweis für die Wichtigkeit einer weisen Administration: wenn er für den richtigen Job eingesetzt wurde, war er ein Genie; im falschen würde er bei der Arbeit eine Zwangsjacke tragen.

Dunn ließ es drauf ankommen. Es war offensichtlich, daß Ives ihn nicht hier sitzen lassen würde, bevor es in der Frage von Charley Eberharts Nachfolge zu einer Entscheidung gekommen war. Ives war bis zu den Schnürsenkeln hinab ein exekutiver Typ. Rasche Entscheidungen, klick klick klick, fertig. Dunn dagegen war der Stabs-Typ, der gern behutsam um ein Problem kreiste, es durchdachte, schriftliche Stellungnahmen vorbereitete, alle Faktoren einbezog.

Das Problem bestand darin, daß die BIBLIOTHEK alles wußte.

Die BIBLIOTHEK wußte alles, was es zu wissen gab. Das war Harry Dunns persönlicher Beitrag zum Geheimdienst: es war ihm gelungen, die uralte Sicherheitsdienst-Regel *Wissen müssen* mit ihren Abstufungen zu kippen und in *Alles wissen* zu verwandeln. Es war entweder eine elementar falsche Informationsbeschaffungsdoktrin oder aber eine verblüffende Revolution; Harry fand das letztere. Jeder, der in der Nachrichtenbeschaffung mehr als das Minimum wußte, war potentiell gefährlich. Wenn ein einziger Eingeweihter zur Sowjetunion überlief – oder, noch schlimmer, zu Senator Oliver Garveys Unterausschuß –, wäre es eine Katastrophe. Deshalb wußte auch im Nachrichtendienst selbst praktisch niemand ganz sicher, worin der wirkliche Zweck der BIBLIOTHEK lag. Die anderen kannten sie als die Informationsbibliothek, als eine Dienststelle, die lediglich dem Sammeln und Speichern von Informationen galt.

Was schaute dabei heraus, wenn man solche Risiken auf sich nahm und jedem Bibliotheksmitglied erlaubte, alles zu wissen? Zum erstenmal in der Geschichte des Nachrichtendienstes befanden sich sämtliche Daten der nationalen Nachrichtenbeschaffung unter einem Dach, wo es zu gegenseitiger Befruchtung, Feedback, Diskussionen und interdisziplinären Kombinationssprüngen kommen konnte; das alles war lebenswichtig für die Kreativität, ganz zu schweigen von den gemeinsamen Plänen für die verschiedenen

Gruppen. Es gab nur eine Sicherheitsklassifizierung in der BIBLIOTHEK: ALLE. Jeder sah alles. Zum erstenmal in der Geschichte der Regierung wußte die linke Hand, was die rechte tat. Das war Dunns Beitrag.

Jeder der zwölf Bibliothekare hatte Zugang zu allem: zum kombinierten Output von CIA, DIA, NSA und allen anderen Nachrichtendiensten der Regierung. Sie konnten alle Filme sehen, die Telefongespräche und Bänder abhören, die Telegramme, die Post, die Abfallberichte und die Agenturmeldungen lesen. Sogar die Frequenzen der Piepser wurden überwacht, damit der Bibliothekscomputer umso rascher informiert war, wenn wichtige Telefongespräche bevorstanden. Sie hatten Zugang zu den Denkfabriken, den Wissenschaftlern, den Militärstrategen. Es gab sogar eine von Naturwissenschaftlern und Mathematikern der NSA entwickelte Methode, mit der man die Daten sowjetischer Satelliten abfragen konnte, so daß man wußte, was sie wußten oder mindestens zu wissen glaubten. Nur auf diese Weise, hatte Dunn dem Präsidenten gegenüber argumentiert, konnte Amerika auf alles vorbereitet sein. Auf al-les. Aber das brachte ein neues Problem mit sich. Und mit dem war Charley während der beinahe drei Jahre, seit es die BIBLIOTHEK gab, ganz gut fertiggeworden.

Ives hatte das Kondolenzbuch überflogen. «Hey, wie wär's mit Hopkins?» sagte er unvermittelt, als sei ihm plötzlich eine Idee gekommen.

Dunn stand langsam auf und stützte dabei die Hände auf die Knie, um besser hochzukommen. Er begann schwerfällig vor dem Sarg hin und her zu gehen, als spräche er mit Eberhart.

«Ich bin die Liste tausendmal durchgegangen», sagte er. «Tatsache ist, daß es alles unglaubliche Leute sind. Hochmotiviert. Intelligent. Kreativ. Vielseitig. Mit Fähigkeiten auf Spezialgebieten. Meine Mitarbeiter sind Giganten. Auch Alex Hopkins. Er hat einen Doktortitel in Internationaler politischer Ökonomie. Er war sieben Jahre bei Rand und hat Spiele kreiert. Ein brillanter Mann. Aber in diesem Job wäre er völlig inkompetent. Alex Hopkins ist der amoralischste Mensch, den ich je gekannt habe, wenn man die ausnimmt, die hinter Gittern sitzen oder zumindest unter Anklage stehen. Seine Erfahrung ist unbezahlbar, sonst wäre er gar nicht hier. Glaub mir, Hopkins würde den Unterschied zwischen gut und schlecht nicht erkennen, er würde nicht wissen, was diskret ist und was indiskret, wer erpreßbar ist, was böse und was menschlich. Jetzt zu Yeager.» («Hmmm», sagte Ives; er war immer noch bei Hopkins.)

«Yeager ist ein cooler Typ; das muß ein Mann an der Front ja auch sein. Ehemaliger Kampfflieger. Neun Jahre im CIA, Geheimagent in *Rumänien*, du lieber Gott. Auf den ersten Blick scheint er für den Job der Richtige zu sein. Aber es ist alles Fassade. Nichts als Fassade. Er arbeitet an seinem Image wie ein Töpfer. Er wirft immer mit meinem Namen herum, weil er glaubt, daß ihm das Format verleiht. Dunn und ich sind dahin gegangen, Dunn und ich sind dorthin gegangen, Dunn hat dies gesagt, ich habe das gesagt. Der Mann ist offenbar ausschließlich mit seiner Imagepflege beschäftigt. Realität ist etwas, das man einfach beiseitewischt, tut das nicht jeder? Wie würde er reagieren, wenn er jeden Tag mit der Nase auf die Realität gestoßen würde? Ich möchte es nicht ausprobieren.»

«Okay. Kraus.»

Ives sah aus, als sei er darauf gefaßt, den Winter über auf eine Antwort zu warten. Aber er bewegte sich immer noch in der falschen Richtung. Prima. Harry würde ihn freundlich und unmerklich an der Nase herumführen. Dunn machte eine Pause und wartete auf eine Idee. An der Oberfläche machte Kraus einen guten Eindruck. Er besaß die seltsamen Talente, die zu einem Experten für Simulationen gehörten. Offenbar konnte Kraus jede Übung für eine beliebige Zahl von Leuten echt aussehen lassen. In seinem Denken lag ein diabolischer Zug, der dem Denken eines Paranoikers nicht unähnlich war. Er war ein Meister im Manipulieren anderer.

«Wenn Kraus zwanzig Zentimeter größer wäre, könnte er den Job haben», sagte Dunn rundweg. «Es ist nun einmal so, daß seine Körpergröße ihn disqualifiziert.»

Ives' Piepser piepste erneut, aber Dunn ignorierte ihn wieder, und Ives schaltete ihn mit einer achtlosen Bewegung ab.

«Wo liegt das Problem?» sagte Ives. «Ist er zu klein, um über die Querhölzer zu schauen?»

«Er ist so klein, daß er gewisse Dinge nie sehen wird. Es ist immer gefährlich, wenn ein Mann zu kurz geraten ist. Das macht ihn zu einem Riesentöter. Aber er tötet mit den Mitteln des kleinen Mannes, auf kleinliche, hinterlistige Art. Kraus hat eine ausgesprochene Tendenz, jeden in seinem Umkreis zu unterlaufen. Man kann beinahe spüren, wie einem der Boden unter den Füßen wegbröckelt, wenn man mit ihm spricht. Nein, es wäre, als sperrte man den kleinen Fuchs mit den großen Hühnern zusammen, und ich weiß nicht, *was* zum Teufel da passieren würde.»

Nun zählte Dunn die anderen an den Fingern ab. «John Burnish. Kommt nicht in Frage. Ein Hilfspolizist. Zu beschäftigt. Der erste, der kommt, der letzte, der geht. Er muß ein Psychotiker sein, daß er seinen Job behält, ganz zu schweigen davon, daß er ihm sogar gefällt. Er würde alles tun, wenn ich ihn ließe. Fenster putzen, die Farbbänder in den Schreibmaschinen auswechseln.» Er winkte ab.

«Shanley? Ein hervorragender Mann für die NATO und den Nahen Osten. Vermutlich hast du sein Szenario für Saudi-Arabien gesehen. Brillant, nicht wahr? Aber du weißt so gut wie ich, daß Shanley auf der Stufe eines Vierjährigen steht. Was Charley umbrachte, würde er als Kitzeln empfinden. Am Anfang zumindest. Dann würde er feststellen, daß er eigentlich alles andere als eine Niete ist. Dann würde er unerträglich überheblich, bis ich mich einschalten und ihm zeigen müßte, wie er auf der Bandaufzeichnung aussieht – und dann würde er aus dem Fenster springen.»

«Aber vielleicht könntest du davor wenigstens ein Jahr aus ihm herausquetschen», meinte Ives, der nur noch an Selbstmörder dachte, achselzuckend. Er hatte einen der Klappstühle umgedreht und saß nun rittlings auf ihm, das Gesicht in die Hände gestützt. «Vielleicht ist jemand wie Shanley für den Job geeignet. Ein Idiot sozusagen, verstehst du, was ich meine?»

Dunn ließ sich nicht von seiner langsamen Gangart abbringen und gab den Gedanken ganz auf. «Unser Mann muß einen Sinn für Proportionen haben. Was meine ich damit? Urteilsvermögen? Mit beiden Füßen auf dem Boden? Gesunder Menschenverstand? Ich weiß nicht, wie ich es nennen soll.»

«Wie wär's mit dir, Harry?» sagte Ives mit einem leichten, vorbeugenden Lächeln auf dem Gesicht. Es deutete an, daß er den Vorschlag ernst meinte oder auch nicht, je nachdem, wie Dunn ihn aufnahm.

«Einer der Hauptvorteile, wenn man in der Regierung weit oben einsteigt», sagte Dunn, ohne einen Schritt auszulassen, «ist der, daß man Scheißjobs wie den hier nicht annehmen muß. Okay, wer sonst noch? Beatty?»

«Klar!» erwiderte Ives. «Wie wär's mit Beatty? Ich halte eine ganze Menge von ihm. Ein unglaublicher Mann für Lateinamerika. Er ist der geborene Geopolitiker.»

«Er ist auch der wiedergeborene Christ. Der geläuterte Wüstling, der sich Jesus verschrieben hat. Er würde nie etwas zustande bringen. Überleg dir nur, was für Dingen er ausgesetzt wäre – dann *weißt* du, daß er zwanzig Stunden im Tag auf den Knien zu Gott beten würde. Oder er würde anfangen, im KRIEGSRAUM Bekehrungsgottesdienste abzuhalten.»

«He», sagte Ives. Harry hatte eine Art, Beweise zusammenzutragen, gegen die einem keine Chance blieb. Das Problem sah allmählich unnötig schwierig aus. So verzwickt konnte es doch auch wieder nicht sein, oder?

«Okay, wie wär's mit Ma Bell?» Ives war gespannt, mit was für einem Einwand Harry nun wieder kommen würde.

Harry nickte. «Gute Idee.» Ma Bell war Mike Barber, ein fänomenaler Programmierer, ja ein Beethoven unter den Programmierern, der außerdem noch auf allen anderen Gebieten die entscheidenden Fakten zu kennen schien. Diese beiden Eigenschaften ergaben zusammengenommen ein Meisterstück von einem Programm, das nur diejenigen Telefongespräche herauspflückte, die für die BIBLIOTHEK von Interesse waren. Auf andere Art wäre das Unternehmen der Telefonüberwachung gar nicht möglich gewesen. Harry tat für einen Augenblick so, als verfolge er die Spur. «Er ist übrigens auch von unschätzbarem Wert für die Raketenstrategie.» Harrys Stimme senkte sich zu einem Flüstern. «O.F.F. war seine Idee.»

«Das wußte ich nicht», sagte Ives, ebenfalls flüsternd.

«Das Problem ist folgendes. Barber ist der einzige Mensch ohne Ego, der mir je begegnet ist. Nichts. Kein Schutz. Nichts, auf das er zurückfallen könnte. Man kann ihn mit dem Finger wegschnippen. Weißt du, was passieren würde, wenn er mitbekäme, daß er schlechtgemacht oder, Gott bewahre, ausgelacht wird? Er wäre ein Jahr lang nicht mehr ansprechbar. Wer bleibt jetzt noch übrig? Farnsworth?»

«Gott im Himmel», sagte Ives. «Hör zu, wir müssen dieses Problem lösen. Entscheid dich für einen, Harry – den Idealen wirst du natürlich nicht finden. Okay. Aber sonst wirst du noch ewig darüber brüten. Klar, es ist ein Scheißjob, deshalb –»

Ives verstummte. Er sah drein, als habe er die Erleuchtung. Er stand auf, die Beine über dem Stuhl gespreizt. Seine Arme waren ausgebreitet und seine Schultern vorgebeugt, als hätte er gerade das Offensichtliche gesehen, das die ganze Zeit vor seiner Nase gelegen hatte.

«Du hast den Müllmann vergessen», sage Ives triumphierend. «Wie heißt er nochmal?»

Dunn blieb stehen. Er dachte einen Moment lang nach. «Wenn es etwas gibt, das ich nicht mag, dann ist es, dumm dazustehen.»

Der Müllmann war Walter Coolidge, der die Abfallauswertung überwachte. Er war ausgebildeter Anthropologe, Nebenfach Archäologie. Ein Mann, der alles so ansehen konnte, als wäre es 22 000 Jahre alt. Die Geisteshaltung eines Klinikers war im Vergleich mit der von Coolidge überhitzt: er konnte die Pennsylvania Avenue hinuntergehen und sich dabei fühlen, als wandere er durch Pompeji. Er war ein Genie in der Abfallanalyse und hatte es ganz allein beinahe geschafft, diesem Gebiet zu Respektabilität zu verhelfen. Dunn hatte sich vor acht Stunden für ihn entschieden.

Ives erhob warnend den Finger. «Augenblick. Ist das nicht der mit den Migräneanfällen?»

«Ja.»

«Vielleicht ist das ein schlechtes Zeichen? Verstehst du?»

«Mach dir deshalb keine Sorgen. Ich vertraue Leuten, die Migräneanfälle bekommen. Es zeigt, daß sie allerlei unterdrücken können und nicht ausscheren.»

« Hm. So hab ich mir's noch nie überlegt. Also gut.» Ives schlug Dunn auf die Schultern. «Siehst du, ich verursache nicht nur Nakkenschmerzen. Ich bin auch eine Hilfe.»

Dunn fiel es verflixt schwer, aufgeregt zu wirken, aber Ives war so zufrieden mit sich selbst, daß es keine Rolle spielte. Und Ives' Piepser ging wieder los. «Teufel nochmal, ich muß weg. Dann ist es also der Müllmann, okay?»

«So ist es ideal. Prima.»

«Klare Sache, Harry.» Gene Ives beschleunigte seinen Schritt und ging zur Tür. Er deutete auf Charley. «Mach dem Kerl tüchtig Feuer unter dem Hintern, ja?»

Müll liegt immer richtig

Der Müllmann wurde in Vera Bishops Armen gewiegt, gedankenlos, selbstvergessen. Vera und er hatten die BIBLIOTHEK in der Mittagspause verlassen und waren in ihr Appartement in Washington, S.W., gegangen. «Chinesisch» war das Codewort. «Lust auf ein bißchen Chinesisch?» sagte dann einer von ihnen am Telefon, ein Satz, dessen Bedeutung sich von dem Umstand herleitete, daß sie das erste Mal miteinander geschlafen hatten, nachdem sie mit Harry Dunn und Leo Gardella zum Abendessen in ein bekanntes chinesisches Restaurant gegangen waren. Sie hatten die erfolgreiche Plazierung einer Microcam im Sitzungszimmer der russischen Botschaft gefeiert.

Vera hatte ein Doppelbett in ihrem Schlafzimmer, das eine Bett mit einer harten Matratze zum Schlafen, das andere mit einer weichen fürs Chinesisch. Sie lagen aneinandergepreßt im weichen Bett, küßten sich, erhöhten die Raumtemperatur und stöhnten in zunehmendem Maß, als das Telefon klingelte.

«Laß es doch», sagte Coolidge, einen Kuß kurz unterbrechend.

«Es könnte jemand Wichtiges sein», meinte sie.

«Du bist hier wichtig», erwiderte er und leckte ihre Ohrmuschel. Er faßte mit dem linken Arm unter ihren Körper, so daß er beide Hände auf ihrem Hintern hatte.

Das Telefon klingelte weiter.

Sie preßte sich noch fester an ihn, wurde beharrlich, zudringlich. Er gab dem Druck nach und drehte sich auf den Rücken, Vera über ihm. Das Klingeln hörte auf. «Ja?», sagte sie mit einem falschen süßen Sopran. «Oh, Jake, wie geht's dir?»

Coolidge schüttelte mit kurzen heftigen Bewegungen den Kopf und gab sogar eine Hinterbacke lange genug auf, um mit einem Zeigefinger die Bewegung des Kehledurchschneidens anzudeuten.

«Ich weiß es nicht, Jake», sagte sie. «Ich bin ihm wirklich nicht dauernd auf den Fersen. Hast du's schon in dem italienischen Restaurant am Capitol Hill versucht?» Coolidges Hände waren damit beschäftigt, Hintern, Schenkel, Schultern und Rücken zu liebkosen. Sie blinzelte ihm zu. «Vielleicht ist er in einem Massagesalon. Hast du's schon in der E Street versucht?»

Coolidge konnte Jakes Stimme hören, aber er ignorierte sie, um an Veras Schulter zu saugen. Sie bekam allmählich Schwierigkeiten, ihre Stimme ruhig zu halten. «Wenn ich ihn sehe, sage ich ihm, daß eine Anomalie vorliegt. Nein, ich vergesse es nicht. Ich schreib's mir auf. Eine Anomalie. Sonst noch was, Jake?»

Coolidge hörte auf zu lutschen; seine Hände verloren das Interesse an Fleisch, sein Kopf fiel aufs Kissen zurück.

«Ja, *wenn* ich ihn sehe», sagte sie, «aber ich kann es nicht garantieren.» Coolidge riß ihr den Hörer weg. «Okay, was ist denn los, zum Geier», sagte er zu Jake.

«Uh», sagte Vera angewidert und machte sich von ihm los.

Jake entschuldigte sich sofort; es tat ihm abgrundtief leid. «Du lieber Gott, Entschuldigung, Walter. Du weißt, daß ich das nicht tun würde, wenn es nicht wichtig wäre. Wir haben hier etwas, das wie eine echte Anomalie aussieht. *Ich* glaube es jedenfalls; *du* wüßtest es in einer Sekunde. Ich schwöre bei Gott, Walter, ich würde dich nicht – äh – unterbrechen, wenn ich nicht glaubte, daß es der Mühe wert ist.»

Coolidge setzte sich im Bett auf, die Beine gekreuzt.

«Zeug, das wirklich komisch aussieht, was?» sagte er.

«Das Zeug hier verletzt alle Vorschriften, Walter. Dieser Müll stinkt zum Himmel.»

«Aha», sagte Coolidge. Aus seinem völligen Desinteresse war innerhalb von Sekunden Faszination geworden. Aber es würde schwer sein, aus dem Bett zu kommen. «Okay, ich bin sofort drüben.» Er legte den Hörer auf die Gabel zurück.

«Was ist eine Anomalie?» fragte Vera. Sie stand vor ihrem Ankleidespiegel, hatte nichts an als rosa Stöckelschuhe und Ohrringe und sprayte etwas dahin und dorthin. Sie war eins dreiundsiebzig groß, ziemlich gut gebaut, sah gut aus, und was an ihr war, war auch einsatzbereit: Veras innere Konflikte lagen, für menschliche Verhältnisse, beim absoluten Minimum, und ihre Energie war ganz natürlich, hatte nichts Zwanghaftes und war nicht von Neurosen vergiftet. Vera gehörte zu den Feministinnen, die sich ihres Charmes bewußt waren: Frauen waren nicht nur gleich viel wert wie Männer, sie waren auch hübscher. Daß sie sich die Beine rasierte, war ein kosmetischer Akt für sie, nicht ein ideologischer. Und Vera verstand mehr von Mode als die meisten Frauen: alle ihre Kleider standen ihr ausgezeichnet.

Coolidge setzte sich mit einer Socke in der Hand aufs harte Bett. «Eine Anomalie ist Müll, der einen Standpunkt verrät», antwortete er.

«Na und?»

«Das ist selten.»

«Seltener Müll», sagte sie zur Wand hin.

«Wie wenn ein Vogelbeobachter eine scheinbar ausgestorbene Spezies sichtet. So was in der Art.»

Sie setzte sich neben ihn und rauchte eine Zigarette, eine Hand auf seinem Schenkel. «Ich meine nur, was kann denn an einem Stück Scheiße schon so faszinierend sein?» fragte sie. «Müll, der einen Standpunkt verrät. Du wirst langsam zu einem Beamten, der den Dingen Liebhabernamen gibt. Es klingt wie ‹außerverkehrsmäßige Aktivitäten›, obwohl das wenigstens ein bißchen sexy klingt.»

«Sexy?» Coolidge war unschlüssig, ob er die Socke anziehen sollte. «Was zum Geier ist sexy an außerverkehrsmäßigen Aktivitäten?»

«Ich weiß nicht, aber es klingt irgendwie abartig.»

Coolidge ließ seine Socke fallen. Er legte den Arm um Veras Taille und schnupperte Parfum. Wurde es immer noch aus Walen mit verdorbenem Magen hergestellt? Wer hatte es entdeckt? Vielleicht ein unschuldiger Fischer in Gomorrha, der mit seinem Spieß auf Makrelenfang war; dann fließt dieses Zeug vorbei, und er wird geil wie der Teufel; wahrscheinlich glaubt er, er ist verrückt.

«Warum nimmst du nicht eine Dusche?» flüsterte er ihr ins Ohr, «erst heiß, dann kalt.»

«So wahr mir Gott helfe, wenn du diese Socke in die Hand nimmst, ist es aus mit uns. Aus und vorbei. Okay, mein Süßer?» Es war wirklich dicke Post, was sie da zwischen seinen Schenkeln anstellte.

«Schau, Vera, es ist so. Es gibt so etwas wie Prioritäten im Leben. Oooh. Jake hat einen Singvogel mit gelber Kehle, purpurroten Augen und – aaaah – einer grünen Feder entdeckt.»

«Aber begreifst du denn nicht, daß *du* der Boß bist? Jake kann auf dich warten. Jake ist ein ganz geduldiger Bursche. Er setzt sich wirklich kaum genug durch. Er läßt es sich gefallen, daß du auf ihm herumtrampelst. Leg dich zurück, Liebling.»

«Wenn es die Fotografie eines neuen Silos wäre», erwiderte er, «wäre es etwas anderes. Du würdest hier rausrennen wie ein Einbrecher.»

«Das ist auch etwas anderes», sagte sie. «Ein neues Silo. Oh, Herzchen.»

Sie stand auf und bewegte sich fantastisch hin und her, ihr ganzer Körper bebte. «Ein neues Silo? Ach komm, Walter. Wie wär's mit meinem Silo? Gehen wir zum Erstschlag über.»

«Siehst du? Du bist genau wie alle andern. Abfallüberwachung ist nicht wichtig. Abfallüberwachung gehört nicht ins gleiche *Jahrhundert* wie Satelliten.»

«Du sprichst wie eine Hausfrau, die über ihren Staubsauger jammert.»

«Nach allem, was ich dir über Müll erklärt habe.»

«Zieh diese Socke nicht an.»

«Aber Schatz. Das Land. Die Republik.»

Sie drückte ihre Zigarette aus, setzte sich auf ihn und stieß ihn aufs Bett zurück. «Leg doch die flach», sagte sie.

Da der korrekte Ausdruck «Abfallüberwachung» lautete, hätte Coolidge von Rechts wegen «Abfallüberwacher» genannt werden müssen, aber das klang zu affektiert, zu sehr nach Nobelcollege. «Müllmann» war unausweichlich. Er war froh, daß es nicht schlimmer war. Die offizielle Bezeichnung lautete WAE (Weggeworfenes und aufgegebenes Eigentum), die halboffizielle Bezeichnung EGAL (Eingesammeltes und geprüftes aufgegebenes Liefergut).

Die meisten Abfallüberwachungen wurden in Washington, D.C., durchgeführt, weil das der Sitz der Regierung war, aber Coolidge war mit der Überwachung von Abfall aus der ganzen Welt beschäftigt. Alle Proben kamen in seine Abteilung im ersten und zweiten Untergeschoß des Bibliotheksgebäudes. Nach der Analyse wurde der Abfall verbrannt, um für Wärme und Licht zu sorgen.

Die Abfallüberwachungen waren wie alle anderen Aktivitäten der BIBLIOTHEK losgelöst von allem, was FBI, CIA oder andere Nachrichtendienste unternahmen. Die BIBLIOTHEK jedoch erhielt alle ihre Daten, und noch andere mehr.

Mit der möglichen Ausnahme Harry Dunns, der alles ernst nahm und sich keinen Trick entgehen lassen wollte, stand EGAL als Informationsmittel nicht in hohem Ansehen. Es war ein untergeordneter Hilfsdienst, den die anderen Bibliothekare nur in Anspruch nahmen, weil er nun einmal da war.

Aber Cooldige glaubte, daß Müll erstaunlich echte Informationen lieferte. Die Leute waren sich ihres Mülls nicht bewußt. Bei einem Telefongespräch achtete man darauf, ob ein Geräusch anzeigte, daß die Verbindung abgehört wurde. Müll dagegen war ganz unschuldig und unbewußt. Er war nicht schlau, ausweichend, falsch. Müll war geradeheraus und offen und erfrischend. Er gestand, ohne daß es der Drohungen Mirandas bedurfte. Er war Autobiografie, Selbstporträt, freiwilliges Einrücken zur Leibesvisitation.

Noch wichtiger war, daß jeder sich früher oder später dumm benahm. Dummheit schien ein grundsätzlicher Bestandteil der menschlichen Natur zu sein. Es sah fast so aus, als helfe Dummheit dem Überleben und wäre selbst in den Chromosomen der brillantesten Leute gespeichert. Coolidge rechnete damit, eines Tages einen nuklearen Gefechtskopf zu finden, den jemand geistesabwesend in den Müll geworfen hatte. Schließlich war der Müll der Ort, an dem früher oder später das ganze Bruttosozialprodukt endete, an dem man täglich Berge von Sachen loswurde, die aufgebraucht waren oder das Auge beleidigten. Weg damit!

Her damit! In die Untergeschoße eins und zwei der BIBLIOTHEK, zur Beschriftung und Analyse, damit Schlüsse und vielleicht Konsequenzen gezogen werden konnten, oder als Hilfe bei der Ausarbeitung neuer Pläne für unerwartete Zwischenfälle, so daß die Nation jederzeit auf alles vorbereitet wäre.

Coolidge war so weit gekommen, den Müllgeruch mit Logik, mit Deduktion zu assoziieren, mit den kontrollierten irrationalen Streifzügen seines Geistes auf einer spekulativen Sauftour, auf der Suche nach Assoziationen, nach Anhaltspunkten, die genauso in seinem Kopf existierten wie im Müll. Wenn er damit fertig war, hatte er den Informatiker-Leitspruch auf den Kopf gestellt: Herein mit dem Müll, heraus mit den Daten.

Coolidge hatte als Teenager begonnen, sich für Abfall zu interessieren, nachdem er Gustavus Langes grundlegendes Werk *Neolithische Schutthalden* gelesen hatte. Dieses Buch hatte ihm klargemacht, daß der wichtigste Beitrag zur Zivilisation und zum Wissen über die Menschen, all der Myriaden, die je die Erde betreten hatten, ihr Abfall gewesen war: er war bedeutender als ihr Leben, ihre Errungenschaften, Hoffnungen, Träume, Wünsche.

Gustavus Lange hatte alle Techniken, die Archäologen für das Studium altertümlichen Abfalls entwickelt hatten, gesammelt und zur Synthese gebracht. Er hatte zum Beispiel gezeigt, daß ein zerbrochenes Stück Töpferware – ein Krug, ein Topf, ein Fläschchen, dessen Scherben über Jahrhunderte und über weite Gebiete verteilt waren, begraben von der Natur und vom Geröll des Lebens – eine ganze Gemeinschaft wieder erstehen ließ, wenn man es in mühevoller Arbeit wieder zusammensetzte, daß es die Zeit festhalten und die Vergangenheit in einem Schnappschuß einfangen konnte: jede einzelne Scherbe des Kruges war ein Verbindungsglied; jedes Stück Abfall in unmittelbarer Nähe einer Scherbe des Krugs war nach Zeit und Ort zwingend mit jedem anderen Stück Abfall in unmittelbarer Nähe jeder anderen Scherbe des Krugs verbunden. Deshalb konnte ein einziger zerbrochener Tonkrug, wenn er wieder zusammengesetzt war, ein Dorf, eine Stadt, eine Zivilisation zu einem bestimmten Zeitpunkt wieder lebendig werden lassen. Coolidge war verblüfft von den Möglichkeiten, die im Abfall lagen.

Nachdem er sein Anthropologiestudium abgeschlossen hatte, war er als Feldforscher zum Ministerium für Gesundheit, Erziehung und Wohlfahrt gegangen und hatte die Auswirkungen von Programmen zur Bekämpfung der Armut untersucht. Es war eine Anstellung, die ihm Gelegenheit gegeben hatte, für seine Dissertation, *Abfall in der Innenstadt*, Beobachtungen zu machen und Daten zu sammeln.

Seine Dissertation sollte in zwei Teile gegliedert sein: Eins, Methoden, und Zwei, Anwendungen. Die «Methoden» beschrieben die grundlegenden Kategorien und Charakteristiken des Abfalls und zeigten, wie man zu Schlußfolgerungen kommen konnte, indem man eine Kombination von anthropologischen, archäologischen und mathematischen Verfahrensweisen anwandte. Nachdem sein Studienberater Teil Eins gelesen hatte, sandte er ihn an eine Kontaktperson im CIA. Die halbfertige Doktorarbeit wurde prompt *das* Buch über Abfall, ein Standardwerk, und Coolidge, der keinerlei Erfahrung im Nachrichtendienst hatte, arbeitete nun plötzlich in der neugegründeten BIBLIOTHEK, einfach weil er der beste Mann war, den es auf dem Gebiet der Abfallanalyse gab. Teil Zwei wurde nie geschrieben.

Es war ein eigentümlicher Job für Coolidge. Er hatte immer geglaubt, sein Gebiet seien soziologische Studien, und sogar seine äußere Erscheinung war davon beeinflußt worden. Coolidge war groß, knochig und konservativ. Er hatte nie Jeans oder einen Bart getragen und kaufte immer Kleider, die nicht auffielen. Sie waren seine Anthropologen-Verkleidung, denn sein Ziel war es, mit dem Hintergrund zu verschmelzen, Heisenbergs Unschärferelation unrecht zu geben, indem er das besondere gesellschaftliche Phänomen, das er gerade beobachtete, so wenig wie möglich störte – ohne wiederum dabei absichtsvoll zu wirken. Wenn er einmal eine neue Jacke, eine Hose oder ein Hemd kaufte, war er ungeduldig, bis sie ihr neues Aussehen verloren hatten.

Politisch war er vage linksgerichtet. Sein Großvater hatte während der Großen Depression der dreißiger Jahre bei der Post gearbeitet und war den Rest seines Lebens dort geblieben. Er genoß die Sicherheit des Staatsbeamten; vom Leben in der kapitalistischen Arena versprach er sich nichts mehr.

Coolidges Vater, der während des Kalten Krieges und der McCarthy-Ära als Ingenieur auf dem Gebiet der Elektronik gearbeitet hatte, war apolitisch geworden und hielt sich aus allem heraus: sein Einkommen hing von seiner Loyalität als Regierungsangestellter ab. Erst kurz vor seiner Pensionierung traute er sich, während des Vietnamkriegs an einer Demonstration vor dem Pentagon teilzunehmen. Coolidge war also in einem Haushalt aufgewachsen, in dem es keinen politischen Jargon und keine Stereotypen gab. Skepsis war die vorherrschende Stimmung. Der Tagesbefehl lautete, daß jeder sich um seine eigenen Angelegenheiten kümmern und mit seinem Leben zurechtkommen sollte.

All das hatte dahin geführt, daß Coolidge, nachdem er sich sechs Jahre lang in der Bürokratie des Ministeriums hochgearbeitet hatte, plötzlich für den geheimsten Nachrichtendienst der Regierung arbeitete.

Coolidge beeilte sich, von Vera Bishop wegzukommen, die nun ausgestreckt auf dem zum Schlafen gedachten Bett lag; er lächelte, und weg war er. Die Chinesischstunde war vorüber, jetzt war Müllzeit.

Jake Shoemaker hatte vierzehn Proben von Abfall, der nicht den Regeln entsprach, ein Beispiel für das, was Coolidge bisher nur vorausgesetzt, aber in seinem Beruf nie wirklich angetroffen hatte: gefälschten Abfall. Abfall, der keinerlei Informationen enthielt, der nichts über jemanden aussagte und der deshalb prima facie (in Coolidges Vorstellung) bewies, daß da Kapitalverbrechen unbekannter Art verübt wurden.

Coolidge stand in einem der Abfallanalyse-Räume, dachte nach und versuchte, sich nicht zu allzu wilden Spekulationen hinreißen zu lassen. Der Abfall jedes einzelnen Tages lag auf breiten Schalen mit durchsichtigen Plastikdeckeln vor ihm. Die Schalen waren auf langen, schmalen Tischreihen, die sich durch das ganze Zimmer zogen, angeordnet.

«Dieser Abfall weiß nicht, was er ist», sagte Jake, der hinter Coolidge auftauchte. «Ich habe ihn zwei Wochen lang beobachtet und darauf gewartet, daß etwas passiert. Es ist aber nichts passiert. Plötzlich habe ich gedacht, ich laß da lieber dich dran.»

Shoemaker hatte eine rasche, nervöse Art zu sprechen, die zu den ruckartigen Bewegungen seines großen, schmalen Körpers paßte. «Es ist kein verheiratetes Paar mit zweieinhalb Kindern. Es sind auch nicht zwei Schwule. Nicht zwei Heteros. Nicht zwei Frauen oder sonst irgend was. Dieser Müll ist Marx Brothers-Müll. Wunder nicht ausgeschlossen.»

«Spielt keine Rolle, ich wundere mich über nichts mehr.»

«Walter, bist du sauer?»

«Nein, ich bin nicht sauer.»

«Weißt du, ich hätte dich nicht gerufen, wenn ich hier nicht ein Fünfzimmerhaus hätte, in dem offenbar dreiundzwanzig Erwachsene und ein halbes Kind leben.»

«Du bist aus dem Schneider», erwiderte Coolidge und hob einen der Plastikdeckel hoch. «Faszinierend.» Er stocherte mit einem jener Croupierrechen, die alle Müllmänner verwendeten, in dem Abfall herum. «Wo? Wer?»

«Ein Privathaus an der Adams Mill Road, N.W. Es wird unter dem Namen Jones aufgeführt. John Jones. Großer Gott.»

«Seit wann leben sie dort?»

«Seit achtundzwanzig Jahren.»

«He.»

Coolidge ging dem Tisch entlang und studierte die Abfälle.

«Ich habe die Versorgung des Hauses überprüft», sagte Jake. «Sie verbrauchen eine Menge Strom. Sie verbrauchen eine Menge Heizöl. Aber sie verbrauchen kein Wasser. *Kein* Wasser. Null Wasser. Ich habe eine Überprüfung der Post verlangt. Es war einfach. Es kommt überhaupt keine Post ins Haus.»

Coolidge sah von Jake zum Abfall hinüber. Überall lag drittklassige Reklamepost verstreut. Er wollte gerade einen Deckel hochheben.

«Es sind keine Umschläge dabei», sagte Jake rasch.

«Dieser Abfall ist schuldig, okay», meinte Coolidge. «Da gibt es gar nichts. Er ist so schuldig, daß es schon wieder dumm ist. Wie kann jemand nur so blöd sein? Andererseits, wenn sie so sind wie alle anderen, nehmen sie Abfallüberwachungen wahrscheinlich nicht allzu ernst und kümmern sich nur oberflächlich um den Müll. Wer hat die Überwachung verlangt?»

«Ma Bell. Er hat irgendwie herausgefunden, daß das Telefon in diesem Haus das einzige in Washington, D.C., ist, das nie benutzt wird, rein oder raus.»

«Reizend», sagte Coolidge.

Jake setzte sich auf einen der hohen Stühle, die sie um die langen Tische verteilt hatten. Er verschränkte die Arme und saß ganz steif da. «Ist da ein faules Spiel im Gang?» fragte er seinen Chef.

Coolidge nickte. «In der Tat. Dieser Abfall ist nicht nur ein Schwindel; er hat auch ein schlechtes Gewissen. Das spüre ich ganz deutlich.»

Er schaute über die vierzehn Plastikdeckel hin; einem Außenstehenden mußte er vorkommen wie ein römischer Priester, der in den Eingeweiden liest. «Bereinigter Abfall. Diskreter Abfall. Es sieht fast so aus, als versuchte jemand, mit seinem Abfall einen guten Eindruck zu machen. Schau dir die Zeitschriften an. *Harper's. Newsweek. Foreign Policy.* Wo sind die *Playboys* und *Hustlers* und *Cosmopolitans?* Unwahrscheinlich. Kein Schnaps, kein Wein, kein Bier. Nichts. Unwahrscheinlich. Die Reklamepost ist völlig harmlos. Rettet die Wale. Pelz-Sonderverkauf. Das College Ihrer Wahl. Keine heißen Themen, nichts Linksgerichtetes, nichts Rechtsgerichtetes. Dafür vier Sorten Frühstücksflocken. Unmöglich? Nein. Drei verschiedene Marken Zigaretten, aber von jeder nur ein Päckchen in – was? – zwei Wochen? Okay, könnte Besuch sein. Könnte. Babybreigläschen. So wenig, daß es nicht einmal für einen Hindu in Bombay reichte. Könnte auch Besuch sein.»

Coolidge ging zum Tag neun und stocherte zwischen den Grapefruit-Hälften, Karottenenden, angebissenen Pickles und Hühnerknochen herum. Dann holte er etwas hervor und hielt es mit dem Croupierrechen hoch.

«Ein Paar Kindersocken», grübelte er. «Sie sind getragen, aber sie haben keine Löcher. Das bedeutet, daß der Knirps aus ihnen herausgewachsen ist. Aber wenn er lange genug da war, um aus seinen Socken herauszuwachsen – sieht etwa nach Größe sechs aus –, müßte da eine Menge anderes Zeug sein, das zu einem Kind mit Größe sechs gehört. Was haben wir da, Punkt drei?»

Shoemaker sah seinen Abfallrapport durch.

«Nichts», sagte er. «Kein Spielzeug, keine Kleider, Kinderbücher, Zeichnungen, Buntstifte. Null beim Knirps.»

Coolidge nickte. «Unwahrscheinlich plus unwahrscheinlich plus unwahrscheinlich plus unwahrscheinlich. Gleich Gewißheit.»

«Was machen wir jetzt?» fragte Jake.

«Wir verletzen ein paar Bestimmungen.»

Mit einigen Ausnahmen wie Harry Dunns Büro war die BIBLIOTHEK fast ausschließlich mit ausrangiertem Mobiliar bestückt. Sie sollte unwichtig und vernachlässigt aussehen. Ferd, der Rechtsberater der BIBLIOTHEK, saß hinter einem großen, ramponierten, schieferfarbenen Metallschreibtisch, der siebzehn Jahre in der Abteilung für Pestizide und weitere zwölf in einem Warenlager gestanden hatte. Ferd kritzelte geschäftig etwas auf einen Notizblock und sah über die Brillenränder hinweg zu Coolidge hoch.

«Sammelt ihr für eine Geburtstagsfeier oder was?»

Coolidges Augen wurden schon glasig von den amtlichen Tapeten, die ihn umgaben, und von den Reihen juristischer Bände in zerbeulten metallenen Bücherschränken. Er hatte Schwierigkeiten mit Ferd erwartet, weil eine Abfallüberwachung im allgemeinen nicht als ausreichender Grund angesehen wurde, etwas zu unternehmen.

«Erklär es dem Mann in einfachen Worten», sagte Coolidge zu Jake und schlenderte dann im Büro umher, warf prüfende Blicke in Ferds Papierkorb und versuchte, den Überdruß zu überwinden, den ihm das ständige Nichternstgenommenwerden bereitete.

Jake legte den Befund dar; er sprach rasch und übertrieb an den nötigen Stellen in der Annahme, daß Ferd die Feinheiten nicht verstehen würde.

«Hört zu», antwortete Ferd. «Ich will nicht zu der kleinen Armee gehören, die euch Burschen immer abblitzen läßt, aber könnt ihr aus Abfall wirklich so gewichtige Schlüsse ziehen? Ich meine, mir ist klar, daß eins und eins zwei gibt, und wenn ihr einen Lederbeutel voll Heroin im Müll findet, gibt das den mutmaßlichen Befund eines doofen Fixers.»

Während er noch redete, hob Coolidge den Papierkorb hoch und kippte ihn auf Ferds Schreibtisch aus.

«O nein!» rief Ferd und griff sich mit den Händen an den Kopf.

«Jetzt schauen wir mal. Kreuzworträtsel der *Washington Post*, normalerweise sehr einfach; du hast es gleich mit Tinte versucht und vermasselt. Nervös wegen irgendwas, Ferd? Mit Lippenstift beflecktes Papiertaschentuch. Geht ins Magentarote. Könnte das Lorraine Besorg's-mir-nochmal vom achten Stock sein? Nun weiter. Überreste von einem Lunch am Schreibtisch. Was ist das? Du hast alle Pommes frites gegessen. Normalerweise läßt du die meisten übrig. Ah! Lippenstift auf einem Kaffeebehälter. Ihr habt zusammen zu Mittag gegessen. Charmant. Leere Kaugummipapiere. Eine Papptasse, dreieckig. Die Art, die man nicht abstellen kann. Du mußt sie beim Trinkwasserautomaten geholt haben, ein ganzes Stück weit weg in der Halle unten. Warum hast du sie den ganzen Weg zurückgetragen? Möglicherweise wolltest du Aspirin nehmen, aber du wolltest nicht, daß jemand es sieht? Könnte das bedeuten, daß du heute morgen einen Kater hattest, Ferd? Antrag für eine Bankanleihe, halb ausgefüllt, dann zerrissen. Vielleicht Geldsorgen. Das könnte eine Menge erklären. Noch mehr Kaugummipapier. Auch Süßigkeiten. Nach einem Kater? Erdnüsse. Schokoladebonbons. Rundbrief der Amerikanischen Union für Bürgerrechte. Verschiedene Briefe mit Spendenaufrufen, ungeöffnet. Das wäre entweder eine politische Sinnesänderung, oder du bist pleite. Das würde erklären, weshalb deine Freundin und du im Büro gegessen haben.»

«Ah, Volltreffer.»

«Oh, was ist das? Ein ungeöffnetes Päckchen Kaugummi mit fünf Streifen drin. Du magst Kaugummi eigentlich gar nicht, oder, Ferd? Ich glaube, wir müssen zu dem Schluß kommen, daß du wieder einmal das Rauchen aufgegeben hast. Jake, sei so nett und biete dem Mann eine Zigarette an.»

Jake zog die Packung wie einen Revolver, mit einem zusätzlichen kleinen Ruck des Handgelenks, durch den er eine Zigarette hervorschnippte. Einhundert Millimeter Bohrlänge, Kaliber achtzehn Milligramm. Ferd starrte die aus dem Päckchen herausragende Zigarette etwa drei Sekunden lang an, bevor er sie nahm und an Jakes Feuerzeug hielt, das aus dem Nichts aufgetaucht war.

Ferd blies eine Tonne Rauch von sich. «O Gott.»

«Keine Ursache, Walter», sagte Jake. Er klaubte ein winziges rotes Eckchen auf. «Die Frage ist nur: Was hat sie getan, daß ihr Fingernagel abgebrochen ist? Du könntest genausogut ein Geständnis ablegen, Ferd. Wir können die Spuren ihres Nagellacks ganz leicht feststellen.»

«Schafft das Zeug von meinem Schreibtisch», sagte Ferd und drehte sich zu seiner Schreibmaschine, die Zigarette immer noch im Mund. «Okay, Sherlock. Du sagst, daß nach deiner professionellen Einschätzung» – er suchte und hackte auf der Maschine herum –, «basierend auf deiner langen beruflichen Erfahrung mit Abfallüberwachungen, der Verdacht illegaler Aktivität besteht, die eine Bedrohung der Sicherheit der Vereinigten Staaten darstellt, aufgrund der noch nie dagewesenen Beschaffenheit (kann ich es so stark ausdrücken?) dieses – äh – Kehrichts.»

«Abfalls», sagte Coolidge.

«Abfalls», sagte Ferd.

«Genau.»

«Hoffentlich, du Schlaumeier. Ich will nur sagen, der Richter könnte sich entschließen, Fragen zu stellen, weißt du. Kommt hin und wieder vor.»

Coolidge nickte flüchtig, und Ferd riß das Formular aus der Schreibmaschine. Coolidge las es nicht einmal durch, bevor er es unterschrieb.

«Gehn wir», sagte Ferd.

«Schreibst du Lorraine auch auf deinen Arbeitsrapport?» sagte Jake zu ihm, als sie zur Tür hinausgingen.

Das Gericht befand sich im sechsten Stockwerk des Justizdepartements. Es wurde als FISA-Court bezeichnet, eine Abkürzung für Foreign Intelligence Surveillance Act (Gesetz betreffend die Überwachung ausländischer Nachrichtendienste). Anfänglich hatte das Gericht nur die eine Funktion gehabt, in Fällen mutmaßlicher ausländischer nachrichtendienstlicher Aktivitäten Maßnahmen zur elektronischen Überwachung zu bewilligen (oder nicht zu bewilligen, was es aber nie getan hatte). Im Lauf der Zeit dehnte sich sein Tätigkeitsfeld aus, und jetzt wurde es zur Bewilligung einer ganzen Reihe von Aktivitäten in der Gegenspionage eingesetzt. Dem FISA-Court gehörten lediglich ein paar Bezirksrichter an, und es tagte auf Verlangen.

Die Teilnehmer marschierten hintereinander in den höhlenartigen Raum: Coolidge und Jake, Ferd, der Richter und der Gerichtsschreiber. Ein gemein aussehender Green Beret ohne Beret schloß die Tür hinter ihnen. Die Öffentlichkeit wurde nie zum FISA-Gericht zugelassen. Es gab nicht einmal eine Angeklagtenbank; vor dem FISA-Gericht waren alle Angeklagten mutmaßliche Staatsfeinde.

Coolidge hatte noch nicht einmal einen Stuhl gefunden, als Ferd schon in mechanischer Juristenmanier loslegte. Jetzt mußte er nicht suchen und hacken; wenn es ums Reden ging, war Ferd ein rasanter Sekretär, und der Gerichtsschreiber mußte sich abstrampeln, um mitzukommen; er lag schon einen ganzen Abschnitt im Hintertreffen.

«Euer Ehren, im Fall von John Jones, Aktenzeichen Nr. 9860, ist es die wohlüberlegte Ansicht dieser Dienststelle, daß die Baulichkeit, die als Adams Mill Road 3212, N.W., Stadt Washington, aufgeführt wird, eine potentielle Bedrohung für die Sicherheit der Vereinigten Staaten darstellt. Der Oberstaatsanwalt hat diesen Fall weitergeleitet, Sir.»

Der Richter legte die Hand ans Ohr. «Sagten Sie Adams Mill Road 4212?» Er war klein, und sein Körper war schon seit langer Zeit am Schrumpfen. Er war achtundsiebzig und für diesen Job aus dem Ruhestand geholt worden. Die Arbeit hielt ihn buchstäblich am Leben, und seine Dankbarkeit der Behörde gegenüber war grenzenlos.

«Nein, Sir. Es handelt sich um Nr. 3212.»

«Oh, okay. Guter Freund von mir wohnt in 4212. Wunderbarer Bursche. Konnte mir nicht vorstellen, was er mit euch Leuten zu tun haben könnte. Nun, ich weiß, daß das gerade kritisch klang, aber Sie verstehen mich schon richtig.»

«Ja, Sir», sagte Ferd. «Euer Ehren, die Dienststelle ersucht nach

Bundesgesetz 236.4 Paragraph groß G Unterparagraph klein b um die Ermächtigung, die genannte Baulichkeit nach Ermessen der Dienststelle heimlich zu betreten. Der Zutritt soll innerhalb der nächsten sechsundneunzig Stunden erfolgen.»

Der Richter hielt sich nicht damit auf, nach Gründen zu fragen.

«So beschlossen», sagte er mit einem überraschend kräftigen Schlag seines Hämmerchens, und alle gingen zur Tür des Gerichtszimmers.

Irgendwie hatte sich eine besondere Aura um das Unternehmen gelegt. Es war ein bißchen so, als ginge der jüngste Sohn zu seiner ersten Tanzparty. Der Müllmann hatte um einen aktiven Einsatz nachgesucht. Und er war bewilligt worden. Dunn war in der Leichenhalle erreicht worden und hatte ja gesagt. Yeager war sogar damit einverstanden gewesen, Coolidge und Shoemaker mitgehen zu lassen, obwohl sie sonst nie dorthin kamen, wo etwas los war – wenn etwas los war; die Intellektuellen der BIBLIOTHEK waren nicht dafür ausgebildet.

Vier Stunden nachdem der Richter entschieden hatte, saßen sie in Yeagers Limousine und kurvten über den Beltway außerhalb Washingtons.

Coolidge, der neben Yeager saß, starrte in die Nacht hinaus; er versuchte, makellose Theorien zu entwickeln, die den seltsamen Müll erklären konnten. Shoemaker saß auf dem Klappsitz, die langen Beine seitlich ausgestreckt und gegen die Wagentür gestemmt.

«Erzähl uns mal, wie du das morgen aus den Zeitungen heraushalten willst», sagte Shoemaker.

«Technik», sagte Yeager mit einem fetten Lächeln. Er war einmal dick gewesen und hatte dann fünfzig Pfund abgenommen, aber sein Gesicht war feist geblieben. «Ich überlasse nichts gern dem Zufall, wenn es nicht absolut notwendig ist. Man geht mit einer ausreichenden Mannschaft los und macht seine Sache richtig. Man bietet Leute auf, die sich um jedes mögliche Hindernis kümmern können. Dann spaziert man hinein.»

Coolidge konnte nicht umhin, im Aschenbecher Zigaretten mit Lippenstiftspuren zu bemerken. Er war nicht sicher, was er von ihnen halten sollte; wie er Yeager kannte, konnten sie auch absichtlich dort hingetürkt worden sein.

«Das Grundstück hat eine seltsame Form», sagte Yeager. «Glücklicherweise. Das Haus steht diagonal. Die anderen Häuser auf beiden Seiten sehen von ihm weg. Ein diagonal stehendes Haus wird gewöhnlich von den nächsten Nachbarn wenig beachtet. Und auf der anderen Straßenseite ist nichts; nur der Rock Creek Park. Es gibt keine Lebenszeichen in dem Haus. Lauter gute Vorzeichen.»

Das Telefon summte. Yeager nahm den Hörer von der Gabel unter der Armlehne.

«Yeager.» In dem Lincoln waren nur gedämpfte Straßengeräusche zu vernehmen, während Yeager zuhörte. Er legte auf.

«Ein, zwei Komplikationen», sagte er. «Nichts wirklich Kompliziertes, aber wir drehen noch ein paar Runden, bis sie sie behoben haben.» Er griff nach dem Mikrophon seines Gegensprechgeräts. «Wir bleiben noch ein paar Minuten auf dem Beltway», sagte er dem Fahrer. «Hab ich euch eigentlich schon von dem Restaurant erzählt, das Harry und ich neulich entdeckt haben?»

«Was zum Geier ist denn los?» fragte Coolidge.

«Sie stellen eine Alarmanlage ab.»

«Ist sie noch an?»

«Sie kappen sie in sieben Sekunden. Ich habe einen Elektriker mitgeschickt.»

«Warum kurven wir dann noch auf dem Beltway herum?» fragte Jake.

Yeager schloß die Augen.

«Bedeutet das, daß wir im Haus drin sind?» fragte Coolidge.

«Nein, es bedeutet nicht, daß wir im Haus drin sind.»

Das Telefon summte wieder. Yeager sagte Yeager hinein.

«Wir werden alle noch im Gefängnis enden», sagte Shoemaker zu Coolidge. «Watergate nochmal von vorne. Endlich komme ich dazu, Proust zu lesen. Wetten, daß es am Ende Ellsbergs Psychiater ist?»

«Wir sind legal», murmelte Coolidge.

«Ja, hm, hm, hm, okay.» Yeager hielt sich diesmal nicht mehr damit auf, den Hörer zurückzulegen. Er sah irritiert aus.

«Euch Genies sind zwei dänische Doggen entgangen», sagte er. «Sie bellen sich ihre verdammten Kehlen aus dem Leib.»

Coolidge und Shoemaker sahen sich an, und beide erröteten tatsächlich einen schrecklichen Augenblick lang; der Gedanke an ein so krasses Versagen versetzte ihnen einen Stich. Dann erholten sie sich wieder und begannen ihr Gedächtnis zu durchforschen; mit zusammengezogenen Augenbrauen dachten sie die Sache nochmals durch, stöberten in den Daten, gingen der Zeile plastikbedeckter Schalen entlang.

«Ist mir etwas entgangen?» fragte Coolidge.

«Teufel, nein.»

Shoemaker war leicht zu erschüttern, und dann reduzierten sich seine Äußerungen auf die minimalen Redeteile.

«Keine Hundefutterbüchsen. Keine Hundekuchenpackungen. Keine Haarknäuel. Keine durchgescheuerten Halsbänder, keine Leinen, keine Sprays. Zwei? Dänische Doggen?»

«Vielleicht sind es auch nur Dobermänner», sagte Yeager.

Coolidge hatte den Kopf zurückgelehnt; er entspannte sich, sah das Licht an der Wagendecke an und dachte nach.

«Ich will nicht rechthaberisch sein, aber in diesem Haus geht kein Hund ein oder aus», sagte er.

«Da drin ist nicht einmal ein Kanarienvogel», ergänzte Jake.

«Jetzt Moment mal», sagte Yeager, der gewiefte Profi, zu den beiden Amateuren. «Dieses ganze Unternehmen geht doch davon aus, daß der Müll gefälscht worden ist, oder?»

Shoemaker und Coolidge sahen sich an und stimmten ihre Antwort auf ein gleichzeitiges «Richtig» ab.

«Wenn das der Fall ist, dann hätten sie den Umstand, daß dort Hunde sind, ohne weiteres verbergen können, oder?»

Shoemaker antwortete, als redete er mit einem Kind: «Aber die Hunde sollen abschreckend wirken. Sie versuchen *offensichtlich* nicht, sie zu verbergen, ja?»

«Oh. Ja. Haha. Richtig.» Yeager schaffte es, sich schnell wieder zu fassen. «Wißt ihr was, ich habe sogar ein Injektionsgewehr mitgenommen für den Fall, daß da drin Hunde sind. Aber sie haben die falschen Projektile mitgebracht.»

«Mach dir keine Umstände», sagte Coolidge. «Geh einfach

rein. Da drin sind keine Hunde. Wahrscheinlich ist es ein Tonband.»

Yeager sah aus, als bereue er, die Amateure mitgenommen zu haben.

Coolidge machte es sich bequem; er streckte die Beine aus und lehnte den Kopf gegen die Plüschpolster. Er sog den Geruch nach neuem Wagen ein, den Yeager alle viertausend Meilen mit einer Spraydose erneuerte.

«Verdammt faszinierendes Haus», sagte Coolidge.

«Wunder nicht ausgeschlossen», sagte Shoemaker.

Yeager war so weit, geschlagen abzuziehen. Das war nicht nur unamerikanisch, es paßte auch ganz und gar nicht zu Dunn. Yeager haßte es, etwas aufzugeben, aber der Alarm war schon vor achtzehn Minuten ausgelöst worden, und früher oder später würde jemand aufkreuzen, egal wie schlecht der Bewachungsdienst war.

Seine saubere kleine Aktion mit Fachleuten für alle Eventualitäten – alles unter Kontrolle, und Yeager, der im letzten Moment hineinmarschierte und dabei nicht einmal unruhig atmete – war ein totales Fiasko geworden. Drei Uhr morgens. Licht in beiden Stockwerken des Hauses. Agenten in kleinen Gruppen auf dem Rasen beim Bürgersteig, die auf Yeagers Befehle warteten. Die beiden Joker Coolidge und Shoemaker, die nahe beim Haus standen und die Hunde provozierten.

«Das war's, sehen wir zu, daß wir hier wegkommen», sagte er, als Coolidge zurückschlenderte.

«Gib mir den Schlüssel», sagte Coolidge. «Es ist eine Atrappe, verdammt noch mal. Das Muster wiederholt sich nach drei Minuten. Komm schon, du kannst Harry ja erzählen, ich hätte ihn dir aus der Tasche geklaut.»

«Walter, führ mich nicht in Versuchung.»

Coolidge wußte, daß er sich eigentlich nicht so verhalten durfte, aber er wußte auch, daß unter Yeagers unbeschwerter Freundlichkeit eine gehörige Portion Gemeinheit lag. Genug jedenfalls, um sehen zu wollen, was passierte, wenn Coolidge durch diese Vordertür hineinging.

«Komm schon, komm. Verletz die Vorschriften. Das beweist Führungsstärke. Harry wird stolz auf dich sein.»

Yeager nickte unmerklich und dachte nach. Ein winziges Lächeln und Schulterzucken. «Wir werden dafür sorgen, daß du den bestmöglichen Schutz hast, Walter», meinte er und gab ihm den Schlüssel.

Coolidge ging den Fliesenweg hoch, als käme er zum Dinner und es gäbe nichts als Vera mit Kaviarpaste. Er war neunundneunzig Prozent sicher. Die Hunde spielten verrückt. Er konnte beinahe hören, wie ihr Speichel auf den Parkettboden troff. Aber er hielt trotzdem an der Theorie fest und steckte den Schlüssel ins Schloß.

«Raus hier, oder ich puste dir den Kopf weg», sagte eine Stimme.

Coolidge blieb stehen. Er kokettierte kurz mit der Möglichkeit, umzukehren und Yeager entgegenzutreten. Aber er sagte sich, daß das hier nichts mit seinem Entschluß zu tun hatte und daß er sich ans Grundsätzliche halten mußte. Er stieß die Tür auf.

Es war ein konventionelles Haus im D.C.-Kolonialstil. Wohnzimmer rechts, Eßzimmer links, dazwischen eine Treppe, die ins obere Stockwerk führte. Coolidge schlenderte durch den Hundelärm und die drohende Männerstimme ins Wohnzimmer, erfüllt von der reinen Freude der Fachtüchtigkeit. Auf der Wohnzimmercouch lag ein Körper. Langsam ging er auf ihn zu. Er konnte nicht sagen, warum, aber er war nicht im geringsten überrascht, als sich herausstellte, daß es eine Puppe war. Es war einfach noch ein weiterer kleinerer Beweis.

Müll lag immer richtig.

Yeagers Leute hasteten geschäftig umher, schossen Bilder, durchsuchten die Wohnung und machten Notizen. Jemand hatte die Hunde abgestellt: ein Tonbandgerät in der Vorratskammer. Die Männerstimme kam aus einem alten Dokorder im Wandschrank.

Coolidge hatte sich in einen großen weichen Sessel fallen lassen. Shoemaker saß auf dem Ruhebett. Der rote Orientteppich auf dem Boden war aus Baumwolle, aber er war kaum abgetreten. Das Dekor sah für diesen Teil Washingtons seltsam altmodisch aus. Die

Möbel waren mit prä-dänisch-modernem Zehncentladenkattun bezogen.

Die männliche Puppe lag, die Arme hinter dem Kopf, in der klassischen Fernsehposition da, und der Fernseher lief. Der Timer war so eingestellt, daß er das Gerät mittags ein- und um zwei Uhr morgens ausschaltete. Die Puppe enthielt Sensoren, und durch ein Loch, das in den Orientteppich gebohrt worden war, liefen vielfarbige Drähte in den Boden. In der Küche war eine weitere Puppe, die sich über das Spülbecken lehnte, und in den oberen Räumen waren zwei Sprößlinge. Eine Durchschnittsfamilie, die da zu irgendeinem Zweck verkabelt war.

Yeager kam herein und setzte sich schwer auf das andere Ende der Couch. Er schaute zum Fernsehgerät.

«Läuft was Gutes?» fragte er.

«Verstehst du das?» antwortete Coolidge.

«Glaubst du, ich bin blöd? Hier sieht es aus wie auf dem Ho Chi Minh-Pfad: überall Sensoren. Und Geigerzähler. *Überall.* Auf dem Dachboden stehen ziemlich hochklassige Datenübermittlungsgeräte. Sie laufen. Sie übermitteln.»

Coolidge saß einfach nur da.

«Sei bloß still», sagte Yeager. «Ich mache nie wieder einen Witz über Müll, also hilf mir. Uups, Entschuldigung, Abfall. Aber jetzt. Ich war ein braver Junge, ich habe die Suppe ausgelöffelt. Ich habe alles weggeputzt.»

«Das reicht noch nicht», sagte Shoemaker, der ins Leere sah, und dann klingelte das Telefon.

Das Telefon, ein Modell, das schon eine ganze Weile aus dem Verkehr gezogen war, stand auf einem Blumensims aus Elfenbeinimitation. Laut Ma Bell hatte es in den letzten achtundzwanzig Jahren nie geläutet.

Selbst Yeagers Kinnlade fiel herunter. Aber dann fand er rasch wieder zu seiner lockeren Art und stöhnte tief auf, während er zum Telefon hinüberging, unwillig, weil er in seiner Ruhe unterbrochen wurde; der ehemals dicke Mann bewegte sich, als wäre er immer noch dick.

Yeager nahm ab und lauschte. Er runzelte die Stirn. Sein Blick schien sich irgendwo zu verlieren. Sein Mund wußte nicht, ob er sich nach oben oder unten verziehen sollte, also blieb er in der Horizontale. Aber Yeager blieb Yeager. Was immer für Konflikte er fühlen mochte – sie lösten sich in Lässigkeit auf. Er hielt Coolidge den Hörer hin.

«Für dich», sagte er.

Klassifizierung: Alle

Harry Dunn saß in seinem Vorführraum und überprüfte Daten kreuz und quer durch alle Kategorien; bei seinem nie endenden *State-of-the-world*-Bericht bezog er alle Informationen ein. Der Vorführraum war ein kleines Theater, dessen Sitzreihen steil zu der Konsole im Hintergrund aufstiegen, wo Harry saß, Kontrolle ausübte und sich um jedermanns Angelegenheiten kümmerte.

Er war gerade mit seiner Lieblingskategorie beschäftigt, die eigentlich gar keine Kategorie war; sie hieß STICHPROBE und überprüfte den ganzen Planeten, indem sie wahllos von einer Informationsquelle zur andern ging. Sie ermöglichte Harry einen kurzen Überblick über die Welt, ohne daß er ins Detail ging. Es befriedigte ihn zu sehen, wie seine Erfindung funktionierte. Er beobachtete zufrieden, wie die unglaubliche Vielfalt von Daten über den Bildschirm huschte. Satellitenbilder der Raketenanlagen in Chelyabinsk. Das Entrée eines Bordells an der K Street. Luftaufnahmen der neuen MIG-32 beim Kunstfliegen. Drei Ansichten des Männeraborts in der Union Station. Eine dreiseitige CIA-Analyse der sowjetischen SS-22-Rakete. Eine Einschätzung der Moral der 57. chinesischen Armee in der Mongolei. Eine fünfzehn Minuten alte Karte der gegenwärtigen Positionen sowjetischer U-Boot-Raketen im Atlantik.

Es nahm kein Ende. Und es würde nie ein Ende nehmen, da die Daten einen sich verändernden, wachsenden, ruhelosen Organismus überwachten: die Menschheit. In Managua fand ein Treffen der neun *Commandantes* der sandinistischen Nationalregierung statt; es wurde simultan übersetzt. Ein Treffen der Argus-Gruppe in Princeton, die die Durchführbarkeit des neuen Barbarossa-Raketenkonzepts diskutierte. Ein Satellitenbild vom Kreml. General Cyrus Munk und seine Sekretärin, Master Sergeant Linda Schwartz, die es in einem Zimmer im Whitley Hotel miteinander trieben. Die Wartehallen der Flughäfen: LAX, LAG, JFK, MIA. Der Eingang zu einem sicheren Haus des KGB an der 47. Straße in New York. Ein Memorandum der Defense Intelligence Agency über die russische Raketendoktrin. Die unberechtigte Fotokopie eines politischen Thesenpapiers aus dem State Department. Es trug den Vermerk «Kopie 1 von 1 Kopien». Eine sonderbare Art, «streng geheim« zu sagen. «Kopie 1 von 1 Kopien», grübelte Dunn. Ein echter Bürokrat hatte sich das ausgedacht und war dann noch einen Schritt weitergegangen. Der vollständige Inhalt der Information lautete: «Die Verteilerliste der Operation Hypotenuse wird hiermit für hinfällig erklärt.» Mit anderen Worten, von jetzt an würde es nur noch leere Blätter mit der Aufschrift «Kopie 0 von 0 Kopien» geben. Das wäre das perfekte Geheimnis.

Widersinnig, dachte Dunn kopfschüttelnd, aber der Gedanke paßte auf vieles, denn zurzeit war «widersinnig» sein Lieblingswort. Obwohl Dunn ursprünglich Atomphysiker gewesen war, hatte er das Staunen über die Technologie nie verloren. Er konnte sie mit den verwunderten Augen eines Höhlenmenschen ansehen. Es fiel ihm immer noch schwer zu glauben, daß Radiowellen tatsächlich durch die Luft flogen und dann irgendwie aus dem Lautsprecher kamen. Es kam ihm immer noch widersinnig vor, daß man die Welt so vollständig aufnehmen konnte, daß man so viele Daten so umfassend, leicht und praktisch zur Hand hatte.

Es war aber auch widersinnig, daß man sie nicht früher gehabt hatte, wenn man von den technischen Möglichkeiten der siebziger Jahre ausging. Aber da hatte es noch keine BIBLIOTHEK gegeben, die Idee war nicht einmal ernsthaft in Betracht gezogen worden. So lange nicht, bis Dunn sie dem Präsidenten während der Wahlkampagne vorgeschlagen hatte – sobald die Abstimmungsergebnisse zeigten, daß er den bisherigen Amtsinhaber aller Wahrscheinlichkeit nach schlagen würde. Er hatte den damaligen Kandidaten schockiert, als er ihm sagte, nicht einmal der Direktor der Central Intelligence – der oberste Mann im ganzen Nachrichtenwesen – wisse alles: es gab riesige Bereiche von Daten, die aufgrund der Einschätzungen der Wissen-nur-wenn-nötig-Doktrin selbst gegen den obersten Mann abgeschirmt wurden.

Hier klaffte in der Tat eine Lücke im Regierungssystem. Niemand wußte alles, und dadurch wurden zahllose Möglichkeiten der Querinformation abgeschnitten; jegliche vernünftige Kontrolle wurde verhindert. Der zukünftige Präsident glaubte an Kontrolle. Wenn er die Verantwortung dafür tragen sollte, was seine Regierung tun würde, dann wollte er mit aller Entschiedenheit wissen, *was* sie denn tun würde.

Diese beiden Probleme waren Jahrzehnt um Jahrzehnt vorsätzlich ungelöst geblieben. Als Dunn sich daran machte, die ganze Sache einmal schriftlich festzuhalten, brauchte er die Ideen nur vom Regal zu nehmen. Kreativität war kaum erforderlich. Dunns Vorschlag lautete, daß ein neuer, streng geheimer Sicherheitsdienst ins Leben gerufen werden sollte, weit geheimer als beispielsweise die National Security Agency, die bisher der geheimste unter den Geheimdiensten gewesen war. In dem neuen Geheimdienst würde es nur die Klassifizierung ALLE geben. Alle Mitarbeiter der Dienststelle sollten Zugang zu sämtlichen Daten haben. Als Sicherheitsvorkehrung würde die Anzahl der Mitarbeiter jedoch insgesamt nicht mehr als zwölf betragen. Zwölf hochkarätige, bewährte Analytiker. Talentiert im Voraussehen von Problemen, im Einbringen neuer Optionen, Pläne, Strategien, Möglichkeiten. Aus den anderen Regierungsstellen und den privaten Expertengremien sollten Generalisten ausgesucht werden, und zwar ausschließlich nach Maßgabe ihrer Fähigkeiten. Damit man die Zahl auf zwölf begrenzen konnte, mußte jeder Generalist auf einem der wichtigen Gebiete zugleich Spezialist sein.

Die Gestalt des sowjetischen Präsidenten erschien in einer Nachrichtensendung. Dunn hielt das Bild einen Moment lang an. Der Zustand des sowjetischen Staatsoberhauptes schien sich seit seinem letzten öffentlichen Auftreten nicht verschlechtert zu haben, aber das hieß nicht viel. Die Frage war: Wer? Wer würde nach ihm kommen? Wie konnte man Pläne für die verschiedenen Möglichkeiten bereithalten? Die Frage stand als Hauptthema auf der Tagesordnung der Nachrichtendienste. Der Computer begann wieder, nach dem Gesetz des Zufalls Nachrichten aufzupicken, und anstelle des sowjetischen Staatsoberhaupts erschien der Kongreßabgeordnete Slocum, ein Mitglied des Raketen-Unterausschusses, der an seinem Schreibtisch im House Office Building saß. Er lächelte und winkte mit dem Zeigefinger; auf dem Tisch stand ein Wasserglas mit purem Bourbon. Seine Sekretärin, etwa fünfundvierzig Jahre alt und dicklich, kam ins Bild und setzte sich auf seinen Schoß. Dunn ging es durch den Kopf, daß der Computer manchmal etwas Diabolisches hatte; er gab von einer Szene gerade genug wieder, um einen zu necken, und machte dann einen Schnitt, so daß man gezwungen war, die ganze Sequenz abzurufen, um zu sehen, wie gehaltvoll sie war, was für Rosinen, auf Bändern, Chips und Disketten abgespeichert, sie anzubieten hatte. Auf Slocum folgte die achteraus gerichtete sowjetische Schwarzmeerflotte und dann der neueste Rapport über die Einsatzbereitschaft der Minuteman-Raketen; er war zwei Stunden alt.

Standort	Bereit	Nicht bereit
Ellsworth AFB, SD	99	51
Grand Forks AFB, ND	103	47
Malmstrom AFB, MO	163	37
Minot AFB, ND	129	21
Warren AFB, WY	119	81
Whiteman AFB, MI	78	72

Dafür gab es nun wirklich keine Entschuldigung. Sie quetschten einen aus bis zum Gehtnichtmehr, um ihre verdammten Raketen zu kriegen, und dann brachten sie es nicht fertig, mehr als zwei Drittel von ihnen einsatzbereit zu halten. Glücklicherweise war es bei den Russen noch schlimmer: Sie brachten es nur auf etwa vierzig Prozent flugtüchtige Raketen.

Senator Garvey tauchte auf dem Bildschirm auf und stellte Fragen. Es war sein liebster Zeitvertreib. Er stocherte immer in fremden Gehirnen herum, nahm sich, so viel er konnte, und gab nichts als Gegenleistung. Im Augenblick saß er an seinem Lieblingstisch im *Auburn's* und horchte seinen Redenschreiber Davey Reed aus.

Garvey war der Vorsitzende des Unterausschusses, der die BIBLIOTHEK beaufsichtigte. Dunn hatte sich ein paarmal mit ihm angelegt und bei den Vorstandssitzungen mit ihm Katz und Maus gespielt. Es war nicht allzu schwierig; Garveys Fragen waren gewöhnlich ziemlich breiig. Er stand der BIBLIOTHEK offensichtlich mißtrauisch gegenüber; er glaubte nicht, daß sie lediglich eine Dienststelle zum Sammeln und Vergleichen von Daten war, aber er war zu vorsichtig, um irgendwelche Beschuldigungen auszusprechen oder auch nur provokative Fragen zu stellen, ohne zu wissen, wovon er sprach.

Das war Garveys Stil: Seiltanzen. Er war ein verkappter Liberaler aus einem konservativen Staat. Sowohl die Demokratische Aktion als auch die Konservative Aktion, deren Auffassungen diametral entgegengesetzt waren, gaben ihm bei Senatswahlen einen Anteil von fünfzig Prozent ihrer Stimmen. Daher hielt ihn Harry Dunn auch für gefährlich.

Garvey war in seiner Karriere so vorsichtig gewesen, daß er praktisch unangreifbar war; er stand im Ruf, «tüchtig» zu sein; er genoß Vertrauen. Die andere Seite der Medaille war die, daß er, weil er offenbar nichts repräsentierte, das sich konkret benennen ließ, keine landesweite Wählerschaft besaß. Es war Dunns Theorie, daß Garvey auf die Präsidentschaft aus war und daß er die BIBLIOTHEK zu diesem Zweck einspannen würde. Er würde versuchen, sie irgendwie bloßzustellen, sie zu einem Skandal zu machen, vielleicht indem er zeigte, daß ihr Vorgehen undemokratisch war. Er würde die Sache so anpacken, daß ihm sowohl die Liberalen als auch die Konservativen zu Hilfe eilen konnten. Die Tatsache, daß er die erfolgreichste nachrichtendienstliche Organisation, die das Land je gehabt hatte, zerstören würde, wäre unwesentlich: Politiker nahmen, was immer sie bekommen konnten, wenn es sich ausschlachten ließ und die Aufmerksamkeit der Öffentlichkeit auf sich zog.

Harry Dunn empfand darüber nicht einmal Bitterkeit. Bitterkeit war kein konstruktives Gefühl; sie war bedeutungslos für den Problemlösungsprozeß. Harry akzeptierte Senator Garvey einfach als einen weiteren widersprüchlichen, gegebenen Faktor im amerikanischen Leben und gab ihm Computerpriorität.

Der Senator sah seinen Mitarbeiter über sein Glas hinweg an und schoß eine Frage nach der anderen ab. Garvey machte einen sehr runden Eindruck: seine Backen waren dicklich und rosa; er war klein und hatte einen tüchtigen Bauch, der aber nicht vorstand wie der übliche Wanst der mittleren Jahre; Garvey war überall rund, und der Bauch wirkte wie ein natürlicher Bestandteil seiner übrigen Wölbungen.

«Was tun die Ihrer Meinung nach wirklich in der BIBLIOTHEK?» fragte Garvey mit unverbindlichem Gesichtsausdruck und sorgfältig geübtem leerem Blick, als wolle er dem Ball keinerlei Drehung geben, als wolle er sein Opfer in keiner Weise bedrängen und verlange nichts als Objektivität. Aber es ging ganz offensichtlich um etwas, das die beiden schon oft diskutiert hatten.

«Entweder ist es ein Erholungsheim für Schwachsinnige, die tagsüber nicht saufen sollen – oder es sind die Augen und Ohren der Welt.»

Davey Reed war das physische und psychische Gegenteil seines Chefs: dünn, mittelgroß, angespannt, neurotisch, schnell am Abzug, einer, der Gelegenheiten beim Schopf packte. In seinem Glas war weit weniger Eis.

Das *Auburn's* war eine Politikerkneipe, und Dunn sah eine Gruppe von Kongreßabgeordneten und ihren Mitarbeitern am Bildrand vorübergehen. Es entstand eine Pause, bis sie wieder weg waren.

«Sie geben nicht wahnsinnig viel Geld aus», sagte Garvey mit ausdruckslosem, beobachtendem Ton, als schaue er durch ein Fernglas einen Schmetterling an und pflege daneben eine müßige Konversation. «Wenn jedermanns Output ihr Input ist, haben sie das gar nicht nötig», sagte Reed.

Garvey zeigte eine Menge Gefühl: seine Augen verengten sich.

«Wichtigkeit zeigt sich gewöhnlich in der Höhe des Budgets», sagte Garvey. «Es ist immer so. Großes Budget, wichtige Dienststelle. Kleines Budget – dann bearbeiten sie die Vorschriften für Windmühlen. Was tut ein Typ wie Dunn in einer Dienststelle mit niedrigem Budget?»

«Ich kenne einen der kennt einen der kennt einen», antwortete Reed. Auf seinem Gesicht stand fast unentwegt ein halbes Lächeln. «Er sagte er habe gesagt er habe gesagt der Direktor der Central Intelligence habe gesagt, der Präsident habe gesagt, in der BIBLIOTHEK begegneten sich historische Unausweichlichkeit und Technologie.» Reed hörte auf zu lächeln. «Beantwortet das Ihre Frage?»

Aber Reed verschwand plötzlich, und an seine Stelle trat das zugleich freundlich und finster blickende Gesicht des russischen Botschafters, der in seinem Konferenzzimmer saß, während der Computer seine Stichproben fortsetzte, quälend, kitzelnd, etwas vorzeigend, erzählend, die Welt Augenblick um Augenblick so präsentierend, wie sie war – ohne Computervergrößerung. Die Simultanübersetzung ließ den Botschafter über Preise klagen; er schimpfte bei seinen Mitarbeitern darüber, daß Moskau sein Budget nicht erhöhen wollte. Selbst der Computer schien sich zu langweilen und schaltete rasch hinüber zu den ungarischen Abendnachrichten.

Im Lauf der Diskussionen um die Idee der BIBLIOTHEK waren die Berater des Präsidenten immer enthusiastischer geworden. Plötzlich sah es so aus, als sei die BIBLIOTHEK *die* Möglichkeit, die frühere Präsidenten aufgrund der eingewurzelten Orthodoxie der Nachrichtendienste völlig ignoriert hatten. Dem neuen Präsidenten würde sie für die Verhandlungen mit den Russen im besonderen und für die Außenpolitik im allgemeinen ein unschätzbares Werkzeug an die Hand geben. Mit ihr konnte man Überraschungen vermeiden. Sie war ein Mittel, die Realitäten der Welt genauer zu erfassen, und ermöglichte dem Präsidenten, dort die Initiative zu ergreifen, wo die Erfolgschancen am größten waren.

Grundsatzpapiere wurden verfaßt und innerhalb einer ausgewählten Gruppe weitergegeben. Die Idee der BIBLIOTHEK wurde unter jedem nur denkbaren Gesichtspunkt analysiert. Es zeigte sich, daß Dunns Konzept zu theoretisch war. Die Vorstellung, daß ganze zwölf Analytiker Zugang zu jedem Krümel Information im Land hätten, war ein Ideal, ein Traum. Um ihn in die Praxis umzusetzen, war ein organisatorischer Unterbau nötig. Ein Beebe beispielsweise, der als Datenschützer für die Sicherheit der BIBLIOTHEK selbst sorgte. Und zweifellos wären einige geheime Aktionen erforderlich, die man nicht gut dem CIA oder dem FBI abtreten konnte, ohne die grundsätzliche Geheimhaltung der BIBLIOTHEK zu kompromittieren. Das bedeutete einen Yeager und weiteres Hilfspersonal. Es mußten ja auch diese ganzen Microcams installiert werden.

Das allgegenwärtige warnende Beispiel Richard Nixons brachte das Problem der Legalität auf den Plan. Es wurde einfach dadurch gelöst, daß die Bedeutung gewisser Klauseln der FISA etwas ausgedehnt wurde. Erstmals in Kraft getreten waren die Bestimmungen 1978 während der Carter-Regierung, die die FISA-Rechtsprechung begründet hatte. Glücklicherweise hatten die Verfasser jener Gesetzgebung den Begriff «elektronische Überwachung» verwendet, um Vorrichtungen wie Abhörwanzen zu beschreiben, einen Begriff, der sich ohne weiteres auch auf Vorrichtungen wie die Microcams anwenden ließ. Wenig später hatte der Präsident drei Bezirksrichter zu FISA-Richtern ernannt; die Zusammenarbeit war somit garantiert. Die BIBLIOTHEK wurde von oben bis unten legalisiert; jede einzelne Microcam und Abhörwanze hatte eine gerichtliche Verfügung hinter sich.

Die Essenz von Dunns Idee blieb bestehen: Zwölf und nur zwölf Analytiker sollten Zugang zu allen nachrichtendienstlichen Daten der Nation erhalten. (Beebe und Yeager, die für besondere Aufgaben vorgesehen waren, gehörten nicht zu den zwölfen.) Indem er den größten Teil der Planungsarbeiten noch vor den Wahlen hinter sich gebracht hatte, war es dem Präsidenten gelungen, um das wichtigste der verbleibenden Probleme herumzukommen: die Zustimmung aller größeren Nachrichtendienste zu etwas, das sie normalerweise für einen hirnrissigen Plan gehalten hätten. Der Präsident berief seine eigenen Gefolgsleute in die Leitung von CIA, DIA und NSA und handelte sich so eine Kooperationsbereitschaft ein, die nach der ersten Hälfte seiner Amtszeit nicht mehr möglich gewesen wäre, denn bis dahin wären die von ihm Ernannten weitgehend von ihren eigenen Bürokatien in Beschlag genommen gewesen, hätten ihre eigenen neuen Prioritäten, Loyalitäten und Standpunkte entwickelt.

Aber für Dunn blieb ein fundamentales Problem bestehen: Er mußte dafür sorgen, daß die zwölf loyal und bei Verstand blieben; und zwar loyal den richtigen Ideen und Leuten gegenüber. Darüber machte er sich Sorgen, während er die Welt an seinen Augen vorüberhuschen sah – das Büro eines Psychiaters in Washington, einen Homosexuellentreff, die Karte eines atomaren Kriegsspiels, das im Pentagon durchgeprobt wurde, eine lange Aufnahme des Redaktionsraums der *Washington Post*, ein Bild des chinesischen Atomtestzentrums in Lop Nor –, als der Computer beim schlimmsten Streifen landete, den Harry in den drei Jahren, seit es die BIBLIOTHEK gab, gesehen hatte. Er hatte ihn sich schon ein dutzendmal angeschaut.

Es hatte einen Einbruch gegeben. Der Aktenraum war unrechtmäßig betreten worden. Es war unbegreiflich, beinahe, als sei ein Naturgesetz gebrochen worden; wäre der Beweis nicht auf dem Bildschirm zu sehen gewesen, hätte Harry es nicht geglaubt. Aber da war es, unmittelbar vor ihm. Es war an einem Sonntag geschehen, als alle Geräte abgeschaltet waren und nur die Unterhaltsarbeiten weitergingen, als die einzelnen Einheiten nicht gekoppelt waren und die Verbindungen stillagen.

Und trotzdem hatte jemand es geschafft, unter Verwendung selbstgebastelter Kabel die Geräte einzuschalten und dann Fotos von den Displays zu machen. Dunn schüttelte den Kopf, teils aus Verzweiflung, teils aus Bewunderung. Es war eine der Putzfrauen. Burnish versorgte die BIBLIOTHEK mit gründlich geprüften ehemaligen FBI-Angestellten; er bekam sie über ein Stellenvermittlungsbüro in Washington, das auf die Vermittlung von Hauspersonal für die Geheimdienste der Regierung spezialisiert war. Eine von ihnen war nicht gründlich genug geprüft worden.

Wenigstens hatten sie die Kamera wieder; sie enthielt sechsunddreißig Aufnahmen von Computer-Displays. Die Matrone am Eingang hatte sie unter dem Kleid der «Putzfrau» entdeckt, als diese nach der Arbeit heimgehen wollte; es war ihr gelungen, die Kamera zu erwischen, nicht aber die Frau, die durch eine Gruppe anderer Angestellter zu einem wartenden Wagen gerannt war.

Sie hatten es immer noch nicht geschafft, die Frau aufzuspüren;

ihre Aktion war beinahe fehlerlos abgelaufen. Wer immer sie war, sie wußte zuviel über die BIBLIOTHEK. Ihre Flickarbeit an den Steckdosen war genial. Woher konnte sie wissen, wie man so etwas machte? Harry nahm lieber an, die Information sei irgendwie über einen Gerätehersteller durchgesickert, aber es blieb die furchtbare Möglichkeit, daß sich ein Spion in der BIBLIOTHEK befand. Es mußte zumindest in Betracht gezogen werden. Das verstärkte Harrys Gefühl, daß es jetzt das Allerwichtigste war, Charley Eberharts Nachfolger an seine Arbeit zu setzen. Eberharts Job war die Versicherungspolice der BIBLIOTHEK, viel wichtiger als der von Beebe; Beebe konnte erst handeln, *nachdem* etwas geschehen war. Harry kaute gerade an dem Problem, wie er Coolidge die Neuigkeit beibringen sollte, als vor einem Wetterbericht über die gegenwärtigen atmosphärischen Bedingungen in den hundert größten Städten der Sowjetunion plötzlich Coolidges Gesicht auf dem Bildschirm erschien.

«He, Harry, dein Telefonist weiß wirklich, wie man einen Typ ausgräbt», sagte Coolidge.

Die Belohnung

Auf dem Rückweg zur BIBLIOTHEK hatte Coolidge in Yeagers Limousine den künstlichen Geruch genossen, Yeagers Brandy getrunken und über Yeagers Telefon die Wettervorhersage angerufen. Es spielte keine Rolle, daß es ein Dreißigstundentag wurde: Siege hoben die Müdigkeit auf, machten den Kopf klar, spannten die Muskeln und lockerten die Eingeweide. Wenn man das Beste aus einem Mann herausholte, konnte man selbst einen Sterbenden wieder auf die Beine stellen, zum Einsatz bereit.

Und man mußte mit Dreißigstundentagen rechnen, wenn man für Harry Dunn arbeitete. Konventionelle Zeit bedeutete ihm nichts. Die Welt war immer in Gefahr, und deshalb arbeitete Harry unentwegt. *Dunn Paratus* hätte das Familienmotto lauten können; *Semper Harry* sagten seine Angestellten. Das Schlimmste von allem war, daß es keinen Ort gab, an dem Harry einen nicht fand. Wen Harry wollte, den kriegte er auch.

Als Coolidge in Harrys privatem Vorführraum anlangte, beaufsichtigte Harry wieder einmal die Welt. Er überwachte hier und da etwas, verfolgte Spuren, war immer in äußerster Alarmbereitschaft. Die Lampen im Raum waren schwach, und die Sitzreihen verloren sich im Dunkel; Coolidge brauchte ein paar Sekunden, bis er Harrys unförmigen Körper, der sich kaum von der Dunkelheit abhob, hinter dem Kontrollpult ausmachen konnte.

«Ich hege die höchste Bewunderung für Kompetenz», sagte

Harry sofort. «Ich bewundere Kompetenz mehr als alles andere im Leben. Verdammt nochmal, ich kann alles gern haben, wenn es gut gemacht ist.» Er wechselte unvermittelt den Ton in einer Art, die nur bei ihm nicht lächerlich wirkte, weil sie genau zu seiner Problemlösenatur paßte, dem Zwang zur Exaktheit, zur Wichtigkeit genauer Bestimmungen. «Stabschwinger ausgenommen», sagte er mit einem explosiven kleinen Lachen. «Stabschwinger langweilen mich, auch wenn sie ihr Metier beherrschen.» Rasches Zurückschalten zur apokalyptischen Stimmung: «Damit dieses Land funktioniert, braucht es etwa vier Prozent Kompetenz, und wir schaffen es knapp, knapp; es hängt immer in der Schwebe. Wenn ich daher jemanden finde, der kompetent ist *und* dessen Mut seinen Überzeugungen entspricht, weiß ich, daß ich einen Treffer gelandet habe.»

«Du sprichst doch nicht etwa von mir, oder, Harry?» sagte Coolidge obenhin, während er sich in die zweite Reihe setzte und sich auf dem Sitz umdrehte, um seine Worte ungefähr dorthin zu richten, wo Harry saß.

«Verdammt gutes Stück Arbeit», fuhr dieser fort, ohne ihn zu beachten, beinahe murmelnd, als spräche er zu sich selbst. «Daß ihr eure Stellung gehalten habt. Das ist nobelste Tradition: Geschütze nicht verlassen.»

Im gleichen Augenblick zeigte der Bildschirm – seltsam genug – eritreische Feldgeschütze, die irgendwo im Mogadischugebiet feuerten. Coolidge kam der Gedanke, daß das Haus an der Adams Mill Road möglicherweise wichtig genug war, um bei der nächsten Direktoriumssitzung als Überraschung erwähnt zu werden. Vom Landwirtschaftsministerium genehmigtes bürokratisches Fleisch mit Kartoffeln, gut fürs Budget, gut für die Administration, gut, um das Wachhund-Komitee zu versorgen und vielleicht sogar Senator Garvey eine Zeitlang das Maul zu stopfen.

«Glaubst du, daß es mit dem Ort wirklich etwas auf sich hat, Harry?»

«Mit was für einem Ort?»

In Coolidges Stimme lag eine Spur von Ungeduld. «Der Ort, an dem du mich gerade angerufen hast.»

«Tst, natürlich. Entschuldigung. Ich war schon beim nächsten

Problem. Nun, das war auf seine Art ganz nützlich. Es zeigt, was wir können. Läßt die alle aufhorchen und Notiz von uns nehmen, und das ist nur gut so. Als Übung hat es sich wohl gelohnt.»

«Als Übung?»

«Ja, als Übung.»

«Was meinst du damit, als Übung?»

«Weißt du denn nicht, was das für ein Haus ist?»

«Wie sollte ich das wissen? Weißt du, was da drin los ist? Klar weißt du's – du weißt ja alles.»

Auf dem Bildschirm wurden ägyptische Panzer im Sinaigebiet in Stellung gebracht.

«Es handelt sich um ein Unternehmen der NRC[1]», sagte Dunn.

Coolidge sackte in sich zusammen. «Eine NRC-Anlage?» fragte er ziemlich kläglich. «Wie hast du das herausgefunden?»

«Ich habe ein bißchen herumtelefoniert, während du hierhin unterwegs warst. Es geht noch weiter. In ganz Amerika gibt es weitere neunzehn Häuser von der Sorte.»

Coolidge starrte stumpfsinnig auf den Bildschirm, der verschiedene Ansichten des Khyber-Passes zeigte. Dunn gab hinter ihm seine Erklärungen ab.

«Die ganze Sache ist völlig widersinnig. Schon vor *Jahrzehnten* hat die AEC[2] in den zwanzig größten Städten Amerikas je eine Wohnung oder ein Haus eingerichtet. Dahinter steckte die Idee, daß man so im Fall eines atomaren Schlagabtauschs mit den Russen die Auswirkungen aufzeichnen könnte. Auf diese Art würde man dem Desaster wenigstens Forschungsdaten abgewinnen. Als aus der AEC die NRC wurde, schlüpften diese komischen Häuser durch die bürokratische Lücke, die offenbar eine unbegrenzt dehnbare Öffnung ist. Niemand hat sie uns gegenüber je erwähnt. Ich glaube, in Zukunft werden sie vorsichtiger sein.»

Scheißkerl, dachte Coolidge. Das großartige Problem fand also eine läppische Lösung. «Das heißt, der Müll stand da draußen, um die Nachbarn glauben zu machen, es handle sich um einen normalen Haushalt», sagte er unmutig.

[1] *Nuclear Regulatory Commission* = Kommission zur Regelung nuklearer Fragen
[2] *Atomic Energy Commission* = Atomenergie-Kommission

Er sah die ganze lächerliche Szene vor sich. Irgendwo in der NRC gab es Leute, die ihren Müll zur Arbeit mitbrachten. So kam es zu den völlig irrationalen Abfällen, dreiundzwanzig Erwachsene und ein halbes Kind in einem Haus mit drei Schlafzimmern. «Vermutlich war er deshalb so rein», sagte er zu Harry.

«Was war so rein?»

«Der Müll.»

«Können wir jetzt zu dem kommen, weshalb ich dich hierher gerufen habe?»

Die Bürokraten, die ihren Müll zur Arbeit mitnahmen, brachten natürlich nur den guten Müll mit. Den schlechten warfen sie in ihre Mülltonne. Vielleicht waren sie nun auch, was Müll betraf, befangen und warfen ihn in den Potomac.

«Ich möchte, daß du einen zusätzlichen Auftrag übernimmst», sagte Harry. «Einen sehr wichtigen Auftrag.»

«Okay.»

«Ich sage dir gleich, daß es eine komische Art von Auftrag ist und daß du ihn nicht mögen wirst. Ich weiß nicht – vielleicht magst du ihn, vielleicht nicht. Die meisten Leute würden sagen, daß sie ihn nicht mögen. Und vielleicht würden sie ihn mögen und vielleicht nicht. Vielleicht würden sie sich auch nur verpflichtet fühlen zu sagen, daß sie ihn nicht mögen. Weißt du, was ich meine?»

«Nein.»

«Ich kann wohl einfach nicht zur Sache kommen.»

Coolidge gähnte. «Warum sagst du mir nicht einfach, was es für ein Job ist, Harry? Es ist gleich drei Uhr.»

«Ich will dich zur Personalüberwachung einsetzen.»

«Personalüberwachung», sagte Coolidge; er wurde allmählich wieder wach, und seine Augen schielten, während er im Geist nach Tretminen suchte; das Gebiet sah soweit harmlos aus, sogar langweilig.

«Da liegt der wahre Müll, Walter.»

Coolidge wurde plötzlich wieder ganz munter; er sah immer noch ins Leere und versuchte, das Bürokratesisch zu entschlüsseln, wußte aber noch nicht genug, um etwas damit anzufangen. «Was wären denn meine Pflichten?» fragte er; mit dem konditionalen «wären» versuchte er den Gedanken ins Gespräch zu flechten, daß alles freiwillig war, was immer dabei herauskommen mochte, daß er ganz in den Grenzen des Anstands bliebe, wenn er den Auftrag ablehnte.

Dunns Stimme wurde härter. «Es ist genau das, wonach es klingt», sagte er und setzte jeder Möglichkeit, im Konjunktiv zu bleiben, ein Ende, indem er hinzufügte: «Versuch nicht weiter, dich zu drücken. Du bist gut, und du kommst nicht drum herum. Die Guten müssen die anderen mittragen. Du wirst sie überwachen. Genau so, wie wir alles andere und jeden anderen überwachen. Filme, Tonbänder, Abfall, Post, Telefonanrufe, alles.»

«Bestimmt nicht *alles*, Harry.»

«Reden wir lieber gleich offen. Du wirst beobachten müssen, was sie so treiben.»

«Du meinst, beispielsweise mit andern Leuten?»

«Stimmt. Genau. Das und alles andere. Alles und jedes.»

«Harry, ich bin kein Voyeur», sagte Coolidge.

«Das Wichtige ist, daß man unbeeinflußt und objektiv ist, und ich bin überzeugt, daß du derjenige bist, der dazu imstande ist. Es geht um Daten und um sonst gar nichts. Daten.»

«Wonach suche ich in den Daten?»

«Ob einer die Nerven verliert. Ob er aufsteckt. Ob es da undichte Stellen gibt. Verrat. Bevor es passiert, natürlich. Nervenzusammenbrüche. Selbstmorde. Wir muten ihnen eine ganze Menge zu, Walter. Wir zwingen sie, den Tatsachen ins Gesicht zu sehen. Das ist mies. Die Menschen sind eigentlich nicht dazu geschaffen, den ganzen Tag und jeden Tag und Tag für Tag den Tatsachen ins Gesicht zu sehen. Menschen brauchen einen Ausweg, und wir haben keinen. Wohin wir uns auch wenden, überall starrt uns die Wahrheit an.»

Coolidge verzog das Gesicht. «Den Kollegen nachspionieren. Eine Forderung des Kalten Krieges.»

«Natürlich ist es eine Forderung. Achtundneunzig Prozent des Lebens sind Forderungen. Was glaubst du denn, wieviel unumschränktes Leben dir eigentlich bleibt? Mach dir nichts vor; nahezu gar keins.»

Er dachte an seine Forderungen und grinste …

... Kunststück, schließlich hatte er beizeiten ein hübsches Sümmchen auf die Seite gelegt. Alles war geregelt, Laufzeit, Höhe der Zinsen... und es war nicht der Scotch, der für das warme Gefühl in seinem Magen sorgte.

«Du machst dir zu viele Gedanken über sie, Harry. Es sind verdammt gute Leute. Alle.»

«Ja, ich mache mir zu viele Gedanken über sie. Ich mache mir Gedanken übers Trinken, über Drogen, über unvorsichtige Bemerkungen. Ich mache mir Gedanken über Schwächen. Über Veränderungen. Der Kalte Krieg dauert schon zu lange.»

In Dunns Stimme lag ein seltener Ton von Müdigkeit, als sähe er sich einem Problem gegenüber, das er nicht lösen konnte.

«Zu lange, viel zu lange. Weit länger, als irgendwer sich vorstellte. Er hat die Leute erschöpft. Wie lange kann man auf dem Sprung bleiben? Ein verläßlicher Beamter schickt anonym ein vernichtendes Memorandum an einen Kongreßabgeordneten. Oder er läuft zur *Times* oder zur *Post* über. Oder er fotokopiert die Bomben-Enzyklopädie, Himmel nochmal. Man kann nicht einmal mehr auf seine eigenen Leute zählen. Ich glaube, die Anfänge dieser Entwicklung waren schon zur Zeit des Koreakriegs zu sehen. Dieser Krieg wurde ohne Begeisterung geführt. Niemand marschierte vors Pentagon, aber es war ein lauer Krieg. Und jetzt gibt es überall in der Regierung Leute, die irgendwelchen Kram durchsickern lassen, verdammt nochmal. Verkaufen ihn. *Schenken* ihn sogar den Russen. Ich muß dich nicht an den Einbruch erinnern, oder? Wir wissen immer noch nicht, wer es getan hat, oder warum. Wir wissen nicht, ob die Frau Insiderinformationen hatte oder nicht; vielleicht hat sie schon an anderen Sonntagen dies und das mitgenommen. Aber wir müssen zumindest die Möglichkeit eines ausländischen Agenten in der BIBLIOTHEK in Betracht ziehen.»

Coolidge schien den Boden unter den Füßen zu verlieren; unter dem Ansturm von Harrys Geschäftstüchtigkeit vergaß er seine Skrupel und begann, gegen sein eigenes besseres Wissen Harrys Standpunkt zu verstehen.

«Ich möchte, daß du dir jetzt etwas anschaust», sagte Harry in seinem didaktischen Ton, der Professor der Apokalypse, der unermüdliche Problemlöser, der über die Gefahr und das Undenkbare und die Beständigkeit dozierte. «Paß gut auf», sagte Dunn. «Ich zeige dir jetzt, was Charley Eberhart umgebracht hat.»

Der wahre Müll

Yeager wußte ein hübsches Bein wirklich zu schätzen; er hatte seine Bewunderung sogar in Yeagers Erstem Gesetz kodifiziert: Wenn die Länge eines Frauenunterschenkels gleich der Länge ihres Oberschenkels war, ihr Knie also die Halbierende, nahm Yeager dafür jede Menge Scheisse in Kauf.

Er schaute zu Sybil hinüber, die auf der Couch saß und telefonierte, die Beine gekreuzt, das Kleid hochgezogen, lange geschwungene Schenkel, bogenförmig wie die Seile einer Hängebrücke, die zum Rosa Palast im Schwarzen Wald (davor) bzw. zum Entropie-Expreß (danach) führte. Sybil hatte zwei Telefone, an jedem Ende der Couch eins. Das weisse war für persönliche Gespräche, das schwarze für geschäftliche. Sie sprach am schwarzen, während Yeager, der Wodka pur trank und mit allen Poren Parfum einsog, auf der anderen Seite des Zimmers stand und die Wohnung inspizierte.

Das Appartement war kühl und dunkel. Sybil verwendete ausschließlich orange Lampen. Das Licht war so matt, daß das rote Warnlämpchen auf dem leeren Luftbefeuchter wie ein Leuchtfeuer hervorstach. Auf dem langen, schmalen Rauchtisch vor der Couch stand eine einladende Schale mit Pfirsichen, Kirschen und Aprikosen, aber es waren alles Kerzen. Auch die Eier mit Speck auf dem runden Tisch in der Eßecke waren eine Kerze. Sogar die hohen, schlanken, spitz zulaufenden Zylinder auf beiden Seiten der Stereoanlage waren Kerzen.

Sybil hängte endlich den Hörer ein und gab ihre klassische Pose mit den gekreuzten Beinen auf, um Yeager noch einen Drink zu holen. Nun wurde sie zur Vereinigung und Verkettung der Gesetze Newtons und Yeagers, der Physik und Metaphysik eines bewegten Himmelskörpers, eines himmlischen Körpers mit den Knien am richtigen Ort; der dünne Stoff ihres Kleides lag abwechselnd eng an und fiel weich, lag eng an und fiel weich; ihr Hintern schwang, schaukelte und wackelte hin und her, der Kniff in ihrem Kleid bewegte sich vor und zurück. Die Bewegung erinnerte Yeager an die Hemmung in einer Uhr, tick tack, tick tack, aber einer Uhr, die mit einer Zeitbombe verbunden war, tick tack, tick tack, einem Standard-Dynamitstab von einem Viertelpfund Gewicht, tick tack, tick tack, mit einem Draht zu einem M-4-Zünder, Mk I, tick tack... Sie reichte ihm einen Wodka pur, eiskalt, mit einem Stück Zitronenschale, und er warf ihr einen Kuß zu.

Während Yeager sich seinem Drink widmete, raffte Sybil ihr Kleid und zog umständlich erst den einen, dann den anderen Strumpf glatt. Ihr Parfum ergänzte den Wodka wie ein besonders würziger Wermut, und Yeager sog alles in sich auf; er gratulierte sich zu seiner vorteilhaften Neuerwerbung. Seine Kriterien lauteten:

1. Beinbeschaffenheit
2. Anti-Verdrießlichkeit
3. Schummelfähigkeit
4. Getränkequalität
5. Abendrotdiplomatie

– in dieser Reihenfolge. Bis jetzt sah Sybil nach Vier Sternen aus, ein Schlagerangebot, Empfohlen für den Müden Wanderer. Sie war offenbar wirklich begierig, ihn zufriedenzustellen. Sie strich ihr hautenges Kleid wieder glatt und verlängerte es damit charmant um drei Millimeter. Aber sie machte gleich weiter und strich über ihren Hintern und ihre Schenkel; schließlich glitten ihre Hände hoch zu ihren Brüsten, wölbten sich über ihnen und drückten die Brustwarzen. Sie blinzelte ihm zu.

«Soll ich mich ausziehen?»

Yeager nippte an seinem Drink und versuchte, Zeit zu gewinnen. Er konnte sich nicht entscheiden, ob es ihm mehr nach visuellen oder nach taktilen Reizen zumute war. Seine Nasenflügel begannen zu zucken, und er war drauf und dran, Zurücklehnen gegen Flachlegen einzutauschen. Er hatte Mühe, seinen Drink auf den Rauchtisch zu stellen, ohne ihn zu verschütten.

«Aber das kannst auch du übernehmen, wenn du möchtest. Ich liebe es, von einem geilen Mann ausgezogen zu werden», flüsterte Sybil ihm ins Ohr und schmiegte sich an ihn; Kurven und Rundungen waren überall zu spüren. Er bekam mit jeder Hand eine Hinterbacke zu fassen und drückte sie noch fester, wand sich zu ihr hin, leckte ihre Lippen und unterbrach sich nur, um seine Hände weiter südwärts zu dirigieren und sie auf der Rückseite ihrer Schenkel langsam bis zum Saum des Kleides gleiten zu lassen. Ihr Kleid war so eng, daß er Mühe hatte, seine Hände darunterschlüpfen zu lassen. Er begann, ihr das Kleid über den Kopf zu ziehen, ein heikles Unterfangen, das endete, als er den Reißverschluß hinten aufziehen mußte, um es über ihre Brüste streifen zu können, dann riß er es plötzlich hoch und von ihr weg, wie ein Magier, der aus dem Nichts eine Frau erstehen läßt. Sie trug einen schwarzen BH und ein schwarzes Hemdchen. «In solchen Augenblicken höre ich auf, ein Bein-Mensch zu sein», sagte Yeager zu ihr. «Jetzt bin ich ein Überall-Mensch. Alles Fleisch ist gleich erschaffen.» Er zog seinen Mund in einem Marathonkuß über ihr Zwerchfell. Dann stieg er noch weiter hinab, schob ihr Hemdchen hoch, sprach zu ihren Schenkeln und küßte die Haut zwischen ihren Strümpfen und ihrem Höschen. Sie trug Strumpfbänder, weil er Strumpfhosen nicht mochte, wie jeder richtige Mann; sie waren Zumutungen kopfloser Hersteller und argloser Frauen, die bloße Nützlichkeit über männliche Befriedigung stellten. Er küßte beide Schenkel direkt unterhalb des Höschens und sagte: «Weißt du, was ich denke?» – mit zitternder Stimme, keine Spur mehr von cool; er versuchte zwar aus einem tief in seinem Nervensystem angelegten Reflex immer noch, cool zu bleiben, aber es war aus und vorbei damit.

«Komm mit», sagte Sybil.

Sie gingen zum Schlafzimmer hinüber; Yeager warf die Kleider von sich wie ein Windrädchen, während er Sybils Unterwäsche über ihrem Rücken studierte, ganz verliebt in die statisch geladene Schmiegsamkeit. Als sie das Schlafzimmer erreichten, hatte Yeager nur noch ein Paar Plaidshorts an. Sybil, ein weicher, für den nächsten Zug vorprogrammierter Computer, saß auf der Bettkante und ließ sich auf die Ellbogen zurücksinken, um Yeager zuzusehen, der mit unendlichem Genuß ihr Hemdchen hochschob und sich dranmachte, ihr Höschen runterzustreifen; sie half mit, indem sie ihren Körper im richtigen Augenblick anhob. Die beige Seide mit den schwarzen Spitzen sah an ihren Knien absolut hinreißend aus.

«O Gott.»

«Jetzt nicht überreagieren.»

«Das ist Wahnsinn. Das kann ich nicht.»

«Klar kannst du's. Nimm's jetzt erst mal leicht. Leb damit. Du hast noch nicht damit gelebt.»

«Ich habe genug gesehen. Ich lehne den Auftrag in aller Höflichkeit ab, Harry.»

Dunn drückte einen Knopf und hielt das Bild an. «O-kay», sagte er langsam. Es war überhaupt kein Okay, lediglich eine Art Empfangsbestätigung, die bedeutete, daß er, intellektuell ausgedrückt, die Worte verstanden hatte.

«Ich meine es ernst, Harry.»

Yeagers Gesicht bestand nur noch aus hervorquellenden Augen und bebenden Nüstern, und seine Zunge hing heraus, schlimmer noch: die Fischaugenlinse der Microcam, die einen weiten Winkel abdeckte, was eine leichte Verzerrung mit sich brachte, ließ Yeager entfernt wie ein verängstigtes Pferd aussehen. In Sybils Blick lag eine gewisse Verwirrung. Sie hatte ihren Kopf über dem Bett etwas angehoben und schien fasziniert von Yeagers Gesicht, als denke sie darüber nach, was die ganze Aufregung eigentlich solle. Auf Harrys Bildschirm wirkte Sybil seltsam unschuldig. Sie hatte diesen Körper, über dem Männer den Verstand verloren, aber tief innen wußte sie nicht, warum; Männer waren eine Konstante, aber sie waren auch ein Rätsel, und jedesmal beobachtete sie es sorgfältig, als hoffte sie, es eines Tages alles herauszufinden.

Coolidge stützte das Kinn auf die rechte Hand, während er auf den Bildschirm starrte. «Das ist unamerikanisch», sagte er. «Ein

Mann sollte ungestört bumsen dürfen. Das steht in der Verfassung. Ich weiß es ganz genau. Benjamin Franklin hat es reingenommen.»

«Das ist gerade der Sinn des uneingeschränkten Informationszugangs: Jemand muß das tun. Du mußt es tun.»

«Du hast dieses Zeug über jeden in der BIBLIOTHEK? Auch über mich?»

Coolidge dachte darüber nach, was er in letzter Zeit mit wem getrieben hatte. Und schlimmer noch, was er über wen gesagt hatte, besonders über den Haupt-Wen, der hinten im Raum saß. Coolidge konnte hören, wie Dunn sich in Bewegung setzte. Dann zeichnete sich Harrys Körpermasse in dem matten Licht undeutlich ab, während er sich hinter der Konsole hervorzwängte und dann graziös die Stufen hinab zum Bildschirm zu gleiten schien.

«Glaubst du, daß das Zeug mich einen Dreck interessiert?» fragte er und zeigte auf Sybil, aber unbewußt schaute er zweimal, denn sie war der Stoff, aus dem die Träume der mittleren Jahre gemacht werden. «Mir ist egal, woran die Leute ihren Spaß haben. Okay? Es beeinflußt meine Ansicht über ihre Nützlichkeit in keiner Weise. Verflucht, das ist doch Kindergarten, Himmel nochmal. Du wirst viel schlimmere Dinge sehen als das da. Meine einzige Sorge ist die nationale Sicherheit, das ist alles, was zählt auf dem Bildschirm da oben. Übrigens hat unser Freund Yeager die Sache ganz falsch angefangen. Ist es dir aufgefallen?»

Coolidge rieb sich die Augen, die für einen Tag schon zu lange offen gewesen waren. «Er hat seinen Personalausweis in der Hose auf dem Wohnzimmerboden gelassen», sagte er wegwerfend.

Dunn lächelte. Er war mit seinem Mann zufrieden.

«Ich werde Berichte über solche kleinen Dinge verlangen. Ich habe die Absicht, Stichproben zu machen.»

Coolidge sah auf die Seide und die Spitzen auf dem Bildschirm, auf das Höschen über Sybils Knien, die entblößte Scham, und versuchte, gegenüber Sybil und sich selbst und Vera und jedermann aufrichtig zu sein. Jedermann. Titel von Dissertationen schwirrten ihm durch den Kopf. Hatte er denn Rohmaterial?

«Das also hat Charley Eberhart umgebracht», meinte er nachdenklich.

«Mach es ein Jahr lang; das ist alles, was ich verlange. Bis dann habe ich einen Arzt oder einen Psychiater oder sonst einen Profi ausfindig gemacht, den wir zum Vollzeit-Überwacher ausbilden können.

«Woher weißt du, daß *ich* mich nicht umbringen werde?»

«Ich laß es drauf ankommen.»

«Großartig.»

«Du wirst es nicht tun. Du bist Müll gewohnt. Durchsortieren, Beobachtungen machen, loswerden. Es ist die alte Geschichte: den Tatsachen ins Gesicht sehen. Bausch die Sache nicht unnötig auf.»

Sie hatte immer noch ihre Schuhe an. Coolidge wußte, daß hohe Absätze erotisch waren, aber er hatte nie verstanden, weshalb. Und wie sollte man Sex schon verstandesmäßig begreifen? Waren Schuhe auch nur eine Spur verrückter als Brüste oder Ärsche? Immerhin waren die Schuhe nicht von der Natur erfunden worden. Wer hatte die hohen Absätze entdeckt?

«Ich kann mich nicht entschließen, ob das ein Kompliment oder eine Beleidigung ist», sagte Coolidge. «Warum ich, Harry?»

Dunn blieb stehen, vor seinen Augen ein verschwommenes Bild von Spitzenhöschen. Er sah mit leerem Gesichtsausdruck zu Coolidge und begann wieder, hin und her zu gehen, auf der Suche nach dem logischen Schluß, den er schon wieder vergessen hatte.

«In erster Linie bist du relativ unwichtig», sagte Dunn, der nun wieder Probleme löste und nicht mehr an schwierigere Gefühlsregungen dachte; er manipulierte nur noch Gleichungen. «Du bist wie der Butler in einer alten Kriminalgeschichte. Du kommst nicht von der ‹harten› Wissenschaft her. Du bist von allem Anfang an eine Art Experiment gewesen. Niemand nimmt Abfallanalysen ernst. Durch die Geschichte mit der NRC stehst du gut da, aber es ist wie bei einem Hund, der auf den Hinterbeinen steht: es ist erstaunlich, daß er es überhaupt zustande bringt – verstehst du, was ich meine?»

«Ja.»

«Du wirkst nicht bedrohlich. Das ist ein großer Vorteil, eine entscheidende Sicherheit. Niemand würde im Traum auf die Idee kommen, daß *du* Personal überwachst. Vorausgesetzt, sie wissen überhaupt, daß das Bibliothekspersonal überwacht wird. Vielleicht wissen sie es gar nicht.»

«Ich wußte es nicht», sagte Coolidge kleinlaut.

«Und dann ist da noch deine Personalakte. Du realisierst wahrscheinlich nicht, in was für einem guten Ruf du stehst. Willst du wissen, was deine hervorstechendste Eigenschaft ist? Du liest die *New York Times*, aber du schreibst nicht für sie.»

Coolidge versuchte, einen bescheidenen Eindruck zu machen. Er schaffte es problemlos.

«Und du hast Chancen gehabt. Mein Gott, hast du Chancen gehabt. Du bist am Rand bei einigen größeren Schlamasseln dabeigewesen.»

«Stimmt.»

«Du hast es kommen sehen, du hast deine Vorgesetzten gewarnt, sie haben nichts unternommen. Und du auch nicht. Du bist nicht herumgelaufen und hast Mülleimer umgekickt wie Ellsberg oder Fitzgerald. Du bist beim Team geblieben. Du hast nie behauptet, dir sei von Gott ein besonderes Wissen offenbart worden. Weißt du, was das heutzutage wert ist, Walter?»

Es war eine eiskalte Analyse, die Coolidge erröten ließ. Nach der Art, wie Harry redete, war er nicht sicher, ob er vor Freude oder vor Scham errötete, aber er tat sein Bestes, erfreut auszusehen. Schließlich lobte Harry ihn. Es war ein seltener Augenblick. So viel Lob hatte Coolidge in seinem ganzen Leben nicht abbekommen. Vor allem, wenn man wußte, daß Dunn aufrichtig war; es handelte sich nicht um irgendeinen administrativen Akt. Coolidge war ein hochgeschätzter Angestellter der amerikanischen Regierung, daran gab es nichts zu rütteln. Den Job eines Bundes-Voyeurs konnten sie nicht irgendeinem Trottel anvertrauen. Es fiel ihm schwer, aber es war von entscheidender Bedeutung, und er brachte es fertig, die Antwort mit der richtigen Intonation und dem passenden Gesichtsausdruck herauszubekommen.

«Nett, daß du das sagst, Harry.»

«Klar.» Harry betätigte einen Schalter an einem der Sitze und ließ Sybil verschwinden. «Hör zu», sagte er, während er zur Tür ging, «wenn du auf irgendwelche komischen Gedanken kommst, redest du mit mir, okay?»

«Verdammt nochmal», sagte Coolidge.

II

DER DOKTOR

Eine undichte Stelle

Abfall langweilte Tice. Er rief keine analytischen Regungen in ihm hervor; es war der Müll, der ganze Müll und nichts als der Müll. Er zählte die Tage, bis er von der Abfalltour wegkam. Seine Frau hatte ihm zum Geburtstag eine Magnum-Flasche Kölnisch Wasser geschenkt. Abends *sprach* sie nicht einmal mit ihm, bevor er nicht zwanzig Minuten unter der Dusche verbracht hatte. Tice war nicht sicher, aber er hatte entschieden das Gefühl, daß die Sache mit dem Abfall eine Straftour für irgendeine Sünde war, die er begangen (oder nicht begangen) hatte.

Der Müllwagen fuhr ruhig durch die stillen, frühmorgendlichen Straßen einer Vorstadt in Maryland. Das allein mußte schon ein klassischer Sherlock Holmes'scher Anhaltspunkt für die Paranoiden und Geistesgegenwärtigen sein: ein Müllwagen, der die Leute nicht böswillig aus dem Schlaf riß! Butterworth lenkte den Wagen in die Ambros Street, und Tice hielt Ausschau nach dem nächsten Halt. Die Mülltonnen hatten für ihn bereits persönliche Züge angenommen. Diese hier war ein grünes, gewelltes Plastikding mit schwarzem Deckel. An diesem Morgen war sie wirklich vollgepackt mit feinen Sachen; der Deckel ließ sich nicht mehr richtig schließen, er neigte sich in einem ziemlich verwegenen Winkel, der Tice an eine Baskenmütze erinnerte. Das gab der Mülltonne einen selbstbewußt-sorglosen Ausdruck, fast als sei sie sich ihrer Viersternequalität bewußt, ihres VIP-Abfalls, der bedeutungsschwangerer war als die übliche Ausbeute an Kongreß-, Bürokratie- oder Konsulatsmüll. In den eingewachsenen Windungen Washingtons mußte das eine Art verstecktes Statussymbol sein.

Tice glitt mühelos vom rechten Sitz, während der Wagen noch fuhr. Er war nur noch ein paar Fuß von der grünschwarzen Tonne entfernt, als er bemerkte, daß ein zweiter Müllwagen lautlos auf den Bordstein rollte, Kühler an Kühler mit dem von Butterworth. Tice wußte über Müllwagen inzwischen etwa so gut Bescheid wie F-14-Piloten über MIG-23-Maschinen. Dieser hier gehörte nicht zur BIBLIOTHEK. Er gehörte nicht einmal zum Landkreis. Es war ein International, und dieses Modell wurde hier nicht verwendet. Außerdem: Wer hatte je von einem Wagen der öffentlichen Müllabfuhr gehört, der eine Stunde zu früh auftauchte?

Butterworth war zum selben Schluß gekommen. Er näherte sich dem anderen Müllwagen zentimeterweise und ließ dabei den Motor laut aufheulen. Es klang verflucht bedrohlich. Der zweite Müllwagen begann rückwärts zu rollen, bis der Fahrer *seinen* Motor aufheulen ließ und Widerstand zu leisten begann. Sie glichen zwei wolligen Mammuten, die die Köpfe gegeneinander stießen und sich in einem rituellen Kampf vorwärts und rückwärts drängten.

Unterdessen starrte Tice über den schwarzen Plastikdeckel hinweg in ein böses Gesicht. Sie hatten beide die Mülltonne mit den Armen umfaßt. Tice versuchte, sie mit einem Ruck loszureißen, aber der andere gab nach, und Tice geriet aus dem Gleichgewicht und stolperte rückwärts.

«Verpiß dich», sagte der andere. «Ich erledige das hier schon.»

War Vierternemüll so wichtig, daß verschiedene Unternehmen anfingen, sich auf der Straße darum zu streiten? Tice wußte, daß er die Ware abliefern sollte, aber er sollte nicht Aufmerksamkeit auf sich ziehen oder sich in ein Blutvergießen verwickeln lassen, das die Leute bemerken würden.

«Für wen arbeitest du?» flüsterte er in einem Versuch zu verhandeln.

«Soll ich dich zur Schnecke machen? Ich habe nichts dagegen.»

«Red nicht so», sagte Tice.

«Laß los.»

«Was hast du für eine Vollmacht? Für wen arbeitest du? Reden wir drüber.»

«Ich gebe dir drei Sekunden.»

Der Lärm der Müllwagen wurde beträchtlich; zwei Goliathe, die sich im ersten Gang anbrüllten und keinen Zentimeter nachgaben. Tice versuchte gerade, zu einer korrekten bürokratischen Entscheidung zu kommen, als eine Dame im Hauskleid vorbeiging, angeführt von einem Hund, der gerade im Begriff war, seinen täglichen Beitrag zu der Landplage zu entrichten. Die beiden feindlichen Müllmänner begannen augenblicklich, eine Szene zu spielen, als hätten sie wochenlang geprobt; zusammen trugen sie die Tonne zur Hinterseite von Tices Müllwagen, während die Dame die Regierung da oben mit wilden Blicken bedachte: zwei erwachsene Männer und zwei Fahrzeuge für eine erbärmliche Mülltonne! Als sie sich einen halben Block entfernt hatte, sagte der Mann mit einem Ton von Endgültigkeit in der Stimme: «Okay, das war's. Das ist deine große Chance, alt zu werden.»

Die Beharrlichkeit des Mannes erstaunte Tice. Und er war kein Junge mehr. Er mußte mindestens sechzig sein. Was ging da vor? Tice war entschlossen, nicht klein beizugeben. Die BIBLIOTHEK hatte erste Priorität, die BIBLIOTHEK gab gegenüber niemandem klein bei. Und außerdem griff der Mann gerade nach etwas in seiner Jacke. Es war Zeit, mit Denken aufzuhören, und Tice überließ sich in völligem Vertrauen seinem Rückenmark; er verließ sich darauf, daß seine Reflexe mit der Angelegenheit zurechtkamen.

Tice ließ die Mülltonne los, packte den Arm des Mannes mit einer Hand und zog mit der anderen eine 38er aus der Tasche auf seinem Hosenbein. Er stieß die Pistole gegen die Mülltonne und wollte direkt durch sie hindurchschießen, damit der Müll als Schalldämpfer wirkte. Er drückte bereits fester auf den Abzug, als das Gesicht des anderen Mannes sich blau verfärbte und er nach Luft schnappte.

Der Mann hatte sich ans Herz gegriffen.

Tice ließ seine Pistole rasch unter den Deckel auf den Müll gleiten. Der andere verdrehte die Augen; er gab, immer noch nach Luft schnappend, einen gurgelnden Laut von sich, sackte zusammen und kippte über den schwarzen Deckel der Mülltonne.

Der zweite Fahrer hatte alles gesehen. Er setzte zurück und brauste weg, ausgezählt. Tice, immer noch um den äußeren Schein bemüht, versuchte verzweifelt, den Mann in aufrechter Stellung zu halten, ohne den Müll über den ganzen Bürgersteig zu verschütten, bis Butterworth endlich zu ihm herüberkam. Dann aber gaben die beiden ein prächtiges Team ab. Es war, als hätten sie ihr Leben lang nichts anderes getan. Sie warfen einen kurzen Blick die Straße hinauf und hinunter – die Dame wurde offenbar ganz von ihrem sich entleerenden Hund in Beschlag genommen –, suchten mit einem weiteren Blick die Fenster nach Zeugen ab und warfen dann Müll und Mann mit *einem* professionellen, gelangweilten Müllmännergriff hinten in den Wagen.

Als Coolidge das Objekt in Senator Oliver Garveys Abfall erblickte, war sein erster Impuls, es ganz klein zusammenzuknüllen und zu zerkauen. Schlucken und Vergessen, eine neue Sicherheitskategorie, denn es zu vergessen schien weit besser, als sich ihm zu stellen.

Es war ein Fetzen Papier, eine Notiz, die Garvey von einem seiner Mitarbeiter erhalten hatte und die ihn an eine Verabredung erinnerte. Unter den Schriftzügen des Mitarbeiters hatte Garvey herumgekritzelt. Er hatte das größte einzelne Geheimnis der Nation hingekritzelt, O.F.F., ein Akronym, in das nur die Spitze der Elite eingeweiht war. Die Joint Chiefs of Staff, der Außenminister und der Verteidigungsminister, der Präsident und Ives. Und die BIBLIOTHEK. Selbst die Tausende von Männern, die in die verschiedenen Aspekte von O.F.F. involviert waren, wußten nicht, daß sie einen Teil davon bildeten. In dieser Hinsicht glich O.F.F. dem Manhattan Project, und es war weit wichtiger. Die BIBLIOTHEK hatte alles zusammengebracht, hatte das Projekt ermöglicht, hatte etwas geschaffen, das zweifellos das seltenste Akronym in der Regierung war – und nun war es in Garveys Müll aufgetaucht. Er hatte es sogar weggeworfen!

Das eigentlich Sonderbare an der Sache aber war, daß Garvey offenbar nicht wußte, was die Buchstaben bedeuteten. Er hatte mit der Abkürzung herumgealbert. «Offizielle Stelle für fiskalische Fürze», hatte er notiert. «Organisation für fremdländische Fehlschläge», «Offerten für föderierte Fettnäpfe». Garvey wußte etwas, aber er blickte nicht durch. Alles, was er kannte, waren die Buchstaben. Wie war es möglich, daß Garvey nur die Buchstaben kannte? Wie konnte er gerade soviel wissen und nicht mehr? Was für verquere Informationen waren da durchgesickert?

Coolidge dachte angestrengt nach und sah zu Jake hinüber.

«Vor allem hast du das da nie gesehen», sagte Coolidge und steckte die Kritzelei in seine Jackentasche. «Nie dagewesen, nie passiert. Verpaß dir selber eine Mikroleukotomie. Du könntest jetzt einen Lügendetektortest bestehen, ja?» Er sah in Jakes Augen und suchte nach einer Antwort.

«Ich habe immer ein schlechtes Gedächtnis gehabt», sagte Jake. «Ich kann überhaupt nichts behalten.»

«Prima.»

Coolidge begann in Jakes Büro hin und her zu schlendern. Man konnte sich einen nüchterneren Ort vorstellen; es sah aus wie eine Kino-Eingangshalle aus den dreißiger Jahren. Überall hingen Posters und Fotografien. Clark Gable, James Cagney, Erroll Flynn in *They Died with Their Boots On.* Es war so ungefähr das beste Gesicht, das man zu einem militärischen Wahnsinn machen konnte. Zweihundert Kavalleristen, die zehntausend Indianer angriffen. Andererseits hatten Männer noch weit seltsamere Dinge getan, wenn sie der Präsidentschaft hinterherrannten oder – wie in diesem Fall – -galoppierten.

Jetzt, wo er darüber nachdachte, lag Jakes Büro gar nicht so falsch. Hollywood war ein Unterkapitel der Politik, oder umgekehrt. Louis B. Mayer, der Boß hinter den Kulissen von MGM, unermüdlich auf der Suche nach dem abgedroschensten Nenner. Agenten waren die Manager der Kampagne. Die Stars waren die Kandidaten, die kurze Zeit sehr hoch gehandelt wurden; danach bekamen sie Nebenrollen in den Abendnachrichten. Coolidge suchte nach einem bequemen Platz, wo er sich hinsetzen konnte. Die ganze Bestuhlung bestand aus ausgedienten Kinositzen. Er ließ sich in einen Sessel fallen und spürte einen starken Geruch nach Popcorn aus seinem Unterbewußtsein aufsteigen.

«Kannst du jetzt über etwas anderes nachdenken?» fragte Jake.

«Vielleicht.»

«Der Bursche, der den Herzanfall hatte. Er war ein pensionierter CIA-Agent. Vierundsechzig Jahre alt. Keine bekannten Verflechtungen. Der CIA sagt, der CIA habe nichts damit zu tun gehabt.»

«He», sagte Coolidge. Es gab eine Menge ehemaliger Agenten, die über eine Menge abwegiger Fähigkeiten verfügten; sie lagen nur so auf der Straße.

«Außer der Sache, an die ich mich nicht erinnern kann, war nichts Besonderes unter dem Abfall.»

Coolidge konnte Garveys Abfall gewöhnlich aus zwanzig Fuß Entfernung erkennen. Er lag in der mittleren Schale auf Jakes Arbeitstisch am Fenster und war Coolidge gleich als klassischer politischer Müll aufgefallen; er verströmte einen deutlichen Geruch nach Ambivalenz. Es war genau der Kram, den Garvey wegwarf, um seine Position der extremen Mitte zu sichern.

Jake reichte Coolidge den Abfallbericht hinüber.

ABFALLBERICHT: # 85-10-3

AKTENZEICHEN: 104759
AUFGEGEBENES EIGENTUM VON:
Senator Oliver Garvey (Wohnsitz)

1. Verschiedene linke Spendenaufrufe, meist ungeöffnet
2. Verschiedene rechte Spendenaufrufe, meist ungeöffnet
3. Dokument: Pläne für Spendenanlaß. Geschätzte Kosten. Saal. Viergängiges Dinner. Kellner. Geschätzte Eintrittspreise. Geschätzter Profit.
4. *N. Y. Times* und *Washington Post*, heutige Ausgaben. Ausgeschnittene Artikel: Verhandlungen über Kernwaffen, Bericht über die Sozialversicherung, Porträt des Präsidentenberaters Eugene Ives, militärische Forderungen der NATO, Aufruhr in El Salvador
5. Post:
   Einladung, vor der *Liga der Kriegsgegner* zu sprechen
   Einladung, vor *Recht auf Leben* zu sprechen
   Einladung, vor *Frieden durch Stärke* zu sprechen

Einladung, an der University of California/Los Angeles, an der Columbia University, der University of Miami, Michigan State, und der University of Michigan, Indiana State, zu sprechen

6. 1 Exemplar von Kahn, *Über den thermonuklearen Krieg*, mit zahlreichen Randbemerkungen. Herausgerissene Seiten: 19, 86, 337-49, 402, 619-22
7. Zwanzig-Dollar-Note, als Lesezeichen verwendet
8. 1 Exemplar der Senatsvorlage S-2019, mit Unterstreichungen
9. Kopien von Wählerbriefen, verschiedene Anfragen
10. Notizen auf Papierfetzen
11. Kopie eines Briefes des Verbands der Eierproduzenten, der um eine Ja-Stimme bei S-2019 ersucht
12. Kopie eines Briefs des Außenministers, der darum ersucht, die Vorlage zur Auslandshilfe, die beim Vermittlungsausschuß liegt, zu unterstützen
13. 1 Lippenstift, Farbton: Morgenrosa, gebraucht
14. 1 Paar Strumpfhosen, schwarz, zerrissen

Garveys Abfall war die physische Verwirklichung der Überlebensgleichung eines Politikers, eine Gleichung, in der alle Faktoren hineinmultipliziert und alle Variablen berücksichtigt waren. Sie zeigte, was hinter der totalen Stasis lag. Die Stasis, null Kraft null Druck und genau in der Mitte, war in Wirklichkeit der resultierende Vektor aus zahllosen Druckmomenten und Kräften, die einander alle aufhoben, um eine zitternde Immobilität hervorzubringen. Sie schloß auch den nicht zu fassenden Faktor W ein, den alle erfolgreichen Politiker brauchten – W für Winde, die heißen Stromlinienwinde der politischen Evolution, die jeden Politiker zerstörten, dessen Wetterfaktor nicht flexibel genug war und der beispielsweise den Unterschied zwischen Südost zu Ost und Ost-Südost nicht kannte.

«Streich Punkt 10 durch und laß die Seite nochmals tippen. Nein, streich ihn aus. Mit schwarzer Tinte.» Coolidge stützte den Kopf in die Hände und starrte auf den Teppich, der aussah, als stamme er aus einem Filmpalast der Loews-Ära. «Nein. Schneid es mit einer Rasierklinge aus der Liste, laß sie nochmals tippen und gib mir den Streifen, den du herausgeschnitten hast.»

Garvey hatte Zugang zur BIBLIOTHEK; jemand redete, gab Sachen weiter, war nicht dicht. Coolidges erster Gedanke war: unvorstellbar. Offensichtlich unmöglich. Die einzigen, die Bescheid wußten, waren hundert Prozent verläßlich. Kaum hatte er das gedacht, da realisierte er schon, daß er falsch lag. Natürlich konnte man es sich vorstellen; aus welchem anderen Grund mußte irgendein armer Teufel Eberharts Job übernehmen und das Personal überwachen? Er ging die paar Möglichkeiten durch. Zuerst die Politiker: der Präsident, Ives, der Außenminister, der Verteidigungsminister. Das waren schon alle: selbst der Vizepräsident tappte im dunkeln. Gesunder Menschenverstand schied diese vier aus – für sie bedeutete es politischen Selbstmord, wenn O.F.F. in die Öffentlichkeit durchsickerte. Zweitens: die Militärtypen. Die vier Joint Chiefs of Staff. Aber die liefen auf Hochtouren für O.F.F. – es sollte ihr Meisterstück werden. Sie und ihre Vorgänger hatten es jahrelang vorbereitet. Eigensinnige, unzuverlässige Generäle schafften es einfach nicht bis zum Joint Chief. Es konnte keiner von ihnen, es mußte ein Bibliothekar sein.

Aber alle Bibliothekare wußten alles; das war das oberste Gesetz der BIBLIOTHEK. Es war ein Dilemma. Alles, was die BIBLIOTHEK unternahm, würde dem Spion bekannt sein. Das ergäbe ein interessantes kleines Paradoxon für den großen Problemlöser im neunten Stock. Man konnte es Harrys Paradoxon nennen. Natürlich war es möglich, daß Harry der Schlag traf, wenn er die Neuigkeit erfuhr. Sein Bluthaushalt mußte ohnehin schon katastrophal aussehen, wenn man bedachte, für wie viele Pfunde sein Blut aufkommen mußte.

Coolidge fand die Aussicht, die Nachricht überbringen zu müssen, entsetzlich, selbst wenn sie die Abfallanalyse mehr oder weniger unentbehrlich erscheinen ließ. Der glückliche Bürokrat in seiner Seele kämpfte mit dem Realisten. Die Neuigkeit konnte die BIBLIOTHEK zerreißen. Wie jagte man einen Spion, der alles wußte?

Er brauchte wohl medizinischen Beistand, wenn er Harry die Neuigkeit eröffnete.

Dunn's Dilemma

Coolidge nickte Beebes beiden Wachen zu und stieß die Tür auf. Sofort hörte er das Summen. Der Aktenraum. Der Ort der Inputs, aller Inputs, der Ort, an dem Verbindungen hergestellt wurden, die sonst nirgends hergestellt werden konnten, der Ort, an dem bloße Daten zu Information wurden – auf ihrem Weg zur Wahrheit oder zumindest zur Politik.

Das Lichtsignal schien hell in dem verdunkelten Raum, und er ging direkt auf es zu: es war das rote Schalterlicht der Kaffeemaschine, das Burnish brennen ließ wie ein ewiges Licht. Coolidge sah zu, wie der Kaffee heiß und schwarz in die Tasse rann, und nahm hinter sich undeutlich das Summen wahr, während sie sprachen, Bemerkungen und Kommentare abgaben, verschiedener Meinung waren. Spezialisten, die ruhig über ihren Patienten konferierten: den Planeten Erde.

Als guter Junggeselle vergaß er die Untertasse und ging zu seinem Platz am Tisch. Er war rund, darauf beharrte Harry felsenfest, eher aus praktischen und ästhetischen als aus symbolischen Gründen. Natürlich war Harry da. Harry war immer in der BIBLIOTHEK. Warum sollte man auch irgendwo anders sein wollen, wenn man in die BIBLIOTHEK gehen konnte?

Coolidge setzte sich auf seinen festen Platz neben Charley Eberharts leerem Stuhl; er war in finsterer Stimmung, einem trüben Gebräu aus Beklemmung und Wut. Wut auf den schuldigen

Teil, wer immer er – oder sie – war, und Beklemmung, was mit der BIBLIOTHEK geschehen würde, wenn er seine Bombe erst einmal auf sie abgeworfen hätte. Die anderen dagegen fühlten sich prima; das war in der BIBLIOTHEK der normale emotionale Zustand.

Sie berauschten sich an Daten; sie arbeiteten an der vordersten Front der Realität, dort, wo die nationalen Interessen sich überschnitten, wo eine nationale Macht auf die andere stieß, wo die wirklichen Grenzen – nicht bloß die Linien auf der Landkarte – lagen. Sie genossen die Flut von Fakten, sie genossen es, die ersten zu sein: sie fühlten sich, als wären sie die ersten, die ein Düsenflugzeug flogen, auf dem Mond herumspazierten oder über Telefon sprachen. Aber die Triumphe der BIBLIOTHEK waren noch weit größer. Sie waren die ersten, bei denen eins und eins zwei gab.

Vera war da. Und Ma Bell: Mike Barber. Leo Gardella. Alex Hopkins. John Burnish natürlich. Harry Dunn natürlich. Die übrigen Bibliothekare waren in ihren eigenen Abteilungen und gingen ihren eigenen Spezialproblemen nach. Solange Harry vier Bibliothekare plus sich selbst hatte, war er glücklich, es «zündete», es würde etwas passieren.

Der Computer beschäftigte sich gerade mit der NATO und warf Statistiken und Daten auf die Bildschirme ringsum an den Wänden. Coolidge sah zu Vera hinüber und erhielt einen seltsamen Blick zurück. Sie waren wochenlang nicht mehr miteinander im Bett gewesen – seit Coolidge herausgefunden hatte, daß das Personal überwacht wurde. Es klappte nicht einmal im Dunkeln: die verdammten Dinger reagierten auf Infrarot. Je heißer die Szene, desto klarer das Bild. Coolidge hatte noch keine Zeit gehabt, Details für ein «sicheres Bett» auszuarbeiten. Er versuchte, einen ganz professionellen und sachlichen Eindruck zu erwecken, aber als er Vera ansah, begannen die Kapillargefäße in seiner Leistengegend sich auszudehnen oder zusammenzuziehen oder was auch immer.

Vera wandte sich ab. Sie war mitten in einer Debatte über die Magnetometeraufzeichnung eines Satelliten über Osteuropa. Der Magnetometer reagierte auf Metall, und er war über Naumburg in Ostdeutschland um zwei Prozent gestiegen. Coolidge sah Vera sprechen und versuchte sich auszumalen, wie sie mit Oliver Garvey sprach, was sie sagen könnte, und warum. Aber seine Vorstellungskraft ließ ihn im Stich.

Wie konnte man so eine Szene heraufbeschwören, wenn sie allem widersprach, was man bisher über einen Menschen wußte? Er konnte sich Vera im Hongkonger Korb vorstellen, aber er konnte sich nicht vorstellen, daß sie Informationen an Oliver Garvey weitergab.

Oder Johnny Burnish, der neben Dunn saß. Burnish war die einzige altmodische Erscheinung in der BIBLIOTHEK; so oft Harry einen Auftrag erteilte, machte Burnish sich mit einem Bleistift Notizen auf seinen Schreibblock. Es war der beste Job, den Burnish je gehabt hatte: ein gehobener, gutbezahlter Laufjungenjob, der nicht allzuviel Denkarbeit erforderte, nur Energie. Burnish war Harry Dunn beinahe zwanghaft ergeben; Dunn hatte ihn von seinem Ticonderoga-Institut, wo er seiner Aufgabe nicht gewachsen gewesen war, mitgebracht. Burnish kam sogar noch weniger in Frage als Vera.

Coolidge schlürfte seinen heißen Kaffee und ging, während er auf seinen großen Moment wartete, oberflächlich einen Stoß Computerausdrucke durch, die Burnish auf seinen Platz gelegt hatte. Unter ihnen war ein Paßfoto des toten CIA-Agenten, zusammen mit seinem Dossier, das unter anderem die Namen derer enthielt, mit denen oder für die er während seiner achtzehn Jahre beim CIA gearbeitet hatte. Zweifellos war bereits eine Untersuchung im Gange; die BIBLIOTHEK überließ solche Dinge allerdings anderen. Zehntausende von Leuten bearbeiteten jede einzelne Information, die ins System kam. Die Bibliothekare waren auf mehr aus: Vergleiche, An- und Vorzeichen, Botschaften in den Teeblättern oder am Himmel.

«Eine Veränderung von zwei Prozent in den Magnetometerwerten *ist* eine Veränderung», sagte Vera.

«Nein, ist es nicht.» Harry war verständnisvoll, aber unbewegt. «Zwei Prozent sind ein Klacks. Zwei Prozent sind viel Lärm um nichts.»

«Zwei Prozent sind eine neue Schiffsladung Feuerzeuge fürs PX», warf Mike Barber ein. «Es ist wenig, Vera, sehr wenig.»

«Es geht nicht um die Menge, Mike, es geht darum, wie sie eingesetzt wird», gab Vera lächelnd zurück.

«Oh, natürlich», sagte Barber, «das ist etwas anderes. In diesem Fall sollten wir die Sache doch mit allen Mitteln weiterverfolgen, bis Vera befriedigt ist – sofern das überhaupt möglich ist.»

Leo Gardella unterdrückte ein anzügliches Lachen und schüttelte den Kopf. Er zwinkerte Vera zu. Gardella. Sein einziges Problem außer dem, seine schöne junge Frau glücklich zu machen, war seine geringe Toleranz gegenüber der Irrationalität anderer. Gardella und Garvey? Gardella hätte nichts als Verachtung für Garvey. Wenn sie sich begegneten, würde er ihn innerhalb von fünf Minuten tödlich beleidigen. Gardella verfügte im Bedarfsfall über beachtliche Reserven an Wut.

Gardella kam nicht in Frage. Und ebensowenig Barber, der in gewohnt perfekter Kleidung dasaß. Dunkelblaue Cordhosen. Gerippte Hosenträger. Dunkelblaues Hemd mit braunen Streifen, dazu eine mattorange Tweedkrawatte. Seine Brille funkelte. Man würde Barber nie dabei ertappen, daß das Kunststoffgestell seiner Brille blinde Flecken aufwies. An Barber mußte alles perfekt sein, weil er kein Ego hatte. Keine Spur davon. Alles, was er besaß, mußte perfekt sein, alles, was er tat. Er durfte sich keine Blöße geben. Coolidge konnte sich nicht vorstellen, daß Barber das Risiko auf sich nehmen würde, sich zu exponieren: weniger aus Angst vor einer Gefahr als vor der Kritik, die ihn weit schneller vernichten würde als eine Kugel aus Beebes Automatic.

Und Harry. Harry richtete seinen Problemlöseblick gerade auf Vera. Sein Blutdruck lag wahrscheinlich bei tausend über sechshundert. «Worüber streiten wir denn? Sehen wir uns dieses Naumburg doch einmal an», sagte er. Direkt zum Kern der Sache vorstoßen. Würde Harry sein eigenes Baby umbringen?

Vera drückte die Input-Taste, und die Aufnahmen auf allen fünf Bildschirmen des Hauptdisplays direkt gegenüber von Coolidge wurden augenblicklich weggewischt und durch eine Satellitenaufnahme klassischer deutscher Landschaft ersetzt. Hügel, Täler, pittoreske Städtchen, die nicht weiter als eine Kilotonne auseinander lagen, wie der Pentagon es gern ausdrückte. Vera wählte einen kleinen Ausschnitt des Bildes und vergrößerte ihn, bis er alle fünf Bildschirme ausfüllte.

«79. PANZERDIVISION» druckte der Computer über dem Bild aus.

Man sah Soldaten, die über Holzstege zu einer Kantine gingen. Ein nur undeutlich sichtbarer Krankenwagen raste auf einer Straße dem Krankenhaus zu. Im Fahrzeugpark eine ganze Anzahl von Panzern. Schwere Panzer. Etwa fünfundsiebzig. Sie konnten die Zahlen auf den Panzern erkennen. Einer wurde gerade überholt: auf dem Panzerturm lag ein offenes Instruktionshandbuch. Beinahe konnte man den Text lesen.

«Die Aufnahme ist eine Woche alt», sagte Vera und sah auf die Displays hinter Coolidge, die identisch waren mit den Bildern auf der anderen Seite des Raumes, so daß niemand sich zum Zuschauen umdrehen mußte. Sie wandte die Augen nicht von den Bildschirmen ab. «Die neueste Aufnahme fehlt uns. Die C-130 hat die wöchentlichen Filmaufnahmen vermasselt; wir müssen sie wiederholen und es noch einmal versuchen.»

«Dann haben wir also nichts als die zwei Prozent», sagte Hopkins.

Hopkins reagierte meist gehässig, was man aber nicht persönlich nehmen durfte. Er war sieben Zentimeter zu klein für einen Basketballspieler und so dünn, daß er beinahe unsichtbar war. Ein grauer Backenbart zog sich über seine Kinnlade, rahmte sein Gesicht ein und brach am kritischen Punkt in einen Van Dyck aus.

«Das stimmt», gab Vera zu. «Wir haben keinen Beweis dafür, daß jetzt mehr Panzer dort sind als vor einer Woche.»

«Liebes, du verschwendest unsere Zeit mit Nebensächlichkeiten», sagte Hopkins trocken und sah dabei aus wie die perfekte Hemdenreklame.

«Es ist eine Veränderung», insistierte Vera. «Da braut sich etwas zusammen.»

«Es sind zwei Prozent, Vera», sagte Harry achselzuckend.

«Ich möchte nicht wegen zwei Prozent dran glauben müssen.»

In Hopkins' Gehirn waren enorme Quantitäten von Daten gespeichert. Er war für die elektromagnetischen Übermittlungen verantwortlich. Darunter fielen alle Arten von Nachrichten, die über die Luft verbreitet wurden. Radio- und Fernsehsendungen. Diplomatenfunk. Militärische Übermittlungen. Funkamateurgeschwafel. Telemetrie. Das Geschnatter von Leningrader Taxiunternehmen. Kontrollturmgespräche. Hopkins babbelte manchmal wie ein Verrückter, wenn er beschrieb, was Tag für Tag so über die Computer kam. Jetzt setzte er sein Wissen dazu ein, den Computer zu befragen.

«CODENAME CIA NAUMBURG?»

«SÄGEMEHL II.»

«NEUESTER BERICHT SÄGEMEHL II?»

«PLANGEMÄSSE ANKUNFT DES 645. PANZERREGIMENTS ERWARTET. TOTAL 45 PANZER, 600 VERSCHIEDENE FAHRZEUGE, 4000 MANN.»

«Da sind deine zwei Prozent», sagte Hopkins. «Du hast deine Aufzeichnung zu einem Zeitpunkt bekommen, als die Ablösung gerade einsetzte. Sie haben einfach vorübergehend mehr Fahrzeuge in Naumburg.»

«Gut gemacht jedenfalls, Vera», sagte Harry, der gute Administrator. «Die Russen bringen ein paar Fahrzeuge rein, und du kriegst es mit. Nicht schlecht. Weiter.»

Vera bedachte Harry mit ihrem besten gemeinen Lächeln, während er sprach, aber sie dachte angestrengt nach. Coolidge merkte es genau. Er wußte es immer, wenn Vera nachdachte. Manchmal passierte es in sonderbaren Momenten, aber er merkte es immer. Er war daher nicht überrascht, daß sie einen raschen Dialog mit dem Computer begann, der deutsch antwortete; sie hörten über die im Raum verteilten Lautsprecher ein Telefongespräch mit. Vera gab die Anweisung für eine Computerübersetzung ein: sie war nicht gerade elegant, aber der Inhalt war unmißverständlich.

Es war ein Gespräch zwischen einer Frau und einem Mann in Breslau. Die Frau bestellte mehr Mädchen für ihre Filiale der Bordellkette. Die in Naumburg.

Vera lächelte über den runden Tisch.

«Mehr Jungen bedeutet mehr Mädchen, sonst werden die Jungen ranzig. Meine Herren, die Puffs bekommen Verstärkung.»

«Die zwei Prozent müssen die Metallklipse an den Strapsen sein», sagte Hopkins.

«Das kostet dich ein Mittagessen», meinte Gardella zu Hopkins.

«Ein zusätzliches Panzerregiment in Naumburg», grübelte

Harry. «Interessant.» Es war leicht zu sehen, wie die Räder in seinem Kopf sich drehten: er würde dafür sorgen, daß der CIA sich dahinterklemmte.

«Jetzt, wo ihr euren Spaß gehabt habt, würde ich gern noch etwas anderes aufs Tapet bringen», sagte Coolidge.

«Übrigens, Vera, gehen wir auf Nummer Sicher und schauen den neuen Satellitenstreifen an, sobald er da ist», sagte Harry.

«Der nächste Punkt ist weniger erfreulich», setzte Coolidge an.

«Wenn der C-130-Pilot die Aufnahmen hinkriegt», antwortete Vera.

Der Computer hatte Naumburg bereits verlassen, ebenso wie Coolidge, und wandte sich nach Süden und Osten zur rechten Flanke der NATO. Diogenes Station, der amerikanische Horchposten in Sinop am Schwarzen Meer, wurde von demonstrierenden türkischen Radikalen bedroht. Gleichzeitig waren in der wichtigsten sowjetischen Raketentestbasis bei Tyuratam Zeichen gesteigerter Aktivität zu erkennen, was darauf hindeutete, daß vielleicht ein Raketentest bevorstand. Bedeutete das, daß die türkischen Radikalen von Moskau gesteuert wurden?

Barber fragte den Computer, wo General Yeremenko, der das SS-45-Raketenprogramm leitete, im Augenblick gerade war.

«GENERAL YEREMENKO HAT MOSKAU GESTERN NACHT AN BORD EINER ILYUSHIN 21 VERLASSEN. ZIEL: TYURATAM.»

Gardella prüfte sofort nach, ob die Überwachungsstationen auf Zypern, Midway und den Aleuten für einen bevorstehenden Test in Alarmbereitschaft versetzt worden waren. Das war nicht der Fall. Außerdem hatte der Computer keine Informationen über die türkischen Radikalen. Das mußte untersucht werden, und Burnish machte Notizen für den Präsidenten.

Coolidge sah zu und schüttelte bewundernd den Kopf. Sie waren gerissen. Vielseitig geschult. Sie hatten einen unglaublichen Spürsinn. Sie konnten aus dürftigsten Hinweisen von Daten Möglichkeiten aufspüren. Harry hatte gute Leute eingestellt. War das nicht die richtige Art, die Sache anzupacken? Sie alle auf den Verräter ansetzen, ihren Verstand auf dieses Problem konzentrieren und Kombinationen und Schlüsse ziehen lassen. Aber er zögerte.

Coolidge war kein Spion und eigentlich nicht einmal ein Nachrichtendienstler, schon gar nicht ein geborener – eher hatte man ihm den Job aufgedrängt –, aber er wußte, wie heimtückisch sein kleiner Beitrag war. Würden sie weiterhin dasitzen und mit der Freiheit, die sie jetzt hatten, Ideen entwickeln, oder würde der Prozeß austrocknen, zerstört von den Windungen des Verdachts, die in jedem Fall endlos waren? Argwohn und Sicherheitsdienst gehörten zusammen. Durfte der Verräter gewarnt werden?

Sonderbarerweise erschien plötzlich Senator Garvey auf allen Bildschirmen. Garvey hatte Computerpriorität.

Coolidge blickte rasch im Raum hin und her. Es war nichts zu entdecken; die Dunkelheit verhinderte jede Art von Psychoanalyse.

Garvey saß auf einer Parkbank im Lafayette Park, dem Weißen Haus gegenüber, wo sich oft Demonstranten versammelten. Es war ein seltsames Bild. Die eingeblendete Datums- und Zeitanzeige gab an, daß es sich um eine Direktsendung handelte: Garvey war *jetzt* dort draußen; er saß mit Herbert Purefoy, einem ehemaligen CIA-Direktor, zusammen.

«Du hast es vermutlich gehört?» fragte Purefoy.

«Ich habe es gehört», sagte Garvey.

«Ich habe nichts damit zu tun gehabt, Oliver.»

«Wer?»

«Der General.»

«Der General.» Garvey sagte es, als handle es sich um eine Krankheit.

«Sein letzter Auftrag kam vom DIA, vermutlich ist er ihm in den Kopf gestiegen. Irgendwie ist er auf die Idee gekommen, daß dein Abfall überwacht würde, Oliver. Er wollte dich schützen.»

«Wer meinen Müll stiehlt, stiehlt Kehricht», erwiderte Garvey. «Sag ihm, er soll sich um seinen eigenen Dreck kümmern.»

«Ich hab ihm schon Bescheid gestoßen; es wird nicht wieder vorkommen.»

«Das hast du schon nach dem dummen Einbruchversuch in die BIBLIOTHEK gesagt. Du mußt den General unter Kontrolle halten. Diskretion ist alles.»

«Das werde ich tun, Oliver, aber Diskretion ist nicht alles», antwortete Purefoy. «Wir wollen weiterkommen. Die Emersons wollen es alle. Sie wollen handeln. Jetzt, Oliver.»

(«Wer zum Teufel sind die Emersons?» fragte Harry. «Die Emersons haben hiermit Computerpriorität. Mach eine Notiz, John.»)

Garvey stützte das Kinn auf den Griff seines Regenschirms, während er zum Weißen Haus hinübersah, das er zweifellos eines Tages mietfrei bewohnen wollte. Garvey war ein Mann, der im Grunde zur Inaktivität neigte, für den die abstrakte Abwägung von Möglichkeiten das eigentliche Spiel war, der Spaß, der ihn wieder und wieder vom tatsächlichen Schritt in die Realität abhielt, bis er Gewißheit hatte.

«Hab Geduld. Ich brauche ein bißchen mehr Zeit», sagte Garvey.

«Wir haben keine Zeit mehr.»

«Wer sagt das?»

«Der Bischof zum Beispiel.»

«Jetzt weiß ich Bescheid. Der Bischof.»

«Und der Rabbi.»

(«Der Bischof und der Rabbi, was? Klingt wie ein Roman von Agatha Christie», meinte Harry. «Was zum Teufel geht da vor? Computerpriorität. Rabbi und Bischof. Müssen Codewörter sein.»)

«Der Bischof und der Rabbi», sagte Garvey. «Die Experten im politischen Timing.»

«Würdest du bitte einmal zuhören, Oliver?»

«Ich höre.»

«Würde es dir etwas ausmachen, mir zu sagen, worauf du wartest? Ich muß den andern doch etwas sagen können.»

«Wir warten auf den Doktor. Sag ihnen das.»

«Wie lange?»

«Nicht lange.»

«Wer ist der Doktor?»

«Der Doktor ist der, der für das Heilmittel sorgen wird.»

«Wie wird er das anstellen?» fragte Purefoy mit einem schwachen, skeptischen Lächeln.

«Der Doktor ist im Innern. Im Innern des Innern; hinter der innersten Zwiebelschale. Ich weiß, wovon ich spreche. Wir werden auf den Doktor warten.»

«Oliver», sagte Purefoy, «du willst nicht auskneifen, oder?»

«Nein, das will ich nicht.» Garvey sah verletzt aus, was nicht oft vorkam. «Wir werden auf dieses weißliche Haus gegenüber eine Bombe abwerfen, aber das muß mit chirurgischer Präzision geschehen. Wir warten auf den Doktor.»

(«Doktor. Computerpriorität», sagte Harry.)

Purefoy seufzte und stand auf. «Oliver, findest du nicht, daß ich ein Recht habe zu wissen, wer der Doktor ist?»

«Ich werd's mir überlegen», antwortete Garvey.

Purefoy brach auf, während Garvey sitzen blieb, das Kinn auf den Schirm gestützt, mit undurchdringlichem Gesicht, das Bild eines Mannes, der seine Spuren so vollständig verwischte, daß er hin und wieder eine Pause machen mußte, um mit sich selbst Kontakt aufzunehmen. Als Garvey sich erhob, schaltete der allwissende Computer um zur Nordflanke der NATO, dem schwedischen Marinestützpunkt auf der Insel Mushö, wo die Schweden eine spezielle Einsatztruppe sammelten, um ein in der Nähe vermutetes sowjetisches U-Boot zu orten.

Harry leckte sich die Lippen in reiner verlangender Gier. Senator Oliver Garvey stand im Begriff, eine Indiskretion zu begehen, sich auf ein bestimmtes Vorgehen festzulegen, eine Gelegenheit wahrzunehmen! Es war eine Chance, ihn zu erwischen. «Jetzt wissen wir, woher die ganzen Schwierigkeiten kommen. Ich will alles über die Emersons wissen – wer sie sind, was sie tun, was sie bezwecken. Bis morgen, wenn nicht schneller.» Er blickte in die Runde. «Irgendwelche Ideen?»

Das war der Moment.

Harry wartete darauf, daß seine Genies Einsichten produzierten. Es war Zeit, Harry zu sagen, daß der Doktor in der BIBLIOTHEK arbeitete. Coolidge handelte gern vorschriftsgemäß – so war es am besten, am sichersten. Aber Harrys Paradoxon verwischte das Problem. Dunn's Dilemma: In der BIBLIOTHEK, wo jeder alles wußte, mußte Verrat von jedem, der davon erfuhr, geheimgehalten werden, bis der Verräter entlarvt war.

Indem man den andern bestimmte Daten und Folgedaten vorenthielt, verletzte man das, was die BIBLIOTHEK ausmachte. Und dann wurde es kompliziert: Ein Faktum führte zu zweien, die zwei zu vier, acht und so weiter; das Ganze verzweigte sich in alle Richtungen wie ein Zickzackblitz. Wenn Coolidge auch nur die geringste Aussicht auf Erfolg haben wollte, mußte er rasch etwas unternehmen; sonst würden die sich äußerst schnell verzweigenden Fakten sich früher oder später mit einem andern rasch wachsenden Zweig überschneiden, und die ganze Geschichte würde auffliegen. Und wohin würde das führen? Würde Harry ihm glauben? Würde Harry an Dunn's Dilemma glauben? Oder würde es so aussehen, als hätte Coolidge irgendein Spiel getrieben? Es spielte keine Rolle. War Coolidge für die Sache verantwortlich? Wenn ja, dann gab es keine Wahl. Er mußte seine Arbeit tun.

Er mußte den Doktor finden.

Abfallbericht: # 85-10-5

AKTENZEICHEN: 104759
AUFGEGEBENES EIGENTUM VON:
Senator Oliver Garvey (Wohnsitz)

1. 1 Päckchen parfümierte Zigaretten, Marke *Alexandrine*
2. 1 Lippenstift, Farbton: Morgenrosa
3. 12 Bierflaschen, Marke: *Beck's*
4. 1 Flasche Scotch, Hausmarke, 1.75 Liter
5. 1 Fläschchen Nasentropfen
6. 2 Plastikbehälter für Eiswürfel, defekt
7. *Washington Post*, auf der Fernsehseite gefaltet
8. Bleistiftgeschriebene Notizen betreffend Termine, an denen H. Dunn vor den Unterausschuß geladen werden soll
9. Ausgaben von *Time*, *Fortune*, *Foreign Policy*, *Armed Forces Journal*, *Wall Street Journal*, *N.Y. Times*, *Washington Post*, *Playboy*, einzelne Beiträge ausgeschnitten
10. Exemplar einer Rede, die offenbar bei einer privaten Party von Harvey Stubbs, dem Vorsitzenden der *Texarkana Oil*, in seinem Haus in Houston gehalten werden sollte

Abfall-Szenario

Am Dienstag abend hatte Senator Garvey zwei Mitglieder seines Kontroll-Unterausschusses auf ein paar Drinks bei sich zu Hause. Es waren Senator Buchanan (Punkt 3, zwölf Flaschen *Beck's* Bier) und Senator Quincy (Punkt 1, ein Päckchen parfümierte Zigaretten, Marke *Alexandrine*). Es wurden Angelegenheiten des Unterausschusses diskutiert (Punkt 8, flüchtige Notizen mit mehreren Terminvorschlägen für «Zeugenaussage Dunn»). Zu keinem Schluß kam man darüber, wie die Aktivitäten der BIBLIOTHEK einzuschätzen seien. (Punkt 8 wurde zerknüllt und weggeworfen).

Nachdem die Senatoren gegangen waren, kam Garveys bevorzugtes Callgirl, Melanie Smith, an (Punkt 2, Lippenstift Morgenrosa). Sie verließ das Haus etwa um 0.30 Uhr (Punkt 7, Fernsehprogramm in der *Washington Post*, Beginn von *The Candidate*, bekanntlich einer von Garveys Lieblingsfilmen, mit Tinte umrandet).

Kommentar

Punkt 10, eine sonderbar unkluge Rede, die bisher nicht gehalten worden ist und wohl auch kaum gehalten werden wird, stellt ein Kuriosum dar. Sie liegt überhaupt nicht auf Senator Garveys Linie (und übrigens auch nicht auf der irgendeines anderen amerikanischen Politikers). Ein Fragment, rekonstruiert aus zerrissenen, teilweise verbrannten Blättern, wird im folgenden wiedergegeben.

... und das gibt ein Republikaner Ihnen, wenn Sie ihn um einen halben Dollar für eine Tasse Kaffee bitten *(Pause für Gelächter)*. Aber im Ernst, ich wollte heute abend noch ein wichtiges Thema ansprechen, bevor ich Sie wieder Ihrem Barbecue überlasse.

Wir verwenden oft den Begriff «Freie Welt». Auf den ersten Blick scheint er völlig klar. Mit «Freie Welt» werden die Länder, die frei sind, unterschieden von denjenigen, die unfrei oder kommunistisch sind. Und dennoch wird der Ausdruck überraschenderweise oft mißverstanden.

Die Verwirrung rührt daher, daß die meisten Amerikaner dazu neigen, an die persönlichen Freiheiten zu denken, wenn das Wort «frei» verwendet wird. Pressefreiheit, Redefreiheit, Versammlungsfreiheit und so weiter. Genau diese Definition von «frei» schafft das Problem, denn viele Länder der «Freien Welt» sind nicht frei. Südafrika. Guatemala. Paraguay. Viele andere.

Wie kann ein Land «unfrei» sein und trotzdem zur «Freien Welt» gehören? Das ist der Widerspruch, den ich heute abend lösen möchte. Die Antwort ist in der Tat von grundlegender Bedeutung für unser Verständnis des Wettrüstens.

Sehr einfach ausgedrückt bezieht sich der Ausdruck «Freie Welt» *nicht* auf die Grundfreiheiten. Er bezieht sich auf nichtkommunistische ökonomische Verhältnisse in verschiedenen Ländern, die die Investitionsfreiheit gewährleisten. Das ist es, was am Ende ein kommunistisches Land von einem nicht-kommunistischen unterscheidet. Investitionsfreiheit, Entwicklungsfreiheit, Expansionsfreiheit. Die Freiheit eines jeden, seinen Dollar zu verdienen. Die Freiheit, im Wortsinn *nicht in den roten Bereich zu kommen,* und um nichts anderes, meine Freunde, geht es beim Wettrüsten. . .

Wer ist der Doktor? Und was?

Beebe war ein Busenmensch.

Dieser Trieb war bei ihm außergewöhnlich stark entwickelt. Tatsächlich trat er bei niemandem stärker auf als bei Beebe: er durchzog seine gesamte Persönlichkeit. Er saugte immer an irgend etwas. Scotch. Kaffee. Zigaretten. Zigarren. Es war, als hätte Beebe diesen einen Instinkt, mit dem der Mensch geboren wird, nie verloren, als wäre er nie aus ihm herausgewachsen, müßte ihm immer und immer wieder gehorchen und ließe sich nicht von ihm abbringen, egal, was passierte, weil etwas tief in seinem Unterbewußten unentwegt die gleiche Information wiederholte: Saug oder stirb.

Als er Madeline begegnete, war er sofort auf Hochtouren. Sie hatte zwei Eigenschaften, die ihn anzogen. Ihr Busen war etwas zu groß für ihren Körper und hatte deshalb eine Aura des Exzessiven, von Vollblütigkeit und Überfluß: in ihrem Büstenhalter lag das Überleben persönlich. Außerdem war sie über fünfzig, und die schwindenden Qualitäten dieser Ex-Schönheit hatten es Beebe angetan. Sie wirkten auf seinen Konkurrenzinstinkt: er wäre der beste, der größte in einer zweifellos recht langen Reihe von Liebhabern.

Ein zusätzlicher Vorteil lag darin, daß sich in Madeline Beruf und Vergnügen verbanden. Sie bearbeitete in der National Security Agency nicht decodierbare Nachrichten, hauptsächlich solche aus kommunistischen Ländern. Selbst die Experten der NSA waren nicht imstande, sie zu entziffern. Trotzdem wurden sie als Daten betrachtet: manchmal konnten allein schon aus dem Umfang und der Richtung des Nachrichtenflusses Informationen abgeleitet werden. Alle diese Nachrichten wurden zur Computerspeicherung in die BIBLIOTHEK weitergeleitet; vielleicht kam einmal der Tag, an dem die NSA die Codes knackte. Da Madeline die Verbindungsfrau zur BIBLIOTHEK war, war sie für den *Datenschützer* automatisch von Interesse; Beebe hatte also zwei Gründe, sie zum Dinner einzuladen.

Während Madeline sich um die Drinks kümmerte, spazierte Beebe in der Zweizimmerwohnung herum und sah sich die Kunst an den Wänden und die Bücher auf den Regalen an. Nichts Ungewöhnliches. Typische Regierungsintellektuelle. Der neueste Interviewband mit mexikanischen Landarbeitern. Ein *Foreign Affairs*-Abonnement. Ein Regal voller Bücher über Statistik, die ungelesen aussahen und wahrscheinlich zu ihrer Kryptographieausbildung gehörten. Keine Porträts von Che Guevara.

Sie kam mit den Drinks aus der Küche und stellte das Tablett auf den Sofatisch. Vorbeugen war ein guter Test für die Figur einer Frau, und ihre war immer noch verdammt gut. Sie zog sich auch gut an. Sie verstand es, aus allem das Beste zu machen. Er sah ihr nach, wie sie durchs Zimmer zur Stereoanlage hinüberging, und er war sich sicher, daß noch einiges laufen würde. Sie mußte wissen, daß ihm ein Mozart-Quartett nicht genügte. Als sie sich zu ihm auf die Couch setzte, hatte Beebe den Scotch schon vergessen: Er war zu nahe am Wesentlichen.

«Sie mögen Mozart, was?» sagte er und ließ eine Hand auf ihre linke Schulter gleiten, von wo sie über ihren Nacken zur rechten Schulter weiterspazierte.

«Ja», sagte Madeline und tat so, als hätte sie den Beginn der Invasion nicht bemerkt. «Und Sie?»

«Wie man's nimmt.»

Beebes Finger spielten mit ihrem entfernteren Ohr, während er das nahegelegene zu küssen begann. Er spürte beinahe augenblicklich eine positive Reaktion: Sie starrte lediglich auf ihre Eiswürfel. Er faßte zu ihrem entfernteren Schenkel hinüber und ließ seine

Hand leicht auf und ab gleiten – eine Vorbereitung für den entscheidenden Angriff auf die Zwillingsgipfel – und spürte eine angenehme Antwort, indem ihre Hand auf seinen Schenkel glitt und ihn leicht drückte. Beebe war so erregt darüber, den süßen großen Brüsten so nahe zu sein, daß er einen hundertprozentigen Ständer hatte, und da der sich weiter unten in seinem Hosenbein fand als vermutet, kam Madeline unerwartet in Berührung mit ihm.

«Ich sollte Ihnen etwas sagen», sagte sie.

Beebe wollte gerade entgegnen, was macht ein bißchen Blut unter Freunden schon aus, es besiegelt den Pakt, als Madeline fortfuhr: «Hoffentlich sind Sie kein Busenmensch.»

Beebe war mitten im Knabbern und Liebkosen und ließ seine Hände dahin und dorthin gleiten. Er spürte eine vorübergehende Welle von Zorn, aber leckte weiter die Windungen ihrer Ohrmuschel und überlegte sich die Sache.

«Tst.»

Madeline versuchte, die Wirkung ihrer Worte abzuschwächen, indem sie ihre Hand über Beebes steifen Penis gleiten ließ: aber die Abschwächung war bereits eingetreten und hatte einen Rückzug nach Norden verursacht.

«Ich soll Silicon-Einpflanzungen bekommen, aber ich muß warten bis zu meinen Ferien. Ich kann mich dafür nicht krankschreiben lassen.»

«Uh hu», sagte Beebe. Es war das erste Mal, daß er in so etwas hineinstolperte.

«Gutschrift gefällig?» fragte Madeline.

«Haben Sie irgendwelche falschen Wimpern da?» entgegnete Beebe. In seiner Stimme lag ein leichtes Zittern.

«Irgendwelche was?»

«Falsche Wimpern. Sie wissen doch. Falsche Wimpern.»

Madeline kicherte. «Klar. Was wollen Sie damit machen? Anlegen?»

«Genau», sagte Beebe mit einem verrückten Lächeln, das seine Zähne sehen ließ.

Während Madeline in ihrer Frisierkommode herumsuchte, kümmerte Beebe sich um die Sicherheitsvorkehrungen. Als sie gerade nicht hinsah, nahm er seinen kleinen Ausgangsrevolver rasch aus dem Halfter am Fußknöchel und versteckte Halfter wie Revolver in einem seiner Schuhe (Größe 13). Seine Jacke mit der Identitätskarte drin hängte er, nachdem er Madelines Versuche, sie im Schrank unterzubringen, abgewehrt hatte, über einen der Bettpfosten am Kopfende des Bettes.

«Bitte sehr», sagte Madeline verführerisch und reichte ihm die falschen Wimpern.

«Wo ist der Klebstoff?» antwortete Beebe. «Und Lippenstift. Oh, und einen Wimperntuschestift und Lidschatten.»

«Wirklich?» fragte sie.

«Ja, ja. Mach schon.»

«Das ist komisch», sagte sie. «Ich hätte dich gar nicht für so einen Typ gehalten», und ging wieder zur Frisierkommode.

Tristan und Isolde – Vorspiel und Liebestod – ertönten nun aus den Lautsprechern im Schlafzimmer. Das Licht war so weit gedämpft, wie der Regulator es zuließ. Zu Madelines großer Erleichterung hatte Beebe sie aufgefordert, sich auf den Bauch zu legen. Seit der Operation war das ihre bevorzugte Position geworden. Sie hoffte nur, daß Beebe nicht wollte, daß sie sich umdrehte, um sein Make-up zu bewundern. Dann spürte sie, wie sich der Lidschattenstift über den unteren Teil ihres Rückens bewegte.

Beebe zeichnete offenbar auf ihr. Zuerst mit dem Lidschattenstift, dann mit dem Lippenstift und dann mit dem Klebstoffpinsel. Sie konnte sich nicht vorstellen, was er da tat, was für eine verquere Männerphantasie er auslebte, und sie sollte es auch nicht erfahren, bis Beebe gegangen war und sie einen Blick in den Spiegel werfen konnte, der die Kleiderschranktür im Schlafzimmer ausfüllte, und in ein Gesicht sah, das wiederum sie anstarrte: leere, starre, mit Lidschatten gemalte Augen, umrandet von stark getuschten falschen Wimpern, sowie ein großer, rubinroter Mund, arg verschmiert, und zwei verschmierte rote Brustwarzen, die auf ihre Hinterbacken gemalt waren.

Aber während es geschah, gelang es Madeline nicht, herauszufinden, was es war. Sie merkte nur, daß Beebe plötzlich leidenschaftlich wurde, ihre Hinterbacken liebkoste, als wären sie Brüste, sie küßte, an ihnen saugte, daß er auf ihren Rücken einflüsterte, ihn leidenschaftlich küßte, stöhnte. Dann spürte sie, wie ihre Hüften nach oben gezogen wurde, und entdeckte, daß es prima lief, was immer da auch vor sich ging, ganz prima.

Coolidge hatte sich zu Beginn seiner neuen Aufgabe kaum um Sex gekümmert. Ihm war es zunächst um die erhabenere Ebene der Ideen, Überzeugungen und des Gewissens gegangen – das Reich, in dem man fähig war, alle Handlungen zu rechtfertigen, egal wie antisozial oder unmenschlich sie waren. Aber das Gewissen war ein eigenartiges Gebiet. In der Regierung gab es eine Menge von Intellektuellen, die mit dem Gewissen keine Probleme hatten. Wenn die politische Wahrheit mit der absoluten Wahrheit in Konflikt geriet, war es ganz leicht, zu dem Schluß zu kommen, daß die politische Wahrheit auf ihre Art genauso wahr war wie die absolute Wahrheit. Man konnte alles etwas abdunkeln im Interesse der alltäglichen praktischen Anwendbarkeit und des Funktionierens im System – oder um das Schulgeld für die Kinder zu bezahlen.

Aber es gab auch einige, deren Gewissen sich nur bis hierhin und nicht weiter biegen ließ, und an diesem Punkt begannen die Kopiergeräte zu arbeiten. Gelegentlich trat der eine oder andere sogar an die Öffentlichkeit. Aber davor scheute sich Coolidge. Es brachte zu viel Unordnung mit sich, es war zu kompliziert. Das Gewissen ließ sich nicht fotografieren: es zeigte sich nicht so leicht auf den Microcams. Er neigte einfacheren Lösungen zu, Lösungen, die belegt werden konnten. Bargeld zum Beispiel.

Er hatte lange Stunden am Terminal seines Büros im Untergeschoß damit zugebracht, jedermanns Finanzen zu überprüfen. Bankkonten, Wertschriften und Aktien, Versicherungen, Immobilien, spekulative Geschäfte. Er suchte nach Verlusten, Schulden und unvermittelten großen Bezügen oder Einlagen. Er ging finanziellen Transaktionen nach und suchte nach durchgehenden Mustern. Nichts. Keine Spielverluste, keine überzogenen Konten, keine Katastrophen an der Wall Street, keine schattenhaften Skandale mit Börsen-Insidern. Es wurde in den Daten ausgedruckt: Wer immer der Doktor war, er war solvent und ehrlich. Coolidge war beeindruckt. Welche andere Gruppe von Menschen hätte so einer Überprüfung standgehalten?

Deshalb war er zur sexuellen Erpressung übergegangen, dem andern banalen Grund zum Verrat. Die sexuelle Revolution war noch nicht bis in die Regierung vorgedrungen; die Leute waren immer noch dagegen, daß Lederfetischisten in hohen Regierungsämtern saßen. Coolidge setzte sich auf die Lauer, um herauszufinden, ob der Doktor sein Land verscherbelte, um nicht in einem saftigen Artikel eines Supermarkt-Blatts vorzukommen.

Während dieser Überwachungen sagte er sich andauernd, er werde durch sie ein besserer Mensch, der den menschlichen Spielarten tolerant gegenüberstand. Man konnte nicht einmal von Abweichungen sprechen. Was war die Norm? Fortwährend passierte alles, was man sich nur vorstellen konnte, und manches, was man sich nicht vorstellen konnte. Er sagte sich selbst immer wieder, daß er die Leute nicht ausspioniere; er achtete auf ihr eigenes Wohl, wie ein Therapeut. Er stellte sicher, daß sie unschuldig waren. Unschuldig zumindest am Verrat der BIBLIOTHEK; jede andere Sünde war akzeptabel.

Und das PPMP[1] war zweifellos auf Sünden eingestellt. Es besaß die Fähigkeit, Banalitäten und Alltäglichkeiten auszuscheiden und zu ignorieren. Wer an der Reihe war, Oma in der Klinik zu besuchen. Wieviel Trinkgeld man einem Babysitter geben sollte. Der Computer suchte mit der unerbittlichen Wachsamkeit eines puritanischen Predigers, der Bosheit und Entartung jagt, nach Perversionen und abartigen Neigungen. Sobald er Sex roch, machte er eine geistige Notiz, und nachdem die Szene vorüber war, speicherte er sie in ausreichender Länge, um sie in einen Kontext zu stellen; danach wurde sie unter dem Namen des entsprechenden Beteiligten katalogisiert. Der Computer verstand die Mechanismen von Erpressung, Enthüllung, Ehrbarkeit und Angst. Er wußte, daß die Entitäten, die man Menschen nennt, mindestens einen Teil ihrer Zeit sie selbst sein mußten, wenn sie nicht bitter und unausstehlich werden wollten, und er hielt sorgfältig Ausschau nach diesen unverhüllten Augenblicken.

Unverhüllt, das war das Wort. Eine Verbform. Sich enthüllen,

[1] *Personnel Personal Monitoring Program* = Programm zur persönlichen Personalüberwachung

sein Selbst aufdecken. Coolidge wollte den Doktor dabei erwischen, wie er sich enthüllte, ihn dabei ertappen, wie er er selbst war, denn da würde er am ehesten einen Fehler machen. Deshalb sah er sich erbarmunglos alle Spielarten der Sünde an: er wollte die Zeitspanne, in der er ein Faktum vor der BIBLIOTHEK zurückhielt, so kurz wie möglich halten.

Er streifte durch Schlafzimmer, machte wahllos seine Runde durch Bordelle und Sexsalons. Der Terminal zeigte die kolossale Kluft zwischen Intellekt und Sexualität. Gardella rannte gern auf allen vieren auf dem Boden herum wie ein junger Hund, wollte Befehle erhalten und bestraft werden. Außerdem schlug er seine Gattin, eine schöne Frau, die Modell werden wollte. Coolidge wußte etwas, das Gardella nicht wußte: Sie würde ihn in ein paar Wochen verlassen – sobald sie bei einer kleinen Werbeagentur in Washington ihren ersten Auftrag als Modell bekommen hätte.

Und Hopkins. Der Hemdenreklame schien es nicht drauf anzukommen, mit welchem Geschlecht sie den Geschlechtsverkehr ausübte. Coolidge sah, wie Hopkins es mit einem jungen Mädchen auf seiner Wohnzimmercouch trieb. Dann ein rascher, schnarrender Schnitt, andere Kleider auf dem Boden, aber die gleiche Couch, der gleiche Hopkins, nur krümmte sich diesmal ein Mann unter ihm. Loch war Loch. Nun ja, wenn man jemanden mochte, was kam es da auf die Installationen an?

Coolidge schaltete kreuz und quer. Shanley war ein heterosexueller Transvestit, der sich gern von maskulinen Frauen verführen ließ. Farnsworth mochte delikate junge Mädchen. Wirklich jung. Er begann die Schallgrenze von achtzehn zu durchbrechen, in Richtung Schwierigkeiten. War er schon erpreßbar und somit ein Doktorkandidat? Coolidge beschloß, sich den historischen Streifen über Farnsworth anzusehen, der schon weiter als drei Monate zurückging, und den über Shanley auch gleich, wenn er schon dabei war; Shanley sah in seinem Abendkleid gar nicht schlecht aus. Johnny Burnish war einer jener Burschen, die in Bordelle gehen, um zu lachen, zu saufen und nebenbei auf die Matte gelegt zu werden. All das begann Coolidge zu entsexualisieren. Was den Streifen über Vera betraf, so brachte er es nicht über sich, ihn abzurufen.

Für Coolidge begann Sex paläolithisch auszusehen: zwei Geschöpfe der Dämmerung, die sich am Rand des Moors in einem Kampf um Leben und Tod winden.

Botschafterin Zhu lächelte Yeager zu und sagte etwas auf chinesisch, wobei sie schüchtern den Kopf neigte. Sie stand im Ruf einer schwierigen Verhandlungspartnerin – offenbar waren schon Fortschritte gemacht worden: sie schien zu ein paar Konzessionen bereit. Aber auch so klangen ihre spröden Worte noch wie die eines chinesischen Kellners, der eine Bestellung weitergibt. Botschafterin Zhus Übersetzerin, die liebevoll Ling-ling genannt wurde, war es, die den Worten im Englischen den richtigen Ton verlieh.

«Botschafterin Zhu sagt, es sei sehr nett von Ihnen, zu dem Empfang zu kommen.»

Sie gaben dem neu angekommenen australischen Botschafter die Ehre. Yeager spielte einen untergeordneten UNESCO-Vertreter. Harry hatte ihm gesagt, der Auftrag sei ungefähr so wichtig wie der, den Nathan Hale vermasselt hatte, aber Yeager nahm diese Dinge nie ernst. Man mußte sich auf das Wesentliche konzentrieren. In diesem Fall: Botschafterin Zhu. Und Yeager spürte offenbar eine ermutigende Stimmung. Was brauchte man da die Sprache? Was hieß denn Zivilisation anderes als stetige Bewegung auf das zu, was zwischen den Zeilen stand? Er blickte tief in Botschafterin Zhus braune Augen; dann glitt sein Augapfel-Radar sehr rasch über ihren Körper, ohne einzuhalten, ein bloßes Blinzeln, eine Huldigung an die körperliche Schönheit, ein Eingeständnis, daß Lust eine Möglichkeit wäre, wenn nur das Leben und die Umstände anders und keine Staatsangelegenheiten zwischen sie gekommen wären. Ah, gut.

«Sagen Sie Botschafterin Zhu, daß ich überaus entzückt bin, hier zu sein, denn ich betrachte die chinesische Botschaft als einen Ort von ungewöhnlicher Erlesenheit.»

Yeager war überrascht; es roch hier überhaupt nicht nach MSG. Obwohl alle Möbel an den Kanten nach oben geschwungen waren. Aber das traf auch auf Botschafterin Zhu zu. Sie sah überall nach hohen Backenknochen aus.

Ein chinesisches Plappern setzte ein, aus dem Yeager das Wort

«Martini» heraushören konnte. Er bemerkte, daß er die Gewohnheit, die gerade sprechende Person, in diesem Fall Ling-ling, auch anzusehen, bereits durchbrach, um den Zielkontakt aufrechtzuerhalten. Es war tatsächlich der entscheidende Test, Gehalt null, Stil alles. Ausgeführt durch Augen, Lippenmuskeln, Augenbrauen, ein Neigen des Kopfes. Yeager bemerkte, er würde Wein vorziehen, da ja die Stimmung schon berauschend genug sei. Schließlich verlangten die Erfordernisse der Diplomatie Nüchternheit.

Botschafterin Zhu nickte, lächelte und verschwand, Ling-ling hinter sich her ziehend, um sich ihren anderen Gästen zu widmen, aber sie bedachte Yeager mit einem Blick, der zu sagen schien: Dies ist das Jahr des Fuchses.

Yeager schlenderte umher. Er diskutierte mit einem Engländer über die Beinmuskeln von Fußballspielern und hörte einem Japaner zu, der einem Italiener auf deutsch einen schmutzigen Witz erzählte; der Italiener hatte Mühe, die Pointe mitzubekommen, und täuschte gut drei Sekunden danach ein Lachen vor. Yeager bediente sich gelegentlich an dem unbeschreiblichen Hors d'œuvre und blieb im allgemeinen entspannt: er rechnete nicht damit, daß ein untergeordnetes UNESCO-Mitglied für irgend jemanden besonders interessant war. Er hatte recht: niemand achtete im geringsten auf ihn.

Als die Botschaft sich schließlich zu leeren begann, wurde Yeager unruhig. Er war sicher, daß der alte Radar ein Echo aufgenommen hatte, aber nichts passierte. In ein paar Minuten würde es ans Unhöfliche grenzen, wenn er keine Anstalten machte, zu gehen. Konnte es sein, daß das AN/APS-21-Luft-Sexual-Radar-Set überholt werden mußte? Er ging gemächlich die Haupttreppe hinab zur Garderobe und brauchte ewig, bis er seinen Mantel anhatte.

Er entschloß sich, jede chinesische Hand zu schütteln, deren er habhaft werden konnte, verbeugte sich und machte Kratzfüße. Er ging gerade zum Haupteingang, als er bemerkte, daß Ling-ling auf ihn zu kam. Auf ihre selbstverleugnende Übersetzerart sah auch sie gar nicht schlecht aus.

«Würde Mr. Yeager, falls das seinen Zeitplan nicht zu sehr durcheinanderbringt, gern mit Botschafterin Zhu Tee trinken?»

Sie fuhren in einem winzigen Lift, der durch die schwer gerahmten Porträts der gegenwärtigen Pekinger Hackordnung noch verkleinert wurde, zum dritten Stockwerk hoch. Botschafterin Zhu saß anmutig auf einer Couch in ihrem Appartement. Der Tisch vor ihr war für drei Personen zum Tee gedeckt. Natürlich, dachte Yeager, würden sie zuerst reden müssen.

Während Ling-ling einschenkte, machte Botschafterin Zhu Geräusche wie eine Nähmaschine, und Ling-ling sagte: «Ihre Regierung ist sehr ungnädig, daß sie Sie nicht schon bei anderen Gelegenheiten hergeschickt hat, nachdem Sie so ein angenehmer Emissär sind.»

Yeager lehnte sich auf der Couch vor, bewerkstelligte ein Molekül Kniekontakt und sagte, die Botschafterin sei allzu gütig. Er müsse es als seltenes Privileg betrachten – langer sehnsuchtsvoller Blick auf ihre Schenkel hin –, überhaupt eingeladen worden zu sein.

Botschafterin Zhus Antwort kam augenblicklich. «Es ist nun an der Zeit, die Sprache der Diplomatie fallenzulassen», sagte sie und fügte unumwunden hinzu: «Haben Sie heute abend noch andere Verpflichtungen?»

«Zufällig habe ich das ganze Wochenende frei.»

Botschafterin Zhu fand das ausgesprochen komisch. Sie hatte hübsche, ebenmäßige Zähne, chinesische Miniaturen, und ihre Zunge war ein köstlicher Strich von reinem Rot. Yeager verstärkte den Kniedruck um weitere zwei Moleküle und sagte: «Hat Botschafterin Zhu irgend etwas Bestimmtes im Sinn?»

Summ, summ, summ.

Ling-ling erstattete Bericht. «Ich dachte, wir könnten besser miteinander bekannt werden und dadurch ein glatter funktionierendes Verhältnis erreichen.»

«Glänzende Idee», sagte Yeager und suchte tief in Botschafterin Zhus Augen nach Vorzeichen. Sie waren umwerfend. «Ich habe das Gefühl, daß wir sehr harmonisch zusammenarbeiten könnten.» Ling-ling hatte den Satz kaum auf Chinesisch wiederholt, als das Telefon klingelte und sie in ein anderes Zimmer ging, um es abzunehmen.

Yeager verlor keine Zeit. Er küßte Botschafterin Zhu die Hand.

Er lächelte. Sie nicht. Er entschloß sich, einen internationalen Zwischenfall zu riskieren. Er küßte sie auf die Wange. Keine Reaktion. Er küßte sie auf die Lippen. Nichts. Er legte den Arm um ihre Schultern und küßte sie fester; langsam öffnete er ihre Lippen mit seinen. Etwas. Ihre Lippen begannen miteinander zu sprechen. Sie legte eine Hand auf seine, die auf ihrem Knie lag. Sie legte ihre andere Hand um seinen Nacken. Er hörte Ling-ling mit dem Teegeschirr hantieren. Botschafterin Zhus Hand ließ seinen Nacken los, um Yeager fester zu fassen und ihn nach vorn zu ziehen.

Dann: rat-tat-tat.

Es war unmöglich, den emotionalen Gehalt zu erraten. Yeager mußte warten, bis der Text hereinkam.

«Möchten Sie, daß ich mich ausziehe?» fragte Ling-ling.

Yeager sah sie an.

«Sagt Botschafterin Zhu», fügte sie rasch hinzu.

Yeager lächelte, und seine Augen wurden größer; er wußte, daß Harry stolz auf ihn sein würde: Auftrag erfüllt. Als sie das Schlafzimmer betraten, beeilte sich die unentbehrliche Ling-ling, den Bettüberwurf wegzuziehen und die Lampen kleinzudrehen: Yeager hoffte verzweifelt, daß sie nicht irgendwelche süßliche chinesische Musik auflegen würde. Es dauerte weniger als eine Minute, bis Botschafterin Zhu und er ins Bett stiegen und sich im gleichen Atemzug umarmten; sie arbeiteten tatsächlich harmonisch zusammen. Yeagers Hand glitt verlangend über ihren Körper, als Ling-ling in sein Ohr flüsterte: «Drücken Sie meine Brustwarzen.» Sie sagte es mit weicher und zitternder Stimme. Sie machte ihre Sache gut: sie verstand es zweifellos, den emotionalen Ton des Originals wiederzugeben.

Yeager bemerkte, daß nicht mehr Botschafterin Zhu bei ihm auf Sendung war; er hörte den Schwall chinesischer Worte in seinem linken Ohr gar nicht mehr, er reagierte ganz und gar auf Ling-lings sanftes Drängen an seinem rechten Ohr.

«Sie sind ein süßer Liebhaber», flüsterte Ling-ling. «Ich wußte, daß Sie so sein würden.»

«Nimm mich», flüsterte Ling-ling leidenschaftlich und legte sich neben die beiden. Yeager sah Ling-ling nicht an. Er hatte das Gefühl, daß sie nackt war und daß es Botschafterin Zhu gegenüber unloyal war, sie anzusehen. Er wußte nicht mehr, welcher der beiden er sich näher fühlte. Als er in Botschafterin Zhu glitt, konnte er nicht einmal mit Sicherheit sagen, welche von beiden gestöhnt hatte, aber es bestand kein Zweifel darüber, wessen Arme und Beine ihn umschlungen hielten.

«Ah», übersetzte Ling-ling. «Oh», sagte Ling-ling. «Höher», drängte Ling-ling. Botschafterin Zhu begann sich köstlich zu winden. Ling-ling schien eine abgeschwächte Version ihrer Bewegungen auszuführen: sie bewegte sich ruckartig wie jemand, der einen unvermittelten und unkontrollierbaren Juckreiz spürt.

«Jetzt stoßen», sagte Ling-ling. «Jetzt rein. Aah. Jetzt raus.»

Aber Ling-ling glich einer Börsenanzeige, die an einem hektischen Nachmittag ins Hintertreffen gerät. Yeager brauchte kein Feedback mehr. Botschafterin Zhu und er hatten zum Analphabetentum zurückgefunden. Und wie sich zeigte, galt das auch für Ling-ling, die sogar ihr Berufswissen vergaß und rief «Sie sagen schneller», aber eigentlich nicht mehr für Botschafterin Zhu sprach – alle drei verwickelten sich in einer titanischen, matratzenverdrehenden Konvulsion, und Coolidge schaltete seinen Monitor aus und ging hinaus, um sich einen doppelten Canadian on the Rocks zu genehmigen.

Der japanische Howard Hughes

Reinhold Kunstner lotste seinen Arbeitgeber, Glenn Ingalls, durch den Internationalen Flughafen von San Francisco und machte Notizen. Es war das übliche kontrollierte Chaos, in dem Ingalls aufblühte: Telefongespräche führen, Memoranden für den Stab schreiben, Interviews vereinbaren, gesellschaftliche Verabredungen treffen, verschieben, absagen. In Silicon Valley war Ingalls äußerst erfolgreich, aber das Business kannte keinen Stillstand, und Ingalls schien immer zu rennen, um vorn zu bleiben. Es war nie vorauszusehen, wann jemand mit etwas Neuem auftauchte, das alles, was man tat, obsolet machte. Das war Ingalls Alptraum, und deshalb war es der Punkt, an dem Reinhold Kunstner ansetzte.

Obwohl Glenn Ingalls die Befehle erteilte, während Reinhold Kunstner wie wild in sein Notizbuch kritzelte und jede Menge «Ja Sirs» von sich gab, war es Reinhold, der in Wirklichkeit die Fäden in der Hand hatte. Ohne es zu wissen, tat Ingalls genau das, was sein Assistent von ihm wollte.

Als es Zeit wurde, an Bord zu gehen, schüttelte Ingalls seinem Assistenten die Hand und sagte ihm, er sei am nächsten Tag zurück. Reinhold wartete nur so lange, bis das Flugzeug zur Startbahn rollte; dann machte er sich eilends auf den Weg zurück durch eine halbe Meile von Korridoren zu einer anderen Fluggesellschaft und nahm ein anderes Flugzeug nach New York.

Für Reinhold Kunstner bestand das Kriterium der perfekten Geheimoperation in der «Unberührbarkeit». Unberührbarkeit verlangte das Durchtrennen von Verbindungen, das Auseinanderbringen von Ursache und Wirkung, Beziehungslosigkeit. Natürlich konnte man hundert Prozent Unberührbarkeit kaum erreichen. Es war etwas, das man nur anstreben konnte, aber diesmal kam er nahe heran. Es würde einem Schachspiel zwischen einem internationalen Großmeister und einem bloßen Figurenschieber gleichen, in dem der momentane Zug des Meisters keine sichtbare Bedeutung für das Schlagen der Dame sechs Züge später hatte. Das Problem bestand darin, Glenn Ingalls von seiner Aktenmappe zu trennen, eine Aufgabe, die auf den ersten Blick unmöglich erschien.

Aber nicht für einen internationalen Großmeister. Um von einem Punkt zu einem anderen zu gelangen, teilte man die Strecke einfach wie ein Computer in die nötigen Teilabschnitte ein. Man stellte einen Algorithmus auf – eines von Glenn Ingalls Imponierwörtern. Wieviele Schritte es auch brauchte, um von A nach B zu gelangen: man spezifizierte und realisierte sie, immer einen nach dem andern.

Ingalls trennte sich nie von seiner Aktenmappe, außer um sie in seinen Safe zu legen. Sie war alt, schrumpelig und rissig, aber Ingalls drückte sie an sich wie einen Teddybär – bis zu dem Augenblick, in dem er die Safetür zuklicken ließ. Der Safe war zuviel für Reinhold; das war nicht sein Gebiet. Und überhaupt: einen Safe zu knacken, war zu komplex, zu heikel. Reinhold zog ein indirektes Vorgehen vor. Den Frontalangriff vermeiden. Die Methode verfeinern. Er hatte tagelang über der Sache gebrütet, bis er im *San Francisco Chronicle* gelesen hatte, daß Yamashiro, der japanische Microchip-Zar, in die Vereinigten Staaten kam. Damit war alles klar. Der Plan war von wunderbarer Unberührbarkeit; er war genau das, was er gesucht hatte: eine Möglichkeit, an Glenn Ingalls' Aktenmappe zu kommen.

Zwei Nächte später, bei einer Cocktailparty in Palo Alto, ging Reinhold ans Werk. Der erste Schritt des Algorithmus bestand darin, ein Gerücht in die Welt zu setzen; er erwähnte es gegenüber einem völlig fremden Menschen, der an der Bar saß und schon halb hinüber war. Das Gerücht besagte, Yamashiro sei bereit, mit der Produktion eines Megabit-Chips zu beginnen. Wenn dies zutraf, bedeutete es den größten Sprung nach vorn seit Computergedenken, eine neue Generation von Computern, die ihrer Zeit um Jahre voraus waren; für die Amerikaner im allgemeinen und für Glenn Ingalls im besonderen eine Katastrophe. Das Gerücht brauchte volle zwölf Stunden, um den Weg zurück zu Ingalls zu schaffen, und der beauftragte Reinhold prompt, Yamashiro ausfindig zu machen und ein Zusammentreffen mit ihm zu arrangieren. Wenn es so etwas wie einen Millionen-Bit-Chip gab, mußte Ingalls die Lizenz dafür bekommen oder sterben.

Nachdem sein Flugzeug auf dem J.F.K.-Flughafen in New York gelandet war, ging Reinhold sofort die Ankünfte und Abflüge durch. Er lag zurück, fünfunddreißig Minuten hinter Ingalls. Veränderliche Winde – das war etwas, das man nicht in den Algorithmus hineinbekam. Aber die Limousine wartete und brachte ihn in schneller Fahrt nach Manhattan, direkt zu einem Fitnessclub am Central Park South. Als er aus dem Wagen stieg, trug er Schnurrbart und Brille.

Reinhold hatte den Wärter des Umkleideraums bereits eingeweiht, was ein Moment der Berührbarkeit schuf, zweifellos, eine Einbuße gegenüber der Hundert-Prozent-Sicherheit, aber doch weit besser, als sich mit einem Safe anzulegen. Er ging direkt zum Raum mit den Schließfächern.

«Sie sind zehn Minuten zu spät», sagte der Wärter und holte seine Schlüssel hervor. Er hatte dafür gesorgt, daß eine ganze Zeile von Garderobenschränken leergeblieben war, so daß niemand unverhofft auftauchen konnte. Bevor er den Garderobenschrank aufschloß, hielt er die Hand hin, und Reinhold gab ihm die zweiten fünfhundert. Dann kam endlich das Ende des Algorithmus, das unausweichliche, vorbestimmte Resultat des Programms: Der Wärter ließ die Schranktür aufspringen, und Reinhold hatte die ramponierte alte Aktenmappe in der Hand.

Unberührbarkeit und Indirektheit: Yamashiro war der japanische Howard Hughes. Er hielt Geschäftssitzungen nicht – wie Hughes – auf Herrentoiletten ab, sondern in der Sauna. Ingalls mußte jetzt da drin sein und über den Megabits schwitzen. Reinhold hatte eine Sammlung von Schlüsseln; der fünfte öffnete die

Aktenmappe – es sollte keine Kratzspuren von einem Dietrich geben. Er fand, was er suchte, setzte sich auf eine Holzbank und lehnte sich gegen die Garderobenschränke, um zu lesen. Der Wärter zuckte in einem lautlosen epileptischen Anfall, aber Reinhold las langsam und kostete jedes Wort aus. Es war faszinierend. Er war überrascht. Das also war der Doktor. Er hätte es nie erraten. Aber wer hätte anderseits erraten, was es mit Reinhold Kunstner auf sich hatte?

Reinhold legte die Blätter an ihren genauen Platz zurück, schloß die Aktenmappe, gab sie dem Wärter zurück und ging hinaus, ohne auf Wiedersehen zu sagen. Die Limousine brachte ihn zum Kennedy-Flughafen zurück; bis zum Rückflug nach San Francisco blieben ihm gerade noch ein paar Minuten.

Er hatte ausgesorgt.

Der Hinweis

Coolidge hatte sich unbewußt den ausweichenden Blick eines Schauspielers zugelegt: er tat alles, um nicht ins Kameraauge blikken zu müssen. Er wollte ihnen nicht in die Augen sehen; er wußte zuviel über sie. Er war zu einem eigentlichen Gedankenleser geworden, die Konsequenz daraus, daß er Personal überwachte und eine professionelle Fliege an der Wand war. Er wußte – in dem Ausmaß, wie sie es selbst wußten, und das war manchmal eine ganze Menge –, wie sie wirklich waren. Und er wußte, was sie über ihn, Coolidge, dachten.

Beebe nannte Coolidge einen Krautkopf. Coolidge hatte es über den Monitor oft mitgehört. Ein Krautkopf war ein rotznasiger, *weich*nasiger, weich*köpfiger* Intellektueller mit einem Collegediplom für seinen Schwanz. Beebe bewachte die Tür des Aktenraumes persönlich, als Coolidge hereinkam. Er erfüllte diese Pflicht hin und wieder selbst, einfach um seine Finger drinzubehalten und jedermann daran zu erinnern, daß er, Beebe, der Datenschützer war, vergeßt das bloß nicht!

Als der Müllmann an ihm vorbeiging, rümpfte Beebe die Nase; Coolidge kam die Idee, ein saugendes Geräusch zu machen, aber er hielt sich zurück. Beebe hätte es sowieso nicht mitbekommen; er wußte nicht, daß er lutschte – mit der Menschheit war es das gleiche Problem.

Coolidge steuerte auf die Kaffeemaschine zu, verschüttete beim

Eingießen etwas Kaffee und ging so unauffällig wie möglich durch das Halbdunkel zu seinem Platz. Er achtete darauf, daß er Hopkins nicht ansah; Hopkins hielt Coolidge für einen antisozialen Snob, der über seine Intelligenz hinaus geschult worden war – er hatte es eines Nachts in einer Bar zu Kraus gesagt. Auch Beatty schaute Coolidge nicht an; der ehemalige Orgiast, der sich zum wiedererweckten Christen gemausert hatte, hielt Coolidge für arrogant, empfindlich, abwehrend und für einen eitlen Sünder. Er vermied es, mit Johnny Burnish Blicke zu wechseln: seine Frau fand, Coolidge sei zwar hübsch, aber kalt: nur Gehirn, keine Gefühle. Mike Barber, der in allem auf Perfektion aus war, hielt Coolidge für nachlässig, sorglos, mit dem Kopf in den Wolken, im Abseits – für einen Verlierer. Emil Kraus traute ihm nicht. Shandy mochte ihn, betrachtete ihn aber als hoffnungslosen Querkopf. Coolidge war der Mann geworden, der zuviel wußte.

Mit einer Ausnahme. Er hatte den Doktor nicht im Schlafzimmer gefunden. Ungeachtet all der wilden Sex-Szenen brachten die Bibliothekare es irgendwie fertig, diskret zu sein. Es gab keine Anzeichen von Fallen, keine empörten Ehemänner (oder in einigen Fällen Ehefrauen). Sex war es nicht. Sex nicht und auch Geld nicht. Was kam als nächstes?

Der Kaffee begann Coolidge, der zu viele Stunden in Sodom und Gomorrha verbracht hatte und Computermüdigkeit spürte, wieder zu beleben. Er realisierte, daß eine ungewöhnlich große Zahl von Leuten um den Tisch saß. Schließlich blickte er sich um und war verwundert zu sehen, daß der Tisch voll besetzt war; alle Bibliothekare waren anwesend, elf also; die hohe Lehne von Charleys leerem Stuhl ragte zwischen ihnen empor wie ein Grabstein.

Es gab einen Doktor im Haus.

Langsam dämmerte es dem erschöpften Coolidge, daß alle Bibliothekare anwesend waren, weil sich ein Anlaß bot: die neuesten Satellitenaufnahmen von Naumburg sollten gleich auf den Bildschirmen erscheinen; dem C-130-Piloten über dem Pazifik war es gelungen, sie zu schießen, während seine Maschine aus dem Raum herniederstürzte.

Während sie auf Naumburg warteten, wanderte Harry mit einem Computerausdruck in der Hand umher, spähte nach den Monitoren und warf mit Fragen, Vorschlägen, Problemen und Ideen um sich. Er hatte alle da zum Spielen: es bereitete ihm einen Riesenspaß. Alles war möglich mit diesem Stab. Alles nur erdenkliche komische Zeug tauchte auf. Die Vereinigung für das Heilige Land der Westlichen Schoschonen wollte wegen möglicher Stationierungen von MX-Raketen ein großes Theater machen. Das rief Witzeleien hervor, nach denen man die Raketenträger in einem Kreis aufstellen sollte.

Harry sagte, es sei nicht zum Lachen. Gleichzeitig regte der Nationale Indianische Jugendrat sich über nicht sicher gelagerte Uranabfälle in Stammesgebieten auf. Die Navajos und Pueblos machten Schwierigkeiten, indem sie versuchten, die Uransuche zu blockieren. Die Apachen waren wieder auf dem Kriegspfad: die Chiricahua, die Weißen Berge, die Mescaleros. Alle schlugen gleichzeitig Lärm. Worüber denn? Geronimos Grab. Klar. Dazu diese verrückten Territorialansprüche der Indianer. War das alles nur Zufall?

Alles mußte in Betracht gezogen, die Fragen gestellt werden. Gab es eine indianische Verschwörung? Gab es ausländische Einflüsse? Man mußte es sich wenigstens einmal *überlegen.* Wenn es auch nur eine entfernte Möglichkeit unamerikanischer Aktivitäten gab, war die Bundesstelle für Indianische Angelegenheiten – die seltsam genug BIA genannt wurde – nicht mehr zuständig. Vielleicht sollte der CIA eine Akte eröffnen. Harry lächelte. Er hatte die Gemütsruhe, lächerlich klingende Dinge zu sagen, ohne sich dabei lächerlich vorzukommen.

Der Wahnsinn ging weiter.

Mc Dermott Beebe III. hatte offiziell den Einsatz von Geruchsidentifikationsgeräten als Schutzsystem für die BIBLIOTHEK verlangt. Laut Beebes Eingabe konnten die körpereigenen «Ausflüsse und Ausdünstungen» als eindeutiges Identifikationsmittel für das ganze Personal dienen. Der Antrag wurde vorläufig abgewiesen durch Rückfragen nach den Auswirkungen, die Rasiercreme, Aftershave, Veras Parfum und Zwiebelburger auf die Geräte haben würden.

Über die Opiumvorräte des Staates waren Informationen durchgesickert. 71 000 Pfund waren bereits eingelagert, und die Regierung war noch auf mehr aus; als Kunden warb sie pharmazeutische Betriebe im ganzen Land und in Westeuropa. Das Opium sollte im Fall eines nuklearen Krieges als Schmerzmittel verwendet werden, und das sagte der Bevölkerung zu viel darüber, wie das Land nach der Bombe aussehen würde.

Der deutsche Bundeskanzler hatte plötzlich das Rauchen aufgegeben und dreiundzwanzig Pfund abgenommen. Bedeutete das eine bevorstehende Veränderung? Farnsworth schlug vor, der CIA solle eine Urinprobe klauen.

Und dann war da Kyshtym. Niemand wußte, was in Kyshtym passiert war. Etwa dreißig russische Dörfer waren mit einemmal auf sämtlichen Karten des Gebiets getilgt, und ein Fluß war umgeleitet worden. Was für ein Unfall war da geschehen? Kernkraft? Nervengas? Anthrax? Es war wichtig zu wissen, woran die Russen gearbeitet hatten. Kyshtym erhielt Computerpriorität.

Während Coolidge dem Geplänkel am Tisch zuhörte, realisierte er, daß er nicht einmal eine vorgefaßte Meinung hatte, geschweige denn Verdachtsmomente. Vielleicht war es sein Problem, daß er – Vera ausgenommen, deren Streifen er sich noch nicht angesehen hatte – zuviel über sie wußte. Wie konnte man einen der schwersten Fälle von Satyriasis in der westlichen Welt – Farnsworth – als Doktor verdächtigen? Oder Shanley, der, als er ihn zuletzt auf dem Monitor gesehen hatte, ein schwarzes Cocktailkleid, eine wunderbare brünette Perücke mit langem Haar und Stöckelschuhe getragen hatte?

Niemand schien etwas zu verbergen. Alle sahen offen und entspannt aus, erforschten ihr Inneres nach Assoziationen, Lösungen, Problemen. Andererseits verfügte der klassische Doppelagent ja gerade über diese Fähigkeit: gleichzeitig auf zwei Ebenen zu existieren und auf beiden ganz zu Hause zu sein.

Während Coolidge sie so ansah, hatte er das Gefühl, daß, wenn überhaupt einer von ihnen mit dieser verrückten Art von Existenz zu Rande kommen konnte, nur Kraus in Frage kam. Der Meistersimulator. Der konstruktive Paranoiker. Er hatte einmal einen Raketenangriff auf die Vereinigten Staaten simuliert – vollständig: inklusive die Fehler von Minuteman 1 –, die bei einem vielversprechenden jungen Brigadegeneral einen Nervenzusammenbruch verursachten: Kraus hatte seinen schwachen Punkt entdeckt. Er hatte auch einen mit erbeuteten MIG durchgeführten Bombenangriff auf die USS *Eisenhower* simuliert. Sowohl der Kommandant des Flugzeugträgers als auch der Luftwaffenkommandant an Bord hatten die Situation so wenig im Griff gehabt, daß sie es nicht schafften, auch nur eine einzige F-14 zu starten; der Kapitän des Schiffs mußte aus medizinischen Gründen sechs Monate beurlaubt werden.

Kraus hatte auch die Aufgabe, den CIA zu überwachen. Er verfolgte jede Unternehmung auf dem Planeten und anderswo. Deshalb wußte er mit großer Genauigkeit, was Amerikas wirkliche internationale Vorhaben waren – im Gegensatz zu dem, was in den Zeitungen stand. Er wußte mehr über den CIA als der Direktor selbst.

Kraus war ehrgeizig. Er versuchte, seine Körpergröße zu kompensieren. In Maryland war er mit seiner Unternehmensberatung Millionär geworden, indem er Firmen mit Risikoanalysen bei Überseeinvestitionen bediente. Als er in die BIBLIOTHEK kam, hatte er aus Vorsicht sein ganzes Geld in städtischen Obligationen angelegt; wenn er die BIBLIOTHEK je verließ, würde er in der Lage sein, aus seinem Übersee-Wissen Kapital zu schlagen.

Es war möglich, daß Kraus' Ehrgeiz auf mehr zielte als nur auf Geld. Er war von Natur aus ein Riesentöter. Es war möglich, daß er der Direktor der BIBLIOTHEK werden wollte. Coolidge kam der Gedanke, daß auch der Doktor und die Emersons etwas von Kraus' Simulationsfähigkeit hatten. Es war möglich, daß Kraus die ganze Sache einfädelte, um Harry Dunn mit einem verwickelten, üblen Plan in Mißkredit zu bringen, und es dann so arrangierte, daß er als logischer Nachfolger Harrys nachrückte.

Coolidge sah zu Harry hinüber, der sich gar nicht um die Situation kümmerte. Er war zu sehr damit beschäftigt, die intensive Befriedigung des Rechthabens auszukosten. ONI und DIA hatten über die separatistischen Tendenzen bei den albanischen Jugoslawen Einschätzungen geliefert, die denjenigen des CIA platterdings widersprachen. Der Computer demonstrierte mit augenscheinlichen Textvergleichen, daß ONI und DIA einer Desinformationskampagne des CIA aufgesessen waren. Das ergab eine hübsche kleine Notiz für den Präsidenten. Harry tat Coolidge richtiggehend leid. Im Augenblick, da die BIBLIOTHEK triumphierte, war die Saat zu ihrer Zerstörung schon gelegt. In diesem Moment erschien – buchstäblich an der Wand – ein Lichtstrahl.

Der tägliche Abfallbericht über Garvey.

Er löste sofort Gelächter und obszöne Bemerkungen aus. Jake hatte den Bericht selbst bearbeitet, und es war alles auf dem großen Bildschirm zu sehen, säuberlich ausgelegt auf weißem Papier; der Müll war weg und nur der Abfall geblieben: der übliche Garvey-Abfall – mit einer Ausnahme. Es war eine Grußkarte mit der Aufschrift «Wo ist mein gubsiger Liebhaber?». Jake hatte die unvermeidliche Neugier vorausgesehen und auch die Innenseite der Karte kopiert; sie zeigte die Zeichnung einer aufreizenden Dame im Negligé und war mit «Shanghai Lil» unterschrieben.

Es war wirklich mehr als nur ein Erröten. Ihre Wangen waren weißglühend. Er sah sie an – sie saß ihm gegenüber – und betete, daß sie nichts sagen würde. Er deutete ein Kopfschütteln an – etwa drei Millimeter nach jeder Seite. Vera hatte ihm die Karte vor drei Tagen geschickt, und Coolidge hatte sie die Nacht darauf weggeworfen.

Jemand ließ den Müll des Müllmanns überwachen.

Vera war in dem Maß, wie es einer Frau überhaupt möglich ist, einer der Jungens geworden, aber nun sah sie plötzlich mädchenhaft und sittsam aus, und Coolidge hoffte verzweifelt, daß sie nicht augenblicklich alles ausplaudern würde. Zwei Sekunden später kam der nächste Wechsel. Deutsche Landschaft, die jetzt Computerpriorität Nr. 1 hatte; durch das Wunder der neuesten Satellitenfotografie füllte sie fünf Bildschirme.

«Okay, Vera», sagte Harry ungeduldig.

Sie sah immer noch Coolidge an. Er blinzelte. Sie blinzelte nicht zurück. Aber sie hörte auf, ihn anzustarren, und wandte sich ihrer Tastatur zu; sie sah erschüttert aus. Nichtsdestoweniger gab sie mit hundert Stundenkilometern den Input ein, schnitt das Terrain, das sie nicht haben wollte, weg und stellte dann die ältere Aufnahme des Panzerparks der neuesten Version gegenüber.

Absolute Stille herrschte im Raum, während sie da saßen und Panzer zählten.

Es waren zweiundvierzig Stück, alle mit verschiedenen Regimentsbezeichnungen.

«Der Magnetometerstand ist um acht Prozent gestiegen», kommentierte Vera in den stillen Raum hinein.

Coolidge schaute instinktiv auf den O.F.F.-Display. Er zeigte jetzt 49,63 Prozent an. In jüngster Zeit hatte er deutlich zugenommen.

«Darüber fangen wir jetzt aber keinen Dritten Weltkrieg an, was?» meinte Hopkins trocken. «Es sind ja nun mal nur zweiundvierzig Panzer. Das könnte ohne weiteres irgendeine lahme Ablösung sein.»

Der größtmögliche Vorteil, den eine Armee erreichen konnte, war der, sich an einem Punkt zu massieren, wo die feindliche Armee es nicht getan hatte. War dies hier der Beginn einer Massierung? Sollte an einem Punkt eine Panzerübermacht geschaffen werden, so daß für den fabulösen Feldzug auf den englischen Kanal unwiderstehliche Kräfte zur Verfügung stünden?

«Dritter Weltkrieg negativ», antwortete Harry. «Aber vielleicht ruft es doch danach, daß die Siebte Armee auf Defkon vier geht.» Defkon bedeutete Defensivkondition; Defkon fünf war Friede, Defkon eins war Krieg.

Sie feilschten um die Formulierungen eines Memorandums für den Präsidenten, aber Coolidge hörte nicht mehr hin. Er starrte Vera an, um sie so zum Schweigen zu bewegen. Er fuhr sich mit der Hand übers Gesicht. Er hatte eine Rasur nötig. Seine Erschöpfung begann reiner Energie zu weichen. Er war wieder in seinem eigenen Element; er wußte, was zu tun war.

Der Doktor hatte den ersten Ausrutscher gemacht.

Vasilyev

Admiral Andrej T. Vasilyev betrachtete sein Gesicht im Spiegel. Es war sechs Uhr morgens, und die Säcke unter seinen Augen wirkten tiefer und dunkler als gewöhnlich; er war die ganze Nacht aufgewesen und hatte Berichte gelesen. Auch seine Falten schienen tiefer zu sein. Er mußte nun fünfundvierzig Jahre Erfahrung ablegen und die Haut wieder straffen, um sich zu rasieren. Er dachte gern daran, daß er jede Falte identifizieren konnte. Diese hier war die Belagerung Leningrads; jene dort der Untergang der *Jaroslawets* mit der ganzen Besatzung in tausend Metern Tiefe. Die nächsten drei gingen auf Stalins Konto; auf eine Zeit, als dieser ein tiefes Mißtrauen gegen Vasilyev gehegt hatte und die ganze sowjetische Marine in Gefahr gewesen war. Die letzte hatten ihm die Amerikaner verpaßt; die anfänglich kaum sichtbare Falte hatte sich im Lauf der letzten drei Jahre zu einer tiefen Runzel entwickelt. Irgendwie hatte er das Gefühl, es würde seine letzte bleiben.

In Krisenzeiten konnte er nicht umhin, an die Zeiten Stalins zurückzudenken. Damals folgte eine Krise der anderen; zu dieser Tageszeit waren die Sitzungen, die die ganze Nacht gedauert hatten, noch im Gang, und jede Menge Essen und Trinken stand noch bevor. Trinken. Stalin war ein passionierter Kenner des Vergessens gewesen. Des Vergessens aller anderen so gut wie seines eigenen.

Aber jetzt waren sie Bürokraten. Alles war genauer definiert.

Weniger launenhaft, weniger beängstigend, weniger erheiternd. Niemand mehr vermittelte einem wie Stalin das Gefühl, man gehe ins Lager des Wolfs.

Vasilyev schnitt seinem Spiegelbild ein Gesicht. Das Lager des Wolfs. Das war Hitler-Jargon. Vielleicht waren sie sich alle ähnlich. Hitler, Stalin, wer sonst noch? Nein, sie waren sich nicht alle ähnlich. Hitler und Stalin standen allein. Vielleicht noch Iwan der Schreckliche, Robespierre und ein paar andere hübsche Exemplare aus der Vergangenheit.

Er suchte nach Haaren in seiner Nase, auch nach einigen Ablegern, die ihm aus den Ohren wuchsen, und tat sein möglichstes. Man hätte glauben können, er ginge zu einem Rendez-vous. Er ging ins Schlafzimmer zurück und legte seine Uniform an. Die Wodkaflasche stand auf dem Nachttisch. Er zögerte; dann schenkte er sich einen tüchtigen Schluck ein. Schließlich war er die ganze Nacht aufgewesen; es war also nicht das gleiche wie ein Drink zum Frühstück, was ein schlechtes Zeichen gewesen wäre. Er kippte den Wodka und leckte sich die Lippen, gestärkt für die Sitzungen.

Er haßte es, schlechte Nachrichten zu überbringen, selbst bei Bürokraten.

Er hatte während vieler Krisen in dem großen Raum gesessen. Einige von ihnen hatten die Nation in ihrer Existenz bedroht. Wenige hatten mit der Marine zu tun gehabt; dazu war sie Stalin nie wichtig genug gewesen. Immerhin war er bei der Ausarbeitung des Aktionsplans für Stalingrad dabeigewesen. Bei der Verteidigung Moskaus. Beim Angriff auf das Hauptquartier der deutschen Heeresgruppe. Bei den verschiedenen Berlin-Krisen. Ungarn. Der Tschechoslowakei. Polen. Ostdeutschland. Afghanistan. Was für eine Litanei von Desastern! Litanei: das war kein gutes marxistisches Wort; es roch nach Weihrauch.

Vasilyev hatte seine Aktentasche vor sich auf dem Tisch liegen, aber niemand wollte seine Berichte sehen. Vasilyev war ganz in seinem Metier. Er redete neunzig Minuten lang, und im Raum entstand langsam eine Stimmung wie 1941 in Moskau, als sie die Arbeiter an die Front geworfen hatten.

«Sehr gut», sagte der Präsident, als Vasilyev fertig war. Er war effizient, präzis. Die kühle Führungspersönlichkeit, die in der Öffentlichkeit nie schwitzte.

«Das Problem ist ziemlich klar. Nun, wie beurteilen Sie es, Admiral?»

Stalin hatte oft auf dem gleichen Platz gesessen und seinen Militärs die gleichen schwierigen Fragen gestellt. Vasilyev hatte sich immer gut auf Stalins Fragen vorbereitet; die Karriere hing an jeder Antwort, möglicherweise das Leben. Jetzt wußte er keine Antwort.

Es gab auch keine. Sie hatten keine Wahl. Die Geographie arbeitete gegen die Sowjetunion. Sie saßen in der Falle der Geographie. Kontinente und Inseln konnte man nicht bewegen. Wenn Grönland nur zweihundert Meilen weiter nördlich von Norwegen gelegen hätte, wäre es vielleicht etwas anderes gewesen. Er wurde wohl senil, daß er sich während einer Sitzung mit dem Verteidigungsausschuß solchen Phantasien überließ.

«Sicherlich haben Sie einen Plan für unvorhergesehene Zwischenfälle», sagte der Chef des sowjetischen Generalstabs, und Sarkasmus färbte den Begriff «unvorhergesehene Zwischenfälle», der implizierte, es stehe nicht so schlecht, wie Vasilyev behauptet hatte, und in Wirklichkeit handle es sich um ein Budgetmanöver – natürlich war das nur ein weiterer Versuch, den Tatsachen nicht ins Gesicht zu sehen.

«Haben wir Freunde?» fragte Vasilyev. «Dann ist es an der Zeit, die Schulden einzutreiben. Ich glaube», fügte er hinzu, indem er Stalin parodierte, um die anderen schockartig mit der Wirklichkeit zu konfrontieren, «daß uns sogar die Truppen des Papstes jetzt gelegen kämen.»

Der Verteidigungsminister zeigte nur Verachtung.

«Wir können nichts zulassen, was ein schlechtes Licht auf das System werfen würde.»

Oder auf den Verteidigungsminister, dachte Vasilyev. Er hatte sie gewarnt, daß es geschehen könnte, ja geschehen würde. Er hatte es seit Jahren kommen sehen. Die Idioten verstanden nichts von Geographie. Deshalb war die letzte Hoffnung der Sowjetunion, die strategische U-Boot-Flotte, die Vergeltungswaffe, in

Gefahr. Wenn die Amerikaner erst einmal die Gewißheit hatten, sie zerstören zu können, würden sie gegen die Sowjetunion nichts unversucht lassen. Nichts. Mit dem sozialistischen Experiment wäre es ein für allemal vorbei. Er entschloß sich, ihnen klarzumachen, wie verzweifelt die Situation war.

«Meiner Ansicht nach», sagte Vasilyev zu den Mitgliedern des Präsidiums, gibt es, abgesehen von den verschiedenen Druckmitteln, die man einsetzen könnte, nur ein sinnvolles Vorgehen.»

Der Verteidigungsminister verteidigte sich: «Vergessen Sie nicht, daß Stärke das einzige ist, was die Amerikaner verstehen. Wir müssen von einer Position der Stärke aus verhandeln.»

Der Außenminister fuhr dazwischen. «Was empfehlen Sie, Vasilyev?»

«Wir müssen die Trumpfkarte spielen», erwiderte der Admiral. «Wir müssen mit dem Doktor sprechen.»

Sie saßen alle da, sahen ins Leere und grübelten, bis der Präsident endlich das Schweigen brach.

«Tun Sie das», sagte er.

Das Observatorium

Die BIBLIOTHEK, ein schmales, neun Stockwerke hohes Backsteingebäude, lag an der Achtzehnten Straße, N.W. An ihrem einen Ende befand sich ein kleiner Parkplatz mit fünfzehn Plätzen für die zwölf Bibliothekare, Yeager und Beebe; einer blieb frei für Kuriere und Anlieferungen, beispielsweise von Abfall.

Die restlichen mehreren hundert Angestellten im Gebäude, die Hilfsdienste für die Bibliothekare verrichteten, mußten anderswo parken; die BIBLIOTHEK sollte nicht bedeutungsvoll wirken.

Coolidge standen für seine Abfallanalysen das erste und zweite Untergeschoß zur Verfügung. Vera war im dritten Untergeschoß, das tiefer im Boden lag als die Wasserversorgung, die unter der Connecticut Avenue durchlief. Das erlaubte der BIBLIOTHEK, sich unter den anliegenden Straßen weiter auszubreiten und Vera den enormen Platz zur Verfügung zu stellen, den sie benötigte, um die Sowjetunion zu überwachen.

Sie war auf ihrer Umlaufbahn gerade über Naumburg angelangt. Coolidge war leise die Treppen hinabgekommen, lehnte sich am sibirischen Ende des Raums ans Geländer und sah ihr bei der Arbeit zu. Sie saß auf ihrer kleinen Plattform draußen und spähte durch ein vom NRO[1] entwickeltes Fernrohr – vermutlich auf einen Panzerpark in Ostdeutschland.

[1] *National Reconnaissance Office* = Nationaler Aufklärungsdienst

Coolidge ging zurück über die Balustrade, die in beträchtlicher Höhe um den großen Raum lief; er war etwa so lang und breit wie ein Fußballplatz. Die Satellitenbilder wurden von unten her nach oben projiziert. Die Projektoren waren computergesteuert, so daß Vera zu Vergleichszwecken jede beliebige Fotografie aus den Millionen von Bildern umfassenden Beständen abrufen konnte; einige von ihnen, von deutschen Flugzeugen aufgenommen, reichten bis zum Zweiten Weltkrieg zurück.

Er schlenderte weiter und quälte sich mit Gedanken über das Vorgefallene, aber er hatte eigentlich gar keine Wahl. Es gab keinen Ausweg. Er würde ihr vertrauen müssen. Es würde überhaupt nichts nützen, eine Räubergeschichte über die Grußkarte zu erfinden. Lügen war zwecklos, sie würde es merken.

Er haßte es, ihr vertrauen zu müssen. Es zog ihn nur noch tiefer hinein. Und sie auch. Sie kämen immer weiter von einem korrekten Vorgehen ab, müßten mehr und mehr Risiken eingehen. Coolidge konnte sich nicht vorstellen, wohin das alles noch führen sollte. Der Datenbaum verästelte sich rasch. Vera war unter dem Vorwand, sie wolle die Satellitenaufnahmen noch gründlicher studieren, aus dem Aktenraum geschlüpft. Coolidge war lange genug geblieben, um sein Scherflein zu Scherereien in Somalia beizutragen. Vera konzentrierte sich so auf ihre Arbeit, daß er bis Murmansk kam, ehe sie ihn bemerkte.

Ihre bewegliche Plattform fuhr auf ihn zu. Sie inspizierte die Fotos aus zwanzig Fuß Höhe durch ein kleines Doppelfernrohr. Die Plattform fuhr auf Schienen, die die Schmalseite des Raumes durchmaßen; die Schienen selbst bewegten sich in der Längsrichtung, so daß Vera zur ganzen sowjetischen Landmasse bis nach Sibirien ebenso lückenlosen Zugang hatte wie zu den westlichen Grenzen der sowjetischen Satellitenstaaten.

Coolidge kletterte über das Geländer und ließ sich auf dem zweiten Sitz nieder. Sie glitten in einer Kreisbewegung über der Leere hin. Als sie sich Moskau näherten – in der Mitte des Raumes –, brachte Vera die Plattform zum Stehen.

«Okay, wir haben kein Benzin mehr, Liebling», sagte sie. «Komm rüber.»

«Sprich leise.»

«Wir sind mitten im Niemandsland», flüsterte sie. «Was zum Geier geht da denn vor?»

«Ich weiß nicht, was zum Geier da vorgeht.»

«Was will ein amerikanischer Senator mit deinem Müll?»

«Meinen Abfall will er.»

«Okay, deinen Abfall. Warum?»

«Ich weiß nicht.»

«Warum haben wir Harry nichts davon gesagt?»

«Ich weiß, warum *ich* Harry nichts gesagt habe. Ich weiß nicht, warum du ihm nichts gesagt hast.»

Vera seufzte. «Sie würden mich ein Leben lang ein gubsiges Mädchen nennen», sagte sie.

«*Mich* würden sie gubsig nennen», meinte Coolidge. «Was zum Geier bedeutet es übrigens?»

«Das sag ich dir ein andermal.»

«Alles in allem scheint die Angst, für gubsig gehalten zu werden, nicht gerade eine gute Basis für Entscheidungen zu sein, die die nationale Sicherheit betreffen.»

«Du hast die Karte furchtbar schnell weggeworfen. Du bist nicht gerade sentimental, Walter, was?»

«Ich hatte den Inhalt ja kapiert», sagte er mit leerem, logischem Gesichtsausdruck.

«Und wo zum Geier hast du dich in letzter Zeit herumgetrieben? Wenn du dich nicht verdünnisiert hättest, hätte ich dir die verdammte Karte doch gar nicht geschickt.»

Das war die Frage, vor der Coolidge sich gefürchtet hatte; sie erforderte eine Lüge. Er konnte Vera doch nicht sagen, er glaube nicht, daß er es fertigbrächte, unter den Augen einer Kamera mit ihr ins Bett zu gehen. Sie würde es schaffen, aber er nicht. Er begann, mögliche Orte für ein Stelldichein aufzulisten. Hotelzimmer in den richtigen Hotels in den richtigen Stockwerken.

«Streiten wir so weit hinter der feindlichen Front doch nicht über Liebesangelegenheiten», sagte Coolidge.

«Okay, wir bleiben strikt bei der Sache. Wir sind *Bibliothekare,* und wir *verbergen etwas.* Das bedeutet Ärger.»

«Du weißt noch nicht einmal die Hälfte. Kennst du einen Burschen namens Der Doktor? Der, über den Senator Garvey gesprochen hat? Der Mann, der alle ihre Probleme lösen wird? Der, der mit chirurgischer Präzision das Weiße Haus bombardieren wird?»

«Nur weiter», sagte sie skeptisch.

«Er ist ein Bibliothekar.»

Vera erblaßte. Es sah erschreckend aus. Sie hatte über den Bakkenknochen gewöhnlich einen rötlichen Teint, selbst wenn sie nicht errötete – und sie errötete nicht gerade oft. Jetzt war ihr Gesicht grau geworden. Dann stieß sie auf.

«Nicht alles über Rußland.»

«Woher weißt du das?» fragte sie leise.

Coolidge reichte ihr den Papierfetzen aus Garveys Abfall, den, auf dem «O.F.F.» gekritzelt stand.

Während sie ihn studierte, sah er auf Rußland hinab. Der Koloß. Das in ein Rätsel gewickelte Enigma. Beinahe unfaßbar riesig. Er richtete das Fernrohr auf Moskau. Westlich von der Stadt konnte er das Monument ausmachen, das sie errichtet hatten, um die Stelle zu markieren, bis zu der die deutsche Armee 1941 vorgedrungen war. Sie waren bis zur ersten Haltestelle des Vorstadtbusses gekommen, aber da waren sie schon Skelette gewesen. Er blickte in die Ferne nach Stalingrad: hier waren dreihunderttausend deutsche Soldaten von ihrem hohen Roß heruntergekommen und hatten es gefressen. Coolidges Blick durchstreifte den Raum in Richtung Ostdeutschland. Die Entfernung war so groß, daß die deutsche Infanterie sich auf dem Weg die Gedärme weichgetreten hatte. Vielleicht war es das, was dem Doktor klargeworden war: vielleicht hatte er den unausweichlichen Irrsinn gesehen, der zum Regieren eines Landes gehörte – in diesem Fall den *Drang nach Osten.*

«Diese verrückten Hurensöhne», murmelte Coolidge.

«Wer ist verrückt?» fragte Vera.

«Die Deutschen.»

«Meinst du, die Russen sind nicht verrückt?»

«Die sind auch verrückt. Und wir auch. Alle sind verrückt.»

Vera starrte immer noch auf den Papierfetzen.

«Ich glaube nicht, daß es die Joint Chiefs of Staff sein könnten.»

«Sie würden damit ihre eigene Strategie zunichte machen.»

«Und der Außenminister? Glaubst du, der Trottel konnte vielleicht seine Klappe nicht halten?»

«Wenn das zuträfe, hätte er ein so schlechtes Gewissen, daß er auf allen vieren zum Präsidenten gekrochen käme, um zu beichten. Und das alte Stahlei im Verteidigungsministerium kannst du natürlich auch vergessen.»

«Verdammt», sagte sie.

«Deshalb nehme ich an, daß es einer von uns sein muß.»

«Ich finde, du zeigst das da besser mal Harry.»

«Es wäre nicht *logisch*, es Harry zu zeigen. Harry könnte der Doktor sein. Es ist eine Möglichkeit.»

«Das ist absurd.»

«Genau wie dieser Raum.»

Vera war wunderbar integriert. Es war ihr unmöglich, die internationale Politik von ihrem Körper, ihrer Sexualität, ihrer Verve zu trennen. «Woher weißt du, daß ich nicht der Doktor bin?» fragte sie und ließ dabei alle möglichen Reize spielen.

«Ich weiß es nicht. Du könntest ohne weiteres der Doktor sein. Offen gestanden, ich wäre überhaupt nicht überrascht. Wenn nicht diese Karte in Garveys Abfall aufgetaucht wäre, hätte ich dir nie gesagt, daß es da eine undichte Stelle gibt.»

«Einverstanden. Und ich weiß nicht, daß du nicht der Doktor bist.»

«Doch, du weißt es. Du weißt, daß ich es nicht sein kann. Ich würde dir doch nichts davon erzählen, wenn ich es wäre, klar? Das ergäbe überhaupt keinen Sinn.»

«Es könnte eine Subtilität sein. Du kannst subtil sein, weißt du.»

Er blickte ihr fest in die Augen, bevor er zum Überraschungsangriff überging.

«Bist du der Bischof?» fragte er.

In ihren Kohlensäureaugen war nichts Seltsames zu sehen, nur ein unabhängiger Geist.

«Ich bin *ein* Bischof.»

«Vorläufig glaube ich dir.»

«Danke.»

«Ich weiß nur, daß dieses Gekritzel nicht in den Computer eingegeben werden kann. Und es darf niemandem mitgeteilt werden, der verdächtig ist. *Du* bist die einzige Verdächtige, die davon weiß, das konnte ich nicht vermeiden. *Wenn* ich erst einmal herausgefunden habe, wer der Doktor ist, *dann* werde ich es Harry sagen. Vorausgesetzt, es stellt sich nicht heraus, daß er der Doktor ist.»

«Wem würdest du es in diesem Fall sagen?»

«Vermutlich Ives. Ich weiß es nicht.»

«Autsch.»

Vera ließ die Plattform südwestwärts gleiten, über die weiten Ebenen der Ukraine hin. Ein ideales Land für Panzer. Kein Wunder, daß die Russen 39 000 Panzer hatten. Sie kamen über Kursk, wo die größte Panzerschlacht der Geschichte geschlagen worden war. Dann über Kiew, den großen Bogen des Dnjepr, wo die Russen 650 000 Gefangene ausgeliefert hatten. Alles an diesem Land war überdimensional. Aber Vera wurde wieder praktisch.

«Glaubst du wirklich, daß du dieses Problem lösen kannst? Du, der Müllmann?» Vera unterbrach sich rasch. Sie wirkte ein bißchen betreten. «Na ja, ich habe das nicht so gemeint, wie es klingt.»

«Doch, das hast du. Ich bin nur der Müllmann, was weiß ich schon? Ich will dir sagen, was ich weiß. Ich bin der, der die Sache entdeckt hat. Der Müllmann. Hat eine *undichte Stelle* gefunden. In der BIBLIOTHEK. Im *Müll.*»

«Was willst du jetzt denn machen, Walter?»

«Ich werde den Kerl, der meinen Müll überwacht, überwachen. Ihm folgen. Herausfinden, was was ist und wer wer, herausfinden, wie das Zeug zu Garvey kommt, assortierte Daten von der Art.»

«Aber du bist nicht der Typ für die Front», sagte sie. «Du bist gefährlich. Yeager hat es gesagt.»

«Ich kann jemandem nachgehen. Was braucht das schon?»

«Training.»

«Ich lerne schnell.»

«Walter, ich liebe dich, aber wenn du die Sache vermasselst, gehe ich zu Harry.»

«Ziemlich fair. Ein Handel. Und ich möchte dir für dein Vertrauen danken.»

Vera steuerte auf das westdeutsche Ende des Raumes zu.

«Würdest du mich bitte in Bulgarien rauslassen?»

«Walter.»

«Ja, Vera.»

«Könnte ich dich für etwas Chinesisch interessieren?»

Coolidge sprang aufs Geländer und kletterte hinüber.

«Tut mir leid, ich habe eine Verabredung mit einem Müllmann.» Er war schon auf dem Weg zur Treppe.

«Denk nochmal gut drüber nach, Walter», rief sie ihm nach.

«Ja, Mutter», sagte er.

Das Déjà-vu des Anthropologen

Er war intelligent, aber er war kein Nachrichtendienstler. Er war ein verirrter Anthropologe. «Gefallen» kam der Sache vielleicht noch näher. Es mochte erklären, weshalb ein Mann von unzweifelhafter Intelligenz, aber zweifelhafter nachrichtendienstlicher Qualifikation anderthalb Blocks von seiner Wohnung entfernt in seinem vier Jahre alten Plymouth Kombi saß und auf einen Fremden wartete, der seinen Müll abholen kam.

Er achtete kaum auf die Chopin-Mazurkas im Radio; er fragte sich, ob das Beschatten eines Mannes in der Wirklichkeit im entferntesten so verlief, wie es im Fernsehen aussah. Meistens machten sie es schlecht. Sie benahmen sich zu auffällig, rückten zu nahe auf, damit der Kameramann beide Wagen ins Bild bekam. Coolidge hatte das perlmuttbesetzte Opernglas mitgenommen, das er von seinem Großvater geerbt hatte; ein Trick zur Verfolgung aus einiger Distanz, den er in *The Rockford Files* gesehen hatte.

Seltsamerweise hatte der Sender von Chopin direkt zu Garvey geschaltet. Die stündlichen Nachrichten. Coolidge schüttelte in belustigter Verzweiflung den Kopf. Wenn Jake Shoemaker Garvey nachahmte, markierte der Charles Laughton. Die «Nachrichten» waren ein Ausschnitt aus einer patriotischen Rede, die Garvey tags zuvor gehalten hatte. Es war die Art Abfall, die Garvey nicht in den Mülleimer warf: durch-die-Mitte-ab-zur-weißen-Linie-mitfünfundzwanzig-Meilen-pro-Stunde, wobei er alle anderen rechts und links auf den Rasen abdrängte.

Coolidge schaltete das Radio aus. Ein Müllwagen kam die Straße hinunter. Er musterte ihn mit neugierigem, fachkundigem Blick. Sie hatten den richtigen Wagen, das Standardmodell des Distrikts, aber sie versuchten gar nicht erst, so zu tun, als ginge es ihnen um die ganze Straße. Sie fuhren direkt vor das dreistöckige Gebäude, in dem Coolidge wohnte; der Mann, der ausstieg, trug eine tadellose Arbeitsuniform und hatte überhaupt nichts von der professionellen Gleichgültigkeit eines wirklichen Müllmanns. Er war zu interessiert an seiner Arbeit; er hob die Mülltonnen hoch, als hätte er sie gerade bei einer Tombola gewonnen.

Das war ermutigend. Sie hatten Amateure ausgeschickt, um den Müll des Müllmanns abzuholen. Aber als Coolidge den Motor anließ, ermahnte er sich, nicht leichtsinnig zu werden. Jeder hatte sein Spezialgebiet. Was war wohl die Stärke dieser Burschen?

Der Müllwagen fuhr zu rasch an und flitzte unprofessionell um die Ecke. Coolidge nahm das Opernglas seines Großvaters aus dem Handschuhfach, während er vom Bordstein hinunterfuhr; er wollte den Wagen aus der größtmöglichen Distanz beobachten.

Er hatte erwartet, daß sie in Richtung Süden fahren würden, zurück nach Washington und zu den weiten Treppenfluchten, aber sie fuhren statt dessen auf den Beltway, der Washington umgibt und weiterführt nach Maryland und Virginia. Coolidge begann sich einsam zu fühlen. Er war nicht einmal auf die Idee gekommen, einen Revolver mitzunehmen. Das Beste, was er im Notfall aufbieten konnte, war ein Wagenheber, der hinten im Kombiwagen hin und her rutschte. Es war ganz gut so. Seine gesamte Erfahrung mit Handfeuerwaffen bestand im Gebrauch einer 45er im Armee-Grundkurs. Sie hatten ihn acht Salven abfeuern lassen.

Der Müllwagen näherte sich einer Ausfahrt, verlangsamte die Fahrt und blinkte. Coolidge wollte gerade den Fuß vom Gas nehmen, als es knallte. Mit einem raschen Blick sah er nach, ob er blutete. Sein Wagen schlingerte mit sechzig Meilen pro Stunde über die Autobahn, rumpelte hart und drohte zu schleudern. Sie hatten einen Reifen erwischt. Coolidge warf das Steuerrad hin und her wie einen Scheibenwischer und versuchte, die Kontrolle über sein

Fahrzeug wieder zu erlangen. Der Wagen hatte keine MacPherson-Sperre, der Fahrer mußte also selbst mit dem Schlamassel fertig werden.

Coolidge versuchte sich zu entsinnen, ob man in so einem Fall bremsen sollte oder nicht. Nur ein bißchen? Es konnte alles noch verschlimmern, aber andererseits mußte er kinetische Energie loswerden. Wenn er nicht bremste, würde das ganze Erlebnis länger dauern, und es gäbe mehr Gelegenheiten, sich wehzutun. Die Landschaft wischte am Rand seines Gesichtsfelds vorbei, und Coolidge trat auf die Bremse. Prompt begann der Wagen sich rasch zu drehen; er schaffte 360 Grad und schlingerte gleichzeitig nach rechts. Als die rechten Räder die Bordkante berührten, begann der Wagen sich wieder zu drehen, als sei die Vorwärtsbewegung irgendwie in Rotationskraft umgesetzt worden. Er verlangsamte die Fahrt nun, kippte aber nach rechts.

Es war wie eine Achterbahnfahrt, ein plötzliches Steigen, während der Magen unten blieb, aber der Plymouth hob sich nur ein Stück weit und fiel dann wieder zurück. Das Seltsame war, daß Coolidge immer noch das tierische Kreischen der Bremsen hörte, und als sein Wagen wieder auf den Boden krachte und endlich zum Stillstand kam, bremste ein anderes Auto hart, lenkte von der Straße weg und stellte sich direkt vor ihn, so daß er nicht mehr wegkonnte.

Coolidge handelte nicht aus den bedingten Reflexen eines Agenten – er hatte keine –, sondern aus einem noch schnelleren Antrieb: Logik. Da er nichts anderes hatte als den Wagenheber, gab es offensichtlich nur eine Möglichkeit: angreifen.

Er langte nach hinten nach dem Wagenheber, war schon aus dem Auto und rannte zur Wagentür des anderen Fahrers. Gerade als er dort ankam, wurde die Tür geöffnet, und er hob den Wagenheber über den Kopf.

«Du hattest einen *Plattfuß,* Walter. Hör auf, dich wie ein Geheimagent aufzuführen», sagte Vera.

Coolidge ließ den Wagenheber sinken. Er war erleichtert. Er war auch verlegen. Aber doch eher erleichtert.

«Du bist unorthodox, und das ist gut so», sagte sie, während sie aus dem Wagen stieg. «Aber du bist auch dumm, und das ist schlecht. Ich hätte dich inzwischen mit Blei vollpumpen können.»

«Was, hast du geglaubt, ich könnte nicht selber auf mich aufpassen?» fragte Coolidge.

Vera ging zu seinem Wagen zurück. «Schau dir das an», sagte sie und deutete auf einen Reifen. «Völlig kahl, Walter. Bist du blöd? Du bist mit den Dingern sechzigtausend Meilen gefahren. Und du hast wahrscheinlich seit fünfzehntausend Meilen keinen Ölwechsel mehr machen lassen. Yeager hat recht: Du bist gefährlich.»

«Du bist großartig», sagte Coolidge schließlich. «Himmel, ich hoffe wirklich, daß du nicht der Doktor bist.»

«Gehn wir, wir können immer noch aufholen.»

Coolidge hastete zur Beifahrerseite von Veras Wagen hinüber.

«Deine Wagenschlüssel.»

«Ah, richtig.» Und da war auch noch das Opernglas seines Großvaters.

Vera hielt ihren Wagen bemerkenswert gerade, während sie beschleunigte. Er war brandneu, und es machte ihr Spaß zu zeigen, was er alles konnte. Sie verlangsamte das Tempo ein wenig, nahm die Ausfahrt zur Route 50 und fuhr weiter nach Osten. Nachdem sie sich über die weißen Markierungen am Verkehr vorbeigedrängt hatte, setzte sie die Fahrt schnell und gleichmäßig fort. Coolidge nahm das Opernglas hervor und begann den Horizont abzusuchen.

«Jetzt sag mir mal, warum du mir gefolgt bist», meinte er, das Glas vor den Augen.

«Ich hab es dir schon gesagt. Du bist gefährlich. Du brauchst Hilfe. Zwei Köpfe sind besser als einer. In deinem Fall ist ein Kopf besser als gar keiner. Walter, du bist für direkte Aktionen nicht geeignet.» Pause. «Ich habe zu verhindern gehofft, daß du getötet wirst.»

«Süß von dir.»

«Die Süße ist mit Realitätssinn gesprenkelt.»

«Es kommt mir undankbar vor, das zu sagen, aber es wäre auch möglich, daß du versuchst, mich auszuspannen.»

«Würdest du gern zu Fuß nach Hause gehen, Liebling?» antwortete sie.

«Fahr langsamer. Ich sehe sie.»

Coolidge hatte den Müllwagen erblickt, der mit fünfundfünfzig Meilen pro Stunde dahinrumpelte. Sie verlangsamten die Fahrt, fuhren mit einer Viertelmeile Abstand hinter dem Müllwagen her und beschleunigten gelegentlich einmal kurz, wenn sie das weiße Gefährt eine Weile nicht gesehen hatten.

Coolidge lehnte sich zurück, streckte die Beine und betrachtete müßig die Szenerie drinnen und draußen. Die Wölbung von Veras Schenkeln. Die neuen Plüschpolster. Er roch den Wagen. Er roch Vera. Eine gute Kombination. Beide samtartig und aerodynamisch, mit einer Menge Pepp. Langsam wurde er von der Reisekrankheit ergriffen, ein lebender Interruptus, unentschieden dahingleitend.

Der Müllwagen steuerte auf die Chesapeake Bay zu, ganz offensichtlich nicht die übliche Mülltour; also war etwas los. Er konnte sich nicht vorstellen, weshalb Senator Oliver Garvey aus dem großartigen Staat Nebraska seinen Müll überwachen ließ. Und wie das zur Identifizierung des Spions in der BIBLIOTHEK führen sollte, des sogenannten Doktors, wer immer das sein mochte. Wurde Farnsworth erpreßt? Kraus? Hatte Gardella die Nerven verloren? Bot Hopkins um des einen oder anderen Vorteils willen das Land munter zum Ausverkauf an? Jede Variante schien möglich, doch dann wieder schien jede unmöglich. Aber nur Beebe und Yeager konnten ausgeschieden werden; sie hatten keinen Zugang zu den Daten und wußten über O.F.F. nicht Bescheid.

Die Landschaft veränderte sich. Sie näherten sich dem Wasser. Leute fuhren Boote zum Überwintern heim. Die Straße war mit einem Fischspezialitätenrestaurant nach dem andern dekoriert. Sie fuhren über die vier Meilen lange Annapolis Bridge, die sich über die Chesapeake Bay spannte, an Kent Island vorbei und dann weiter zur Halbinsel Delmarva.

«Vielleicht kippen sie den Müll ins Meer», sagte Vera. «Dann können wir sie wegen Umweltverschmutzung belangen.»

Schließlich verließ der Müllwagen die Autobahn und gelangte in ein kleines Städtchen, Oxford, und fuhr langsam die kleinen Straßen entlang, eine Provokation: ein Müllwagen auf Vergnügungsfahrt. Vera drosselte das Tempo und hielt sich so weit hinten wie möglich. Oxford war nicht mehr als ein Dorf, an einem Fluß gelegen, und zählte wahrscheinlich mehr Enten als Menschen zu seinen Einwohnern. Der schwerfällige Müllwagen, der sich durch Nebenstraßen zwängte, bog um eine Ecke und verschwand. Als Vera ihm folgte, kamen sie zur Landestelle einer Fähre.

Der Müllwagen fuhr langsam auf die kleine Fähre.

«Was jetzt?» fragte Vera.

Coolidge erwog die verschiedenen Möglichkeiten. Es waren keine Brücken in Sicht. Überall lagen Boote vor Anker, und vermutlich würde jemand sie gegen Bezahlung übersetzen; aber dann hatten sie keinen Wagen mehr.

«Wenn wir unsere Sache nur einigermaßen gut gemacht haben, wissen sie nicht, daß wir ihnen folgen», sagte er. «Und wenn sie es wissen, spielt es auch keine Rolle. Fahr los.»

Vera setzte ihr Auto hinter den Müllwagen und versuchte so zu tun, als wäre er nicht da. Sie schaltete das Radio ein. Sie sprachen miteinander. Einmal bemerkte sie, daß der Fahrer sie in seinem Seitenspiegel betrachtete, aber das konnte auch ein normaler verstohlener Männerblick sein. Nachdem die Fähre voll beladen war, dauerte es nur zehn Minuten, bis sie den Fluß überquert hatten. Nun hielt Vera ihren Wagen noch weiter hinter dem Müllwagen, da man sie gesehen hatte.

Die Landschaft blieb eintönig – Bauernhöfe, Kiefern, Trauerweiden, Heuballen, die nahe am Straßenrand aufgestapelt waren. Nach dem nächsten Städtchen, St. Michael, verließ der Müllwagen den Highway, fuhr in einen Kiefernwald und war plötzlich außer Sicht. Coolidge drehte an seinem Opernglas herum und versuchte, den Wagen zwischen den Bäumen auszumachen.

Dort, wo der Müllwagen eingebogen war, war eine asphaltierte Straße. Überall standen Tafeln: Kein Zutritt. Kein Durchgang. Zutritt streng verboten. Vera steuerte langsam durch den Wald; sie sahen nichts als Gestrüpp und Kiefernzapfen und Kiefernnadeln auf dem grauen Sand. Nach und nach hörte der Asphalt auf, und die Straße bestand nur noch aus festgestampftem Sand, aber nirgends waren Wagenspuren zu sehen. Sie bogen um eine Kurve, und der Kiefernwald hörte mit einemmal auf.

Vor ihnen lag nichts als Sand.

Wald hinter ihnen, Wald rechts, Wald in weiter Entfernung vorn. Links, gegen Norden, war nichts als gräulicher Sand – und kein Müllwagen.

Sie fuhren noch eine Minute lang weiter, langsam, verblüfft. Vera hielt bei einem großen, in den Sand gerammten Pfahl an, an dessen oberem Ende ein roter Wimpel flatterte.

Coolidge stieg aus und tat sich um.

«Es gibt keine Wunder», sagte er. Aber es war ein Problem. Ein Müllwagen war verschwunden. Was für Möglichkeiten gab es? Er schlenderte nordwärts und versuchte, das Problem in sein Unterbewußtsein zu verdrängen. Er schaute zu den Bäumen hin, die weit weg im Norden über den Dünen standen. Er konnte sich nur vorstellen, daß sie eine Abzweigung verpaßt hatten. Aber es war etwas Unheimliches an der Situation. Der Ort sah irgendwie vertraut aus, obwohl er wußte, daß er noch nie hier gewesen war. Es war so still, daß man die Luft hören konnte.

«Komm, wir suchen ein hübsches französisches Restaurant. Walter, hörst du mir zu?»

Coolidge versuchte, zu seinem Unterbewußtsein zurückzugelangen. Er wußte, daß es in seiner Vergangenheit eine Verbindung zu diesem Ort gab. Aber was war es? Dann verdichtete sich das Geheimnis noch mehr. Er hörte ein *Geräusch,* das ihm vertraut war. Er wußte, daß er dieses Geräusch schon gehört hatte, aber er konnte sich nicht entsinnen, wo. Es mußte irgendeine Koinzidenz sein, etwas, das klang wie etwas anderes, in der Art, wie ein Mensch einem andern gleicht. Dann hörte er das Geräusch ein zweites Mal, nur Sekunden nach dem ersten.

Coolidge war nun ganz Ohr, ganz Auge, die Psyche auf Zehenspitzen; er sah nach Norden. Als er das Geräusch zum drittenmal hörte, wußte er Bescheid. Es war das Dreiermuster, das ihm auf die Sprünge half. Endlich war seine Grundausbildung einmal zu etwas nütze. Er wirbelte herum und rannte auf Vera zu, packte sie und warf sich über sie, um ihren Körper zu bedecken. Der Sand half; die Granate sank ein paar Zentimeter ein, bevor sie detonierte, aber das Krachen war furchtbar. Er nahm an, daß es eine in hohem Bogen geschossene Salve aus einem 80-Millimeter-Geschoß war; drei Granaten, um den Erfolg sicherzustellen. Die zweite war näher; es regnete Sand. Die dritte erwischte Veras neuen Wagen und zerfetzte ihn in tausend Stücke.

Ein Vorschlag

Veras Wagen hatte die Erwartungen erfüllt: er war auf spektakuläre Weise in die Luft gegangen. Er war so plötzlich zerborsten, daß der Benzintank keine Gelegenheit zur Explosion fand, bevor er fünfundsiebzig Fuß in der Luft oben war. Dann detonierte er noch lauter als die Granaten; es war, als feuere der Wagen zurück.

Die einzelnen Bestandteile brannten noch heftig; der Geruch von verbrennendem Gummi, Öl und Polstern sättigte die Luft. Dann ertönte, zunächst wie der Geist des unlängst Verblichenen, das entfernte Brummen eines Motors. Coolidge, der immer noch über Vera lag, schaute über ihren Kopf hinweg und sah einen Jeep über die Dünen holpern; er kam auf sie zu.

«Bist du okay?» fragte Coolidge.

«Ich hab's dir ja gesagt: wir hätten in ein französisches Restaurant gehen sollen», antwortete eine Stimme unter ihm.

Sie kamen langsam auf die Beine und schüttelten den Staub ab. Coolidge behielt den Jeep im Auge. Zwei Brocken von Menschen saßen drin. Sie sahen nach Ärger aus. Er realisierte plötzlich, daß er die Ungesetzlichkeit seines geheimen Unterfangens nicht in Rechnung gestellt hatte. Er erlebte einen Moment der Panik, sah, daß er in Anarchie gestolpert war, in der kein Polizist zur Stelle war, um seine Interessen zu wahren. Er sah Vera an. Wie gewöhnlich war sie näher am Geschehen als er, und sie wirkte entsetzt.

Der Jeep hielt an. Der Beifahrer sprach in ein Funkgerät. «Wir haben sie. Lebend.» Er hängte das Mikrophon ein und lächelte. «Mir wird einfach nicht klar, ob ihr beiden Glück oder Pech habt. Rein mit euch.»

Ein aggressiver Gedanke blitzte durch Coolidges Gehirn. Die beiden sahen nicht besonders wachsam aus. Es waren keine Waffen zu sehen. Er sah mit hochgezogenen Augenbrauen zu Vera und deutete einen Vorschlag an.

Vera knirschte mit den Zähnen. «*Rein* mit dir», sagte sie.

Sie stiegen auf den Hintersitz, der Fahrer wendete den Jeep und fuhr über die Dünen. Während Vera wehmütig auf die Trümmer zurücksah, die einmal ihr neues Auto gewesen waren, dachte Coolidge, wenn er nur ein bißchen Karate könnte, wäre alles in Sekundenschnelle vorbei und sie hätten einen Jeep. Aber das war absurd. Er war gefährlich; Yeager hatte recht. Er sah verstohlen zu Vera hinüber. Schloß ihre Unfallversicherung Zusammenstöße mit Granaten ein?

Schon bald konnten sie den oberen Teil eines Müllwagens über eine Düne ragen sehen, und Coolidge schüttelte voller Erstaunen den Kopf, als er den Senator aus Nirgendwo erblickte, mitten im Nirgendwo, die gute alte Computerpriorität höchstpersönlich.

Oliver Garvey stand mit einem Scotch in der Hand vor einem Zelt, neben ihm Davey Reed und noch ein anderer, den Coolidge nicht erkannte. Eine schwarze Limousine stand etwas seitlich neben dem Müllwagen. Etwa zweihundert Fuß weiter rechts waren ein halbes Dutzend Granaten aufgestellt; alle zielten in Richtung von Veras Wagen. Drei leere Granatenhülsen lagen im Sand. Als der Jeep vor dem Zelt anhielt, rief Garvey mit entsetzter Miene: «Du lieber Gott, was für ein Irrtum!»

«Wollen Sie sagen, daß Sie die Granaten nicht absichtlich auf uns geworfen haben?» antwortete Coolidge. «War es ein Mißgeschick? Hoppla?»

«Ich bin nicht dafür verantwortlich», sagte der dritte Mann und zeigte mit dem Finger auf Coolidge. «Es ist nicht mein Fehler. Dies hier ist ein staatlich geprüftes und bewilligtes Schießgebiet. Es ist vorschriftsgemäß angelegt. Ihr habt alle meine Warnschilder mißachtet. Ihr habt direkt neben dem Übungsziel parkiert.» Der

Mann war furchtbar nervös. Er durchstöberte rasch alle seine Taschen. «Hier», sagte er und zog eine Karte hervor. «Sprechen Sie mit meiner Versicherung. Oliver, es tut mir leid, daß ich in diese Sache hineingezogen worden bin.»

«Nur ruhig, Arthur», sagte Garvey. «Das ist Arthur St. Claire. Ein guter Freund von mir, der zufällig mit dem Tod Geschäfte macht. Er hat uns dieses Gebiet für eine private Zusammenkunft zur Verfügung gestellt.»

«Vielen Dank», sagte St. Claire.

«Sie haben die Abzweigung verpaßt, Walter, darauf läuft es hinaus. Wir dachten, es sei klar. Breite, tiefe Wagenspuren, leicht zu verfolgen. Ich will sagen, wir dachten, wenn sie einmal so weit gekommen wären, wäre es einfach. Sie sind am falschen Ende des Gebietes herausgekommen. Können wir uns bitte darauf einigen, daß das Ganze nie passiert ist? Ist das möglich?»

Coolidge schloß die Augen. Die Demütigung war schlimmer als der Granatenbeschuß. Sie hatten Veras gubsige Grußkarte als Köder in Garveys Müll baumeln lassen, und er war ihm den ganzen Weg gefolgt.

Reed räusperte sich. «Vergessen Sie da nicht etwas, Senator? Oh, war das Ihr Wagen, den ich am Himmel gesehen habe?» fragte er Vera.

«Ich möchte den Kilometerzähler finden, bevor ich hier weggehe», sagte Vera. «Das wird wichtig sein für das Verfahren. Es waren erst zweihundert Meilen drauf.»

«Verfahren? Nein. Kein Verfahren. Gar nicht nötig», sagte Garvey rasch.

«Die Gerichte sind überlastet. Arthur hat Ihren Wagen soeben gekauft, nicht wahr, Arthur? Gibt ein herrliches Kilometergeld. Hab ich nicht recht, Arthur? Auf lange Sicht billiger, Arthur.»

St. Claire zuckte die Schultern.

«Jetzt haben wir's», sagte Garvey. «Alles geklärt. Alles vorbei. Nun, warum gehen wir jetzt nicht hinein zu Arthur, nehmen einen erholsamen Drink und vergessen die ganze Sache?»

Coolidge gefiel die Idee nicht, daß Arthur St. Claire Veras Wagen bezahlte. Es schien gleichzeitig vernünftig und moralisch zwielichtig. Als er sich an den Campingtisch im Zelt setzte, reichte

Reed ihm Weißwein mit Eis. Woher wußten sie, daß er Weißwein mit Eis trank?

«Touché», sagte er mit einem Blick zu Reed.

«Nun, alles, was *wir wollten*, war ein bißchen plaudern», sagte Garvey. «Das ist alles. Reden. Ein paar Dinge eingehender betrachten. Wichtige Dinge. Ich gestehe, daß die Art, wie wir die Sache angegangen sind, bis zu einem gewissen Grad abwegig war. Seinerzeit erschien es uns als gangbarer Weg.»

«Worauf er hinauswill», warf Davey Reed ein, «ist, daß niemand Ihnen gefolgt ist; niemand weiß, daß Sie hier sind. Die Autofähre in Oxford war das pièce de résistance. Nur Anwohner fuhren hinter Ihnen auf die Fähre. Das ist der einzige Grund, weshalb wir Arthurs Gelände als Treffpunkt ausgesucht haben. Ich will sagen, es fällt überhaupt kein Verdacht auf Sie.»

«Sie brauchen mir nicht zu sagen, daß kein Verdacht auf mich fällt», erwiderte Coolidge scharf.

«Ich sehe meinen Fehler ein», sagte Reed demütig. «Madam?»

«Zum Geier mit Ihnen», antwortete Vera.

Coolidge fand den Wein äußerst belebend. Er mußte aufpassen, daß er nicht zu belebt wurde. Es war sonderbar, mit dem Feind in einem Zelt zu sitzen. Es sollte offenbar ein kleiner Augenblick außerhalb der Zeit sein, nicht dokumentiert, nie geschehen. Zwei Generäle, die sich auf neutralem Gebiet unter einer weißen Waffenstillstandsfahne treffen. Aber das Zelt ließ ihn an den Bürgerkrieg denken, und bald tönte es auch schon so, denn Arthur St. Claire feuerte wieder ein paar Test-Granaten ab.

«Wenn Sie plaudern wollen», sagte Coolidge, «plaudern Sie mit Harry Dunn. Er ist der Direktor der BIBLIOTHEK. Ich kann das für Sie arrangieren.»

Garvey kickte die Eiswürfel in seinem Glas herum. «Harry Dunn hat mich zu oft in *Face the Nation* gesehen. Er ist zu gut geworden im Ausweichen und Entschlüpfen. Ich betrachte ihn als meinen Musterschüler.»

Vera hielt ihr Glas hoch, damit jemand es füllte; Reed machte die Runde und schenkte nach.

«Es war ein billiger Trick, uns hierherzulocken», sagte Vera.

«Absolut», antwortete Garvey. «Nun, man handelt nach seinen Gewohnheiten.»

«Mit anderen Dienststellen der Regierung springen Sie nicht so um, oder doch?»

Garvey bedachte sie mit einem Lächeln – einem echten, keinem Wahlkampflächeln. «Gewöhnlich nicht», sagte er. «Aber andererseits seid ihr nicht einfach eine Dienststelle der Regierung; ihr *seid* die Regierung. Oder ihr werdet sie bald sein. Wenn ihr nichts anderes seid als eine Dienststelle zum Sammeln von Informationen, was hat dann Harry bei euch zu suchen? Harry ist ein hochkarätiger Bursche.»

«Drücken wir es so aus», sagte Davey Reed, der immer noch mit Flaschen und Eiswürfeln hantierte: «Thomas Jefferson wußte nichts von Computern. Computer haben das Wesen des Regierens verändert. Computer sind eine Wasserscheide auf der Marschroute der Zivilisation. Das ist eine Premiere: Gleichzeitig mit den Getränken werden die Metaphern gemixt.»

Nun war wieder Garvey am Zug. «Schauen Sie, die BIBLIOTHEK ist ein enormes Machtzentrum, das von der Verfassung nicht abgedeckt wird. Es gibt keine grundlegenden Kontroll- und Gegenkräfte wie beim Kongreß, in der Judikative und Exekutive. Eine Anhäufung von Wissen ist eine gefährliche Sache, Walter.»

«Nicht *schlecht*», sagte Reed. «Eine Anhäufung von Wissen ist eine gefährliche Sache. Endlich einmal ein guter Satz von Ihnen.»

Es war ein Verkaufsgespräch. Sie führten geradezu eine Komödie auf. Coolidge legte die Hand auf sein Glas, so daß Reed es nicht wieder füllen konnte.

Wieder gingen Granaten los.

«Es fällt mir schwer zu glauben, daß Sie annehmen, Vera oder ich würden Ihnen geheime Informationen über die BIBLIOTHEK geben. Ich meine, es ist schwierig, diese Szene ernst zu nehmen. Das müssen Sie doch selbst wissen. Worauf wollen Sie hinaus?»

Garvey hatte Coolidge genau beobachtet; er hatte ihm in die Augen gesehen, während er sprach, und hatte dabei genickt; er zeigte sich völlig einverstanden mit Coolidge, sobald dieser die Worte nur äußerte.

«Ich verstehe, was Sie sagen», sagte Garvey. Er dachte einen

Moment lang darüber nach. «Ich glaube, gerade das zeigt, wie wichtig diese Zusammenkunft für mich ist. Ich weiß, daß sie lächerlich wirken muß. Ich gehe das Risiko ein, lächerlich zu wirken.»

«Was ist daran denn so wichtig?»

Garvey überlegte einen Augenblick. «Weil ich Präsident werden will.» Er lächelte. «Okay? Haben wir das aus dem Weg geräumt? Ich habe auch ein persönliches, egoistisches, begründetes Interesse, den Planeten zu retten, denn ich lebe auf ihm.»

Coolidge sah zu Vera hinüber. «Das ist ‹die Behandlung›», sagte er zu ihr. «Ich habe davon gehört. Im Gegensatz zu seiner gekünstelt-feierlichen, scheinheiligen öffentlichen Person wirkt Senator Garvey privat völlig ehrlich, entwaffnend, überzeugend. Wie sollte man einem so aufrichtigen Mann nicht vertrauen?»

«Der Ton dieser Konversation gefällt mir», antwortete der Senator. «Ich glaube, wir kommen zum Kern der Sache.»

«Wir kommen überhaupt nirgendwo hin.»

«Schauen Sie, Walter, es ist kaum möglich, daß Sie bei Ihrem ganzen Wissen nicht begreifen, was zum Teufel eigentlich vorgeht. Es gibt eine Menge Opposition gegen die BIBLIOTHEK. Ich spreche nicht nur von den blutenden Herzen der liberalen jüdischen New Yorker Intellektuellen von der Amerikanischen Bürgerrechtsliga. Es gibt auch viele Konservative, die beunruhigt sind. Sie halten es für möglich, daß eine Sammeldienststelle wie die BIBLIOTHEK, wenn sie mißbraucht wird, dem Präsidenten sowohl in der Innen- als auch in der Außenpolitik zu viel Macht einräumen würde. Im Augenblick sind wir besonders an der Außenpolitik interessiert. Sie wollen wissen, was da vorgeht. Sie haben ein Recht darauf.»

Es war absolut verblüffend. Garvey sprach präzis und schlüssig. Er tummelte sich nicht in Subkategorien und sich gegenseitig aufhebenden Präpositionalkonstruktionen, er entschlüpfte nicht in Konditionalsätze, verwischte seine Spuren nicht, wollte nicht beide Seiten zufriedenstellen. Es fand tatsächlich ein Gespräch statt.

«Worauf richtet sich Ihr Interesse?» fragte Coolidge.

«Nun, ich glaube, man könnte alle diese Leute grob als die amerikanische Friedensbewegung bezeichnen. Sie befürchten, daß der Präsident zu viel nukleare Macht in der Hand hat und daß er zu leicht bereit ist, sie einzusetzen. Wenn sie je eingesetzt wird, dann wird es darüber nicht erst eine Abstimmung geben; wir möchten dabei aber ein *bißchen* mitreden.»

Coolidge lehnte sich in seinem Campingklappstuhl zurück. «Die amerikanische Friedensbewegung?» fragte er. Er sah zu Vera hinüber, die ein Lächeln aufgesetzt hatte, mit dem man eine harte Salami hätte schneiden können. «Sie?» Coolidge kratzte sich am Kopf. Garvey kam aus einem konservativen Staat. Es war politisch gefährlich, für eine Taube gehalten zu werden. Es war nicht gemäßigt, es paßte überhaupt nicht zu seinem Charakter. Es war rührend. Es war beleidigend. Glaubte Garvey, daß er ihm das abkaufen würde?

«Das klingt unmöglich, nicht wahr?» sagte Garvey.

«Es riecht unmöglich, würde ich sagen. Sie bohren einen Beamten einer streng geheimen Regierungsstelle an – «Ich versuche es zumindest», warf Garvey trocken ein –, «anstatt den Dienstweg einzuschlagen. Sie lassen meinen Müll überwachen» – «Erst mal haben Sie *meinen* Müll überwacht» –, «und jetzt haben Sie glatt die Frechheit zu sagen, Sie täten das im Namen des Friedens! Ist es denn die Möglichkeit, daß der gute konservative Senator sich mit ein paar Radikalen eingelassen hat?»

«Nein. Nein, Walter. Sie haben alles ganz falsch verstanden. Genau verkehrt herum. Ihr seid die Radikalen.»

«Wir sind eine legale Dienststelle der Regierung und ordnungsgemäß vom Kongreß eingesetzt.»

«Nicht ganz so ordnungsgemäß.»

«Es steht in den Akten.»

«Ja, es steht schon etwas in den Akten.»

«Was *Sie* tun, steht *nicht* in den Akten. Was tun Sie denn eigentlich?»

«Ich versuche nur, die Regierung wieder in die Hände des Volkes zu legen», sagte Garvey.

«Oh, das ist ein guter Witz», gab Coolidge zurück. «Mit Heiligenschein. Für alle Zwecke verwendbar.»

Coolidge hatte nie an das *Sieben Tage im Mai*-Szenario geglaubt. Wenn in Amerika mit der Macht gespielt wurde, geschah es immer mit dem äußeren Anschein und Anstrich von Legitimität und Demokratie. Sonst würden die Bauern es *merken.* Aber nun schien der Senator aus Nirgendwo so etwas vage anzudeuten. Garveys Augenlider waren wie gewohnt halb geschlossen, und er ließ wie zufällig, als erkundige er sich nach dem neuen Menuplan, die Bemerkung fallen: «Was ist zum Beispiel mit O.F.F.?»

«Was ist O.F.F.?» fragte Coolidge zurück und blickte in Garveys blaue Augen. Er spürte genau, wie Vera zu atmen versuchte und es nicht schaffte.

Garvey erwiderte seinen Blick irgendwo unter seinen Augenbrauen und über seinem Scotch, dann lächelte er gutmütig. «Okay, ich weiß nicht, was zum Teufel es ist.»

«Was immer es ist, es steht bei 23,75 Prozent», sagte Reed. «O.F.F. ist 23,75 Prozent. Ich kann nicht sagen, warum, aber ich finde das beängstigend. Soll es steigen oder sinken, Walter? Was passiert, wenn es soweit ist? Werden wir alle glücklich sein, wenn es soweit ist? Werde ich glücklich sein?»

«Mein Name ist Walter Coolidge, Sozialversicherungsnummer 107-22-1025», sagte er und wunderte sich, daß der Doktor sie nicht auf dem laufenden hielt. O.F.F. lag mittlerweile bei fast fünfzig Prozent.

Garvey lachte wieder. «Ich wußte, daß wir Sie nicht zum Narren halten könnten. Himmel, wir wollen Sie auch gar nicht zum Narren halten.»

«Doch. Sie haben mich heute schon einmal zum Narren gehalten. Sie müssen mich für einen doppelten Narren halten, daß Sie glauben, ich hätte vergessen, wie Sie mich erst vor ein paar Minuten an der Nase herumgeführt haben.»

«Ich kann nicht anders», sagte Garvey. «Es ist eine Berufskrankheit. Ich nehme nicht an, daß Sie sich einfach einen Ruck geben und uns sagen können, was O.F.F. ist?»

«Sie möchten doch nicht, daß ich meinen Eid breche, nicht wahr? Das könnte mir Scherereien eintragen.»

«Walter.» Davey Reed spielte den Geduldigen. «Es wird *erwartet,* daß Sie Fragen wie diese beantworten. Sie könnten Scherereien bekommen, wenn Sie sie *nicht* beantworten.»

«Dann laden Sie mich vor den Ausschuß.»

«Ich erkläre hiermit, daß dies hier ein Untersuchungsraum des Ausgewählten Senatsunterausschusses zur Überwachung der Informationssammelstelle ist; die Sitzung ist eröffnet, die Zeugen werden vereidigt», sagte Garvey mit der monotonen Stimme eines Gerichtsdieners, den Kopf auf eine Hand gestützt, während die andere mit dem Drink spielte.

Reed zog eine blaue, von Drinks befleckte Hotelbibel hervor. Er hielt sie ins schwache Licht des Zelts. «Schwören Sie, die Wahrheit zu verraten, die ganze Wahrheit und nichts als die Wahrheit?»

Garvey zog eine Grimasse. «Davey, verdammt nochmal, ich wünschte, Sie hätten dieses Wort nicht gebraucht. Okay, wir fordern Sie auf, die Wahrheit zu verraten. Da, wir haben es gesagt. Aber an eine rechtmäßig konstituierte Körperschaft der Regierung und im Interesse der Republik.»

Coolidge blickte auf die Bibel, zu Vera, zu Reed, zu Garvey.

Reed legte die Bibel in seinen Attachékoffer zurück. «Ich wußte, daß das Zeitverschwendung wäre. Gott funktioniert nur in der Öffentlichkeit.»

«Wollen Sie es sich wenigstens überlegen? Es in Erwägung ziehen? Es auf kleiner Flamme ein wenig köcheln lassen?»

Coolidge wollte ihn aus dem Gleichgewicht bringen. Er gab einem Drang nach. Es war unwiderstehlich.

«Vielleicht sollten Sie Ihren Rabbi aufsuchen», sagte er, «und mit ihm über Ihr Problem sprechen.»

Garveys große Froschlider hoben sich zum erstenmal seit Jahren. Reed stellte sein Glas geräuschlos ab. Sie sahen einander verblüfft und verzweifelt an.

«Ich glaube, du hast zuviel getrunken, Walter», sagte Vera.

«Ich glaube, ich habe nicht genug getrunken», sagte Reed ruhig.

Coolidge beobachtete ihre Gesichter. Sie waren völlig perplex. Ende der Komödie. Garvey sah finster aus, kein Lächeln mehr, keine große Aufrichtigkeitsroutine. Er verfiel auf das, was er am besten beherrschte.

«Kein Kommentar», sagte Oliver Garvey. Sie stiefelten ratlos im Sand vor dem Zelt umher, als ihnen schließlich einfiel, daß sich aus dem Fehlen von Veras Wagen ein Transportproblem ergab.

Die Männer, die den Müllwagen gefahren hatten, würden hierbleiben müssen, um die Waffen, die Ausrüstung und das Zelt in den Jeep zu laden. Blieb die Limousine. «Ich bezweifle, daß Walter und Vera mit uns fahren möchten», sagte Arthur St. Claire zartfühlend, «obwohl wir sie vermutlich an einer Bushaltestelle aussteigen lassen könnten.»

Reed, lang und dünn, die Schultern vorgebeugt und die Hände tief in den Taschen vergraben, da von der Küste her eine kalte Brise wehte, lächelte finster und sagte: «Ich habe eine Idee.»

Coolidge hatte es kommen sehen. Er war darauf gefaßt. Es war die abschließende Schmach eines widersinnigen Tages. Er streckte die Hand aus. «Geben Sie mir die Schlüssel», sagte er.

Die Müll-Liebhaber

Es war sein Schicksal. Es stand geschrieben. Es wäre sinnlos gewesen, ihm ausweichen zu wollen. Das reife Individuum anerkannte solche Umstände, wenn sie eintraten.

«Wenn irgend jemand das verdient, dann wir», sagte Vera.

Coolidge hatte bei der Armee eine Zeitlang einen Lastwagen gefahren; Schalten und Zwischengas waren ein fester Bestandteil seines Nervensystems. Er bekam schon ein Gefühl für den Wagen, während er von Arthur St. Claires Testgelände zum Highway fuhr. Danach ging es leicht, wenngleich das Steuern eine Menge Anstrengung erforderte. Sie klapperten mit fünfzig Meilen pro Stunde dahin; St. Claires Limousine ließ sie schon bald weit hinter sich, ein letztes Mal verschwanden die winzigen roten Punkte über einen fernen Hügel.

«Endlich allein», sagte Coolidge.

«Ist das nicht romantisch? Wenn wir irgendwelchen Müll haben, müssen wir ihn nur über die Schulter werfen.»

«Nana, du *weißt*, daß du gern mal was Neues ausprobierst.»

«Mach das Fenster auf», sagte Vera und kurbelte ihres hinunter. «Lieber kalt als stinkig.» Dann begann sie zu lachen, leise zuerst, mit der Hand vor dem Mund; dann platzte sie laut heraus, während sie auf dem steinharten Sitz des Müllwagens hin und her rutschte.

Coolidge achtete nur auf die Straße.

«Walter», sagte sie schließlich, «mir wäre es lieber, du schliefst mit andern Frauen, als daß du je wieder bei so einem Unternehmen mitmachst. Jemals.»

«Wir haben nicht herausgekriegt, wer der Doktor ist.»

«Mach dir nichts draus, Walter.»

«Nehmen wir's leicht, klar.»

«Hast du herumgebumst, Walter?»

«Nein, ich habe nicht herumgebumst.»

«Du mußt wissen, daß diese Sache für dich viel zu groß ist. Ich meine, da passiert etwas Elementares. Mächte stoßen aufeinander. Es ist ein elementarer Zusammenprall. Paß auf, daß du nicht dazwischengerätst, Walter.»

Die Dämmerung setzte ein; es war ein frostiger Herbsttag. Sieben Tage im Oktober, dachte Coolidge. Wirst du im Oktober Ränke schmieden, wie du es tust im Mai?

«Aber offenbar gibt es tatsächlich eine Verschwörung gegen die U.S.-Regierung», murmelte er. «Offensichtlich. Alle möglichen Leute sind daran beteiligt. Unter anderem ein amerikanischer Senator. Und sie wissen etwas über O.F.F. Sie sind beunruhigt über O.F.F.»

«Wer ist nicht beunruhigt über O.F.F.?»

«Wie können wir das ignorieren?»

«Ich glaube, ich bin beschwipst», sagte Vera.

«Sie haben sogar Zugang zu Waffen. Zu einer Menge Waffen. Arthur St. Claire hat ganze Lagerhäuser voll. Er hat sogar leichte Panzer, Himmel nochmal.»

«Hör auf damit, ich will jetzt nur was essen», sagte Vera.

Nach einer Weile tauchte ein Autobahnrestaurant auf. Coolidge bog von der Straße ab und fuhr auf den überfüllten Parkplatz. Der Müllwagen brauchte zwei Parklücken und stand in die Fahrbahn hinaus. Coolidge und Vera stiegen aus, ignorierten einige neugierige Blicke und gingen ins Restaurant; sie zogen eine Sandspur hinter sich.

«Wir gehen zu Harry», sagte Vera, als sie an einem Tisch saßen. Coolidge setzte sich so, daß er den Müllwagen im Auge behalten konnte.

«Den Teufel gehen wir.»

«Was können wir denn anderes tun?»

«Ich weiß es noch nicht. Aber wir gehen nicht zu Harry.»

«Ich überleg's mir noch.»

Als die Kellnerin die Hamburger brachte, sah Coolidge nicht gerade enthusiastisch drein.

«Nicht ganz dasselbe wie Chinesisch», meinte er.

«Aber zur Not reicht es», entgegnete Vera boshaft und kaute auf ihrem Hamburger herum.

«Du kannst nicht zu Harry gehen, weil es Harry sein könnte. Es ist eine logische Möglichkeit. Du willst doch nicht, daß ich dich für eine unlogische Frau halte, oder?»

«Du übertreibst mit deinem logischen Kram, Walter. Wie könnte es Harry sein? Die BIBLIOTHEK ist sein Baby. Er liebt sie leidenschaftlich. Es gibt Situationen im Leben, Walter, die man nicht logisch erfassen kann.»

«Ja», sagte Coolidge; er aß abwesend, hörte abwesend zu. Er konnte ihr nicht sagen, was er in letzter Zeit getan hatte. Er hatte sich für die Ideologie entschieden. Sie kam gleich nach Sex und Geld, wenn man sich vom Schoß aus nordwärts vorwärtsarbeitete. Er war auf Hexenjagd gegangen: er hatte einen Kommunisten in der BIBLIOTHEK gesucht, und er hatte bei Harry angefangen.

Er hatte immer noch mehr zahllose Stunden am Terminal in seinem Büro verbracht. Er vernachlässigte den Abfall jetzt ganz und überließ alles Jake Shoemaker. Er war die erste Überprüfung Harrys nochmals durchgegangen; sie war durchgeführt worden, als er den ersten Auftrag im Sicherheitsdienst der Regierung erhalten hatte. Dann hatte er die Kontrollen ausgeweitet: er hatte alle Leute überprüft, die Harry ein positives Zeugnis ausgestellt hatten. Diese Prozedur hatte er bei jedem einzelnen Bibliothekar wiederholt.

Mehr als ein vorübergehendes Liebäugeln mit dem Marxismus konnte er bei keinem finden. Harry selbst war, seltsam genug, in seinem ersten Studienjahr Marxist gewesen. Aber bei ihm war das ein rein intellektueller Akt ohne jede Leidenschaft gewesen. Für Harry war der Marxismus interessant, weil er so ein cleverer Versuch war, ein Problem zu lösen. Dann hatte er ihn zugunsten des weit saubereren und klareren Spielplatzes der Atomphysik aufgegeben.

Der Doktor war kein Kommunist, nicht einmal ein Sympathisant. Verdammt, er kam wieder auf die schlimmste Möglichkeit zurück, auf das, was am schwierigsten zu finden war: Gewissen. Auf den gewissenhaften Menschen, der zum Schluß gekommen war, daß alle anderen unrecht hatten, und der dementsprechend gehandelt hatte.

«Hör auf zu brüten und iß», sagte Vera. «Du bist gefährlich, wenn du grübelst. Du brütest doch nur irgend etwas Lächerliches aus.»

Coolidge dachte die verrückte Szene im Zelt nochmals durch; er versuchte, sich jedes gesprochene Wort in Erinnerung zu rufen, um herauszufinden, ob es da einen Hinweis auf den Doktor gab. Etwas Zufälliges, das vielleicht unbemerkt geblieben war. Es gab einen offensichtlichen Riß in Garveys Panzer. Davey Reed trank zuviel. Vielleicht konnte Coolidge daraus einen Vorteil schlagen. Er selbst machte sich aus Alkohol nicht besonders viel, aber er hatte auf Microcamaufnahmen gesehen, was er bei verschiedenen Leuten bewirken konnte. Wenn sie Selbstmitleid bekamen, sagten sie alles. Es war immerhin ein Gedanke, eine Möglichkeit für ein zukünftiges Vorgehen, eine Chance.

Als sie wieder auf dem Highway waren, sagte er: «Deine Beine habe ich seit Wochen nicht mehr gesehen. Ist mir gerade eingefallen.»

«Ich weiß, wie beschäftigt du gewesen bist.»

«Du trägst neuerdings Hosen, was?»

«Nein. Außer heute, weil ich einen Auftrag hatte. Du hast einfach nicht darauf geachtet, Walter. Walter, gehst du fremd?»

«Nein, ich gehe nicht fremd.»

«Ehrlich?»

«Ehrlich.»

Coolidge konnte den Blick nicht von der Straße abwenden, weil der Verkehr zunahm, aber er hörte das Geräusch eines Reißverschlusses. Als er einmal hinzusehen wagte, saß Vera bis zur Taille ganz geschäftsmäßig da, aber dann kamen nur noch der Slip und lange, cremige Beine; die Hose hing an ihren Knöcheln.

«Nun, wo waren wir stehengeblieben?» fragte Vera strahlend.

Hier waren sie für sich, wie Coolidge bemerkte. Keine Microcams, die einen beunruhigten. Keine Wanzen. Oder Filzläuse, wie sie genannt wurden, wenn sie in Schlafzimmern plaziert wurden. Er fühlte sich ganz plötzlich erleichtert. Er schaute zu den straff übereinandergeschlagenen Beinen hinüber und kam beinahe von der Fahrbahn ab.

«Walter, ich habe es noch nie in einem Müllwagen gemacht; und du?»

Nach ein paar Meilen der Ungeduld kamen sie plötzlich zu einem Rastplatz. Coolidge bog rasant ab, ließ einen langen schwarzen Streifen liegen und stellte den Wagen mit der Führerkabine nach vorn in die entfernteste Ecke des Rastplatzes, weit weg von den wenigen parkenden Autos. Dann stieg er aus, schlenderte umher und prüfte die Szenerie oberflächlich. Ein paar Leute hatten kurz die Hälse nach ihnen gereckt, aber alle hatten sich wieder ihren Thermosflaschen zugewandt. Er hatte schon eine totale Erektion, bevor er wieder in den Wagen stieg, diesmal auf Veras Seite.

Ihr Slip hing am Rückspiegel, und sie löste seinen Gürtel, kaum daß er sich hingesetzt hatt.

«Hast du das Bitte-nicht-stören-Schild rausgehängt?» fragte sie, während sie seine Hosen herunterzog.

Sie setzte sich auf ihn und bewegte sich leicht hin und her. «Oh-oh», sagte Coolidge sofort. Das würde eine größere Sache werden, der Müllwagen würde sich in Bewegung setzen. Er hatte sich zu lange aufgespart. Sie sich offenbar auch. Coolidge saß da und streckte sich vor, während Vera oszillierte, mit einem hübschen Lächeln auf dem Gesicht, das wieder verschwand, zuerst nur ab und zu, dann öfter, bis gar kein Lächeln mehr zu sehen war. Nichts. Sie sah aus, als versuche sie, sich an etwas tief Verborgenes zu erinnern. Etwas Entscheidendes. Und Coolidge schüttelte ihr Gedächtnis. Dann sah ihr Gesicht aus, als entdecke sie etwas, und mit einem Mal fiel ihr alles wieder ein.

Abfallbericht: # 85-10-7

AKTENZEICHEN: 104759
AUFGEGEBENES EIGENTUM VON:
Senator Oliver Garvey (Wohnsitz)

1. 1 Fernsehgerät, Modell Dumont 19", Baujahr 1962, defekt
2. Verschiedene Nummern von Rundbriefen des Institute for Policy Studies, einzelne Artikel ausgeschnitten
3. Kopie der ursprünglichen Gesetzgebung, die die BIBLIOTHEK begründete
4. Mitgliedsplakette des Ordens zum Schutz und zur Förderung der Elche
5. 2 Manschettenknöpfe mit eingebauter Uhr, neu
6. Fotokopie des Eintrags über Harry Dunn im *Who's Who,* mit Randbemerkungen
7. Kurze Notiz des House Intelligence Committee
8. 1 Flasche Scotch, Hausmarke, 1.75 Liter
9. 3 Päckchen Mentholzigaretten
10. Kopie einer Rede, die vor dem Senat gehalten werden sollte

Abfall-Szenario

Am Donnerstagabend war Roger Castleman, der Rechtsberater von Garveys Kontrollunterausschuß, zu Besuch. Es kam zu einer langen nächtlichen Sitzung (Punkt 9, drei Päckchen Mentholzigaretten) mit einer heftigen Diskussion über die Verfassungsmäßigkeit der BIBLIOTHEK (Punkt 3, Kopie der ursprünglichen Gesetzgebung, die die BIBLIOTHEK begründete, mit zahlreichen Randnotizen. Viele Fragezeichen mit orangem Wachsstift. Vielerorts Kommentare: «Gesetzliche Absicht?», «Kann mich nicht an diesen Wortlaut erinnern», «Wir haben die Stalltür offengelassen», etc.)

Der Rechtsberater war der Meinung, die BIBLIOTHEK sei legal (Punkt 7, Zeugnis des Oberstaatsanwalts betreffs BIBLIOTHEK vor dem House Intelligence Committee). Der Senator war überaus ärgerlich (Punkt 6, Fotokopie des Eintrags über Harry Dunn im *Who's Who,* mit säuerlichen Randbemerkungen).

Kommentar

Die sonderbaren Reden tauchen weiterhin auf. Zusammen mit Garveys Weigerung, sie zu halten. Garvey hat in seinem Haus einen Aktenvernichter, wodurch für die Rekonstruktion von Punkt 10 eine große Zahl von Arbeitsstunden nötig wurde. Könnte der Aktenvernichter irgendwie betriebsunfähig gemacht werden?

Aus anderen Informationsquellen wird deutlich, daß Davey Reed der Verfasser dieser Reden ist. Es ist ausgeschlossen, daß er sie schreibt, wenn er betrunken ist; dazu sind sie zu kohärent. Aber warum schreibt er sie, wenn er nüchtern ist? Es gibt im ganzen Land nicht einen Politiker, der sich auf diese Weise mit der Öffentlichkeit gemein machen würde. Im folgenden wird Punkt 10 vollständig rekonstruiert wiedergegeben:

Mitglieder dieses hohen Hauses, ich trete heute in schwerer Sorge um ein Problem von entscheidender nationaler Bedeutung vor Sie. Ich meine das zunehmende Maß an Kritik, die sich gegen die vom

Pentagon angeschafften Waffensysteme richtet. Besonders die Kommentare über die Wirkungslosigkeit dieser Waffensysteme oder ihre Überflüssigkeit sind unverantwortlich und fügen unserer Verteidigungshaltung Schaden zu.

Solche gedankenlosen Kommentare verraten auch ein grundlegendes Mißverständnis dessen, was das Wettrüsten denn bewirken soll.

Ich glaube, wir könnten das Wettrüsten gut als Operation Potlatch bezeichnen. Ja, Potlatch, ein Wort, das von den alten amerikanischen Indianern erfunden wurde, die an der Küste des Pazifiks lebten.

Man könnte sogar so weit gehen zu sagen, daß das Wettrüsten von diesen frühen Indianern erfunden wurde.

Potlatch nun, wie Sie zweifellos wissen, bedeutete, daß konkurrierende Häuptlinge ihre Macht zeigten durch ihre Bereitschaft, die weltlichen Güter ihres Stammes zu zerstören. Die beiden konkurrierenden Häuptlinge saßen dann etwa beim Lagerfeuer und warfen abwechselnd ihre Schätze ins Feuer: Decken, Pfeile und Bogen, Nahrungsmittel, Felle. Die «Atombombe» solcher Wettkämpfe bestand darin, daß man sein ganzes Dorf niederbrannte. Die Häuptlinge waren darauf erpicht und dazu entschlossen, herauszufinden, wer sich die größeren Verluste leisten konnte. Der Häuptling, der immer aufs neue willens war, Güter zu zerstören, erwarb sich dadurch den Ruf der Macht und Majestät und war der größere Häuptling.

Diese Analogie zeigt uns den selbstzerstörerischen Charakter der Kritik an unseren Waffensystemen. Die effektive militärische Nützlichkeit eines Waffensystems ist sekundär. In der Tat könnte ich sogar so weit gehen zu sagen (*an dieser Stelle aufs Podium stampfen*): irrelevant!

Werden denn die Russen gezwungen, auch etwas ins Feuer zu werfen? Werden sie gezwungen, eine ähnliche Waffe zu bauen? Werden sie genötigt, eine Gegenwaffe zu konstruieren? Müssen sie ihre Befehls- und Kontrollsysteme ändern? Wenn sie das tun und also weitere weltliche Güter ins Lagerfeuer werfen, dann hat die Waffe ihren Zweck *bereits erfüllt.* Nur wenn die Sowjets *kein* Geld ausgeben, um ihr etwas entgegenzusetzen, ist die Waffe ein

Flop. Ich hoffe und bete inbrünstig, daß die sowjetische Führung das niemals begreift.

Deshalb, Gentlemen, befürworte ich, daß die Mitglieder das Wohl des Landes im Auge behalten und ihre Kritik an unseren Waffensystemen entsprechend mäßigen. Eines Tages wird der Stamm jenseits des Ozeans, hungrig, frierend, mittellos, sich gegen seinen Häuptling erheben, und dann kann die Operation Potlatch als Erfolg bezeichnet werden. Dann werden wir als die mächtigste aller Nationen angesehen werden und können beginnen, unsere eigenen weltlichen Güter aus dem Lagerfeuer herauszuhalten.

Ich danke Ihnen, Mr. President. Ich übergebe das Wort dem Gentleman aus South Carolina.

Das Szenario wird Wirklichkeit

Zwischen den Hauptstädten der NATO-Staaten jagten sich die Telegramme. Es hatte in der NATO zwar schon früher Krisen gegeben: wegen Polen, Ungarn, der Tschechoslowakei, Ostdeutschland. Aber noch nie hatte es auch nur den entferntesten Versuch einer Panzermassierung in Naumburg gegeben. Man hatte indes jahrzehntelang darüber geredet und Strategien entwickelt: in den Akten fanden sich Hunderte von Szenarios.

Konnte es eine sowjetische Bedrohung sein? Oder, schlimmer noch, eine Absicht der Sowjets? Oder verstand jede Seite die andere falsch? Die Franzosen diskutierten bereits darüber, ob sie ihre Armee der NATO überlassen oder aber sich aus der Sache heraushalten und ihre eigenen Grenzen beschützen sollten, unterstützt durch ihre strategische *force de frappe*, einhundert Gefechtsköpfe für einhundert sowjetische Städte, was das Ende der Sowjetunion bedeutete. Sie sprachen auch mit den Deutschen über die Teilnahme an einer Vorwärtsverteidigung in Deutschland, ohne sich auf die eine oder andere Variante festzulegen.

Innerhalb der NATO waren die Meinungen nicht ungeteilt. Die Westdeutschen und die Briten unterstützten zurzeit die Massierung. Belgien und die Niederlande waren zurzeit dagegen. Die Franzosen waren unentschlossen. Griechenland und die Türkei enthielten sich der Stimme.

Harry Dunn selbst hatte ein ganzes Wochenende vor sich, um

in seinem Garten zu brüten und zu schmoren, Dutzende von Stunden, in denen er sich Sorgen machen, die Dinge von vorn, innen und hinten ansehen, in denen er apokalyptisch und ärgerlich gestimmt sein konnte. Für Dunn war das ganze Wochenende ein einziger Zwei-Uhr-morgens-Zustand: er hatte verschwitzte Hände, schnauzte seine Frau an, nippte an seinem Brandy, schichtete Befürchtungen aufeinander, verlor die Kontrolle, hatte nichts zu tun. Die ganze Zeit über war er nur um Haaresbreite davon entfernt, sie alle zu einer Krisensitzung zusammenzurufen. Aber er zwang sich wieder und wieder, abzuwarten und mit seinen Reserven hauszuhalten. Wenn die Dinge sich so entwickelten, wie er vermutete, würde es für lange Zeit lange Arbeitstage geben. Es war das beste, ihnen ihr Wochenende und ihre Ruhe zu lassen; sie würden sie brauchen.

Am Montagmorgen um sieben Uhr erhielt die NATO Einzige Priorität, die höchste Kategorie; alle anderen Probleme wurden weggeschoben, und die Beobachtung der Anzeichen, Vorzeichen, Hinweise, Omina, Juxtapositionen, Kombinationen und Permutationen begann.

Als Antwort auf die russische Panzermassierung in Ostdeutschland hatte das Oberkommando der NATO die unabhängige 14. U.S.-Panzerbrigade in höchste Alarmbereitschaft versetzt und begonnen, sie südlich der Grenze in Fulda in Stellung zu bringen, wo sie jeden russischen Durchbruch an der Flanke bedrohen konnte. Die Russen hatten hierauf mit der Verstärkung ihrer Streitkräfte bei Bad Hersfeld durch die 27. Panzerstoßarmee geantwortet, die in der Größe etwa einer amerikanischen Panzerdivision entsprach. Es war alles auf den Satellitenfotos zu sehen, und Vera fuhr zehn Minuten lang mit dem elektronischen Zeiger über die Displays, um die Panzer auszumachen.

Sie hörten eine (übersetzte) Unterhaltung über Panzer und Frauen ab, die zwei nackte, Wodka trinkende russische Generäle in einem Bordell an der Pletskaya-Straße in Moskau führten. Der Teil über die Frauen betraf ihre Vorlieben in bezug auf das Gewicht; der Teil über die Panzer drehte sich um den neuen Typ, das Modell, das im Westen als Juggernaut bezeichnet wurde, einen Panzer, der so gebaut war, daß man in ihm auch in atomar, biologisch oder chemisch verseuchten Gebieten überleben konnte, und der mit dem neuen 160-Millimeter-Geschütz bestückt war. Die ersten Panzer dieses Typs sollten als Teil der 125. Panzerschutzdivision in Ostdeutschland aufgestellt werden.

O.F.F. hatte zum erstenmal die Fünfzig-Prozent-Grenze durchbrochen. Coolidge war verblüfft, wie rasch es anstieg. Es erreichte 54,75 Prozent, bevor Winde mit sechzig Meilen pro Stunde im östlichen Mittelmeerraum wieder obligate sieben Prozent abzogen und den Stand auf 47,75 Prozent absinken ließen.

Coolidge hatte Konzentrationsschwierigkeiten. Was hatte erste Priorität: der Dritte Weltkrieg oder der Doktor? Er hatte seine Bibliothekskollegen ebensooft beobachtet wie die Daten auf den Bildschirmen. Kraus, Farnsworth, Harry, Vera, Barber, Hopkins. Am wenigsten verdächtig war Burnish, der zu einfach gebaut schien, um an einer Verschwörung beteiligt zu sein; deshalb beobachtete Coolidge ihn oft. Nein, am wenigsten verdächtig war Beatty, der ein hundertprozentig sauberes Leben führte. Er hatte nur mit einem einzigen Menschen Geschlechtsverkehr. Mit seiner Frau, ausgerechnet. Das einzig Sonderbare, wenn man es so nennen konnte, war, daß sie sich hin und wieder mit dem Gesicht nach unten aufs Bett legte und Beatty ihr den Hintern versohlte. Sie schien mehr Spaß daran zu finden als er. Nun, es gab Ehen, die an dünneren Fäden hingen.

Beattys Gebiet waren Ressourcen. Er hatte ein Auge auf alle strategischen Ressourcen, die die Vereinigten Staaten importieren mußten. Öl in erster Linie, aber auch Molybdän, Tantal, Bauxiterz und Mangan. Er hielt Ausschau nach potentiellen Bedrohungen politischer oder militärischer Art, die die amerikanische Versorgungszufuhr gefährden konnten. Wegen des Öls war er auch ein Experte für den Nahen Osten und konnte stundenlang über die komplexen Zusammenhänge der Stammespolitik und den Einfluß religiöser Vorurteile auf die Weltpolitik reden. Beatty betrachtete die NATO als zweitklassiges Kriegstheater; die Haupthandlung spielte sich in der Straße von Hormuz ab, die der größte Teil des Öls aus dem Nahen Osten auf seinem Weg in den Westen und nach Japan durchqueren mußte.

Beatty war genauso übereifrig wie Harry Dunn. Sein Antikommunismus hatte etwas Fanatisches. Er war mit religiösen Elementen durchsetzt, mit Beattys wiedererwecktem Christentum. Er war auch mit Geld durchsetzt: der französische Zweig seiner Familie hatte mit Gummiplantagen in Vietnam ein Vermögen verloren und Beatty so das Leben als Sohn eines reichen Vaters verunmöglicht. Beatty war so übereifrig, daß er in letzter Zeit sogar gegenüber Harry ungeduldig geworden war. Harry war zu vorsichtig. Und der Präsident auch. Sie wollten beide zuviel wissen, bevor sie etwas unternahmen. «Wenn wir nicht bereit sind, Risiken einzugehen, sollten wir nicht hier sein», sagte Beatty immer wieder. Zu Hause imitierte er verächtlich Harrys, Veras, Hopkins' und Coolidges Eigenheiten. Er glich einem Tier, das leidenschaftlich jagt und die Fährte genau wittert, aber frustriert ist von dem langsamen Einkreisen vor dem Töten. Waren Beattys Fanatismus und Loyalität so stark, daß man ihm nicht mehr trauen konnte? Coolidge rieb sich die Augen. Er hatte zu viele Daten im Kopf. Er hatte es fertiggebracht, den unwahrscheinlichsten Kanditaten zu einem ernsthaften Verdächtigen zu machen.

Dann vergaß er Beatty wieder. Auf den Bildschirmen waren Flugaufnahmen eines Luftkampfes zu sehen; russische MIG waren mit amerikanischen F-15 in eine Auseinandersetzung verwickelt, und die F-15 schlugen sich nicht gerade großartig. Für einen Augenblick sah es so aus, als sei der Krieg bereits im Gange, bis Coolidge realisierte, daß die MIG zur 1500. Kampfflugtrainingsgruppe der Air Force gehörten; diese Gruppe setzte sich aus erstklassigen amerikanischen Piloten zusammen, die von Deserteuren aus Rußland und seinen Satellitenstaaten ausgeflogene MIG steuerten; die MIG waren für das 137. Kampffluggeschwader der USAF zu stark gewesen. Die teuren amerikanischen Flugzeuge hätten in der Lage sein sollen, mit einer größeren Zahl der billigeren russischen Flugzeuge fertig zu werden. Aber die größeren amerikanischen Flugzeuge lösten starke Radarechos aus und konnten leicht geortet werden, während die kleineren russischen Maschinen schwerer zu fassen waren. Die MIG der 1500. Trainingsgruppe konnten im Luftkampf nur besiegt werden, wenn ihnen auf der anderen Seite mindestens gleich viele Flugzeuge gegenüberstanden. Die Mannschaft des 137. Kampfgeschwaders kehrte nun zu ihrem Stützpunkt in Mannheim zurück, taktisch geschlagen, aber klüger.

Auf dem Bildschirm wurde ein kurzer, unbefriedigender Meinungsaustausch der beiden Präsidenten eingeblendet, genau in der Form, wie er über den Telegrafen lief.

PRAES USA: «Ihre Panzer müssen aus dem Grenzgebiet um Fulda zurückgezogen werden. Alles andere als eine uneingeschränkte Einwilligung in diese Forderung würde als schwere Bedrohung betrachtet und könnte nicht geduldet werden.»

PRAES UDSSR: «Sie sind auf einen Kampf aus. Wenn Sie so weitermachen, werden Sie sicherlich einen bekommen. Sie haben eine unbedeutende Demobilisierung von Warschauer-Pakt-Truppen zum Anlaß genommen, von einer Krise zu sprechen. Wir werden die Verteidigung unserer Verbündeten im Warschauer Pakt niemals aufgeben.»

Es ging Stunde um Stunde weiter; vor ihren Augen baute sich eine handfeste Krise auf. Überall in Europa wurden Panzer verschoben, und die Debatten begannen sich eher um taktische als um strategische Fragen zu drehen. War die Fulda-Krise nur eine Finte? Eine Massierung an der offensichtlichen Stelle, um die Vorbereitung eines subtileren Vorstoßes an einer anderen Stelle zu verbergen? Man mußte sich stets die Brillanz Von Mannsteins vor Augen halten: er hatte die deutschen Panzerdivisionen durch unmögliches Panzergelände geschickt, durch die Ardennen, und die Franzosen 1940 dadurch überrumpelt, daß er mit zehn Panzerdivisionen hinter den französischen Linien aufgetaucht war.

Der Dritte Weltkrieg oder der Doktor, dachte Coolidge immer noch und versuchte vergeblich zu entscheiden, wer von beiden Coolidge-Priorität erhalten sollte.

Die Priester

Die BIBLIOTHEK war nicht für direkte Aktionen zuständig. Sie hatte beratende Funktion, war stärker mit dem Gesamtbild beschäftigt als mit den Details einzelner Unternehmungen. Sie hatte nicht wie etwa das Indications Center der CIA, das vierundzwanzig Stunden im Tag und dreihundertfünfundsechzig Tage im Jahr besetzt war, bestimmte Situationen zu überwachen. Nach etwa zwölf Stunden Herumspielerei mit Daten begann bei den Bibliothekaren ein Kommen und Gehen, obwohl Harry das nicht schätzte.

Coolidge griff nach dem Telefonhörer und rief die andere Tischseite an.

«Könnte ich dich heute nacht für ein bißchen Chinesisch interessieren?» fragte er leise.

«Chung jung gung.»

«Also, einmal mit süßer Sauce.»

Nachdem sie das Gebäude verlassen hatten, überlegten sie es sich anders und entschlossen sich, französisch essen zu gehen; fürs Chinesisch war das mindestens ebensogut wie Chinesisch. Der französische Chef im Club 211 war ein Genie. Der Club hatte den Vorteil, daß er in der Nähe lag; außerdem war er einer der wenigen Treffpunkte im Umkreis Washingtons, die nicht im Bereich der Microcams lagen. Während sie dem maître d' zu ihrem Tisch folgten, erblickte Coolidge überall Prominenz. Nur die Creme Washingtons gehörte dem Club an, und der Präsident persönlich hatte ihn auf die kurze Liste der «freien Gesprächszonen» gesetzt. Coolidge und Vera gehörten ihm nur an, weil Harry ihnen allen Mitgliedskarten besorgt hatte: Bibliothekare waren wichtig.

Einen Ort wie den Club 211 muß es einfach geben, dachte Coolidge, während er sich seinen Weg durch die Weltenbeweger bahnte. So ein Club war für eine demokratische Regierungsform von entscheidender Bedeutung, obwohl die Idee jedem Befürworter einer guten Regierung anrüchig vorkommen mußte: hier trafen sich die offiziellen, in der Verfassung vorgesehenen Machtvertreter mit ihren inoffiziellen, von den Randkräften der Gesellschaft hervorgebrachten Gegenspielern. Im Club 211 trafen sich Kongreßabgeordnete und Lobbyisten auf neutralem Boden; hier trafen die, die die Macht beeinflussen wollten, die Mächtigen.

Henry Kissinger, der ehemalige Außenminister, der beinahe allein in seinem Reich vergangener und künftiger Macht lebte, bekam immer den besten Tisch im Speisesaal; von ihm aus hatte man die bestmögliche Sicht auf die anderen Gäste, gleichzeitig aber war er eine Art Schaukasten, der den Gästen die bestmögliche Sicht auf Kissinger bot.

Vera ignorierte die bedeutenden Persönlichkeiten. Sie war hungrig. Als ihre Little-Neck-Muscheln kamen, konnte man von bloßem Essen kaum sprechen: sie absorbierte sie richtiggehend; jedes der hübschen kleinen Dinger verwandelte sich in einen Impuls.

«Bei mir oder bei dir?» fragte sie.

Coolidge träufelte gerade gewissenhaft einen halben Tropfen heißer Sauce auf jede einzelne Muschel, eine Arbeit, die er zu Ende führte, bevor er antwortete.

«Ich bin immer äußerst konzentriert, wenn es um heiße Sauce geht», sagte er und sah ihr direkt in die Augen.

«Oh–oh.»

«Sie sind die siebte Muschel, Lady.»

Augenaufschläge und ein gespieltes Vibrato: «Wirklich?»

«Wir gehen nicht zu dir oder zu mir. Wir gehen zu niemandem. Ich habe ein Hotelzimmer reserviert. Das spart Zeit.»

«Und es ist viel verbotener.»

Außerdem stand fest, daß sich in dem Zimmer keine Microcams befanden. Coolidge sah Vera an und lächelte. Er hatte den Streifen über sie immer noch nicht geprüft. Nicht daß er erwartet hätte, etwas Schreckliches zu sehen. Er hatte überhaupt keine Erwartungen – welcher Art auch immer. Sie war über einundzwanzig. Sie war eine aktive Frau. Sie war lebendig. Sie verbrachte einen guten Teil ihres Lebens draußen an ihren Nervenenden. Sie war das Gegenteil von Coolidge, der den größten Teil seiner Zeit damit zubrachte, sich vorzustellen, wie andere Leute sich fühlten; das war sicherer.

Früher oder später würde Coolidge sich ansehen müssen, wie sie beide es in ihrem Bett miteinander trieben. Sich selbst mochte er sogar noch weniger sehen als sie. Er war auch überzeugt, daß er es nie schaffen würde, an einem Ort, von dem er wußte, daß er mit Microcams bestückt war. Der Penis war ein absurdes Organ; man konnte nie wissen, in was für einer Verfassung er sein würde. Er war kapriziös, pervers, blind, unempfindlich, faul, energisch, geschäftig und nicht wählerisch. Er war ein zielloser, unkontrollierbarer Wahnsinniger. Was sollte man auch zu einer Kreatur sagen, deren Verstand in ihren Eiern saß?

Coolidge versuchte, in Gedanken bei Vera und den Muscheln zu bleiben; die beiden Dinge paßten so gut zusammen und waren ein wirksames Gegenmittel gegen die vorrückenden Panzerarmeen, die er für eine Weile vergessen wollte. Er versuchte auch, seine erfolglose Eintagskarriere als Agent im Einsatz zu vergessen, aber sie stieß ihm wieder und wieder auf.

«Denkst du über mich nach oder über die Welt?» fragte Vera.

«Über die Welt.»

«Die Welt kannst du nicht vögeln, Walter.»

«Da wäre ich nicht so sicher.»

«Okay, räumen wir die Sache aus dem Weg.»

«Räumen wir was aus dem Weg?»

«Ich wollte bis – uh – bis nachher warten», sagte sie spröde, «aber vielleicht tu ich's besser jetzt. Ich will Harry Bescheid sagen.»

«Nein, du hast es nicht kapiert. Du willst Harry nicht Bescheid sagen.»

«Die ganze Geschichte ist widersinnig. Wir müssen Harry informieren.»

«Widersinnig ist Harrys Wort.»

«Mir ist egal, wessen Wort es ist. Ist dir klar, daß wir eine Stunde mit Oliver Garvey in einem Zelt verbracht haben und daß er uns angemacht hat?»

«Ich gebe zu, daß das widersinnig ist.»

Vera bestrich ein kleines Stück Pariser Brot mit Muschelsauce. «Wir können das nicht einfach schlittern lassen», sagte sie. «Wir müssen es Harry sagen. Versuch jetzt nicht, mich davon abzubringen, Walter.»

«Kannst du mir eine Minute zuhören?»

«Von mir aus auch zwei, Liebling.»

«Nehmen wir für einen Augenblick einmal an, daß du nicht der Doktor bist, okay? Oder der Bischof.»

Vera zog ein Päckchen Zigaretten heraus, zündete sich langsam eine an und blies Coolidge den Rauch ins Gesicht; ihre Augen verengten sich.

«Okay. Nehmen wir das einmal an.»

«Okay. Wenn du nicht der Doktor bist, dann weiß der *wirkliche* Doktor nicht, daß wir beide auf den geringsten kleinen Fehler lauern. Und er wird es auch nicht erfahren, wenn du es nicht in der BIBLIOTHEK ausplauderst. Und mit all den Ressourcen der BIBLIOTHEK, die uns zur Verfügung stehen, *müssen* wir herausfinden, wer es ist. Es ist unausweichlich.»

«Nimm einmal an, ich *bin* der Doktor. Was tust du dann?»

«Wenn du wirklich der Doktor bist, wirst du von diesem Augenblick an völlig sauber bleiben. Weil du weißt, daß ich dich kriegen werde, Schätzchen. Wenn du also der Doktor bist, bist du neutralisiert. Und ich bin bereit, deine früheren Sünden zu vergessen.»

«Walter, die Wahrheit ist, daß ich nicht der Doktor bin. Ich bin das, was der Doktor verordnet hat.»

«Ja», sagte Coolidge. Aber als sie mit den Weingläsern anstießen, bemerkte er aus dem Augenwinkel einen breiten, sich bewegenden Klumpen. Harry Dunn war gerade in den Hauptsaal des Restaurants getreten.

«Vera», sagte Coolidge drohend, während sein Weinglas immer noch das ihre berührte.

«Verdammt», sagte sie. «Ich weiß nicht, was ich tun soll.»

«Wenn du nicht weißt, was du tun sollst, tu überhaupt nichts.»

Glücklicherweise nahm Harry sich Zeit auf dem Weg durch den Saal. Er glich einem Filmstar, schüttelte Hände, klopfte Leuten auf die Schultern, machte seine Runde: John Mulrooney, der Anführer der Senatsminderheit. Jasper Brown, der Vorsitzende des Finanzausschusses im Repräsentantenhaus. Der Unterstaatssekretär für Beschaffungsfragen im Verteidigungsministerium. Es ging weiter und weiter. Der Vorstandssekretär des Sugar Council. Der Vorsitzende des Aufsichtsrats von Boeing. Ein Mann, der zwar Lockheed hieß, aber der internationale Vizepräsident der Tinsmith, Welders und Solderers Union war. Wenigstens konnte Coolidge in Ruhe seine Muscheln essen, bevor Harry an ihrem Tisch anlangte.

«Darf ich mich zu euch setzen?» fragte er.

Coolidge kam gar nicht dazu zu antworten, aber es war auch keine Frage gewesen. Es brachte nichts, Harry zu fragen, woher er wußte, daß sie hier waren. Er nickte dem maître d' zu, der plötzlich ganz aus Lächeln und Fingerschnippen bestand. Und Harry fuhr fort, sich auf seine Art zu ihnen zu setzen: sie wurden rasch an einen größeren und besseren Tisch manövriert und bekamen mehr und besseren Wein – einen Vierundsiebziger Montrachet, der sich nach Aussage des maître d' ganz gut trinken ließ.

Coolidge versuchte, Vera mit Blicken zu bannen. Harry sah ungewöhnlich gespannt aus, während er sich über Brot und Butter hermachte. Sobald die Kellner sich entfernt hatten, lehnte er sich über den Tisch.

«Die 2. Panzerdivision in Mannheim ist soeben in volle Kampfbereitschaft versetzt worden», sagte er. «Das Land steht jetzt bei Defkon drei.»

«Ist in der letzten halben Stunde etwas passiert?» fragte Coolidge.

«Die Russen verstärken wieder. Sie treiben eine Art Spiel mit uns. Natürlich werden wir es gewinnen. Vera, nach dem Essen kommst du mit mir zurück. Stärkt euch inzwischen; es wird eine lange Nacht.»

Der maître d' war wieder da, empfahl dies und das, und Harry bestellte gleich für alle drei; Vera und Coolidge hingen schlaff in ihren Stühlen, aber Harry bemerkte die Geste überhaupt nicht.

«Ist der neue Film da?» fragte Vera schwach, als der maître d' wieder weg war.

«Wird gerade entwickelt», erwiderte Harry mampfend.

«Dann geht's also los.»

«Wir werden diese Panzer aus Naumburg rauskriegen, Leute», sagte Harry. «Sie werden den Schwanz einziehen. Ratet mal, was liegt jetzt bei 66,38 Prozent und steigt weiter? Es wird unser größter Augenblick.»

«Du willst doch nicht sagen, daß wir O.F. – uh, ich meine, daß wir *es* einsetzen werden?» sagte Coolidge.

«Sicher meine ich das. Natürlich würden wir es so einsetzen, wie es vorgesehen ist. Das heißt, wir würden es als Drohung verwenden. Wenn ihnen die Bedrohung klargemacht wird, wird es herauskommen wie bei der Kubakrise. Sie werden aussteigen. Wenn es nach mir ginge, hätten wir ein Display *davon* im Kreml und ließen sie die Entwicklung verfolgen, wie wir es tun. Wir könnten es die Kreml-Stimmungskontrolle nennen. Sobald sie anfingen, aggressive Gedanken zu hegen, müßten sie nichts anderes tun, als *es* anzusehen, und augenblicklich würden sie sich wieder beruhigen. Es ist die Lösung aller Probleme.»

Von allen Seiten eilten Kellner herbei; sie glichen heruntergekommenen Taxifahrern, die Zeit einsparten und Kurven schnitten. Harry hatte für alle drei Solefilets meunière bestellt, und der maître d' hantierte verstohlen mit der Sauce béarnaise. Er stellte eine kleine Saucière auf den Tisch und schaute sich um, um zu sehen, ob irgend jemand es bemerkt hatte. Harry aß zu allem Sauce béarnaise.

«Seht ihr, wie ich hier bedient werde?» meinte Harry und goß die Sauce béarnaise auf die Zitronenbutter. «Und ich gebe gar keine so großen Trinkgelder. Ich will euch etwas sagen. Niemandem hier ist es gestattet, meine Rechnung zu übernehmen. Wenn es diese Vorschrift nicht gäbe, würden sie sich darum streiten.»

«Wie ist das möglich, Harry?» fragte Vera. «Wir sind doch nur eine unbedeutende Informationssammelstelle.»

«Zwei und zwei macht vier», gab Harry zurück. «In dieser Stadt kann jeder zählen.»

Harry fing wieder einmal mit seiner Predigt an. Sie waren die Hohepriester der Information. Reinheit war die Parole des Tages. Man mußte die Machthungrigen, die Geldhungrigen, die Prestigehungrigen abwehren. Jeder, der Macht hatte, mußte wissen, daß man sich nicht für ihn interessierte, sondern für die Macht, nur für die Macht; das durfte man nie vergessen, und vor Freundlichkeit mußte man auf der Hut sein.

Harry war wirklich ganz von sich selbst erfüllt. Naumburg hatte ihn in Hochstimmung versetzt. Sein normaler Enthusiasmus destillierte sich zu einer noch stärkeren Marke. Er verbreitete sich nun über die Eifersüchteleien zwischen den verschiedenen Nachrichtendiensten. Daß die DIA Informationen über Afghanistan besaß, die sie niemandem weitergab, gerade wenn sie eine Hilfe hätten sein können. Wie die verschiedenen Armeeeinheiten sich in Budget- und Prestigefragen oder bei der Verteilung der Verantwortlichkeiten bekämpften. Sie waren imstande, gefälschte Szenarien in die Öffentlichkeit durchsickern zu lassen, wenn es an die Budgetverteilung ging, nur um die Bedeutung der anderen herabzusetzen. Und dann setzten sie sich in der Cafeteria des Pentagon zu einer Friedensvereinbarung zusammen und einigten sich auf ein gemeinsames Szenario, das alle Interessen berücksichtigte.

«So ist es endlos weitergegangen, bevor wir auf den Plan traten. Ich sage euch, die BIBLIOTHEK ist die Lösung zu allem. Zum Kalten Krieg. Zum Wettrüsten. Zu den Problemen überall auf der Welt. Wißt ihr, was wir sind? Ihr beiden, ich, die anderen, die Daten? Wir sind das Ministerium für Frieden und Ruhe. Das wäre die richtige Bezeichnung für uns. Frieden und Ruhe, nur darum geht es uns. Das ist die Mission unserer Organisation. Dafür lohnt sich der Einsatz. Und jetzt versteht ihr auch, warum ich den gemeinsten Mistkerl des ganzen Landes dazu bestimmt habe, die BIBLIOTHEK zu bewachen und die Daten zu schützen. *Den* gemeinsten. Deshalb bin ich auch um die physische Sicherheit der BIBLIOTHEK nicht besorgt. Das ist immer der einfachste Teil. Die Leute – das ist das Problem. Dieser Doktortyp, wer zum Teufel das auch sein mag. Der ist das Problem.»

Coolidge langte über den Tisch und zündete Veras zitternde Zigarette an. «Okay, wir bekommen jetzt die Namen», fuhr Harry fort. «Umso besser. Herb Purefoy, ex CIA, Glenn Ingalls, Hersteller von Computer-Chips. Admiral Dutch Anderson, ein verschrobener Offizier im Ruhestand. General Rudolph Witek, noch so ein Kauz. Wir wissen bis jetzt noch nicht, wer der Bischof ist, oder der Rabbi. Aber das geht schon in Ordnung; ich habe Gardella auf die Sache angesetzt. Noch ein paar Microcams mehr, noch ein paar Wanzen, und wir finden es heraus. Und dann der Anführer. Ihr könnt es euch ausrechnen. Emerson Foster, Himmel nochmal, ein Konservativer, ein Bankier im Anlagegeschäft. Ich begreife das nicht. Versteht ihr es? Irgendwelche Ideen, Kombinationen, Vermutungen?»

«Sie treten auf, als wären sie eine Art Friedensbewegung», sagte Coolidge. «Liegt das im Bereich des Möglichen?»

Harry machte eine verächtliche Handbewegung. «Alle spannen den Frieden für sich ein. Falken, Tauben, sogar das SAC[1], Himmel nochmal. *Frieden ist unser Beruf.*»

Coolidge räusperte sich; er wich Veras Blick aus und sah zu Harrys verschwindendem Käsekuchen hinüber. «Uh, wer könnte deiner Meinung nach der Doktor sein?»

«Es könnte irgendwer sein, Walter. Irgendwo. Garvey ist der Schweinebauch. Er hat über zwanzig Jahre lang Schweinefleisch verteilt. Er hat eine Kiste voll IOUs. Er hat sich für jeden auf seiner Seite eingesetzt und außerdem noch für ein paar auf der andern. Er hat seine Spießgesellen in jeder Dienststelle der Regierung. Er hat Freunde in diesem Saal hier. Gott weiß, wieviele Leute ihm ihren Job verdanken.»

«Dann sind also beinahe alle Mittel recht, um den Doktor zu finden», sagte Coolidge. «Das ist einer der Fälle, in denen man die Regeln verletzen könnte, oder?»

«Alles liegt drin», sagte Harry. «Tatsächlich führe ich hiermit eine neue Politik ein. Belohnungen. Der Bibliothekar, der als erster den Doktor identifiziert, erhält fünftausend Dollar Belohnung. Sagen wir siebentausendfünfhundert. Wir werden ihn krie-

[1] *Strategic Air Command* = Strategisches Luftwaffenkommando

gen. Die elf besten Prämienjäger der Welt arbeiten für mich. Ich meine zehn. Alles liegt drin, Walter.»

Coolidge und Vera sahen sich noch immer prüfend in die Augen, als sie laute Stimmen durch den Saal dringen hörten. Ein Aufruhr an Kissingers Tisch. Der ehemalige Außenminister gestikulierte wild, und seine von deutschem Akzent gefärbte Simme drang in alle Ecken des Saales. Aber Kissingers Zauber zeigte keine Wirkung. Der maître d' persönlich hatte Kissinger mitten in einem Telefongespräch den Stecker herausgezogen. Kissinger blickte verblüfft, ungläubig um sich. Er war tatsächlich sprachlos und rang nach Worten, als hätte er gerade jetzt, wo er sie dringend brauchte, seine erworbene Sprache verloren.

Der maître d' ging mit dem Telefon in der Hand von ihm weg. Er brachte es zu Harry.

«Der Präsident möchte Sie sprechen, Monsieur», sagte er, steckte den Stecker ein und nahm den Hörer für Harry ab. Harry blinzelte Vera und Coolidge zu, während er die Hand um die Sprechmuschel legte, damit niemand etwas von seinen Lippen ablesen konnte. Harry hatte recht. Er war mächtig.

Als Harry das Gespräch beendet hatte, riet er Coolidge, sich gut auszuschlafen. Dann war Coolidge allein mit seiner Kaffeetasse, während Harry und Vera durch den großen Saal zurückgingen; Vera drehte sich einmal um und winkte müde.

Coolidge fühlte sich eigenartig. Abgeschaltet. Außer Fassung. Er überlegte hin und her. Wer war er, daß er im Zentrum des Geschehens stehen sollte? Er war Anthropologe; tüftelte heraus, wie gewöhnliche Leute ihr Leben zu meistern versuchten. Er hätte ohne weiteres auch Archäologe sein können, der heraustüftelte, wie gewöhnliche tote Leute ihr Leben zu meistern versucht hatten.

Coolidge kam immer auf verdrießliche Gedanken, wenn etwas zu irrational wurde. In Deutschland zeichnete sich eine erstklassige Krise ab. Die schlimmste seit vielen Jahren. Es sah so aus, als gäbe es innerhalb des amerikanischen Establishments eine Bewegung, die gegen die BIBLIOTHEK gerichtet war. Und außerdem schwebte noch O.F.F. über allem. Ein Baby, das mit einer Handgranate spielte: das war die Situation der Menschheit. Sei ein braves Baby, laß die Handgranate, wo sie ist. Süß, nicht wahr?

Es würde der größte Augenblick der BIBLIOTHEK werden. Es war eine Chance, den Senat und das Unterhaus und den CIA und all die anderen auszutricksen, und gelegentlich natürlich auch die Sowjets. Vorausgesetzt, der Doktor vermasselte nicht alles schon vorher. Coolidge hatte das Gefühl, er müsse doch irgend etwas Konstruktives tun können, aber er hatte nicht die leiseste Idee, was. Er wurde in seinen Gedanken unterbrochen, als der maître d' an seinen Tisch trat.

Harry hatte ihn mit der Rechnung sitzen lassen.

Der Besuch

Als Oliver Garvey ins Hotelzimmer kam, war alles schon weitgehend geregelt. Für einen Schriftsteller war Davey Reed ein ganz guter Organisator. Die Löcher waren schon in die Wände gebohrt, und die Kameraleute beendeten gerade ihre Arbeit. Gleich hinter Garvey trat ein Mann ins Zimmer; er trug einen Koffer etwa von der doppelten Größe eines Attachékoffers in der Hand, entnahm ihm einen Staubsauger und begann, den durch das Bohren entstandenen Staub aufzusaugen.

«Eine Mitteilung des Präsidenten für Sie», sagte Gretl, die Sekretärin des Senators. «Sie wollen sie nicht am Telefon wiederholen.»

«Prima», sagte Garvey und legte seinen Mantel ab. «Er kann warten.»

Gretl hatte einen ganzen Stapel von Mitteilungen. Sie hatte das Hotelzimmer zwei Stunden lang als Kommandozentrale verwendet. «Um halb fünf gibt es einen Namensaufruf in Zusammenhang mit dem Postgesetz. Die Molkereilobby will Sie nochmals treffen – »

«Absagen», sagte Garvey und zog Jackett und Krawatte aus. «Was meinen Sie, Davey?» fragte er. «Wird er sich zeigen?»

Reed hatte in seinen freien Minuten hart an einer Rede gearbeitet. Er saß auf der Couch, einen Drink vor sich auf dem Rauchtisch, Notizen überall auf kleinen Zetteln verstreut.

«Ich würde sagen, es ist ein verdammt gutes Vielleicht. Ich glaube, er meint es ernst; er hat sich viel Mühe gemacht, den Raum festzulegen. McArdle Hotel – gerade Zimmernummern unter dem zehnten Stockwerk, ungerade Zimmernummern darüber. Was zum Teufel das bedeuten soll, weiß ich nicht. Sie können ja nicht im halben Hotel Wanzen einbauen, oder? Ich meine, sie wären überlastet. Sie würden gar nicht fertig damit.»

«Darum will ich mich jetzt nicht kümmern», sagte Garvey und knöpfte sein Hemd auf. «Wir müssen uns noch überlegen, wie wir mit ihm reden wollen, falls er kommt. Er ist geschickt. Wir können ihn nicht zum Narren halten. Wir müssen uns ihm anpassen. Was meinen Sie?»

Garvey wuselte herum, er war ungewöhnlich nervös. Reed hatte noch nie erlebt, daß Garvey das Gleichgewicht verloren hätte. Jetzt stöberte er in der Bar. «Haben wir Weißwein? Wir haben überhaupt keinen Weißwein. Ich hatte Ihnen doch gesagt, Sie sollen Weißwein besorgen.»

«Er steht hinter dem Scotch», sagte Reed und rieb sich die Augen.

«Ah, gut. Ist das ein guter Weißwein?»

«Nein. Es ist der, den er gewohnt ist. Ein guter Weißwein sähe nach Bestechung aus.»

Garvey hängte sein Hemd auf einen Bügel. «He, Davey, Sie machen sich. Ich mache tatsächlich noch etwas aus Ihnen. Sie werden verdammt subtil. Sie werden noch Politiker, Davey.»

Reed lächelte und trank. «Noch so eine Bemerkung, und ich gehe heim zu Mama.»

«Sie würde Sie nicht nehmen.»

Garvey zog gerade die Schuhe aus, als sein «Regisseur» hereinkam. Er schloß einen Video-Monitor an und begann, über ein Mikrophon unsichtbare Leute herumzukommandieren.

«Kamera drei, eine Aufnahme von der Couch!»

«Woher wissen wir, daß er auf der Couch sitzen wird?» fragte Garvey. «Glaubt ihr denn, er hat noch nie etwas von versteckten Kameras gehört?»

«Kamera zwei, kann ich den Zoom sehen?» sagte der Regisseur.

«Nur ruhig», sagte Reed. «Er hat alles abgecheckt.»

«Der Zoom, der *Zoom*. Kamera zwei!»

Garvey beeilte sich, aus seinen Hosen zu kommen. «Gretl, rufen Sie im Büro an. Dominik soll Ives anrufen und herausfinden, was der Präsident im Sinn hat. Hey, angenommen, er entschließt sich, auf dem Tisch da drüben zu sitzen. Man kann nie wissen, wohin die Leute sich setzen wollen. Davey, sitzen Sie nicht einfach da, machen Sie mir einen Scotch. Viel Eis.»

«Sie können ihn nicht auf dem Tisch sitzen lassen», sagte der Regisseur zur Garvey, der in T-Shirt, Shorts und Socken im Zimmer herumtigerte. In einer Hinsicht war Garvey altmodisch: er trug Sockenhalter. «Diese Wand können wir nicht abdecken. Außer Sie wollen, daß ein Kameramann in der Diele draußen steht.»

«Dann stellt den Tisch in die Badewanne», sagte Garvey, als wäre das die selbstverständlichste Sache der Welt. «Dann kann er sich nicht draufsetzen.»

Reed reichte ihm seinen Drink. «Und angenommen, er muß pinkeln?» fragte Reed. «Wollen Sie, daß der große Senator aus Nebraska dumm dasteht? Ein Tisch in der Badewanne? Ah, ja. Er will sogar unter der Dusche arbeiten.»

«Nein, Sie haben recht», sagte Garvey, der eine gefährliche Ähnlichkeit mit einem auf einem Medizinball balancierenden Basketball hatte. «Okay, dann müssen wir ihn davon abbringen, sich auf den Tisch zu setzen. Davey, das ist Ihre Aufgabe.»

«Klar, klar», sagte Reed und sammelte seine Notizen für die Rede ein.

«Aber denken Sie dran. Wir müssen es ihm in allererster Linie leichtmachen. Er hat wahrscheinlich das Gefühl, daß er seine Kollegen verrät. Er ist ein Idealist. Wir müssen an seinen Idealismus appellieren. Er nimmt seinen Job ernst.»

«Mit dem Typ wird man leicht fertig», gab Reed zur Antwort.

Garvey zog Morgenmantel und Pantoffeln an. Dahinter steckte die Idee, daß er im Bademantel weniger imposant aussah. Menschlicher. Hübscher. Gewöhnlich. Sie bemühten sich um den kleinsten Punktgewinn.

«Es ist zum Wohl der Republik», bemerkte Reed.

«Bitte», sagte Garvey gequält, «bringen Sie das nicht ins Spiel.»

«Loyalität der Bill of Rights gegenüber? Nicht gegenüber der

der Hackordnung, die im Augenblick gerade im Weißen Haus herrscht?»

«Besser. Sagen Sie Ordnung, nicht Hackordnung. Das ist zu stark. Woher wissen sie, was er vom Präsidenten hält? Aber es ist gut, ihn daran zu erinnern, daß der Präsident nicht George Washington ist; er ist nur ein weiterer Gentleman aus der politischen Industrie.»

Garvey bürstete sein spärliches Haar zurück und versuchte, seine Augenbrauen weniger diabolisch aussehen zu lassen als gewöhnlich.

«Okay, Kamera eins, das ist der Punkt. Laßt die Einstellung stehen.»

«Die Tabakleute wollen mit Ihnen sprechen», sagte Gretl.

«Sagen Sie ihnen, er hat gerade eine Unterredung mit den Leuten von der Nichtrauchervereinigung.»

«Sagen Sie Ihnen, ich danke für Ihren Anruf und werde morgen an sie gelangen. Am Nachmittag. Isssch.»

Der Regisseur zog gerade den Stecker des Monitors heraus, als das Telefon wieder klingelte; diesmal war es einer von Garveys Gefolgsleuten unten im Hotel.

Gretl sah Garvey mit großen Augen an. «Er ist in der Halle», sagte sie.

«Ah», sagte Garvey. «Gottseidank. Wir haben ihn. Okay, alle raus. Gretl, wenn Sie unten sind, sagen Sie am Empfang, sie sollen die Telefonanrufe für mich nicht durchstellen. He, Junge, tu mir einen Gefallen. Ich möchte nicht, daß die Aufnahme aussieht wie der jämmerliche Abscam-Streifen. Gib acht, daß das Bild scharf ist, ja?»

«Klar. Und treten Sie nicht aufs Mikrophon. Es liegt auf dem Vorleger unter dem Kaffeetisch.»

Alle sammelten ihre Sachen auf und hasteten umher. Gretl war wirklich schwer beladen. Das Telefon klingelte erneut, und Reed nahm es ab. Er legte gleich wieder auf. «Er ist im Lift.»

«Raus hier», sagte Garvey zu Gretl.

Reed schob sie zur Tür hinaus und richtete das Zimmer her. Garvey rannte ins Bad und schüttete seinen Drink ins Spülbecken. Dann hastete er wieder zurück, ließ sich in den großen Stuhl fallen und griff sich den neuesten Gesetzesentwurf des Senats zur Lektüre. Er setzte seine randlose Brille auf, die ihm ein onkelhaftes, intellektuelles Aussehen verlieh. Es klopfte an der Tür. Reed warf einen letzten langen Blick ins Zimmer, bevor er öffnete. Charley Eberhart trat ein.

Eberharts Fluch

Coolidge hielt das Bild an und studierte Eberharts Gesicht. Es sah alert aus, wachsam, furchtlos: das Gesicht eines Mannes, der ein Risiko einging, aber Vorkehrungen für die größtmögliche Sicherheit getroffen hatte und nun bereit war, die Würfel fallen zu lassen.

Der Computer hatte die Informationen über Charley in eine Speicher-Kategorie verbannt; Charley genoß Computer-Unwichtigkeit und geriet rasch in Vergessenheit. Coolidge hatte nur nachgesehen, weil Garveys Information über O.F.F. sechsundzwanzig Prozent hinter den laufenden Ereignissen gelegen hatte.

Coolidge ließ die Szene nochmals ablaufen: Charley trat ins Zimmer, prüfte darin jedes Objekt, auch Garvey und Reed, mit einem Blick, als wären es Landminen. Er hatte etwas Dreistes an sich, das Coolidge völlig überraschte. Noch ein Rätsel der Psyche; er hatte Charley als ruhigen Intellektuellen gekannt, als Meister von strategischen Kategorien und Kriegsspiel-Szenarien, aber nicht als jemanden, der in seinem eigenen Leben ein gefährliches Spiel spielte. Wenn Charley eine Einbahnstraße überqueren wollte, schaute er zuerst nach beiden Seiten. Aber jetzt setzte er sich auf den Stuhl, der von Kamera zwei im Schlafzimmer erfaßt wurde.

«Ich kann nicht lange bleiben», sagte er.

«Machen Sie sich's bequem», antwortete Garveys Stimme im Off. «Ich möchte, daß Sie es gemütlich haben.»

«Jemals etwas von O.F.F. gehört?»

«Wieder Buchstabensuppe. Was ist es?»

«Wenn Sie davon gehört hätten, wüßten Sie es.»

«Dann habe ich wohl nichts davon gehört.»

«Sie sollten es herausfinden», sagte Charley.

«Aber gern. Fangen wir gleich an.»

Auf Charleys Gesicht erschien ein schwaches, gezwungenes Lächeln, wie befangene Leute es aufsetzen, wenn sie fotografiert werden. «Es ist 23,75 Prozent», sagte er.

«Ist das schlecht?»

«Sehen Sie, ich weiß über diese Dinge nicht Bescheid. Zu hoch für mich. Wenn es das ist, was die Leute wollen, dann wollen sie es, und ich glaube nicht, daß irgend jemand etwas daran ändern kann. Aber vielleicht wollen sie es auch nicht. Das fällt in Ihr Gebiet.»

«Sie geben mir nicht gerade viel an die Hand, Charley. Ich könnte ganz gut dagegen sein, wenn ich wüßte, was es ist. Vielleicht könnte ich etwas unternehmen, wer weiß? Jetzt legen Sie mal los und sagen Sie mir, was es ist. Was ist O.F.F., Charley?»

«Schnüffeln Sie herum. Sie werden es herausfinden. Es ist überlebensgroß. Es ist überall. Sie wissen, wie Sie diese Stadt für sich einspannen können. Wenn Sie suchen, werden Sie es finden.»

Das war's. Das war alles, was Charley zu sagen bereit war. Er hatte seinen Wein nicht einmal angerührt und stand nach fünf Minuten wieder auf; er verließ den Raum genauso, wie er ihn betreten hatte: als ginge er dreist über ein Minenfeld. Er merkte nicht, daß er verschaukelt worden war, und die Szene endete damit, daß Garvey gegen die Wände rief: «Schaltet diese verdammten Dinger aus!»

Coolidge spürte, wie er beim Zusehen glühende Backen bekam, nicht aus Wut, daß Charley hereingelegt worden war, sondern vor Verlegenheit. Die ganze Szene war ein klassisches Beispiel dafür gewesen, was ein Amateur für Vorkehrungen treffen konnte. Eberhart hatte ein gutes Zimmer ausgesucht; es war frei von Microcams. Aber Garvey hatte Freunde im CIA, die bereit waren, die Aufnahmen zu übernehmen und die Filme zu entwickeln. Natürlich war Garvey auch verschaukelt worden. Keiner dieser Leute realisierte offenbar, daß die BIBLIOTHEK von allem Kopien bekam. Die BIBLIOTHEK hatte den Stecker fest in der Bürokratie, und man mußte schon Dynamit einsetzen, um ihn herauszuziehen. Tatsächlich war Garvey doppelt verschaukelt worden. Er hatte nicht herausgefunden, was O.F.F. war.

Coolidge sah gebannt auf den blinkenden Sucher auf dem leeren Bildschirm. Charley Eberhart. Scheißkerl. Er hatte nie einen Gedanken an Charley verschwendet. Es sah aus wie die ideale Lösung des Problems. Charley war der Doktor, lassen wir's dabei. Das Problem lag darin, daß Charley schon tot gewesen war, als Garvey mit Purefoy über den Doktor gesprochen hatte. Eine offensichtlich unmögliche Situation. Charley Eberhart hatte gegenüber dem Senator nicht dicht gehalten. Und jetzt hielt *noch ein* Bibliothekar, der Doktor, nicht dicht? Statistisch gesehen schien das verrückt. *Zwei* von zwölf sorgfältig ausgewählten Bibliothekaren, die alle zu den verläßlichsten Vertretern des Establishments gehörten, sollten abgesprungen sein?

Jeder war ein Rätsel. Die ganze Überwachung mit all ihren Microcams und Wanzen konnte das nicht entdecken: den inneren Rauch, der die menschliche Persönlichkeit ausmachte. Charley Eberhart war in ein Hotelzimmer spaziert, um das größte Geheimnis im ganzen Inventar auszuplaudern. Warum? Was hatte den Mann, auf den man immer zählen konnte, den unwahrscheinlichsten Verratskandidaten unter den zwölf Bibliothekaren, so verändert? Hier lag ein grundsätzliches Problem, eine unausweichliche Lücke in allen Sicherheitsmaßnahmen. Man konnte die menschliche Psyche nicht festpinnen wie einen Schmetterling. Sie war zu wandelbar.

Und um die Lage noch undurchsichtiger zu machen: Charley hatte das größte Geheimnis im ganzen Inventar gar nicht preisgegeben. Lediglich die Initialen. Er hatte Herrn Fettkloß aus Nirgendwo verschaukelt, aber wozu eigentlich? Coolidge war erschöpft. Er hatte es zu einem klassischen Fall von Schlaflosigkeit gebracht. Zwischen Naumburg und seinem Monitor war er mit immer weniger Schlaf ausgekommen, aber nun hatte er ein Stadium erreicht, in dem Müdigkeit unwichtig erschien. Es gab eine Möglichkeit, die er weiterverfolgen konnte. Hatte Charley irgendwelche Dokumente hinterlassen, nach denen Oliver Garvey suchte? Wenn das zutraf, war es immer noch möglich, daß Garvey an Charley dachte, wenn er vom Doktor sprach. In diesem Fall wußte Charleys Frau vielleicht etwas.

Auf seinem Schreibtisch lagen fünf Zettel mit Telefonmitteilungen, auf denen Estelle Eberharts Name stand. Er hatte sie tagelang ignoriert. Es war Zeit, ihr gegenüberzutreten. Beim elften Läuten nahm sie den Hörer ab.

«Hey, es ist ja ganz schön schwierig, mit Ihnen in Kontakt zu kommen.»

«Ich bitte um Entschuldigung. Ich war beschäftigt.»

«Ihr Leute seid immer beschäftigt. Ich habe normalerweise immer sechs Telefonmitteilungen gebraucht, um zu Charley durchzukommen.»

«Was kann ich für Sie tun?»

«Ich hab was Unglaubliches für Sie.»

Coolidge war Estelle Eberhart auf zwei oder drei Parties bei Johnny Burnish begegnet. Sie war ganz anders als Charley. Von einer offenen, zugänglichen Art. Flirtete gern. Hatte nicht allzuviel auf dem Kasten.

«Schießen Sie los.»

«Wirklich, ich habe etwas für Sie. Es ist eine Mitteilung. Von Charley.»

Coolidge bemühte sich, seine Stimme zu beherrschen, aber er konnte nicht sagen, was für ein Ton herauskommen würde, als er zu sprechen begann. «Was ist es denn?»

«Machen Sie Witze? Eine Mitteilung von einem von euch für einen andern von euch über ein gewöhnliches Telefon? Sie werden schon hier raus kommen müssen.»

«Oh, ich dachte bloß, es würde Zeit sparen», sagte Coolidge, und seine Stimme schlug nur beim Wort «sparen» um.

Als er Eberharts Job übernommen hatte, hatte Harry ihn angewiesen, die Aufzeichnungen über das Bibliothekspersonal von einem Monat vor Charleys Tod an durchzusehen, einfach um sicherzugehen. Coolidge kannte also alle Ecken und Winkel.

Er hatte sich die verschiedenen Ansichten von Charleys Wohnung mindestens ein halbes dutzendmal angeschaut. Er wußte zum Beispiel, daß in dem Degas-Druck an der Wohnzimmerwand, die nach Südwesten ging, eine Microcam sein mußte. Es war einer jener Fälle, in denen das Leben die Kunst imitiert: Er sah den Raum durch die Kamera und nicht von dort aus, wo er saß, in einem Clubsessel aus weißem Leder, neben einem Rauchtisch aus Metall und Glas, während Estelle Eberhart fünf Fuß entfernt auf dem Sofa saß. Die Degas-Microcam nahm in diesem Augenblick zweifellos ihren Schoß auf, denn sie hatte eine ausgesprochene Neigung, sich locker hinzusetzen, die Beine gespreizt und das Kleid sorglos hochgezogen – oder sorgsam, oder eine delikate Mischung von beidem.

«Darf ich Ihnen einen Drink bringen?»

«Zu früh», sagte Coolidge.

Es war unfair; er wußte so viel über sie. Und sie hatte nicht die leiseste Ahnung, daß er so viel über sie wußte. Coolidge wußte genug, um ihrer Art sexueller Betätigung ziemlich kritisch gegenüberzustehen. Liebe sollte etwas Langsames sein, ein umgekehrtes Wettrennen. Die Schildkröte war Liebe; der Hase war eine Hure. Estelle Eberhart war im Bett ein Hase. Eberhart seinerseits war auch nicht langsam im Stoß gewesen. Bei den beiden sah der Geschlechtsverkehr wie ein Boxenhalt aus.

«Ach, nehmen Sie doch einen Drink», sagte sie. «Ich suche nach einem Vorwand, um mir selber einen zu genehmigen. Ich habe ein spezielles Rezept, Sie werden begeistert sein. Es heißt Penis Collada. Okay? Gebongt?» Estelle eilte kichernd aus dem Wohnzimmer.

Coolidge fand sich damit ab, daß es wohl eine Weile dauern würde. Sie versuchte, seine Aufmerksamkeit zu fesseln. Sie war einsam, und die Kinder waren Teenager, was bedeutete, daß sie sich stärker für Drachen und Verliese interessierten als für Menschen. Estelle kam, nachdem sie eine Ewigkeit in der Küche herumhantiert hatte, endlich mit den großen Drinks zurück und sagte: «Na, können Sie mir sagen, womit Charley eigentlich sein Geld verdient hat?»

Coolidge sah argwöhnisch auf seinen Penis Collada. «Das kann ich Ihnen nicht sagen», meinte er.

«Können Sie mir sagen, womit Sie Ihr Geld verdienen?»

«Kann ich nicht sagen.»

«Fragen Sie mich, was *ich* so mache.»

«Was machen Sie so?»

«Kann ich nicht sagen.»

Eine Sache, die sie sicher nicht tat, war, sich um das Haus zu kümmern. Charleys Ehefrau war eine völlig unfähige Hausfrau; sie hatte sich von den Dingen um sie herum unterkriegen lassen. Sie hatte die Art von Haus, wo man an der Zimmerdecke unerklärliche Flecken findet. Es war unordentlich und schmutzig. Er wußte mit Sicherheit, daß sie die Kleider, die nicht zur Jahreszeit paßten, im Eisschrank aufbewahrte. Der Küchenherd unternahm wahrscheinlich Spaziergänge durchs Wohnzimmer, während sie einkaufen ging. Aber Coolidge hatte, wie bei der Entnahme einer Blutprobe, ihren Müll schon längst für normal erklärt.

«Das letztemal habe ich Sie bei Johnny Burnish gesehen», sagte Estelle, schüchtern und freundlich zugleich. «Sie waren in Begleitung einer sehr attraktiven Dame. Haben Sie sie geheiratet?»

«Nein.»

«Werden Sie's noch tun?»

«Kann ich nicht sagen.»

Sie lächelten sich zu; allmählich kamen sie über die Verlegenheit wegen des Todesfalls in der Familie weg. Charley war auf dem Weg, ein Geheimnis zu werden.

«Wonach sucht ihr eigentlich alle? War Charley in Schwierigkeiten?»

«Nein. Keineswegs. Aber er hat sich umgebracht. Wissen Sie zufällig, weshalb?»

«Nein, ich weiß es nicht. Ich habe meinen Mann nie verstanden. Ich habe nicht einmal verstanden, warum er mich geheiratet hat. Na ja, wir hatten keine Gemeinsamkeiten.»

Coolidge sah sie an. Was sie auch sonst für Macken haben mochte, sie sagte die Wahrheit, jedenfalls soweit sie sie sehen konnte. Estelle lebte in einer Welt, in der alles, was offensichtlich und klar und selbstverständlich hätte sein sollen, es nicht war. Es lief einfach nicht so. Folglich betrachtete sie die Welt als verdreht, unerklärlich auf den Kopf gestellt, und akzeptierte das auch als sonderbare Art von Norm, obwohl sie hin und wieder sarkastische Bemerkungen darüber machte.

«War Charley über irgend etwas beunruhigt?» Er konnte beinahe das Echo seiner eigenen Worte hören, wie er sie in ein paar Tagen in der BIBLIOTHEK hören würde, grausam und unbewegt.

«Sicher.»

«Worüber?»

«Über alles.»

«Hm.»

«Ich habe das alles schon mit Harry Dunn besprochen.»

«Ich weiß.»

«War irgend etwas Besonderes dabei?»

«Nicht daß ich wüßte.»

Coolidge konnte nun offenbar nichts mehr fragen, ohne selbst die Sicherheit zu gefährden.

«Was für eine Mitteilung hat Charley für mich hinterlassen?»

«Ich weiß nicht.»

«Was heißt das?»

«Sie ist codiert.»

Coolidge war überrascht. Die NSA verwendete Codes. Geheimagenten verwendeten Codes. Charley wußte, daß Coolidge sich mit Codes nicht auskannte. Was hatte er sich wohl dabei gedacht? Was für eine verquere Seite von Charleys Charakter begann da hervorzutreten?

«Wo ist sie?» fragte er.

«Oben. Im Schlafzimmersafe. Kommen Sie, Walter. Sie haben doch keine Angst, mit mir in ein Schlafzimmer zu gehen, oder?» Sie nahm ihn bei der Hand und führte ihn die Treppe hinauf; Coolidges Gedanken eilten voraus. Als sie ins Schlafzimmer kamen, tat er so, als wüßte er nicht, wo alles sich befand. Das einzige Unbekannte war der Safe; er hatte nie gehört, daß sie ihn erwähnt hätten. Estelle ging auf einen Utrillo-Druck über einer altmodischen Zedernholzkommode zu. Sie nahm das Bild von der Wand und stellte es aufs Fensterbrett. Es war rührend. Charley hatte tatsächlich an Safes geglaubt. Der Kasten sah aus, als würde er aus der Wand fallen, wenn man ihn einmal scharf ansah. Estelle verhaspelte sich bei der Zahlenkombination und mußte nochmals von vorn anfangen; wahrscheinlich wurde sie auch beim Telefonieren dauernd falsch verbunden. Schließlich bekam sie den Safe aber doch auf und reichte Coolidge einen Briefumschlag, auf dem sein Name stand. Er war an einer Seite aufgerissen.

«Natürlich hab ich's mir angesehen», sagte Estelle.

Tatsächlich ein Code. In der Mitte des Blattes stand eine einzige maschinengeschriebene Zeile:

56921113# –$ 8905691114 **!

Es sah etwa so aus, wie ein Cartoonist sich einen Fluch vorstellen mochte; die Geheimagentenversion des Umschlags «Im Falle meines Todes zu öffnen».

«Das ist alles?» fragte er.

«Prima. Sie wissen auch nicht, was es bedeutet», sagte Estelle und zeigte sich offensichtlich zufrieden, daß alle diese Kanonen mit ihren großen Geheimjobs sich nicht auskannten. «Er hat Ihnen eine codierte Mitteilung hinterlassen, und Sie haben den Code nicht.» Sie kicherte.

Für Coolidge sah es nach einem Computereintrag aus. Eine andere Assoziation kam ihm nicht. Er würde ihn ausprobieren, sobald er wieder in der BIBLIOTHEK war. Es war möglich, daß Charley unter einem Schutzcode irgend etwas im Computer verborgen hatte. Wenn das zutraf, würde er es ziemlich rasch finden. Als er von dem Code aufsah, stand Estelle in Büstenhalter und Höschen da und lächelte.

Irgend jemand mußte ihr einmal wegen ihrer Höschen Bescheid sagen; jetzt gerade trug sie die violetten mit den roten Blumen. Höschen konnten von so viel schlechtem Geschmack zeugen. Frauen verstanden offenbar nicht, was das männliche Geschlecht wirklich erregte. Coolidge sah nach der Narbe auf ihrem linken Oberschenkel. Sie war ihm ein paarmal aufgefallen. Er hatte sie aufreizend gefunden; Frauen verfügten über alle möglichen Reize, von denen sie nichts wußten.

An der Schlafzimmertür war ein Riegel; nur für den Fall, daß die Kinder durch irgendein Wunder tatsächlich einmal nach Hause kamen. Estelle ging durchs Zimmer, schob den Riegel vor und lehnte sich gegen die Tür.

«Das Leben muß weitergehen», sagte sie.

Ihr Bauch war viel zu dick. Sie brauchte wirklich Training; etwa zwanzigtausend Rumpfbeugen würden genügen. Und dann war da das Problem, vor einem unsichtbaren Publikum aufzutreten. Er vermutete, daß eine Microcam im Spalt zwischen den Türen des Wandschranks angebracht war. Eine weitere war in der Heizungsverkleidung am Fenster. Schließlich noch Gardellas bevorzugter Installationswinkel: die Aufhängung des Deckenlichts. Coolidge hatte seine Zweifel. Sie waren sogar noch gewachsen, seit er begonnen hatte, die Aufnahmen anderer Leute anzusehen. Liebe war vielerlei, aber sie war nicht fotogen; sie sah überhaupt nicht so aus, wie sie war. Vielleicht war dieser Augenblick nicht schlechter als irgendein anderer, um zu versuchen, sich daran zu gewöhnen.

Er legte seine Kleider ab und befreite Estelle von ihrer lächerlichen Unterwäsche. Sie küßte gut. Wirklich gut. Sie ging voll ran. Aber der Irre zwischen seinen Beinen stellte sich kompliziert an. Solche Dinge machte er nicht. Er ging sonntags in die Kirche und las Bücher. Er interessierte sich für die höheren Dinge des Lebens. Plötzlich wollte er «Jesu bleibet meine Freude» auf dem Cembalo hören.

«Was soll's», sagte sie nach einigen ernsthaften Versuchen. Es war ein Jahr des Verlusts für sie, und wahrscheinlich ging es mit allem gleich. Sie zog sich einen schmuddligen Bademantel über und ging zum Safe, um ihn zu schließen.

Coolidge wälzte sich aus dem Bett. Das Anziehen nach einer Pleite im Bett war das beste Mittel gegen den Krieg, das er kannte; es kurierte omnipotente Denkhaltungen. Und dieser spezielle Mißerfolg war sogar auf Band aufgenommen, ein gefilmter Befund, der nun bis in alle Ewigkeit in den Archiven der amerikanischen Regierung aufbewahrt werden würde.

Und alles, was er dabei herausgeholt hatte, war Eberharts Fluch, was immer der bedeuten mochte.

Der Faktor i

Coolidge kam es völlig unmöglich vor. Da erhielt man einen bereits geöffneten Brief aus einem Safe, den man mit einem kräftigen Niesen knacken konnte, und er erwies sich als der Schlüssel zu allem. Er kümmerte sich nicht um seine abgefahrenen Reifen und drückte aufs Gas, um möglichst rasch wieder in der BIBLIOTHEK zu sein. In seinem Büro im zweiten Untergeschoß angelangt, tippte er Eberharts Fluch ein und wartete darauf, daß die Erleuchtung auf dem Monitor erschien.

Nichts passierte. Der Computer produzierte weder einen Output noch eine «Error»-Anzeige. Coolidge versuchte, einige der Zahlen umzukehren, weil er sich überlegte, daß Charley durch eine Achtlosigkeit beim Abtippen des Codes vielleicht einen Fehler gemacht hatte. Als er die veränderte Reihe eingab, reagierte der Computer.

«*Inkorrekter Code*», kam die Antwort.

Das bedeutete, daß Eberharts Fluch tatsächlich ein Computercode war. Genau so, wie er dastand. Der Computer ließ keine Veränderungen zu. Aber hier lag offenbar noch eine weitere von Charleys kleinen Eigenheiten. Er hatte Coolidge einen Computercode vermacht, den der Computer annahm, mit dem er aber nichts anfing. Das schien Charleys modus operandi zu sein: mit Garvey hatte er das gleiche gemacht. Hatte ihm etwas gesagt, mit dem er nichts anfangen konnte, etwas, das die Gedanken reizte und bedrückte, aber weiter nicht von Nutzen war.

Es fehlten Daten. Warum sollte jemand versuchen, ein zentrales Regierungsgeheimnis, man könnte sagen *das* Regierungsgeheimnis, zu verraten, und es dann doch nicht tun und den andern sagen, sie sollten es selbst herausfinden? Was bedeutete das? Coolidge wollte die Frage nicht aufgeben, bevor er mehr wußte. Er hatte das Gefühl, daß er, wenn er weiter herumstocherte, vielleicht über die Bedeutung von Eberharts Fluch stolperte. Er *mußte* etwas bedeuten. Es war seine Erbschaft von Charley; er hatte sie ihm als seinen Letzten Willen vermacht. Er konnte nicht glauben, daß ein Mann am Rand des Selbstmords zu einem Schabernack aufgelegt war, bei dem der Adressat nicht einmal genug wußte, um die Pointe mitzubekommen.

Zerstreut gab er Davey Reeds Namen in den Computer ein, wahrscheinlich weil Reed das schwächste Glied in der Kette war. Er sah eine ganze Reihe von Barszenen, die sich in diesem Augenblick abspielten, vorbeihuschen: er betrachtete nicht Geschichte, sondern Gegenwart. Er drosselte die Bildgeschwindigkeit zu einem Kriechen, um zu schauen, ob er den dünnen, schäbig aussehenden Typ irgendwo ausmachen konnte. Aber es war unmöglich: während der Happy Hour gab es überall nur Massenszenen.

Er versuchte es noch einmal mit Eberharts Fluch, einfach weil er nichts zu tun hatte. Nichts. Er saß am Ende der großen Pipeline, angeschlossen an die ganze Stadt, das Land, die Welt. Von überallher flossen die Daten herein, alle waren zugänglich, der Bericht über den Zustand der Welt wurde jede Sekunde neu überarbeitet. Und ausgerechnet das, was ihn interessierte, brachte nichts zutage als einen leeren Bildschirm.

Er saß da und sah auf die Bildfläche; seine Gedanken wanderten. Was immer der Doktor war, er war ein ungewöhnlicher Charakter. Dieser Mistkerl war ein Hexenmeister. Er schien keinerlei Spuren zu hinterlassen. Es schien Coolidge, daß er, wenn er den Doktor jemals enttarnen wollte, ihn zuerst einmal verstehen mußte; er mußte ihn praktisch psychoanalysieren – erst dann würde er wissen, wonach er suchen mußte: es konnte so viele Gründe geben für Verrat.

Für verschiedene Leute würde es verschiedene Erklärungen geben. Es konnte zum Beispiel reiner Egoismus sein. Ein Megalomane (wie Hopkins), der Gott spielte, jemand, der endlich etwas gefunden hatte, das groß genug war, um seinem neurotischen Geltungsdrang zu genügen. Oder das Gegenteil: jemand, der überhaupt kein Ego hatte (wie Mike Barber), der vielleicht glaubte, sich auf diese Art rechtfertigen zu können, seine Existenz, seinen Sauerstoffverbrauch, und der weiterhin das «Rechte» tat, trotz des Bösen, das rund um ihn geschah.

Aber hierzu gehörte, Ego hin oder her, eine gewisse Art von Stärke: sie wäre der gemeinsame Nenner. Eine Bereitschaft, gegen Zahlen anzugehen, gegen den Strom zu schwimmen, sich gegen den Strich, gegen die gängige Meinung zu verhalten. Es mußte jemand sein, der es gewohnt war, in der Minderheit zu sein, ein Einzelgänger.

Ein Punkt war klar. Der Doktor war anfangs ein waschechter Bibliothekar gewesen, und dann hatte etwas ihn verändert. Aber was? Bibliothekare gehörten nicht zu den Leuten, die im Handumdrehen ein Wertsystem fallen ließen. Es mußte etwas Schwerwiegendes gewesen sein.

Unglücklicherweise war die Auswahl groß. Wenn man zum innersten Kreis gehörte, sah man die schlimmen Dinge. Die Dinge, die der Öffentlichkeit gegenüber verheimlicht oder verschleiert wurden. Hiroshima zum Beispiel, das nichts mit dem Zweiten Weltkrieg zu tun hatte, sondern der erste Schuß des Kalten Krieges gewesen war, abgeschossen über Stalins Bogen. Oder sollte man Dresden die Ehre geben, einer mittelalterlichen Spielzeugstadt auf dem Marschweg der russischen Armee, die von Churchill zerstört worden war, um zu demonstrieren, wozu ein Bombengeschwader fähig war?

Die westlichen Führer kämpften für endgültige Lösungen, dachte Coolidge. Hatten sie unrecht? Er wußte es nicht. Sie waren schließlich gewöhnliche Leute, die unter Druck arbeiteten. Das einzige, was er wußte, war, daß man nicht beiseite stehen und Kritik üben konnte. Jemand mußte die Entscheidungen fällen – jemand, der ein Mensch war und fehlbar. Die Präsidenten taten ihr Bestes im Rahmen ihrer Möglichkeiten, aber die Folgen waren mitunter schrecklich. War *das* dem Doktor klar geworden? War er jemand, der die Wirklichkeit der Macht nicht ertragen konnte, wenn er ihr erst einmal ausgesetzt war? Coolidges Finger bewegten sich über die Tastatur auf der Suche nach etwas, das sie eingeben konnten, und ohne überhaupt zu realisieren, was er getan hatte, blickte er zum Terminal auf und sah, daß er die Nummer eingetippt hatte, der er seit seiner ersten kleinen Unterhaltung mit Harry Dunn stets ausgewichen war: Veras Personalnummer. Er zögerte. Er dachte an Henry Stimsons berühmte Kritik an der Kryptographie: Ein Gentleman liest nicht in der Post anderer Leute. Seither hatte sich allerhand verändert. Jetzt war er Harry Dunn und den Vereinigten Staaten gegenüber unloyal, solange er es vermied, seiner Liebsten nachzuspionieren.

Vertraute er ihr, oder vertraute er ihr nicht? Wenn er ihr vertraute, brauchte er nicht nachzusehen. Andererseits gab es, wenn er ihr vertraute, keinen Grund zur Besorgnis. Wenn er ihr wirklich vertraute, hätte er sich nicht so lange gewehrt. Außerdem war da noch die Tatsache, daß er dafür bezahlt wurde, nachzusehen.

Er drückte die RUN-Taste.

Die Szenerie sah ein paar Sekunden lang aus wie ein blinkender Spielautomat. Bilder flogen vorbei, ein Durcheinander, und Coolidge hoffte, daß er die Jackpottaste nicht berührte, weil der Computer dann alles ausspuckte, was keine Computerpriorität hatte. Er bemerkte, daß er flach atmete. Da gab es diese eine Kategorie mit Sehr Großer Wichtigkeit. Der Computer erkannte Sex in verbaler oder bildlicher Form. Er kannte alle siebenundvierzig Grundstellungen und enthielt eine noch längere Liste der Synonyme für Sex als die Bibliothek des Vatikans.

Zitronen erschienen auf der Bildfläche.

Coolidge bekam auf der Stelle eine Migräne; er preßte eine Hand gegen den Kopf, und seine Gedärme begannen sich umzudrehen. Vera in ihrem Wohnzimmer, vollständig angezogen, aber sie kniete vor ihrer Couch. Vor ihr Harry, der in seiner grotesken, teilweise nackten Massigkeit breit dasaß und sein Problem offenbar gelöst hatte.

Coolidge sah ihnen zu, unfähig wegzuschauen, obwohl jeder Stoß durch seinen Kopf hämmerte. Er konnte die Geräusche hören, die ihre Lippen machten. Er zwang sich, den Tatsachen nicht auszuweichen. Das war sein Job. Das taten sie alle in der BIBLIO-

THEK. Sie sahen die Welt als das an, was sie war, und nicht als das, was sie sein sollte oder zu sein behauptete. Sie waren genauso anti-illusionistisch wie antikommunistisch. Nicht ausweichen. Tatsache: Vera lutschte Harry einen ab.

Coolidge begann, in seinem Kopf bunte Lichter zu sehen; es würde eine schlimme Migräne werden. Er legte die Hände über die Augen und versuchte, mit den Fingern seine Stirn zu kühlen. Mit solchen Kopfschmerzen wagte er sich nicht zu bewegen; er würde sich im nächsten Moment erbrechen müssen. Plötzlich dachte er an Charley Eberhart. Hatte Charley einmal so einen vernichtenden Augenblick vor dem Monitor erlebt? Was hatte Charley am Ende mitbekommen, welches kleine Faktum hatte ihn gekippt – ging es um seine Frau, um ihn selbst, um die Welt? Nichtwissen hatte auch sein Gutes. Es erleichterte das Überleben. Garvey hatte es gesagt: Eine Anhäufung von Wissen ist eine gefährliche Sache.

Die Sache mit Vera und Harry war eine alte Geschichte, das wußte er. Sie war einer der Stars an Harrys Ticonderoga Institute gewesen, einer der ersten Denkfabriken. Vera hatte Coolidge alles darüber erzählt. Sie war von Harrys Denkvermögen geblendet gewesen. Der Planet war Harrys Schachbrett. Er sah alles, berechnete alles, erwog alle Möglichkeiten. Die BIBLIOTHEK war eine physische Umsetzung von Harrys Denken: alles wissen, um verblüffende Querverbindungen herstellen zu können, die sonst niemand sah.

Sein berühmtes Buch *Vom Siegen* hatte Harry auf seinem Gebiet an die Spitze gebracht. Auf dem Feld der strategischen Forschungsarbeit und unter den Verteidigungsberatern des Pentagon war er ein Superstar. Es war verblüffend, wie viele Telefonanrufe er im Lauf eines einzigen Tages erledigen konnte. Harry war ausschließlich aufgrund seines Verstandes ein Machtfaktor geworden. Obwohl manche Leute sein Buch als die amerikanische Version von *Mein Kampf* betrachteten, war *Vom Siegen* – nämlich im Ost-West-Konflikt – so enzyklopädisch und überzeugend gewesen, daß es Vera erobert hatte. Vera begann, mit dem bedeutendsten Kopf des Establishments zu schlafen. Aber das war schon seit Jahren vorbei. Zumindest hatte sie das gesagt. Harry hatte sich zu sehr für Macht, Einfluß und Prestige interessiert. Wahrheit verwandelte sich für Harry nach und nach in «Politik». Und je weiter diese Entwicklung sich fortsetzte, desto dicker wurde er. Vera war desillusioniert und wurde wieder lediglich Harrys Angestellte; aber obwohl die scharfen Kanten seines Intellekts von der Politik abgeschliffen wurden, spielte er immer noch das aufregendste Spiel in der Stadt.

Coolidge saß regungslos da, damit ihm nicht übel wurde; wie konnte Harry so dumm sein, zu vergessen, daß Veras Appartement ein Minenfeld von Microcams war. Die Lichter in seinem Kopf blinkten in verschiedenen Farben wie Ufos, die zur Landung ansetzen. Der Streifen trug das Datum der vergangenen Nacht; vielleicht war es auch kein Versehen. Vielleicht hatte Harry es absichtlich getan, um Coolidge auf diese Art etwas zu sagen.

Das wäre typisch Harry: Sex und Verrat zu einer propädeutischen Erfahrung zu machen. Siehst du jetzt, was für eine Art von Objektivität hier erforderlich ist, Walter? Es ist jetzt nicht der richtige Moment für Emotionen. Laß die irrelevanten Reaktionen, halt dich ans Wesentliche, laß dich nicht ablenken, benenn die Dinge, wie du sie siehst, und *sieh* sie vor allem, sieh das Unsichtbare. In gewissem Sinn lutschte Coolidge genauso an Harry wie Vera.

Mitten im Pochen und Pulsieren seines Hirns realisierte Coolidge, daß Harry in einem Akt alles vereinigt hatte. O.F.F. bedeutete Oberherrschaft fürs Ficken. Wer O.F.F. hatte, konnte die Welt aufs Kreuz legen; genau das war O.F.F. Siehst du, Walter? Das ist ein anderer Aspekt der Sache. Jetzt wissen wir, wer damit beauftragt ist. Jetzt verstehst du meine Macht, unsere Macht, *die* Macht.

Coolidge schaltete den Monitor ab, bevor Harry zu seinem großen Augenblick kommen konnte. Coolidges Gehirn hatte einen umgekehrten Orgasmus. Er hatte Angst, auch nur einen Muskel zu bewegen. Er saß vor dem leeren Bildschirm, die Hände über den Augen, und versuchte, nicht zu stöhnen. Ein Arzt hatte ihm einmal gesagt, er bekäme Migräne, wenn er sich einer Sache nicht stellen wolle. Nun bekam er eine, weil er sich ihr stellte. Vielleicht wollte er nicht wahrhaben, was er Harry und Vera gern angetan hätte. War es einfach die Tatsache, daß sie es mit jedem trieb, während sie doch den großen Liebhaber Coolidge am Wickel hatte? War es eine Liebesmigräne oder eine Egomigräne? Zwei Stunden lang saß er reglos da, bis die farbigen Feuerwerke sich nach und nach verzogen und die gegen den Kopf gepreßte Hand sich lockerte.

Er stand auf. Alles blieb an seinem Platz.

Er verließ die BIBLIOTHEK, immer noch verstört, und fuhr zur Nachbehandlung in eine Bar. Sie lag auf seinem Heimweg und nannte sich Tiny Tom's; eine Kneipe für Bürokraten mittleren Kalibers, die die Heimkehr nach der Arbeit noch etwas hinausschoben, um nach einer Sekretärin auf Abwegen Ausschau zu halten oder auch bloß die Frustrationen eines Tags in der Verwaltung herunterzuspülen. Er würde ein paar Gläser kippen und darüber nachdenken, auf welche Art genau er Vera und Harry sagen würde, daß sie sich ins O.F.F. verziehen sollten. Er setzte sich auf einen Hocker am hinteren Ende der Bar und versuchte, seinen Kopf zu vergessen. Dann hörte er das letzte, was er hören wollte: eine bekannte Stimme.

«Ich kann einfach nicht glauben, daß das ein Zufall ist», sagte sie. Coolidge sah sich nicht einmal um. Er wollte keinen Menschen kennen. Er wollte ruhig dasitzen und seinen Haß pflegen. Aber er erkannte das Timbre. Eine Hand stellte einen Scotch mit Soda neben ihm ab. Die Hand gehörte zu Davey Reed, der sich auf den unglücklicherweise leeren Hocker neben Coolidge fallen ließ.

«Sagen Sie mir die Wahrheit», fuhr Reed fort. «Ganz unter uns. Ich sage kein Wort weiter. Habt ihr Burschen mir einen Richtungsanzeiger am Arsch festgemacht?»

Reed lächelte. Wie gewöhnlich war er ganz Freundlichkeit, Lebhaftigkeit, Extrovertiertheit – eine Violinseite: gespannt, aber mit warmem Ton. «Ich wette, ihr Burschen könntet mir einen Richtungsanzeiger am Arsch festmachen, und ich würde es nicht einmal merken», fügte er hinzu.

«Nein, Davey. Ich bin nur auf einen Drink hierhingekommen. Ganz spontan.» Während er das sagte, erinnerte er sich daran, daß er den Namen der Bar, Tiny Tom's, vorher schon über den Monitor hatte flimmern sehen, als er nach Reed gesucht hatte.

«Na, okay», sagte Reed. «Vermutlich ist es theoretisch immer noch möglich, daß es in Washington Zufälle gibt. Ich gebe Ihnen sogar einen aus, um zu zeigen, daß ich nicht sauer bin.»

«Schon okay. Machen Sie sich deshalb keine Sorgen. Alles bestens. Ich will Sie nicht von Ihren Freunden abhalten.»

«Sie sehen miserabel aus.»

«Nichts, was sieben oder zehn Drinks nicht wieder hinkriegen.»

«Wissen Sie, was? Ich werde meine Nase da nicht reinstecken. Na, ist das ein vernünftiges Angebot?»

«Touché», sagte Coolidge; er schlürfte seinen Wein und wünschte, Reed würde weggehen.

Er steckte tief im Dreck, ganz passend für einen Müllmann. Er stocherte immer in allem möglichen Zeug herum. Das war sein Beruf. Was war schon Besonderes passiert? Wenn man nach Müll suchte, fand man Müll. Er fand nichts Unrechtes dabei, den Müll anderer Leute durchzusehen und intellektuelle Spielchen damit anzustellen. Er sah sie bei allen ihren Betätigungen, mit gelöstem Haar, aufgeknöpft, alle Schranktüren offen, die Psyche bloßgelegt. Es gab keine Privatsphäre mehr; alles war öffentliche Angelegenheit. Wie konnte er sich also beklagen, wenn er einmal selbst das Opfer war?

Harry war ein Schwein, und Coolidge wollte wirklich einmal sehen, wie er sich im Schlamm wälzte. Aber arbeitete er für Harry oder im nationalen Interesse? Die ersten zehn Amendments. Demokratische Einrichtungen. Das Bild eines Apfelkuchens flimmerte durch sein Gehirn, aber ein Rest von Übelkeit war immer noch da, und er mußte sich beinahe erbrechen.

Langsam wandte er seinen schmerzenden Kopf und sah zu Davey Reed. Reed war schon halb hinüber und in gesprächiger Stimmung. Das war eine Gelegenheit. Erst vor ein paar Stunden hatte er eifrig nach ihm gesucht. Und ohnehin war er in eigener Sache neugierig. Er wollte es wissen.

In der Bar herrschte ein Riesenlärm, und der Barkeeper hatte nur einen Arm; er war also ganz schön beschäftigt.

«Haben Sie gern mit Charley zusammengearbeitet?» fragte Coolidge und starrte geradeaus.

Reed setzte, wie Coolidge im Barspiegel bemerkte, ein wirklich wohlgelungenes ernstes Gesicht auf.

«Charley wie?»

«Ja, der. Genau dieser Typ. Charley wie.»

Reed versuchte es mit einem Sie-müssen-einen-im-Tee-haben-Blick und sah dann auf sein Scotchglas hinab.

«Na ja, er hat euch nicht gerade viel gesagt. Er kommt mit ein paar Geschäftsgeheimnissen zu euch. Schraubt euren Blutdruck hoch. Und dann packt er nicht aus. Ein armseliges Leck, was?»

«Leck? Ein kleiner Sprung in der Schüssel, noch einer, ein großer Sprung nach vorn», antwortete Reed, der es nun auf die leichte Art versuchte. Er rieb sich die Augen und schüttelte den Kopf, als wollte er seine Benebeltheit wegwischen. Reed sah Coolidge lange an und schien sich dann mit dem Unausweichlichen abzufinden.

«Es gibt Dinge, in denen Sie sehr schlecht sind», sagte Reed, «aber es gibt auch einige, in denen Sie sehr gut sind.»

«Warum hat er Ihnen nicht alles gesagt?»

«Gute Frage.»

«Sie wissen es nicht, was?»

«Ich hatte eine Theorie.»

«Ich bin ganz Ohr.»

«Reine Spekulation. Ich kenne mich da nicht aus. Was weiß ich schon? Ich bin ganz unten am Totempfahl.»

«Spekulieren Sie.»

Reed sah erst zum Fernsehgerät hinauf, das er die ganze Zeit im Auge behalten hatte. Es sah beinahe so aus, als fürchte er, abgehört zu werden. Es liefen gerade die Abendnachrichten; der Präsident saß auf einer Couch im Oval Office und besprach sich mit führenden Vertretern des Unterhauses und des Senats.

«Okay, ich sehe es so», begann Reed. «Ich nehme an, daß diese Sache – ich werde nicht einmal den Namen laut aussprechen, okay? –, daß diese Sache wirklich etwas Wahnsinniges sein muß. Ich bemühe mich, meine Phantasie nicht mit mir durchgehen zu lassen, wenn ich darüber nachdenke. Aber ich nehme an, daß es ein hochgradiger, unglaublicher Wahnsinn sein muß. Nicht wahr, wenn eine Regierung es schafft, die ganze Mannschaft von ihren

Entscheidungen zu überzeugen, kann sie geniale Sachen zustande bringen. Nehmen Sie den Hundertjährigen Krieg. Wem außer einer Regierung käme es in den Sinn, hundert Jahre lang Krieg zu führen? Sehen Sie, was ich meine? So etwas muß es sein. Jedenfalls glaube ich, daß Charley glaubte, daß Garvey, wenn er einmal herausgefunden hätte, was *es* war, glauben würde, es wäre zuviel, als daß man daran rühren könnte.»

«Zu viel, hm?»

«Zu groß. Zu verrückt. Zu beängstigend. Zu viel.»

«Sie wollen sagen, er würde die Sache *vergessen?*»

«Walter, wir sprechen von Politik.»

«Okay.»

«Vielleicht wollte Charley also sichergehen, daß es sich herumsprach. Auf respektable Art, nicht *unbedingt* in der Öffentlichkeit. Nicht wahr, Charley war ein schwieriger Bursche. Deshalb glaube ich, daß er glaubte, er würde uns damit anstacheln. Uns verrückt machen. Und dann würde der Senator vielleicht herumfragen, beispielsweise bei einer Verhandlung des Unterausschusses, und ein paar weitere Leute würden davon hören, und seien es auch nur die anderen Mitglieder des Unterausschusses. Auf hoher Ebene in der Verwaltung würde das Gerücht sich weiter fortpflanzen, und jeder würde die gleiche Frage stellen: *«Was ist dieses Ding?»*

«Wäre es nicht viel einfacher gewesen, damit dorthin zu gehen, wo alle hingehen? Zur *New York Times?*»

«Sie wissen das besser als ich, Walter. Vielleicht glaubte Charley, es wäre zuviel für die *New York Times.* Was meinen Sie? Würde die *New York Times* es drucken?»

Während er auf eine Antwort wartete, nahm Reed eine Papierserviette und hielt sie dem Barkeeper, der gerade vorübereilte, hin. Er hatte eine Flasche Bloody Mary-Mix unter seinen Armstumpf geklemmt und einen Liter Stolichnaya in der Hand. Er schüttete einen Achtel Schuß Wodka auf die Serviette, ohne seinen Schritt zu verlangsamen, und Reed begann seine Brille zu putzen.

Coolidge, der davon ausging, daß Reed wieder einen Drink älter war, ging zum Angriff über: «Nehmen Sie einmal an, Charley hätte Garvey tatsächlich gesagt, was *es* ist. Nehmen Sie an, ich sage es ihm. Was wird er wohl damit anfangen?»

Reed wirkte sehr kühl und überlegt, beinahe salomonisch, aber er ließ seine Brille in den Scotch fallen. Er versuchte gerade, sie mit einem winzigen Anflug von Aplomb wieder herauszufischen, als er von seinem Chef unterbrochen wurde.

«Die Sicherheit der Nation muß immer den Vorrang vor einer Partisanenpolitik haben», sagte Garvey. Er stand vor dem Westflügel des Weißen Hauses, ein halbes Dutzend Mikrophone wurde ihm vors Gesicht gestreckt. Die anderen führenden Kongreßabgeordneten standen mit steinernen Gesichtern im Hintergrund. Mit seinem üblichen feinen Instinkt hatte Garvey es geschafft, drei Sekunden vor den anderen zum Portal hinauszukommen.

«Am Rand des Wassers endet die Politik, wie das Sprichwort sagt.»

Reed begann die Worte des Senators mitzusprechen; er hatte sie am Morgen geschrieben.

«. . . und es steht sehr zu hoffen, daß die Männer im Kreml begreifen, was amerikanische Einheit bedeutet. Wir mögen zwar in vielen Belangen verschiedener Ansicht sein, aber in Zeiten der Bedrohung von außen stehen wir immer ungeteilt hinter unserem Staatsoberhaupt. Wir werden uns durch die Fulda-Krise nicht einschüchtern lassen.»

Reed fuhr fort, Garveys Rede zu imitieren, obwohl das Fernsehen schon zum Wetterbericht umgeschaltet hatte. «Sie sehen, meine Damen und Herren, die Politik dieser unserer großen Republik kann mit einem Wort umschrieben werden. Meine Mitbürger, dieses Wort heißt Wodka. Die amerikanische Politik ist reiner, purer Wodka. Obwohl sie unter verschiedenen Etiketten gehandelt wird, ist sie hundertprozentiger, reiner politischer Geist. Geschmacklos natürlich. Vielleicht geruchlos. Sicherlich farblos. Und dennoch, trotz allem, hat sie die Kraft, zu berauschen. Behalten Sie jedoch auf alle Fälle im Gedächtnis, daß nur die Etiketten verschieden sind.»

«Wollen Sie mich auf die Schippe nehmen?»

«Walter, wenn die Politiker wie Scotch wären statt wie Wodka, hätten wir eine bessere Welt.»

Coolidge hielt seinen Kopf so vorsichtig, als wäre er ein Kondorei. Er schloß die Augen.

«Ich sehe, ich muß nun ehrlich sein mit Ihnen», sagte Reed.

«Es würde die Verständigung erleichtern, Davey.»

«Klar. Gut, erleichtern wir die Verständigung. Das ist immer das Hauptziel eines Politikers. Okay. Ich weiß nicht, *was* zum Teufel er damit anfangen würde.»

Coolidge hatte beinahe das Gefühl, Reed zu mögen. Natürlich verstanden es manche Leute ausgezeichnet, auf die ehrliche Tour zu kommen. Es war eine Technik für sie, die zu den Gefühlsregungen eines Verkaufsstrategen gehörte, und Reed war früher Werbetexter gewesen. Er hatte großes Geschick, einem das zu erzählen, was man hören wollte. Vorher hatte er Hundefutter verkauft, jetzt verkaufte er einen Politiker; das war zwar interessanter und für Reed sicher ein Aufstieg, aber die Verkaufstechniken waren die gleichen. Was immer seine Motive waren, seine Theorie über Charley Eberhart war nicht schlecht. Sie war besser als alles, was Coolidge bisher eingefallen war.

Coolidge schob dem vorbeieilenden Barkeeper sein Glas hin. «Diese Runde übernehme ich, sorgen Sie einfach dafür, daß die Gläser gefüllt bleiben.»

Reed winkte ab. «Das geht auf meine Rechnung. Wir besprechen Geschäftsangelegenheiten des Ausschusses.»

Coolidge bekam nichts Brauchbares aus Reed heraus. Er drehte sich zu ihm hin, und eine Sekunde später war auch schon der Kopfschmerz da: er krachte ihm seitlich in den Schädel.

«Worauf wollt ihr denn wirklich hinaus? Was steht unter dem Strich?»

«Friede auf Erden.» Ernstes Gesicht. «Unser Bestes tun für die Wähler.»

«Warum wenden Sie sich damit nicht an die Öffentlichkeit? Was bringt die ganze Heimlichtuerei? Den Geheimagenten spielen, so tun, als ließt ihr meinen Müll überwachen. Das ganze lächerliche Szenario.»

«Es ist Otto Musters Fehler, Walter.» Großes einschmeichelndes Betrunkenenlächeln. «Das ist das Problem einer Demokratie. Jeder hat Angst, Otto Musterloch die Wahrheit zu sagen. Wenn man sich in diesem Land für den Frieden einsetzt, läuft man Gefahr, für ein Werkzeug des KGB angesehen zu werden. Man kann ein

Falke sein, und alles ist okay, aber wenn man eine Taube ist, muß man verdammt aufpassen. Otto Musterloch kann warme Brüder nicht leiden.»

«Und das ist alles, was?»

«Das ganze Problem, Walter. Musterloch die Sache beibringen. Er bekommt garantiert einen Riesenschock, wenn er je herausfindet, wie der Hase läuft. Ottoloch Musterloch bekommt garantiert einen Riesenschock.»

«Sie dozieren.»

«Entschuldigung. Wenn ich trinke, doziere ich. Wenn ich nüchtern bin, schreibe ich verrückte Reden, die Garvey wegwirft und die Sie lesen. Wissen Sie, daß Sie mein größter Fan sind, Waller?»

Coolidge nahm einen letzten Anlauf, obwohl er wußte, daß die Chance gering war.

«Können Sie mir etwas verraten, Davey? Wem sind sie verpflichtet? Was hält sie zusammen?»

«Die Logik der Lage verlangt eine weitere Runde.»

Reed saß da und dachte ostentativ nach; mit geschürzten Lippen wartete er auf den Drink und die Inspiration und suchte vermutlich nach einer Möglichkeit, das Unaussprechliche auszusprechen. Als die Drinks kamen, mühte er sich immer noch ab – mit gerümpfter Nase und wackelndem Kopf.

«Schau es so an, Waller», sagte er schließlich. «Es gibt eine Art höhere Mathematik der Loyalität.»

Coolidge hörte zu.

«Es ist wie bei der Quadratwurzel aus minus eins. Mathematiker sprechen vom Faktor i. Er existiert eigentlich nicht. Es gibt nichts Derartiges. Es gibt keine Zahl, die, mit sich selbst multipliziert, eine negative Zahl ergibt. Sie ist imaginär, nicht auszudrücken, eine Idee im Raum. Man verleiht ihr Existenz, damit man sie manipulieren kann. Sehen Sie, was ich meine? Genauso verhält es sich mit der Loyalität. Das ist es, wonach Sie mich gefragt haben. Die Quadratwurzel aus minus eins.»

«Auf eine unaussprechliche Frage erhält man eben eine unaussprechliche Antwort.»

Mit Reed ging es rasant abwärts. Coolidge hatte gerade beschlossen, in eine andere Bar zu gehen und ganz allein weiterzutrinken, als er bemerkte, daß *noch einer* neben ihm Platz nahm und mit einer Stimme, die ihm vertraut vorkam, einen Drink bestellte. Coolidges Gehirn lehnte es einen Augenblick lang ab, die Daten zu verarbeiten. Er hatte Probleme mit der Realität. Es war lächerlich. Oder waren Zufälle in Washington noch möglich?

«Black Johnnie», hatte er McDermott Beebe III. sagen hören. «Pur.»

Einmalige Gelegenheit

Beebe machte es Spaß, andere zu überraschen. Natürlich nur mit sadistischen Überraschungen. Aus dem Nirgendwo auftauchen und einem plötzlich ins Gesicht atmen. Sein Trick hieß Allgegenwart. Du entkommst mir nicht: Bleib sauber oder stirb. War Beebe ihm nachgegangen? Coolidge mochte Reed nicht einmal *ansehen.* Beebe konnte aus Coolidges Treffen mit Oliver Garveys engstem Mitarbeiter in einer Bar leicht einen Verdacht konstruieren. Aber Beebe schien gar nicht zu wissen, wer Davey Reed war. Beebe *schützte* die Daten; er kam nie dazu, sie sich anzusehen.

«Okay, gehn wir», sagte Beebe.

«Gehn wir wohin?»

«Wirst du schon sehen.»

Coolidge blickte ihn an. Beebes breites, ovales Gesicht zeigte eine Mischung aus Unverschämtheit, Einschüchterung und Verachtung. Seinen Scotch hatte er schon gekippt. Beebe mußte eine Art Sprungfeder im Gelenk seiner Trinkhand haben; es war kaum möglich, sein Glas verließ die Bar nie, er schnappte sich das Zeug im Flug.

Sie waren völlige Gegensätze. Coolidge war liberal, Beebe konservativ. Coolidge war Masochist, Beebe Sadist. Coolidge mochte Chopin, Beebe mochte Countrymusik. Coolidge las, Beebe sah fern. Coolidge achtete bei Frauen auf den Hintern, Beebe auf die

Brust. Coolidge war der Bürotyp, Beebe der Schwerarbeiter. Coolidge war Müll, Beebe war Old Spice.

Coolidge schaute zum Eingang der Bar hinüber und sah dort die obligaten beiden Aktenkoffer stehen: Beebes Truppe. Er ging nie ohne sie aus. Sie trugen immer Aktenkoffer bei sich, in denen sie, wie Beebe sagte, «alle Antworten hatten».

Er entschloß sich, keine Szene zu machen. Es wäre ein Desaster geworden. Beebe war verläßlich; Coolidge war gefährlich. Er warf im Spiegel hinter der Bar einen prüfenden Blick auf Reed: Er war grau im Gesicht und versteckte sich hinter seinem Glas. Schwer zu sagen, ob er mitbekommen hatte, wer Beebe war. Während Coolidge aufstand, hörte er, wie Reed dem Barkeeper zumurmelte: «Führen Sie Plan B aus»; Coolidge wußte von Microcamaufnahmen her, was das bedeutete: Reed war stockbetrunken, und der Kellnergehilfe sollte ihn in ein Taxi verfrachten.

Draußen stand eine Limousine. Einer der Aktenkoffer war der Fahrer, der andere saß auf dem Beifahrersitz. Coolidge stieg hinten ein; er fühlte sich eingeklemmt, weil Beebe sich mit seiner riesigen Körpermasse neben ihn drängte und dem Fahrer zurief, endlich loszufahren. Der Wagen setzte sich in Bewegung, es gab kein Entkommen. Coolidge lehnte sich zurück und versuchte sich vorzustellen, was Beebe dachte. Oder plante. Oder empfand. Beebe lächelte dauernd; das war ein schlechtes Zeichen. Was konnte diesen Menschen schon erfreuen?

«Woher wußtest du, wo du mich finden würdest?» fragte Coolidge, der versuchte, ins Gespräch zu kommen.

«Du meinst, obwohl du keine Nachricht hinterlassen hast, wo du bist, wie es deine Pflicht wäre?» fragte Beebe.

«Genau.»

Beebe schaute nur verächtlich in die Nacht hinaus.

«Wohin gehen wir?» fragte Coolidge.

Beebe sah ihn einen Moment lang ausdruckslos an. «Arbeiten – was zum Geier glaubst du denn?»

Coolidge sah ihn von der Seite an; er stellte sich Beebe auf dem Objektträger eines Mikroskops vor und versuchte, den Blick auf die entscheidende DNA-Einzelheit zu richten – oder was sonst immer Beebe von ihm selbst unterschied. Er fürchtete sich weniger vor Beebes Stärke als vor seiner Irrationalität. Beebe war ein Fanatiker. Beebe hatte auf alles eine Antwort. Beebe konnte etwas tun, das nie wieder gutzumachen war, ohne daß ihn der geringste Zweifel ankam. Es war unmöglich, in Beebes Nähe Würde zu bewahren; man kam nicht mit ihm zurecht, wenn man nicht bereit war, zum Äußersten zu gehen, und dazu war Coolidge nicht bereit.

Sie saßen schweigend da, wenn Beebe nicht gerade ungeduldig wurde; er mochte es nicht, wenn ein Wagen zu nahe aufschloß. Hin und wieder griff er nach dem Sprechfunkgerät und sprach mit dem Aktenkoffer am Steuer. «Kannst du diesen Scheißkerl nicht loswerden?»

Sie brauchten zwanzig Minuten bis Georgetown; der Aktenkoffer hielt vor einem dreistöckigen Sandsteingebäude an, parkte so, daß er die Straße blockierte, und ließ den Motor laufen. An dem Haus war nicht gespart worden: selbst nachts stach es vom Rest des Blocks ab. Beebe ging voraus über die Pflastersteine bis zu einer Kellertür und wechselte rasch ein paar Worte mit einer Stimme aus der Gegensprechanlage.

Die Tür öffnete sich mit einem Summton auf einen engen Gang, am hinteren Ende ein Aufzug. Den Wänden entlang waren in regelmäßigen Abständen angebrachte kleine, runde Metallflansche zu sehen. Es konnten Gucklöcher sein oder Schießscharten, vielleicht auch nur Georgetowner Dekor. Beebe drückte den Liftknopf, und sie warteten ein paar Minuten lang verlegen. Zumindest Coolidge war verlegen. Beebe schien von Vorfreude belebt. Der gemeine Ausdruck war aus seinem Gesicht gewichen; er sah nun beinahe mild aus.

Als der Aufzug endlich kam und die Tür sich öffnete, stand ein breites Lächeln auf Beebes Gesicht.

«Ich liebe es, diesen Aufzug zu betätigen», sagte er zu dem Mädchen.

Sie war oben ohne. Hohe Absätze, schwarze Netzstrümpfe, die reizendsten Strumpfbänder, die je gemacht worden waren, ein schwarzes Bikinihöschen und baumelnde Ohrringe. Beebe konnte den Blick gar nicht von ihr abwenden. Die beiden waren wie Kobra und Flöte. Coolidge ergriff die Initiative. Er stieg in den Aufzug und fragte: «Wohin fahren wir, Mac?»

«In den Himmel. Nimm ihn mit, Darling.» Er glotzte sie immer noch an, während sie neckisch die Tür vor ihm schloß.

Es war ein kleiner Lift, ein langsamer Lift. Die Gegenwart des Mädchens füllte allmählich den ganzen Raum aus. Coolidge traute sich nicht, einzuatmen. Andererseits klang es vielleicht nicht gerade gut, wenn er begann, durch den Mund zu atmen. Die Situation sprach den Anthropologen in ihm an. Was für Verhaltensregeln gab es, wenn man jemanden nackt im Aufzug traf? «Wo bin ich?» fragte er.

Sie stand zur Tür gewandt, eine Hand auf den Schalterknöpfen, aber sie brachte es fertig, sich ganz umzudrehen. «Oh, das hier ist die beste Gästesuite in ganz Washington, D.C.», sagte sie charmant.

Coolidge spürte, daß es grob, unhöflich und unnatürlich gewesen wäre, ihren Busen völlig zu ignorieren; deshalb bedachte er sie mit einem raschen, flackernden Blick, während er sagte: «Ich glaube Ihnen aufs Wort.»

Gästesuite. So etwas gab es bei Kongressen. Natürlich war Washington ein Ganzjahreskongreß und ein permanenter Wanderzirkus. In was für eine Sache hatte dieser Bastard von Beebe ihn da hineingezogen? Es konnte kein handgreiflicher Spaß sein. Niemals. Es war unmöglich, sich vorzustellen, daß McDermott Beebe III überhaupt einen Witz irgendwelcher Art machte, es sei denn unabsichtlich. Nein, dieser Bastard von Harry Dunn mußte da mitmischen.

«Das hier ist Ihr Stockwerk, Sir», sagte sie. «Eine Gefälligkeit Ihres hart arbeitenden Milchfarmers in Wisconsin.»

Coolidge vergaß sie augenblicklich. Dort, wo sie hergekommen war, waren noch eine ganze Reihe mehr von ihrer Sorte, mindestens ein halbes Dutzend. Sie erfüllten die Gastgeberpflichten an einer Cocktailparty. Es war ein ungewöhnlich langer Raum für Georgetowner Verhältnisse, und er hatte wirklich etwas Besonderes, denn nirgends waren Microcams installiert: eine Zone für freie Orgien. Coolidge blieb einen Moment lang stehen, sah sich langsam im Kreis um, hielt gelegentlich beim Anblick eines Busens inne, erkannte ein paar Kongreßabgeordnete und versuchte herauszufinden, weshalb er hier war.

Er fand sie am anderen Ende: Harry Dunn und Eugene Ives; sie brachten es glatt fertig, beschäftigt auszusehen.

Er schlenderte durch die Menge auf sie zu und versuchte sich zu entscheiden, was ihm wichtiger war: Genugtuung oder sein Job in der BIBLIOTHEK. Harry und Ives saßen auf einer Couch, vor sich einen Rauchtisch mit zwei Telefonen, ausgebreiteten Papieren und einer Reiseschreibmaschine; Ives war am einen Telefon, Phoebe, Harrys Sekretärin, am anderen. Während Coolidge näherkam, sah Harry zu ihm hin, und ihre Blicke trafen sich drei Sekunden lang.

«Nett, daß du kommst», sagte Harry. «Trink was, Walter. Wir haben da eine große Sache laufen.»

Coolidge ließ sich in einen großen Sessel fallen. Die drei hatten trübe Augen, sie arbeiteten mit letzter Kraft. Wahrscheinlich hatten sie es über gehabt, sechzehn Stunden lang im gleichen Zimmer zu sitzen, und hatten ihre Arbeit in die Gästesuite verlegt, einfach um wach und bei Verstand zu bleiben. Coolidge sah sofort, wie Harry das Problem mit Vera angehen würde. Er würde der ganzen Sache einfach ausweichen. Wie konnte Coolidge so kleinmütig sein, daß er ein Stück Hintern zwischen sich und das Schicksal der Nationen kommen ließ? Das wäre nicht professionell. Andere Ereignisse rückten ins Zentrum. Notfälle. Coolidge verwechselte Äpfel und Tomaten.

«Du Scheißkerl», sagte Coolidge leise.

«Prima. Erleichtert dich das? Versuch, darüber hinwegzukommen. Damit *fertig* zu werden. Ich kann es nicht erklären. Ich weiß nicht, wie es dazu gekommen ist. Wir haben schlechte Tage hinter uns.»

Harry wand sich. Seine eigene Wahrheitsmaschine machte ihm Schwierigkeiten. Er wurde bei subjektiven Regungen ertappt. Sie kamen den wichtigeren Dingen in die Quere.

«Diese Sache mit Deutschland hat uns alle aus der Fassung gebracht. Ich weiß nicht, was zum Teufel ich mir dabei gedacht habe. Ich würde es ungeschehen machen, wenn ich könnte.»

Ives, der noch telefonierte, hatte irgend etwas mitbekommen und hörte mit halbem Ohr zu, ohne zu begreifen, was vor sich ging.

Coolidge wußte nicht, wie er sich verhalten sollte. Was sollte man mit jemandem anfangen, der einem erst ein Messer in den Rücken stieß und sich dann kriecherisch entschuldigte? Natürlich geschah es mit Absicht. Harry tat die Sache nicht wirklich leid. Er tat, was getan werden mußte, was die Situation verlangte.

Ives hatte das Gespräch beendet und sah nervös zu den beiden hinüber. «Hey, Walter, wie geht's? Bestell dir was zu trinken, damit eins der Mädchen kommt. Wallace ist unterwegs, Harry.»

Ives versuchte, der Atmosphäre die Spannung zu nehmen und die Konversation auf einen leichteren Ton zu stimmen. Er sah erschöpft aus. Er hatte doch tatsächlich seinen Krawattenknopf gelockert, und der Kragenknopf war offen. Er schien sogar sein Fernseh-Make-up vergessen zu haben. Nur die Russen konnten Ives so weit gebracht haben. Er machte mit der Augenbraue einem der Mädchen ein Zeichen, und sie kam angehüpft.

«Wollt ihr mir sagen, daß ich mich schon daran gewöhnen werde?» sagte Ives zu Harry und Coolidge.

«Dostojewskij würde es so ausdrücken», erwiderte Harry.

«Dieser Kommunist. Für den Herrn Weißwein on the rocks», sagte Ives zu dem Mädchen, «oder nur Weißwein; on the rocks ist er schon selber.»

Coolidge lächelte schwach. Er war nicht on the rocks. Ihm war überhaupt nicht nach Sex zumute. Das Mädchen hielt Ausschau nach einem Eiskübel, bevor sie davonglitt.

«Das Erstaunliche ist, daß sie alle aus Pommes frites gemacht sind», fuhr Ives unbeirrt fort. «Pommes frites und Tacos und Pizza. Das ist die eigentliche Kraft der Natur.»

Harry und Ives waren ein ausgezeichnetes Team. Ives hatte keine Ahnung, was eigentlich los war, und spielte seine Rolle trotzdem perfekt. Charme, Witz, Gastfreundschaft.

«Wir haben den Auftrag deines Lebens für dich», sagte Harry unvermittelt.

«Ich dachte, ich hätte den Auftrag meines Lebens schon», entgegnete Coolidge.

«Nein. Das war alles nur eine Vorbereitung auf diesen hier.»

Harry sah aus, als meine er es ernst. Aber Harry sah immer aus, als meine er es ernst.

«Die Panzermassierung in Deutschland wird langsam kritisch.

Kri-tisch. Sie verstärken, wir verstärken. Der Präsident hat soeben taktische Luftstreitkräfte in die Frontgebiete beordert.»

Jetzt verstand Coolidge, weshalb Ives' Kragenknopf offen war. Zunächst einmal machte der NATO-Schlachtplan die Russen argwöhnisch. Er verlangte, daß alle Panzer- und Infanteriedivisionen in der Nähe der ostdeutschen Grenze gehalten wurden. Weiter hinten blieben keine Einheiten, die im Fall eines russischen Durchbruchs als Reserve hätten eingesetzt werden können. Deutschland hatte darauf bestanden. Deutschland wollte nicht das Schlachtfeld des Dritten Weltkriegs werden; der Krieg müßte an der Grenze ausgetragen werden. Das sah nach einer elementar falschen Strategie aus. Keine Reserve? Für die Russen bedeutete das, daß die NATO sich keine Sorgen um einen möglichen Durchbruch machte. Deshalb verfolgte die NATO ipso facto eine offensive Strategie und würde zuerst angreifen.

Es war natürlich möglich, die taktischen Streitkräfte als Reserve zu betrachten. Jeder sowjetische Durchbruch würde vermutlich durch die mit Panzerraketen bestückten Kampfbomber gestoppt oder aufgehalten werden. Und das Aufstellen der taktischen Kampfbombergeschwader konnte für die Russen wiederum wie die offensive Antwort auf ihre Panzermassierung an der Grenze aussehen. Es ging um die grundsätzliche Zweideutigkeit des Krieges: wann war eine Waffe offensiv, wann defensiv? Deshalb konnte aufgrund reiner Nervosität ein Krieg ausbrechen, aufgrund der Spannung und der falschen Auslegung feindlicher Absichten. Es war das Syndrom des Ersten Weltkriegs, in dem sich als Folge eines Zufalls fünf Reiche zerstörten.

«Diese Geschichte könnte sich in Richtung O.F.F. bewegen», sagte Harry. «Hoffentlich nur als Drohmittel, aber wer weiß, Himmel nochmal?»

Miß Pommes frites beugte sich mit den Drinks über den Tisch, und um die ernsthaften Gedanken war es geschehen, bis sie wieder weg war. Coolidges Migräne hämmerte gegen seinen Schädel, nur um ihn daran zu erinnern, daß sie noch da war und zuschlagen konnte. Da saßen sie in einer irrwitzigen Gästesuite und redeten darüber, daß der Planet auf dem Spiel stand. Hundert Millionen Tote im Minimum. Eine Gesellschaft ausgewischt, vermutlich zwei. Plus die Syndrome nach dem unmittelbaren Kampf; überall würden die Leute sterben. Daneben gab es noch die unwahrscheinliche Möglichkeit, daß Harry das alles nur arrangiert hatte, um Coolidges Gedanken von Vera abzulenken.

«Der Auftrag, den wir für dich haben, ist völlig unorthodox. Er verletzt sogar meine Vorschriften, und das will etwas heißen. Du ziehst ins Feld, Walter.»

«Willst du mich umlegen lassen, Harry?»

Dunn antwortete auf den Kommentar, ignorierte jedoch seine Implikationen.

«Du wirst beschützt werden. So gründlich, wie nur je ein Mann beschützt worden ist. Du mußt diesen Job übernehmen, Walter; wir *können* ihn niemand anderem geben; du bist der einzige, der das schaffen kann. Ich fange mal von vorne an.»

Ives sprach nun an beiden Apparaten und diktierte gleichzeitig Phoebe etwas, das diese direkt in die Maschine schrieb. Harry, der auf dem Rand der Couch saß, faßte die nötigen Informationen zusammen.

«Durch die Hintertür sind Verständigungsversuche im Gang. Wir reden miteinander, inoffiziell. Im Kreml gibt es offenbar eine Menge Uneinigkeit, wie man sich in dieser Sache verhalten soll. Auch die haben ihre Falken, ihre Tauben, ihre Spinner. Die ganze Angelegenheit ist undurchsichtig, wir wissen deshalb noch nicht einmal etwas über das Gewicht der Gespräche.»

«Das ist nichts für mich, Harry.»

«Hör mir zu. Die Unterredungen finden in einer Baracke ein paar hundert Meter hinter der ostdeutschen Grenze statt.» Harrys Gesicht nahm den gespannten Ausdruck des Problemlösers an, des intellektuellen Hintertreppenhändlers auf Beutezug. Er strahlte richtiggehend, als er weitersprach. «Wir haben eine Microcam dort drin. Vor ein paar Stunden sind die ersten Bilder reingekommen. Es ist nicht viel mehr als eine Hütte, ein einziger Raum, das kleine L nach rechts. Phoebe, wo ist dieses Foto?»

Der Bau sah aus wie der typische Armeekommandoposten; er war in aller Eile in einem verlassenen Nebengebäude eingerichtet worden. Nackte Glühbirnen hingen von der Decke, ganz rechts befand sich eine Telefonzentrale mit zugehörigem Soldaten; die

Kabel liefen durch ein Fenster nach draußen, wahrscheinlich zu einem Generator. In der Mitte des Raums stand ein roher Holztisch, dahinter, an der Wand, hing eine große Karte der beiden deutschen Staaten.

«Achte auf den Papierkorb», hörte Coolidge Harry über den Sofatisch hinweg sagen. «An der Hinterwand, etwas links vom Tisch. Mit etwas Glück könntest du den Stuhl gleich daneben erwischen. Darauf können wir uns natürlich nicht verlassen. Die Russen werden die Sitzordnung bestimmen.»

«Es geht hoch her», sagte Ives und legte einen der Hörer auf. «Wir haben das Flugzeug.»

«Laß dich jetzt durch gar nichts beunruhigen», meinte Harry zu Coolidge. «Die 7. Armee sorgt für die Eskortierung. Ich würde dich nicht gehen lassen, wenn ich nicht glaubte, daß es eine absolut sichere Sache ist. Es geht um diplomatische Verhandlungen; du wirst durch das Gewohnheitsrecht und die internationalen Bestimmungen geschützt sein, ganz zu schweigen von der 14. Panzerarmee.»

«Harry, was erwartest du von mir?»

«Ich will, daß du an diesem Papierkorb vorbeigehst, hineinschaust und gleich weitergehst. Dann kommst du zurück und erzählst uns, was du gesehen hast.»

«Was werde ich deiner Meinung nach denn sehen?»

«Keine Ahnung.»

Coolidge lehnte sich in seinem Sessel zurück und trank einen dreifachen Schluck Wein.

Harry rückte noch weiter zur Kante; er saß nun praktisch in der Luft. «Sie müssen vertrauliche Dokumente da hineinwerfen. Ein gemeiner Soldat bringt den Korb zu festgesetzten Zeiten nach draußen, und der Inhalt wird verbrannt. Ein einziges kleines Faktum könnte für unsere Einschätzung der Situation entscheidend sein. Wenn wir mehr als eines haben, um so besser. Wir werden für die Zeit unmittelbar vor der Müllverbrennung eine Unterredung mit ihnen ansetzen. Dann wird der Korb voll sein. Sieh einfach zu, daß du reinschauen kannst, Walter.»

«Harry. Hm. Ist es möglich, daß du mich überschätzt?»

Ives hängte wieder einen Hörer auf. «Du realisierst wohl nicht, was du für einen Ruf hast, Walter. Sogar der Präsident spricht hin und wieder von dir. Erinnerst du dich an Axelby?» sagte Ives zu Harry, und beide kicherten. «Himmel, das war gut», sagte Ives. Es war, als sprächen Harry und er über ihren bevorzugten Half back aus den alten Collegetagen. Ives konzentrierte sich und versuchte, die Geschichte wieder zusammenzubringen. «Was hattest du da nochmal gemacht? Du hattest gesehen, daß er etwas wegwarf. Und die Folge davon war, daß wir seine Nomination für die SEC[1] wie eine heiße Kartoffel fallen ließen. Klar, und drei Monate später wurde der Bursche gefaßt, weil er mit Insiderinformationen gehandelt hatte, und mußte über dreihundertfünfzig Riesen blechen. Das war Zauberei, Walter.»

«Das war Müllogik», sagte Harry bewundernd.

Sie verkauften ihm die Sache wirklich gut. Bauten ihn auf. Coolidge und Axelby hatten im gleichen Wartesaal des Flughafens gesessen, und er hatte bemerkt, wie Axelby eine blaue American-Express-Quittung zusammengeknüllt und in einen Mülleimer geworfen hatte. Coolidge hatte sich gefragt, warum jemand in Axelbys Position einen Beleg wegwarf, den er möglicherweise für Steuerabzüge verwenden konnte, und hatte ihn wieder herausgeangelt, als er den Wartesaal verließ, um sein Flugzeug zu besteigen. Es war die Quittung für einen Lunch im Four Seasons. Eine kleine Überprüfung ergab, daß er dem Vorsitzenden der Union Steel bei einem vorgeblichen Anstellungsgespräch das Essen bezahlt hatte. Ein zukünftiger Angestellter bezahlt in so einer Situation niemals das Essen; in Wirklichkeit hatte Axelby Insiderinformationen für den Aktienhandel erhalten.

«Und wie war das mit dem Fall der leeren Thorazinflasche, nun, Watson?» sagte Ives zu Harry. Beide begannen wie die Wahnsinnigen zu lachen. «Damals hast du das Pentagon gerettet», meinte Ives, «ganz zu schweigen von den folgenden Wahlen.»

Sie trugen dicker und dicker auf. So brillant war es auch wieder nicht. Für Abfall schien Coolidge ein gutes Gespür zu haben. Er hatte alte Freunde im MEW besucht. Ein höherer Beamter von dort, Joseph P. Kinderman, sollte gerade zum Unterstaatssekretär

[1] *Securities and Exchange Commission* = Börsenaufsichtskommission

für Verteidigung ernannt werden. Coolidge war zum Trinkwasserautomaten geschlendert. Kinderman stand dort. Als er sich zum Gehen wandte, warf er ein Arzneifläschchen in den Mülleimer. Thorazin, auf seinen Namen ausgestellt. Kinderman hatte, wie sich herausstellte, einen Nervenzusammenbruch gehabt und war noch nicht darüber hinweg; ein schlechter Kandidat für einen mörderischen Job.

«Du sitzt in der Falle, Walter», sagte Harry. «Find dich damit ab. Du bist der Müllmann. Wie ich dich kenne, wirst du ein halbes Dutzend Szenarien ausgearbeitet haben, wenn du dich» – er deutete auf die Fotografie – «an diesen Tisch setzt. Irgendwas, Walter. Wenn es nur überhaupt etwas ist. Ein Satz. Ein Name. Ein Wort. Man kann nicht wissen, wozu es noch gut sein wird.»

Coolidge hatte sich das Nächstliegende bis zum Schluß aufgespart; er hoffte, sie damit in Verlegenheit zu bringen. Es war so offensichtlich: es war ein Zeichen dafür, daß es abwärts ging. Vielleicht war Harry so weit, daß er einen Schlag oder, besser noch, galoppierende Senilität bekam.

«Harry, wenn etwas da drin ist, dann ist es russisch geschrieben. Kyrillisch, Harry. Für mich wird es nur ein Kauderwelsch sein.»

Harry schloß angewidert die Augen. «Komm, Walter.»

«Gerade pünktlich», sagte Ives und zeigte zum Eingang.

Zwei der Hostessen eskortierten Norman Wallace durch den großen Raum. Wallace hatte das Problem der Würde gelöst, indem er eine große Schau daraus machte, die Mädchen auf raffinierte Art verstohlen anzusehen. Er war dünn, sein Haar leicht grau und etwas schütter, und er trug einen Anzug, der leicht ins Graue spielte. Alles an ihm trug den Vermerk «State Department».

«Alles okay?» fragte Ives.

«Aber sicher.»

Wallace nahm ein Päckchen aus seiner inneren Jackettasche und ließ es auf den Sofatisch fallen. Es waren Vokabelkärtchen zum Erlernen des kyrillischen Alphabets.

« **У нас много работы** », sagte Wallace zu Coolidge. «Das heißt: ‹Wir haben eine Menge Arbeit vor uns›.»

Abfallbericht: # 85-10-9

AKTENZEICHEN: 104759
AUFGEGEBENES EIGENTUM VON:
Senator Oliver Garvey (Wohnsitz)

1. 1 Flasche *Southern Comfort*
2. 4 Flaschen Scotch, Hausmarke, 1.75 Liter
3. 1 Sojabohnenkistchen, ungeöffnet
4. Zahlreiche Zeitungen und Zeitschriften mit herausgeschnittenen Artikeln. Fehlende Artikel wurden aus anderen Exemplaren ergänzt und dem Bericht beigefügt.
5. Videocassette des Films *The Candidate*
6. Gesetzesentwurf des Senats S3018, mit Randbemerkungen
7. 1 Vase, zerbrochen
8. AMB-Dokument Nr. 30852
9. Kopie einer Rede für die Amerikanische Bibliotheksgesellschaft

Abfall-Szenario

Der Vize-Präsident besuchte Senator Garvey am Sonntag abend (Punkt 1: Flasche *Southern Comfort;* Punkt 3: das übliche Sojabohnenkistchen – in diesem Fall ungeöffnet –, das der Vize-Präsident jedem überreicht). Sie diskutierten das vorgeschlagene landwirtschaftliche Entwicklungsprogramm für Sojabohnen (Punkt 6: mit Notizen versehener Gesetzesentwurf des Senats S3018). Garvey deutete seine Unterstützung des Programms an. Als Gegenleistung dafür erhielt er kurzen Einblick in das für nächstes Jahr von der BIBLIOTHEK beantragte Budget (Punkt 8: Dokument des Amts für Management und Budget Nr. 30852).

Weiterer Gesprächsgegenstand war die Isolation des Vize-Präsidenten vom Präsidenten und sein Informationsmanko in verschiedenen politischen Belangen (Punkt 7: zerbrochene Vase und das allgemein bekannte Temperament des Vize-Präsidenten).

Kommentar

Garveys privater Aktenvernichter funktioniert mittlerweile nicht mehr. Punkt 9 jedoch scheint im Müll russische Salatsauce abbekommen zu haben. Chemiker der University of Maryland wurden damit beauftragt, die Reaktion von Farbbandtinte auf russische Salatsauce zu analysieren. Nur ein Teil des Textes unter Punkt 9 konnte wieder leserlich gemacht werden. Er ist im folgenden wiedergegeben:

... und während Ihr Kongreß sich mit dem Auffinden von Information befaßt, möchte ich meine Ausführungen auf das Wesen von Information beschränken. Wenn wir an Information, an Daten und Fakten denken, denken wir automatisch an etwas, das an sich gut ist. Ein Guthaben. Etwas Positives in unserem Leben. Wer wollte dies schon leugnen? Das Sammeln von Informationen, vielleicht mehr noch als das Sammeln von Nahrung, hat den Fortschritt der Zivilisation ermöglicht. Und dennoch bin ich der Überzeugung, daß sich nicht alle Informationen zum Guten auswirken.

Nicht alle Informationen stellen einen Schritt nach vorn dar. Einige Informationen sind ganz klar negativ.

Mit negativer Information meine ich nicht, sagen wir einmal, kritische, oppositionelle, verneinende Stimmen. Ich verstehe das Wort «negativ» in seiner arithmetischen Bedeutung. Lassen Sie mich den Begriff definieren.

Negative Information bewirkt, daß ihr Empfänger, unmittelbar nachdem er die Information erhalten hat, weniger weiß als zuvor.

Negative Information bedeutet, daß vom Vorrat an Wissen und der Weisheit, die durch Lebenserfahrung hart erworben wurde, etwas abgezogen wird. Jedes Atom negativer Information löscht ein Atom gesunden Menschenverstandes aus und sendet einen Alpha-Strahl von Dummheit aus. Je mehr man negativen Informationen ausgesetzt ist, desto weniger weiß man. Ist in diesem Prozeß ein kritischer Punkt erreicht, hört man auf zu denken. Man glaubt dann nur noch, was man gehört hat.

Vielleicht sollte ich Ihnen einige praktische Beispiele dafür geben, was ich unter negativer Information verstehe. Ich möchte mit einer Formulierung beginnen, die während des Vietnam-Kriegs häufig Anwendung fand. Es handelt sich um einen wirklich auserlesenen Beleg meiner Ausführungen, um den Begriff «chirurgische Bombardierung».

Die Schönheit dieser Formulierung besteht darin, daß sie den Hintergrund und die Erfahrungen auslöscht, die man mit dem Wort «Bombardierung» verbindet, bei dem gewöhnlich an etwas Gewalttätiges und Feindliches gedacht wird. Indem ein Wort der Heilkunde wie «chirurgisch» mit einem destruktiven Wort wie «Bombardierung» verbunden wird, erhält man etwas, das nach einer gesunden Bombardierung klingt, nach einer wohltätigen Bombardierung, durch die auf saubere Art die Krebszellen abgetötet werden und der Körper in einem gesünderen Zustand zurückbleibt, als er es vor der Bombardierung war.

Ein anderes, besonders schönes Beispiel geht auf Robert McNamaras Amtszeit als Verteidigungsminister in den sechziger Jahren zurück, als er häufig vom «Bombardierungsprogramm» in Vietnam sprach. Das Bombardierungsprogramm verlief nach Plan. Das Bombardierungsprogramm ging weiter. Das Bombardierungsprogramm war ein besonders hervorragendes Programm. Genau wie Armenhilfeprogramm, Stadtsanierungsprogramm, Mahlzeitenprogramm klingt Bombardierungsprogramm einfach wie ein weiteres Stück liberaler Wohltätigkeit.

Ein anderes ausgezeichnetes Beispiel negativer Information: «Übereinkommenshilfen». Waffensysteme werden nie Waffensysteme genannt. Auf diese Art und Weise ist es dem Pentagon gelungen, sehr teure und das militärische Gleichgewicht gefährdende Programme im Kongreß und beim Volk durchzubringen, indem es erklärt hat, daß mittels dieser Übereinkommenshilfen bei Abrüstungsverhandlungen viel Geld gespart und das Waffenarsenal reduziert werden könne.

Das größte Beispiel negativer Information – gewissermaßen die Atombombe der negativen Information – stellt die Annahme dar, daß ein Atomkrieg führbar, gewinnbar und überlebbar sei.

Welche Abwehrmaßnahmen gegen negative Information stehen uns zur Verfügung? Wie können wir diese superschnellen Teilchen der Ignoranz abwehren, die von unseren Führungskräften ausgesandt werden? Wie können wir uns von den Alphastrahlen der Dummheit abschirmen, die auf uns niederregnen? Hier mein Vorschlag . . .

Delenda est Carthago

Coolidge fühlte die Versuchung, zu lächeln und der Menge zuzuwinken. Die Leute schauten neugierig hinein, versuchten auszumachen, wer die Persönlichkeit auf dem Rücksitz war. Natürlich, so etwas kam in Washington oft vor: ein ausländischer Staatsmann, ein wichtiger Botschafter, ab und an selbst der Präsident. Doch er mußte sein Publikum ignorieren; Norman Wallace hielt ihn auf Trab, während sich ihre Motorradeskorte langsam durch die beidseitig mit geparkten Wagen gesäumten Straßen von Georgetown bewegte. Wallace rutschte in seinem Klappsitz ein wenig hin und her, er konzentrierte sich, ohne einen Augenblick zu verschwenden, auf die Buchstabenkarten und war entschlossen, Coolidge – wie er es in einem seiner State Department-Witze nannte – Acryllisch beizubringen.

Б

«b», antwortete Coolidge.

C

«s.»

Coolidge gab es zwar nicht gerne zu, doch je mehr er darüber nachdachte, desto mehr kam er zur Einsicht, daß Harry recht hatte: Es *war* die Chance seines Lebens. Auf eine ganz verrückte Art und Weise. Ein Risikojob, ausgeheckt von Leuten in Machtpositionen, denen Mittel zur Verfügung standen und die der Versuchung nicht widerstehen konnten, diese Mittel einzusetzen.

Gleichzeitig handelte es sich für den Müllmann um eine ziemlich gewichtige Angelegenheit, um vieles wichtiger als Ghettomüll oder der Kehrricht eines Kongreßabgeordneten. Coolidge hatte den Müll salonfähig gemacht, er hatte ihn zu einem Instrument nationaler Politik gemacht. Er hatte den Müll so wichtig gemacht, daß dadurch vielleicht sogar der Dritte Weltkrieg verhindert und so der Planet gerettet werden konnte. Teufel, er war wirklich eine Persönlichkeit.

Ц

«ts»

Ч

«tsch.»

Lange vierundzwanzig Stunden standen ihm bevor. Dann nämlich sollten sie wieder in Dulles ankommen, nach einem säuberlichen Zeitplan, den Phoebe schon abgetippt und allen beteiligten Stellen der 7. US-Armee in Deutschland hatte zukommen lassen. Von diesen vierundzwanzig Stunden würden ihm, im besten Fall, drei oder vier Sekunden zur Verfügung stehen, um einen Blick in den Papierkorb zu werfen; nicht einmal Zeit genug, um irgend etwas im Gehirn zu registrieren. Die Information würde nur bis auf die Netzhaut gelangen, ein Lichtschimmer, der über die Sehzellen glitt; nochmals fünf bis zehn Sekunden würden benötigt, um das, was er gesehen hatte, wahrzunehmen und zu memorieren, nachdem er es gesehen hatte. Seiner Technik wurde das Letzte abverlangt; das Ganze spielte sich bloß am Rande ab. Doch er redete sich ein, daß es die Randzonen waren, in denen sich die Dinge ereigneten. Er mußte sich darauf vorbereiten, um nicht durch Seltsamkeiten des exotischen russischen Mülls abgelenkt zu werden und so auf unnütze Art und Weise eine oder mehrere Sekunden zu verlieren. Laß den Müll links liegen, konzentriere dich auf den Abfall – darin lag der Erfolg.

«Wir machen Fortschritte», kommentierte Norman Wallace. «Jetzt nehmen wir einen neuen dazu.»

Щ

«Kommt er Ihnen bekannt vor?»

«Sieht wie sch aus. Abgesehen von diesem kleinen Ding nach unten.»

«Gut. Dieses kleine Ding macht das Ganze zu einem schtsch. Steckt also ziemlich viel drin in diesem kleinen Ding unten, finden Sie nicht auch?»

«Ohne Zweifel.»

Wallace beschäftigte ihn weiter mit Buchstabenkarten, doch Coolidge beschäftigten andere Dinge. Eberharts Fluch. Eberhart. Der Doktor. Garvey. Vera.

Die Reise nach Deutschland war ein gutes Gegengift gegen das alles. Deutschland eröffnete die Möglichkeit, sich auf die Technik zu konzentrieren und die Leute zu vergessen, und zwar alle. Mit den Leuten kam er sowieso nicht leicht zurecht. Es war nun einmal so: Beim Müll kannte er sich besser aus. Die objektiven Details, das Ausgeschiedene, das, was die Leute loszuwerden versuchten. Das, was sie behielten, war definitionsgemäß Nicht-Müll. Doch nur gemäß ihrer Definition. Denn es gab nur eine hauchdünne zeitliche Differenz zwischen dem, was Müll war, und dem, was Nicht-Müll war. Nicht-Müll war noch nicht weggeworfener Müll. Ergo war alles Müll. Auch Harry Dunn.

Die Sirenen schienen lauter zu werden.

Coolidge löste seinen Blick vom Ж und sah eine neue Phalanx von Motorrädern auf der Überholspur des Beltway. Es sah aus, als ob sie Verstärkung erhielten, doch dann tauchte eine weitere Limousine auf. Es handelte sich um eine zweite Motorradeskorte. Sie schien den Vortritt zu haben, als ob es eine Art Hierarchie zwischen Motorradeskorten gäbe. Sogar Wallace vergaß seine Buchstabenkarten. Während sie dem anderen Troß zusahen, verließen beide Eskorten bei der nächsten Ausfahrt den Beltway und reihten sich in einer schmalen Nebenstraße auf; es dröhnte wie beim Treffen einer Motorradgang.

Coolidge stieg im gleichen Augenblick aus, als sich Harry Dunn aus seiner Limousine zwängte.

«Ich habe mir Sorgen um dich gemacht», begrüßte ihn Harry.

Coolidge glaubte keinen Augenblick lang, daß das ganze Unternehmen abgeblasen würde. So etwas hätte mit einem Telefonanruf schnell erledigt werden können. Nein. Es war kennzeichnend für die Art und Weise, wie die Regierung vorging. Sie improvisierte, flickte die Dinge in letzter Minute zusammen. Coolidge fragte sich, was wohl dahintersteckte, doch dann sah er Beebe aus der anderen Limousine steigen.

«Er wird dich begleiten», fing Harry an. «Ich habe ihm die Verantwortung für dich übertragen. Du wirst dich in kommunistischem Territorium aufhalten; du hast Anspruch aufs Beste.»

Coolidge beobachtete, wie das Schurkengesicht den Straßenrand entlang ging, für einmal trug er seinen eigenen Attaché-Koffer.

«Nur eine Extra-Vorsichtsmaßnahme», begann Harry erneut. «Ich will nicht das kleinste Risiko eingehen, den besten Müllmann der Freien Welt zu verlieren.» Er lächelte. Doch etwas stimmte nicht. Es war kein offenes, aufrichtiges Lächeln. Irgendein Gedanke durchkreuzte es.

Coolidge musterte Beebe kurz und erkannte die Lage. Beebe war eine Notwendigkeit. Harry Dunn ging auf Nummer Sicher. Beebe war nicht gekommen, um Walter Coolidge zu beschützen; seine Aufgabe war es, die Vereinigten Staaten von Amerika zu beschützen. Bestand irgendein winziger statistischer Anhaltspunkt für die Möglichkeit, daß ein Bibliothekar von den Russen geschnappt werden könnte? Dann mußte diese Möglichkeit ausgeschlossen werden. Wenn Beebe dabei war, ließ sich, je nachdem, Coolidges Leben retten oder vorzeitig beenden.

«Mit Ausnahme dessen, was sich in der Verhandlungsbaracke abspielt, hör auf Macs Befehle. Ich habe ihm die Leitung dieser kleinen Expedition übertragen. Du hast Mac, und du hast Wallace, beides zuverlässige Leute.»

Coolidge schaute zu, wie ihn Harry betrachtete. Es würde nichts bringen, Harry, und damit auch Beebe, wissen zu lassen, daß er sich über Beebes wirkliche Funktion im klaren war. Irgendwann im Verlauf der Expedition konnte sich für ihn daraus ein kleiner Vorteil ergeben. Coolidge spielte deshalb den Dankbaren.

«Danke, Harry. Ich weiß es zu schätzen.»

Beebe hatte sich ihm genähert und schickte sich an, in den Wagen zu steigen. «Wir haben drei Minuten Rückstand auf den Zeitplan», bemerkte er über die Schulter.

«Mr. Efficiency», kommentierte Harry. «Dann bis morgen, Walter. Bring uns etwas mit, hm?»

Coolidge stieg ein und lehnte sich zurück. Er wandte sich Beebe zu, der so weit gegangen war, Wallace kurz zuzunicken. «Ich hoffe, du wirst gut auf mich aufpassen.»

«Versteht sich.»

Wallace, immer noch auf dem Klappsitz, betrachtete die Szene gespannt. Er zeigte die **Φ**-Karte.

«f», antwortete Coolidge.

Schnell hatte Beebe seine Autorität etabliert: Alkohol war verboten. Sie hatten die ganze 747 für sich, und es gab einige auserlesene Weine an Bord, die von zwei schwarzen Kellnern serviert wurden. Doch sie zogen in die Schlacht, an die Front. Sie mußten in Bestform sein.

Aus Beebes Mund klang es komisch: Beebe war kein intellektueller Typ, mit seinem Mund konnte er besser trinken und fluchen als einen römischen Redner zitieren. *«Delenda est Carthago»*, preßte er zwischen den Zähnen hervor. *«Karthago muß zerstört werden.»* Er zitierte mit beträchtlichem Genuß und zog sich dann zurück, um seine Waffen zu reinigen – zwei Schnellfeuerwaffen, die er auf sich trug, sowie ein zerlegtes Präzisionsgewehr im Attaché-Koffer. Es war mit einem Nachtzielgerät ausgerüstet, so daß er selbst in der größten Finsternis töten konnte.

Wallace und Coolidge widmeten sich wieder dem Studium des Acryllischen.

Coolidge machte klare Fortschritte. Es gab nur dreiunddreißig Zeichen zu memorieren, und seit sie Georgetown verlassen hatten, war die Arbeit nie unterbrochen worden. Zwischen zwei Buchstabenkarten fand Coolidge sogar Zeit, sich über Beebe Sorgen zu machen. Die Geräusche, die er beim Reinigen seiner Waffen verursachte, lenkten Coolidge ab. Mit Beebes Aufgabe war eine unfehlbare bürokratische Realität verbunden. Es war für ihn sicherer, übermäßig als zu schwach zu reagieren. Würde Coolidge als Gast des KGB enden, wäre für Beebe die Hölle los, doch würde er ihn umbringen, um seine Gefangennahme zu vermeiden, bekäme er höchstens eins auf die Pfoten.

Coolidge versuchte sich vorzustellen, wie Beebe sich wohl aufführte, wenn sie die ostdeutsche Grenze erst einmal überschritten hätten.

In Mannheim rollte die 747 an Dutzenden von Lufthansa-, Air France- und Swissair-Maschinen vorbei aus und steuerte auf einen wartenden Helikopter zu, dessen Rotor sich langsam drehte; innerhalb von Sekunden waren sie wieder in der Luft und machten im Rennen gegen den Müllverbrennungstermin zwei Minuten wett. Ives hatte dafür gesorgt, daß im Helikopter dicke Fliegerjakken für sie bereitlagen, gerade richtig gegen die kühle Herbstluft.

«Geh nie in Sommeruniform nach Rußland», sagte Beebe, als er seine Jacke anzog.

Der Helikopter flog sie zu einer kaum benützten Notlandepiste, nur gerade fünf Meilen von der ostdeutschen Grenze entfernt. Der wacklige, unbemannte, hölzerne Kontrollturm erinnerte an den Ersten Weltkrieg. Neben ihm befanden sich einige kleine Holzgebäude und ein Rollfeld, das nicht einmal für eine Piper Cub ohne Fangnetz zu gebrauchen war. Sonst gab es nichts als Tannen, soweit das Auge reichte.

Als der Helikopter in der Dämmerung zur Landung ansetzte, sahen sie, wie eine Kolonne von Militärfahrzeugen von der Autobahn zum Rollfeld abbog: es war Coolidges Eskorte. Der Pilot setzte gerade lange genug auf, um sie aussteigen zu lassen, danach machte er sich wieder Richtung Mannheim davon.

Die drei Männer standen auf der Piste und betrachteten den näherkommenden Konvoi. Arlington C. Prager, der Brigadegeneral, saß im ersten Jeep. Sobald Prager vor ihm angehalten hatte, schaute er auf die Uhr.

«Wir haben neunzig Sekunden Rückstand auf die Marschtabelle», begrüßte er sie. «Es muß gleich weitergehen.»

Prager war der kommandierende Offizier der 14. Panzerbrigade und fungierte als einer der zwei inoffiziellen Unterhändler für die USA. Er war West Point-Absolvent und hoch oben auf der Anwärterliste für den Posten eines Generalmajors. Nach dem Besuch verschiedener Militärakademien hatte er an der Columbia University sein Diplom im Fachbereich Internationale Beziehungen erworben. Sollte es zu Kampfhandlungen kommen, würde die von ihm befehligte Einheit als erste eingesetzt. Prager war mittelgroß und nicht in Form, sein Bauch wölbte sich über seinen Gürtel. Eben sah Prager, wie sich Beebe daran machte, in den Stauraum seines Jeeps zu klettern.

«Sind Sie Coolidge?»

«Nein, Beebe.»

«Dann warten Sie hier mit Wallace. Die Russen erwarten Coolidge, meinen Fahrer und mich. Klar?»

Coolidge fühlte sich erleichtert. Die Lage begann sich zu bessern. General Prager streckte seine Hand aus: «Ich nehme an, Sie sind Coolidge. Sie müssen ziemlich wichtig sein. Die Kommandostelle der 7. Armee garantiert für Ihre Sicherheit. Das heißt, daß Ihre Versicherung das Rennen gemacht hat.»

«Wird wohl so sein», gab Coolidge zufrieden zur Antwort.

«Gut, dann lassen Sie uns keine Zeit verlieren.»

Beebe stand immer noch dort mit seinem Attaché-Koffer; er war es schon eine ganze Weile nicht mehr gewohnt, von einem gewöhnlichen Brigadegeneral Befehle entgegenzunehmen. Verärgert sah er zu, wie Coolidge hinten auf den Jeep kletterte. Selbst Norman Wallace konnte sich nun ein Bild von Beebes Stimmung machen; er sah es kommen. «Okay», wandte sich Beebe an den Jeepfahrer, «aussteigen!»

«Uh, lassen Sie mich das in Ordnung bringen», schaltete sich Wallace hastig ein. «General Prager, es sieht so aus, als ob Mr. Coolidge nicht über die Grenze darf, ohne daß er dabei von Mr. Beebe begleitet wird.»

«Davon hat mir niemand was erzählt», gab Prager zurück.

«Das sehe ich. Es handelt sich um eine Abmachung in letzter Minute zwischen dem State Department und dem Verteidigungsministerium. Wenn Ihr Fahrer woanders mitfahren könnte . . .»

Prager hatte verstanden. Die Erwähnung des Verteidigungsministeriums hatte ihm klargemacht, wer hier befahl. «Einverstanden, Sergeant.»

Wallace reagierte auf den schiefen Blick Coolidges, indem er Schultern, Augenbrauen und Arme kaum merklich in die Höhe zog. Er führte nur Befehle aus.

Eilig fuhr die Kolonne aus Jeeps, Waffentransportern und gepanzerten Mannschaftsfahrzeugen auf die Autobahn zurück. General Prager, der nun neben Beebe saß, wandte sich an Coolidge und machte ein Zeichen: «Dies ist nur ein kleiner Teil Ihrer Leibwache, Coolidge. Es sind die besten Kämpfer in Europa.»

Coolidge nickte. Ihm gefiel Pragers zuvorkommende Art. Doch was ihn betraf, so saß der beste Kämpfer in Europa hinter dem Lenkrad. Coolidge schwitzte. Er zog seine dicke Fliegerjacke aus und legte sie auf den Sitz neben sich. Dann begann er, ein letztes Mal durch sein Abc zu gehen. Die Stunde des Mülls kam näher. Er mußte sich noch seine Szenarien zurechtlegen. Die Müllphantasien hielten ihn solange beschäftigt, bis er Pragers Stimme aus der Dunkelheit hörte.

«Auch die gehören zu Ihrer Leibwache, Coolidge. Ich nenne sie Selbstmordvehikel.»

Im Mondlicht konnte Coolidge die gigantischen Umrisse von Panzern des Typs M-60 erkennen, alle waren sie entlang der Grenze zu Ostdeutschland aufgereiht, den Lauf nach Osten gerichtet. Beebe bog von der Straße ab, fuhr zwischen zwei von den Goliath-Panzern durch und überquerte ein offenes Feld.

Harry hatte ein wenig untertrieben: Die Verhandlungsbaracke befand sich mehr als eine halbe Meile in der DDR. Am anderen Ende des Feldes ging es durch eine Lücke am Waldrand auf eine schmale Straße. Ein sowjetischer T-72 blockierte den Zugang. Der Turm des massiven Panzers war nach rückwärts gedreht, so daß er auf den Jeep zielte. Aus der Turmluke musterte sie mißtrauisch ein junger Leutnant. Er sah aus wie ein kleiner Bauer, der an der Macht schnupperte und Gefallen daran fand; auf die kleinste Provokation hin konnte er von ihr Gebrauch machen. Vier Soldaten stellten sich an den Ecken des Jeeps auf.

Der Leutnant drückte den Beleuchtungsknopf seiner Uhr und sagte in perfektem Englisch: «Sie sind pünktlich, meine Herren.»

Beebe wandte sich zu Coolidge um und bemerkte abschätzig: «Billige russische Uhren.» Sie waren mit fünfundvierzig Sekunden Verspätung eingetroffen.

Die schmale Straße führte durch den nächtlichen Wald, und der Troß bewegte sich nur mit Schrittgeschwindigkeit vorwärts. Coolidge hatte aufgehört, Acryllisch zu lernen, nun befaßte er sich mit seinem Auftritt. Ihm war so kalt, daß er es nicht mehr aushielt und sich die Fliegerjacke wieder überzog.

Er sollte also das Außenministerium repräsentieren. Er bemühte sich deshalb, sich wie Norman Wallace vorzukommen: kühl, effizient, vernünftig, die Gefühle absolut unter Kontrolle. Er würde eine Rolle spielen, genau wie ein Spion. Er war zwar kein Spion, doch darüber machte er sich keine Sorgen. Im Innersten war beinahe jeder ein Geheimagent, jeder hatte versteckte Gedanken, schmiedete Ränke, agierte nach geheimen Zeitplänen. Coolidge war so bereit, wie er nur sein konnte. Er fröstelte, doch er nahm an, daß das von der Kälte kam.

Der Jeep rollte am Lauf eines T-72 vorbei. Sobald sie den Panzer hinter sich gelassen hatten, drehte sich der Turm, und der Lauf folgte ihnen, eine kleine Zielübung. Nun stießen sie auf russische Truppen, die über die ganze Gegend verteilt postiert waren. Sie sahen aus wie Rekrutierungsplakate: triefend vor Moral, mit Blick in die Zukunft.

«Der T-72 dort ist für Gaskrieg und chemische Kriegsführung ausgerüstet», bemerkte General Prager leise.

«Aber wir haben die passende Panzerabwehrkanone. Ich muß zugeben, es würde mich interessieren, wie die darauf reagieren.»

«Sie tragen nicht zufällig ein Reagenzpapier auf sich?» gab Coolidge zur Antwort.

Beebe hatte vor der Baracke angehalten. Die Türe wurde geöffnet, und gegen das Licht konnte man General Dimitri B. Ronzhins Silhouette erkennen. Während des Zweiten Weltkriegs war er Kompaniekommandant gewesen, er hatte den Kampf erlebt. Anschließend die Dekaden innerer Kämpfe in der sowjetischen Militär- und Zivilbürokratie. Man sah es Ronzhin an: Er war kampfbereit.

Während er die Treppenstufen hochstieg, warf Coolidge einen Blick zurück: langsam sah Beebe etwas einsam aus, dort draußen. Doch Beebe gegen einen Zug russischer mechanisierter Infanterie würde sicher mit einem Unentschieden enden.

Für den Müllmann war es Zeit, sich an die Arbeit zu machen.

Das Meisterstück

Coolidge gab vor zuzuhören; er ging seiner Arbeit nach und die anderen der ihren. Ronzhin und Prager übten sich in ihren Kriegsspielen. Sergei P. Kalyanov, ein Zivilist, saß da und hörte zu; ab und an schrieb er etwas in ein Notizbuch, doch die meiste Zeit starrte er zur Decke. Bei der Sitzverteilung hatte Coolidge den kürzeren gezogen: Die Russen saßen mit dem Rücken zur Wand, wodurch Kalyanov neben den Papierkorb zu sitzen kam. Prager und Coolidge kehrten ihren Rücken den Microcams zu, die auf der Innenseite der Vorderwand angebracht waren. Ein im Jeep verborgenes elektronisches Abfragegerät durchsuchte ständig den Chip-Speicher und übermittelte die Daten an einen stärkeren Sender hinter der Grenze. Coolidge führte seine Nummer live vor, über Satellit, ohne Zeitverzug. Harry, Ives und die anderen würden ihm dabei zuschauen.

«Ihr seid Lehrmeister des Tötens», legte Ronzhin los. «Ihr brennt doch nur darauf, uns eine Lektion zu erteilen. Doch ich muß euch ja kaum daran erinnern, daß ihr uns, sobald ein NATO-Panzer die Grenze überquert, das Recht gebt, euch auf den Fersen zu bleiben. In einer Woche könnte ich am Rhein stehen.»

«Ohne Zweifel», gab Arlington C. Prager zurück. «Denn dort haben wir auch unsere Kriegsgefangenenlager gebaut.»

Weder Gezänk noch laute Worte. Der Ton war höflich und

ruhig, eher nachdenklich. Es klang wie zwei ehemals feindlichen Lagern zugehörige Generäle, die nun als Pensionäre, sagen wir einmal, in einem Pariser Boulevard-Café zusammensitzen und sich gegenseitig interessante Möglichkeiten zuspielen.

Was Coolidge betraf, so versuchte er Kontakt zum Papierkorb herzustellen. Doch die Frage war wie. Wegen ihrer Cellophanhüllen hatte er Zigarren mitgebracht. Wallace hatte sie ihm gegeben, denn an Bord der 747 gab es nur original Havannas aus dem Humidor. Vom Helikopterpiloten hatte er ein Päckchen Zigaretten, in dem nur eine Zigarette steckte. Außerdem hatte er Hustentropfen, alles einzeln abgepackt. Er hatte Beebes randlose Lesebrille, die überraschend zerbrechlich war und den Intellektuellen markierte. Er konnte sie in der Nähe des Papierkorbs zu Boden fallen lassen, um sich dann nach ihr zu bücken.

Doch irgendwie sah das alles gestellt aus. Ausgeklügelt. Es mußte sich eine Gelegenheit ergeben. Alles sollte natürlich aussehen, nicht ausgeheckt, ohne Hintergedanken, überzeugend. Coolidge hatte seine Armbanduhr auf die Innenseite seines Handgelenks gedreht, so daß er wiederholt nach der Zeit sehen konnte. Es blieben nur noch zwölf Minuten bis zur Müllverbrennung. Er mußte sich bald entscheiden.

Er schaute zu Kalyanov hinüber, der ruhig dasaß, auf die Tischplatte starrte und sich von Zeit zu Zeit eine Notiz machte, ohne jedoch etwas zu sagen. Der Papierkorb stand an der hinteren Wand, rechts von Kalyanov und links von Coolidge. Dies ergab von Coolidges Sessel aus einen Wurf von vier Fuß. Er packte eine von Norman Wallaces Zigarren aus und spielte einige Minuten damit herum, wobei er vorgab, eifrig an der Konversation interessiert zu sein. Doch war er immer noch unentschlossen, welche Vorgehensweise er anwenden sollte.

Die Boulevard-Café-Generäle bekriegten sich nach wie vor.

«Vom Standpunkt der Verteidigung aus betrachtet», führte Ronzhin gerade aus, «erscheint die NATO-Strategie völlig sinnlos.» Er beugte sich mit einem Lächeln über den Tisch, seine Stimme hatte etwas Väterliches. «Ihr laßt eure taktischen Nuklearwaffen ganz nahe an der Grenze, wo sie leicht zu erbeuten sind? Aber, aber, Arlington, wir sind doch beide vom Fach.»

«Zugegeben», entgegnete Prager, «das ist ein Faktor, den ihr nicht versteht, weil ihr das Problem nicht habt. Unserem Deutschland können wir nicht einfach vorschreiben, was es tun muß, so etwa, wie ihr das tut. Unser Deutschland will sein Territorium an der Grenze verteidigt haben. Dafür haben Sie sicher Verständnis, Dimitri.»

«Ich nehme an, daß nur Offensivwaffen im Grenzbereich stationiert werden. Sie sollen zum Einsatz kommen, bevor irgendeine Möglichkeit besteht, sie auszuschalten. *Einsatz* oder *Verlust*, wie ihr das formuliert. Sie haben die Funktion, eine Bresche zu schlagen.»

Beim Wort «Bresche» schlug Ronzhin mit der Hand auf den Tisch. Er sprach korrektes Amerikanisch. Das gleiche galt für Kalyanov und den jungen Leutnant draußen. Wallace hatte sich während des Flugs des langen und breiten über die mögliche Bedeutung der Tatsache ausgelassen, daß die Russen schon vom ersten Treffen weg alle Amerikanisch sprachen. Die Interpretationsmöglichkeiten schienen unendlich: Es konnte eine Beleidigung sein, die zeigen sollte, wie linkisch und unkultiviert die einsprachigen Amerikaner waren, es konnte ein Zeichen der Bereitwilligkeit zum Dialog sein, eine Geste, es den Amerikanern leichtzumachen. Es konnte auch alles dazwischen gemeint sein. Jene Vielfalt der Bedeutungen, mit der die Diplomaten ständig operierten.

Coolidge wollte nicht mit der Zigarre operieren. Noch fünf Minuten blieben ihm. Er studierte Kalyanov und versuchte seinen Charakter zu ergründen. Geradewegs unter seiner Nase mußte er die Sache erledigen. Er erinnerte sich schwach, Kalyanov schon irgendwo gesehen zu haben, möglicherweise in Moskau – und zwar mittels Microcam – in dem Bordell an der Pletskaya Straße. Wie jeder, der es in der Sowjetunion zu irgendeinem hohen Posten gebracht hatte, mußte Kalyanov einige bittere Pillen geschluckt und alles immer mit einem Lächeln verdaut haben. Obwohl es nicht den Anschein hatte, war sein Gesicht erstaunlich glatt. Seine Wangen glichen beinahe Babywangen. Vier Minuten bis zur Müllverbrennung. Er mußte etwas unternehmen. Die Zigarrenhülle sowie Beebes Brille konnten ihm einige zusätzliche Sekunden über dem Papierkorb verschaffen, doch dies erforderte einiges an Betriebsamkeit. Es war höchste Zeit.

«Der einzige positive Gesichtspunkt in der ganzen Sache», bemerkte General Ronzhin, «ist der, daß der Winter näher kommt. Mir fällt es schwer zu glauben, daß der Westen einmal mehr eine so kapitale Dummheit begehen würde, die Sowjetunion im Winter anzugreifen. Aber vielleicht hat sich das euer Präsident in den Kopf gesetzt, Arlington? Wolga, hier kommen wir.»

Man hörte ein Schneuzen.

«Gesundheit», entgegnete Ronzhin zuvorkommend.

Coolidge lächelte dem General zu und zog sein Paket Taschentücher hervor. Er wischte sich die Nase ab, preßte das Taschentuch zu einem Ball zusammen und warf es, indem er sich leicht nach links beugte, in den Papierkorb.

Unterdessen war Ronzhin aufgestanden und vor die Karte getreten. «Gehen wir sogar von der Annahme aus, euer Oberkommando weiß, was es tut. Dann würdet ihr versuchen, hier und hier durchzubrechen.» Er warf Arlington C. Prager einen Blick zu und lächelte, als ob er damit sagen wollte: Kapiert? Wir kennen eure Pläne. Das versteht sich doch, alter Junge. «Dann werdet ihr versuchen, hier eine Verbindung herzustellen, um so die 27. Angriffsarmee abzuschneiden. Ein kleines Kiew, was, Arlington? Zehntausende von russischen Gefangenen, die nach hinten strömen. Chaos. Vor euch offenes Land. Wir könnten das einen Wiedervereinigungsangriff nennen, mit einem Ein-Generationen-Halt an der Oder-Neiße-Linie, um die Mahlzeit zu verdauen.»

Angeregt durch die kühle Jeepfahrt ohne Jacke, produzierten Coolidges Sinuszellen wie Stachanow-Arbeiter. Er warf das zweite Taschentuch in den Papierkorb und schneuzte sich dann diskret ins nächste. Der Plan begann Form anzunehmen. Ein Meisterstück, wenn es gelang. Subtil, überzeugend, nicht effekthascherisch. Geräuschvoll schniefte er, um keinen Tropfen auf seine Oberschenkel fallen zu lassen.

«Es entspricht nicht der Absicht der NATO, Ostdeutschland anzugreifen», begann Prager den Gegenangriff. «Doch wenn wir angreifen würden, dann nicht bei Fulda.» Und er fuhr mit der genauen Analyse eines möglichen sowjetischen Angriffs auf Westdeutschland fort.

Noch eine Minute bis zur Müllverbrennung. Der Kontakt war hergestellt; Zeit zu handeln. Coolidge feuerte gewissermaßen die Eröffnungssalve ab: Seinem Zustand entsprechend schneuzte er sich so laut und überzeugend wie möglich. Dabei ereiferte er sich so, daß er das Taschentuch in ein zweites einwickeln und sich dann die Hände abwischen mußte. Beiläufig warf er die Taschentücher in Richtung Papierkorb und verfehlte ihn. Er erhob sich, wobei er an den Gesprächen der beiden Generäle großes Interesse zeigte, und ging um die Tischecke herum.

In diesem Moment erhob Sergei Kalyanov zum ersten Mal seine Stimme. «Bah», sagte er. Angewidert riß er die Seite aus seinem Notizbuch heraus, knüllte sie zusammen und schmiß sie in den Papierkorb. «Dieses Gespräch ist lächerlich. Meine Herren, Sie erzählen lauter Unsinn. Weshalb dieses Gezänk und Geschrei um ein paar Panzer. Sagen wir es einmal deutlich und offen, meine Herren. Es mag Ihnen nicht behagen, aber trotzdem müssen Sie die Tatsache zur Kenntnis nehmen, daß die Panzer das gleiche Schicksal ereilt wie die Pferde. Und zwar schon bald. Die Rakete hat sie erledigt. Sie sind überflüssig. Offen gesagt, gerade zu diesem Zeitpunkt glaube ich, daß das Pferd die überlegene Waffe darstellt.»

Kalyanovs Temperamentsausbruch kam für Coolidge gerade im richtigen Moment. Er beugte sich vor, um die Taschentücher aufzuheben und in den Papierkorb zu werfen. Unterdessen, nicht durch das Gehirn gesteuert, sondern aus dem Rückenmark, verrichtete die Hand die weitere Arbeit. Es gab nichts zu lesen im Papierkorb. Jede Menge Zettel, die beinahe senkrecht staken. Statt dessen hatten sich seine Finger um die zusammengeknüllte Notiz geballt, die Kalyanov weggeworfen hatte. Coolidge war im Besitz von Kalyanovs eigenen Notizen über das Treffen.

Er war immer noch daran, seinen Stuhl zurechtzurücken, als der damit beauftragte Mann an ihm vorbeiging, um den Abfall zu sammeln. Coolidge wurde klar, daß er ein Stück Schmuggelware in der Hand hielt, die er nicht nur lesen, sondern auch buchstäblich verdauen mußte. Die Ablenkung, die Kalyanov unfreiwillig geboten hatte, war perfekt; die zwei Generäle griffen nun Kalyanovs militärische Expertise an. Coolidge trug das Seine zum Lärm der Generäle bei, indem er seinen Stuhl zum Tisch rückte, schniefte und sich wiederholt räusperte. Das alles, um das Rascheln des Papiers zu übertönen, während er es in der Handfläche glattstrich. Dann lehnte er sich zurück, so daß der Stuhl auf die beiden Hinterbeine zu stehen kam, hörte mit gespielter Aufmerksamkeit den Generälen zu, richtete die Augen auf die Karte, ließ den Blick langsam über Kalyanovs Gesicht nach unten gleiten, wobei dieser nach seinem Ausbruch nun wieder zur Decke starrte, während die Generäle auf ihm herumhackten, und blickte endlich an der Tischkante vorbei nach unten auf seine gefalteten Hände, in denen er die glattgestrichene Notiz hielt. Als er sie las, kippte er beinahe nach hinten. Sie war in Englisch:

«Ich muß mit Ihnen sprechen. Kooperieren Sie im folgenden. Ich weiß, daß Sie der Doktor sind.»

Der Auftrag des Doktors

Coolidge löste den Blick vom zerknitterten Zettel und schaute über die Tischfläche zu Sergei Kalyanovs fragendem Gesicht. Sein Kinn war ebenso stark wie seine Nase; seine intelligenten blauen Augen blickten einen mit ungewöhnlicher Direktheit an. Kalyanov schien in Coolidge nach einem Zeichen von Gleichgewichtsverlust zu suchen, als wolle er feststellen, wie Coolidge auf das ganze reagierte. Coolidge gab sich alle Mühe, nichts zu verraten; er hatte den Boden unter den Füßen verloren.

Nun stand er als Dummkopf da, als Kind, das in einem pathetischen Versuch, die Erwachsenen zu täuschen, dumme Ränke schmiedet. Er war als Müllmann entlarvt worden. Möglicherweise wußten sie auch, daß er ein Bibliothekar war, einer, der im Besitz des gesamten Wissens war. Ein Glückstreffer, nicht einmal ein Profi-Agent, und somit leicht zu foltern: Ein Fingernagel, und Coolidge fing zu plaudern an.

Kalyanov hatte es fertiggebracht, Coolidge live vor der Microcam einen Vorschlag zu machen, und Harry Dunn, der in Washington saß, wußte nichts davon. Oder Prager oder Ronzhin. Ein Meisterstück der besten Sorte. Der einzige Makel an Kalyanovs Vorgehen war die Geradlinigkeit: Durch die Entwicklung der Ereignisse hatte er Coolidge irrtümlicherweise für den Doktor gehalten. Coolidge war nun in der Lage herauszubekommen, was die Sowjetunion dem Doktor mitzuteilen wünschte. Die Perspektiven, die sich daraus ergaben, waren faszinierend.

«Darf ich Ihnen einen Vorschlag machen», schaltete sich Kalyanov ein. Offensichtlich war er der Meinung, daß Coolidge den Schock überlebt hatte.

«Es ist an der Zeit, einige Minuten auszuspannen. Trinken wir Tee. Vielleicht sollten wir die Generäle sich selbst überlassen, was meinen Sie, Mister Coolidge? Würde es Ihnen nichts ausmachen, diesem Wortschwall zu entkommen, um ein wenig Nachtluft zu genießen?»

Coolidge nickte, während er vorgab, ein Hustenmittel zu nehmen; in Wirklichkeit war es die zusammengeknüllte Notiz, die er sich in den Mund gesteckt hatte. Er kaute sie gut, bevor er sie hinunterschluckte. Gleichzeitig versuchte er, sich einige der Konsequenzen vorzustellen, die sich daraus ergaben; beides schien beinahe zusammenzugehen, als ob er durch das Verdauen der Notiz auch ihren Inhalt verstehen lernte.

Sie kannten das Codewort «Doktor». Das hieß, daß eine Verbindung zu den Emersons bestand oder diese infiltriert worden waren. Charley Eberhart? Senator Oliver Garvey aus dem großen Staate Nebraska? Das Ganze war verrückt. Und das Verrückteste an allem war, daß Kalyanov zwar viel zu wissen schien, aber nicht wußte, daß er mit der falschen Person sprach.

Selbst angenommen, Coolidge *war* der Doktor, was glaubten sie, konnte der Doktor gegen die bevorstehende Panzerschlacht in Deutschland tun? Coolidge machte sich keinen Moment etwas vor. Die Sache war ihm über den Kopf gewachsen. Er *brauchte* einen Doktor. Er zog seine Fliegerjacke über und folgte Kalyanov in die beißend kalte Nacht hinaus, wo er auf den unvermeidlichen Beebe stieß.

«Was ist los?»

«Nichts. Ganz und gar nichts. Mister Kalyanov und ich machen einen Spaziergang.»

«Gute Idee.»

Beebe folgte ihnen, als sie über die Waldlichtung vor der Baracke gingen. Er trug seinen Attaché-Koffer. Kalyanov schaute ihn an, als ob er ein Mikroorganismus wäre.

«Sagen Sie mir, Mister Coolidge», begann Kalyanov, «welchen Rang bekleidet dieser Herr hier?»

«Der Fahrer des Generals ist ein Sergeant», gab Coolidge zur Antwort und schaute geradeaus.

Kalyanov schnippte mit den Fingern, und der Leutnant erschien mit zwei Männern.

«Wo bleibt die sowjetische Gastfreundlichkeit?» richtete sich Kalyanov an ihn. «Sorgen Sie dafür, daß dieser Herr heißen Tee, Kekse und Zigaretten bekommt. Übernehmen Sie die Rolle des Gastgebers, Leutnant.»

«Verstanden, Sir.»

Beebes Gesicht blieb ausdruckslos, und das wiederum sprach Bände. Er wußte nicht, was sich abspielte, doch er machte seine Beobachtungen.

«Bleib in Sichtweite», sagte er, fast ohne die Lippen zu bewegen.

Die zwei Männer gingen langsam durch die deutsche Winterluft, wenige Sterne waren sichtbar, meist tiefziehende Wolken, am Horizont Turbulenzen, ein Sturm zog auf. Als sie nach dreißig Yards den Waldrand erreicht hatten, blieben sie stehen, Beebe konnte sie nicht mehr hören; er lehnte mit einer Tasse Tee in der Hand gegen den Jeep, auf dessen Motorhaube eine Schachtel Kekse lag. Seinen Attaché-Koffer hatte er zwischen die Beine geklemmt.

«Als erstes möchte ich Ihnen gratulieren. Der gute Ruf des Müllmannes war nicht übertrieben. Was Sie geboten haben, war großartig; das Timing war Klasse. Glauben Sie mir, ich war völlig gefesselt.»

«Müllmann? Zuerst bezeichnen Sie mich als Doktor; und jetzt als Müllmann. Wen meinen Sie nun?»

«In der BIBLIOTHEK sind Sie Vladimir, der Müllmann. Die Emersons nennen Sie den Doktor. Aber machen Sie sich keine Sorgen, das bleibt ein Geheimnis. Sie haben ja gesehen, wie melodramatisch ich versucht habe, mit Ihnen in Kontakt zu treten. So konnten die Dummköpfe in Uniform nichts merken. Ihre Dummköpfe wie auch unsere Dummköpfe.»

Coolidges Problem bestand darin, daß er nicht wußte, wer er sein sollte. Er wußte nicht, was Kalyanov vom Doktor erwartete;

und auch nicht, welches Wissen man beim Doktor voraussetzte. Oder wie er reagieren sollte. Keine Basisinformationen, von denen er hätte ausgehen können. Das einzige, was ihm einfiel, war, die Nase zu schneuzen.

Kalyanov nickte. «Eine echte Erkältung. Ich habe mich gefragt. Großartig. Wir wußten, daß die Versuchung unwiderstehlich war. Sie sind der wichtigste Müllüberwacher der westlichen Welt. Übrigens auch der östlichen. Hatten eure Leute erst einmal unseren Papierkorb im Visier, so dachten wir, mußten *Sie* über kurz oder lang auf der Bildfläche erscheinen.»

«Ich gestehe, ich bin Vladimir, der Müllmann.»

«Sie sind auch der Doktor. Der Doktor der Emersons. Was für Sie nicht unbedingt der richtige Codename ist. Mathematiker wäre besser.»

Coolidge zog die Nase hoch. Sie schienen alles zu wissen.

«Der sorgfältige, haarspalterische Mathematiker der menschliche Reaktionen und Lebensweisen. Der Algebraiker. Was man auf der einen Seite einer Gleichung verändert, verändert man – wie jeder Mathematiker – auch auf der anderen. Auf das menschliche Verhalten übertragen, stellt dies eine außergewöhnliche und schwierige Operation dar. Doch letztendlich klingt Doktor besser. Sie sind der Doktor, der in der Nacht kommt, um den Patienten zu retten.»

«Sergei, ich glaube, Sie übertreiben meine Bedeutung.»

«Vielleicht. Vorweg gesagt, Vladimir, ich möchte, daß Sie sich ganz unbeschwert fühlen. Wir wissen, daß Sie ein Bibliothekar sind. Wir wissen, daß Sie über einige Informationen verfügen, möglicherweise kennen Sie selbst das Geheimnis des Lebens. Wer weiß schon, was ihr in eurer Zentrale alles zusammensammelt? Trotzdem, hier sind Sie immun. Wir sind uns auch im klaren darüber, daß Sie Amerikaner sind und daß Ihre Gefühle auf seiten Amerikas sind. Das akzeptieren wir. Ich erwähne das nur, damit wir offen sprechen können. Admiral Vasilyev bestand auf diesen Konditionen, als er Sie herkommen ließ.»

Langsam wurde die Sache undurchsichtig: Admiral Vasilyev ließ Coolidge «herkommen»? Vasilyev, der ehrwürdige Vater der sowjetischen Kriegsmarine, ein Militärkommandeur, den Kalyanov offensichtlich nicht für einen Dummkopf hielt. Weshalb sollte sich ein Admiral in eine Panzerschlacht einschalten, vierhundert Kilometer vom nächsten Meer entfernt?

Coolidge konnte es kaum erwarten, den Rest zu erfahren: «Sprechen Sie ganz und gar offen.»

«Erstens einmal wissen Sie so gut wie ich, daß diese Konfrontation offensichtlich arrangiert und vorgeschoben ist. Die wohlbekannte amerikanische Tingeltangel-Nummer: gespielte Angst vor einem russischen Angriff.»

Coolidge lächelte. «Sie glauben, daß sich unsere Regierung über die Panzer, die hier herumstehen, keine Sorgen macht?»

Kalyanov machte ein obszönes Kußgeräusch.

«Die ganze Sache ist absurd. Ihr wißt ganz genau, daß die Sowjetunion bei einem Angriff nicht auf die Warschauer-Pakt-Staaten zählen kann. Glaubt ihr wirklich, daß wir uns auf die polnischen Divisionen verlassen könnten? Oder auf die tschechischen? Auf die deutschen? Auf die ungarischen? In der Offensive? Hören Sie, mein Lieber, wir selbst haben der Welt die Wertlosigkeit von Satellitenarmeen als Offensivtruppen vorgeführt. Wir haben die deutsche Eliteeinheit, Hitlers 6. Armee, gerade deshalb bei Stalingrad besiegt, weil sie ihre Flanken den Rumänen und den Ungarn anvertraut hatten.»

Coolidge schaute zur Baracke zurück. Von Prager und Ronzhin war nichts zu sehen, nur Beebe lehnte immer noch mürrisch gegen den Jeep. Es war ein russisches Kuriosum, daß Zivilisten und Militärs danach trachteten, sich nicht voreinander zu unterhalten.

«Da wäre auch noch die China-Front», fuhr Kalyanov fort. «Entlang dieser viertausendfünfhundert Meilen langen Grenze ist eine Million unserer Leute verteilt. Euer Pentagon weiß genau, daß der sowjetische Generalstab nie freiwillig einen Zweifrontenkrieg beginne würde. Der klügste Schluß, zu dem sie je gekommen sind. Es ist deshalb ziemlich offensichtlich, daß sich die NATO, abgesehen von Fanatikern, keine Sorgen um einen sowjetischen Angriff zu machen braucht. Schon der bloße Gedanke daran ist widersinnig, mein Freund.»

Dunns Wort: widersinnig. Es weckte Erinnerungen. So betrachtet unterschied sich ein Gespräch mit Kalyanov nicht so sehr von einem Gespräch mit Harry. Beide hatten die Entweder-oder-Art, die Situation zu skizzieren, beide bezogen alle Variablen mit ein, erwogen alle Bedingungen, und für den vernünftig Denkenden gab es dann nur eine mögliche Lösung.

Es war kalt, wenn man sich nicht bewegte; Coolidges Hände waren tief in den Taschen der Fliegerjacke vergraben. Er hatte zu gute Arbeit geleistet. War es möglich, an einer Erkältung zu sterben?

«Bewegen wir uns ein wenig», sagte Kalyanov aufmerksam. «Ich kann Ihnen versichern, daß auch die Sowjetunion nicht nächtelang aufbleibt, bloß wegen eurer vielgepriesenen 14. Panzerbrigade. Eure Panzer auf der anderen Seite der Grenze haben überhaupt nichts mit der Sowjetunion zu tun; die ganze Angelegenheit spielt sich zwischen euren Staatsmännern und eurem Volk ab. Oder eher zwischen den ersteren. Ihr sucht nach einem Vorwand, um loszuschlagen, nicht wahr?»

Sie gingen im Abstand von fünf Fuß am glotzenden Beebe vorbei. Verwundert folgte sein Kopf ihnen mit einer Drehbewegung.

«Ein Vorwand? Wozu?» fragte Coolidge.

«Um auf den Knopf zu drücken. Kurz in die Hände gespuckt, dann ist alles vorbei, wie einige Leute bei euch so sagen. Und auch bei uns. Die Herrschaft der Dummköpfe kennt weder internationale Grenzen noch Ideologien. Ein gefährliches Land.»

«Möglicherweise sind Sie nun albern, Sergei?»

«Möglicherweise.» Kalyanov hob den Zeigfinger. «Möglicherweise begreift euer Präsident gerade noch, daß sich der nukleare Niederschlag nicht auf die Sowjetunion beschränkt. Doch wenn ihr keinen Erstschlag plant, dann muß es etwas beinahe so Gefährliches sein.»

«Was könnte ebenso gefährlich sein wie ein Erstschlag?»

«Demütigung.»

Coolidge inspizierte Kalyanovs Augen und die Falten um seinen Mund.

«Kennedy hat uns 1962 in Kuba gedemütigt. Was hatten wir verbrochen? Wir haben in Kuba das gemacht, was die USA in der Türkei gemacht hatten. Aber Kennedy befahl uns: ‹Schafft diese Raketen von Kuba weg, sonst› – und wir schafften die Raketen von Kuba weg. *Das* ist Macht. Gewisse Kreise in den USA streben eifrig danach, diese Machtposition wieder zu erlangen. Die alte Kanonenboot-Diplomatie des neunzehnten Jahrhunderts. Irgendwo auf der Welt mit einem Kanonenboot in einen Hafen einlaufen, damit die Leute dort Angst bekommen. Unsere heutigen Kanonenboote sind die Raketen. Aber das wissen Sie ja alles.»

Sie waren nun weit genug von Beebe entfernt, so daß Kalyanov lauter sprechen konnte.

«Die Demütigung ist ein gefährliches Spiel. Man kann nicht voraussagen, wie es ausgeht. Ihr habt eure Generäle, wir haben unsere Generäle. Und die Fanatiker. Und die Ideologen. Die Sache kann außer Kontrolle geraten. Ihr versucht, uns in die Ecke zu drängen, aber das ist gefährlich. Es sind nicht die vier Reiter der Apokalypse, mein Lieber, es sind die vier Streiter der Rüstungsbefürworter: Raketenarsenal, Sprengkraft, Strahlung und Druckwelle.»

«Weshalb haben Sie mich kommen lassen, Sergei?»

«Weil es nun an der Zeit ist, etwas zu unternehmen. Zeit zu handeln, Vladimir. Erzählen Sie Ihren Emersons davon. Machen Sie von ihnen *Gebrauch.* Halten Sie sich nicht länger zurück. Sie sind die Hauptfigur der amerikanischen Friedensbewegung, Vladimir. Setzen Sie Ihre Kräfte ein. Wenn Sie noch länger warten, vergeuden Sie sie.»

Coolidge schwieg, als ob er die Sache ernsthaft abwägen würde. Er reagierte klug und verantwortungsbewußt, wie es sich für die Hauptfigur der amerikanischen Friedensbewegung gehörte.

«Ich werde darüber nachdenken», gab Coolidge zur Antwort und war damit beschäftigt, über den Doktor nachzudenken, die unsichtbare Person, dieses nicht zu fassende Phantom, das nun etwas getan hatte, was nicht zu ihm paßte: Es hatte auf spektakuläre Art und Weise gepfuscht, sich selbst ausgetrickst. Der Doktor war so damit beschäftigt gewesen, seine Identität zu verbergen, daß er offensichtlich eine kaum wahrnehmbare Spur hinterlassen hatte, die Coolidge zum Doktor machte. Dabei hatte es der Doktor fertiggebracht, selbst die Russen zum Narren zu halten, wodurch er jenes wichtige Treffen verpaßte, bei dem er seinen Marschbefehl hätte erhalten sollten.

«Was immer Sie unternehmen», fuhr Kalyanov fort, «halten Sie es vor den Generälen geheim. Es macht die Sache nur noch schlimmer. Die Generäle werden es Angeberei nennen. Angeberei aus Verzweiflung. ‹Aha, nun haben wir sie also tatsächlich›, werden sie sagen, ‹nun ist die Zeit gekommen, sie tüchtig dranzunehmen!› Halten Sie es also vor den Eierköpfen des Pentagon geheim. Die werden bloß lachen. Sie glauben, daß Drohungen hübsch kalkulierbar seien. So viele Raketen auf der einen Seite gegen so viele Raketen auf der anderen Seite, ergo: Sieg – ohne einen Schuß abzufeuern. Doch Sie, Vladimir, Sie sind der wahre Mathematiker. Sie, nicht die Schreibtischstrategen. Sie wissen, daß man einige Dinge nicht berechnen kann.»

Ein hübsches kleines Jesuitenstück. Je mehr sich Kalyanov in dieses eigentlich rein militärische Problem eingelassen hatte, desto mehr hatte er alle militärischen Aspekte hinausdividiert.

Coolidge versuchte es aufs Geratewohl: «Was, schlagen Sie vor, soll ich nun tun?»

«Das muß der Doktor selbst entscheiden.»

Sie gingen zur Baracke zurück. Ein heißer Tee war bitter nötig. Für Coolidge war alles ein einziges Durcheinander. Er würde sich erst daran machen, die Sache zu entwirren, wenn sie auf dem langen Flug zurück nach Dulles waren.

Nun waren sie beinahe in Hörweite von Beebe. Coolidge blieb stehen.

«Sergei, weshalb sind Sie so überzeugt, daß unsere Regierung Ihre Regierung demütigen will?»

«Ich dachte, ich hätte es Ihnen gesagt, verzeihen Sie. Admiral Vasilyev ist dieser Meinung. Er meint, daß keine Zweifel bestünden. Vasilyev hat sich in solchen Sachen noch nie getäuscht.»

Hier war er also wieder: Vasilyev, der Land-Admiral, der Commodore der Panzereinheiten. Der Mann, der den Doktor kommen ließ. Langsam ging ihm ein Licht auf. Es mußte die Wirkung der Kälte auf sein Gehirn gewesen sein, daß ihm die Einsicht nicht früher gekommen war.

O.F.F. hatte 80 Prozent erreicht, und es kletterte weiter. Es wurden also doch weltweit Vorbereitungen getroffen.

Vasilyev hatte das bemerkt.

Ein Beebe zu viel

Langsam fuhren sie durch die Dunkelheit, die Lichtkegel der Scheinwerfer suchten einen Weg durch die immer ungemütlicher werdende Nacht. Vom Mond sah man immer weniger, und die Luft gerann zu tödlicher Kälte. Der T-72 führte den Zug zur Grenze zurück, die gleichen vier Soldaten geleiteten den Konvoi zu Fuß.

Coolidge saß frierend auf dem Rücksitz und machte sich auf den nächsten großen Szenenwechsel gefaßt. Zuerst Jeep, dann Helikopter, dann Mannheim, dann Dulles, dann Harry. Was sollte er erzählen? Wie konnte er Kalyanovs Worte zusammenfassen; was war ihr Kerngedanke? Der Bericht würde sie vor den Kopf schlagen. Die formelle Unterredung hatte so geendet, wie alle Unterredungen zwischen Russen und Amerikanern seit Jahrzehnten geendet hatten, man war sich zumindest in einem Punkt einig geworden: Eine weitere Unterredung sollte angesetzt werden. Ronzhin hatte sie hinausbegleitet, herzlich, mit Händeschütteln, er hatte der Eskorte Befehle gegeben und persönlich jedem Soldaten eine Ecke des Jeeps zugewiesen.

«Er hat Angst, daß wir uns ein wenig umschauen könnten», hatte Prager gemurmelt. «Aber zu spät. 122-Millimeter-Panzerhaubitzen stehen dort hinter den Bäumen, und hinter der Baracke haben sie BM-21-Raketenwerfer. Sieht man den Spuren an. Die T-72 machen mir keine Sorgen. Särge, die es höchstens auf vierzig Meilen pro Stunde bringen.»

Sie hatten den Wald hinter sich gelassen und befanden sich auf offenem Feld, als der T-72 anhielt. Der Leutnant kletterte aus der Luke und kam auf den Jeep zu. Er knipste eine Stablampe an und streckte unter Beebes verwundertem Blick die Hand in den Jeep, um die Zündung auszuschalten. Dann richtete er die Stablampe auf Coolidge.

«Würden Sie es mir bitte geben?» sagte er, seine Hand nach Coolidges Gesicht ausgestreckt. Es war wie bei Stufe Drei. Aus der Dunkelheit leuchtete einen ein grelles Licht an, man starrt hinein und ist kaum fähig, das Gesicht des Verhörenden zu sehen. Der Offizier hatte etwas Unberechenbares, das Coolidge an einen sowjetischen Beebe erinnerte. Man hatte ihm einen Befehl gegeben, und er führte ihn aus, koste es, was es wolle.

Prager sah zu Coolidge zurück. Coolidge schüttelte den Kopf.

«Worum geht es, Leutnant?» fragte Prager.

«Es ist notwendig, daß dieser Mann das Dokument zurückgibt, das er gestohlen hat.»

«Ich habe kein Dokument.»

«Sie haben ein Dokument aus dem Papierkorb genommen. Soldat Gavrilovich hat es gesehen, als er hereingekommen ist, um ihn zu leeren. Wenn Sie es mir jetzt zurückgeben, dann betrachte ich die Sache als erledigt. Ich muß das Dokument haben, ist das klar?»

«Ich habe kein Dokument.»

Der Russe zuckte die Achseln, scheinbar machte es keinen Unterschied, ob er das Dokument hatte oder nicht.

«Dann werden Sie alle durchsucht werden müssen.»

Beebe rieb sich vorsichtig mit Daumen und Zeigfinger die Augenwinkel. «Perverse Mistkerle», stieß er hervor.

«Sie treiben die Sache zu weit, Leutnant», warf Prager ein. «Sie sind nahe daran, einen Vorfall zu provozieren, und das könnte sich ungünstig auf Ihre Karriere auswirken.»

«Er meint Sibirien», fügte Beebe hinzu. «Dort dürfen Sie aus Gletschern Eiswürfel machen.»

Der Leutnant lächelte. Er hatte seine Befehle von General Ronzhin; jede Diskussion war zwecklos, reine Verschwendung von jedermanns kostbarer Zeit. Coolidge sah die Ursache des Vorfalls in den großen Differenzen, die zwischen den sowjetischen

Militärs – mindestens einigen von ihnen – und den Mitgliedern der Zivilführung existierten. Der Leutnant hatte es auf die Provokation abgesehen. War er auf Konfrontationskurs? Um einen Schußwechsel zu rechtfertigen? War Ronzhin so beunruhigt über das, was sich zwischen Coolidge und Kalyanov abgespielt haben mochte?

«Weshalb haben Sie gewartet, bis wir hier draußen sind?» fragte Beebe. Er starrte geradeaus in die Dunkelheit, er fand es unter seiner Würde, den Offizier anzublicken, der nun seine ganze Aufmerksamkeit Beebe zuwandte, als ob er wüßte, daß hier der kritische Punkt war: Ein Beebe erkannte den anderen.

«Es ist ein Entgegenkommen der Sowjetunion», sagte der Leutnant. «Auf diese Art und Weise kann ein internationaler Zwischenfall vermieden werden. Jeder kann mich tadeln, verstehen Sie. Oder Sie können sich entschließen, die ganze Sache zu vergessen. Natürlich nimmt man an, daß Sie diplomatischen Anstand besitzen. Doch Sie haben ein Dokument gestohlen, das der Union der Sozialistischen Sowjetrepubliken gehört. Das ist Spionage. Die zwei Sachen schließen sich gegenseitig aus.»

«Sie schließen sich gegenseitig nicht aus», gab Prager zurück.

«General Ronzhin meint, daß sie es tun.»

«Mac», raunte Coolidge mit tonloser Stimme, «ich hab nichts. Laß ihn machen, dann ist's vorbei. Sieht aus, als ob er Streit sucht. Beherrsch dich.»

Der Leutnant nahm die Lampe in seine linke Hand und zog mit der rechten seine Pistole.

«Sie zuerst», richtete er sich an Beebe. «Steigen Sie aus und machen Sie sich frei.»

Beebe lachte. Es kam von ganz innen und jagte Coolidge einen Schrecken ein. Die zwei Soldaten stellten sich mit ihrer Kalashnikov im Anschlag hinter dem Offizier auf. Beebe starrte immer noch geradeaus. Herumreden brachte nichts mehr; es war Zeit für Entschlüsse.

«Mach daraus keine Staatsangelegenheit, Mac», beschwichtigte Coolidge, «tu, was der freundliche Herr sagt.»

«Halt die Klappe, Coolidge. Ich leite diese Expedition.»

«Ich sehe die Sache ein klein wenig anders, Beebe», schaltete sich General Prager ein. «Wir sind in der Minderzahl. Fragt sich nur, ob er blufft?»

«Stimmt», sagte Beebe. «Ist der Jeep gut in Form?»

«Funktioniert wie ein Schweizer Uhrwerk.»

«Wenn Sie nicht sofort aussteigen, so werden wir Sie eigenhändig aus dem Fahrzeug holen.»

«Sie und welche Armee?»

«Die Rote Armee.»

«Aha, das ist etwas anderes. Die Rote Armee. Das habe ich nicht gewußt. Weshalb haben Sie das nicht gleich gesagt? Ich habe gedacht, ihr gehört vielleicht zur bulgarischen Armee. Schließlich seid ihr ja wie Bulgaren gekleidet.»

In Beebes Sprechweise war etwas Uninteressiertes und Teilnahmsloses. In Gedanken war er woanders; er übte etwas ein. Schon die ganze Zeit hatte er geübt, hatte jede Bewegung choreographiert, seine Muskeln gespannt, das Ganze in Gedanken durchgespielt, auf irgendeinen Count Down hingearbeitet. Coolidge bemerkte, wie sich Beebes Schultern bei der Probe leicht bewegten. Dann sah er, wo Beebes monumentales Selbstvertrauen herkam: Die Vorführung lief mit vollendeter Eleganz und Präzision ab.

«Okay, Sie haben gewonnen», gab Beebe nach und machte sich daran, aus dem Jeep zu klettern. Doch plötzlich kickte er mit dem Knie die Wagenscheinwerfer aus, schlug dem Leutnant die Stablampe aus der linken Hand und beförderte sie zwanzig Fuß durch die Luft in die Finsternis. Gleichzeitig zog er dem Leutnant mit der rechten Faust eins über, so daß der Offizier im Fallen zwei seiner Soldaten mit sich zu Boden riß. Mit einem Schlag herrschte völlige Dunkelheit. Niemand redete mehr drein.

«Verdammt», stieß Prager bewundernd hervor.

Der Motor sprang beim ersten Drehen des Zündschlüssels an, und sie rasten über das offene Feld der noch vierhundert Meter entfernten Grenze entgegen. Es war deutsche Erde: schwarz, fruchtbar und mit unzähligen Ackersteinen drin. Coolidge hielt sich mit beiden Händen fest. Kugeln pfiffen an ihnen vorbei. Die Russen schossen nach Gehör, denn zu sehen gab es nichts. Zum ersten Mal in seinem Leben hörte Coolidge sonderbare kleine Luftströme an seinem Kopf vorbeizischen.

General Prager erfuhr es nun am eigenen Leib; er hatte es zwar schon immer vermutet, doch noch nie bestätigt bekommen: Die sowjetischen T-72 waren mit Nachtzielgeräten ausgerüstet. Sie mußten welche haben, sonst hätten sie es nicht mit dem ersten Schuß geschafft. Man hörte den Knall eines 160-Millimeter-Geschosses, das sein Ziel verfehlt hatte. Allerdings nur knapp, denn beide linken Räder hoben vom Boden ab.

Als sich der Jeep zu überschlagen begann, verlor Coolidge den Halt und flog in die Dunkelheit hinaus, während das Fahrzeug seinen Schub in zusammengestauchtes Metall umwandelte.

Coolidge lag auf dem Boden, Gesicht nach unten im ostdeutschen Schlamm. Seine Ohren dröhnten, und das Innere seiner Schuhe fühlte sich feucht an; doch dies konnte auch Einbildung sein. Die Glieder ließen sich scheinbar noch bewegen, doch beide Schultern schmerzten; wahrscheinlich war er auf ihnen gelandet. Nicht allzu weit weg konnte er russische Stimmen hören. Sie waren daran, die Gegend abzusuchen, doch sah man kein Licht, und die Schießerei hatte aufgehört. Coolidge kam sich wie im Niemandsland vor, immer einsamer und verlassener in der Dunkelheit. Plötzlich herrschten wieder archaische Zustände, kein Polizist machte mehr die Kontrollrunde, und überall lauerte Gewalt. Er fühlte den gewaltigen Drang, zu urinieren. Nichts im Leben war zerstörerischer und furchterregender als losgelassene Staatsgewalt. Dann hörte er ganz in der Nähe eine Stimme so ruhig wie ein Kontrollturm.

«Blitz Zwei, hier spricht Blitz Eins», funkte General Prager.

Coolidge stand vorsichtig auf, testete, ob er nichts gebrochen hatte, und lauschte nach Gewehrkugeln. Er ging auf Pragers Stimme zu und fand ihn neben dem Jeep, der auf die Seite gekippt dalag. Beebe war immer noch auf dem Vordersitz, doch hatte er es während des Aufpralls irgendwie fertiggebracht, sich herumzudrehen. Er lag über die Sitzbank gestreckt, sein Kopf befand sich in Bodennähe, und seine Füße staken zum Dachgestänge hinaus.

«Noch am Leben?» wandte sich Prager an Coolidge. «Ein guter Anfang. Noch alles dran?»

«Mehr oder weniger.»

«Blitz Zwei, hier spricht Blitz Eins. Herhören!»

Ein wenig weiter nördlich stieg eine Leuchtrakete auf, und sie konnten einen russischen Trupp erkennen, der nach ihnen suchte. Drei Salven von 160-Millimeter-Geschossen schlugen einhundertfünfzig Meter weiter links ein. Jetzt, da sich der Jeep nicht mehr vom Fleck rührte, waren die Nachtzielgeräte keine große Hilfe.

«Blitz Zwei, hier spricht Blitz Eins. Antworten.»

Prager wurde ungeduldig. Er und Coolidge konnten sich einfach aus dem Staub machen, aber das hieß, daß sie Beebe aufgaben. Beebe war eine gute Rechtfertigung. Er war zu wertvoll, als daß man ihn einfach verlieren konnte. Die Rettung Beebes würde Prager erlauben, den Russen zu zeigen, daß man nicht ungestraft das Feuer auf eine diplomatische Delegation eröffnen konnte, und schon gar nicht auf einen US-General. Coolidge vermochte in der Dunkelheit Pragers Zähne zu erkennen; der General lächelte.

«Die 14. Panzerbrigade garantiert immer noch für Ihre Sicherheit, Coolidge.»

«Blitz Eins, hier spricht Blitz Zwei», kam es über den Funk.

«Wir sind unter Beschuß. Vorrücken bis Azimut Einhundert, Distanz ungefähr zweihundert Yards. Erst Feuer eröffnen, wenn angegriffen.»

Es war wie in Le Mans. Überall sprangen Motoren an, setzten sich Raupen in Bewegung. Nun gab es für Coolidge keine Gelegenheit mehr, einfach zur Grenze zurückzulaufen, in der Dunkelheit würde er sonst von einem Panzer überrollt werden.

«Schaut so aus, als ob sie uns haben», sagte Beebe halb zu sich selbst.

«Alles okay, Mac. Wir sind aus dem Schneider.»

Ein dreckiges Lächeln lag in Beebes Stimme: «Hey Walter, laß die Scherze, hm?»

«Hörst du diese Panzer?»

«Die gehören nicht zur bulgarischen Armee, die sind von der Roten Armee.»

«Es ist unsere Armee. Bleib ruhig. Wir sind in Sicherheit.»

Coolidge hörte, wie der Schlagbolzen von Beebes 45er gespannt wurde. Um ehrlich zu sein: Es war möglich, daß er sich zum Angriff auf die Rote Armee bereitmachte.

«Was nun, Walter?»

Beebe hatte Coolidge in all der Zeit, die sie sich gekannt hatten, nie Walter genannt. Die Russen begannen auf die vorrückenden Panzer zu schießen, und die 14. Panzerbrigade erwiderte das Feuer.

«Walter, sprich lauter. Ich versteh dich nicht.»

Beebes Höflichkeit gab Coolidge den Hinweis. Er konnte sich vorstellen, wie Beebe die Pistole hielt, halb bewußtlos und Kopf nach unten in die Dunkelheit hinauszielend. Er wollte Coolidge zum Sprechen bringen, so daß er sein Ziel ausmachen konnte. Coolidge war gespannt. Alles war Spekulation: Er wußte nicht mit *Sicherheit,* ob Beebe Instruktionen hatte, ihn umzubringen, falls es so aussah, daß der Müllmann in russische Hände fallen könnte. Man konnte sich fragen. Doch die 45er ließ keine Fragen zu. Die Panzer kamen näher, und die Intensität des Feuers nahm zu.

Coolidge war sich im klaren: Inmitten einer Panzerschlacht festzusitzen, damit konnte er voraussichtlich fertig werden, ebenso konnte er voraussichtlich mit McDermott Beebe III. fertig werden, doch beides zusammen lag nicht drin.

«Bleiben Sie auf Sendung, Blitz Zwei.»

Coolidge hatte sich nicht gerührt, um Beebe seine genaue Position nicht preiszugeben. Coolidge wußte hingegen genau, wo sich Prager befand. Er nahm das Funkgerät aus Pragers Hand und donnerte es dahin, wo er Beebes Kopf vermutete. Es war nicht zu früh, eine Sekunde später zündete eine russische Signalrakete und ließ die Umgebung taghell werden.

Zum ersten Mal sah General Arlington C. Prager erschrocken aus. Coolidge hielt gespannt das Funkgerät hoch, er war bereit, dem kopfüber bewußtlos daliegenden Beebe, der nun mit seiner 45er ins Nichts zielte, nochmals einen Schlag zu versetzen.

Coolidge zuckte die Schultern: «Er hat zu phantasieren angefangen. Können Sie mir sagen, wann der nächste Rückflug angesagt ist?»

Ein Schlachtbericht

Zischend fielen die rotweißen Signalraketen vom Himmel. Auch Granaten fielen vom Himmel herab. Russische Granaten, amerikanische Granaten. Für Coolidge war es an der Zeit, selbst etwas fallenzulassen: einen Namen.

«Für jede Hilfe, mit der ich zum Flugplatz gelangen könnte, wäre das Weiße Haus sehr verbunden», wandte er sich an General Prager.

Prager wußte nicht, wo er zuerst hinblicken sollte. Auf die russischen Panzer, seine eigenen Panzer, auf Beebe oder auf Coolidge.

«Hat er versucht, Sie zu erschießen?»

«Er hat auf mich *gezielt.*»

«Die lieber Himmel, Sie *sind* wichtig. Niemand würde *mich* umbringen wollen.» Prager sah enttäuscht aus.

Neben ihnen bremste brüsk ein Jeep; es war Pragers Assistenz, ein junger Captain. Er sah erschrocken aus. «Entschuldigen Sie, Sir, aber die russischen Panzer rücken vor.»

«Wir *sind* in Ostdeutschland», antwortete Prager. «Ich muß mit dem Hauptquartier sprechen. Wo ist das Verbindungsfahrzeug?»

«Gerade hinter mir.»

«Überlassen Sie Ihren Jeep dem Mann hier. Kennen Sie den Weg zurück, Coolidge?»

Coolidge saß schon hinter dem Lenkrad. «Wenn es möglich ist», bemerkte er, während er den Gang einlegte, «wäre es gut, ihn zu retten. Es könnte sich lohnen.» Coolidge nickte in Richtung Beebe. «Aber ich würde kein zu großes Risiko eingehen.»

«Wäre mir das Weiße Haus auch dafür sehr verbunden?» rief ihm Prager nach.

Coolidge zog sich aus Ostdeutschland zurück. Die letzten zweihundert Meter fuhr er im Rückwärtsgang, so daß er das Mündungsfeuer der russischen Panzer beobachten konnte. Das Dröhnen der Schlacht war furchterregend. Kaum zu glauben, daß jemand solche Explosionen überlebte. Oder daß es um die menschlichen Beziehungen so schlecht stand, daß man sich solch zerstörerische Dinge um die Ohren werfen konnte. Gefährliche kleine Konzentrate nationaler Macht. Als Coolidge in Westdeutschland rückwärts auf die Straße fuhr, explodierte keine dreißig Meter von ihm entfernt eine Granate.

Es mußte sich um einen russischen Querschläger handeln. Coolidge schaltete in den ersten Gang und drückte das Gaspedal nach unten. Er wollte Abstand zwischen sich und die Schlacht bringen. Trotzdem schlugen weitere Geschoße neben ihm ein. Jemand schien sich auf ihn einzuschießen. Wie er sich umdrehte, sah er einen russischen Panzer auf die Asphaltstraße einschwenken.

Wo zum Teufel blieben eigentlich Arlington C. Prager und seine 14. Panzerbrigade? Aus der Turmöffnung ragte eine Gestalt. Coolidge hatte das ungemütliche Gefühl, es handle sich dabei um denselben Mann, den Beebe vor wenigen Minuten niedergestreckt hatte. Er schien fanatisch entschlossen, Befehle auszuführen und nun auch das Recht auf Verfolgung in Anspruch zu nehmen, das den Schutz der Grenze aufhob.

Wer immer er auch war, der Russe meinte es ernst. Coolidge fuhr mit Höchstgeschwindigkeit in Richtung Flugplatz, aber die Straße schlängelte sich in Kurven und Kehren durch deutsche Hügel. Seine Fahrkünste waren nicht gut genug, um die Kurven mit optimaler Geschwindigkeit nehmen zu können, und der Panzer war auch nicht gerade langsam. Der Jeep-Tacho zeigte etwas über vierzig Meilen pro Stunde. Doch Coolidge hatte einige hundert Meter Vorsprung, und die Kurven behinderten die meiste Zeit die freie Sicht zwischen ihm und dem Panzerkanonier, so daß ihn der T-72 kaum richtig ins Schußfeld bekam.

Als Reaktion darauf nahm der Panzerfahrer eine Abkürzung, schätzte Coolidges Position und beschoß ihn durch die Bäume. Granaten begannen aus völlig unerwarteten Richtungen aus dem Wald zu heulen. Bei einer Haarnadelkurve kam ein Geschoß direkt von vorne auf Coolidge zu. Als Gegenmaßnahme begann er mal schnell, mal langsam zu fahren, um dem Panzerkanonier das Schätzen der Distanz unmöglich zu machen. Doch dadurch büßte er an Tempo ein, und der T-72 holte langsam auf.

Es war der helle Wahnsinn: Der Panzerkanonier mußte ein Fanatiker sein. Tunnelperspektive durch den Kanonenlauf. Für die Panzerbesatzung war es eine Verrücktheit, sich so weit vorzuwagen; sie konnten irgendwo enden wie ein gestrandeter Wal, es sei denn, die 27. Angriffsarmee würde ihnen auf den Fersen folgen. Plötzlich fiel es Coolidge ein, daß er den Panzer ja direkt zum Flugplatz lotste.

Coolidge war am Ende, er hatte Schmerzen, sein Kopf dröhnte, und es war schwierig, beim Niesen zu steuern. Der Wettkampf war unfair, Coolidge hatte keine Reserven, er hatte nichts, womit er hätte kämpfen können. Doch die simpelste Lösung behagte ihm nicht, er wollte nicht einfach weiterfahren, bis der Panzer keinen Treibstoff mehr hatte. Das wäre bloßer Eskapismus; früher oder später würde eines der Geschoße einschlagen. Wie lange konnte er seinem Glück noch vertrauen? Nein, er mußte sich stellen, er mußte sie in einen Kampf verwickeln und sie besiegen. Karate anwenden – damit besiegt man einen überlegenen Gegner; man kehrt seine eigene Stärke gegen ihn. Einfache Sache also. Man jagt sie mit ihrer eigenen Kanone in die Luft. Karate haute nicht hin. Was weiter? Was gab es sonst noch für großmeisterliche Überlebensstrategien? Er dachte an Wasser, denn er hatte fürchterlichen Durst. *Wasser* wäre eine Lösung.

Wo gab es Wasser? Irgendwo mußte es Wasser geben. Er konnte sich nicht erinnern, Wasser gesehen zu haben, als sie das letzte Mal die Straße entlanggefahren waren. Doch sie waren durch eine kleine Ortschaft gekommen. Er verließ sich auf sein Glück. Als er die Ortschaft erreicht hatte, bog er von der Autostraße ab und suchte verzweifelt nach Wasser. Auf dem Hauptplatz gab es Wasser. Fließendes Wasser. Und über das Wasser führte eine Betonbrücke. Auf dem Schild am Brückenkopf stand «10 Tonnen». Wunderbar. Der Karateschlag. Coolidge raste mit fünfzig Meilen über die Brücke. Als er auf der anderen Seite des Platzes schon in eine Nebenstraße eingebogen war, hörte er ein faszinierend neues Geräusch: das Geräusch, das ein 40-Tonnen-Panzer während einer Vollbremsung auf Asphalt von sich gibt. Der T-72 schlitterte bis zum Stillstand, Funken stoben, das Monster war in Lebensgefahr.

Ein Scheinwerfer blitzte auf und suchte die Umgebung ab. Sie sahen das Schild. Lange Pause. Coolidge fuhr rückwärts auf den Platz hinaus. Laßt euch doch durch eine solche Kleinigkeit nicht aufhalten, dachte er. Los, weiter, Leutnant, Sie vernachlässigen ihre Dienstpflicht, wenn Sie jetzt halt machen. Er spornte sie mit einem Hupsignal an.

Ob das den Ausschlag gegeben hatte, würde er nie wissen können, doch der Panzer rollte wieder los. Mit einer halben Meile pro Stunde ging es über die Brücke. Vierzig Tonnen auf einer 10-Tonnen-Brücke. Coolidge beobachtete den Vorgang – wie ein Passant, der wartet, bis der Selbstmörder aus dem Fenster springt.

Die Brücke bekam Risse, begann zu bröckeln und zu knacken. Der Panzer rollte weiter. Möglicherweise rechnete die Besatzung mit einem vierfachen Sicherheitsfaktor. Das lag drin, doch es war riskant. Sie legten noch etwa eine Achtelmeile pro Stunde zurück, um die Belastung auf ein Minimum zu reduzieren. Sie konnten es nicht wagen, ihre Kanone abzufeuern. Zehn Pfund sollten in eine Fünfpfund-Tüte. Der Beton reagierte verärgert; er würde es nicht mehr viel länger machen, für solche Dinge war er nicht bezahlt. Ein Knacken und nochmals ein Knacken und schließlich ein dröhnendes Krachen. Der Panzer sank nach unten, das Hinterteil voran.

Coolidge fuhr zur Brücke zurück. Kanonen und Bordgewehr waren jetzt gen Himmel gerichtet, sie konnten nicht tief genug nach unten gezogen werden, um ihn in Gefahr zu bringen.

Plötzlich spürte Coolidge eine Welle gerechten Triumphes: Leutnant Ahab und sein Wal gingen zusammen unter. Er machte kehrt in Richtung Flugplatz. Hinter sich hörte er Geräusche von berstendem Beton und Metallraupen, die sich langsam rückwärts auf die ansteigende Straße hocharbeiteten. Als Zapfenstreich drückte er noch dreimal auf die Hupe.

Als Coolidge den Flugplatz erreichte, wartete dort ein Privat-Jet. Er sah großartig aus, mit ihm würde er in kürzester Zeit in Mannheim sein. Er fuhr vor die Maschine, doch war niemand zu sehen. Also raste er zu den zwei heruntergekommenen Flughafengebäuden und stürmte in das nähere: ein Wetter-Telex, ein Telefon und ein paar kaputte Möbel. Es sah aus, als ob hier schon seit Jahren niemand mehr gewesen wäre.

Im Gebäude nebenan fand er Norman Wallace und den Piloten. Sie saßen um einen Kartentisch, tranken deutsches Bier und spielten Karten. Wie üblich war Wallace die Ruhe selbst: «Sie sehen ziemlich mitgenommen aus. Wie ist's denn gelaufen?»

Coolidge griff nach der herumstehenden dritten Bierflasche und setzte sich an den Kartentisch. «Ich habe den Dritten Weltkrieg ausgelöst.» Er nahm einen langen Zug des besten Biers, das er je getrunken hatte. Es war Meisterbräu – und versetzte ihn zurück zum ersten, prickelnden Schluck, den er in seinem Leben getrunken hatte.

Wallace verteilte die Karten. «Konventionell oder nuklear?»

«Konventionell. Extrem konventionell. Mit anderen Worten, eine Riesenscheiße. Die 14. Panzerbrigade ist in Ostdeutschland eingedrungen, um mich zu retten. Sie wurde von der 27. Angriffsarmee in ein Feuergefecht verwickelt. Ich glaube, die 14. Panzerbrigade hat einige Schwierigkeiten. Einer dieser russischen Monsterpanzer steht drei Minuten von hier an der Ecke.

Wallace fielen die Karten langsam aus der Hand. «Ein russischer Panzer, drei Minuten von hier?»

Coolidge trank den Rest seines Biers. «Ich *glaube,* ich habe das Monster zusammengelegt, aber ich bin nicht sicher.»

Der Pilot versuchte, einen Lacher zu unterdrücken, doch man hörte das Kichern durch die Nase. Wallace' Blick wurde ernst, nun schaute er Coolidge in die Augen. «Ich kenne Sie langsam gut genug, um zu wissen, daß Sie bei solchen Dingen nicht scherzen.»

«Da liegen Sie völlig richtig, Norman.»

«Machen wir hier also besser den Laden dicht.»

Er langte nach seinem Mantel. «Übrigens, wo ist *Delenda est Carthago?*»

«Ich habe ihn in Karthago zurückgelassen.»

«Tatsächlich. Wow. Hören Sie. Schnell. Haben Sie etwas rausgebracht?»

Coolidge schaute den Piloten an.

«Machen Sie sich keine Sorgen um ihn.»

Coolidge hatte darüber nachzudenken versucht, wie er den ganzen Vorfall in der Baracke zusammenfassen könnte. Doch war es unmöglich, der ganzen Sache in einem weniger als einstündigen Gespräch gerecht zu werden – und er wollte so schnell wie möglich abfliegen.

«Vasilyev ist besorgt.»

«Vasilyev? Vasilyev? Das kann nicht stimmen, Walter. Das ergibt keinen Sinn. Ist besorgt?»

«Doch, Vasilyev ist besorgt.»

«Nein.»

«Doch.»

«Sie müssen was falsch verstanden haben.»

«Vasilyev.»

«Vasilenko vielleicht. Vasilevsky. Veklishev! Wie wäre es mit Veklishev?»

Coolidge beugte sich über den Tisch gegen Wallace, der abwesend versuchte, seinen Mantel zuzuknöpfen.

«Vasilyev.»

«Okay, Vasilyev. Weiter. Wie sind Sie hergekommen?»

«Prager hat mir seinen Jeep überlassen.»

«Okay. Sie fliegen, und ich fahr mit dem Jeep. So haben wir die Sicherheit, daß die Neuigkeiten weiterkommen.»

«Weshalb benützen Sie nicht das Telefon nebenan?»

«Kaputt. Und wenn es funktionieren würde, ich würde es nicht benützen.» Wallace ging zur Türe.

«Wenn Sie lieber den Jeep nehmen, dann fliege ich.»

Coolidge hatte genug von Panzerschlachten: «Ich fliege.»

«Passen Sie auf diesen Mann auf», wandte sich Wallace an den Piloten. «Er sieht zwar nicht so aus» – Wallace zwinkerte Coolidge zu –, «aber er ist sehr wichtig.»

«In einer halben Stunde sind wir in Mannheim», entgegnete der Pilot, «obwohl ich eigentlich nicht verstehe, wozu er mich braucht, wenn er alleine einen T-72 erledigen kann.»

Die drei eilten nach draußen. Wallace setzte sich hinter das Lenkrad des Jeeps.

«Wer zuerst ankommt, gewinnt eine Runde», rief er im Losfahren.

Coolidge schlenderte zum Flugzeug. Er hoffte, nicht als Auslöser des Dritten Weltkriegs in die Geschichte einzugehen. Mit ein wenig Glück konnte er die ganze Sache Beebe in die Schuhe schieben.

Entkommen

Ernie Goldberg, der Pilot, hatte sich im Cockpit an die Arbeit gemacht. Alleine ging er die Checklisten durch, vor sich hinmurmelnd und mit beiden Händen Armaturen einschaltend: ein Ein-Mann-Orchester. Er hatte keinen Co-Piloten. Coolidge zog Piloten vor, die die Startvorbereitungen nach dem Lehrbuch erledigten; doch wäre Ernie Goldberg nach dem Lehrbuch vorgegangen, so säße er jetzt nicht im Cockpit. Sein Co-Pilot hatte in München eine Krankheit aufgelesen, und Ernie Goldberg war alleine losgeflogen, um den Transportjob für Coolidge zu erledigen. Wegen eines NATO-weiten Alarms gab es plötzlich zu wenig verfügbare Flugzeuge.

Coolidge saß in einem der Passagiersitze, ausgebrannt, erschöpft, müde, bedroht von zuviel Wirklichkeit, ein Riesendurcheinander im Kopf, am Ende seines Lateins und seiner Kräfte. Dazu kamen noch schlechte Nachrichten, unmißverständlich übertönten sie die leisen Geräusche Goldbergs. Coolidge war ein Experte in solchen Dingen: Es war das Rasseln von Stahlraupen.

Auch Goldberg hörte das Geräusch. «Anschnallen», rief er nach hinten, während er beide Düsen durchstartete.

Coolidge saß auf der Steuerbordseite des Flugzeugs und sah, wie das Monster auf dem Flugfeld auftauchte, ein Stegosaurus, der nach einer Mahlzeit Ausschau hielt. Der Panzer hatte die Hälfte des Flugplatzes schon überquert und war nun noch wenige hundert Yards von der Piste entfernt. Wie waren die Wahnsinnigen von der Brücke heruntergekommen? Ein weiteres hübsches Kräftemessen lag in der Luft, Panzerstahl gegen Aluminiumblech.

Die Maschine raste schon mit großer Geschwindigkeit über die Piste, doch sie befand sich noch spielend in Reichweite der 160-Millimeter-Kanone. Coolidge sah das Mündungsfeuer. Durch die Addition der Flugzeug- und der Geschoßgeschwindigkeit entstand der Eindruck, daß das Geschoß horizontal auf die Steuerbordseite zuflog, direkt auf Coolidges Gurte zu. Es sah nach einem Volltreffer aus. Der Gedanke versetzte Coolidge einen Schock: Dieser verfluchte Harry Dunn; Coolidge sollte in 24 Stunden zurück sein.

Doch das totale Desaster blieb aus. Das Flugzeug machte lediglich einen Hopser. Goldberg hatte es mit einem vorzeitigen Start versucht. Die Maschine kam praktisch auf das Heck zu stehen, so daß das Geschoß unter dem Rumpf durchflog. Danach kippte sie, noch immer in der Startphase, mit vollem Gewicht auf die Rollbahn zurück.

Es blieb Zeit für einen zweiten Schuß. Die Kanone folgte der Maschine. Aber Goldberg mußte irgendwie gewußt haben, wie lange ein Panzerkanonier zum Nachladen brauchte. Wie kam es, daß ein Pilot so etwas wußte? Strategisches Personal und taktisches Personal, das waren zwei Welten; sie konnten sich nicht einmal verständigen. Ein zweiter Schuß zischte die Piste entlang. Doch die Maschine befand sich nicht mehr auf der Rollbahn. Goldberg war von der Piste abgebogen, so daß der Jet die letzten fünfzig Yards durch Gras und Gestrüpp raste. Die Maschine schien mit einem Satz in die Luft zu schnellen, sie stieg über die Wipfel und war außer Sicht.

Coolidge löste den Sicherheitsgurt und atmete langsam aus. Eine Minute lang saß er da und starrte völlig gedankenlos ins Leere. Goldberg hantierte überall an den Armaturen herum.

«Sie haben da eben mit dem Jet ein paar Dinge vorgeführt, von denen ich noch nie zuvor gehört habe.»

«Ich ebensowenig. Hey, ich suche einen Co-Piloten. Wollen Sie den Job?»

Coolidge glitt in den rechten Sessel. Immer noch ließ er mehr Sauerstoff ab, als er einatmete. Genie war nötig gewesen, um ihn seinem Schicksal entkommen zu lassen. Ob es wohl Norman Wallace gelungen war, der 27. Angriffsarmee zu entkommen? Mit seinen Sprachkenntnissen konnte er sich vielleicht noch als Sonderbeauftragter ausgeben.

Immer noch hantierte Goldberg an den Armaturen herum, las Anzeigen ab und steuerte die Maschine.

«Schauen Sie mal», wandte er sich an Coolidge. «Wenn die Nase nach unten geht, dann ziehen Sie den Hebel leicht zurück. Und wenn sie die Nase hebt, dann schieben Sie den Hebel nach vorn. Das hier ist der künstliche Horizont. Mit ihm hält man die Maschine horizontal. Wenn dieses Ende hochkommt, dann reagieren Sie so, und wenn das andere Ende hochkommt, dann so. Immer ruhig und nie ruckartig, klar?»

«Weshalb erzählen Sie mir das alles?»

«Der Autopilot funktioniert nicht. Ich vermute, wir haben einen Granatsplitter abbekommen. Ich muß mal den Schaden aufnehmen. Halten Sie die Maschine solange auf eintausend Fuß, bis ich wieder zurück bin. Sehen Sie das hier? Das ist der Höhenmesser. Zeigt gerade eintausend Fuß. Nun sind Sie schon kommandierender Pilot der US Air Force.»

Coolidge richtete sich im Sessel auf und legte zögernd seine Hände um den Steuerknüppel. Dann faßte er fester. Er schaute zu Goldberg hinüber, der seine Hände einige Zentimeter vom Knüppel entfernt hielt. Coolidge versuchte, die Maschine ein wenig zu senken. Das kleine Senkmanöver machte Angst. «Sie sind der geborene Spieler, Goldberg.»

«Man begnügt sich mit dem, was einem zur Verfügung steht. Sie haben beinahe einen T-72 zusammengelegt. Muß also was an Ihnen dran sein.» Goldberg kletterte aus dem linken Sessel und verschwand.

Coolidge entschloß sich, die Welt draußen nicht zur Kenntnis zu nehmen und das Ganze als Videospiel zu betrachten. Es war ohnehin zu dunkel, um etwas zu erkennen. Er ließ seinen Blick zwischen dem künstlichen Horizont und dem Höhenmesser hin und her pendeln. Die Maschine steuerte sich leicht, so daß er sogar ein wenig ruhiger wurde. Der Flug durch die Finsternis glich einem Traum, einzig Ernie Goldbergs Glauben hielt das Flugzeug in der Luft. Vielleicht ließ sich die Verwirrung lösen. Vielleicht hatte er den Dritten Weltkrieg nicht ausgelöst. Es gab immer eine Möglichkeit, ihn hitzköpfigen Ortskommandanten anzulasten. Die Russen konnten Ronzhin erschießen, und Arlington C. Prager konnte man im Pentagon in einen Besenkasten stecken. Versagen des Piloten, wie es bei den Flugzeuggesellschaften jeweils hieß. *Wenn* beide Seiten eine friedliche Lösung anstrebten, dann war eine friedliche Lösung möglich. Doch es war gefährlich. Klassisch. Alles war aufs äußerste strapaziert: Nerven, Organisationen und Harnblasen. Selbst in den friedlichsten Zeiten ist es mit der menschlichen Vernunft nicht weit her.

Goldberg war nicht ganz so verrückt; nach sechzig Sekunden war er zurück.

«Die Maschine hat was abbekommen, aber ich weiß nicht, wie schlimm der Schaden ist. Das Funkgerät ist kaputt, der Autopilot ist kaputt und vielleicht auch die Treibstofftanks.» Er setzte sich hinter das Steuer und zog die Maschine hoch. «Ich würde lieber tief bleiben, um den ostdeutschen Radar zu unterfliegen, aber das sähe so aus, als ob ich auch den westdeutschen Radar unterfliegen wollte. Wir lassen uns besser blicken, damit uns die F-15 nicht irrtümlicherweise abschießen.»

Sie stiegen höher, durchquerten holpernd Turbulenzen und fanden auf achttausend Fuß den Mond. Goldberg steuerte und löste gleichzeitig das Navigationsproblem. Coolidge saß da, starrte in den Himmel hinaus und machte sich seine Gedanken. Zombie-Gedanken. Alle die Alpträume gewannen rasch die Oberhand. Eine Montage aus Desastern: Vera und Harry, Beebe, der ihn umzubringen versuchte, ein Panzer, der ihn durch die Nacht verfolgte, um ihm den Garaus zu machen, Admiral Vasilyev, der die Fuldaer Schlacht von einem U-Boot aus führte. Und über allem das Rätsel: der Doktor.

Er konnte nicht sagen, wie lange er in Gedanken versunken gewesen war, als ihn Goldberg wieder zurückholte:

«Komisch.»

«Was ist komisch?»

«Dort draußen.» Goldberg deutete gegen die Frontscheibe. Coolidge starrte hinaus. «Ich sehe nichts.»

«Genau das ist komisch. Die müßten uns doch schon lange abgefangen haben. An jedem Flügel sollte uns eine F-15 begleiten. Ich kann mich nicht mit Mannheim verständigen, also bin ich für sie ein UFO.»

«Ich dachte, Sie hätten das Flugformular ausgefüllt.»

«Macht nichts. Mit dem, was die über mich wissen, könnten sie mich auch für einen Backfire-Bomber halten. Ich glaube, langsam müssen wir runter.»

Coolidge starrte an den Scheibenwischern vorbei und wartete darauf, daß sich vor ihm ein Panorama entfalten würde, eine mittelgroße Stadt mit Lichtern etwa, die in parallelen Linien langsam dem Fluchtpunkt zustrebten. Oder vielleicht hübsche bläuliche Pistenscheinwerfer. Doch darauf konnte man nicht hoffen. Als sie wieder klare Sicht hatten, seufzte Goldberg auf. Er beugte sich nach vorn, um besser sehen zu können, dann riß er die Gulfstream hoch und zog sie um 135 Grad nach hinten.

Man sah nichts als Berge. Goldberg beschäftigte sich wieder mit den Armaturen. «Die Alpen sind das nicht», meinte er, «ich kenne die Alpen. Es sind auch nicht die Black Mountains, dafür sind sie zu wenig alt.»

Goldberg stieß einen langen Seufzer aus. «Es müssen die Karpaten sein.» Coolidge nickte. Die Karpaten. Tschechoslowakei. Ein perfektes Happy End. Er befand sich hinter dem Eisernen Vorhang, in einem Flugzeug, dem möglicherweise der Treibstoff ausging, ja, es würde geradewegs ein Glücksfall sein, wenn ihnen der Treibstoff ausginge, bevor eine MIG auftauchte und sie abschoß. Mittlerweile mußten sie auf irgendeinem Radar drauf sein.

«Der Kompaß muß ausgefallen sein, ohne daß ich etwas gemerkt habe», konstatierte Goldberg nach einer Weile.

«Glauben Sie, wir haben genügend Treibstoff, um zurückzufliegen?»

«Kann ich nicht sagen. Ich weiß nicht, ob der Treibstoffmesser oder der Tank getroffen worden ist.»

Es gab weiter nichts zu sagen. Schweigend flogen sie eine Weile weiter.

«Wenn wir ein Kampfflugzeug sehen, laß ich das Fahrgestell raus», sagte Goldberg schließlich. «Einverstanden?»

«Ist wohl das beste.» Wieder Schweigen.

«Ich kann mir nicht erklären, wie mir das passiert ist.»

«Das Flugzeug ist beschädigt worden. Es ist nicht Ihr Fehler. Wenn Sie nicht gewesen wären, wäre es beim Start schon aus gewesen.»

«Ich hätte mich auf nichts verlassen sollen. Wirklich nicht. Ich hätte es wissen müssen.» Goldberg schnupperte plötzlich in der Luft, als ob er etwas gerochen hätte. «Gehen Sie nach hinten.»

«Was?»

«Gehen Sie nach hinten.»

«Sie brauchen doch einen Co-Piloten.»

«Ein verdammtes Wunder brauch ich, verdammt noch mal. Los, nach hinten. Ich bin für Sie verantwortlich. Setzen Sie sich in den hintersten Sitz und schnallen Sie sich so fest an, wie Sie können. Kauern Sie sich ganz zusammen. Los, los jetzt.»

Coolidge ging in den Passagierraum zurück und setzte sich in den nächsten Sitz neben der Türe. Ein ungewöhnlicher Platz für ein Besatzungsmitglied. Während er sich anschnallte, wurde ihm klar, daß Goldberg tatsächlich etwas geahnt hatte. Im Passagierraum war es ruhig geworden. Aus den Triebwerken schlugen Flammen.

III

O.F.F.

Der Überläufer Walter Coolidge

Ives hatte schon zu viele Meldungen getürkt, als daß man ihm etwas hätte vormachen können. Man konnte mit klangvollen Sätzen nichts sagen, man konnte die richtigen Imponierphrasen, den richtigen Jargon anwenden, und das alles eher, um sich selbst abzusichern, als um jene zu informieren, die der Bericht anging.

Deshalb wollte er ihre Gesichter sehen. Er wollte die Möglichkeit haben, sie ins Kreuzverhör zu nehmen, ihre Augen zu beobachten, verschwörerisch und vertraulich zu sein, mit ihnen von Mann zu Mann zu sprechen. Wir gegen die Spinner – und deshalb wurde alles von Mannheim direkt via Satellit übertragen.

In Beebes Fall gab es vom Gesicht nicht viel zu sehen. Er lag auf dem Krankenbett, eine Bandage um den Kopf, gefechtsunfähig. General Prager und Norman Wallace saßen links von seinem Bett und schauten in die Kameras. Pragers Gesicht war verschlossen, noch wußte er nicht, ob er ein Held oder ein Versager war. Mittlerweile waren die Panzer zurückgezogen worden, jede Armee befand sich gegenwärtig in ihrem eigenen Deutschland. Der Dritte Weltkrieg war also nicht ausgebrochen; es hatte sich um einen Zwischenfall gehandelt. Prager war seinem Auftrag nachgekommen, er hatte Walter Coolidge beschützt. Doch der Mann, für den er sich in eine Schlacht hatte verwickeln lassen, war offensichtlich zu den Kommunisten übergelaufen. Prager schien über die Bedeutung der Situation so verwirrt, daß jeder Versuch zu lügen auszuschließen war. Er wußte ja nicht, welche Version verlangt war.

«Wie haben Sie reagiert, als Coolidge und Kalyanov ihren Spaziergang machen wollten?» fragte Ives, gegen den großen Bildschirm gerichtet. Er saß in der ersten Reihe von Harry Dunns Überwachungsraum, so nahe am Bildschirm, daß ihm auch nicht das geringste Zucken in ihren Gesichtern entgehen konnte. «Ist Ihnen das verdächtig vorgekommen oder nicht?»

«Es war nichts Außergewöhnliches», sagte Arlington C. Prager. «Soviel ich weiß, ist das bei Verhandlungen mit den Russen ganz normal.»

«Es ist mir egal, wieviel Sie wissen oder nicht», gab Ives gereizt zurück. «Wie haben Sie darauf reagiert, was haben Sie in jenem Augenblick gedacht?»

«Es war mir nicht wohl dabei.»

«Warum?»

«Die zwei sind nur dort gesessen und haben kaum ein Wort gesagt. Sie haben weder miteinander gesprochen noch mit Ronzhin oder mit mir. Und plötzlich haben sie sich zu einem Spaziergang aufgemacht wie zwei alte Kumpels.»

«Aber Sie haben nichts dagegen unternommen?»

«Ronzhin begann über Panzerabwehrraketen zu sprechen, vielleicht hat er mich damit eingewickelt. Die Sache hat meine Aufmerksamkeit ziemlich in Anspruch genommen, so daß ich Coolidge vergessen habe. Zudem habe ich Befehl gehabt, ihn zu beschützen. Ich hatte keinen Grund, den Mann zu verdächtigen.»

Ives suchte verzweifelt nach etwas, irgend etwas. «Wie hat Coolidge nach dem Spaziergang ausgesehen?»

«Ziemlich mitgenommen und verwirrt. Als ob er sich nicht mehr unter Kontrolle hätte.»

«Hat es Anhaltspunkte gegeben, weshalb er sich so benommen hat?»

«Nein. Ich habe nicht im geringsten daran gedacht, daß Coolidge bald danach überlaufen würde.»

«Was hätten Sie getan, wenn Sie es gewußt hätten?»

Prager ließ sich nicht blamieren: «Vermutlich wäre er dann als Held auf dem Schlachtfeld umgekommen.»

Ives sog an seiner Zigarettenspitze. So kam er nicht weiter. Er brauchte irgend etwas, das er dem tobenden Präsidenten erzählen konnte. Ives drehte sich nach Harry um, der wie gewöhnlich in der hintersten Reihe saß, doch Harry reagierte nicht.

Dunn konnte seinen Blick nicht vom bewußtlosen Beebe lösen. Er sah aus wie der Koloß von Rhodos auf seinem Hintern. Der Müllmann hatte ihn zu Fall gebracht. Er war von Walter Coolidge völlig an der Nase herumgeführt worden. Er hatte ihn unterschätzt, Fehldiagnose. Er hatte gedacht, Coolidge sei ein offenes Buch, ein kluger Kopf, doch ohne den Mut, abtrünnig zu werden, und deshalb ein einfacher Fall. Nie und nimmer wäre ihm in den Sinn gekommen, Coolidge sei ein potentieller Überläufer.

Eine Lektion. Die Quecksilbernatur der menschlichen Psyche. Immer verdammt unberechenbar. Das Unsicherheitsprinzip einmal mehr: Die Tatsache, darin verstrickt zu sein, änderte alles. War er mit Vera zu weit gegangen? Verdammt. Er hätte nicht daran gedacht, daß irgend etwas Coolidge so stark aufs Gemüt schlagen konnte. Im Innersten war Coolidge Anthropologe; Menschen waren Datenmaterial, Washington war in der prä-pompejanischen Phase, und Coolidge hatte die einmalige Möglichkeit, sich die Artefakte genauer zu betrachten, *bevor* die Lava sie zudecken würde. Gab es etwas, das Walter Coolidge wirklich berührte? Er hätte es nicht gedacht. Aber er hatte unrecht.

«Nun, ich hol dich aus der Sache raus», sagte Harry, «ich trete zurück. Schieb alles auf mich.»

«Schlag dir das aus dem Kopf, verdammt noch mal», gab Ives zurück. Die Bilder beschäftigten ihn, er studierte Wallace. Wallace, der Pokertyp des Auswärtigen Amts, saß ruhig und undurchdringlich da.

«Woran denken Sie, Norman?» fragte Ives. «Ehrlich, von der Leber weg. Vergessen wir die Vorschriften.»

Wallace schaute den niedergestreckten Beebe an, der kaum wahrnehmbare Anfang eines Lächelns ließ sich auf seinem Gesicht erkennen.

«Einerseits muß ich zugeben, daß die Sache verdächtig ausschaut. Bevor Mr. Beebe seine Pille schluckte, erzählte er mir von der Unterredung, die zwischen Walter und Kalyanov stattgefunden hatte. Offensichtlich hat es sich dabei um ein spannendes Plauderstündchen gehandelt. Mr. Beebe hat den Eindruck gehabt, daß es sich um mehr als einen bloßen Zeitvertreib gehandelt hat. Er glaubt, man habe ihn absichtlich aus dem Gespräch ausgeschlossen. Dann war da noch Walters Behauptung, einen sowjetischen T-72 zusammengelegt – das war der Ausdruck – zu haben. Das ist kaum möglich, doch habe ich keine Möglichkeit gehabt, ihn zu fragen, wie er das schaffte. Wie auch immer, es gelang niemandem, das Wrack eines T-72 ausfindig zu machen. Doch hätte sich Coolidge schon eine einleuchtendere Lüge einfallen lassen können als *so was.* Gut, dann haben wir noch den Piloten Goldberg. Soviel ich weiß, steht er im Ruf, manchmal etwas überdreht zu sein. Daraus ließe sich was machen. Natürlich sah das Mannheimer Radar – solange sie drauf waren –, wie sie geradewegs in die Tschechoslowakei geflogen sind. Das macht einen ziemlich dummen Eindruck. Andererseits schien er nicht der Typ dazu.»

Ives hielt sich den Kopf mit beiden Händen. Daß sie das Mannheimer Radar bis in die Tschechoslowakei verfolgt hatte, machte tatsächlich einen schlechten Eindruck. Das Telefon konnte jeden Augenblick klingeln, und alles, was es gab, war ein Einerseits und ein Andererseits. Das Verblüffende daran war, daß Coolidges Botschaft richtig zu sein schien. Es war genau die richtige Nachricht, aus Amerikas Perspektive, aus der O.F.F.-Perspektive. Vasilyev machte sich Sorgen. Wunderbar. Vasilyev verstand die Botschaft. Die russischen Knie begannen zu zittern. Der russische Wille würde ins Wanken kommen und zerbrechen. Wäre Coolidge nicht verschwunden, hätte man im Weißen Haus gefeiert. Hieß das alles, daß die Botschaft kompromittiert war und Vasilyev sich keine Sorgen machte?

Die Türe öffnete sich. Es war Vera, die aus der Drei-Uhr-morgens-Kälte der Connecticut Avenue kam. Das war die Zeit, die dem Tod am nächsten war. Sie hatte ihre Hände tief in den Taschen vergraben und ging hastig die Treppen zu den hinteren Sitzen in Harrys Vorführraum hoch. Sie setzte sich vor die Konsole, ohne ihren Mantel abzulegen. Direkt vor ihr brütete Harry, er laborierte an einem Nervenzusammenbruch herum, denn es gab keine Analyse zu machen, keine Probleme zu lösen. Ein Mitglied der BIBLIOTHEK war zu den Russen übergelaufen, so einfach war das. Schlimmer noch als der Fall von Mitchell und Martin, der beiden Analytiker der National Security Agency, die plötzlich am Moskauer Fernsehen aufgetaucht waren. Coolidge wußte viel mehr als die beiden.

An der Vorderwand nahmen Beebe, Prager und Wallace nur drei Bildschirme ein; es gab noch zwei weitere, an denen man herumspielen konnte. Vera begann daran zu arbeiten. Mit der Geschwindigkeit einer Wettbürosekretärin gab sie Daten ein, die sie von überall her zusammensammelte.

«GULFSTREAM II»

«TREIBSTOFF: 200 PFUND»

«AZIMUT 135 °»

«DISTANZ 175 MEILEN»

Dann begannen Satellitenbilder auf ihren zwei Schirmen vorbeizuflitzen. Ives war fasziniert; es war wie ein Flug über Ostdeutschland in die Tschechoslowakei mit einer Geschwindigkeit von Mach 3. Vera verlangsamte das Tempo; es wurde spannend, obwohl sich Ives nicht vorstellen konnte, was als nächstes passieren würde. Vera verzögerte die Bilder immer mehr; sie blieben länger auf dem Bildschirm und wurden von Veras geübten Augen sorgfältiger abgesucht. Er spürte, daß selbst Harry hinter ihm aus seiner Trägheit erwachte. Vera hatte etwas im Sinn, und es tat gut, den Ungewißheiten zu entkommen und wie ein Betrachter dazusitzen. Schließlich ließ sie ein Bild stillstehen und vergrößerte es. Zweimal, dann noch zweimal. Und noch zweimal und noch zweimal und noch zweimal und noch zweimal.

Das Telefon klingelte. Ives griff abwesend zum Hörer, während er immer noch die Bildschirme betrachtete. «Verdammt noch mal», rutschte es ihm heraus. Dann mußte er sich beim Präsidenten entschuldigen, bevor er überschwenglich beschrieb, was auf den Bildschirmen zu sehen war.

Wieder seiner mächtig, stand Harry Dunn schwerfällig auf und ging nach vorn, um sich die Bilder genauer zu betrachten: ein schwacher, undeutlicher Fleck irgendwo in den Karpaten.

Es war ein abgestürztes Flugzeug, auf dessen Steuerbordflügel das Wort VERA zu lesen war.

«Nördliche Breite einundfünfzig Grad dreiundvierzig Minuten. Östliche Länge dreizehn Grad siebzehn Minuten», las Vera ab. «Ich lasse Fotokarten von dieser Gegend machen.»

Sie kam die Treppe herunter, die Hände wieder in ihren Manteltaschen vergraben. «Er friert», fügte sie hinzu, «die Rettungskolonne sollte auch etwas Hühnerbrühe mitnehmen.» Dann war sie wieder draußen.

Karpaten-Blues

Warme Füße waren für Goldberg das ein und alles; solange die Füße warm waren, so glaubte er, war man noch am Leben. Er hockte auf einem Felsen und ließ das kümmerliche Feuer an seinen Stiefeln hochzüngeln, um die letztmögliche Kalorie auszunutzen. Coolidge saß zusammengekauert, er versuchte alles warm zu halten, damit die Kälte nicht tödlich wurde. Hinter meilendickem Nebel schien die Sonne, hier jedoch gab sie etwa soviel Wärme wie der Mond. Die Temperatur lag unter Null, im tödlichen Bereich.

Goldberg schüttelte den Kopf: «Bei diesem T-72 hast du wirklich versagt. Du hast keinen Killerinstinkt, Walter. Du hast versucht, dem Schicksal seinen Lauf zu lassen. Es sollte die Arbeit für dich tun, doch du hättest den T-72 erledigen müssen. Sie waren hilflos. Es gibt kein besseres militärisches Ziel.»

Coolidges Blick streifte über einen Gebirgskamm, etwa eine Meile südlich. Er sah eine Kolonne brauner Ameisen, die sich an ihm entlang bewegte.

«Das kann ein Kriegsheld leicht sagen», gab er zur Antwort. «Mein Jeep war ein Stück Schweizer Käse. Ich hatte keine Waffe. Hätte ich eine Granate gehabt, wäre ich vielleicht auf die Brücke hinausgekrochen und hätte sie in die Luke geworfen. Vielleicht. Im Zweifelsfall für den Angeklagten. Aber ich hatte keine Granate.»

«Wenn du einen Killerinstinkt hättest, wäre dir schon was eingefallen.»

«Okay, Killer, was hättest du getan?»

Goldberg prüfte, ob seine Füße noch nahe genug am Feuer waren, kniff für einen Augenblick die Augen zusammen und gähnte. «Ich hätte mit dem Jeep-Benzin einen Molotow-Cocktail gemacht.»

«Und worin hättest du das Benzin abgefüllt?»

«Komm. Irgend etwas muß doch herumgelegen haben. Der Flüssigkeitsbehälter für die Scheibenwischer.»

«Nicht schlecht, verdammt noch mal.»

«Gib's doch zu Walter, du bist nicht hart genug. Du hast nicht getan, was man hätte tun müssen.»

«Wer reißt denn da das Maul auf.»

«Ich bin mal hart gewesen», entgegnete Goldberg, der ehemalige B-52-Pilot.

«Und wie fühlt man sich dabei?»

«Ich weiß es nicht mehr.»

Coolidge ließ die Ameisen nicht aus den Augen. Sie wurden immer größer, und es dauerte nicht mehr lange, dann würden sie sich in tschechische Soldaten verwandeln. Ein Helikopter war über das abgestürzte Flugzeug geflogen, um sich das Wrack genauer anzuschauen, doch Goldberg hatte seine 45er auf ihn gerichtet, so daß er Reißaus nahm. Danach landeten die Helikopter auf der anderen Seite des Gebirgskammes; Goldbergs 45er hatte ihnen gehörigen Respekt eingeflößt.

Coolidge betrachtete Goldberg. Klein, gedrungen, kräftig. Mit einem glühenden Zweig zündete er sich die letzte von Coolidges Requisiten-Zigarren an. Goldbergs Vorleben flößte Coolidge Respekt ein. Während acht Jahren hatte er mehr als zwanzig Megatonnen in seinem Luftschiff herumbefördert, bis die Bomben so häufig aus Unvorsicht abgeworfen wurden, daß sie das strategische Einsatzkommando für besondere Anlässe zurückbehalten mußte.

Goldberg hatte einen angeborenen Instinkt. Mit achtunddreißig war er möglicherweise auf dem Höhepunkt seiner Fähigkeiten. Eine Notlandung im Gebirge brauchte Instinkt. So etwas ist wie

Blitzschach, keine Zeit zum Überlegen; entweder wußte das Nervensystem, wie das zu bewerkstelligen war, oder eben nicht. Das Flugzeug hatte Riesenmengen Schnee und Felsbrocken zusammengepflügt, die wie bei Maschinengewehrfeuer zwischen Boden und Flugzeugrumpf hin und her geschleudert wurden. Mit vornübergebeugtem Kopf hatte Coolidge auf seinen Sicherheitsgurt gestarrt, fasziniert und in der Hoffnung, er würde dem Druck standhalten. Dann hatten Lärm und Erschütterung aufgehört, und es war wieder still geworden. Coolidge hatte immer noch auf den Sicherheitsgurt gestarrt, als Goldberg bleich und auf Zehenspitzen den Mittelgang entlang kam. «Wir haben uns gefreut, Sie als Passagier an Bord zu haben», sagte er im Vorbeigehen. «Wir wünschen Ihnen einen schönen Tag.»

Nachdem sie aus dem Flugzeug gesprungen waren und sich fünfzig Yards durch den Schnee gearbeitet hatten, hielt Goldberg plötzlich inne und schaute zurück. Dann verkündete er weise in seiner nachgemachten Rabbiner-Stimme: «Ein Vorteil des Treibstoffmangels ist der, daß im Wrack nichts Explosives mehr zurückbleibt.»

Goldberg zog an seiner Zigarre und lächelte.

«Einfach rührend», bemerkte er, indem er auf das Flugzeug zeigte, das etwa einhundert Meter von der Stelle lag, wo sie sich gegen den Wind eingebuddelt hatten. Auf dem Steuerbordflügel waren Steine zu einem Schriftzug hingelegt worden: VERA.

«Das ist, als ob man einen Zettel in einer Pappschachtel auf dem Eismeer aussetzen würde.»

«Ein weiterer Beweis dafür, wie weit du der Zeit hinterherhinkst, Ernie. Du bist einfach nicht auf dem laufenden. Das ist genau so, wie wenn ich ein Telegramm aufgeben würde.»

Goldberg beobachtete die näherkommenden Ameisen, die deutlich größer wurden. «Mit anderen Worten, das soll heißen, daß wir gerettet werden, bevor die hier sind?»

Coolidges Kopf pendelte hin und her, als ob er sich das überlegte. «Sagen wir es einmal so: Irgend etwas wird geschehen, bevor sie hier sind.» Er nahm nicht an, daß man ein Mitglied der BIBLIOTHEK lebendig in die Hände der Kommunisten fallen lassen würde.

«Was immer geschieht, ich hock eh in der Scheiße», entgegnete Goldberg zum ersten Mal verbittert. «Die Russen nehmen mich dran, weil ich ihr Territorium überflogen habe. Und die USAF, weil ich es unabsichtlich statt absichtlich getan habe. Goldberg, der Geisterfahrer, werden sie mich nennen.»

«Ich glaube, jetzt weiß ich, was du bist, Goldberg. Du bist ein wehleidiger Verlierer, ein Typ von der wehleidigen Sorte.»

«Gegen wen habe ich denn verloren?»

«Du bist den Raketen unterlegen. Ein Bomber-Pilot im Raketenzeitalter. Du bist überflüssig, schon seit du bei der USAF eingestiegen bist. Ich bin überzeugt, daß du daran herumkaust.»

Goldberg stieß eine Unmenge Rauch und Dampf aus und starrte auf seinen Zigarrenstummel, der schnell kleiner wurde. «Du täuschst dich, Walter. Es sind die Raketen, die überflüssig sind.»

Coolidge mußte lächeln: Absurditäten über Absurditäten. Wo sollte das noch enden? «Das ist mir neu.»

«Die Raketen sind eine Farce. Jeder vernünftige Mensch weiß das.» Goldberg sprach das Offensichtliche aus. Seine Stimme klang beiläufig; für ihn war das kalter Kaffee. «Es hat noch keinen erfolgreichen Test eines Minuteman-Silos unter Frontbedingungen gegeben, aber Versuche noch und noch. Oder etwa einer MX. Alles, was diese Dinger bewirken, ist Arbeitsplatzsicherung für Generäle. Ich dachte, das hätte sich herumgesprochen. Die russische SS-18 ist noch schlimmer. Mit Flüssigtreibstoff, so was von Schrott. Wir bauen schon seit den fünfziger Jahren keine solchen Vehikel mehr. Nein, daran kaue ich nicht herum.»

Coolidge schniefte. Die Papiertaschentücher waren ihm ausgegangen.

«Soll das heißen, daß die Minuteman und die MX nichts wert sind?»

«Nein. Ich sage nur, daß niemand weiß, ob sie überhaupt etwas taugen. Noch nie hat man sie in einem kriegsmäßigen Silo erfolgreich getestet, nur in Testsilos. So was ist Ingenieurwissenschaft für Anfänger, Walter. Man weiß erst, ob etwas funktioniert, wenn man es ausprobiert hat. Der B-52 ist die einzige zuverlässige Waffe im Arsenal.»

«Das klingt verrückt.»

«Es ist verrückt. Das Pentagon ist ein Irrenhaus.»

«Die können doch nicht alle verrückt sein.»

«Alles Verrückte. Ehrenwort, ich weiß nicht einmal, worüber sich die alle Sorgen machen. Die russischen SS-18 sind undicht, ihre Atom-U-Boote sind lärmig und können sich nirgends verstekken, und ihre Bomberflotte kannst du vergessen: einhundertfünfzig Bomber, und fünfzig davon sind bloße Requisiten.»

«Aber wenn das Pentagon ein Irrenhaus ist, dann muß auch der Kongreß verrückt sein. Der bewilligt ja die Kredite.»

«Stimmt. Auch der ist verrückt.»

«Und die im Weißen Haus.»

«Verrückt.»

Coolidge schniefte.

«Ich möchte mich lieber über Salontische unterhalten», begann Goldberg. «Ich denke daran, mich irgendwo am Meer niederzulassen und Salontische zu fabrizieren.»

«Ernie, vielleicht solltest du etwas für deinen Kreislauf tun.»

Goldbergs Miene war ernst. «Ich werde die Salontische aus Treibholz herstellen. Es schwimmt da ziemlich brauchbares Treibholz herum. Die Leute sammeln und verfeuern es in ihrem Kamin. Sie wissen nicht, daß man so was brauchen kann. Ich versteh etwas von Treibholz.»

«Und du willst dich mit Treibholz finanziell über Wasser halten?»

«Ein Tisch wird auf fünfzehnhundert Dollars kommen. Die Leute bezahlen das. Ich verkaufe die Tische in teuren Designgeschäften. Eineinhalb Tische pro Monat, und die Sache läuft. Für den Anfang brauche ich für etwa sechs Monate Kröten. Um etwas Holz und meine Gedanken zu sammeln.»

«Ich habe schon einen Namen für dein Unternehmen: Top-Treibgut-Tische. Wrackgut-Wohnungseinrichtung.»

«Das klingt zu wenig italienisch.»

Die tschechischen Soldaten hatten jetzt eine wichtige, wenn auch unsichtbare Linie überschritten. Sie waren auf Schußdistanz herangekommen und konnten nun auch Helikopter abschießen. Das hieß, daß der Rettungseinsatz seine Glaubwürdigkeit langsam verlor. Die einfachere Lösung, nämlich Walter Coolidge unschädlich zu machen, wurde von Sekunde zu Sekunde wahrscheinlicher. Zu diesem Zeitpunkt, dachte sich Coolidge, wäre es sicherer, das Schneefeld hinunterzurennen und zu den Tschechen überzulaufen.

«Der Status quo wird nicht stationär bleiben», bemerkte er zu Goldberg. Beide standen nun aufrecht und beobachteten, wie die Soldaten vorrückten. Coolidge zitterte, war jedoch nicht überrascht, als er etwas durch den dämmrigen Dunst fallen sah. Etwas mit Flügeln, das sich manövrieren ließ. «Eine Cruise Missile», rief Coolidge, «die machen uns mit einer Cruise Missile fertig.» Es entsprach der Logik der Lage, war unausweichlich, ein Imperativ der Machtpolitik.

Goldberg schüttelte den Kopf. «Der Anflugwinkel ist falsch für eine Cruise Missile.»

Coolidge war verwirrt. Gab es irgendeine lenkbare Bombe, von der er noch nie etwas gehört hatte? Hatte es das Pentagon fertig gebracht, so etwas zu entwickeln? Hinter jedermanns Rücken und indirekt durch ungebundene Mittel finanziert?

«Es ist ein Mensch.»

«Was?» fragte Coolidge, immer noch verwirrt.

«Deine Rakete ist ein Mensch. Ein Fallschirmspringer. Es gibt nichts in unserem Arsenal, das so vom Himmel fallen kann. Fragt sich nur, ob er zu ihnen oder zu uns gehört.»

Die Tschechen begannen auf den Springer zu schießen.

«Er gehört zu uns», stellte Coolidge fest.

Der Fallschirmspringer setzte alles auf eine Karte; noch hatte er die Reißleine nicht gezogen. Er hatte es eilig.

Heller Wahnsinn. Dreihundert Fuß über dem Boden zog er an der Reißleine. Der Fallschirm öffnete sich erst kurz bevor der Springer am Boden auftraf. Beim Aufprall flog sein Sturzhelm weg, und sie sahen, daß er eine Bandage um den Kopf trug. Man hatte den Besten losgeschickt: Beebe.

«Ich habe dir gesagt, es sei ein Telegramm», bemerkte Coolidge.

Es war faszinierend, Beebe bei der Arbeit zuzuschauen. Neben zahlreichen anderen Fähigkeiten war er auch ein Meister im Fallschirmspringen. Selbst die Tschechen waren verblüfft; Coolidge konnte ihre Gesichter sehen, denn sie waren nahe genug. Sie zögerten einige Sekunden und sahen Beebe zu, bevor sie auf ihn anlegten. Es war, als ob er auch die kleinste Bewegung so lange eingeübt hätte, bis er sie im Schlaf konnte. Nachdem er die Gurte weggerissen hatte, rannte er hinkend auf die Gulfstream zu. Er war mit Sprengstoff im Gepäck abgesprungen. Zünder und Sprengladung verschraubend, wich er im Zickzack den Kugeln aus, die um ihn herum in den Schnee stoben. Unfähig zu handeln, schauten Goldberg und Coolidge zu, wie Beebe im havarierten Flugzeugrumpf verschwand; nach zehn Sekunden war er wieder draußen und kam auf sie zugerannt.

«Hier lang», rief er und rannte, wie ein Spastiker hin und her zuckend, an ihnen vorbei. Jede Bewegung war einstudiert; Vera mußte ihn über jeden Schritt instruiert haben. Goldberg und Coolidge betrachteten sich gegenseitig mit einer Mischung aus Verwunderung und Panik und rannten dann dem entschwindenden Beebe hinterher; immer mehr Schüsse prallten gegen den Felsvorsprung, der ihnen als Versteck gedient hatte.

Beebe kletterte über Felsbrocken, durchquerte Mulden, pflügte sich durch Schneefelder und stach dann mit Kurven und Kehren in ein enges Tal hinunter. Erst als die Gulfstream explodierte, gab es für Coolidges verwirrten Richtungssinn wieder einen Anhaltspunkt. Wäre es nicht hauptsächlich abwärts gegangen, Coolidge hätte nicht mithalten können. An dritter Stelle kämpfte er um den Anschluß. Das war nicht gerade sinnvoll, denn um ihn ging es ja bei der Rettungsaktion; doch er schenkte diesem Widerspruch keine Beachtung und keuchte erschöpft weiter.

Beebe hatte die Stellung mit dem Blick eines Infanteristen gewählt: hinter einem niederen Felskamm, auf dem wegen des Windes nur wenig Schnee lag. Vor ihnen erstreckte sich ein offenes Schußfeld, ungefähr 75 Meter, über das die Tschechen vorrücken mußten. Beebe zog aus der unteren linken Tasche seines Springerkombis oranges Markierband und legte es im Schnee zu einem großen X aus. Aus der rechten unteren Tasche holte er ein Funkgerät hervor.

«Zur Landung bereit», gab er durch und warf das Funkgerät von sich weg in den Schnee.

Irgendwo außer Sicht- und Hörweite mußten sie gewartet haben. Von Westen her kamen zwei Helikopter über den Felskamm geflogen und setzten in Sekundenschnelle auf dem Boden auf. Coolidge war in die Hocke gegangen und rang nach Luft. Goldberg stand keuchend neben ihm.

«Du scheinst immer wichtiger zu werden», stieß Goldberg zwischen den Atemzügen hervor. «Ein Auftank-Helikopter. Ich wußte gar nicht, daß es so was gibt. Den müssen sie für dich erfunden haben.»

Der Pilot des kleineren Helikopters war schon ausgestiegen und montierte einen Tankschlauch zum größeren Truppentransporter. Gleichzeitig führte Beebe eine Gruppe von acht Mann den Felskamm entlang, ausgerüstet mit MGs und Minenwerfern, um auf die von Osten kommenden Tschechen zu warten. Überall im Schnee lagen Munitionskisten bereit. Schnell waren die beiden Minenwerfer mit Bolzen und Klammern auf den Grundplatten fixiert.

«Zuerst Warnfeuer», schrie Beebe seinen Leuten zu. «Habt ihr das verstanden?»

Nun konnte man die Tschechen sehen; sie waren auf 100 Meter herangekommen und zögerten, das große freie Schneefeld vor ihnen zu überqueren. Coolidge kroch zum Felskamm. Einige Helme hoben sich gegen den Schnee ab, und einer, wahrscheinlich ihr Kommandant, schaute durch einen Feldstecher.

«Feuer», befahl Beebe.

Die Demonstration war überzeugend. Maschinengewehrsalven und Minen gruben die Schneefläche um. Jeder vernünftige Kommandant hätte sich beim Gedanken, durch dieses Stahlgewitter vorrücken zu müssen, in den Ersten Weltkrieg zurückversetzt gefühlt. Für die leichte Tour über Beebes Flanke blieb den Angreifern nicht genügend Zeit.

Langsam wurde Coolidge zuversichtlich; wenn die Idee des Ganzen darin bestand, Zusammenstöße mit den Tschechen zu vermeiden, um so das Gewicht des ganzen Vorfalls herunterzuspielen, dann konnte in Ostdeutschland kein Krieg sein. Ein logischer Schluß. Das Sperrfeuer dauerte fünf Minuten, dann gab der Pilot des Auftank-Helikopters das Bereitschaftszeichen.

Goldberg schüttelte vor Bewunderung den Kopf. «Kinderspiel», murmelte er. «Wir tauchen über den Felskamm weg, kommen ein paar Meilen später wieder hoch, schließen uns einer Eskorte von F-15 an und fliegen nach Hause.» Er kletterte in den Helikopter.

Coolidge zögerte, während Beebe am leeren Auftank-Helikopter Sprengladungen anbrachte; der Treibstoffvorrat reichte nicht, um beide Helikopter nach Westdeutschland zu fliegen. Als Beebe angekeucht kam, fragte ihn Coolidge: «Ist Krieg?»

Beebe schnitt eine Grimasse. «Steig ein und iß deine verdammte Hühnerbrühe.»

Die Kniescheibe des Präsidenten

«Sie sehen völlig unheilbar aus», sagte Yeager, der an seinem Kaffee nippte und seine Augen zwischen Coolidge und den anderen Tischen hin und her wandern ließ, immer auf der Suche nach interessanten Gesichtspunkten, nach Drohungen oder was auch immer. «Sind ihre Sachen in Ordnung?»

Coolidge nahm einen großen Schluck aufgekochten Kaffee und war erleichtert, als er sich den Mund verbrannte: Er war also noch am Leben. Seine Erschöpfung hatte den Punkt erreicht, wo ihm nichts mehr etwas ausmachen konnte. Vom vielen Fliegen schmerzten ihm noch die Ohren, und seine Nase war verstopft. Aus den Karpaten war er nach Mannheim geflogen worden (wo er Goldberg bei seinem kommandierenden Offizier und Beebe im Krankenhaus zurückgelassen hatte), dann war er nach Dulles in Virginia weitergereist, wo ihn Yeager erwartet hatte, um ihn auf der langen Strecke nach Roanoke zu begleiten. Coolidges beide Knie waren einbandagiert, denn als sein Jeep in Ostdeutschland vom Boden abhob, hatte er sich Schnittwunden zugezogen, und das nochmals, als sein Flugzeug in der Tschechoslowakei am Boden aufgeschlagen war. Das trockene Herbstwetter hatte seinem Ekzem wieder zugesetzt, aber er war zu müde, um sich an Armen und Beinen zu kratzen.

«Gerade was die Augen betrifft, sind sie besonders scharf», sagte Yeager ruhig. Er meinte damit die Geheimdienstleute, die am Tisch nebenan saßen. Sie befanden sich in einem privaten Warteraum am Ende des Flugplatzes und erwarteten die Ankunft des Präsidentenflugzeugs. «Der Killer-Impuls wird zuerst in den Augen sichtbar, bevor er nach der Waffe greifen läßt. Diese Typen sind wie Psychiater, die nur eine Sorte von Patienten behandeln.»

An einem dritten Tisch saß ein Major der Air Force; er war allein und kümmerte sich nicht um die anderen, sein Sandwich und seinen Kaffee führte er mit der rechten Hand zum Mund, am linken Handgelenk war ein Attaché-Koffer festgekettet.

Die Dinge standen kopf. Eine Zeitlang hatte sich Coolidge Sorgen gemacht, er hätte den Dritten Weltkrieg ausgelöst. Beruhigend, daß dem nicht so war. Doch sobald er in Dulles wieder Boden unter den Füßen hatte, wurde er von Yeager unterrichtet, daß der Präsident eben ein Vorgehen durchspiele, das nur im Falle des Dritten Weltkriegs zur Anwendung käme. Der Präsident hielt sich im NEACP-Flugzeug, dem nationalen luftgestützten Ernstfall-Kommandoposten – der sogenannten Kniescheibe –, auf. Die Kniescheibe würde in Roanoke einen Zwei-Minuten-Halt einlegen, und das war lange genug, um Coolidge an Bord zu nehmen.

Wenn eine Kniescheiben-Übung im Gange war, dann meinte man es ernst. Für das Präsidentenamt gab es sechzehn legal festgelegte Nachfolger, und diese sechzehn saßen nun in Schutzräumen, den sogenannten Regierungssicherheitsunterkünften, nördlich und südlich des Columbia Districts, entlang der nationalen Umsiedlungszone.

Yeager mußte immer wieder lachen, wenn er an den alten Chatterton, den Senatspräsidenten pro tempore und dritten Ersatzmann, dachte. Chatterton, abwechslungsweise betrunken oder senil, hatte man in irgendeinem Schutzraum versteckt, vielleicht im dritten Untergeschoß einer Brauerei. Er fragte sich, was denn zum Teufel geschehen war: der Raum sah nicht gerade aus wie der Bankettsaal des Senats.

Das Provokative an einer Kniescheiben-Übung war, daß man nie die geringste Anstrengung unternahm, die Sache geheim zu halten. Doch wäre das auch gar nicht einfach gewesen, denn wie hätten sechzehn Präsidentschaftsnachfolger aus Washington verschwinden können, ohne es ihre Stellvertreter wissen zu lassen. So war die Übung sowohl ein Test als auch eine Warnung an die sowjetische Regierung: Die U.S.-Regierung meinte es ernst.

Coolidge war immer erstaunt über Leute, denen solche Dinge keine Sorgen machten. Auch Yeager gehörte dazu. Er hatte Vertrauen. Ein Atomalarm war nur ein Element im ganzen Mix. Yeager war mehr mit seinem Image beschäftigt. «Verstehen Sie, das alles bringt mich einen Posten höher. Der Präsident unterbricht seine Apokalypse-Übung einzig, um Sie in diesem Kaff an Bord zu nehmen. Ich dagegen fahre in einer alten Blechkarosse nach Washington zurück. Aber, seien wir ehrlich – ich bin schon wichtiger als Sie.»

Ein lauter Signalton ertönte, und alle fünf Männer im Warteraum griffen nach ihrem Gepäck. Das Signal galt einem der Geheimdienstmänner. Er erhob sich und verließ den Warteraum. Eine Minute später war er zurück und gab ihnen ein Zeichen.

«Viel Spaß bei der Party», sagte Yeager gelangweilt. Er war nun allein, frei, seinen ersten Drink dieses Tages zu genießen.

«Sicher eine Riesengaudi», gab Coolidge zurück und folgte den Agenten und dem Air Force Major durch die Pendeltüre.

Während die Kniescheibe zur Landung ansetzte, stand Coolidge ruhig am Ende der Piste in der Dämmerung. Er versuchte sich zu überlegen, was er sagen könnte. Wer dem Präsidenten der Vereinigten Staaten Bericht zu erstatten hatte, der konnte nicht lange fackeln. Man hatte flott, knapp und überzeugend zu sein. Der einzige dieser drei Begriffe, der ihm im Moment lag, war der zweite.

Wie konnte er ihnen sagen, daß sie alle von den Russen ausgetrickst worden waren? Daß der sowjetische Mülleimer in Ostdeutschland ein Köder war, um Harry Dunn zu veranlassen, Walter Coolidge (in gewissen Kreisen des Kremls als Vladimir bekannt) auf Nachfrage eines sowjetischen Admirals, Vasilyev, nach Ostdeutschland zu senden, und daß alles mit einem Spion unter den Bibliothekaren, dem Doktor, zu tun hatte, dem mutmaßlichen Anführer einer mutmaßlichen amerikanischen Friedensbewegung. Daß man, kurz gesagt, die Entwicklung der Daten nicht mehr in der Hand hatte und sie nun wie ein Blitz gefährlich in alle Richtungen auszuschlagen begann.

Doch es galt auch, die Essenz von Kalyanovs Worten, seinen Ton und sein Verhalten zu interpretieren. Das war die Aufgabe eines guten Botschafters, und gerade diese Rolle hatte Coolidge zu spielen. Eine ernste Angelegenheit, sie konnte den Lauf der Ereignisse in einem Grad bestimmen, daß sie auf jenes umkämpfte Territorium einwirkte: das Gehirn des Präsidenten.

Die Kniescheibe kam die Rollbahn entlang, und ein kleines Kontingent Air Force-Personal schob die Treppe an die Türe. Immer noch machten die Geheimdienstleute Stielaugen. Der Air Force Major befreite sein Handgelenk vom Koffer. Als die Türe geöffnet wurde, erschien Harry und winkte. Eilig unterschrieb er eine Empfangsbestätigung für den Attaché-Koffer und schüttelte dann Coolidge die Hand. «Willkommen daheim, Walter», sagte er mit aller ihm verfügbaren Wärme. «Komm, schnall dich fest, gleich starten wir.»

Die Kabine war klein und hatte nur sechs Sitzreihen. Es gab auch einen Doppelsitz, in dem es sich Harry bequem machen konnte; sonst saß dort der Vorsitzende des Verteidigungsausschusses des Unterhauses, der 270 Pfund wog.

Ein leichter Ekel kennzeichnete Harrys Miene, als er den Attaché-Koffer aufschloß. Das Flugzeug bog bereits wieder in die Rollbahn ein. «Ich kann verstehen, weshalb du Beebe so behandelt hast, war in Ordnung, kein Problem, doch es wäre nicht nötig gewesen; ich hatte ihm keine Befehle gegeben, mit dir irgend etwas Unbedachtes anzustellen. Ich will nur nicht, daß du noch mit solchen Gedanken herumläufst.»

Während er sprach, ging er hastig die Dokumente im Attaché-Koffer durch. Coolidge versuchte, einen Blick auf sie zu werfen, wobei ihm klar wurde, weshalb man sie an das Handgelenk des Majors gekettet hatte; es handelte sich um die Zielkarten der Sowjetunion, die von der Defense Mapping Agency vorbereitet worden waren. Die Karten bezogen sich auf die in den NATO-Ländern stationierten Pershing-2-Raketen. Sie enthielten Steuerdaten für den Pershing-2-Computer und zählten zu den geheimsten Dokumenten der Regierung. Coolidge mißfiel der Umstand, diese Karten in der Kniescheibe zu sehen; eben war er einem Krieg entkommen. Harry klappte den Koffer zu und beschriftete ein Etikett, das er am Traggriff befestigte. Die Dinge standen immer noch kopf: Auf dem Etikett stand «Für Yeager». Yeager gehörte zum Betriebspersonal, er war kein Kurier. Normalerweise wäre er der letzte Mann in der Regierung gewesen, der solches Material bekommen hätte.

Die Karten zeigten die Ziele, auf die die Pershing-2 programmiert waren. Sie waren von größter strategischer – und politischer – Bedeutung und enthielten jene Informationen, die dem Doktor und den Emersons großen Spaß bereitet hätten, vorausgesetzt, sie waren *tatsächlich* eine Friedensbewegung. Eine aggressive amerikanische Bombardierungs-Doktrin, Kriegshandlungen eher als ein Vergeltungsschlag, die Zerstörung der sowjetischen Kommando- und Kontrollstrukturen. Wenn sie es richtig anstellten, konnten sie einen großen Coup landen. Vielleicht *waren* die Emersons in der Tat eine Friedensorganisation? Angeführt von Doktor Harry? Weshalb Yeager, fragte sich Coolidge ständig. Yeager? Er bemerkte, daß er Harry voller Verwirrung angestarrt hatte; er würde den Computer über diese kleine Operation zu Rate ziehen.

Harry war geschäftig. Sie waren erst etwa 500 Fuß über Boden, doch er löste, ohne sich um das Zeichen zu kümmern, die Gurte und führte Coolidge durch das Flugzeug, ständig redend. Über den guten Fortgang der Übung, über den Aufbau der ganzen Operation; wie wichtig die BIBLIOTHEK gerade jetzt sei und daß der Präsident Harry mehr Gehör schenken würde als dem CIA, dem DIA, der ONI oder allen zusammen. Die BIBLIOTHEK war Nummer Eins.

Überall im Flugzeug war es dämmrig, was der ganzen Atmosphäre eine Art Dringlichkeit verlieh. Die Kniescheibe bestand aus einer ausgeweideten 747, die mit Computern, Radaranlagen, Aufzeichnungskonsolen und Tonnen von Übermittlungsgeräten ausgerüstet worden war. Von diesem Ort aus konnte der Präsident einen Atomkrieg führen, angeblich in totaler Sicherheit. Die Kabinen wurden hauptsächlich durch Pilotlampen, Radarschirme und Computeranzeigen erleuchtet. Wie das Licht, so waren auch die Stimmen gedämpft. Überall klang es geschäftig. Die Übung hielt die Besatzung auf Trab. Harry durchschritt die Kabinen, als wäre er der Besitzer des Flugzeugs. Am Ende kamen sie zu einer Tür, die mit dem Siegel des Präsidenten versehen war. Hier jedoch klopfte er, bevor er eintrat.

Die Stirn in Falten, beugte sich der Präsident zusammen mit Ives über einen ratternden Printer. Es war das einzige, was sich an Kriegsmaterial in diesem Raum befand, der, abgesehen davon, ganz wohnlich eingerichtet war. Couches, Fauteuils, eine Bar, und alles mit Spannteppich ausgelegt. Der Präsident schaute auf, lächelte und nahm seine Brille ab. «Der Held der Stunde», sagte er mit ausgestreckter Hand. «Wie geht es Ihnen, Walter? Gene, machen Sie diesem Mann einen Drink, jetzt macht der Krieg eine Pause.»

Coolidge kam in den Genuß des ganzen Drum und Drans. Der Präsident schüttelte ihm mit beiden Händen die Hand. Ives klopfte ihm auf die Schulter. Harry strahlte stolz: sein Musterschüler hatte sich hervorgetan.

Der Präsident riß ein Blatt aus dem Printer. «Harry», wandte er sich um, «das ist absolut nicht akzeptierbar. Sie haben mir maximal zwanzig Millionen garantiert. Zwanzig habe ich noch im Griff, vielleicht auch fünfundzwanzig. Aber nicht mehr.»

«Wieviel haben wir bis jetzt?»

«Am Ende werden wir auf fünfundvierzig Millionen kommen.»

Harry schüttelte den Kopf. «Irgend etwas ist faul.» Er legte die Stirn in Falten, überflog schnell den Printerausdruck und ging dann zum Outputstapel hinüber, um die Sache zu überprüfen. Coolidge stand verlegen herum.

«Da haben wir's», erklärte er. «Sie unterschätzen die Genauigkeit der MX. Ich kann mir nicht erklären, weshalb die das immer machen. Die mögliche Zielabweichung für eine MX beträgt 150 Yards, *nicht* 225 Yards. Setzen wir für 225 150 ein, dann sind wir innerhalb der zwanzig Millionen, denn wir werden nicht 98,32 Prozent, sondern 99,98 Prozent ihrer Gefechtsköpfe zerstören.»

«Daß wir uns richtig verstehen, Harry, treffen meine Raketen nun genau ins Ziel oder nicht? Fünfundvierzig Millionen würden mich politisch ruinieren. Und möglicherweise die Partei dazu. Sind Sie müde, Walter?»

«Ein wenig schon», gab Coolidge zur Antwort und versuchte krampfhaft, seine Augen offen zu halten.

«Ich werde Ihnen ein Geheimnis verraten. Doch es soll unter uns bleiben: Der Präsident der Vereinigten Staaten ist immer ein wenig müde.»

Ives überreichte Coolidge einen dreifachen Canadian mit Eis, der Präsident legte einen Arm um Coolidges Schulter, manövrierte ihn um einen Salontisch herum und führte ihn zur Couch hinüber. Kein Treibholztisch, kam es Coolidge in den Sinn.

«Noch etwas», richtete sich der Präsident an Harry, «irgendein perverses Spielchen ist hier im Gang.»

Harry landete sanft auf einem zerbrechlich wirkenden Stuhl auf der anderen Seite des Salontisches.

Der Präsident schubste ihm einen weiteren Printerausdruck zu. «Ich komme mit diesen Pentagon-Eierköpfen einfach nicht klar», wandte er sich an Coolidge. «Angenommen, einer unserer besten Leute führt in diesem Moment einen Atomkrieg gegen mich. Doch er zerstört nicht meine Hauptstadt, sondern läßt je zwei Bomben auf Houston und Dallas runter, nichts auf den Regierungssitz. Verstehen Sie das?»

Coolidge schüttelte den Kopf. So etwas überließ man Harry. Der war damit beschäftigt, den Printerausdruck zu lesen. Während sein Blick über die eingegebenen Daten glitt, nickte er langsam. «Schaut aus, als ob Shannon hier die Hand im Spiel gehabt hätte. Habe nicht gewußt, daß er an der Übung teilnimmt.»

«Keine Sache, das herauszufinden», schaltete sich Ives ein. Auf der Bar standen ein Telefon und ein Martini nebeneinander. Er griff nach beidem.

«Sehen Sie, Mr. President, es gibt Meinungsverschiedenheiten über die strategische Zielbestimmung der Sowjets. Angenommen, wir würden eine Genauigkeit von 99,96 Prozent erreichen, und es bleiben ihnen damit nur noch ein Dutzend Gefechtsköpfe übrig. Wie setzen die Sowjets sie ein? Welche Ziele wählen sie dafür aus? Welche strategischen Überlegungen stecken hinter dieser Auswahl?»

Coolidge nippte vorsichtig an seinem Whisky. Er wollte das, was ihm noch an Konzentrationsfähigkeit geblieben war, nicht aufs Spiel setzen, denn früher oder später würden sie sich ihm zuwenden. Wie sollte er die Sache anpacken? Im Dunst von Alkohol und Erschöpfung versuchte er etwas zu finden, was er dringend brauchte: einen Standpunkt.

«Die übliche Weisheit lautet», erklärte Harry, «daß die Russen ihr letztes Dutzend Gefechtsköpfe gebrauchen würden, um uns so stark wie möglich zuzusetzen. Washington. New York. Boston. Bos-Wash, wie sie es nennen. Detroit. Chi-Pitts. S. F. Houston. Und so weiter. Auf diese Art schaden sie uns wirtschaftlich und bevölkerungsmäßig. Größtmöglicher Schaden.»

Ives legte den Hörer ein. «Sie haben recht gehabt, Harry, Shannon spielt den kommandierenden General der strategischen Raketeneinheiten der Sowjetunion.»

Harry war zufrieden mit sich. «Man sieht es dem Printout an. Shannon ist der Auffassung, daß die Sowjets vernünftiger reagieren und nicht den größtmöglichen Schaden anstreben würden. Das wäre ja einfach Vergeltungsfeuer. Denken Sie daran, zu diesem Zeitpunkt haben wir alle ihre Waffen zerstört, mit Ausnahme dieser wenigen Gefechtsköpfe. Alles ist also gelaufen, das wissen die Sowjets auch. Die USA haben gewonnen, und sie werden die Friedensbedingungen diktieren. Die USA werden die Welt nach dem Krieg dominieren. Was können die Sowjets möglicherweise tun, um sich mit diesen letzten Gefechtsköpfen einen Dienst zu erweisen? Shannon meint, daß sie versuchen werden, die politische Nachkriegslandschaft zu verbessern, indem sie nur konservative Städte bombardieren. Der nordöstliche Korridor würde verschont bleiben. Bos-Wash würde kein Haar gekrümmt. Dafür San Diego und vielleicht einem Teil des Orange County: San-San würde zu San-L. A. Chi-Pitts würde vielleicht sogar noch davonkommen. Im Prinzip würden sie also den Süden zerstören, einen Teil des Mittleren Westens und einige Gebirgsstaaten. Das heißt: San Diego, Phoenix, Dallas, Houston, New Orleans, Kansas City, Saint Louis, Omaha und noch ein paar. Dahinter steckt die Idee, daß dadurch die USA am Ende eines Nuklearkriegs von einem konservativen zu einem liberalen Land würden. Ein liberales Land würde nach dem Krieg mit den Russen besser umspringen als ein konservatives.»

Der Präsident sah verärgert aus: «So'n Mist habe ich noch nie gehört.» Er kam beinahe ins Stottern. «So was ist direkt teuflisch. Glauben Sie wirklich, daß die Russen versuchen, den politischen Charakter der Nation zu verändern?»

Harry zuckte mit den Schultern. «Ich gehe von der Annahme aus, daß alles möglich ist. Wenn ich entscheiden könnte, würde ich aufs Bruttosozialprodukt losgehen. Die wirtschaftliche Basis der USA so stark wie möglich schwächen. Macht ist eine Folge des Bruttosozialprodukts.»

«Auch meine Meinung. Je zwei Gefechtsköpfe auf Houston und Dallas und nichts auf New York? So'n Mist.»

«Shannon ist ein Besserwisser», gab Harry zurück. «Er gibt sich gerne unkonventionell. Alles bloß Eigenwerbung.»

«Verdammt noch mal», beschwerte sich der Präsident, «sehen Sie, so etwas will ich nicht auf der Titelseite der *New York Times* lesen. Das ist subversiv.»

«Ja, Sir.»

«Mit solchen Problemen haben wir's zu tun.» Verwirrt schüttelte der Präsident den Kopf. Er wandte sich an Coolidge. «Aber dieser Vasilyev scheint auch einige Probleme zu haben. Er macht sich Sorgen, was?»

«Ja, Sir.»

«Wir haben alles über Microcam mitverfolgt. Großartige Leistung, Walter. Gene wälzte sich am Boden vor Lachen, ihr Timing war unglaublich. Wie ich sehe, war es eine echte Erkältung.»

«Ja, Sir.»

«Nun erzählen Sie uns den Vorgang. Zuerst, was haben Sie aus dem Mülleimer gezogen? Schon seit Tagen haben wir uns einen Spaß daraus gemacht, Vermutungen anzustellen.»

Er hätte gerne gesagt: eine Atombombe. Es ging ums Ganze. Wie hatte es ein kleiner Anthropologe geschafft, in der Maschine des Präsidenten mitzufliegen und bald einmal einen Skandal in der BIBLIOTHEK zu enthüllen? Die BIBLIOTHEK, die Heilige Grotte. Klassifizierung: Alle. Harrys gemütliches kleines Ministerium des Friedens und der Ruhe. Durchlöchert, und aus dem Loch sickerte es geradewegs in den Kreml. Harry höchstpersönlich war einer der möglichen Kandidaten. Coolidge betrachtete sie. Alle Augen waren auf ihn gerichtet. Beinahe wie Kinder, die ein Geschenk öffnen dürfen, schauten sie aus. Er konnte sich nicht entschließen, ob es das Mutigste wäre, es ihnen zu sagen . . . oder nicht zu sagen. Es wäre verantwortbar, es ihnen nicht zu sagen. Das hieße, daß er alles alleine zu tragen hätte. Harry könnte der Doktor sein. Die Möglichkeit bestand. Es gab keine Wahl, während er sich das alles überlegte. Nur eine Vorgehensweise war zu verantworten.

«Nichts», entgegnete er ihnen. «Es war eine Kritzelzeichnung aus Kalyanovs Notizbuch.»

«Zeigen Sie mal!»

«Ich habe sie aufgegessen.»

«Du sagst also, daß der Dritte Weltkrieg beinahe wegen einer Kritzelzeichnung ausgebrochen wäre?» platzte Ives heraus. Er sank in seinen Stuhl zurück und lachte hysterisch.

Coolidge gab sich alle Mühe und brachte es fertig, die Mundwinkel zu einem Lächeln hochzuziehen. Dann berichtete er ihnen von seinem Spaziergang mit Kalyanov, wobei er nur zwei Wörter ausließ: Müllmann und Doktor.

«Haben Sie geglaubt, was er Ihnen erzählte?» fragte der Präsident.

«Ich habe es geglaubt», antwortete Coolidge. «Ich nehme an, daß es ihm nicht leicht gefallen ist, so über eine Demütigung zu sprechen.»

«Hmm.»

«Er hat unmißverständlich angedeutet, daß eine Demütigung sie zum Letzten veranlassen könnte. Mit anderen Worten, wenn wir sie zu weit trieben, dann könnten ihre Falken einen Atomkrieg erzwingen. Möglicherweise ist er dann nicht mehr abzuwenden.»

«Tschk», entfuhr es dem Präsidenten.

«Was verstehen Sie dann schon davon», warf Ives ein.

«Wir haben sie in der Tasche», bemerkte Harry.

Coolidge saß in Flugrichtung mit einem Whisky auf einer Couch, drei der ganz Großen starrten ihn gebannt an. Er hatte das Gefühl, daß er bei so viel großkalibriger Aufmerksamkeit einen Sonnenbrand bekäme; aber man schien nicht zu verstehen, wovon er sprach.

«Ich hatte den deutlichen Eindruck, daß das sowjetische Oberkommando sich nicht einig ist, wie es auf die Situation in Deutschland reagieren soll. Es scheint ein ziemliches Chaos zu herrschen. Ich möchte nochmals unterstreichen, daß es nicht die Generäle der Landstreitkräfte waren, die mich kontaktierten, sondern ein Admiral.»

«Klar, logisch», sagte Ives, «das Meer ist der entscheidende Faktor. Ohne diesen Faktor wären wir nirgends.»

«Wie hoch steht O.F.F. jetzt?» wollte der Präsident wissen.

«86,42 Prozent», gab Harry mit beträchtlicher Genugtuung zur Antwort.

Nachdenklich hielt der Präsident seinen Scotch gegen das Licht. «Wie lange wird es noch dauern, Harry?»

«Nicht mehr lange. Wenige Wochen. Monate vielleicht. Es *gibt* ein gewisses Risiko. Vergessen wir nicht, daß es sich hier um eine Möglichkeit handelt.»

«Versteht sich.»

Die vielversprechenden Aussichten hatten Ives in Stimmung gebracht. O.F.F. machte alles möglich, *alles.* Er konnte nicht stillsitzen, so nahm ihn der Gedanke gefangen. «Sie werden den größten außenpolitischen Triumph in der Geschichte feiern. Für Sie wird man einen griechischen Tempel über die Constitution Avenue bauen.» Harry und der Präsident begannen zu lachen. «Ich meine es ernst. Wir sollten ein Komitee zur Standortwahl einberufen. Abklären, wo Ihr Denkmal errichtet werden soll. Sie werden Ihr Denkmal bekommen. Und es wird ebenso eindrucksvoll sein wie das Denkmal Lincolns. Die Zukunft ist unser: Wir dezimieren die Kommunisten in der Karibik, in Kuba, in Zentralamerika. Und danach in Afrika. Die Liberalen beschweren sich über die Konservativen, sie würden die Zeiger zurückdrehen? Dabei ist es noch gar nicht losgegangen. Neunzehnhundertsiebzehn, jetzt geht's los!»

Der Präsident beugte sich auf der Couch nach vorn und schaute die anderen an. «Neunzehnhundertsiebzehn ist zu ambitiös, glaube ich. Die Frage ist, ob wir wenigstens bis Osteuropa kommen, bevor ich zurücktreten muß. Deutschland vereinigen. Polen, Ungarn, die Tschechoslowakei, Rumänien und Bulgarien befreien. Weshalb soll die ganze Ehre meinem Nachfolger zuteil werden?»

«Wollen Sie Bulgarien wirklich befreien, Mr. President?» fragte ihn Ives und erntete einen weiteren Lacher.

«Was halten Sie von all dem, Walter?» fragte der Präsident. «Klingt verrückt, was?»

Um Coolidges politisches Geschick war es schlecht bestellt, doch hatte er Verstand genug, die Party nicht zu verderben. Es war nicht der Zeitpunkt für kritische Fragen, für Zweifel und Vermutungen. «Klingt großartig, Mr. President. Ich schlage *diese* Seite der Constitution Avenue vor. Die Ellipse.» Der Park hinter dem Weißen Haus war die prestigeträchtigste Freifläche in Washington, D. C. Es hätte nicht weniger als eine Kombination von Lincoln und Alexander dem Großen gebraucht, um sie für ein Denkmal in Beschlag zu nehmen.

«Sehr gut, Walter», bemerkte Harry. «Meine Herren, dies ist der erste Standortvorschlag.»

«Nicht schlecht», meinte Ives. «Walter, du kannst im Standort-Komitee mitwirken.»

«Meine Herren, ich hoffe, Ihnen das Wesentliche dessen, was ich in Ostdeutschland gehört habe, genau mitgeteilt zu haben.»

«Keine Sorge, Walter», sagte Harry. «Ich bin überzeugt, daß du das getan hast. Im wesentlichen sagst du, daß im Kreml Panik herrscht. Die Russen sind festgefahren, sie wissen nicht, was sie tun sollen. Ich versuche nicht, deine Bedeutung in dieser ganzen Sache zu schmälern, doch ist es ein Maß für die Panik, daß sie dir eine Botschaft für uns anvertraut haben. Weshalb haben die Russen dich ausgewählt? Man wußte, daß du an den Verhandlungen mit dabeisein wirst. Ich stelle mir vor, daß die Russen dich, sagen wir einmal, als Unterhändler identifiziert hatten. Ungefähr auf dieser Stufe, stimmt's? Ein Griff nach dem Strohhalm.»

Ein ungezwungener Einstieg. Nun war es Zeit, ihnen zu sagen, daß, hm, eigentlich, nein, Kalyanov ihn im Prinzip nicht für einen Unterhändler des Außenministers, gehalten hatte; Kalyanov dachte, er sei der Doktor; Kalyanov dachte, er würde mit den Emersons verhandeln. Er ließ die Gelegenheit vorübergehen und hielt sich an das Verantwortungsprinzip.

«Ja, Unterhändler des Ministers», gab er zur Antwort, «etwas in dieser Art.»

«Zum Teufel», machte sich der Präsident bemerkbar und leerte zufrieden seinen Scotch. «Sie sind nicht einmal eine Supermacht. Sie haben die Hälfte unseres Bruttosozialprodukts, sie spielen nicht in der gleichen Spielklasse wie wir.»

Ekstatisch hob Harry sein Glas. «Auf den Anfang der neuen Ordnung. Wenn die Russen ihre Panzer von der Grenze zurückziehen, weil Sie, Mr. President, es ihnen befehlen.»

«Zum Wohl», entgegnete der Präsident.

«Amen», fügte Ives hinzu.

Sie setzten Coolidge in Mobile ab und starteten durch, um die Übung fortzusetzen. Harry blieb an Bord: Direkte Zusammenarbeit mit dem Präsidenten war das einzige, was wichtiger war als die BIBLIOTHEK. Coolidge fand sich allein im Warteraum des Flughafens, betrunken von seinem dreifachen Canadian, erkältet, mit schmerzenden Ohren und nicht mehr länger fähig zu denken. Langsam wurde ihm klar, daß seine Reise nach Deutschland ebenso endete wie sie begonnen hatte, mit einer Migräne.

Doch wenigstens wußte er, wie er herausfinden konnte, wer der Doktor war.

Arzttermin

Coolidge erreichte seine Wohnung nach zwei Uhr morgens. Als erstes nahm er ein Schmerzmittel, das noch von seinem letzten Zusammenstoß mit einem Zahnarzt übriggeblieben war. Mit drei Tabletten versuchte er das Monster zu köpfen, das sich in seinem Gehirn ausbreitete, dann schlief er ein. Elf Stunden später erwachte er, stand auf, um den Telefonanrufbeantworter abzuhören, nahm zwei weitere Tabletten und ging wieder zu Bett. Nichts Wichtiges auf dem Band. Vier Anrufe von Vera, ein Anruf von Harrys Sekretärin, elf Anrufe von Phoebe, zwei Anrufe von Burnish. Er schlief nochmals neun Stunden. Als er ein zweites Mal erwachte, war es zehn Uhr abends, doch sein Kopf war in Ordnung; seine Erkältung war beinahe abgeklungen, und er war wieder bei Kräften.

In der Hoffnung, ungestört arbeiten zu können, traf er erst kurz vor Mitternacht in der BIBLIOTHEK ein.

Burnish war dort. Er war schlimmer als Harry; die BIBLIOTHEK war sein Zuhause. Burnishs *Zuhause* war nicht zu Hause. Er war gerade daran, die BIBLIOTHEK sauberzumachen. Dies war, so meinte er, einfacher und sicherer, als alles abzuschließen, die Rollos herunterzulassen und eine jener FBI-Putzfrauen einzustellen. Als Coolidge hereinkam, polierte er gerade den Konferenztisch.

«Hallo, Süßer», grüßte Burnish in fröhlichem Falsett. «Alle haben nach dir gefragt. Frisch wie der Morgentau siehst du aus; du hast nicht etwa geschlafen, oder?» Burnish meinte es ernst. «Willkommen zu Hause. Trink eine Tasse Kaffee, ich mache eben frischen.»

Burnish ließ seinen Polierlappen liegen und ging mit der Würde eines Frittenkochs zur Kaffeemaschine. Wer freiwillig für die BIBLIOTHEK Überstunden machte, konnte alles von ihm haben. Coolidge ging zu seinem Platz am Tisch, schneuzte sich, rieb sich die Augen, holte das Schmerzmittel und die Nasentropfen hervor und stellte sie neben die Tastatur. Auf den Bildschirmen war einiges los; die Welt schlief nie. Er löschte die große Anzeige auf der gegenüberliegenden Wand und fragte sich, wieviele Stunden – oder Tage oder Monate – es dauern würde, um die Verbindung des KGB zu den Emersons herauszufinden.

Entweder waren die Emersons ein Ableger des KGB, oder sie waren vom KGB infiltriert worden. Wenn sie ein Ableger des KGB waren, dann hätte Kalyanov den Doktor nicht um Hilfe gebeten, sondern einfach Befehle ausgeteilt. Es handelte sich also um Infiltration. Darüber hinaus mußte Kalyanov wissen, daß er schon durch seine Kenntnis der Emersons und des Doktors den Infiltranten kompromittierte. Es war ein Anzeichen dafür, wie ernst die Russen die Lage in Deutschland nahmen. Es hieß aber auch, daß der Infiltrant zum jetzigen Zeitpunkt zurückgezogen worden war.

Coolidge gab die Namen aller bekannten Emersons ein. Er fragte nach einem Beziehungsdiagramm, so daß der Computer seine Suche auf alle Freunde, Bekannten und Geschäftspartner der Emersons ausdehnte. Danach wollte er wissen, wer von diesen Personen in der vergangenen Woche die USA per Flugzeug verlassen hatte. Der Computer brauchte dreißig Sekunden dafür.

Reinhold Kunstner, ein Angestellter des kalifornischen Geschäftsmanns Glenn Ingalls, der als eines der wichtigen Mitglieder der Emersons galt, war vor vierundzwanzig Stunden an Bord einer Pan Am nach Paris geflogen und hatte danach eine Aeroflotmaschine nach Ostberlin bestiegen.

Coolidge fragte nach allen biographischen Daten Reinhold Kunstners. Der Bildschirm füllte sich mit dem Wichtigsten aus Kunstners Leben: frühere Anstellungen, Wohnsitz, Ausbildung, Militärdienst. Mit dem letzten Eintrag beginnend, prüfte Coolidge jede Angabe. Der Computer der BIBLIOTHEK war mit den Datenbanken der Sozialversicherung, der Bankenvereinigung, des Steueramtes sowie mit anderen wichtigen Datenbanken verknüpft. Dann kam Burnish und brachte ihm den Kaffee. Um auf sicher zu gehen, nahm Coolidge noch eine Schmerztablette, bevor er Kunstner wieder durch das Labyrinth verfolgte. In den vergangenen drei Jahren war Kunstners Lebenslauf dubios geworden. Firmen, die nicht existierten, Wohnorte, die es nicht mehr gab. Im Personalcomputer der Armee in Kansas gab es keinen Eintrag unter dem Namen Reinhold Kunstner sowie dem dazugehörigen Geburtsdatum und der Versicherungsnummer.

Dreiviertel Stunden. Der Computer mußte hart arbeiten.

Coolidge schlürfte seinen Kaffee und ignorierte Burnish, der immer noch herumhantierte. Eigentlich war er erstaunt, daß der KGB mehr über die Emersons wußte als die BIBLIOTHEK. Glenn Ingalls besaß eine Computerfirma im Silicon Valley; es war kaum möglich, daß Kunstner die Aufgabe gehabt hatte, Technologie aus Ingalls Firma zu stehlen, dann aber auf die Emersons gestoßen war.

Er entschied sich, mit Ingalls zu beginnen, und gab all die Zauberwörter ein: Garvey, Senator, BIBLIOTHEK, Emerson, Doktor. Dann fragte er nach allen Telefongesprächen, Briefen und Telexmeldungen von Ingalls, in denen diese Worte vorkamen. Es war eine umfangreiche Frage, und das Wort PROCESSING erschien unmittelbar danach auf dem Bildschirm. Das Monster war nun für eine Weile beschäftigt. Coolidge holte sich noch einen Kaffee.

«Tschüß, Süßer, bis heute morgen. Vergiß nicht, die Kaffeemaschine auszumachen, wenn du gehst», verabschiedete sich Burnish. Dann ging er tatsächlich, um seine Frau zu besuchen.

Coolidge schlenderte an seinen Platz zurück, froh, daß Burnish nun draußen war. Jetzt war er mit dem Computer allein. Immer noch schützte der Computer PROCESSING vor, während er sich durch Trillionen von Bits durcharbeitete. Dann verschwand PROCESSING und wurde durch die spannendste Nachricht ersetzt, die Coolidge je gelesen hatte; ein Telegramm, das Ingalls einen Tag zuvor erhalten hatte:

ARZTTERMIN. DIENST. 16. UHR. D. R.

Das nenn ich Daten, dachte Coolidge. Er erhielt die Chance, den Doktor zu *sehen.* Doch wo fand das Treffen statt? D. R. mußte Davey Reed heißen; das Telegramm war in Washington aufgegeben worden. Er wollte das gleiche Verfahren für Reeds Daten anwenden, doch nichts geschah. Er versuchte es mittels Grafiken, gab Fotos von Reed in den Speicher ein: Profil, Frontansicht, Nahaufnahme des Gesichts. Er schaltete den Schnellauswerter ein und beobachtete den vorbeiflitzenden Reed. Reed bei der Arbeit im Dirksen Senate Office Building, Reed vor dem Sitzungssaal des Senats, im Gespräch mit anderen Beratern, Reed in Bars, Reed bei Parties, Reed beim Herumknutschen mit einer Frau in seiner Wohnung, Reed in Restaurants, Reed wieder in den gleichen Bars. Die Microcam-Aufzeichnungen flimmerten ohne Unterbruch vorbei, denn niemand sprach eines der Zauberwörter aus. Reed im Handelsministerium, Reed im Innenministerium, Reed im Finanzministerium, Reed im Museum für präkolumbianische Kunst.

Coolidge drückte auf den STOP-Knopf und ließ die Aufzeichnungen an den Anfang der präkolumbianischen Ära zurücklaufen.

Verloren saß Reed auf einer Steinbank, umgeben von Darstellungen Quetzalcoatls und wilden Aztekenmasken. Er war nüchtern und sah beinahe aus wie Stan Laurel, wenn ihm die Umgebung über den Kopf wuchs. Doch war es nicht Oliver Hardy Garvey, der auftauchte und sich neben ihn setzte. Es war niemand anders als Herbert Purefoy, Ex-Direktor des CIA.

«Auf dem Landsitz, Dienstag sechzehn Uhr», raunte ihm Reed zu. Dann erhob er sich und schlenderte hinaus, wobei er versuchte, sich zwanglos zu bewegen, doch wie ein Frauenschänder auf Opfersuche aussah.

Der andere Mann blieb noch fünf Minuten sitzen, prüfte, ob man ihn beobachtete, erhob sich dann und verließ den Raum.

Coolidge lehnte sich in seinem Drehstuhl zurück und schaute zur Decke hoch. Die Sprechstunde versprach faszinierend zu werden. Er sehnte sich danach, mit dem Doktor zu reden. Gut, das Gewissen spielte auch mit. Weshalb hast du dann nicht gekündigt, bist nicht rausgelaufen, hast dich nicht geweigert, Verantwortung zu übernehmen, für was auch immer du keine Verantwortung tragen wolltest? War deine moralische Überzeugung so stark? Doch was gibt dir solche *Gewißheit?* Das war die Frage.

Coolidge sah sich vor dem Doktor, der in einem Stuhl sitzen würde, auf und ab gehen: «Ich kann Ihre Gefühle bis zu einem gewissen Grad verstehen», würde er ihm sagen. «Dennoch, Sie haben *die* Sünde gegenüber der Regierung begangen. Selbst wenn in Ihrer Job-Beschreibung stand, daß es Ihre Funktion sei, nach sonderbarem Zeugs Ausschau zu halten und, wenn nötig, Alarm zu schlagen, selbst *dann* war es die Kardinalsünde gegenüber der Regierung. Beruflich sind Sie erledigt. In diesem bestimmten Fall vielleicht mehr als erledigt. Weshalb haben Sie soviel Verantwortung auf sich genommen?»

Die Vorstellung war atemberaubend. Die Teile fügten sich ineinander. Er kannte die Verbindung zum KGB, und er kannte den Arzttermin. Der Müllmann leistete ziemlich gute Arbeit. Doch immer noch blieb ein faszinierender Leckerbissen: der merkwürdige Fall von Yeager und den Zielkarten.

Die Botschafterin Zhu erinnerte Yeager irgendwie an eine Waschmaschine. Sie liebte in Zyklen, unabänderlichen gleichmäßigen Zyklen: langsam, schnell, kreisend, langsam, schnell, kreisend. Nicht daß es etwas Besonderes gewesen wäre. Er dachte an William Faulkners Bemerkung: Einige Whiskys mögen besser sein als andere, doch es gibt keinen schlechten Whisky. Der Langsame, der Schnelle und der Kreisende. Sie waren alle wie Black Label, V.S.O.P., Hennessy, Châteauneuf-du-Pape '67. Die schnellen Zyklen trieben Botschafterin Zhu zur Raserei, so daß sie Mühe hatte, oben zu bleiben. Er war noch nie zuvor mit einer Asiatin ins Bett gegangen. Immer hatte er die komische Idee gehabt, daß Beischlaf mit einer Asiatin eher einem Höflichkeitsritual gleichkäme, zärtliche, regelmäßige, langsame Bewegungen.

Yeagers einziges Problem bestand darin, daß Ling-Ling die Schlafzimmertüre immer von innen zusperrte. Wie kam man also hinein, um die Arbeit zu verrichten? Doch er konnte es sich nicht leisten, darüber nachzudenken, denn Gedanken konnten ihn schwach machen und die chinesisch-amerikanischen Beziehungen ruinieren. Und da gab es auch noch Ling-Ling: Sie liebkoste seine Schultern und betrachtete ihn voller Zärtlichkeit. Er hatte sie ohne die geringste Berührung erobert, und sie als Zuschauerin zu wissen, entsprach der klassisch erotischen Szene. Er wünschte sich nur, Botschafterin Zhu wäre freigiebiger, denn Ling-Ling war zu reizend, als daß man sie hätte ignorieren können. Sachte drehte er Botschafterin Zhu auf den Bauch und nahm die langsamen Bewegungen von hinten wieder auf.

Ling-Ling verstand den Hinweis. Sie setzte sich auf und beugte sich vor, um Yeager einen gefühlvollen, zärtlichen, süßen und langen Kuß zu geben.

Unten war plötzlich chinesisches Trommelfeuer zu hören. Erschreckt schaute Ling-Ling hoch. Botschafterin Zhu war empört. Yeager lehnte sich langsam zurück, blieb aber bei der Sache. Er war verlegen, denn er war in flagranti erwischt worden, als es schon zu spät war. Botschafterin Zhu wurde wütend; es war schmeichelhaft. Er konnte sich vorstellen, was sie sagen würde. Ich schenke Ihnen Vertrauen, und sobald ich Ihnen den Rücken zudrehe, kommen Sie mir so? Das Trommelfeuer dauerte an, so daß Ling-Ling zurückzufeuern begann. Mit einer Geschwindigkeit von neunzig Worten in der Minute ging es hin und her. So ungefähr mußte der Boxer-Aufstand getönt haben. Ling-Ling stand auf, mißmutig, immer noch schnatternd; dann zog sie die Vorhänge um das Bett herum zu, während sie unaufhörlich weiterfeuerte. In Sekundenschnelle waren Yeager und Botschafterin Zhu allein im Liebesnest. Als ob nichts geschehen wäre, begann Botschafterin Zhu wieder mit ihren langsamen Zyklen.

Yeagers Zehen fingen zu vibrieren an, und er lächelte; diese reizenden kleinen Mädchen hatten einen Weg gefunden. Botschafterin Zhu hatte Verbindungen zum KGB, die noch aus der Zeit stammten, als sich die chinesischen Kommunisten und die Sowjetunion als Verbündete gegen den Rest der Welt betrachtet hatten. Immer noch pflegte sie inoffiziell einige wenige dieser Verbindungen, obwohl die beiden Regierungen miteinander verfeindet waren; unter Berufskollegen erwies man sich von Zeit zu Zeit einen kleinen Dienst. Nun war es an ihr, eine Gefälligkeit zu erwidern, die ihr ein KGB-Agent vor einem Jahr erwiesen hatte. Auftrag erfüllt, dachte Yeager, während es über ihn kam.

Ling-Ling holte mehrere Male tief Luft, um ihr aufgebrachtes Gefühlsleben zu kühlen, dann brachte sie, immer noch nackt, den Attaché-Koffer. Schon hantierte sie mit einer Kamera herum; Coolidge hatte nicht einmal gesehen, wann Ling-Ling sie in die Finger genommen hatte. Tatsächlich, sie *war* reizend. Ohne auf die hinter dem Vorhang hervordringenden Lustschreie zu achten, öffnete sie vorsichtig den Koffer, wobei sie die Verschlußkappen umwickelte, damit keine Geräusche entstanden. Dann nahm sie die Papiere heraus und begann, sie mit der kleinen, hochempfindlichen Kamera, die nicht einmal Klick machte, abzulichten.

Coolidge ließ das Bild stillstehen. Er verschob den Cursor auf die Papiere und vergrößerte sie zweimal, dreimal. Auch wenn er schon einiges erlebt hatte, konnte man ihn immer noch überraschen. Es waren jene Karten, die er beim Flug in der Kniescheibe in Harrys Attaché-Koffer gesehen hatte: die Karten des Verteidigungsministeriums, nach denen die in Europa stationierten Pershing-2-Raketen programmiert waren.

Harry hatte einer kommunistischen Macht und dadurch den Russen bekanntgegeben, welches das genaue Ziel für jede Pershing-2 war. Rechtschaffenheit hatte sich bezahlt gemacht. Dunn's Dilemma nicht herauszufordern war also die richtige Strategie: Harry war, ohne zu wissen, daß er verdächtigt wurde, unvorsichtig geworden. Inmitten der ganzen Verwirrung begann sich eine vielversprechende Möglichkeit abzuzeichnen.

Abfallbericht: # 85-11-6

AKTENZEICHEN: 104759
AUFGEGEBENES EIGENTUM VON:
Senator Oliver Garvey (Wohnsitz)

1. Post, ungeöffnet: Rettet die Delphine
2. Post, ungeöffnet: Rettet die Wale
3. Post, ungeöffnet: Rettet die Kinder
4. Post, ungeöffnet: Rettet Amerika
5. Post, ungeöffnet: Rettet die Seehunde
6. Post, ungeöffnet: Rettet den American Way of Life
7. Post, ungeöffnet: Rettet die freie Marktwirtschaft
8. 1 Flasche Scotch, Hausmarke, 1,75 Liter
9. 1 Buch mit herausfallenden Seiten, Titel: *Ronald Reagan: Gesammelte Reden*
10. 24 Muschelschalen
11. 1 Fläschchen Glycerin-Zäpfchen, halbvoll, Datum abgelaufen
12. Reservationsliste für den Club 211
13. Grundsatzpapier der Demokraten von 1976
14. 1 Damenstrumpfband
15. 1 Tischtuch

16. Entwurf eines Briefs an John Leggett, Personalchef des Senats
17. Fragment einer Rede für die Nationale Lexikographische Gesellschaft

Abfall-Szenario

Am Montagabend besuchte der Geschäftsführer des Club 211, M. René Guillemin, Senator Garvey und kochte sein französisches Lieblingsgericht, Muscheln à la casino (Punkt 10: Zwei Dutzend kleine Muschelschalen mit Knoblauchresten). Sie besprachen H. Dunns Essen mit E. Ives und Admiral Roscoe McQuade im Club 211 am letzten Donnerstag (Punkt 12: Reservationsliste des Clubs für den entsprechenden Abend; Punkt 15: verwendetes Tischtuch). Der Senator erfuhr nichts von Admiral McQuades Bedeutung für die BIBLIOTHEK – das heißt für O.F.F. (Punkt 15: das Tischtuch, es finden sich darauf nur unwichtige Budgetzahlen der Navy).

Als Gegenleistung dafür soll M. Guillemins Enkelin Senatsdienerin werden (Punkt 16: Entwurf eines Briefes an John Leggett, Personalchef des Senats).

Als M. Guillemin das Haus verließ, begegnete er Melanie Smith (Punkt 14: Strumpfband, Gegenstück wurde in Ms. Smiths Abfall gefunden, Aktenzeichen: 111836) auf dem Gehsteig und stellte sich ihr vor (Nummer 4 in M. Guillemins Abfall, Aktenzeichen: 127225, seine Visitenkarte mit Ms. Smiths Telefonnummer auf der Rückseite).

Kommentar

Was kann man über Punkt 17 sagen? Vielleicht handelt es sich nur um eine ständige Hänselei zwischen Reed und Garvey, eine Art Wettbewerb um die verrückteste Rede in der Geschichte der amerikanischen Politik. Andererseits versucht Reed vielleicht den Senator wirklich dazu zu bewegen, solche Überlegungen der Öffentlichkeit vorzutragen. Untersuchungen belegen, daß Reeds Biographie nichts Sonderbareres enthält als die Mitgliedschaft in der gregorianischen Choralschola seines Colleges.

Ein Fragment von Punkt 17 ist als Kopie beigelegt. Ein Teil davon wurde zerstört durch die Anwendung von Crazy-Klebstoff, bevor die Seite zusammengefaltet wurde.

... es ist wahrscheinlich kein allzu großer Sprung, wenn wir von unserer Diskussion über atomare Gefechtsköpfe zu dem gelangen, was man die Atome der Sprache nennen könnte. Ein Wort. Wir wissen natürlich, daß Worte so wirksam sein können wie Bomben. Für ein Atom der Sprache trifft das ganz besonders zu. Es ist gefährlich, explosiv, und es produziert Strahlung.

Verehrte Damen und Herren der Nationalen Lexikographischen Gesellschaft, ich meine das Wort «Nigger». Ich glaube, wir müssen dieses Wort aus der Versenkung hervorholen. Ich meine, wir sollten seinen Alltagsgebrauch wieder einführen. Es ist, in der Tat, ein Wort, ohne das wir schwerlich auskommen, wenn wir den prekären Zustand der heutigen Welt betrachten.

Nun wissen wir alle, wie sich Sprache entwickelt. Eine lebendige, ausdrucksstarke Sprache wird durch die heißen Ströme der evolutionären Kräfte einer Gesellschaft geprägt, geformt und entwickelt.

Ich behaupte deshalb, daß das Wort «Nigger» sich im Lauf der Zeit dahin gewandelt hat, daß es nicht länger die Hautfarbe bezeichnet. Weit davon entfernt, die Färbung der Epidermis zu beschreiben, wurde das Wort gewissermaßen internalisiert und meint nun nicht das Äußere eines Menschen, sondern sein Inneres. Daß sich ein Wort in sein Gegenteil verkehrt, kann man in der Sprache oft sehen. Meine Beobachtung zielt dahin, daß das Wort «Nigger» verwendet werden sollte, um die Stimmung eines Menschen, seine Lebensauffassung, zu beschreiben. Genauer noch, ich behaupte, daß sich das Wort in seiner Eigenschaft auf die Abwehrkräfte eines Menschen bezieht.

Die Abwehrkräfte eines Niggers sind offensichtlich. Jedermann kann sie sehen. Overkill charakterisiert die Abwehr der Nigger. Eine Bereitschaft, sozusagen, die Bombe abzuwerfen, auch wenn es sich um eine Kleinigkeit handelt.

Weiße Abwehrkräfte jedoch sind subtiler. Nicht unbedingt schwächer. *Subtiler.* Tatsächlich, je subtiler einer ist, desto weißer ist er. Innen, wohlverstanden. Überzeugende Beispiele gibt es genug: John Wayne. Ganz klar ein Nigger. Schau ihn schief an, und schon hast du die Faust im Gesicht. Niemand hatte je gewußt, daß er Puppen sammelte. George Patton. Ein äußerst aggressiver Offizier, der Pistolen mit Elfenbeingriff trug und seine Leute mit Krawatte in die Schlacht schickte. Ganz offensichtlich ein Nigger. John F. Kennedy? Ein Weißer. Lyndon B. Johnson? Nigger. Martin Luther King, Jr. und Henry James? Weiße. Harry Truman? Kurzschwänziger Nigger. Und so weiter. Sie sehen, worauf ich hinauswill. Offen gestanden, es ist viel einfacher, Beispiele für Nigger zu finden als für Weiße.

Aber was hat das mit der atomaren Strategie zu tun?

Alles, verehrte Freunde, alles.

Schauen Sie sich einmal an, wie sich die Vereinigten Staaten in der internationalen Arena aufführen. Andauernd sprechen wir davon, wie unser Wille herausgefordert und unsere Entschlußfähigkeit getestet wird. Unser Haar sträubt sich schnell, wir gehen rasch zum Angriff über, alles in der Angst, unser Gesicht zu verlieren. Unsere Truppen und unsere Flotte stehen überall in der Welt. Überall haben wir Horchposten aufgestellt, denen nichts entgeht. Unsere Radaranlagen sind vierundzwanzig Stunden täglich in «Betrieb», sie suchen und suchen.

In aller Aufrichtigkeit, ich kann nicht umhin, dies alles als Nigger-Außenpolitik zu bezeichnen. Wir sind schnell herausgefordert, schnell von wirklichen und eingebildeten Kleinigkeiten in Aufregung versetzt, schnell zum Kampf bereit. Wie schlimm ist es für die amerikanische Psyche, nachzugeben, dem anderen etwas zuzugestehen, einen Zentimeter zurückzuweichen?

Jetzt, so nehme ich an, begreifen Sie die Nützlichkeit des Wortes «Nigger». Es stellt das Wettrüsten in einen klaren Bezugsrahmen. Wir sind eine Nation von Niggern, der dreißigtausend Atomwaffen zur Verfügung stehen. Ein ernüchternder Gedanke, nicht wahr? Denken Sie daran, daß ein amerikanischer Präsident jedesmal in der Gunst der Wähler steigt, wenn er auf anderen Kontinenten Militär einsetzt.

Wie dem auch sei, es ist ein Gedanke, den Sie sich überlegen sollten, und ich hoffe, daß die Journalisten unter Ihnen keinen Teil dieser Rede aus dem Kontext reißen. Ich danke Ihnen.

Überraschung

Statistisch gesehen impliziert Gleichzeitigkeit nicht Kausalität. Wenn zwei Ereignisse verdächtig kurz nacheinander geschehen, heißt das noch lange nicht, daß eine Verbindung zwischen ihnen besteht. Dies ist das Gegengift des Statistikers gegen Paranoia.

Coolidge rief sich das immer wieder ins Gedächtnis. Als er am nächsten Morgen in die BIBLIOTHEK ging, war er nervös und aufgeregt, denn es war D-Day, Doktor-Tag; er kam dem Doktor immer näher. Doch als er in der BIBLIOTHEK ankam, hörte er, daß die Bibliothekare zwischen ein Uhr und drei Uhr nachmittags eine Überraschungsparty für ihn arrangiert hatten; gerade recht, um ihn zu seinem Treffen mit dem Doktor zu spät kommen zu lassen.

Überraschungsparties in der BIBLIOTHEK gehörten zu Harrys kleinen Spielchen. Wer etwas ungewöhnlich Brillantes geleistet hatte, bekam eine Überraschungsparty. Doch es war auch ein Test: Wie lange würde es dauern, bis ein allwissender Bibliothekar herausgefunden hatte, daß er der Ehrengast der Überraschungsparty war? Coolidge unterbot die 4-Minuten-Grenze und wußte es schon 3 Minuten und 56 Sekunden nach seiner Ankunft; er ließ es sich sofort von Burnishs Sekretärin bestätigen und meldete seinen Anspruch auf den Rekord an.

Der wichtigste Anhaltspunkt bestand darin, daß Burnish zu spät zur Arbeit gekommen war: eine reductio ad absurdum, denn Burnish kam nie zu spät zur Arbeit, er kam nur zu spät nach Hause. Eine Anfrage an den Computer ergab, daß Burnish zwei Telefonanrufe gemacht hatte: an ein Delikatessengeschäft und an einen Spirituosenladen, wobei dem Weißwein viel Aufmerksamkeit geschenkt worden war.

Es kam noch ein kleiner Tusch dazu. Normalerweise wurden die Parties abwechselnd in den Wohnungen der Bibliothekare organisiert. Dieses Mal hatte Burnish veranlaßt, daß alles in Veras Wohnung gebracht wurde. Gleichzeitigkeit bedeutet noch nichts, dachte Coolidge andauernd. Sei objektiv, laß das Überflüssige weg, halte dich an die Fakten, laß dich nicht von Gefühlen verleiten, lies nicht irgend etwas in unschuldige Handlungen hinein; sie könnten tatsächlich unschuldig sein.

Es war anstrengend zu warten. Er ging die letzten Abfallberichte durch, die auf seinem Schreibtisch lagen, und überhäufte Jake Shoemaker mit allen möglichen Zusatzarbeiten, so daß er den Nachmittag ganz für sich haben würde. Er wollte in der Lage sein, dem Doktor seine uneingeschränkte Aufmerksamkeit zu schenken. Um Viertel vor eins verließ er die BIBLIOTHEK und fuhr den üblichen Weg zu Veras Wohnung. Wie sollte er es fertigbringen, so fragte er sich, herzlich und warm aufzutreten? Es war nicht einfach, Vera hinters Licht zu führen. Als sie die Türe öffnete, konnte er die anderen hinter ihr versammelt sehen. Er bekam einen großen roten Kuß, während alle applaudierten.

«Hallo, Süßer», begrüßte ihn Burnish und überreichte ihm ein Glas Weißwein.

«Erstklassige Arbeit, Walter», meinte Harry, indem er sein Glas Club-Soda in die Höhe hielt. Coolidge sah linkisch aus, als er in Veras Wohnzimmer stand; er hatte es sich nicht ausgesucht. «Vera, meine Herren», setzte Harry an, «wir nennen ihn in seiner Anwesenheit normalerweise nicht so, doch stoßen wir auf ihn an, den Müllmann.»

Coolidge ließ ein Lächeln sehen, trank seinen Wein und gab sich bescheiden; er zählte die Anwesenden. Alle waren gekommen. Sehr schön. Vielleicht war die Party doch zu etwas gut. Einer der Partygäste mußte früher gehen, Coolidge würde sich an seine

Fersen heften. Es wäre einfacher, als im Parkverbot von Herbert Purefoys Anwaltspraxis zu warten.

«Walter, erzähl uns mal, wie du den T-72 fertiggemacht hast», wollte Barber wissen. «Wer weiß, vielleicht ist dabei etwas Neues für die Landkriegsführung herausgekommen.»

«Danach möchte ich hören, wie Beebe die tschechische Armee besiegte», machte sich Emil Kraus bemerkbar und fischte ein Zwiebelchen aus seinem Gibson.

«Noch Crevetten, Walter?» fragte ihn Burnish, der in einer Küchenschürze servierte.

Coolidge beobachtete sie alle. Er hatte seine Schuhe ausgezogen und streckte seine Füße auf ein Sofa; sein Jackett lag irgendwo herum, und sein Mantel befand sich im Schlafzimmer. Die Stereoanlage war in Betrieb. Gemütlich ging die Zeit vorbei. Die Bibliothekare spannten aus, außer einem, dem Doktor; außer zweien, dem Doktor und Coolidge. Während er Vera alles über Deutschland erzählte und sich gesellig gab, überprüfte er ständig die Vollzähligkeit der Anwesenden.

Wenn er in die Runde sah, war er nicht sicher, wie er sich vorkam: als Beichtvater (er wußte um alle ihre Sünden), als der größte Schnüffler und Voyeur, als Eheberater oder Sexualtherapeut. In ihren Privatleben kannte er sich so gut aus, daß es kaum möglich war, mit einem von ihnen ein lockeres Gespräch zu führen.

Harry hatte seine unbehagliche Phase hinter sich und gab sich gegenüber Farnsworth, Hopkins und Barber wieder ganz als der gesellige Plauderer, der er war. Coolidge studierte ihre Gesichter. Farnsworth brannte immer noch mit Siebzehnjährigen durch. Hopkins entwickelte sich langsam zum schweren Trinker. Bis er fünfunddreißig war, hatte er die Finger vom Alkohol gelassen, doch danach hatte er entdeckt, was ihm gefehlt hatte. Barber, der Mann ohne Ego, reagierte auf die Umwelt, als ob die äußere Schicht seiner Epidermis fehlen würde. Dies machte ihn rücksichtslos; gegenwärtig war er daran, seine dritte Frau zu ruinieren.

Die vier schlugen sich eifrig mit der Frage herum, was die ersten zivilen Maßnahmen wären, die nach einem Nuklearkrieg getroffen würden. Es war Harry Dunns typisches Gesprächsthema auf Parties. Nach fünf Minuten hatten sie die Antwort: Man würde die Börsen schließen.

Burnish machte seine Runden und offerierte Hors d'œuvres und Getränke. Coolidge mußte sich nicht um ein volles Glas bemühen, immer wenn er nicht hinschaute, wurde es auf zauberhafte Art und Weise nachgefüllt. Burnish hatte sich nicht nur um das Essen gekümmert, er war auch der Bartender und Kellner. Mit Gardella hatte er ausgemacht, daß Veras Wohnung nach unerlaubten Wanzen durchsucht würde, und aus dem Mannheimer Krankenhaus hatte er Beebes Erlaubnis erhalten, das Apartmenthaus diskret von einigen Leuten bewachen zu lassen. Wenn nötig, würde man auch die Betrunkenen nach Hause bringen. Jeder hatte sehr unter Druck gestanden, so daß einige vielleicht Dampf ablassen wollten. Burnish würde auch nach Partyende bleiben, die Wohnung sauber machen und das Flaschenpfand einkassieren gehen.

Gardella saß niedergeschlagen in einer Ecke. Seine Frau wollte ihn verlassen. Wüßte er, wie sie sich hinter seinem Rücken vergnügte, würde er sie umbringen; also war er mit seiner Depression noch gut bedient. Er unterhielt sich mit Beatty, ab und an konnte Coolidge hören, wie das Wort Jesus durch den Raum schwebte. Soweit Coolidge wußte, war Beattys Leben in Ordnung. Er war unberührbar.

Vera rüttelte an Coolidges Schulter. «Walter, du hörst mir nicht zu.»

«Aber doch. Was hast du eben gesagt?»

«Ich fragte, ob du schon mit Harry gesprochen hast.»

«Über Gott und die Welt.»

«Und über Ärzte?»

Coolidge schaute sie an. Er wußte viel, doch nicht alles. War sie die Krankenschwester des Doktors? Himmel, nach allem, was er wußte, konnte sie der Bischof sein. Er hoffte, daß sie das Wort nicht aussprechen würde; sie befanden sich vor einer Kamera, einer rechtmäßigen Wanze.

«Nein», gab er zurück.

«Worauf wartest du dann?»

«Ich bin eben zurückgekommen. Ich muß erst einmal den leidigen Kleinkram erledigen.» Bei seinem Job – sammeln und überprüfen von aufgegebenem Eigentum – entsprach das buchstäblich der Wahrheit.

Mittlerweile fehlte Hopkins. Es war nach zwei Uhr. Hopkins war der verletzlichste von allen. Bisexuell, auf dem Weg zum Homosexuellen. Bei einer Abstimmung unter den Bibliothekaren würde herauskommen, daß er höchstwahrscheinlich mit Kongreß-Hilfspersonal jeglichen Geschlechts ins Bett gehen würde. Coolidge hatte Harry über Hopkins schon Bericht erstattet, wobei ihm Harry über seine Indiskretion eine tüchtige Schelte verabreicht hatte. Hopkins mußte man tüchtig schelten, sonst nahm er es gar nicht zur Kenntnis.

«Du weißt, daß du auf Risiko spielst», flüsterte ihm Vera zu. Sie bewegte kaum die Lippen, so daß die anderen es nicht zu hören vermochten. Möglicherweise hörte es auch die Microcam nicht, die ihnen gegenüber im Bücherregal neben der Bar angebracht war. «Du kreierst eine zweite Kategorie von Datenmaterial, Sachen, die nur du weißt. Das ist unbibliothekarisch.»

«Du vergißt Dunn's Dilemma», antwortete er, ebenfalls ohne die Lippen zu bewegen. «Du willst doch sicher nicht, daß ich in dieser Sache unlogisch vorgehe? Das wäre sogar noch unbibliothekarischer.»

Coolidge schaute sich in der Wohnung um. Einer der Anwesenden war unerwartet genial. Kraus, Hopkins (war aus der Küche zurückgekommen), Farnsworth, Barber, der Rest: Konnte einer von ihnen so raffiniert sein? Es war nicht leicht zu glauben, vielleicht, so fiel ihm ein, spielte der Doktor seine Rolle gar nicht «absichtlich», vielleicht wußte der Doktor nicht, daß er der Doktor war, vielleicht wurde er irgendwie von anderen benutzt.

Ein schrecklicher Gedanke. Er machte aus einem Genie einen Idioten, und die knifflige Frage nach Ethik und Moral würde damit hinfällig. Der Doktor, ahnungslos, daß er es war? Staatsgeheimnisse in zärtlichen Augenblicken ausgeplaudert, zum Beispiel einer Geliebten, angestellt von einem anderen Nachrichtendienst, einer anderen Regierung – der alte bewährte Mösen-Trick der Staatskunst? Es war nicht leicht, dies zu akzeptieren, doch es war, zugegebenermaßen, eine logische Möglichkeit.

Vera schaute ihn erstaunt an. «Walter, weißt du Dinge, die ich nicht weiß?»

«Natürlich nicht. Was könnte ich schon wissen, das du nicht weißt, und wie könnte ich so etwas wissen?» Er überlegte sich, ob sie an die Sache mit dem Doktor dachte oder sein Verhalten Harry gegenüber; oder fragte sie sich, weshalb Yeager und Harry die Zielkarte den chinesischen Verbindungsleuten der Russen übergeben hatten, oder weshalb Charley Eberhart Oliver Garvey besuchte, oder ob die Emersons durch den KGB infiltriert waren? Oder gab es sonst noch etwas?

«Ich weiß nicht», erwiderte Vera, «ich glaube, irgend etwas stimmt nicht mit dir, und zwar mehr als sonst.»

Wo steckte denn Kraus? Möglicherweise auf der Toilette, würde so zu ihm passen. Kraus war verletzlich; er mußte einer der führenden Aufreißer der Hauptstadt sein. Er war klein und häßlich, und die Frauen machten sich nichts aus ihm, so daß er sich die teuersten Nutten der Gegend kaufte, manchmal gleich zwei, immer schicke, langbeinige Schönheiten, die ihn um einiges überragten. Alles Erdenkliche war menschlich, alltäglich, zerstörte Egos, die versuchten, nicht im Selbsthaß unterzugehen; dies schien der Stand des Rennens zu sein. Als er sich umschaute, kam Kraus gerade ins Zimmer zurück.

Dann bemerkte er, daß Harry die Krawatte wieder hochgezogen hatte. Seine Ärmel waren nicht mehr hochgekrempelt; sein Mantel lag neben ihm über einem Barhocker. Eben wollte er gehen. Coolidge bemerkte, daß er von all dem Wein, den ihm Burnish verabreicht hatte, ein wenig angetrunken war.

Harry dagegen hielt ein nüchternes Glas Sodawasser hoch. «Bevor wir nach Hause gehen, sind wir uns noch einen Toast schuldig. Eine neue Welt wird entstehen, Leute. Walters kleines Deutschland-Abenteuer hat es gezeigt. Die Konsequenzen von O.F.F. sind unabsehbar. Die Sowjetunion ist erledigt; es ist jetzt nur noch eine Frage der Zeit. Ich gebe ihr noch fünf Jahre, *vielleicht* noch fünf Tage. Und wir haben das möglich gemacht. Wir. Die BIBLIOTHEK. Wir haben das Material gesammelt.»

«Hört, hört», kommentierte Hopkins.

Coolidge zog sich die Schuhe so undramatisch wie möglich an.

«Haben wir nicht das Recht auf einen Bonus oder so etwas?» fragte Farnsworth. «Nach allem, was wir geleistet haben . . .» Sie spekulierten, wieviel das etwa sein könnte.

«Wenn sie jedem von uns eine Milliarde Dollar zahlen, wäre das ein Zwölf-Milliarden-Dollar-Geschenk», meinte Harry. Er hatte seinen Mantel über den Arm gelegt. «Billig und zum halben Preis.»

«Es wäre ja nur die Hälfte», fiel es Hopkins ein, «die andere würden sie als Steuergelder wieder zurückbekommen.»

Gutmütige Neckereien und kameradschaftliches Schulterklopfen, das gefiel Harry. Er lächelte, während er durch das Zimmer ging. Es war die Absicht solcher Parties, ein Zusammengehörigkeitsgefühl in dieser sozusagen neuen Regierungsstelle zu schaffen.

Coolidge war noch nicht bereit. Sein Mantel befand sich im Schlafzimmer, und noch vermißte er sein Jackett. Es gab nur einen Weg, Harry zu stoppen: ihm eine Frage zu stellen.

«Harry, noch bevor du gehst», wandte er sich beiläufig an ihn, indem er sich aufrichtete, sich streckte und sich die Fäuste in den Rücken drückte. «Falls O.F.F je angewandt würde, Harry, was würde mit den fünfundvierzig Millionen geschehen?»

«Es sind nicht fünfundvierzig Millionen», antwortete Harry ruhig, «es sind zwanzig Millionen. Man hat die falschen Genauigkeitswerte für die MX gebraucht.»

«Gut, was passiert mit den zwanzig Millionen?»

Harry lächelte matt. Er legte seinen Mantel nieder und setzte sich auf den nächsten Barhocker. Coolidge sah sich nach seinem Jackett um. «Was *passiert* mit den zwanzig Millionen?» fragte Harry zurück.

«Das sind ziemlich viele Leute. Und man wird es auch nicht schaffen, die Hälfte davon wieder zu Steuerzahlern zu machen.»

«Ha, ha, ha», schaltete sich Hopkins ein.

«Die Zahl stellt ein Maximum dar», sagte Harry, offensichtlich überrascht, so spät noch auf Skepsis zu stoßen. Dies konnte es geben, dafür waren sie schließlich auch Bibliothekare. Sie hatten alle Annahmen zu hinterfragen und zu untersuchen, nichts sollte den Launen des Zufalls überlassen werden. «Die Zahl beinhaltet Fehlschläge», fuhr er fort. «Fehlschläge größeren Ausmaßes. Wir haben Sicherheitsmaßnahmen für Sicherheitsmaßnahmen für das ganze Unternehmen.»

«Uh huh», raunte Coolidge und entdeckte sein graues Tweedjackett, das zerknittert auf der Sitzfläche eines Stuhls lag. «Was ist die Wahrscheinlichkeit, daß es weniger als zwanzig Millionen sein werden, Harry?»

«Ich persönlich glaube, daß es weit weniger sein werden. Weißt du, was ich tun werde? Ich will dich überzeugen. Ich will, daß alle überzeugt sind. Erinnerst du dich an Breschnew? Lassen wir ihn wieder auferstehen. Er ist ein zäher Gegner. Er ist der einzige, den wir bis jetzt noch nicht auf unsere Seite gebracht haben. Sicher freut er sich über sein Beraterhonorar für diesen Tag. Wenn ich ihn rumgebracht habe, dann hast auch du keine Zweifel mehr an der Wirksamkeit von O.F.F.»

Es war 2 Uhr 30 nachmittags. Harry winkte und war verschwunden, genau nach Fahrplan.

«Auch für mich langsam Zeit», sagte Coolidge zu Vera und ging ins Schlafzimmer, um seinen Mantel zu holen. Sie folgte ihm und schloß die Türe hinter sich.

«Bleib noch ein Weilchen.» Sie schmiegte sich an ihn. «Chung jung gung.»

«Geht nicht.»

«Klar geht es.» Leichter Druck eines Knies war zu spüren. Mund und Augen machten einen teuflisch anziehenden Eindruck. «Heute bist du der Platzhirsch, du hast ein Recht darauf.»

Er ließ seine Hände ihren Rücken hinuntergleiten, doch stoppte er gerade im richtigen Augenblick. Es war zu verführerisch. Als Vera ihre Bemühungen verstärkte, war Coolidge drauf und dran, schwach zu werden – mit Ausnahme einer Körperstelle.

«Geht nicht», wiederholte er und knöpfte seinen Mantel zu.

«Walter, hast du irgendwas vor?»

«Was könnte ich schon vorhaben?»

«Gehst du fremd?»

«Nein, und du?»

Sie wurde rot und senkte die Lider. «Ich bin daran, es zu *versuchen.*»

«Ich habe Kopfschmerzen, Liebling, versuch es irgendwann später noch einmal.» Er küßte sie schnell und ging hinaus.

«Du hast mir nicht einmal danke dafür gesagt, daß ich dir dein verdammtes Leben gerettet habe», rief sie ihm nach.

Coolidge rannte zum Aufzug. Gerade noch rechtzeitig gelang es ihm, eine Kabine mit dem Fuß zu stoppen. Türe auf, Türe zu, nächstes Stockwerk. Türe auf, Türe zu, nächstes Stockwerk. Es dauerte eine Ewigkeit.

Als er seinen Wagen in der Tiefgarage endlich erreicht hatte, sah er, wie Harry eben hinausfuhr und verschwand. Er war ihm entwischt.

Dann also Plan B. Herbert Purefoy, Ex-Direktor der Central Intelligence.

Die Akte über mich

Mit dem Opernglas seines Großvaters suchte Coolidge die Fenster ab, er hielt nach einem Lebenszeichen Ausschau. Die Beleuchtung war ungünstig, er konnte nicht hineinsehen. Drinnen waren Purefoy und vielleicht auch der Doktor; zwei Autos standen vor dem Haus geparkt. Coolidge hatte Mühe, nicht zu zittern.

Das Haus stand allein auf einem Hügel. Mit seinem von großen Tudor-Dreiecken umrandeten Obergeschoß, dem steilen, mit braunen Schindeln gedeckten Dach, den zweiflügligen Fenstern und den eingebauten Dienstbotenzimmern mußte es an die sechzig Jahre alt sein.

In seinem brandneuen gelben Mercedes war Purefoy aus einer Tiefgarage im Zentrum Washingtons losgefahren. Für einmal hatte man es Coolidge leichtgemacht; er brauchte bloß einem großen Zitroneneis hinterherzufahren. Purefoy hatte den Häuserblock zweimal umkreist und sich ständig nach einem Verfolger umgesehen, doch Coolidge blieb so weit hinter ihm zurück, daß er nicht auffiel. Danach war Purefoy auf dem Beltway direkt nach Maryland gefahren.

Ein zweites Auto kam die Zufahrtsstraße hoch. Versteckt hinter einer Hecke knieend, folgte Coolidge mit dem Opernglas dem Wagen. Es war Glenn Ingalls, der kalifornische Geschäftsmann. Ingalls parkte neben Purefoy. Er ging auf die Haustüre zu und öffnete sie ohne Zögern, als ob er hier zu Hause wäre.

Coolidge legte sich für zwei Minuten hinter der Hecke auf den Boden, um seine schmerzenden Knie zu entlasten. Nach zehn Minuten kam ein weiterer Wagen den Hügel hoch. Es war Garvey. Er hatte einen Aktenkoffer bei sich und hielt sich so kurz wie möglich im Tageslicht auf. Es war 3 Uhr 45. Coolidge hatte gehofft, den Doktor vor der Tür abzufangen. Nun hatte er keine andere Wahl. Er mußte sich Einlaß verschaffen; es war sowieso Zeit für seinen jährlichen Gesundheitstest.

Coolidge schlich hinter der Hecke um das Haus herum zum Hintereingang. Verschiedenste Eingänge und Öffnungen boten sich an, vor allem die Flügeltüren, die auf eine Steinterrasse hinausführten, sahen vielversprechend aus.

Er lauschte nach irgendwelchen Geräuschen, doch man hörte nur das leise Rascheln dürrer Blätter. Eben tauchte ein neuer Gedanke auf: zurück zum Wagen. Er unterdrückte ihn, doch die Versuchung war groß. Er erhob sich und schüttelte die Kniegelenke. Schnell und ohne ein Geräusch zu machen, schlich er zur Steinterrasse. Ein Türflügel gab nach. Er betrat eine Bibliothek und durchquerte den Raum auf eine geschlossene Tür zu. Dann stand er still und horchte.

Nur ein einziges, auf eine komische Art bedrohliches Geräusch war zu hören. Mühsames Atmen. Uuuhhh. Pause. Uuuhhh. Das Komische daran war, daß es aus der falschen Richtung kam. Unmittelbar hinter ihm stand ein Asthmapatient.

«Ich werde mir alle Mühe geben, Ihnen keine Kugel durch den Kopf zu uuuhhh jagen», keuchte der Mann. «Sie befinden sich auf privatem Grund, also hab ich uuuhhh das Recht. Mir nach!»

«Verstehe schon.»

«Wenn wir zusammen klarkommen, können wir vielleicht Ihr uuuhhh Leben retten.»

Coolidge streckte langsam die Hände hoch. Wenn der Mann nicht gerade Luft holte, klang seine Stimme ziemlich gemein.

«Stellen Sie sich gegen jene uuuhhh Wand.»

Coolidge spürte, wie sich eine gefühllose Hand an ihm zu schaffen machte und ihn nach einer Waffe absuchte. Auch zwischen den Beinen war sie nicht gerade zimperlich. Er merkte, wie sein Opernglas aus der Hintertasche verschwand. Es war zum Verzweifeln: der Doktor so nahe und doch so unerreichbar. Nachdem er die Sache soweit vorangetrieben hatte, war ihm der Gedanke an einen Mißerfolg unerträglich. Dies machte seine Angst wett und ergab eine überraschend gleichgültige Art von Verzweiflung. Er warf einen raschen Blick hinter sich. Der Mann war wie ein Gärtner gekleidet und sicher über siebzig. Er hielt eine 357er Magnum. Alles, was sich in Coolidges Reichweite befand, war ein Bücherregal.

«Drehen Sie sich uuuhhh langsam um.»

Den *Aufstieg und Fall des Römischen Reiches* in der Hand, drehte sich Coolidge langsam um. Der Wälzer hatte mindestens 1 200 Seiten. Die restlichen Bücher auf dem Regal machten Geräusche, doch das Hörvermögen des Mannes mußte so schlecht sein wie seine Lunge. Coolidge ließ 500 Jahre römischer Geschichte auf seinen Kopf niedersausen, und die Augen des Mannes drehten sich nach oben, der Geschichte zu. Ein Problem blieb jedoch: Was würde beim Herunterfallen den größten Lärm verursachen? Er griff nach Opernglas, Pistole und dem alten Rom und ließ den Gärtner zu Boden fallen.

Coolidge öffnete die Tür und spähte hinaus: eine große Eingangshalle mit massiven dunkelbraunen Pfeilern und Balken, eine dunkle Treppe, die ins obere Stockwerk führte, und Türen in andere Zimmer, die alle zu waren. Lauschend schlich er, die 357er wie eine Heftklemmenpistole in der Hand, vorsichtig von Tür zu Tür. Als er bei der Doppeltür am Fuß der Treppe angelangt war, hielt er das Ohr gegen das dunkle Holz. Er hörte das Zauberwort: «Doktor». Die Verführung war zu groß. Er nahm die Pistole in die rechte Hand, drehte mit seiner linken langsam den Türknopf und schlüpfte in das Zimmer. Ein, zwei, drei Gesichter erkannte er.

Garvey, Purefoy, Ingalls.

Kein Harry, auch kein anderer Bibliothekar. Die drei saßen in Ledersesseln um einen kleinen runden Tisch herum. Der Raum war offenbar ein Wohnzimmer.

Purefoy musterte ihn mit einem professionellen Blick und sagte ruhig: «Nicht schlecht, Coolidge. Niemand wußte von *diesem* Treffen.»

«Zielen Sie auf uns?» fragte ihn Ingalls angegriffen, ja schon gekränkt.

Coolidge betrachtete den Gegenstand in seiner Hand. «Ich weiß nicht so recht.» Er trat weiter ins Zimmer hinein. «Drei erfolgreiche, geschätzte Mitglieder des Establishments. Denker und Lenker. Und was tun sie? Sich gegen die Regierung verschwören? Alles, was Ihnen noch fehlt, ist eine Kerze auf einer Weinflasche.»

«Wir diskutieren Angelegenheiten von staatlicher Tragweite», entgegnete Garvey trocken. «Ich bin in der Lage zu wissen, daß dies nicht durch ein kürzlich verabschiedetes Gesetz für illegal erklärt worden ist.»

«Oh, so was machen Sie also.»

«Walter, ich hoffe, Sie haben diesen alten Mann nicht verletzt», warf Garvey ein.

«Wo habt ihr den her? Aus dem CIA-Altersheim?»

«So ungefähr.»

Coolidge schüttelte den Kopf.

«Haben Sie bestimmte Absichten, Walter?» fragte Garvey.

«Nein, eigentlich nicht. Wir warten hier, bis der Doktor kommt.»

«Aha.»

Die drei Männer schauten einander an. «Möchten Sie vielleicht etwas zu lesen, während Sie warten?» Garveys Aktenkoffer lag auf dem Tisch. Er griff nach dem Koffer und warf ihn Coolidge zu, der seine Pistole fallen ließ, um ihn aufzufangen. Coolidge warf Garvey einen bösen Blick zu, während er sich nach der Pistole bückte. Dann setzte er sich auf das Fenstersims auf der gegenüberliegenden Seite des Zimmers. Während er den Aktenkoffer auf einem Knie balancierte, brachte er es fertig, mit einer Hand den Verschluß zu öffnen. Im Koffer lag nur ein einziges Blatt, ohne Briefkopf.

WALTER COOLIDGE – Eine Einschätzung

In der Bibliothek gibt es nur eine Person, die Ihren Absichten dienlich sein könnte. Es ist Walter Coolidge, der von

Insidern gelegentlich als Müllmann bezeichnet wird. Weshalb ich ihn in Betracht ziehe? Er ist ein Querschläger.

Unbewußt fühlt sich Coolidge über alles erhaben. Das hat zur Folge, daß er im Leben mehr zum Beobachten als zum Teilnehmen neigt. In den Angelegenheiten des täglichen Lebens erweist er sich daher als eher ineffizient. Im Verkehr mit Menschen zum Beispiel nimmt er immer die Rolle des Anthropologen ein, der menschliche Aktivitäten beobachtet. Das wirkt sich negativ auf seine Spontaneität, seine Lebensfreude und seine Kreativität aus.

Weil er sich über alles erhaben fühlt, empfindet Coolidge für Gegner keine Haßgefühle, keinen Abscheu, keine Angst usw. Er kann starkes Mitgefühl entwickeln, beinahe bis zur Selbstzerstörung. Ein praktisches Beispiel für Coolidges Handlungsweise: Es ist ihm unmöglich, einem Baseball-Team zuzujubeln, denn er steht ebenso auf der Seite des Schlägers als auch auf der Seite des Fängers. Die einzige Ausnahme dabei bildet das Doppelspiel, dessen Eleganz und Dynamik ihn die Feldspieler den Läufern vorziehen läßt. Coolidge betrachtet Baseball nicht einmal als Mannschaftsspiel. Es stellt für einige erwachsene Männer bloß eine hoch ritualisierte Art dar, ihren Lebensunterhalt zu verdienen, indem sie ihre Fähigkeiten gegen die anderer erwachsener Männer testen. Er interessiert sich mehr dafür, wie sich ein Außenfeldspieler gegenüber den weiblichen Anhängern auf der Stehtribüne verhält, was der Läufer an der Grundlinie zu seinem Gegner sagt, wie der Werfer auf die Anweisungen des Fängers reagiert. Er folgt einem Baseballspiel so ziemlich auf die gleiche Art und Weise, wie er die Bewohner einer bronzezeitlichen Siedlung bei ihren alltäglichen Verrichtungen beobachten würde.

Es ist möglich, daß diese Haltung auch von einer unbewußten Angst vor dem Verlieren herrühren könnte. Was immer ihre Ursache ist, Coolidge ist ein schwacher Kämpfer, weil er zuviel Mitgefühl für den Gegner entwickelt. Er besitzt wenig Teamgeist. Wofür soll man sich denn einsetzen?

Coolidge geht nicht mit der Masse, er ist zufrieden, wenn er seine eigenen Fehler macht. Er hat einen ausgesprochenen Hang, das Rad neu zu erfinden. Ihm fehlt der Killer-Instinkt. Er zeigt mehr weibliche Veranlagung als die meisten Männer. Er kann schlecht andere Leute einschätzen. Ohne es zu wissen, ist er ein beschränkter Technokrat, der in seinem Spezialgebiet aufgeht.

All das führt dazu, daß Coolidge seine persönlichen Probleme nicht in seine Arbeit hineinprojiziert. Er ist das Gegenteil eines Fanatikers oder eines Ideologen, dessen Psyche durch gegenteilige Fakten bedroht ist. Coolidge steht eher dem Mathematiker nahe, dem Typ, der, ohne irgend etwas auszuklammern, alle bekannten Größen und Variablen in seine Rechnung einbezieht. Jeder Teil der Gleichung wird offen dargelegt und berücksichtigt, und jedem muß Rechnung getragen werden.

Zusammenfassend läßt sich sagen, daß Coolidge niemals Ergebnisse zurechtbiegen würde, um neues Datenmaterial in bestehende Schemata zu pressen. Eher ist er ein Arzt, dessen Diagnose ausschließlich auf Fakten basiert.

Mit der Aufnahme Walter Coolidges in die BIBLIOTHEK hat Harry Dunn einen schweren Fehler begangen. In der BIBLIOTHEK wird der Doktor Dinge zu Gesicht bekommen, die jenseits seines gegenwärtig engen Blickwinkels liegen. Er wird ausgebildet und mit neuen Informationen konfrontiert werden. Diese neuen Informationen wird er nicht ignorieren können; wenn er das täte, würde das seine ganze Selbsteinschätzung als hingebungsvoller und unnahbarer Wahrheitssucher torpedieren. Verbunden mit seinen einzelgängerischen Zügen und dem Fehlen jeglicher Gruppenloyalität ist der Umstand, daß er auf klassische Art und Weise die Persönlichkeit eines Menschen besitzt, der nicht bei der Stange bleibt.

Er ist die einzige Möglichkeit unter den Bibliothekaren. Der Doktor selbst wird die Überzeugungsarbeit leisten müssen. Druck nützt in diesem Fall nichts. Zurückhaltung führt zum Ziel.

Coolidge konnte es auf der Stelle auswendig; er würde Mühe haben, es wieder zu vergessen. Nie zuvor hatte er gelesen, wie jemand ihn einschätzte. Er trug den Aktenkoffer zu den anderen hinüber, ließ ihn auf den Tisch fallen und zog sich einen Stuhl heran. Niemandem, auch Coolidge nicht, war es aufgefallen, daß er die 357er auf dem Fenstersims liegengelassen hatte. Ein entferntes Pochen machte sich in seinem Hinterkopf bemerkbar.

Er betrachtete die drei. Ein Millionär. Ein Ex-Geheimdienst-Mann. Der Senator aus dem Nirgendwo. Die drei musterten ihn ebenso aufmerksam.

«Wer hat das geschrieben?»

«Charley.»

«Wie viele Leute haben es zu Gesicht bekommen?»

«Nur wir drei. Ich versichere es Ihnen. Wir waren so vorsichtig, weil wir vor allem Ihre Identität schützen wollten.»

Garvey goß Coolidge Kaffee ein; Purefoy reichte ihm höflich Sahne und Zucker. Sie behandelten ihn wie einen Unfall-Geschädigten.

«Walter nimmt keinen Zucker», bemerkte Garvey.

Coolidges Hand zitterte, als er die Tasse zum Mund führte. Der Wechsel war zu drastisch, als daß er in so kurzer Zeit mit ihm hätte fertig werden können. Reiner Wahnsinn. Es gab keinen Doktor. Ein Mythos, auf eine Vermutung gestützt, von einem Wunsch getragen. Harry war fein raus, verdammt noch mal. Er, Coolidge, sollte also zum Doktor geworden sein, weil er, Charley, *dachte,* er wäre es. Es ging ihm genau so wie in Deutschland, als Kalyanov ihn mit dem Papierkorb hereingelegt hatte. Es sah so aus, als ob er zum Abschuß freigegeben worden wäre, als ob jedermann Walter Coolidge zum Trottel machen könnte.

Kein Doktor. Eine plötzliche Leere tat sich in ihm auf. Seine Hauptbeschäftigung, seine Besessenheit, war sinnlos geworden. Seine Illusion, daß er, der Müllmann, früher oder später den schlauen, schwer zu fassenden, scharfsinnigen, uneigennützigen, idealistisch gesinnten Doktor entdecken würde, hatte sich in nichts aufgelöst. Phffft. Alle seine paranoiden Überlegungen über Hopkins und Farnsworth und Burnish und Beatty und Harry waren also falsch. Einfach so. Bums. Mr. Coolidge, darf ich vorstellen,

Doktor Coolidge. Der moderne Mensch, der sich auf der Suche nach sich selbst durch Daten wühlt. Doktor Coolidge war doch Ihr Name, nicht wahr? In sich zusammengesunken, drehte er seinen Blick den drei Männern zu.

«Charley war ein netter Junge, aber er war ein schlechter Psychologe», er deutete mit einer Kopfbewegung zum Aktenkoffer. «Das trifft auf mich nicht zu. Sie haben einen großen Fehler gemacht. Ihnen macht das nicht viel aus, doch für mich bedeutet das eine Menge Schwierigkeiten. Wenn Sie nichts weiter als eine Gruppe sind, die sich für den Frieden einsetzt, dann machen Sie Ihre Sache in der Öffentlichkeit. Hören Sie auf, eine geheime Amtsstelle zu infiltrieren, denn Harry könnte Sie dabei erwischen. Sie spielen mit dem Feuer.»

«Das tun auch Sie und Ihre Leute», warf Purefoy ein.

«Es scheint Ihnen nicht bekannt zu sein, daß wir schon *im* Schlamassel stecken», zog Ingalls nach. «Einhundert strategische Gefechtsköpfe sind nötig, um die Sowjetunion bei einem Vergeltungsschlag zu zerstören. Wir besitzen zehntausend und werden bald siebzehntausend haben. Wozu brauchen wir all diese anderen Gefechtsköpfe?»

«Sagen Sie Ihrem Freund, dem Senator, er soll ein paar Generäle vor seinen Ausschuß zitieren. Zweifellos werden diese bereit sein, Ihre Frage zu beantworten.»

«Unsinn», entgegnete Garvey. «Die Generäle sind schlimmer als ich. Die können Ihnen nicht folgen.»

«Gut, wozu sind Sie denn *Ihrer* Meinung nach da?» wandte sich Coolidge an Garvey.

«Ich will es Ihnen erklären. Die A-Bombe und die H-Bombe sind Amerikas Antwort auf die C-Bombe. Walter, wissen Sie, was die C-Bombe ist? Die Commie-Bombe. Sie funktioniert folgendermaßen.» Garvey fuhr mit einem einigermaßen zutreffenden spanischen Akzent fort. «‹Hallo, Pedro. Willst du aus deinem Rattenloch raus? Und deine Frau mal in sexy Kleidern sehen? Dann komm zu uns, gib uns deine Stimme, geh für uns auf die Straße, marschier mit uns und kämpf für uns – wir nehmen's den Reichen und geben's den Armen.› Das ist die C-Bombe, Walter. Davor macht das Establishment aus Angst in die Hosen. Die meisten

Leute sind arme Bauern, denken Sie daran. Es gibt Milliarden von ihnen; Milliarden, die nichts haben. Mein Gott, wir haben die Revolutionen anderer Völker schon bekämpft, bevor es ein Sowjetrußland gab. Was können wir jenen armen Bauern erzählen, das ebenso spannend klingt? Und ohne die Konzernprofite zu beeinträchtigen. Amerikas Antwort auf die C-Bombe lautet deshalb: unabhängig steuerbare Mehrfachwiedereintrittsflugkörper, die auf die Brutstätte des Kommunismus gerichtet sind.»

Nickend bewegte sich Coolidges Kopf auf und nieder. «So etwas werfen Sie doch in den Müll, wenn es von Davey Reed kommt.»

«Aber natürlich.»

«So was sagt man nicht in den Medien. Mr. Purefoy redete nicht so, als er den CIA leitete. Eisenhower beschwerte sich erst an jenem Tag über den militärisch-industriellen Komplex, an dem er sein Amt *verließ.* Rickover hatte ein Leben lang Atom-U-Boote für die U.S. Navy konstruiert, dann stellte er fest, daß sein wirkliches Interesse darin bestand, sie zu versenken. Aber erst *nachdem* er in Pension gegangen war. Weshalb wohl, was glauben Sie?»

Geräuschlos stellte Purefoy seine Tasse ab. «Weil wir unsere Jobs gern machen», sagte er und schaute Coolidge in die Augen.

«Und wenn ich Ihnen sagen würde, was O.F.F. bedeutet, würden Sie keinen Finger rühren. Genau wie Ike und Rickover und die übrigen. Sie wüßten nicht, was Sie damit anfangen sollten. Sie würden es nicht wagen, Ihr Ansehen aufs Spiel zu setzen.»

«Ich verstehe, was Sie meinen», entgegnete Purefoy. «Sie haben recht. So hätten wir uns verhalten. In der Vergangenheit. Aber die Lage war noch nie so ernst. Die Stunde der Entscheidung naht. Wir können es nicht dulden, daß es so weitergeht wie bisher. Irgend jemand muß die Bremse ziehen, bevor es zu spät ist.»

«Er meint Sie, Walter», schaltete sich Garvey ein. «*Jemand* muß etwas tun, und Sie scheinen uns als einziger dafür in Frage zu kommen; Sie sind der Mann, auf den es ankommt; Sie können etwas ändern. Ihre Chance, Walter.»

«Das haben Sie auch zu Charley Eberhart gesagt; und dann haben Sie ihn beim Gespräch mit Ihnen gefilmt.»

Coolidge hatte ziemlich genau den Nerv getroffen. Garvey war vor den Kopf geschlagen. Er tat, was ein Politiker unter keinen Umständen tun darf: Er errötete.

«Wir haben das Material nie gegen ihn verwendet. Wir haben ihm nie gedroht. Nichts dergleichen. Es war bloß Selbstschutz. Wir haben uns mit Charley immer gut verstanden, bis zum Schluß.»

«Bis zum Schluß. Großartig.»

Angewidert schubste Ingalls seine Kaffeetasse weg. «Sie weichen der Sache aus. Sie kommen nicht klar und überlassen die Sache anderen.»

Verärgert schob er seinen Stuhl zurück und ging nachdenklich im Zimmer umher. «Gut, eine Frage an Sie: Glauben Sie, daß O.F.F. den Vereinigten Staaten nützt?»

«Eine zu große Entscheidung für mich.»

«Ich will keine Entscheidung von Ihnen, verdammt noch mal, ich will Ihre Meinung hören.»

Garvey, Purefoy und Ingalls warteten gespannt.

«Walter Coolidge, Zivilist, Sozialversicherungsnummer 107-22-1025.»

«Seien Sie nicht albern, Coolidge», wies ihn Ingalls zurecht. «So was ist abgeschmackt.» Er stand in der Nähe des Fensters. Da griff er nach der Magnum und richtete sie gegen Coolidge. «Angenommen, wir helfen Ihnen ein wenig nach. Würde das Ihr Gewissen erleichtern?»

Zum zweiten Mal sah Coolidge die Pistole von der falschen Seite.

«Immer mit der Ruhe, Glenn», beschwichtigte ihn Garvey. «Legen Sie das Ding nieder.»

«Eigentlich weiß ich nicht einmal, weshalb ich mich mit Ihnen herumschlage», sagte Coolidge. «Die Sache ist zu komplex für Sie, Ingalls. Sie verstehen nichts davon. Gehen Sie doch zurück ins Silicon Valley.»

«Wir haben einige der besten Leute des Landes auf unserer Seite», antwortete Ingalls. «Wir sind keine Anfänger.»

«Sind Sie sicher, huh? Sie wissen wohl nicht, daß Sie vom KGB infiltriert worden sind?»

Große Augen, bleiche Gesichter und herunterhängende Kinnladen. Garveys linker Mundwinkel zuckte. «Und damit wollen Sie uns hier sitzen lassen?»

«Coolidge gab sich alle Mühe, seinen Blick von der Pistole zu lösen und Ingalls Gesicht zuzuwenden. «Ihr Assistent in administrativen Belangen, Reinhold Kunstner, ist ein sowjetischer Spion.»

Ingalls schaute Garvey und Purefoy kurz an. Er glaubte es nicht, doch sein Gesichtsausdruck verriet Verblüffung und Betroffenheit. Coolidge hatte Zugang zu allen Informationen.

«So was Abstruses habe ich noch nie gehört», sagte Ingalls, da ihm nichts Gescheiteres einfiel. «Reinhold ist meine rechte Hand.»

«Wissen Sie zufällig, wo sich Ihre rechte Hand jetzt befindet?»

Ingalls blickte auf seine Uhr. «Er sitzt in meinem Büro in Los Angeles, um mit Kunden zu sprechen. Gerade in diesem Augenblick.»

«Völlig daneben. Er ist in Ost-Berlin, und zwar ohne Rückfahrkarte. Den haben Sie zum letzten Mal gesehen. Man hat ihn schon vor Jahren auf Sie angesetzt, zur Beschaffung von Computermaterial. Sie haben ihm von den Emersons erzählt, auch von Charleys Bericht über mich. Sie haben ihm gesagt, daß ich der Doktor sei. Oder Sie haben es ihm sonstwie zu verstehen gegeben.»

«Ich habe nichts von allem gewußt», entgegnete Garvey, «ich kann es Ihnen schwören, Walter.»

«Das war jetzt ziemlich ungeschickt, Glenn», warf Purefoy trocken ein.

Ingalls legte die Pistole auf den Schreibtisch in der Ecke und begann, eine Telefonnummer zu wählen. Coolidge rannte zur Tür. Er fühlte sich nicht wie ein Held, doch er war aus dem Schneider und wieder ein freier Mann. Verdammt noch mal. Es gab keinen Doktor. Doch bevor er die Tür öffnen konnte, wurde sie aufgestoßen.

«Uuuhhh.»

Dieses Mal hielt der Gärtner eine 45er.

Purefoy seufzte. «Schon gut, Ned, stecken Sie das Ding weg, der Mann ist nicht gefährlich.»

«Wie Sie meinen, Mister, uuuhhh, Purefoy.»

«Wo ist Reinhold?» fragte Ingalls verzweifelt in die Muschel.

«Herrgott noch mal», stieß Garvey hervor.

Coolidge trat ins Freie. Purefoy hatte den Nagel genau auf den Kopf getroffen. Er, Coolidge, war nicht gefährlich. Nicht mehr. Das war sein Ziel gewesen. Nun hatte er seine Pflicht getan. Er hatte gekämpft. Was konnte jetzt noch schieflaufen? Nichts. Es gab ja nichts mehr. Mit Ausnahme des Dritten Weltkrieges vielleicht.

Warten auf Leonid

Sie warteten auf die Auferstehung Leonid Breschnews; er sollte um 12 Uhr 30 hier sein. Während seiner Anwesenheit mußten sie den Betrieb für ungefähr eine Stunde einstellen; daher drängte Harry alle, ihre Informationsquellen im voraus zu checken. Sie sollten den Planeten unter die Lupe nehmen, Zusammenhänge herstellen, Empfehlungen abgeben, den Präsidenten ständig auf dem laufenden halten und sich auch die hinteren Dezimalstellen ansehen, wo die Unwahrscheinlichkeiten lauerten.

Der Computer war nervös. Gleichzeitig bearbeitete er Daten von Gebieten mit gleicher Computerpriorität. Die Krise in Deutschland zeigte Auswirkungen in der ganzen Welt.

Eine größere Anzahl sowjetischer Kampfflugzeuge des Typus SU-24 Fencer, eines ihrer besten Kampfflugzeuge, wurde in Ostdeutschland, Polen und der Tschechoslowakei stationiert. Das Display informierte über die Einsatzstandorte aller neuen Staffeln.

Zwei Drittel der amerikanischen F-15 waren wegen fehlerhafter Heckmontage nicht einsatzbereit. Doch schon während längerer Zeit hatte die durchschnittliche Bereitschaftsquote des F-15 nur noch 35 Prozent betragen. Die Situation war also nicht außergewöhnlich.

Die Sowjets verschoben ihre mobilen Raketen: die SS-21, die SS-22 und die SS-23. Um die neuen Standorte zu lokalisieren, war der Computer so programmiert worden, daß er automatisch auf die Daten der neuesten Satellitenbilder zurückgriff. Noch waren nicht alle neuen Standorte bekannt.

Auch bei der stationierten Sowjetartillerie tat sich einiges: Die 203-Millimeter-Atomgeschütze, die 152-Millimeter-Atomhaubitzen und die 204-Millimeter-Atommörser wurden alle disloziert. Der Computer der BIBLIOTHEK folgte ihnen; manchmal war er nur Minuten im Rückstand, manchmal Stunden.

Käme es in Europa zu einer Konfrontation, würde der Nahe Osten zu einem zweiten Kriegsschauplatz. Amphibienverbände der Marine machten sich zur Verschiebung bereit. In aller Eile wurde Seetransportkapazität für 50 000 Mann, für 1,8 Millionen Kubikfuß Proviant, für 758 000 Quadratfuß Fahrzeuge und Haubitzen sowie für 225 Helikopter verschiedenen Typs zusammengestellt.

Auf der Shinshar-Basis in der Nähe von Mesken, östlich von Aleppo in Nordsyrien, befanden sich jetzt sowjetische SAM-5-Raketen. Mit einer Reichweite von 250 Kilometern konnten sie leicht dazu verwendet werden, die von der Osttürkei aus operierenden US-AWACS-Flugzeuge abzuschießen. Die SAM-5 waren wiederum durch SAM-6, SAM-8 und SAM-11 mit kürzerer Reichweite geschützt, so daß es schwierig war, nur die SAM-5-Raketen auszuschalten. Ein spezieller Einsatz würde nötig werden. Auf der Suche nach Ideen ging der Computer in aller Eile die offiziellen israelischen Einsatzpläne durch.

Die Deutsche Gesellschaft für Frieden und Konfliktforschung machte sich bemerkbar.

Generaloberst Yevgeny S. Yurasow, oberster Kommandant der sowjetischen Luftverteidigung, hielt sich, wie festgestellt wurde, in Karsnye Kamni, einem Kurort in der Nähe von Kislovodsk im Kaukasus, auf. Das ließ darauf schließen, daß sein Gesundheitszustand schlecht war. Dadurch wurde O.F.F. um 0,5 Prozent erhöht und stand nun auf 90,17 Prozent.

Zwei Staffeln Pave-Mover-Flugzeuge wurden auf vorgeschobene Basen in Deutschland geflogen. Das Pave-Mover-Radar war das Auge der neuen Assault-Breaker-Rakete und konnte Panzer- und Transportfahrzeuge bis auf achtzig Meilen hinter der Grenze des Warschauer Pakts ausmachen. Die Assault-Breaker-Rakete transportierte achtzig präzisionsgesteuerte Hohlpanzer-Geschosse, die jede sowjetische Panzerung durchschlugen. Sie wurden, selbst nachdem sie sich vom Raketenantriebsteil gelöst hatten, noch von Sensoren gesteuert. Mit Pave-Mover und Assault-Breaker zusammen, so glaubte das NATO-Oberkommando, war es möglich, alle Tanks der zweiten Angriffslinie bis auf fünfzig Meilen hinter der ostdeutschen Grenze zu vernichten. Dadurch blieben keine Truppen übrig, die von einem möglichen Durchbruch der ersten Panzer-Angriffs-Linie profitieren konnten.

Immer wieder überwachte der Computer die Karibik, denn sie war die rechte Flanke jeglicher Seetransportwege nach Europa oder dem Nahen Osten. Jede halbe Stunde wurde der Zustand der kubanischen Flotte angezeigt, die hauptsächlich aus Torpedoschnellbooten der Turya-Klasse und Überwachungsschnellbooten der Zhuk-Klasse sowie einigen wenigen Fregatten der Koni-Klasse bestand.

Über der Gefechtsbereitschaftsanzeige der US-Flugzeugträger leuchtete das Alarmsignal. Nur bei drei Flugzeugträgern stand der Grad C-1, gefechtsbereit. Zwei waren mit C-2, kleinere Mängel, und fünf mit C-3, größere Mängel, markiert. Drei waren ganz unten auf der Liste; C-4 bedeutete «nicht einsatzbereit».

Während der iranischen Geiselkrise war in Südägypten eine britische Basis für Kampfflugzeuge aus dem Zweiten Weltkrieg wieder in Betrieb genommen worden; nun bestückte man die Basis mit zwei taktischen Kampfflugzeugstaffeln und einer AWACS-Equipe.

Wegen der Überflutung eines Kellers wurde die Stadt New Orleans vom Warnsystem NWS abgeschnitten, mit dem im Fall eines Atomangriffes die Bevölkerung alarmiert werden sollte. Der Fernwahlcomputer vom Typ 4ESS war ausgefallen. Nun überprüfte der Computer der BIBLIOTHEK die Personalien aller Angestellten des Fernwahlbüros.

Es ging zu wie im Kontrollraum des Raumschiffes Erde: Alle Variablen wurden ständig überwacht. Das Tempo war atemberaubend, der Umfang gigantisch. Vielleicht sollte er sich einmal über die Erschöpfung der Bibliothekare Gedanken machen, ging es Harry durch den Kopf, als plötzlich alle Bildschirme leer wurden.

Im Zentrum jedes Schirmes stand nun groß: ACHTUNG. Das war Burnishs Werk. Harry ließ den zwei Meter langen Printer-Ausdruck liegen, den er gerade überprüfte; der Morgen war so schnell vorübergegangen, daß er das Hauptereignis ganz vergessen hatte.

Es war Zeit, Leonid Breschnew, dem lange verstorbenen Generalsekretär und Präsidenten der Union der sozialistischen Sowjetrepubliken, die Computerpriorität Drei einzuräumen.

Dummköpfe und Selbstmörder

Langsam und gebrechlich kam Leonid I. Breschnew in den Konferenzraum: ein toter Stellvertreter. Er war schon durch die Stellvertreter Andropows und seiner Nachfolger abgelöst worden.

Ein Stellvertreter war ein CIA-Analytiker, den man mit der Aufgabe betraut hatte, sich auf das Leben eines ausländischen Staatsmannes zu spezialisieren. Es gab Stellvertreter, die ihr ganzes Leben damit verbracht hatten, sich auf das Leben von Sukarno, Castro, Chruschtschow oder Nasser zu spezialisieren, in einigen Fällen sogar, bevor diese Männer tatsächlich an die Macht gelangt waren. Die Analytiker vertieften sich in alle Einzelheiten der Biographie ihres ausgewählten Subjekts. Die Absicht war, zu lernen, wie die ausländischen Staatsmänner dachten, wie ihre Gefühle und ihre Ideen beschaffen waren, so daß es wenn nötig möglich war, ihre Reaktionen auf bevorstehende Ereignisse vorauszusagen.

Breschnews Stellvertreter war außergewöhnlich erfahren, wodurch er für den CIA von unschätzbarem Wert gewesen war. Bei zahlreichen Gelegenheiten hatte er genau so reagiert wie Breschnew. Er hatte den Einmarsch in Afghanistan vorausgesagt (obwohl ihm damals niemand geglaubt hatte). Regelmäßig hatte er Breschnews Standpunkt bei Abrüstungsverhandlungen sowie bei Fragen der NATO-Politik und des Ost-West-Handels vorausgesagt. Es schien, als hätte er einen direkten Draht zum Unterbewußtsein des wirklichen Breschnew gehabt.

Doch Breschnew war noch in anderer Hinsicht ein ungewöhnlicher Stellvertreter. Er hatte den gleichen Jahrgang wie der wirkliche Breschnew und sah sogar wie Breschnew aus, wobei die Ähnlichkeit im Lauf der Jahre noch zugenommen hatte. In den letzten Jahren seiner Dienstzeit war es manchmal schwierig gewesen, festzustellen, ob Breschnew nicht das Schicksal vieler langjähriger Stellvertreter teilte und vergessen hatte, wer er selbst war, und so *tatsächlich* Breschnew geworden war.

Harry hatte Breschnew für einen Nachmittag aus seinem Pensionärsdasein geholt, weil er ein zäher Gegner war. Er nahm kein Blatt vor den Mund, er war unnachgiebig und ein Dickkopf. Er war Breschnew ähnlicher als Breschnew, so daß Coolidge und die übrigen Mitarbeiter entsprechend beeindruckt sein würden, wenn Harry ihn Schritt für Schritt fertigmachen würde. Zweifel, so Harrys Meinung, mußten ausgerottet werden, wo immer sie sich bemerkbar machten.

Breschnew schien sich durch einzelne Willensakte vorwärtszubewegen, einen Fuß nach dem anderen. Die Ausmaße des Konferenztischs machten es für ihn zu einer größeren Anstrengung, seinen Platz zu erreichen. Gewöhnlich saß Burnish auf diesem Platz, im rechten Winkel zu Harry, zwischen Alex Hopkins und Leo Gardella. Nun hatte Burnish Eberharts Platz eingenommen.

Harry lächelte eigenartig, starrte geradeaus und wartete, bis Breschnew die Runde um den Tisch gemacht hatte. Harry hatte es nie gemocht, daß Breschnew soviel Aufmerksamkeit geschenkt wurde; jeder außer ihm konnte kein Auge von Breschnew lassen. Mit all den Orden sah er seinen Bildern erstaunlich ähnlich. Er war gefaßt, in sich gekehrt und verbreitete den Eindruck, gegenüber allem, selbst gegenüber seinem nächsten Atemzug, außerordentlich skeptisch zu sein. Trotzdem war er immer noch mit von der Partie, man hatte ihn nicht kleingekriegt, immer noch setzte er einen Fuß vor den anderen.

Es dauerte eine Weile, bis er im Stuhl saß, und es hatte ihn mehr als einmal beinahe das Gleichgewicht gekostet. Nur mit einem ängstlichen Griff nach der Tischkante konnte er sich jeweils noch retten. Als er Platz genommen hatte, nahm er als erstes sein elektronisches Zigarettenetui heraus und legte es sorgfältig vor sich hin. Es sollte sich in Abständen von einer Stunde und fünfundzwanzig Minuten öffnen, was bedeutete, daß Breschnew nicht mehr in Hochform war; früher blieb es manchmal bis zu drei Stunden und dreizehn Minuten zu. Etwas über seine Gefühle zu sagen, war unmöglich; Breschnews Gesicht glich der nur schwer kultivierbaren mongolischen Steppe.

Die Feindschaft zwischen Breschnew und Harry Dunn war alt; sie reichte in jene fernen Zeiten zurück, als sie beide beim CIA gearbeitet hatten und Höflichkeiten weder erwartet noch einander entgegengebracht wurden.

«Da der Präsident es sich nun bequem gemacht hat», begann Harry, «können wir beginnen. Es geht um die Raketen, Herr Präsident. Wir glauben, daß es von Nutzen sein würde, einige Aspekte der Raketenstrategie genauer zu betrachten. Wir möchten mit . . .»

Dunn brach ab. Irgendwo tief im Innern Breschnews waren ein unterdrückter Raucherhusten hörbar, ein Katarrh, ein Schluchzen: das Geräusch eines Verbrennungsmotors an einem Wintermorgen. Das war Breschnews Art zu lachen, so als ob Gelächter für Breschnew gegen das Gesetz verstöße, als ob es unangebracht, unbolschewistisch wäre; für solch ein Betragen war die Welt zu ernst.

«Bisweilen bin ich so geistreich», begann Harry erneut, «daß ich meine eigenen Witze nicht mehr verstehe. Vielleicht hat der Präsident die Güte, es uns zu erklären?»

Breschnew schluckte sein hungriges, substanzloses Bauernlachen herunter, sagte: «Der Riesendummkopf», und ließ erneut Lachgeräusche hören. Coolidge merkte, wie er sich gespannt nach vorn neigte, um kein Wort zu verpassen.

«Der Riesendummkopf», wiederholte Dunn und nickte, um seine Ernsthaftigkeit zu bezeugen.

«Aus diesem Grund habt ihr das Rennbahnsystem für eure MX-Raketen nicht bekommen. Es hätte den Riesendummkopf in Gefahr gebracht.» Breschnew lehnte sich mit großer Genugtuung in seinen Stuhl zurück; dann beugte er sich vor und erklärte: «Eine schöne Pleite.»

«Wir machen Fortschritte», entgegnete Harry. «Nun haben wir des Präsidenten Vorstellung von Humor enträtselt. Ich nehme an,

Sie wollen damit sagen, daß bestimmte Naturschützer in Nevada und Utah sich gegen das MX-Tunnelsystem wehren, weil sie den» – es kam nicht leicht – «uh, Riesendummkopf retten wollen. Das hat sich auf die militärische Sicherheit der Nation nachteilig ausgewirkt. Ich kann die Genugtuug des Präsidenten sehr wohl verstehen.»

«Dummköpfe», war alles, was der Präsident zu sagen vermochte.

«Können wir vielleicht zu unserem Thema zurückkehren?» versuchte es Harry.

Breschnew schaute auf sein Zigarettenetui und wartete, bis es aufsprang.

«Entspricht es den strategischen Interessen des sowjetischen Generalstabs, die MX-Raketen zu neutralisieren oder sie zu eliminieren?» fragte Harry.

«Natürlich.»

«Wie werden Sie dieses Ziel erreichen?»

«Durch die Mittel des Sozialistischen Realismus.»

Breschnew blickte, ohne eine Miene zu verziehen, in die Runde; es war nicht klar, ob er militärischen Trotz zur Schau stellen wollte oder um eine Würdigung seines Humors nachsuchte. Dieses Mal war etwas anders an Breschnew. Hatte die Pensionierung ihn verändert?

Harry sah eine Spur verlegen aus. «Meinen Sie damit, daß die Sowjetunion tatsächlich den Mut und die Führungsstärke besitzt, einen Raketen-Massenangriff auf die Minuteman zu lancieren?»

«Natürlich.»

«Und sie hat ebenfalls die nötige operationale Kontrolle, um den Angriff mit einer entsprechenden Erfolgserwartung durchzuführen?»

«Natürlich nicht.»

«Weshalb nicht? Was fehlt?»

«Es ist eine Angelegenheit von großer Gravität», antwortete Breschnew gravitätisch.

«Das hoffe ich», gab Harry trocken zurück. «Ich hoffe, daß der sowjetische Generalstab mit dem Raketenangriff nicht leichtfertig einen Flop riskiert.»

«Was bedeutet *Flop*?» flüsterte Breschnew deutlich hörbar zu Hopkins, der neben ihm saß.

«Mr. Dunn gibt der Hoffnung Ausdruck», gab ihm Hopkins trocken zur Antwort, «daß die sowjetische Regierung nicht aus irgendeiner Laune heraus den Planeten zerstört. Wir hoffen, daß Ihre Regierung ernsthaft und lange darüber nachdenkt, bevor sie die Menschheit ausradiert.»

«Ah», ließ sich Breschnew vernehmen und zeigte mit Gesten, daß er verstanden hatte.

Harry nahm die Befragung wieder auf. «Würden Sie uns nun vielleicht erklären, was genau den sowjetischen Generalstab hindert, die USA anzugreifen?»

«Wie ich schon sagte, die Gravität.»

«Ja, das haben wir gehört.»

«Die Gravität der Polarroute.»

Harry schloß seine Augen, verärgert, daß er es nicht schon früher gemerkt hatte.

«Ich verstehe. Es braucht also noch ein wenig Ausdauer. Der sowjetische Generalstab hat die Gravitation der Polarroute noch nicht bestimmt und kann deshalb nicht genau sagen, ob seine Raketen die Flugbahn exakt einhalten. Als Konsequenz davon würde die Genauigkeit eines Gegenschlages vermindert.»

«Auch Sie verstehen von Gravitation nichts.»

«Die Rechnung würde nicht aufgehen. Wir haben Satellitenmessungen der Gravitation. Sie übrigens auch.»

«Ein Satellit ist keine Rakete.»

«Dem kann mittels Korrekturen abgeholfen werden.»

«Doch Raketen können nicht getestet werden.»

«Die mathematischen Grundlagen sind bekannt.»

«Das ist bloße Theorie. Raketen sind nicht *getestet* worden.»

«Sie sind über dem Pazifik *und* Sibirien getestet worden.»

«Aber *nicht* über der Polarroute.»

Breschnew setzte seinen sorgfältig einstudierten undurchdringlichen Ausdruck auf, der geradezu bewegt war, verglichen mit seinem normalen undurchdringlichen Ausdruck, und gab zu erkennen, daß nun eine Demonstration seines Humors folgte. «In meiner Heimat nennen wir es das Oblomowsche Gesetz: Alles, was mißlingen kann, wird mißlingen. Oblomow entdeckte das Gesetz lange vor eurem Murphy.»

Gekicher rund um den Tisch. Dunn fiel, Erschöpfung vortäuschend, in den Stuhl zurück. Breschnew saß gerade, unbezwingbar, der edle Indianer am Verhandlungstisch der westlichen Prärieeroberer.

«Mr. President, Sie sind heute sehr geistreich», bemerkte Harry. Wohl wissend, daß Breschnew seine Zuhörer in der Tasche hatte, versuchte Harry den Spieß umzudrehen: «Welchem Umstand läßt sich das zuschreiben?»

«Das ist eine sehr ernste Frage», entgegnete Breschnew und schaute alle in der Runde an, wobei er seine Backenmuskeln straffte, sichtlich bemüht, ein Lächeln zu unterdrücken. «Wie Sie alle wissen, bin ich tot», fuhr er fort. «Auch bin ich zu alt, um nochmals anzufangen. Solche Aufgaben sind für die jüngeren Leute, die nächste Generation. So will es die Natur; der Wechsel der Jahreszeiten und so weiter. Dieser Umstand hat mein Denken frei gemacht. Ich muß mich nicht mehr um Kleinigkeiten kümmern, nicht mehr dies und jenes in Betracht ziehen. Das Leben eines Staatsmannes, Sie verstehen ja. Verstehen Sie?»

«Ja. Ich glaube schon», entgegnete Harry.

So etwas war noch nie vorgekommen: Breschnew zeigte sein großes russisches Gebiß und lächelte übers ganze Gesicht. Er breitete seine Arme aus, ganz wie auf jenen Plakaten, die am Tag der Arbeit den Roten Platz zieren. «Zum ersten Mal bin ich in der Lage, Ihnen alles zu sagen, ohne die Konsequenzen fürchten zu müssen.»

«Das ist ja großartig», bemerkte Harry.

Es war ein eigenartig vertrackter Gedanke – doch vernünftig, wenn man es sich überlegte –, und Coolidge konnte ihm nicht widerstehen: der Gedanke, daß der Stellvertreter, der dafür bezahlt wurde, ein russischer Politiker zu sein, in bezug auf seine Aussagen tatsächlich politisch wurde. Coolidge schaltete sich ein.

«Heißt das, daß Sie während vierzehn Jahren als Breschnew Ihre wahren Gedanken und Gefühle *nicht* entsprechend ausgedrückt haben?»

Breschnew zuckte die Schultern und hob die Hand ein wenig

über die Tischfläche. Mißlaunig verdunkelten sich seine Augen einen Moment lang; die Frage war kindisch. «Amerikanische Staatsmänner wollen nur das hören, was sie hören wollen. Das ist ohne Zweifel offensichtlich. Doch nun bin ich willens, der Überbringer schlechter Nachrichten zu sein.»

«Dann handelt es sich jetzt tatsächlich um eine größere Gelegenheit», antwortete Harry. Es war schwierig zu sagen, ob er verärgert war oder ob er Breschnew Glauben schenkte, doch er schien bei Breschnew auf neue Quellen gestoßen zu sein, so daß er die Befragung wieder aufnahm.

«In Anbetracht Ihrer Unbefangenheit bin ich vor allem an Ihrer Antwort auf die Frage interessiert, ob der sowjetische Generalstab ...» Harry stockte und versuchte, einen Ausweg aus seiner verkorksten Syntax zu finden. «... oder ob der sowjetische Generalstab nicht glaubt, daß die USA die Charakterstärke besitzen, um über die Polarroute anzugreifen?»

Breschnew nickte unmißverständlich. «Die Vereinigten Staaten besitzen Charakterstärke.»

«Sind Sie der Meinung, die Zielgenauigkeit der MX-Raketen sei ausreichend?» fragte Harry.

«Ohne Zweifel.»

«Wo kommt ihnen dann der Sozialistische Realismus zu Hilfe?»

Es war beinahe, als ob die Wichtigkeit der Frage Schwingungen in Breschnews Zigarettenetui erzeugt hätte; es sprang auf und schrillte laut, da Breschnew schwerhörig war. Die Raketentheologie wurde unterbrochen, während Breschnew sein kleines Ritual vollzog. Bevor er Breschnew geworden war, hatte er nicht geraucht, nun war er nikotinsüchtig. Er drückte auf den Verschluß auf der einen Seite des Etuis, und der Schrillton hörte auf. Langsam nahm er eine Zigarette heraus. Das Etui war aus poliertem Silber und in der Mitte mit einem roten Stern verziert. Es hatte dem wirklichen Breschnew gehört, der CIA hatte es nach dessen Tod seiner Schwester gestohlen. Ruhig zündete sich Breschnew eine Zigarette an und inhalierte einen Zug, und dann noch einen zweiten. Danach hörte man ihn durch die enormen Rauchwolken des Doppelzuges: «Ihr würdet euch selbst austricksen.» Zum ersten

Mal schaute er Harry Dunn offen ins Gesicht. «Ihr würdet leere Silos zerstören.»

«Abschuß bei Warnung?»

«Abschuß bei Warnung.»

«Nichts als russische Prahlerei.»

«Versucht es. Ihr werdet sehen.»

«Ihr würdet es nicht wagen, eine solche Verantwortung zu delegieren. Ihr wißt ja nicht einmal wie. Ihr müßt ja alles fest in euren eigenen Händen behalten. Abschuß bei Warnung ist eine russische Wunschvorstellung.»

«Schieß eine Rakete auf uns, mein Freund, und sie wird unverzüglich zu euch zurückfliegen. Schießt tausend Raketen los, und ihr werdet tausend zurückbekommen. Aber zinslos, ihr Kapitalisten, nur das Grundkapital.»

«Das glaube ich nicht», beteuerte Harry.

«Ihr löst das aus, was ihr eurem Bekenntnis nach fürchtet. Einen Raketenmassenangriff auf die Vereinigten Staaten von Amerika.»

«Nur dem Bekenntnis nach?»

«Manchmal frage ich mich tatsächlich.» Breschnew starrte seine schnell kleiner werdende Zigarette an. «Eine Nation von Selbstmördern», meinte er amüsiert. «Dummköpfe und Selbstmörder.»

Möglicherweise war es ein Schnellstart, doch Harry war im Moment blockiert. Coolidge machte sich die Stille zunutze. «Sie sagen, daß ihr schon bei Warnung zündet. Aber wenn wir euch nicht glauben, ergibt sich daraus kein Abschreckungseffekt. Darauf kommt es aber an. Überzeugen Sie uns also.»

Breschnew drückte die mikroskopischen Überreste seiner Zigarette aus. «Wenn ich euch überzeugen wollte, würdet ihr mir das als Verteidigungsversuch auslegen. Ein Zeichen von Schwäche, was ihr ja mit so großer Sorgfalt immer bei euch sucht. Risiko, Yankee.»

«Und das Oblomowsche Gesetz?» warf Coolidge ein. «Läßt sich das nicht auf Abschuß bei Warnung anwenden? Und die Radarfehler? Die Identifizierungsfehler? Die Computerfehler? Die Vogelschwärme?»

«Vogelschwärme?» wiederholte Breschnew und ließ seinen Blick über die Runde gleiten. Das Aufleuchten seiner Augen deutete darauf hin, daß eine geistreiche Bemerkung im Anzug war: «Was würde das Pentagon ohne diese Vogelschwärme tun?» fragte er. «Wißt ihr, was Vogelschwärme eigentlich sind?»

«Genau das möchten wir unbedingt wissen», erwiderte Harry sarkastisch.

«Vogeldreck.»

«Tatsächlich?»

«Wir haben *Milliarden* für unseren Radar ausgegeben. Was ihr auf euren Satellitenfotos als Hühnerstall bezeichnet» – er schaute Vera an –, «ist keine Abwehreinrichtung gegen ballistische Raketen. Sondern das beste Suchradar der Welt. Glaubt mir, wir können den Unterschied zwischen einem ein Fuß langen und einem hundert Fuß langen Vogel feststellen. Wir warten, bis wir dazu in der Lage sind. Danach wird es Zeit für euren lange ersehnten Selbstmord.»

«Ihr glaubt, daß ihr also bis zu den letzten Minuten warten könnt – sagen wir zehn, zwölf, fünfzehn Minuten – und daß euer Radar euch während dieser Zeit mit Sicherheit sagt, daß diese Vögel Raketen sind. Dann erst würdet ihr eure schrottreifen Flüssigstoff-Raketen abfeuern? Habe ich Sie richtig verstanden, Mr. President?»

«Sie haben die richtigen Worte ausgesprochen. Aber was heißt das schon.»

«Harry lachte anerkennend. «Heute ist der Präsident in außerordentlich guter Laune. Nun, stülpen wir einmal die Kopfhörer über und hören, was es mit Abschuß bei Warnung auf sich hat.»

Burnish hatte einen Kopfhörer bereit und verband ihn mit dem Anschluß an Breschnews Platz. Breschnew sollte aus Gründen der Glaubwürdigkeit alles in russischem O-Ton hören. Hopkins tippte auf seiner Tastatur eine Anweisung in den Computer. Unverzüglich begannen die weit oben an den Wänden angebrachten Lautsprecher zu rauschen; was dann kam, hörte sich – in der englischen Version – als bloßes Stimmengewirr an.

«Es handelt sich um die Übung ‹Freiheit›», erklärte Harry. «Übungsalarm auf der Raketenbasis in Cheljabinsk.»

«Worauf warten diese Idioten noch?»

«Kümmert uns nicht. Lies mir den Treibstoffstand ab.»

«Welchen Stand? Gleich hoch wie vorher. Maximum.»

«Gleich hoch wie vorher? Kann nicht gleich hoch sein wie vorher.»

«Er ist gleich hoch. Das Maximum. Ruhig Blut, alles läuft rund.»

«Es kann nicht rund laufen.»

«Klar, wenn ich's doch sag.»

«Es gibt doch eine Verdampfung, Idiot. Schalt auf Treibstoffmessung um, zieh den Sperrhebel. Schnell!»

«Oh, mein Gott!»

«Was?»

«Nichts. Nichts! Bloß eine Funktionsstörung!»

«Silo Dreiundvierzig. Das erfaßte Ziel ist nun identifiziert. Sofortige Abschußfreigabe.»

«Wir sind verloren, Georgi, verloren.»

Breschnew schmiß seinen Kopfhörer auf den Tisch. Harry lächelte auf seine teuflische Art.

«Der Zufall will es», bemerkte er, «daß der zuständige Kommandant für Cheljabinsk Generalleutnant Sergei K. Oblomow ist.»

Breschnew gab keine Antwort.

«Abschuß bei Warnung macht einen hohen Standard der operationalen Kontrolle und der Leistungsfähigkeit nötig. Und ein wenig Glück. Selbst *wir* haben damit Schwierigkeiten. Aber erst mit Flüssigstoff-Raketen?»

«Es werden genügend losfliegen», antwortete Breschnew leise. «Und für den Rest gibt es genügend Ersatz.»

«Wir haben unsere Zweifel. Wir sind nicht überzeugt.»

«Es gibt nur ein Mittel, euch zu überzeugen. Und das habe ich euch schon gesagt.»

«Ich muß Ihnen zugestehen, daß mich Ihr Gefühl für Sicherheit überrascht. Entspricht das eurem vielgerühmten Sozialistischen Realismus? Eine Weigerung, die Fakten zur Kenntnis zu nehmen?»

Breschnew lehnte sich in seinen Sessel zurück, sein Ausdruck war undurchdringlich.

«Sagen Sie mir», fuhr Harry fort, «hat der Präsident schon etwas über unser neuestes Anti-U-Boot-Kriegsprogramm gehört?»

«Ihr neuester Überläufer hat uns nichts davon erzählt.»

«Oh, dann müssen wir den Präsidenten besser auf dem laufenden halten, Leo.»

Gardella tippte auf seiner Tastatur herum, während Burnish den Raum verdunkelte und die Vorhänge vor einem der Displays wegzog. Die Wand hinter Breschnew wurde lebendig. Harry hätte auch die gegenüberliegende Wand benützen können, doch dies hätte es Breschnew zu bequem gemacht. Auf diese Weise war er gezwungen, sich unbeholfen und mit Schmerzen zu drehen.

Man sah die Erde in der Mercatorprojektion, wobei die Vereinigten Staaten das Zentrum bildeten. Den größten Teil der Fläche nahmen der Atlantische und der Pazifische Ozean ein.

«Sie wissen sicher, daß wir versuchen, alle sowjetischen U-Boote bis zum letzten aufzuspüren», erklärte Harry. «Wir sind mittlerweile in der Lage, jedes sowjetische Raketen-U-Boot, das sich im Atlantik und im Pazifik auf Tauchstation befindet, sowie alle im Bereich der Vereinigten Staaten befindlichen Boote zu identifizieren.»

«Es werden neue dazukommen», entgegnete Breschnew.

«Bisweilen gelingt es uns, dreiundzwanzig *gleichzeitig* zu identifizieren. Bei solchen Gelegenheiten sind wir in der Lage, alle seegestützten Zweitschlagraketen der Sowjetunion innerhalb von Minuten auszuschalten.»

Harry Dunn lehnte sich zurück und wartete auf die Reaktion.

Von allen beobachtet, erhob sich Breschnew langsam und umständlich, näherte sich der Displaytafel und setzte seine Brille auf. Sein Körper hatte die Form eines Rechtecks. Das schwarze Haupthaar war dichter, als man es bei einem Mann seines Alters erwartet hätte. Er begann seinen Kopf zu schütteln und kehrte mit der Anmut eines Elefanten an den Tisch zurück. «Kann eine irrationale Politik von rationalen Menschen gemacht werden?» fragte er. «Euer Herman Kahn war der Meinung, daß dies möglich ist. Mit einem ausgeklügelten mathematischen Beweis wollte er es zeigen. Und doch kann ich es nicht akzeptieren. Eine irrationale Politik kommt von irrationalen Menschen.» Er kehrte sich erneut der Karte zu und studierte sich nochmals. «Tatsächlich, der Wahnsinn hat ganze Arbeit geleistet», bemerkte er.

«Ist es Wahnsinn, nach dem Sieg zu streben?» fragte Harry.

Breschnew lehnte sich über den Tisch und griff nach seinem Zigarettenetui. Dann setzte er wieder einen Fuß vor den anderen und bewegte sich mühsam an dem großen Tisch entlang. Der entscheidende Punkt in seinem Leben war die Möglichkeit gewesen, Chruschtschow zu werden; dann hätte er vor zwanzig Jahren, als Chruschtschow seines Amtes enthoben wurde, glücklich in Pension gehen können. Aber nein, jemand anders hatte Chruschtschow bekommen.

«Es wird nicht klappen», sagte er, ging den Bogen zu Ende und steuerte auf die Türe zu. «Ich lehne jede Verantwortung ab. Ich wasche meine Hände in Unschuld.»

Harry saß da und starrte geradeaus, immer noch war das eigenartige Lächeln in seinen Augen. «Weshalb sollte es nicht klappen? Weshalb? Weshalb?»

«Verdammter Dollar. Ihr würdet es nicht fertigbringen ohne euren verdammten Dollar; ihr werdet die Welt in die Luft jagen mit eurem verdammten Dollar.»

«O, *wir* sind es, die die Welt in die Luft jagen.»

«Doch es gibt etwas, das ihr mit eurem verdammten Dollar nicht kaufen könnt. Ihr könnt keinen Testlauf kaufen. Ihr werdet ins Ungewisse feuern. Ich wasche meine Hände in Unschuld.» Als Breschnew die Türe erreicht hatte, schrillte plötzlich der Alarm seines Zigarettenetuis; es war zu früh, und er war überrascht. Unkontrolliert wie bei einer Puppe flogen seine Arme in die verschiedensten Richtungen. Es sah beinahe aus, als ob er von einer Kugel getroffen worden wäre. Fluchend ging er zur Türe hinaus, erledigt, zum zweiten mal gestorben, nur noch ein Tod stand ihm bevor.

Sobald die Tür hinter Breschnew zugegangen war, zog Burnish die Vorhänge zurück und schaltete die Bildschirme ein. Sofort begann der Computer, der in der Zwischenzeit in Betrieb gewesen war, alles mögliche auszuspucken.

Innerhalb der letzten Stunde war O.F.F. auf 93,62 Prozent geklettert, eine Steigerung um 0,32 Prozent, weil Feldwebel Ivan G. Krasnopolsky von der Strategischen Raketeneinheit von einem Bus überfahren worden war. Krasnopolsky, ein genialer

Wartungsmann in einer der wichtigen Nachrichteneinheiten, war bekannterweise unersetzlich.

Coolidge saß im Dämmerlicht; er dachte nach, fragte sich, ließ seine Augen herumwandern und beobachtete die anderen. Vera, Harry und der Rest. Es herrschte eine optimistische und zuversichtliche Stimmung. Langsam sah es aus, als ob alles ein Kinderspiel und O.F.F. unwiderstehlich wäre. Nichts hatte man übersehen. Vor allem Harry schien zufrieden. Er hatte es mit Breschnew im Nahkampf aufgenommen und ihn besiegt.

«Na, Walter?» fragte Harry, «was meinst du dazu?»

Coolidge nickte. «Du hast es geschafft, Harry, meine Zweifel sind beseitigt.»

Namen

Es waren die Namen, die ihn überzeugt hatten. Nur wenig hatte noch gefehlt, und die Namen hatten schließlich den Ausschlag gegeben. Hunderte von Namen zogen bei jedem Schritt an ihm vorbei. Die Rechnung für den Vietnam-Krieg, in schwarzen Marmor gemeißelt.

Coolidges Gehirn arbeitete auf Hochtouren, als er an ihnen vorbeiging. Es war eine BIBLIOTHEK im Kleinformat. Er konnte es nicht abschalten. Ständig lief sein innerer Computer und flitzte um die ganze Welt. Ostdeutschland, Westdeutschland, Panzer, NATO, Tschechoslowakei. Wie weit konnte ein Abrams-Panzer ohne Ölwechsel fahren; dies war wichtig, denn bei einem Ölwechsel mußte der ganze Motorblock herausgenommen werden. Was war die Zielgenauigkeit der MX verglichen mit derjenigen der SS-18. Immer wieder tauchte Harry auf. Und die Emersons, Vera, Charley Eberhart. Alles mit Lichtgeschwindigkeit.

Er mußte an fünfzehntausend Namen vorbeigegangen sein, als ihm in den Sinn kam, woran ihn das Vietnam-Denkmal erinnerte: an die Grammatikalische Fiktion.

Rußland sei dasjenige Land, hatte Arthur Koestler erklärt, wo «Ich», das Pronomen für die erste Person, zur leeren Hülle verkommen sei. Es habe seine Bedeutung verloren und sei so eine Fiktion geworden. «Ich», ein Universum, wurde von den Bolschewiken zu «1» gemacht; das Individuum war nichts anderes mehr als eine Nummer, es wurde anderen Interessen geopfert: dem Staat, der Partei, Stalin, der Kollektivierung.

Zwanzigtausend Namen, fünfundzwanzigtausend. Die Leute berührten sie, man machte Fotos von ihnen und rieb sie auf Papier ab.

Welchen Idealen hatten sie gedient? Nie war ein wirklicher und glaubwürdiger Grund gegeben worden. Ein ungeheurer Angriff der Leichten Brigade, sie hatten sich ins Verderben gestürzt, ohne zu wissen, warum. Sie starben für die Quadratwurzel aus minus eins.

Fünfunddreißigtausend Namen. Fünfundvierzigtausend. Das Resultat moralischer Idiotie von höchster Stelle. Fünfzigtausend. Jeder Schritt ein Massaker. Fünfundfünfzigtausend. Im Vergleich dazu würde ein Denkmal für die Opfer eines Atomkriegs wie die Chinesische Mauer aussehen.

Achtundfünfzigtausend und zwölf.

Er ging weiter, an Lincoln vorbei, der von seinem großen Stuhl aus über den Spiegelteich sah, und schlenderte am Wasser entlang. Anstelle von Namen betrachtete er jetzt hier und da einen Baum. Selbst Bäume standen in Washington in Reih und Glied; jeder hatte seine eigene Hundemarke, kleine Metallstreifchen, die mit einem Buchstaben und einer Nummer versehen waren.

Er dachte an Charley Eberhart: *Unbewußt fühlt sich Coolidge über alles erhaben. ... Ohne es zu wissen, ist er ein beschränkter Technokrat. ...* Es stimmte, daß er sich nicht erinnern konnte, je für ein Baseballteam Partei ergriffen zu haben. Ein Punkt für Charley. Nachdem er noch einige Hundemarken weiter gegangen war, fand er den gesuchten Baum Nummer E-53. Er markierte eine Stelle, die weit genug von der nächsten Microcam entfernt war, um eine authentische Privatsphäre zu schaffen.

Coolidge setzte sich auf die Bank gegenüber von E-53. Der Vogeldreck auf dem einen Bankende erinnerte ihn an Breschnew. Eine Entenfamilie glitt auf dem Teich vorbei, alle auf einer Linie, wie Schießbudenziele. Er betrachtete die Denkmäler rings um ihn. Lincoln am einen Ende, Washington weiter weg in einiger Entfernung. Was die Höhe eines Denkmals betraf, so zahlte sich das Siegen aus. Washington und Lincoln waren Sieger gewesen; Jeff

Davis dagegen war in die Statuenhalle im zweiten Stock des Kapitols versetzt worden. Und er hatte Glück gehabt, diesen Platz zu bekommen; denn er hatte mit der Waffe gegen die Regierung gekämpft. Benedict Arnold war in der Statuenhalle gar nicht erst vertreten. Kein Wunder, Benedict Arnold hatte keine Wählerschaft gehabt. Ab und an wurde immer noch verstohlen, vor Jeff Davis' Statue, ein Kranz niedergelegt.

Der Weg führte ein langes Stück den Teich entlang, er war auf beiden Seiten von Bäumen gesäumt: ausgezeichnet für einen Verdauungsspaziergang. Er wußte, daß sie bald kommen würden, denn er hatte Garveys Terminplan für diesen Tag auswendig gelernt. Schon von weitem konnte er sie sehen, Dick und Doof, Garvey sah aus wie ein britischer Kabinettsminister, er ging langsam und mit ernsthafter Haltung, als ob er immer gerade dabeiwäre, den Buren den Krieg zu erklären, oder entscheiden müßte, welches Regiment er nach Indien senden sollte. Coolidge konnte sich noch immer nicht daran gewöhnen, daß er mit Leuten wie Garvey zu tun hatte. Oder mit Leuten wie Harry, oder Ives oder dem Präsidenten. Im Grunde hatte er sich seine Karriere ein wenig anders vorgestellt. Ihn interessierte das Alltagsleben der Leute, die Art und Weise, wie sie arbeiteten, wie sie spielten, wie sie den Tag hinter sich brachten. Das wollte er studieren und dabei eine ruhige Karriere machen. Vielleicht würde er einmal ein paar interessante Verhaltensregeln herausfinden, vielleicht ein oder zwei Bücher schreiben.

Das Eigenartige war, daß er ganz und gar unpolitisch aufgewachsen war. In den meisten Fragen akzeptierte er den Standpunkt des Establishments. Nie hatte er an einer Demonstration vor dem Pentagon teilgenommen. Er hatte sein College-Examen hinter sich gebracht und nichts gegen seine Rekrutierung unternommen; er hatte Glück gehabt und seine zwei Dienstjahre hinter einem Schreibtisch in Mississippi verbracht, von wo er als Korporal entlassen worden war. Coolidge war zu sehr mit Anthropologie beschäftigt gewesen, als daß seine Aufmerksamkeit auf andere Dinge gelenkt worden wäre: Es gab zuviel Lesestoff.

Selbst die sechs Jahre im Ministerium für Gesundheit, Erziehung und Wohlfahrt hatten ihn nicht groß verändert. Erst als er in der BIBLIOTHEK von Daten überschwemmt wurde, begann er zu erkennen, wie Amerika funktionierte. Nicht durch die Wahrheit, sondern durch Titelgeschichten wurden die Amerikaner regiert. Die Titelgeschichten nahmen mit der Zeit eine solche Realität an, daß es absolut unmöglich war, sie zu durchdringen oder «auffliegen» zu lassen. Zuerst hatte Coolidge das akzeptiert. Es war seine «realistische» Phase. Wie wäre es sonst auch möglich, ein so verschiedenartiges Land zu regieren, wenn man jederzeit die Wahrheit sagte? Eine Zeitlang akzeptierte er die Tatsache, daß Politik in Amerika zu wenigen Bildern und Slogans reduziert worden war, zu Titelgeschichten also, hinter denen sich die wirklichen Regierungsgeschäfte abspielten.

Doch die Datenbanken waren Amerikas kollektives Unterbewußtsein. Während Coolidge darin herumsuchte, um den Doktor zu finden, hatte er sich zunächst dagegen gesträubt, daß irgend etwas falsch sein könnte. Der Doktor war im Fehler. Er war schlecht, böse, betrügerisch, bestenfalls ein Größenwahnsinniger, der sich eine Verantwortung anmaßte, die ihm nicht zustand.

Aber während er sich durch das Datenmaterial hindurcharbeitete, war seine Achtung vor dem Doktor gestiegen. Er begann den Doktor als jemanden zu betrachten, der Gewissenskonflikte ausfocht, der mit Problemen der Ethik und der persönlichen Verantwortung kämpfte. Je akribischer Coolidge nach dem Doktor suchte, desto mehr akzeptierte er jenen Teil seiner Person, der sich nun, beinahe gegen seinen Willen, manifestierte, nachdem er lange unterdrückt worden war. Seine Gleichgültigkeit und sein Desinteresse waren durchbrochen; das neue Bewußt-sein ließ Coolidge die hartnäckigste Titelgeschichte, den Patriotismus, durchschauen. Wer diese Titelgeschichte einmal durchschaut hatte, der kam sich kaum anders denn als bezahlter Killer vor, als Verteidiger der Konzernprofite, als ein Beamter, angestellt von engstirnigen, ungebildeten und unverantwortlichen Fanatikern, die in einem moralischen Vakuum ihren Geschäften nachgingen. Die Profiteure und Fanatiker hatten eine falsche Realität geschaffen, mit der sie den Rest der Nation für Jahrzehnte verrückt gemacht hatten. Im Lauf der Zeit war daraus eine fanatische, messianische Vision entstanden. Und um diese Vision aufrechtzuerhalten, hatten sie einen

Großteil des Staatsschatzes ausgegeben, Schweiß und Arbeit ebenso wie das Leben Zehntausender junger Männer – alles war Mache, eine Titelgeschichte, reine Geschäftskalkulation. Während seiner Wühlarbeit durch das kollektive Unterbewußte war Coolidges realistische Phase zu Ende gegangen; er glaubte wieder an die Macht der Mehrheit.

Noch etwa hundert Fuß entfernt, konnte Coolidge den Senator erkennen, wie er an einem Zuckerapfel lutschte. Der britische Kabinettsminister war auf der Strecke geblieben. Wieder einmal war es Reed, der sprach. Als sie noch etwa fünfzig Fuß entfernt waren, bemerkten die beiden ihn endlich. Schockiert standen sie beide gleichzeitig still und schauten einander an. Dann spazierten sie wortlos weiter. Als sie auf gleicher Höhe waren, setzten sie sich, der eine links, der andere rechts von ihm, auf die Bank; Reed nahm freiwillig die Seite mit dem Vogeldreck.

«Davey», sagte der Senator an Coolidge vorbei, «was würden Sie sagen, ist die Wahrscheinlichkeit einer solchen Begegnung?»

Nach vorne gebeugt, die Ellbogen auf den Knien und mit aufgestütztem Kinn saß Reed da. «In einer gewöhnlichen amerikanischen Stadt etwa achtundzwanzigtausend zu eins. Aber in dieser Stadt nehmen wir keine Wetten mehr an.»

«Washingtoner Zynismus, Walter», bemerkte Garvey. «Machen Sie sich nichts daraus. Eigenartig – Davey hat eben von Ihnen gesprochen. Möchten Sie wissen, was er gesagt hat?»

«Nein.»

«Davey, erzählen Sie Walter, wovon Sie eben gesprochen haben.»

«Er läßt mir keine Wahl», meinte Reed zu Coolidge. «Also, es war etwa folgendes. Ich erzählte dem Senator, daß ich beginne, mir über Sie Sorgen zu machen. Ich dachte, Sie seien auf dem besten Weg, ein Verwaltungsangestellter zu werden. Ich dachte, Sie seien vielleicht mehr an Ihrer Arbeit interessiert als am Wohl des Volkes. Der Senator war anderer Meinung, müssen Sie wissen.»

Garvey biß in seinen Zuckerapfel. «Erzählen Sie ihm alles, Davey. Er wird es sowieso herausfinden.»

«Psst,» Reed schnitt eine Grimasse, als ob er tatsächlich in der Klemme wäre.

«Ich habe gesagt, daß Sie es in Zukunft nicht leicht hätten, wenn Sie uns wirklich nicht sagen wollen, was O.F.F. bedeutet.»

Coolidge betrachtete Reed. Reed wußte ja nicht einmal die Hälfte. Da war es also, das letzte Glied in der Kette, und Coolidge wußte immer noch nicht, weshalb er so handelte. Mit einer Ausnahme vielleicht: Es schien keine anderen Freiwilligen zu geben.

«Es bedeutet Opportunity for First Strike[1]», sagte der Doktor.

«Natürlich könnte ich mich auch geirrt haben», fuhr Reed fort. Doch plötzlich stockte er: «Was?»

«Stimmt.»

«Was haben Sie da eben gesagt? Was haben Sie da eben gesagt?»

Garvey biß wie ein Piranha an seinem Zuckerapfel herum.

«Ich habe gesagt, O.F.F. bedeutet *O*pportunity *f*or *F*irst Strike[1]», wiederholte Coolidge. «Wir werden es den Russen zeigen.»

Reed schaute Coolidge an. Die ganze Verschlagenheit und Allerweltsklugheit fiel von ihm ab, seine Gesichtsmuskeln wurden schlaff, der Mund blieb offen. Endlich hatte er etwas gehört, das er ernstnehmen konnte.

Garvey holte weit aus und warf seinen Zuckerapfel durch die Bäume in den Teich. «Es ist immer das gleiche in der Politik: Es gibt gute Neuigkeiten und schlechte Neuigkeiten.»

[1] Gelegenheit zum Erstschlag

O.F.F.

Reed schwor, daß er fünf Stunden geschlafen hatte und nüchtern war oder es mindestens beinahe fertigbrachte, auf einer geraden Linie zu gehen, so daß sie ihn den weißen Transportwagen der American University fahren ließen. Den Transportwagen hatten sie bekommen, weil Garvey im Aufsichtsrat der Universität war.

Coolidge drehte sich nach Garvey um, der schräg hinter ihm auf dem Rücksitz saß. Die fetten Babybacken des Senators waren glatt rasiert, er trug seinen besten Anzug, einen schwarzen Mantel mit säuberlich gebürstetem Samtkragen und einen schwarzen Filzhut. Englischer konnte er nicht mehr aussehen, selbst einen Regenschirm hatte er mitgenommen. Tief in Gedanken versunken, phantasierte er möglicherweise gerade über seine politische Zukunft.

Coolidge hielt die Blackboxes auf den Knien. Er wollte nicht, daß sie herumhüpften und aus der Linie gerieten. Sein Blick fiel auf Garveys halbgeschlossene Augen. Mittlerweile war der Senator wohl schon beim Amtseid angelangt. Man konnte es beinahe hören: «Es lebe der Häuptling.» Nun mußte Coolidge handeln. Deshalb hatte er darauf bestanden, daß Reed den Wagen lenkte; so blieben ihm einige Minuten für ein Gespräch.

«Ich weiß, daß Sie es mit der Frau des Parteisekretärs treiben», begann Coolidge.

Garvey erwachte schnell aus seiner Träumerei. Hastig schaute er zuerst Reed, der hinter dem Lenkrad saß, und dann Coolidge an.

«Dauernd lassen Sie solche Bomben runter.»

«Ich weiß, wo Sie es treiben und wie oft. Ich weiß, wo der Sekretär glaubt, daß seine Frau sich aufhält. Ich weiß, daß es schon beinahe ein Jahr dauert. Es hat auf der Cocktail-Party der Aluminium-Gesellschaft angefangen. Ich weiß, welchen Kosenamen sie Ihnen gegeben hat. Phantastisch für eine Schlagzeile.»

Garveys Fettaugen traten aus den Höhlen. Plötzlich war er aus seinen Präsidententräumen gerissen worden, um festzustellen, daß es in seinem Leben keine Einzelheiten mehr gab, die man noch privat nennen konnte. Coolidge schaute zu, wie der Senator die letzten Jahre Revue passieren ließ und sich all seiner fleischlichen Sünden erinnerte.

«Sprechen Sie leise. Was wissen Sie sonst noch?»

«Die schwarze Dirne an der K-Street.»

Garvey schloß die Augen.

«Die Sekretärinnen, denen Sie es bei Gelegenheit jeweils besorgen.»

«Mein Gott.»

«Die Beförderungen in den Mitarbeiterstab der Bewilligungskommission, die zwei von ihnen erhalten haben. Soll ich fortfahren?»

«Ich glaube, wir verstehen uns.»

Coolidge deutete mit dem Zeigefinger ungefähr zwischen Garveys Augen. «Versuchen Sie nicht, mich aufs Kreuz zu legen. Ich werde Sie nicht noch einmal warnen.»

Garvey lehnte sich zurück und seufzte; plötzlich war er nicht mehr besorgt, er könne seinen teuren Mantel an der Wagenwand schmutzig machen. «Daß es soweit kommen mußte.»

«Kommen Sie mir nicht so. Sie sind in Ihrer Karriere über genügend Leichen gegangen. Und ich bin nicht gewillt, die nächste zu sein.»

«Weshalb sollte ich Sie verraten, Walter?»

«Wir bringen die Sache zum Platzen. Alles kann passieren. Wer weiß. Wenn Sie sich jedoch über meine Leiche retten wollen, könnten Sie selbst die nächste sein. Soweit meine persönliche Abschreckungspolitik.»

«Gegenseitig gesicherte Zerstörung, was, Walter? Gut, Sie sollen Ihren Willen haben. Was mich betrifft, so funktioniert die Abschreckung. Und zwar dauerhaft.»

Während der nächsten zwanzig Minuten saßen sie stumm nebeneinander. Reed, der sich beim Fahren alle Mühe gab, war das Schicksal gnädiger; es war sechs Uhr früh und Sonntagmorgen, so daß kaum jemand unterwegs war. Auch auf dem Campus würde sicherlich niemand anzutreffen sein; die Studenten erholten sich im Bett von Bier, Sex, Haschisch oder, auch denkbar, von ihrem Studium.

Schon nach zwei Minuten hatte Reed die Rundfunkstation gefunden. Leichte Sache – denn gleich daneben stand ein hoher Sendeturm. Rückwärts fuhr er in die kleine, seitlich angelegte Entladezone und parkte so nahe wie möglich am Gebäude, die Äste eines großen Baumes streiften dabei das Wagendach. Die geöffnete Hecktüre machte es unmöglich, daß jemand sah, wie Coolidge das Gebäude durch den Hintereingang betreten würde. Coolidge wartete im Wagen, bis Reed das Gebäude ausgekundschaftet hatte. Nur das Aufschlagen von Tennisbällen konnte er von weitem hören; sonst war es ganz still. Als Reed zurückkam und winkte, verschwand Coolidge blitzschnell durch die Türe, gefolgt vom keuchenden Garvey, der die Kaffeemaschine trug.

Davey Reed schien zu wissen, was er im verdunkelten Studio suchte: Er fand den Lichtschalter. Dann, nach ungefähr fünf Minuten und zwanzig vergeblichen Anläufen, gelang es ihm, die Kontrollpultbeleuchtung einzuschalten. Das hatte er gelernt, als er noch als Werbetexter Funkspots gemacht hatte. Garvey installierte die Kaffeemaschine und ging hinaus, um jene zu früh Gekommenen zu begrüßen, die das Gebäude wie normale Leute durch den Haupteingang betreten hatten. Reed verband eine Blackbox mit dem Kontrollpult, während Coolidge mit der anderen den Raum nach Wanzen absuchte.

«Geschafft», sagte Reed nach einigem Herumhantieren. «Ich glaube, die Sache läuft. Hören Sie es sich mal an.»

Coolidge ging hinüber ins Aufnahmestudio und setzte sich neben einem Lesepult auf einen Hocker. Dort plazierten sich gewöhnlich die Vortragenden. Obwohl Reed im schalldichten

Kontrollraum die Lippen bewegte, war nichts zu hören. Coolidge schüttelte den Kopf. Nachdenklich und an einem Finger kauend betrachtete Reed das Kontrollpult, dann betätigte er einen weiteren Schalter.

«Hören Sie mich jetzt?»

Coolidge nickte. Reed begann Lincolns Gettysburger Rede zu rezitieren. Coolidge hörte mit geschlossenen Augen zu. Nicht schlecht. Es klang, als ob Reeds Stimme von unter Wasser käme. Sie war ungefähr eine Oktave tiefer als normal, und weder Klangfarbe noch persönliches Timbre waren übriggeblieben. Die Blackbox hatte ihm völlige Anonymität verliehen. Coolidge formte mit Daumen und Mittelfinger einen Kreis.

Eine wollene Gesichtsmaske übergestülpt, saß Coolidge im verdunkelten Kontrollraum und beobachtete, wie Garvey Emerson Foster ins Aufnahmestudio bat. Ihm folgten noch andere Leute, die man kurz als die führenden Persönlichkeiten der Emersons charakterisieren konnte.

Aus gemeinsamer Angst hatten sich die Emersons nach und nach zusammengefunden. Alle waren sie in irgendeinem Bereich des öffentlichen Lebens so etwas wie Führungspersönlichkeiten, und alle hatten sie etwas gemeinam: Sie hatten den Glauben aufgegeben – wenn sie ihn je gehabt hatten –, daß das Wettrüsten ein Mittel zur Verteidigung Amerikas sei.

Seit über vierzig Jahren wurde ständig aufgerüstet. Um die Sowjetunion zu zerstören, waren bloß 100 strategische Atomraketen nötig, um die Vereinigten Staaten zu zerstören, benötigte man 125. Doch die USA hatten ungefähr 10 000 strategische Atomraketen und die Sowjetunion etwa 7500. Jedes Jahr kletterte die Gesamtzahl höher. Man baute so schnell Atomraketen, wie man U-235 und Plutonium produzieren konnte.

Das Ganze schien sinnlos. Nun hatte auch Indien Atomwaffen. Pakistan ebenfalls. Auch China. Und ebenso Frankreich. Man nahm an, daß auch Israel welche hatte. Möglicherweise auch Südafrika. Argentinien stand kurz davor. Je länger die Technologie bekannt war und nicht durch internationale Abkommen verboten wurde, desto größer war das Risiko eines Atomkrieges, sei es durch Zufall oder sonstwie, ganz zu schweigen von den Möglichkeiten des nuklearen Terrorismus. Selbst ein aufgeweckter Gymnasiast war mittlerweile fähig, die Bombe herzustellen.

Konnten sich die USA und die UdSSR nie einigen? In diesem Fall war ihr Schicksal besiegelt. War es also nicht im Interesse beider Nationen, ihr Nuklearsenal in Grenzen zu halten? Weshalb taten sie es dann nicht? Als die Emersons intensivere Gespräche führten und nach einer Antwort auf den atomaren Irrsinn suchten, wurde ihnen nach und nach bewußt, daß sie durch ihre Verbindungen zu den verschiedensten Wählergruppen eine so breite Basis hatten, daß sie, ad hoc, die amerikanische Friedensbewegung repräsentierten.

Logischerweise war Emerson Foster ihr Anführer. Er hatte als einer der größten im Investmentgeschäft mehr Verbindungen zum ganzen amerikanischen Establishment als irgend jemand anders. Er konnte Gruppen zusammenbringen und Informationsgespräche auf höchster Ebene arrangieren. Er kannte Kongreßabgeordnete, Senatoren, Beamte, Präsidenten, Geschäftsleute, Intellektuelle und Journalisten.

Doch das meiste, was die Emersons an Informationen zusammentragen konnten, war spekulativ. Es war ihnen nicht gelungen, eine fundierte und überzeugende Erklärung oder Rechtfertigung für das Wettrüsten zu bekommen. Aus diesem Grund waren sie an einem kühlen herbstlichen Sonntagmorgen um sechs Uhr in die Rundfunkstation der American University gekommen. Sie wollten sich anhören, was der Doktor zu sagen hatte.

Alle waren da: der Admiral a.D. Dutch Anderson, der New Yorker Erzbischof Patrick Hinds, der Gewerkschaftsvorsitzende der Autoindustriearbeiter Joe Kiernan, Sarah Weinstein, die führend mitgewirkt hatte, das Konzept des Nuclear Freeze zu entwickeln, Purefoy, Ingalls, der Washingtoner Rabbi Harold Mandelbaum sowie General a.D. Rudolph Witek.

Sie fanden sich in der Situation ziemlich gut zurecht, schien es Coolidge. Bewußt vermieden sie es, ihn anzuschauen. Sie nahmen es locker, plauderten aufgeräumt, tranken Kaffee, suchten sich Hocker oder Klappstühle und legten teure Mäntel über Notenständer, Klavier und Synthesizer. Alle waren sie welterfahrene

Leute, die es zu etwas gebracht und viel gesehen hatten, trotzdem warteten sie gespannt. Coolidge erkannte an der Atmosphäre im Aufnahmestudio, daß Garvey sein Versprechen gehalten hatte: Sie wußten nicht, was sie zu hören bekommen sollten.

Elend und mit Furcht vor Kopfschmerzen wartete der Müllmann tief atmend vor dem Kontrollpult auf ein Zeichen Garveys. Das Zeichen, die Sache beim Namen zu nennen. Coolidge hoffte, daß die Blackbox jedes Zittern in seiner Stimme vertuschen würde.

Emerson Foster war ein kleiner, etwas kräftig gebauter, höflicher Mann von fünfundsechzig. Er hatte tiefblaue Augen, volles weißes Haar, und seine Zähne saßen tief im Zahnfleisch. Er war mild und besonnen, man wußte, daß er nur wütend wurde, wenn sich seine Untergebenen dumm verhielten; dann verwandelte er sich in sein Gegenteil und wurde ein ätzender, destruktiver Kritiker. Er hielt sich für einen rechtschaffenen Konservativen, im Gegensatz zu den bombenwerfenden Konservativen, die er mit den Anarchisten in den gleichen Topf warf. Fosters Banken hatten rund um die Welt investiert; er wollte sie deshalb lieber Geschäfte machen lassen als in die Luft fliegen sehen.

«Oliver, ich nehme an, Sie haben alles getan, um die Identität dieses Mannes zu schützen», erkundigte er sich bei Garvey.

«Absolut, Emerson. Soweit herrscht hundertprozentige Sicherheit.»

«Gut. Ich hoffe, daß ich eines Tages in der Lage sein werde, etwas für ihn zu tun. Er ist es wert.»

«Ich beneide ihn nicht», warf Kiernan ein. Sein massiver Körper bot auf dem Klappstuhl ein unsicheres Bild. «Unmöglich, daß es ihm bei der Sache wohl sein kann.»

«Verkehrt herum, Joe», kommentierte Bischof Hinds, der sich auch beim Sitzen noch auf seinen Stock stützte. «Bei seinen moralischen Grundsätzen ist es unmöglich, daß ihm wohl sein kann, wenn er es *nicht* tut.» Pause. «Obwohl ich Ihnen versichere, daß der Kardinal nicht damit einverstanden ist.»

«Lassen Sie uns beginnen, Oliver», schaltete sich Emerson ein.

«Augenblicklich», erwiderte Garvey strahlend. Der große Moment für ihn und Coolidge war gekommen; die Leute, die sich im

Rundfunkstudio versammelt hatten, würden ihn dem Weißen Haus einen großen Schritt näher bringen.

«Zuerst wird er eine Erklärung abgeben; danach beantwortet er Fragen», erläuterte Garvey. «Stellen Sie also ruhig Fragen. Doch um die Zusammenkunft kurz zu machen, verlangt er von Ihnen, daß Sie sich dabei ganz aufs Thema konzentrieren. Ich glaube aber nicht, daß es danach noch viel zu diskutieren gibt.»

Oliver Garvey wandte sich dem Glasfenster des Kontrollraumes zu und deutete mit einem Finger auf Walter Coolidge.

«Die Möglichkeit kommt schnell näher, einen präventiven Erstschlag gegen die Sowjetunion zu führen», begann Coolidge mit seiner Unterwasserstimme, «ohne daß die USA einen Vergeltungsschlag entgegenzunehmen hat. Diese Fähigkeit bezeichnet man als ausbeutbare nukleare Überlegenheit; durch sie ist die Atombombe von ihrem Podest gestürzt worden.»

«Wie ist es dazu gekommen und aus welchem Grund?»

«Ein einflußreicher Teil des amerikanischen Establishments ist nie willens gewesen, mit einem mächtigen kommunistischen Staat wie der Sowjetunion zusammenzuleben. Sie fürchteten, daß der Kommunismus die Armen aller Länder, auch diejenigen der Vereinigten Staaten, in seinen Bann ziehen könnte. Sie glauben nicht, auf friedlichem Weg mit den Verkaufsargumenten des Kommunismus konkurrieren zu können. Der Versuch, die Erstschlagkapazität gegenüber den Sowjets zu erlangen, hat zur Rüstungsspirale geführt. Dieser Teil des Establishments wird das Wettrüsten nie stoppen wollen, bevor die Sowjetunion nicht militärisch unter Kontrolle gebracht oder gar zerstört worden ist.

Die USA haben jede Eskalation angeführt, indem die Angst vor der Roten Gefahr periodisch eingesetzt worden ist, um dem amerikanischen Steuerzahler Geld abzuknöpfen. Wir waren die ersten, die die Atombombe hatten, wir hatten die erste Wasserstoffbombe, die erste Mass Missile Force – tausend Minuteman-Raketen –, die ersten U-Boote mit ballistischen Raketen, die ersten MIRV-Raketen und die ersten MARV-Raketen. In beinahe jeder Phase waren die Sowjets mit den gleichen Waffensystemen um drei oder fünf Jahre im Hintertreffen.

In einigen Bereichen haben die Sowjets nie aufgeholt. Sie haben nur einhundertfünfzig strategische Bomber, wovon fünfzig langsame Propellerflugzeuge sind. Dagegen gibt es dreihundertfünfzig amerikanische B-52-Jets. Ihre U-Boote machen einen selbstmörderischen Lärm. Und ihre wichtigste Waffe, die landgestützte SS-18-Rakete, wird mit Flüssigstoff angetrieben. Die USA produzieren schon seit den fünfziger Jahren keine Flüssigstoff-Raketen mehr.

Im Gegensatz zur verbreiteten Auffassung ist das Wettrüsten nicht einfach die unüberlegte Anschaffung neuer Waffen. Vielmehr ist es immer von der Absicht geleitet gewesen, durch Genauigkeit Überlegenheit zu gewinnen.

Zielgenauigkeit ist der wichtigste Faktor des Wettrüstens. Man benötigt keine genaue Rakete, um Moskau oder jede andere russische Stadt zu zerstören. Die notwendige Zielgenauigkeit zur Zerstörung von Städten wurde schon vor Jahrzehnten erreicht. Eine Rakete, deren Zweck es ist, eine Stadt zu zerstören, mag vielleicht unmenschlich sein. In Wirklichkeit handelt es sich dabei aber um eine friedliche Rakete, die *defensiven* Zwecken dient. Eine solche Zweitschlag-Rakete ist keine Rakete fürs Schlachtfeld, sondern eine Abschreckungsrakete. Ihr Zweck ist es, die Russen vor einem Erstschlag gegen die USA abzuschrecken.

Zielgenaue Raketen sind jedoch mit der Absicht entwickelt worden, Raketensilos zu treffen. Genaue Raketen sind ihrer Natur nach offensiv. Weil es nichts bringt, ein leeres Silo zu treffen, sind zielgenaue Raketen ipso facto Erstschlag-Raketen.

Die MX, die Trident-2 und die Pershing-2 sind die zielgenauesten Raketen der Welt. Danach kommen die Minuteman-3 und eine beachtliche Anzahl von Cruise Missiles. Zusammengenommen, versetzen diese Raketen die USA in die Lage, jede einzelne sowjetische Interkontinental-Rakete zu zerstören.

Weil eine gewisse Anzahl der sowjetischen Mittelstrecken-Raketen mobil sind, entkommen viele einem amerikanischen Erstschlag. Doch diese Mittelstreckenraketen treffen nur Ziele in Westeuropa, mit Ausnahme derjenigen, die in Ostsibirien stationiert sind und deshalb Gebiete im Westen der USA erreichen können.

Die in Ostsibirien stationierten Raketen werden von schnellen Trident-2-Raketen unschädlich gemacht. Diese haben eine verkürzte Flugbahn und werden von Trident-U-Booten in der Nähe der asiatischen Küste abgefeuert.»

Für Coolidge war es unmöglich festzustellen, ob die Zuhörer glaubten, was er sagte. Mit Ausnahme von Garveys Gesicht waren alle anderen ausdruckslos. Er war daran, ihnen etwas zu erzählen, was der öffentlichen Meinung, den Werten und Glaubensprinzipien Amerikas widersprach. Er machte jeden amerikanischen Präsidenten seit Harry Truman zum Lügner. War es zu stark, um glaubwürdig zu sein? Nun, er berichtete, das war alles, was er tun konnte. Er holte tief Atem und machte sich bereit, das Zauberwort auszusprechen.

«Alle operationellen Möglichkeiten, die für die zwangsweise Entwaffnung der Sowjetunion benötigt werden, sind zu einem geheimen Programm verknüpft worden. Es trägt die Bezeichnung O.F.F. oder Opportunity for First Strike. Das Programm involviert viele Waffensysteme und Verfahrensweisen sowie alle drei Nachrichtendienste. Man nimmt an, daß Opportunity for First Strike das Wettrüsten in einer halben Stunde zu einem erfolgreichen Abschluß bringen könne.

Man hält es für höchst wahrscheinlich, daß O.F.F. wegen seiner erdrückenden Überlegenheit nicht eingesetzt werden muß, denn allein die Drohung würde die Russen unseren Forderungen schon gefügig machen. Eine solche Situation ist seit 1962 nicht mehr vorgekommen. Damals hatte Präsident Kennedy von den Russen verlangt, ihre Raketen aus Kuba abzuziehen. Deshalb haben die USA absichtlich die Bombardierungskarten der Pershing-2-Raketen den Russen zugespielt, um ihnen damit zu zeigen, wie aussichtslos ihre Lage ist.

Eine dritte Möglichkeit besteht darin, daß die Russen versuchen, mit O.F.F. gleichzuziehen. Dadurch bringt sich die Sowjetunion in Schwierigkeiten, weil ihr im Vergleich mit den USA geringes Bruttosozialprodukt durch das Wettrüsten ungemein viel stärker belastet wird. Die Russen haben versucht, den Nachteil ihres geringen Bruttosozialproduktes wettzumachen, indem sie, statt eigene Technologien zu entwickeln, amerikanische Technologie gestohlen haben – doch hat dies nicht zu einer grundsätzlichen Änderung geführt.

Die Versuchung, Opportunity for First Strike tatsächlich einzusetzen, würde immer weiter bestehen, unabhängig davon, ob die Sowjetunion wirtschaftlich am Boden ist, denn die Gelegenheit kehrt von Zeit zu Zeit wieder. Die Gelegenheit selbst beruht auf Statistiken. Es wäre also nicht zwingend ein Krieg, der sich aus unmittelbaren internationalen Spannungen ergäbe. Es wäre ein Krieg, der aufgrund statistischer Daten ausgelöst würde. Einige dieser Daten, wie etwa die Wetterlage, sind nicht voraussagbar und haben überhaupt nichts mit der UdSSR zu tun.

Opportunity for First Strike stellt jene Art von Konzept dar, die das Pentagon intern als gegenintuitiv bezeichnet. Ein gegenintuitives Konzept scheint verrückt und undurchführbar zu sein. Mit Sicherheit nimmt man an, daß die Sowjets fähig sind, Vergeltung zu üben und Amerikas Bevölkerung auszulöschen. Es braucht ja nur 125 funktionierende Gefechtsköpfe, um Amerika zu zerstören. Die Sowjets haben über 7500 davon, ein amerikanischer Angriff, der nur zu 99 Prozent erfolgreich ist, würde eine Katastrophe bedeuten. Den Sowjets blieben 1 Prozent – also fünfundsiebzig Gefechtsköpfe – und die Lust auf Rache.

Doch es gibt eine Methode gegen diese Gegenintuition.

O.F.F. setzt sich aus drei Hauptphasen zusammen, die alle ungefähr gleichzeitig durchgeführt würden. (A) Ausschaltung der sowjetischen Führung. (B) Zerstörung der bodengestützten SS-18-Interkontinental-Raketen. (C) Zerstörung der sowjetischen Raketen-U-Boot-Flotte.

Erstaunlicherweise stellt die Ausschaltung der sowjetischen Führungszentren einen militärischen Akt dar, der schon lange durch Befürworter von Verhandlungen und Abrüstung kritisiert wird. Denn mit der Ausschaltung der sowjetischen Führungsspitze ist offensichtlich auch die Möglichkeit zunichte gemacht, über den Abbruch eines begonnenen Atomkriegs zu verhandeln. Was die Vertreter der weichen Linie nie begriffen haben, ist der Umstand, daß keine Verhandlungen angestrebt werden: Verhandlungen würden einem Sieg im Weg stehen.

Eine speziell umgebaute Trident-2-Rakete wird den Krieg einleiten. Der Code-Name dieser Rakete lautet Blanket-2. Sie ist nicht mit den gewöhnlichen zehn MIRV-Gefechtsköpfen ausgerüstet, sondern mit einem einzigen Zwanzig-Megatonnen-Gefechtskopf, der von einem Trident-2-U-Boot in der Nähe von Murmansk abgeschossen wird. Dieser Gefechtskopf detoniert dreihundert Meilen über Grund, ungefähr im Zentrum der Sowjetunion.

Das Resultat (und die Absicht) einer solchen Explosion ist ein außerordentlich starker Energieimpuls, Elektro-Magnetischer Impuls oder EMP genannt, der sich mit Lichtgeschwindigkeit über das ganze sowjetische Territorium ausdehnen wird. Alle Metallgegenstände laden sich mit elektrischer Spannung auf, die bis zu fünfzigtausend Volt betragen kann. Dieser Energieschock wirkt sich auf Telefonlinien, Stromkabel und Antennen aus, so daß Nachrichtenfluß, Energieversorgung, Radarkontrolle und Rechenzentren empfindlich gestört werden. Flugzeuge können nicht starten. Raketen sind nicht abschußbereit. (Der EMP breitet sich auch nach oben aus und wird sowohl amerikanische High-Orbit-Satelliten als auch Low-Orbit-Satelliten, die sich über Rußland befinden, beschädigen; Ersatzsatelliten sind auf ihren Startrampen einsatzbereit.)

Anfänglich wird nur diese eine Rakete auf den sowjetischen Radarschirmen zu sehen sein. Die Russen werden daher keinen Massenangriff vermuten. Es schaut wie ein Unfall, ein Radar-Fehler oder ein abgeirrter Satellit aus. Den Sowjets bleiben nur drei Minuten, um etwas zu unternehmen, danach wird ihre ganze Führung entscheidend geschwächt sein.

In dem Moment, in dem die Blanket-2-Rakete detoniert, werden die Pershing-2 abgefeuert. Die lenkbaren, mit MARV bestückten Raketen sind äußerst schnell und genau und befinden sich in geringer Entfernung von der Sowjetunion. Ihre Aufgabe ist es, die vier sowjetischen Ersatz-Kommandozentralen außer Gefecht zu setzen. Diese Kommandozentralen befinden sich in Moskau, Tyuratam, Kiew und Cheljabinsk. Die Flugzeit zur Kiewer Einsatzzentrale beträgt 4.67 Minuten, diejenige nach Tyuratam 7.49 Minuten und die nach Cheljabinsk 7.52 Minuten. Nach Moskau dauert die Flugzeit am längsten, nämlich 10 Minuten.

Dreizehn Minuten nach dem Abschuß der Blanket-2-Rakete

werden die sowjetischen Einsatzzentralen zerstört sein, und in der Sowjetunion wird ein militärisches und politisches Chaos herrschen. Auf diese aus kurzer Distanz lancierten Angriffe erfolgen keine Gegenmaßnahmen. Was den Sowjets bestenfalls übrigbleibt, sind Ersatzkommandanten, die zweitklassige und langsame Kommunikationsnetze benützen müssen.

Um ihre Probleme noch zu vergrößern, wird eine Zerstörung der sowjetischen Frühwarnsatelliten angestrebt. Die wichtigen sowjetischen Satelliten haben alle eine enge Umlaufbahn und werden deshalb durch F-15-Jagdflugzeuge zerstört, die auf Hign Altitude fliegen und ihre MHIV (Miniature Homing Intercept Vehicles) abschießen. Wegen dieser Einsatzmöglichkeit wird ein Teil des amerikanischen Establishments nie damit einverstanden sein, einen Vertrag gegen Weltraumwaffen zu unterzeichnen.

Zu diesem Zeitpunkt stehen der UdSSR nur zweitrangige Kommandanten zur Verfügung, und diese müssen, um einen Vergeltungsschlag gegen die USA zu inszenieren, mit katastrophal wenigen Input-Daten auskommen. Es bleiben ihnen nur zwanzig Minuten, um alles auszuführen.

Die erfolgreiche Ausführung der Phase B, die Zerstörung der bodengestützten SS-18-Interkontinental-Raketen, wird durch den Umstand begünstigt, daß die SS-18 schon während ihres Planungsstadiums veraltet war. Daß die Sowjets keine Feststoff-Technologie entwickelt haben, ist einer ihrer größeren Schnitzer. 75 Prozent der russischen Gefechtsköpfe sind in den ungefähr achthundert SS-18-Raketen installiert. Doch diese SS-18-Raketen sind lahme Enten. Es ist ausgeschlossen, daß die schwerfälligen, mit Flüssigstoff angetriebenen Raketen in den ihnen zur Verfügung stehenden zwanzig Minuten einsatzbereit gemacht werden können.

Gegen diese achthundert Raketen wird eine Kombination von Trident-2, Pershing-2 und Minuteman-3 eingesetzt. Die Abschußzeit dieser Raketen fällt mit der Abschußzeit der gegen die Kommandozentralen gerichteten Pershing-2 zusammen, so daß die SS-18 schon zwanzig Minuten nachdem das am weitesten entfernte Pershing-2-Ziel, die Moskauer Einsatzzentrale, getroffen worden ist, zerstört werden. Der einzige strittige Punkt bei der

Ausarbeitung des Konzepts war, ob pro SS-18 zwei oder drei Gefechtsköpfe verwendet werden sollten. Einige Planer glaubten, daß mit der heute erreichten Genauigkeit kaum drei Gefechtsköpfe nötig sein werden, zumal sie nur zusätzlichen radioaktiven Staub in der Atmosphäre zur Folge hätten. Doch um sicher zu sein und auch Fehlschläge einzukalkulieren, entschied man sich für drei Gefechtsköpfe pro SS-18. Kommt noch dazu, daß die SS-18-Silos von verschiedenen Richtungen beschossen werden: Jeder der drei für eine SS-18 bestimmten Gefechtsköpfe wird von einer anderen Rakete stammen. Auf diese Art und Weise wird eine Rakete, die ihre Flugbahn nicht einhält, noch keinen Fehlschlag bedeuten.»

Coolidge machte ein Pause, sein Mund war ausgetrocknet und sein Puls beschleunigt. Das Ekzem machte sich wieder bemerkbar: ein neuer Fleck auf der Außenseite des Fußknöchels. Um Flüssigkeit im Mund zu haben, trank er, was von seinem kalten Kaffee noch übriggeblieben war. Er konnte erkennen, daß sie ihm folgten. Die meisten starrten ins Leere und hörten zu. Garvey schaute ab und an in seine Richtung, Sarah Weinstein ein- oder zweimal. Einige Male blickten ihn auch die anderen schnell an, so als ob es verboten wäre. Er fuhr fort, um die Sache vollends klar zu machen.

«Die Phase C, die Zerstörung der sowjetischen Raketen-U-Boot-Flotte, hat die längste Entwicklung hinter sich und ist der schwierigste Teil der ganzen Operation. Sie wurde, teilweise, durch die sehr nachteilige geographische Lage der Sowjetunion ermöglicht. Wegen ihrer Lage brauchen die Sowjets tatsächlich vier verschiedene Flotteneinheiten: die Nord-Flotte, die Ostsee-Flotte, die Schwarzmeer-Flotte und die Pazifik-Flotte.

Zusätzlich müssen die Schiffe jeder Flotte, sollten sie gezwungen werden, auf offener See zu kreuzen, einen ‹Flaschenhals› passieren. Flaschenhälse sind vergleichsweise enge Wasserstraßen, die die sowjetischen Schiffe durchfahren müssen, um das offene Meer zu erreichen. Die Flaschenhälse sind leicht zu überwachen. Den vier Flotten entsprechend befinden sich die Flaschenhälse: zwischen Grönland und Island und/oder zwischen Island und Norwegen für die Nord-Flotte; beim Eingang ins nördliche Baltikum durch das Baltische Meer für die Ostsee-Flotte; bei der Dardanellendurchfahrt für die Schwarzmeer-Flotte und bei der Mündung des La Pérouse-Stroms in den Pazifik für die Pazifik-Flotte.

Die U.S. Navy hat in diesen Flaschenhälsen seit über zwanzig Jahren Sonare installiert. Für ein sowjetisches Atom-U-Boot ist es unmöglich, die offene See zu erreichen, ohne aufgespürt zu werden. Diese Suchanstrengungen werden durch den Umstand begünstigt, daß die sowjetischen U-Boote bekannterweise viel Lärm machen. Wir wissen deshalb über die Anzahl der U-Boote in jedem Ozean genau Bescheid.

Dazu wird das Geräuschüberwachungssystem SOSUS eingesetzt. Dieses System ist schon seit fünfundzwanzig Jahren in Betrieb. Mittlerweile sind an den Küsten jedes Kontinents Sonare angebracht worden. Das ständige Abhören hat uns über U-Boot-Geräusche einigen Aufschluß gegeben. Es liegt an der technischen Herstellung, daß weder zwei Wellen noch zwei Pumpen oder Kompressoren mit genau den gleichen Abmessungen gefertigt werden. Deshalb geben sie, wenn sie einmal in Betrieb sind, verschiedene Geräusche von sich, jedes U-Boot sendet ein anderes Geräusch-Muster aus. Mit SOSUS besitzen wir die Möglichkeit, jedes sowjetische U-Boot auf Grund seines Geräusch-Musters zu identifizieren. (Es ist ebenso möglich, die charakteristische Taktik einzelner U-Boot-Kommandanten zu unterscheiden, auch das trägt zur Identifikation bei.)

Alle diese Daten werden in einen riesengroßen Computer in Kalifornien gefüttert. Iliac Four ist eigentlich soviel wie vierundsechzig große Computer zusammen. Mit dieser überaus großen Verarbeitungskapazität können wir z.B. die Geräusche von singenden Garnelen, kauenden Walen vom Rest der Meereskakophonie unterscheiden. Der Computer verarbeitet den Input aller Sonare, eliminiert dabei das Rauschen und lokalisiert jedes U-Boot auf einen Umkreis von 32 Meilen genau.

Danach übernehmen Flugzeuge, Überwasser-Schiffe und Angriffs-U-Boote die Arbeit. Von Woche zu Woche werden immer mehr U-Boote pausenlos verfolgt. Gegenwärtig patrouillieren neun U-Boote im Pazifik und elf im Atlantik. Die lückenlose Verfolgung jedes dieser U-Boote läßt die Opportunity for First Strike um drei Prozent höher klettern. Da die sowjetischen U-Boot-

Kommandanten gewohnt sind, ständig verfolgt zu werden, werden sie einem allfälligen Angriff erst dann besondere Bedeutung zumessen, wenn es zu spät ist.

Sowjetische Anstrengungen, den Geräuschüberwachungsgeräten zu entkommen, indem Titan-Stahl-U-Boote gebaut wurden, die tiefer tauchen und deshalb schwieriger gefunden werden können, sind gescheitert. Auch diese teuren U-Boote der Alpha-Klasse sind *immer* noch laut.

Dabei muß man wissen, daß jene sowjetischen U-Boote, die *nicht* im Einsatz sind, wenn O.F.F. anzulaufen beginnt, zerstört werden, sobald sie die Flaschenhälse zu passieren versuchen. Alle Flaschenhälse sind mit Captor-Minen versehen worden. Die Captor-Suchdetektoren können zwischen eigenen und feindlichen U-Booten unterscheiden. Sind sie einmal durch die Geräusche eines sowjetischen U-Boots aktiviert worden, so wird ein Mark-48-Torpedo aus der Captor-Verschalung lanciert. Verfehlt der Torpedo beim ersten Angriff sein Ziel, dreht er um und attackiert mit einer Stundengeschwindigkeit von fünfzig Meilen ein zweites Mal. Der Mark-48-Torpedo ist mit einem nuklearen Sprengkopf ausgerüstet und kann ein U-Boot im Umkreis von zwei Meilen vom Detonationspunkt zerstören.»

Es war zuviel, um noch aufgenommen werden zu können. Er überhäufte sie mit Datenmaterial. Technischen Daten, unwahrscheinlichen Daten. Die komplexe Frage bestand darin, weshalb es einer Regierung nach der anderen gelungen war, sich hinter irgendeiner Titelgeschichte zu verstecken. Selbst Coolidge zweifelte, wenn er sich reden hörte, ob er es glauben würde, wenn er auf der anderen Seite der schalldichten Scheibe säße. Wie hatte er sich in diese Situation manövriert? Er machte sein Leben nur komplizierter, und es gab nichts zu gewinnen, nur viel zu verlieren. So etwas konnte nach Breschnew nur ein Dummkopf oder Selbstmörder tun.

«Um den voreiligen Einsatz von O.F.F. zu verhindern, wurden alle Elemente, aus denen sich O.F.F. zusammensetzt, mittels eines höchst komplexen Systems gewichtet, das die ‹Gelegenheit› abschätzt. Erfolgreiches Aufspüren und Verfolgen aller sowjetischen U-Boote mit ballistischen Raketen wird zum Beispiel mit 60 Prozent bewertet, das ergibt 3 Prozent für jedes U-Boot. O.F.F. wird nicht unter 95 Prozent eingesetzt, der Verlust eines einzigen U-Bootes wird die Operation automatisch stoppen.

Weitere Prozentzahlen beziehen sich auf den On-Line-Alarmzustand jener MX, Pershing-2, Trident-2, Minuteman-3, Cruise-Missile, B-52-Bomber, B-1-Jagdbomber und Marinekampfflugzeuge, denen Aufgaben im Zusammenhang mit O.F.F. zukommen. Alle diese Raketensysteme überwachen sich selbständig und übermitteln alle Störungen, aber auch kleinste Abweichungen von den Toleranzwerten einem Computer.

Die Wetterlage ist als Faktor in die Beurteilung der ‹Gelegenheit› einbezogen. O.F.F. hängt von der Zielgenauigkeit ab; die Gefechtsköpfe müssen bei den Silos im Umkreis von 150 Yards einschlagen. Sollte die Windstärke irgendwo entlang der Raketenflugbahn hoch genug sein, um die Zielgenauigkeit zu vermindern, werden 7 Prozent abgezogen, wodurch die Operation gestoppt wird. Die Aurora Borealis sowie Sonnenwinde werden ebenfalls einbezogen, da dadurch die Sensoren in Raketen, Satelliten und Suchsystemen beeinträchtigt werden können.

Viele weitere Faktoren werden noch berücksichtigt – die Alarmbereitschaft der sowjetischen SS-18-Raketen zum Beispiel oder die Verfügbarkeit von wichtigem Personal, angefangen bei Generälen bis hinunter zu technischen Spezialisten im Armeedienst. Je nach der Tageszeit, in der der Angriff stattfindet, werden einige Cruise Missiles so programmiert werden müssen, daß sie die Wohnhäuser von Militärpersonen treffen, wobei eher hochexplosive als nukleare Gefechtsköpfe eingesetzt werden.

Wenn O.F.F. 95 Prozent erreicht, ist das System zum Angriff bereit. Ein vorsichtiger Präsident wartet vielleicht eine höhere Prozentzahl ab. Doch ist mit dem Einsatz von O.F.F. ein Zeitdruck verbunden.

Die Vereinigten Staaten waren in den späten fünfziger Jahren, auf Grund der B-52-Bomber, nahe an einer erfolgversprechenden O.F.F.-Situation. Dann aber tauchten die Raketen auf, und die ‹Gelegenheit› schwand für eine Generation lang. Nun stehen wir kurz vor ihrer Rückkehr, und dieses Mal wird sie so bald als möglich realisiert.

Die Freeze-Bewegung gewinnt in den USA an Einfluß. Die Bevölkerung der NATO-Länder ist zunehmend verängstigt und setzt ihre Staatsmänner unter Druck.

Gegenwärtig verstärken die Russen die Kurilen. Dies ist ein Versuch, dem Früherkennungssystem zu entkommen. Die Kurilen liegen zwischen dem Meer von Okhotsk und dem Pazifik. Wenn es gelingt, aus den Kurilen eine sichere Barriere zu machen, können die sowjetischen U-Boote innerhalb des Meeres von Okhotsk in ziemlicher Sicherheit mit ballistischen Raketen operieren und dabei mit ihren Langstrecken-Raketen die Vereinigten Staaten attackieren. Die Russen versuchen auch, Techniken zu entwickeln, um sich unter dem arktischen Eis, oder selbst innerhalb der schwedischen Hoheitsgewässer, zu verbergen.

Früher oder später wird die Kriegsführung im Weltraum dazukommen – ein neues komplexes Problem. Es ist vorstellbar, daß die Sowjetunion mit einer neuen Entwicklung aufwartet, die die ‹Gelegenheit› wieder für eine Generation hinausschiebt. Je unverzüglicher daher O.F.F. eingesetzt wird, desto niedriger werden Amerikas Verluste sein. Niemand erwartet einen hundertprozentigen Erfolg; man nimmt an, daß eine Erfolgsrate von 99,85 Prozent, verbunden mit verschiedenen Zivilschutzmaßnahmen, die amerikanischen Verluste auf zwanzig bis fünfundzwanzig Millionen Tote limitieren würde. Man nimmt ebenfalls an, daß die Einsparungen im Militärhaushalt nach O.F.F. leicht jene 250 Milliarden Dollar (über fünfundsechzig Jahre gerechnet) betragen würden, die man braucht, um Lebensrenten und Spitalkosten für die erwarteten sechzehn Millionen Krebsfälle sowie die Geburtsschäden zu decken.

Es bedarf keiner besonderen Erwähnung, daß O.F.F. unter keinen Umständen funktionieren kann. Gibt es noch Fragen?»

Im Studio herrschte Stille; alle waren mit ihren Gedanken anderswo, ausgenommen Garvey, der sich umschaute und Stimmen zählte.

«Kaum zu glauben», bemerkte Ingalls, nachdem eine ganze Minute verstrichen war. «Wirklich. Verstehen Sie mich nicht falsch, Oliver; ich glaube nicht, daß er Schabernack treibt. Aber es ist kaum zu begreifen. Kann der Präsident so dumm sein? Der Generalstab? Hat das noch etwas mit Verstand zu tun? Sprechen wir hier von zurechnungsfähigen Leuten?»

Joe Kiernan saß am Synthesizer und spielte mit den Tasten und Knöpfen. «Sie können doch nicht alle verrückt sein. Unmöglich. So was will mir nicht in den Kopf. Alles führende Leute. Die säßen doch nicht auf solchen Posten, wenn sie verrückt wären.»

«Wahre Worte», kommentierte Garvey. Er ging zwischen den Hockern umher und näherte sich der Trennscheibe. «Vielleicht gibt uns der Doktor noch ein Gegengutachten?»

Die Gestalt hinter der Trennscheibe ging zum Mikrophon, und das Blubbern seiner Stimme verbreitete sich im Raum. «Auch ich glaube nicht, daß sie verrückt sind. Jeden Morgen bringen sie es fertig, Schuhe und Strümpfe anzuziehen. Die Leute erfüllen ihre Funktion. Sie können logisch denken. Eins und eins gibt zwei. Der Unterschied, so glaube ich, liegt im Bereich ihrer Moral. Zwanzig Megatote scheint ihnen ein annehmbarer Preis für die Zerstörung des Sowjetkommunismus. Das hat nichts mit Verrücktheit zu tun; das ist moralische Idiotie.»

«Eine grundlegende Unterscheidung, der ich zustimme», warf Bischof Hinds ein. «Das Risiko, ein moralischer Idiot zu werden, ist der Preis, den man bezahlt, um in die obersten Positionen zu gelangen.»

«Und Ihre Meinung, Herb?» fragte Garvey, um den Spionage-Experten der Gruppe anzusprechen. «Klingt das glaubwürdig für Sie?»

Purefoy atmete hörbar aus. «Mehr oder weniger. Ich muß sagen, daß mich das Vorhaben nicht überrascht. Einige Gruppen des Establishments haben schon seit 1918, als wir in Sibirien einmarschierten, in dieser Richtung gedacht. Auch die technischen Einzelheiten überraschen mich nicht. Die Verwundbarkeit der sowjetischen U-Boot-Flotte ist die gefährlichste Tatsache der Welt. Was mich erstaunt, ist die Bereitschaft, O.F.F. anzuwenden. Mir ist es egal, ob man das ganze nun als Verrücktheit oder moralische Degeneration bezeichnet. Existiert die Bereitschaft? Das ist die Frage.»

«Sehr gut», bemerkte Garvey. «Rabbi?»

Rabbi Mandelbaum lachte grimmig. Er saß in einem Klappstuhl, ein Knie mit beiden Händen hochgezogen. «Ich vertraue nicht einmal meiner Geschirrspülmaschine. Um an den Erfolg einer solch monströsen Unternehmung zu glauben, braucht es ein größeres Quantum Glauben, als ich es besitze. Auch ich stimme für moralische Idiotie. Meiner Meinung nach tendieren moralische Idioten dazu, willensstark zu sein, denn sie können die Konsequenzen ihrer Handlungen nicht abschätzen. Sie scheinen vergessen zu haben, was John Kennedy gesagt hat: ‹Wie konnte ich so dumm sein und auf die Experten hören?› Doch etwas hat mich überrascht: Normalerweise sind es die Liberalen, die die Konservativen anklagen, sie würden das Rad der Geschichte zurückdrehen. Das aber scheint das *einzige* Beispiel zu sein, wo die Konservativen die Moderne akzeptieren und die Liberalen versuchen, das Rad der Geschichte zurückzudrehen.»

«Ein interessanter Gesichtspunkt, Rabbi. Und was meinen Sie, Emerson?»

Foster saß mit übereinandergeschlagenen Beinen und verschränkten Armen auf einem hohen Hocker und starrte auf eine Spalte im Fußboden. «Oliver», sagte er langsam, «sind Sie sicher, daß dieser Mann weiß, wovon er spricht?»

«Der Mann hat Zugang zu den Informationen. Er gehört zur BIBLIOTHEK, Emerson.»

Foster wandte sich der maskierten Gestalt im Kontrollraum zu und betrachtete sie zum ersten Mal genauer. «Aus ganz praktischen Gründen ist es für uns grundlegend zu wissen, weshalb Sie so sicher sind, daß O.F.F. ein Fehlschlag sein wird. Ich frage, weil es viele Amerikaner gibt, die O.F.F. akzeptieren würden, wenn sein Erfolg garantiert werden könnte. Deshalb die grundsätzliche Frage: Was sind die offensichtlichen Mängel?»

Die maskierte Gestalt zögerte, sie dachte nach. Im Kontrollraum war es dämmrig genug, daß man selbst die Farbe seiner Augen, die durch Löcher in der Maske schauten, nicht erkennen konnte.

«Es ist ein Phantasieprodukt», ertönte die glucksende Unterwasserstimme schließlich. «Was immer ein Ingenieur sich ausdenkt, funktioniert nicht beim ersten Mal. Raketen sind Raumschiffe, sie sind schwierig zu starten, und doch müssen Hunderte von Raketen in Abständen von Sekunden gestartet werden. Ein plötzlicher, fünftausend Meilen entfernter Windwechsel kann die ganze Operation zunichte machen. Das gilt für jeden Teilaspekt von O.F.F. Zum Beispiel ist auch noch kein sowjetisches U-Boot tatsächlich zerstört worden. Man muß die Sache ausprobieren, durchspielen, die Zahlen ins Notizbuch eintragen. So was gehört zu den Grundprinzipien eines jeden Ingenieurs. Bis das nicht gemacht worden ist, hat man nichts in den Händen. Das Pentagon besitzt keine Testresultate über O.F.F., denn O.F.F. kann nicht vorgeführt, nicht im voraus getestet werden. O.F.F. ist ein Würfelspiel, bei dem es im Minimum um das Leben von fünfundzwanzig Millionen Amerikanern geht.»

Wieder trat eine Pause ein. Zeit, um nachzudenken.

«Dann sind also alle nuklearen Szenarien lächerlich», bemerkte der Rabbi schließlich.

«Stimmt», antwortete die Gestalt hinter der Scheibe. «Es sind alles Sandkastenspiele. Losgelöst von der Realität. Sie basieren auf hoffnungslos optimistischen Annahmen. Wir geben Müll ein und erhalten als Resultat einen Holocaust. O.F.F. erinnert mich mehr als alles andere an den absolut widersinnigsten Krieg der Neuzeit, an den Ersten Weltkrieg. Der Erste wie der Dritte Weltkrieg sind zwei Generationen lang aufs genaueste vorbereitet worden. Seit zwei Generationen durchdacht, durchgespielt, überdacht, wieder durchgespielt, abermals durchdacht, und noch einmal und noch einmal. Nichts wurde dem Zufall überlassen. Die Franzosen hatten eine mathematische Gleichung, die bewies, daß die französischen Soldaten jede deutsche Stellung einnehmen konnten. Der Vormarsch des rechten deutschen Flügels bis nach Paris war auf den Tag genau berechnet worden. Im Lauf der ersten dreißig Kriegstage zeigte sich, daß die Denkarbeit zweier Generationen absurd, wertlos und destruktiv war. Im Dritten Weltkrieg wird sich das während der ersten dreißig Minuten herausstellen.»

Emerson Foster spielte den Advocatus diaboli.

«Moment mal», schaltete er sich ein, «weiß der Generalstabschef, daß dies alles Gedankenspiele sind? Weiß es der Präsident? Wissen es die Russen?»

«Bis jetzt habe ich Ihnen Tatsachen erzählt. Nun verlangen Sie nach Vermutungen», gab die Stimme zur Antwort.

«Ich habe meine Position durch Intuition erreicht», erwiderte Foster. «Was sagt Ihr Gefühl?»

«Sie wissen es, und sie wissen es nicht. Sie versichern sich ständig gegenseitig des Erfolges. Niemand will kritisch sein, das ist der Karriere nicht förderlich. Untergebene stärken den Glauben ihrer Vorgesetzten, und so geht es die Hierarchie hinauf. Wer den Glauben seiner Vorgesetzten nicht im eigenen Verantwortungsbereich stärkt, der leistet offensichtlich keine gute Arbeit. Denken Sie daran, es handelt sich um ein Riesenprojekt. Niemand, weder ein einzelner noch eine Gruppe, fühlt sich für das ganze Unternehmen verantwortlich. In den unteren Chargen ist das Gefühl der moralischen Verantwortung sehr schwach. Ich nehme an, daß die meisten Fachleute es vorziehen würden, O.F.F. nur als Abschrekkungsmittel einzusetzen, doch je höher man in der Hierarchie hinaufgeht, desto weiter entfernt man sich von der technischen Realität und desto weniger Vorbehalte trifft man an.»

«Sie wissen es und sie wissen es nicht, huh?» warf Joe Kiernan ein. «Saukerle, Hurensöhne. Entschuldigen Sie meine profane Ausdrucksweise, Bischof.»

«Es ist keine Sünde, sich genau auszudrücken. Diese Leute *sind*, unbestreitbar und jenseits jeglicher Erlösungshoffnung, Saukerle.»

«Das Problem ist, daß die Komplexität zu ihren Gunsten arbeitet», schaltete sich Purefoy ein. «Der durchschnittliche Ellbogen-Politiker muß nicht einmal nüchtern sein, um sich bei einer Pressekonferenz aus dieser Sache herauszureden. Das Volk weiß nicht, was es aus der ganzen Sache machen soll.»

«Wir müssen sehr sorgfältig darüber nachdenken», bemerkte Emerson Foster sehr pointiert und schaute in die Runde.

Garvey sprach das Schlußwort: «Sarah, meine verehrten Herren, lassen wir es im Moment dabei bewenden. Die Zusammenkunft hat schon zu lange gedauert, und wir setzen so die Sicherheit des Doktors aufs Spiel. Darf ich vorschlagen, daß wir in einminütigen Abständen das Gebäude verlassen.»

Sie zogen ihre Mäntel an und wandten sich der Türe zu, durch die sie gekommen waren, als sie die scheppernde Stimme aus dem Hinterhalt überraschte. «Denken Sie nicht zu lange darüber nach», warnte der Müllmann, «O.F.F. beträgt 93,06 Prozent, und es klettert weiter.»

Emerson Foster

Immer während der Startphase zerbrach sich Harry den Kopf über Unterhaltsarbeiten. Es war logisch, sich darüber Gedanken zu machen. Das Bernoulli-Prinzip war unumstößlich. Es hielt die Flugzeuge in der Luft und funktionierte immer. Doch bei Unterhaltsarbeiten konnten sich Fahrlässigkeiten einschleichen.

Als dann das Flugzeug in der Luft war, zerbrach er sich darüber den Kopf, daß er Burnish während einer Krise die Führung der BIBLIOTHEK anzuvertrauen hatte, während er auf die Bahamas fliegen mußte. Möglicherweise befand sich der Präsident gerade in einer monarchistischen Phase und kostete seine Machtbefugnis aus. Er ließ jeden durch den Reifen springen, was seinem Ego eine erstklassige Befriedigung verschaffte. Sonst gab es keinen vernünftigen Grund für die Reise.

Als er Miami erreichte, wartete das Wasserflugzeug der Küstenwache schon auf ihn. Der Seegang mußte zu hoch gewesen sein oder der Wind zu schwach, oder sonst etwas: Der Pilot brauchte mehrere Anläufe, um den richtigen Startwinkel zu finden. Es wurde einer dieser Tage.

Nach fünfundvierzig Minuten tauchte unter ihnen eine hübsche kleine Insel auf; es war Cat Cay, noch in den Tropen gelegen und der Spielplatz eines reichen Mannes. Harry vermutete, daß sich der Präsident einige Tage vom Druck befreien wollte, was Präsidenten auf ihre Art und Weise tun: Sie nehmen den Druck mit sich.

Plötzlich tauchte an jeder Flügelspitze eine F-14 auf. Irgendwo in der Nähe mußte ein Flugzeugträger sein, die eigene kleine Leibgarde des Präsidenten. Die Piloten der beiden F-14 lächelten, winkten und verschwanden. Unter ihnen umkreisten zwei Zerstörer die Insel. Es war Herbst, und die Karibische See war nicht gerade ruhig, aber es reichte noch zur Landung. Der Pilot der Küstenwache setzte fein säuberlich auf und kletterte aus dem Wasserflugzeug auf einen Betonsteg, der an Land führte, wo die Geheimdienstleute schon ausschwärmten.

Harry begann sich zu fragen, ob ein großes Treffen angesagt war. Man schenkte der Insel einiges an Aufmerksamkeit. Die Russen? Undenkbar. Abgesehen davon gab es auch keine Reporter. Präsidenten trafen sich nie mit den Russen, ohne daß Reporter dabei waren. Der am nächsten stehende Geheimdienstagent überprüfte Harry und vergewisserte sich, daß es sich um Harry Dunn handelte. Er lächelte; Dunn gab es kein zweites Mal. «Hier lang», erklärte der Geheimdienstmann.

Es gab keine Autos auf der Insel; Harry mußte sich in einen Golf Cart zwängen. Unter Harrys Leibesfülle kam das Gefährt nur langsam vorwärts; sie fuhren einen kleinen Hügel hoch und ließen den Strand hinter sich. Schneller ging es dann auf einem Waldweg quer über die kleine Insel, vorbei an wohlhabenden Wochenendhäusern, die unbewohnt waren, da es nicht die entsprechende Jahreszeit dafür war. Vor einem Holzhaus am anderen Ende der Insel war die Fahrt zu Ende. Ives erwartete Harry auf der Veranda des wettergezeichneten Gebäudes. Er trug ein Hawaii-Hemd, war aber sonst gar nicht in Urlaubsstimmung. Sein Ausdruck war grimmig.

Weshalb wohl? fragte sich Harry. Es lief ja alles bestens. Die BIBLIOTHEK war der heimliche Held der Regierung. Ives nickte nur kurz, und Harry folgte ihm ins Innere. Es mußte sich um eine ernste Angelegenheit handeln; in solchen Sachen pflegte Ives nicht zu scherzen. Als sie an einer unbenützten Bar und Dutzenden von Tischen und Stühlen vorbeigingen, konnte Harry ein unverwechselbares Geräusch ausmachen, das oft zur Gegenwart des Präsidenten gehörte: das Aneinanderschlagen von Billardkugeln. Sie betraten das Billardzimmer, gerade als der

Präsident die Vierzehner-Kugel mit einem Rifle-Stoß im Eckloch verschwinden ließ.

«Hallo, Harry. Danke, daß Sie gekommen sind», begrüßte ihn der Präsident und rieb die Queuekuppe mit Kalk ein. Das Queue war mit dem Wappen des Präsidenten versehen. Er hatte auch seine eigene Bar mitgebracht, inklusive Barmann, Kellner und Chef. Der Kellner tauchte aus dem Nichts auf, eben als der Präsident an «Kellner» dachte.

«Mixen Sie Mr. Dunn eines von den rosa Dingern», wandte er sich an den Kellner. «Er wird Ihnen schmecken, Harry. Ein sehr hübscher Drink.» Er ließ den Vierer-Ball verschwinden, und der Stoßball rollte fein säuberlich in die richtige Position für den nächsten Stoß.

«Spielen Sie nie um Geld mit ihm», kommentierte Ives. «Er kassiert immer.»

Der Dreier-Ball rollte ins Eckloch, doch der Stoßball tat nicht, was er sollte, und dem Präsidenten blieb kein Stoß mehr. «Scheißball», kommentierte er.

Harry kannte den Präsidenten gut genug, um zu wissen, daß er wütend war. Nicht daß er tobte und zeterte, im Gegenteil, er war freundlich, während darunter die Lava brodelte. Was auch immer vorgefallen war, es konnte keine Kleinigkeit sein.

«Nichts als ein politisches Routineproblem», meinte der Präsident und schaute kritisch abwägend über den Tisch, als ob er während einer wichtigen Senatsabstimmung Stimmen zählte. «Nichts anderes als reine Politik. Vermutlich bevorzuge ich dieses Spiel deshalb so.»

Er ging um den Tisch herum, fand die Stoßrichtung, beugte sich vor, während das Queue spielend vor- und rückwärts durch seinen gekrümmten Finger glitt. «Auf einen Politiker wirken verschiedenste Kräfte ein; sie ziehen ihn in diese oder jene Richtung. Er aber muß alle Kräfte in seine Rechnung mit einbeziehen. Das ist die Physik der Politik. Vektoraddition. Verschiedene Kräfte von verschiedener Größe aus verschiedenen Richtungen, die sich in einem Punkt treffen: in mir.» Er stieß den Stoßball leicht an, und dieser rollte, bis er den Dreizehner-Ball auf der rechten Seite streifte. Der Dreizehner-Ball bewegte sich gehorsam auf eine Gruppe von drei Bällen zu, die gerade ein kleines Gespräch zusammen führten, und berührte den ersten und dann den zweiten. Gehorsam begann der Neuner-Ball elegant gegen das Eckloch zu rollen, wobei seine Richtung um 110 Grad verschieden von der ursprünglichen Linie des Stoßballs war. Der Neuner-Ball verschwand im Loch, ein Meisterwerk politischer Manipulation.

«Verstehen Sie mich, Harry. Alle Kräfte spielen zusammen, und es gibt ein Resultat. Manchmal ist es schwierig zu verstehen, warum ein Politiker etwas tut. Eine Handlung läßt nicht immer auf die Kräfte schließen, die sie bewirkt haben. Und deshalb verstehen die Leute die Politiker nicht. Sie verstehen die Vektoraddition nicht.»

«Ein wunderbarer Zwei-Minuten-Lehrgang in Politik, Mr. President», antwortete Harry, ohne nach dem Grund seines Herkommens zu fragen. Er schaute in Ives' Richtung, doch Ives half ihm nicht.

Der Präsident machte sich daran, schnell den Rest der Kugeln verschwinden zu lassen, wobei er zwischen den einzelnen Stößen die BIBLIOTHEK lobte. «Vor allem Walter und Vera waren hervorragend. Ich möchte irgend etwas für sie tun. Im Moment weiß ich zwar nicht gerade, was, aber ich will den beiden meine Anerkennung zeigen.»

Als alle Kugeln verschwunden waren, legte der Präsident sein Queue auf den Tisch. «Ah, da kommt Ihr Drink, Harry.»

Der Kellner war mit einem orange gefärbten Drink zurückgekommen, in dem sich durch die Brownsche Bewegung eine rosa Schliere ausbreitete.

«Übrigens, Harry, hier ist eine Person, die Sie meiner Meinung nach kennenlernen sollten.»

Harry blickte den Kellner an.

«Darf ich vorstellen, Emerson Foster», fuhr der Präsident fort. «Von den Emersons», fügte er mit Nachdruck hinzu.

Foster und Dunn gaben sich steif die Hand. Dann versuchte Harry Zeit zu gewinnen, indem er einen großen Schluck von der komischen Mischung trank. Foster mit dem Präsidenten? Was zum Teufel hatte das zu bedeuten? Ihm fehlte es an Datenmaterial. Nichts Verfügbares. Er hätte es nicht für möglich gehalten, daß man ihn so verblüffen konnte.

Der Präsident zog sich eine graue Sportjacke über seinen Rollkragenpullover. «Man hat Sie ausgetrickst, Harry. Schlimmer, als Sie denken. Schlimmer, als ich es je für möglich gehalten hätte. Man hat Ihnen eine Katastrophe eingebrockt, und Sie müssen die Suppe auslöffeln. Und zwar schnell. Emerson, erzählen Sie ihm.»

Emerson Foster setzte sich in einen der ledernen roten Clubsessel. Es war kein besonderer Genuß für Emerson Foster, doch es gab Momente, in denen man leer schlucken und tun mußte, was nötig war, um zu überleben. Er steckte in Brasilien in der Klemme; schlechte Anleihen im Wert von ungefähr vier Millionen. Nur der Präsident konnte ihm helfen. Sollte er alles verlieren, nur weil er sich in der Beurteilung getäuscht hatte? Das oder der Sprung aus dem Fenster. Er hoffte nur, daß er es den anderen zu verheimlichen mochte; er schätzte sie wirklich, und ihr Kreuzzug gefiel ihm. Sie taten das Richtige; diese Waffen waren Wahnsinn. Aber sein Gefühl machte sich bemerkbar, es war eine Kraft, ein Trieb, durch Jahrtausende im Dschungel in das Nervensystem eingebaut: der Überlebenstrieb. Er mußte den Präsidenten in seine Schuld bringen. Und zwar tief.

«Es tut mir außerordentlich leid, Harry, daß ich Ihnen dies erzählen muß. Haben Sie je von jemandem gehört, den man den Doktor nennt?»

Harry spazierte langsam und ohne bestimmtes Ziel am Strand umher, hinauf zur Flutmarke, hinunter zur Ebbemarke. Er war wie betäubt – er war von einem seiner engsten Mitarbeiter verraten worden. Ein Bibliothekar, ein Judas, der das allergrößte Geheimnis ausgeplaudert hatte. Die menschliche Psyche war nicht zu entziffern, das letzte große Geheimnis würde sich nie lösen lassen, es war geheimnisvoller als Gott.

Muschelschalen lagen im Sand verstreut, unglaublich schön, hingeschwemmt, um aufgehoben zu werden; sie hatten ihre Aufgabe erfüllt. Es war der Reichtum der Tropen, die Wärme, die Freigebigkeit der Natur, die sie hervorgebracht hatte. Es waren Herrensitze, verglichen mit den kleinen Einzimmerwohnungen, in denen die Schalentiere des Nordens leben mußten.

Wie konnte das alles passiert sein, gerade in dem Moment, als die BIBLIOTHEK ihren größten Triumph feierte? Wie auch immer, es war passiert. Eine Tatsache, von den Wellen an den Strand geworfen. Man mußte sie aufheben, sich mit ihr beschäftigen, die Stücke zusammensuchen. Welche Pläne verfolgten die Emersons? Es mußte einen Weg geben, sie zu fassen. Womit konnte man Garvey bestochen haben? Es mußte irgend etwas sein, dem der alte Schwätzer nicht widerstehen konnte. Doch über diesen Zusammenhang sollte sich vorerst der Präsident den Kopf zerbrechen. Harrys Aufgabe war es, den Doktor zu finden, und zwar ziemlich schnell. Coolidge war seinem Auftrag nicht nachgekommen; er hätte den Plauderer ausfindig machen sollen. Nun saß Harry Dunn in seinem eigenen Dilemma fest, jetzt mußte er versuchen, die Endlosschlaufe zu knacken, bei der alle Beteiligten verdächtigt wurden und alle Verdächtigten alles wußten. Der Präsident hatte etwas zu ihm gesagt, was sich in seinen Gedanken in den Vordergrund drängte. Was war es gewesen? «Nehmen wir einmal an, Harry, Sie finden den Täter, was werden Sie mit ihm machen, wenn Sie ihn einmal gefaßt haben?»

Das war es. Es gab einen Zugang. Dunn's Dilemma hatte schließlich eine Lösung. Sie war so einfach. Er mußte sich in einem Schockzustand befunden haben, daß er sie nicht gleich erkannt hatte.

Langsam fühlte er sich besser. Langsam konnte er sich mit dem Problem befassen. Reparaturmannschaften hatten ihre Arbeit aufgenommen; das Feuer war unter Kontrolle. Er kehrte um und machte sich zwischen zwei Strandhäusern auf den Rückweg. Der Golf Cart wartete schon, der Geheimdienst war ihm auf den Fersen geblieben, während er am Strand herumspaziert war. Harry zwängte sich in das Gefährt. Es gab keine elegante Art, das Problem zu lösen. Es gab nur eine Möglichkeit, mit einem Bibliothekar fertig zu werden, der vom Weg abgekommen war. Der Golf Cart begann, den Waldweg entlangzufahren.

Gardella

Gardella schaute sich im Raum um.

Ihm erschien jeder Innenraum als dreidimensionaler Architekturplan, eine Welt von Winkeln, Halbmessern, Säulen, Tragbalken und hinter den Fassaden verborgenen gestrichelten Linien. Alles war ein dreidimensionales Puzzle, dessen Schwierigkeit darin bestand, mit der kleinstmöglichen Anzahl von Microcams das gegebene Raumvolumen optimal zu überwachen. Gardella hatte einen Sinn für Tiefenschärfe, er sah mit der Verzerrung der Fischaugenlinsen einer Microcam, er besaß das Beleuchtungsgefühl eines Porträtfotografen.

Manchmal, nachdem die Arbeit erledigt war, verweilte Gardella noch einen Augenblick lang und stellte sich das Schauspiel vor, das seine Microcams aufzeichnen würden: das Kommen und Gehen, die Lust und das Laster, die Betrügereien und die Attacken von hinten. Das Aufzeichnen der menschlichen Hinfälligkeit entsprach seinem katholischen Sinn für Sünde.

Diese eine Microcam würde die maximale Verletzung der Privatsphäre darstellen, viel schlimmer als alle geradezu antik anmutenden Schlafzimmertragödien. Hier handelte es sich um Seelenpornografie, um letzte Enthüllungen, und er hatte die Aufgabe, alles in allen Positionen festzuhalten. Die Seele war schlau und konnte sich verstellen, doch er zweifelte nicht, daß er sie auf den Film kriegen würde.

Abfallbericht: # 85-11-8

AKTENZEICHEN: 104759
AUFGEGEBENES EIGENTUM VON:
Senator Oliver Garvey (Wohnsitz)

1. Je zwei leere Bierflaschen der folgenden Marken: *Amstel, Augustinerbräu, Bass Ale, Beck's, Grolsch, Guinness Stout, Harp, Heineken, Kronenbourg, Watney's*
2. ca. 12 Bierkrüge, zerbrochen
3. 1 Brille, zerbrochen
4. *Mein Kampf* von A. Hitler, mit Anstreichungen
5. *Das Kapital* von K. Marx, mit Anstreichungen
6. *Was ist von mir geblieben?* von R. Reagan
7. 1 Damenslip, Bikini-Stil, zerrissen
8. 1 Damenstrumpfhose, zerrissen
9. Brief des Bier-Instituts
10. Kopie einer Rede für die Versammlung der Nationalen Schützenvereinigung

Am Montagabend entschlossen sich der Senator und David Reed, in eigener Person die Vorzüge importierter Biermarken zu kosten (Punkt 1: leere Flaschen; Punkt 9: Brief des Bier-Instituts, das sich über unfaire ausländische Konkurrenz beklagt). Reed bestand darauf, für jede Marke einen frischen Bierkrug zu benutzen, damit der Geschmack nicht verfälscht werde.

Während sie tranken, diskutierten sie über Themen wie einflußreiche Denker der westlichen Welt (Punkte 4, 5, 6) und erklärten sich mit ihren Lehren nicht einverstanden.

Im Verlaufe des Abends kam Melanie Smith vorbei (die Brillengläser sind eine halbe Dioptrie zu stark für Garvey und stimmen mit Ms. Smiths Rezept überein).

Was nach ihrer Ankunft geschah, kann sich jeder selbst ausdenken.

Die Verwendung chinesischer Tusche macht es unmöglich festzustellen, um wen es sich im Text unter Punkt 10 handelt. Man könnte eine Vermutung wagen – eine bekannte Person, die in Debatten immer gewinnt, aber im weiteren Verlauf jeweils an Einfluß verliert – doch es wäre eine zwecklose Spekulation.

... aber nun, da wir das große Thema, nämlich das Recht der Menschheit, sich in dieser gefährlichen Welt zu bewaffnen, angeschnitten haben, ist der Augenblick gekommen, [Name unkenntlich gemacht] meine Bewunderung auszusprechen *(Pause für Hochrufe).* Könnte ein kühnerer, unerschrockenerer Verfechter des Glaubens hier unter uns sein als er? Ich stelle ihn mir voller Bewunderung als jenen mutigen Kameraden vor, der mit der schwierigen, ja sogar gefährlichen Aufgabe betraut worden ist, den Anstoß bei einem Football-Spiel auszuführen. So wie dieser unerschrockene Mann alleine bei der Zwei-Yard-Linie steht, verkörpert er die edelsten Traditionen. Keine Verstärkung, kein Sicherheitsnetz, niemand hinter ihm. Alles hängt von ihm ab. Eine Eigenschaft, die man einst Selbständigkeit genannt hat. Unser Mann wartet ruhig und zuversichtlich, bis der Ball, der umkämpfte Knochen, der strittige Punkt sozusagen, durch die Luft geflogen kommt.

[Name unleserlich gemacht] bleibt standhaft, während elf unabänderliche Tatsachen direkt übers Spielfeld auf ihn zukommen.

[Name unleserlich gemacht] nimmt das Argument auf und drückt es fest an sich. Mit kühlem Kopf schätzt er, inmitten von Aufregung und drohendem Desaster, die Situation ein. Sein scharfes Auge hat eine Möglichkeit erspäht, eine Schwäche in der Konstellation der Tatsachen, ein vager statistischer Wink deutet auf eine Außenseiterchance hin, so winzig, daß sie einem gewöhnlichen Menschen entgangen wäre. Doch nicht [Name unkenntlich gemacht], er leckt sich die Lippen, seine Augen beginnen bei der Möglichkeit zu leuchten, seine Fähigkeiten zu zeigen: *Das* ist sein Gebiet. Ein kaum wahrnehmbares Lächeln zeichnet sich ab, wenn [Name unleserlich gemacht] – Krieg, Hungersnöte, Seuchen und Krankheiten zusammengenommen – seinen Lauf antritt.

Der Mann ist unglaublich wendig.

Die Tatsachen sind überall, schwärmen aus, bedrängen ihn, schreckliche Fratzen, die ihn von allen Seiten umgeben; doch der schlaue Fuchs entkommt. Er weicht zur Seite aus, er windet sich durch, er dreht sich um die eigene Achse, er macht kehrt. Ein wahrer Wirbelwind! Ein Ballettänzer! Mal ist er mitten im Knäuel drin, mal ist er draußen. Er springt hoch, packt zu und startet durch. Verstreut bleiben die Tatsachen in seinem Kielwasser zurück. Bald hat sich [Name unleserlich gemacht] freigekämpft, elf unumstößliche Tatsachen liegen hinter ihm und fallen mit jedem Schritt weiter zurück.

Oh, was für ein glorreicher Herbsttag! Weites Land liegt vor ihm, die Torlinie, und die Zukunft wird ihm recht geben, nichts kann ihn stoppen. [Name unleserlich gemacht] lacht übers ganze Gesicht, als er allein vorprescht. Frei! Die Regierungslast ist abgeschüttelt. Individualismus triumphiert! Das freie Spiel des Marktes wird die Umwelt säubern! Chirurgische Bombardierungen sind offiziell von der American Medical Association gebilligt worden. Ein Atomkrieg kann gewonnen werden. Auf chirurgische Art und Weise!!

Seine Beine stampfen, [Name unleserlich gemacht] rechter Arm holt aus, als ob er freudig alle im Stadion umfassen möchte. «Habt ihr gesehen?» scheint er sagen zu wollen. «Habt ihr gesehen? Ich hab's geschafft. Ich hab's wieder geschafft!»

Für immer hat er die keuchenden Fakten hinter sich gelassen. [Name unleserlich gemacht] fliegt über die Torlinie und schmettert den Ball zu Boden. *Das* soll ihnen ein Denkzettel sein. Aber halt, das Tor wird für ungültig erklärt.

Einmal mehr hat [Name unleserlich gemacht] die Realität schon bei der Drei-Yard-Linie verlassen.

Geständnis eines Überläufers

Er sah ihr gerne beim Autofahren zu. Sie sah dann immer so sexy aus. Die Sicht war nicht schlecht; ihr Kleid schob sich immer wie zufällig absichtlich hoch. Einmal mehr stellte er sich einen anregenden Zeitvertreib mit Vera vor, er war deshalb einverstanden, als sie vorschlug, ein neues Restaurant in Maryland zu besuchen. Die Probleme zwischen ihnen mußten besprochen, geklärt und auf irgendeine Weise gelöst werden.

Als sie die Massachusetts Avenue entlangfuhren, versuchte er, in Harrys Art, das Ganze logisch anzugehen. Welche Möglichkeiten hatte er? (1) Er konnte ihr vergeben und ihren kleinen Seitensprung mit Harry vergessen. Ein Fehler, mehr nicht. Jeder macht Fehler. Jeder hat so seine Tage, an denen ihn das Selbstmitleid überkommt. Sie trat auf die Bremse, um vor einem Verkehrslicht anzuhalten, wobei ihr Kleid einige Zentimeter weiter nach oben rutschte. (2) Nennen wir es Verrat. Sie hatte ihn verraten. Sehr einfach, der klassische Fall. Er wußte einiges über Verrat. Er hatte eben den inneren Kern des amerikanischen Establishments an den angeblich äußeren verraten, und zwar aus einem für ihn sehr zwingenden Grund. War es möglich, daß Vera einen zwingenden Grund hatte? (3) Such dir eine neue Frau. Wen? (4) Betrachte alles als den Preis, den man für totales Wissen zu bezahlen hat.

Totales Wissen. Sie fuhren den Dupont Circle entlang, unweit von der BIBLIOTHEK in der Connecticut Avenue. Das Haus des totalen Wissens. Totales Wissen war etwas Gefährliches. Schlimmer noch. Es war etwas Lebensgefährliches. Geheimnisse sind ein Teil des Lebens.

(5) Sie hatte ihm das Leben gerettet. Das war einiges wert, fiel also zu ihren Gunsten ins Gewicht. Wie konnte man jemanden hassen, der süße Schenkel hatte und einem das Leben rettete?

«Beschäftigt dich irgend etwas, Walter?» fragte sie ihn und machte das Radio aus, womit sie zu verstehen gab, daß nun ein Gespräch folgen würde. «Du warst so trübsinnig in letzter Zeit. Noch trübsinniger als sonst eigentlich.»

«Die Zeiten sind trübsinnig. Ich bin müde. Ich bin hungrig. Das Ekzem an der Innenseite meines rechten Fußknöchels ist wütend.»

«Gejammer.»

«Möglicherweise hat mich die Tatsache übermäßig aufgeregt, daß die Welt kurz vor einem Atomkrieg steht.»

«Ich habe nicht gesagt, daß du Angst hast. Ich habe gesagt, daß du trübsinnig bist. Weshalb bist du so schlapp?»

«Ich bin nicht schlapp. Meine Lebensgeister sind gerade im Keller.»

Coolidge wußte nicht, wie er auf diese Frage reagieren sollte. Er konnte ihr nicht ihre Untreue vorwerfen, ohne die Quelle seines Wissens aufzudecken. Vera und Harry waren Datenmaterial, *geheimes* Datenmaterial. Die Nummer auf Veras Wohnzimmercouch war klassifiziert. Nur für deine Augen. Vielleicht sollte er das Ganze vergessen und der Natur ihren Lauf lassen, wenn es ihm gelang.

Eben hatten sie die Abzweigung nach Wisconsin hinter sich gelassen. Vera würde gerade an der American University vorbeifahren, wo Coolidge seine Beamten-Unschuld verloren hatte. Auch eine Sache, die er vergessen wollte. Schon während Tagen hatten sich irgendwo unter der Schädeldecke Kopfschmerzen bemerkbar gemacht, und sie warteten nur darauf, zuzuschlagen. Was würden die Emersons mit allem anfangen? Welche Reaktionen würden sich daraus ergeben?

Er betrachtete die Universität aus dem Augenwinkel, als Vera links abbog und dann nochmals eine Kurve nach links machte; plötzlich fuhren sie langsam auf den Campuseingang zu.

Er blieb kühl und distanziert. «Du willst mich wohl in die Campus-Cafeteria ausführen?»

«Ich muß noch was hinter mich bringen», entgegnete Vera. «Dauert nicht lange.»

Sie schwenkte auf das Campusgelände ein und fuhr mit drei Meilen pro Stunde Richtung Rundfunkstation. Coolidge bemühte sich, den Gelangweilten zu spielen; ohne sie anzuschauen, versuchte er ihren Gesichtsausdruck zu erkennen. Das Ganze brachte ihn aus dem Konzept. Er mochte Zufälle nicht. Verzweifelt gab er sich Mühe, so zu tun, als ob er alles mit unschuldigen Augen betrachtete.

Sie bog in die ihm bekannte Nebenstraße ein und fuhr unter den dicken Baum in die entfernte Ecke der Parkzone, genau dorthin, wo Reed den Transportwagen geparkt hatte. «Komm doch mit hinein, Walter; es dauert nicht lange.»

Er folgte ihr durch den Hintereingang und den Flur entlang ins Studio. Sie knipste den Lichtschalter an und schlenderte auf den Hocker zu, auf dem Emerson Foster gesessen hatte.

«Walter, wir haben da ein Problem.»

«Wo liegt das Problem?» fragte er leise.

«Ich weiß, daß du letzten Sonntag den Emersons einen kleinen Vortrag gehalten hast.»

Coolidge stand da und schaute sie an. Hatte er richtig gehört? Er war nicht sicher. «Wie bitte?» fragte er.

«Ich weiß, daß du dich hier mit den Emersons getroffen hast.»

Ihr Blick durchdrang ihn. Noch nie hatte er erlebt, daß sie ihn so anstarrte. Plötzlich war sie ein anderer Mensch, unerbittlich entschlossen, ihn zu überführen, zu zerstören. Was lief da ab? Sein Mund war ausgetrocknet; das Sprechen würde ihm schwerfallen. Auch seinen Knien traute er nicht – und schon gar nicht seinem Schließmuskel. Er nahm einen Anlauf und ging auf den nächsten Hocker zu, wobei er tief Luft holte, ohne es zu zeigen.

«Könntest du mir vielleicht erklären, wovon du sprichst?»

Sie schaute ihm starr in die Augen. Es war nicht der Blick einer Geliebten oder einer Freundin, es war der Blick eines Polizisten.

«Du hast den Emersons von O.F.F. erzählt.»

Es ging zu schnell. Er war geschlagen, ausgeschieden aus seiner

Spielklasse. Weshalb tat sie das? Harry mußte sie darauf angesetzt haben. Aber wie konnte Harry davon wissen?

«Warum sagst du mir solche Dinge?»

«Verdammt.» Ihre Gesichtszüge entspannten sich. «Verdammt noch mal, Walter.»

«Vera, hör mir doch zu.»

«Ich habe nie gedacht, daß es so rauskommt. Tatsächlich nicht. Hoffentlich kannst du mir das glauben.»

«*Was*, hast du gedacht, würde nie so rauskommen?» Langsam konnte Coolidge wieder überlegen. «Ein Test. Soll das ein Test sein oder was?»

«Ich glaube, du bist durchgerasselt.»

«Du hast mich hierher gebracht, um mir eine Falle zu stellen.»

«Ich habe dich hergebracht, um dir was klarzumachen.»

«Warum verdächtigt man mich?»

«Es hat sich herausgestellt, Walter, daß einer der Emersons den Mund nicht halten konnte. Letzten Sonntag morgen hat der Doktor die Emersons hier getroffen und ihnen alles über O.F.F. erzählt.» Vera konnte es immer noch nicht glauben. «Über *O.F.F.*, Walter.»

Endlich sah Coolidge klar. Der Weg aus dem Dilemma. Einer der Emersons war zu Harry übergelaufen. Harrys Emerson hatte eine maskierte Person gesehen, ohne zu wissen, um wen es sich dabei handelte. Aber es war ein *Mann* gewesen; die Black Box konnte diesen Umstand nicht vertuschen. Der Doktor war ein Mann. Harry glaubte deshalb, Vera in die Sache einweihen zu können. Das Dilemma war gelöst. Vera hatte die Aufgabe übernommen, Coolidge zu testen, denn Coolidge hatte die privaten Aufzeichnungen gesehen. Danach konnte Coolidge damit betraut werden, alle anderen an die Reihe zu nehmen, indem er vierundzwanzig Stunden am Tag Aufzeichnungen aus dem Privatleben durchging, bis er einen Hinweis fand.

«Ich schwör's dir, ich habe nicht gedacht, daß du es gewesen bist.»

«Weshalb bist du so überzeugt, daß ich es gewesen bin?»

«Du hattest so einen Gesichtsausdruck. Du bist nie ein guter Lügner gewesen. Walter, ich werd aus dir nicht klug. Ich werd aus der ganzen Sache nicht klug.»

«Und was unternimmst du jetzt? Erzählst du Harry, daß du glaubst, ich sei der Doktor, weil ich so einen Gesichtsausdruck hatte?»

«Das ist eigentlich meine Aufgabe.»

«Aussage gegen Aussage, darauf wird es hinauslaufen.»

«Stimmt.» Sie stand auf und ging zur Tür.

«Übrigens, es ist ja nicht das erste Mal, daß du mich mit Harry betrogen hast.»

Sie stand still und dachte, ohne sich umzudrehen, einige Augenblicke darüber nach. «Willst du mitfahren?» fragte sie schließlich, ohne ihn anzuschauen.

«Danke, nicht nötig.»

Coolidge blieb noch eine Weile sitzen; er versuchte, einen klaren Kopf zu bekommen, sich zu beruhigen, zu atmen. Er wußte nicht, was er von allem halten sollte. Ein Spion unter den Emersons. Wenigstens war es nicht Garvey oder Purefoy oder Ingalls; es wäre nicht schwierig herauszufinden gewesen, wenn es sich um einen von ihnen gehandelt hätte. Mit wirrem Kopf verließ er die Rundfunkstation. Langsam ging er die Massachusetts Avenue entlang in Richtung seiner Wohnung und versuchte sich klar zu werden, in welche Sache er hineingeraten war.

Ein Indiz: Veras Einschätzung seines Gesichtsausdrucks. Doch welcher Art war dieser Beweis? Die Intuition einer Frau? Es war weniger als ein rauchender Gewehrlauf. Wieviel war Veras Meinung in Harrys Augen wert? Würde sie den Fall vorantreiben? Vera?

Ohne die zurückgelegte Distanz wahrgenommen zu haben, erreichte er einige Meilen später seine Wohnung. Er brauchte nicht länger darüber nachzudenken. Es gab nur eine Antwort. Er mußte am nächsten Morgen an seinen Arbeitsplatz zurück, mußte unnachgiebig seine Version durchsetzen, mußte warten, bis Harry vorprellte, und dann alles abstreiten. Und wenn sie ihn dem Lügendetektor-Test unterzogen? Lügendetektor-Tests gefielen dem Präsidenten. Es gab Material, wie man den Detektor austricksen konnte. Genügend Beamte wußten wie; darüber würde er schnell recherchieren. Es handelte sich nur um ein Indiz. Das mußte er sich immer wieder einreden; etwas anderes konnte er nicht machen.

Es dauerte eine Ewigkeit, bis es Morgen wurde.

Coolidge ging den Flur entlang, einen Fuß vor den anderen schiebend. Er hatte Angst. Seine Nervenenden waren überanstrengt, blockiert, durch unbekannte Gegenmaßnahmen arbeitsunfähig gemacht. Auf dem Zementboden hallten ihre Absätze wie schwere Stiefel. Es war dunkel, bis sie die Türe öffnete und das Licht anmachte. Sie schlenderte zum Hocker hinüber und setzte sich. Ihr Gesichtsausdruck war ungewöhnlich und hart.

«Walter, wir haben da ein Problem.»

«Wo liegt das Problem?» fragte er leise.

«Ich weiß, daß du letzten Sonntag den Emersons einen kleinen Vortrag gehalten hast.»

Coolidge ließ das Bild stillstehen und betrachtete sein Gesicht. Eine halbe Stunde lang betrachtete er es genau. Es schien nicht einmal sein Gesicht zu sein; er schaute jemand anders an. In dem Gebäude mußte es von Microcams nur so wimmeln. Es war genau das Richtige gewesen, ihn nochmals dorthin zu bringen. Teuflisch. Ganz Harrys Art. Zuerst die Nerven strapazieren, dann zuschlagen. Er ließ die Aufzeichnungen weiterlaufen, Bild für Bild flimmerte sein Gesicht vorbei, ein Gesicht, das überrascht worden war – angsterfüllt, schuldig, entsetzt. Jeden Winkel hatten sie aufgezeichnet: Profil von links, dreiviertel links, frontal, dreiviertel rechts, Profil von rechts. Dann alles nochmals von oben herab: Profil von rechts, dreiviertel rechts, frontal, dreiviertel links, Profil von links. Dann leicht von unten: Profil von rechts, dreiviertel rechts, frontal, dreiviertel links, Profil von links.

Es gab Leute, die auch die verheerendsten Gefühle zu verbergen vermochten, die die innere Konstitution eines Pokerspielers hatten, die nicht mit der Wimper zuckten, auch wenn noch so viel auf eine Karte gesetzt wurde. Coolidge gehörte nicht zu ihnen. Coolidges innere Verfassung sickerte durch. Sein Gesicht sah wie ein maschinengeschriebenes und unterzeichnetes Geständnis aus. Gardella mußte die Sache selbst in die Hand genommen haben. Coolidge saß da, erledigt, ratlos, und betrachtete sein zur Schau gestelltes Gesicht. Er versuchte sich zum Nachdenken zu zwingen. Was tun? Dies gehörte nicht mehr in seinen Tätigkeitsbereich. Dafür war der Personalverantwortliche zuständig, und der war gefährlich. Einmal mehr hatte sich herausgestellt, daß Yeager recht hatte.

Beim Wort «gefährlich» kam ihm ein Gedanke. Er begann nachzudenken. Das Datenmaterial war mißbraucht worden. Er, Walter Coolidge, hatte es getan. Dies konnte nur etwas bedeuten: Er würde es mit dem Beschützer des Datenmaterials zu tun bekommen. Er gab Beebes Code ein.

Es war kaum neues Material vorhanden; Beebe genas von seinen Kriegsverletzungen. Der Computer schaltete direkt zu einem sicheren Haus im Prince George's Distrikt.

Beebes Kopf war immer noch einbandagiert. Seine Füße ruhten auf einem Sofa, und ein Stock war gegen seinen Stuhl gelehnt. Er trank einen Scotch mit Wasser. «Gut, daß du hier bist», sagte er gerade.

Der andere Mann saß mit verschränkten Armen vor Beebe auf einem Fenstersims. «Meine Frau wird mich umbringen», sagte er, «wir haben schon reserviert.»

Beebe kicherte in sein Glas. «Sag ihr, daß ein Bonus drin liegt.»

«Oh?»

«Zweimal so viel wie gewöhnlich.»

Der Mann zog die Augenbrauen hoch. Sein Gesicht war durchschnittlich. Außergewöhnlich durchschnittlich. Er sah aus, als ob er in der Menge untertauchen könnte. Nichts Besonderes fiel auf: keine Narben, kein Schnurrbart, gewöhnliche Nase, gewöhnlicher Mund. Seine Kleidung war zurückhaltend: Graues und Braunes von der Stange, das beinahe paßte. Coolidge nannte ihn gleich Otto Muster.

«Aber es muß hundertprozentig klappen, sonst gibt es keinen Bonus», fuhr Beebe fort. «Von der Exekution, sozusagen, hängt alles ab. Es handelt sich um einen Unfall. Einen glaubhaften, erklärbaren, nachweisbaren, unumstößlichen Unfall. Kapiert?»

Otto Muster ging nun im Zimmer umher. Seine Körpergröße entsprach dem Durchschnitt. «Ist er bewaffnet?»

«Wenn ja, dann ist es dein Vorteil. Er wird sich eine Kugel in den Fuß jagen.»

«Was ist er für ein Typ?»

«Er ist klug, aber er hat keine Übung, also ist er unbeholfen.» Beebe rieb vorsichtig seinen einbandagierten Kopf. «Doch liegt es drin, daß ihm irgendein dummer Trick einfällt. Nimm dich davor in acht. Erwarte nicht die Reaktion eines Profis.»

Otto Muster nickte.

«Hier sind die Unterlagen.» Beebe reichte ihm ein dünnes Dossier. «Er glaubt, daß er alles weiß. Aber er täuscht sich.»

Otto Muster überflog die Unterlagen. «Ist er Links- oder Rechtshänder? Es steht nirgends. Das erste, was ich wissen muß.»

«Ich glaube, ihm ist jede Hand recht, wie's gerade kommt», erwiderte Beebe abschätzig.

«Wird sich schon zeigen.»

«Mach's, wie du es für gut findest. Aber mach's perfekt.»

«Alles klar.»

Coolidge schaltete seinen Monitor aus. Weder Personen- noch Codenamen waren erwähnt worden. Die Szene kam bei der Eingabe «Beebe», nicht bei «Doktor». Er versuchte sich einzureden, das Gespräch habe sich nicht um ihn gedreht. Man konnte zu schnell paranoid werden. Bis zum vorgestrigen Abend war Coolidge der Held gewesen. Ging Harry so weit? Weshalb nicht? dachte er. Harry war gewillt, zwanzig Millionen aufs Spiel zu setzen; was zählte da schon das Leben eines einzelnen.

Harry war noch nicht aufgetaucht. Keine Memos, keine Telefonanrufe, keine Vorladungen, kein Burnish.

Vielleicht wollten sie damit den Emersons nur einen kleinen Anschauungsunterricht erteilen. Der Preis für das Sprechen. Coolidge brauchte Zeit, um alles zu überdenken.

Er ließ seinen Mantel hängen und schlenderte zu den Aufzügen hinaus. Selbst mit Joe Shoemaker wollte er nicht sprechen. Es dauerte eine Ewigkeit, bis eine Kabine kam. Er fuhr zur Eingangsetage hoch und spazierte durch die leere Lobby. Sein Wagen befand sich auf dem Parkplatz der BIBLIOTHEK. Harry Dunn höchstpersönlich müßte den Motor starten, bevor er sein Auto je wieder fahren würde.

Draußen in der Connecticut Avenue machte sich seine Depression bemerkbar; um ihn herum fiel alles in Trümmer. Er hatte sich mit der Staatsgewalt angelegt. Höchste Regierungsangelegenheiten. Er, Walter Coolidge, hatte versucht, die Pläne des Präsidenten zu durchkreuzen. Er beging das schlimmste Verbrechen in Washington, viel schlimmer als Totschlag oder Vergewaltigung. Er hatte aus der Schule geplaudert, das war das schwerste Verbrechen in der Regierungshauptstadt.

Er erreichte den Lafayette Park am Ende der Connecticut Avenue. Mehr Leute als sonst um diese Jahreszeit waren im Park. Auf der anderen Seite machte sich eine Gruppe von Demonstranten bereit, um vor dem Weißen Haus zu protestieren. Touristen spazierten herum, machten Fotos und ruhten sich auf den Bänken aus. Coolidge fand eine leere Parkbank in der Nähe der Pennsylvania Avenue und setzte sich schwerfällig. Will mich der Mann im Haus auf der anderen Straßenseite tatsächlich umbringen, fragte er sich. Noch immer kam er sich nicht so wichtig vor.

Einmal mehr durchdachte er den Zeitplan. Er und Vera waren ungefähr um 8 Uhr abends zur Rundfunkstation hinausgefahren. Beebe und Otto Muster hatten ihre gemeinsame kleine Unterredung abends um 11 Uhr 30 geführt. Harry hatte also die Möglichkeit gehabt, die Szene in der Rundfunkstation live mitzuverfolgen. Es wäre möglich gewesen, doch war es wahrscheinlich?

Jemand tippte ihm auf die Schulter; beinahe hätte er die Bank aus der Verankerung gehoben. Eine Touristin etwa um die fünfunddreißig drückte ihm eine Nikon in die Hand. «Würden Sie mir einen Gefallen tun und meinen Mann und mich fotografieren? Alles ist eingestellt. Nur noch die Schärfe. Hier.» Sie entfernte sich schon, um sich mit ihrem Gatten bereit zu machen, im Hintergrund die Kommandozentrale des Westens.

Coolidge stand auf und schaute durch die Kamera, langsam stellte er die Schärfe ein. Das Weiße Haus im Hintergrund, dann der Mann und die Frau. Ihr Gatte war ein typisches Exemplar: Dreiviertellanges Jackett, in einer Tasche die Karte, Belichtungsmesser umgehängt, breites Lächeln. Coolidge stellte noch schärfer ein, genau auf ihre Gesichter. Er erstarrte. Es war Otto – *klick!* – Muster.

IV

OTTO MUSTER

In Begleitung

Coolidge gab sich Mühe zu schlendern; keine leichte Sache, wenn einem die Knie schlotterten. Langsam, unbeteiligt, entspannt, ohne Ziel und Absicht. Er versuchte, seinen einzigen Vorteil zu wahren; Otto Muster war ihm bekannt, doch Otto Muster war nicht bekannt, daß er Coolidge bekannt war. Er gab sich Mühe, den gefaßtesten Gesichtsausdruck seines Lebens hinzubekommen, aber als Schauspieler hatte er schon immer versagt. Als er die Kamera zurückgab, schaute er einen Sekundenbruchteil in Otto Musters Augen. Sie waren einfältig, leer, er dachte an das Mittagessen und hatte keine Gesprächsabsichten. Der Mann war eine Maschine.

Es ließ sich kein plausibler Unfall denken, der im Lafayette Park hätte passieren können, es sei denn, der Blitz würde einen Baum fällen, aber möglicherweise konnte selbst Harry so etwas nicht arrangieren, so daß Coolidge dem Verlangen widerstehen konnte, hinter sich zu blicken. Er verließ den Park und überquerte die Straße, gefaßt auf irgendeinen Angriff eines Fahrzeugs. Dann setzte er mit weichen Knien seinen Spaziergang die Pennsylvania Avenue entlang fort; er ging am Blair House vorbei und bog rechts in die Siebzehnte Straße ein.

Danach lief er schnell bis zur H-Straße und schnappte sich ein Taxi. Möglichst unauffällig versuchte er aus dem hinteren Wagenfenster zu schauen. Als er in Georgetown ausstieg, beobachtete er das Taxi, bis es außer Sichtweite war. Die Bar, in die er gehen wollte, war noch immer vier Blocks entfernt.

An einem kleinen Tisch saß er vor einem Glas Weißwein und versuchte, mit den Dingen klarzukommen. Es konnte kein Zufall gewesen sein. Wie Reed gesagt hatte, würden sie auf Zufälle keine Wetten mehr abschließen. Aber weshalb war er dann so leicht weggekommen? Was steckte hinter der Kamera-Scharade? Es war so lange verwirrend, bis er sich an den Film über Otto Muster erinnerte. Linkshänder oder Rechtshänder? Muster hatte ihn getestet. Muster war sehr sorgfältig; er machte sich nicht mit unvollständigen Angaben an die Arbeit. Selbst mit welcher Hand Coolidge möglicherweise reagierte, war ihm wichtig; das hieß, daß Otto Muster die Sache mit größter Präzision zu erledigen gedachte. Eine furchterregende Gründlichkeit.

Er trank ein zweites Glas Weißwein. Tief im Magen saß eine Angst, die nicht wegging. Wo konnte ein Abtrünniger der BIBLIOTHEK Unterschlupf finden? An wen konnte er sich wenden? Ohne Zweifel behielt Muster die Emersons im Auge, das Telefon war so gut wie ausgeschlossen, auch hatte er keinen Computer mehr, der ihn auf dem laufenden hielt.

Hinter der Bar lief der Fernseher. Er schaute sich an, was man gemeinhin für Nachrichten hielt, und fühlte sich isoliert, im Abseits. Die Fernsehleute versuchten immer noch herauszufinden, was sich bei dem Panzer-Zwischenfall in Deutschland ereignet hatte. Wie gewöhnlich machte der Staatssekretär den Russen für ihre Angriffsbereitschaft die Hölle heiß; die Russen beschwerten sich über die amerikanischen Provokationen. Die Journalisten würden aus der Geschichte erst klug werden, wenn sie bedeutungslos geworden war. General Arlington C. Prager hielt sich gut bei den Interviews; vielleicht hatte er immer noch Chancen, zum Generalmajor befördert zu werden. Danach, immer noch im gleichen Bericht, zeigten sie den Senator aus dem Nirgendwo persönlich, Coolidge hörte der scheinheiligen Stimme Oliver Garveys zu.

Garvey war auf dem Weg zu einem parteiinternen Lunch der Demokraten im Palmer Hotel und machte seinen bekannten Eiertanz: Der Präsident hat richtig gehandelt; das einzige, was die Russen verstehen würden, sei Gewalt; bla, bla, bla; doch wir sollten die Möglichkeiten für Verhandlungen nicht außer acht lassen; bla, bla, bla; und dann war er im Hotel verschwunden. Coolidge begann langsam zu verstehen, weshalb Davey Reed Dampf ablassen mußte und unmögliche Reden schrieb.

Coolidge war so gewohnt, Video- und Filmaufzeichnungen anzuschauen, daß er erst nach fünf Minuten schaltete; es mußte eine Direkt-Übertragung gewesen sein, eine einfache, altmodische Direkt-Übertragung. Jetzt wußte er, wo Garvey sich aufhielt. *Dies* war ein Schritt in die richtige Richtung. Es gab nur drei Leute, denen er vertrauen konnte: Garvey, Ingalls, Purefoy. Der Überläufer gehörte zu den anderen.

Mit dem Taxi fuhr er bis in einige Entfernung vor das Hotel und näherte sich dann zu Fuß dem Gebäude. Unschlüssig kehrte er um, ging in die falsche Richtung, tat, als ob er nichts im Sinn hätte; doch niemand schenkte ihm auch nur die geringste Aufmerksamkeit. Als er endlich das Hotel erreichte, herrschte vor dem Gebäude ein Gedränge, überall Leute, Reporter und Limousinen, die anhielten und wegfuhren.

Kein Problem aus dem Müll-Bereich; er wußte nicht, wie er es anpacken sollte. Zum Anlernen blieb ihm nicht viel Zeit. Er selbst manövrierte sich in den Unfall, es brauchte nur noch zu passieren. War eine Menschenmenge gut oder schlecht? Half sie dem Verfolgten oder dem Verfolger? Er konnte in ihr untertauchen, aber auch Otto Muster. Genau dasselbe im Hotel: Es gab Ecken und Winkel, die beiden als Versteck dienen konnten. Irgendwie mußte er nahe genug an Garvey herankommen, um ihn zu umarmen. Dann mußte er im sicheren Umkreis des Senators bleiben, wie jemand, der vor den königlichen Soldaten Schutz in einer Kirche sucht.

Er versuchte, das Problem aus Otto Musters Perspektive zu sehen. Wenn Coolidge die elementarsten Sicherheitsvorkehrungen traf, würde es für Otto Muster schwierig sein, einen wirklich glaubwürdigen, unverdächtig aussehenden Unfall zu inszenieren. Sie müßten ihn zuerst festhalten und dann den Unfall arrangieren. Das legte nahe, geschlossene Räume zu vermeiden.

Er ging nicht ins Hotel, sondern hielt sich auf dem gegenüberliegenden Gehsteig auf, um jenen Eingang zu beobachten, um den sich die TV-Kameraleute scharten. Das war der Futternapf, hier würde Garvey früher oder später auftauchen. Coolidge verbrachte seine Zeit damit, die Schaufensterauslage zu studieren. Er benutzte die Spiegelung in den Ladenfenstern, um sich jeden genauer anzuschauen, der sich ihm auf dem Gehsteig näherte. Auf nichtssagende Gestalten, auf jenen ausdruckslosen Gang, auf jene unscheinbare Person Otto Muster hatte er es abgesehen.

Es war verwirrend. Sein ganzes Leben lang hatte Coolidge sich an die Verkehrslichter gehalten, hatte das Spiel mitgemacht. Doch nun hatten die alltäglichen Sicherheitsvorkehrungen der Gesellschaft ihren Wert für ihn verloren. Er war zur Beute geworden, ein Tier im Dschungel, doch ohne daß ihm die Evolution einige artspezifische Tricks beigebracht hatte. Er brauchte Hilfe. Nach zwei Stunden begannen sich die Kameraleute bereitzumachen. Coolidge wandte sich vom Schaufenster des Schuhgeschäfts ab, gerade rechtzeitig, um zu sehen, wie der unverwechselbare Kegel aus dem Hoteleingang kam und auf die Medienleute zuging.

Coolidge schätzte, daß Garvey gut genug war, dreißig Sekunden der Abendnachrichten zu füllen. Er rannte über die Straße, vorsichtig, von Fahrbahn zu Fahrbahn, den Verkehr und die Passanten im Auge behaltend. Garvey hatte sich der Menge zugewandt, so daß er Coolidge nicht einmal sah, doch gleichzeitig standen sie sich, der eine links, der andere rechts von Garveys Limousine, gegenüber.

Beide Türen auf Coolidges Seite waren verschlossen, und das Fensterglas war so stark abgedunkelt, daß Coolidge nicht hineinzusehen vermochte. Er eilte um den Wagen herum zur Gehsteigseite und griff nach der Türe, die sich eben hinter Garvey schloß, doch er spürte, wie seine Arme nach hinten gezogen wurden. Die zwei Sicherheitsleute des Senators hatten ihn zurückgehalten. Die Türe schloß sich, und der Wagen fuhr davon. Garvey, Coolidges beste Überlebenschance, entfernte sich durch die Massachusetts Avenue und wurde immer kleiner.

In Gedanken begann er zu proben, während er sich um die beiden Sicherheitsleute herumdrückte. Offensichtlich waren es keine professionellen Aufpasser. «Ich wollte nur ein Autogramm», erklärte er ihnen und sprach weiter, bis er spürte, daß ihr Griff ein wenig nachließ. Immer noch beim Proben, wußte er ganz genau, wen er imitierte, wessen Rolle er spielte. Als sie genügend besänftigt und menschlich waren, machte er sich plötzlich frei, gab beiden mit den Ellbogen einen Stoß in den Magen und rannte was er konnte über die Straße. Gerade noch bevor sich die Türen schlossen, sprang er auf einen Bus auf. Pervers, dachte er, als er eine Frau mittleren Alters in einen Fenstersitz auf der linken Seite schubste, Beebe wäre stolz auf ihn gewesen; er hatte zu Füßen des Meisters gelernt.

Coolidge konnte das Fenster nicht öffnen und mußte das Gesicht gegen die Scheibe drücken, um Garveys Wagen ausfindig zu machen. Garvey hatte drei Blocks Vorsprung. Eine Zeitlang sah es wie eine Aufholjagd aus; der Bus war im Rhythmus mit den Verkehrslichtern, ließ die Fahrgäste bei Rot aussteigen und fuhr bei Grün wieder weiter, doch er fiel immer mehr zurück.

Sein Kopf war immer noch an die Scheibe gedrückt, aber er hatte kein Interesse mehr, sondern mokierte sich über die Absurdität eines Müllmannes, der einen Präsidenten herausforderte. Ja, der sogar noch Schlimmeres anstellte: der aus der Schule plauderte. Offensichtlich war dies *das* schlimmste Verbrechen in einer demokratischen Gesellschaft. Es dauerte einige Sekunden, bis er wieder bei vollem Bewußtsein war, um festzustellen, daß etwas mit dem Bus nicht stimmte.

Das Fahrzeug war von der Massachusetts Avenue abgebogen und raste durch eine Nebenstraße. Coolidge wandte sich langsam vom Fenster ab. Im Bus, der zuvor voll gewesen war, saßen nur noch drei Fahrgäste: alles Männer, einer davon gleich neben ihm.

«Darf ich mich vorstellen, Epps ist mein Name», sagte der Mann. «Bitte keine Aufregung, Walter.»

«Wer sind Sie? Was soll das?»

«Bleiben Sie ruhig», fuhr Epps fort. «Das ist am vernünftigsten.»

Nach zwei Blocks hielt der Bus an, und der Fahrer stieg aus, ohne sich umzudrehen. Ein anderer setzte sich ans Steuer.

«Wohin fahren wir?»

«Ist das so wichtig?»

Coolidge schaute sich das Gesicht seines Nebenmannes genauer an. Nichts Bedrohliches, überhaupt nichts: ein freundliches, rundliches Gesicht, distanziert höflich. Ein Verkäufer, der einem beim Anprobieren eines Jacketts behilflich ist. Dann wurde ihm bewußt, daß es dieselbe Art professioneller Gleichgültigkeit war, die er bei Otto Muster beobachtet hatte. Etwas Alltägliches. Leute, die ihre Arbeit erledigten. Die Gleichgültigkeit des Mörders, der sorglose Zerstörer des Universums. Der Bus hielt in einer verlassenen Straße, und Coolidge wurde zur Hintertür hinaus in einen langen schwarzen Wagen mit verdunkelten Scheiben und Klappsitzen gebracht. Sie behandelten Coolidge wie ein Objekt, eine Sache, die zu erledigen, fertigzumachen und loszuwerden war. Kein Interesse für seine Person, sie nahmen ihn nicht einmal wahr. Epps griff in Coolidges Jackettasche, nahm die Brieftasche heraus, entfernte Kreditkarte und Führerschein und gab sie ihm zurück. Dann reichte er Kreditkarte und Führerschein dem Mann, der rechts von Coolidge saß. «Schau, ob wir den richtigen haben.» Der Wagen hielt einen Moment lang an, und der Mann stieg aus. Epps setzte sich auf den leeren Sitz neben Coolidge.

Sie hielten vor einem abgeschiedenen Haus in Virginia. Klein, mittelständisch, anonym. Überraschenderweise war die gewöhnlich aussehende Garage groß genug, um den übergroßen Wagen zu fassen. Man führte Coolidge ins Haus, an der Küche vorbei und in ein Schlafzimmer im oberen Stockwerk. Sie setzten ihn aufs Bett, er legte seine mit Handschellen gefesselten Hände in den Schoß. Auf dem Schreibtisch auf der gegenüberliegenden Seite des Zimmers stand ein Eiskübel mit einer großen Flasche Weißwein. Das Eis war eine nette Geste. Mit einer Handdrehung öffnete Epps die Flasche; es war keine von der Sorte mit Korken.

«Wir können Sie damit abfüllen, oder Sie können es genießen», wandte sich Epps an Coolidge. «Trinken Sie.» Er reichte Coolidge ein Wasserglas voll Wein.

Coolidge schaute das Glas an. Fahren in angetrunkenem Zustand; Otto Muster hatte sich für das Offensichtliche entschieden. Hoffentlich würde er dabei keinen Passanten umfahren. Wie stellten sie es wohl an? fragte sich Coolidge. Er streckte die zitternden zusammengeketteten Hände aus – das Klirren der Handschellen war ihm unangenehm – und griff nach dem Glas. In der Einsicht, dies sei ein schmerzloser Abgang, leerte er die Hälfte des Glases in einem Zug. Es stieg ihm geradewegs in die Augen, sie begannen zu tränen. Er rülpste, holte tief Luft und schluckte dann die zweite Hälfte. Die Wirkung war schnell spürbar, Coolidge fühlte sich betrunken. Obwohl er es nicht genau sehen konnte, hörte er, daß man ihm ein zweites Glas eingoß. Es wurde ihm in die Hände gedrückt, doch er war noch nicht bereit, erst mußte er verdauen.

«Trink», hörte er Epps sagen, der nur daran interessiert war, Coolidges Alkoholpegel zu erhöhen.

Coolidge goß noch einmal ein halbes Glas hinunter. Sein Kopf schwamm davon. Daß Wein eine solche Wirkung haben konnte, war ihm noch nie so klar geworden; das Zeug war Gift. In seinem Kopf begann es zu dröhnen, laut und überall. So laut, daß sogar Epps es hörte. Nein, das war nicht sein Kopf; es war jemand, der mit zwei Holzbeinen eine Treppe hochstolperte, es klang wie Weltuntergang. Dann hörte das Dröhnen auf, und jemand begann, an der Türklinke zu rütteln. Die Türe öffnete sich quietschend, und eine Gestalt trat ein. Coolidge starrte sie durch die Alkoholschwaden an. Er traute seinen Augen nicht, er kniff die Augen zusammen und versuchte es nochmals. Es war Breschnew.

Er trug keine Orden, dafür seinen Homburg und einen eleganten schwarzen Mantel. Einen Augenblick lang kam Coolidge die verrückte Idee, er sei ein Gefangener des KGB. Breschnew setzte sich auf einen Stuhl in der Nähe des Nachttisches und zog sein Zigarettenetui aus der Tasche. «Laßt uns allein», wandte er sich an die anderen.

Ohne etwas zu sagen, verließen Epps und sein Kollege das Zimmer. Epps gehörte zum CIA; hatte also mit Musters Aktion nicht einmal etwas zu tun. Der Präsident mußte auch den CIA auf den Fall angesetzt haben. Breschnew nahm einen winzigen Schraubenzieher aus der Tasche und bastelte damit vorsichtig an seinem Zigarettenetui herum, so daß es aufsprang. «Man darf es nicht so genau nehmen in solchen Angelegenheiten», bemerkte er, während er sich eine Zigarette anzündete. Er blies, schon zu alt, sich deswegen Sorgen zu machen, eine riesengroße Rauchwolke aus. Mit drei Fingerspitzen hielt er die Zigarette und dachte nach.

«Keine glänzenden Zeiten», begann er.

Coolidge bekam den Schluckauf. Er stellte das Glas auf den Nachttisch.

«Früher habe ich mit Schmidt aus der Bundesrepublik Deutschland, mit Gomulka aus Polen, Kádár aus Ungarn, Tito und ihnen allen konferiert. Alle brachte ich auf Vordermann, entweder durch Drohen, durch Überzeugen oder durch Versprechungen. Es gibt nichts Komplizierteres als Politik; sie ist viel, viel komplizierter als die höchste Mathematik.»

Coolidge begann zu schwitzen, entweder vor Angst oder vor Alkohol. Erzählte Breschnew nun von anderen CIA-Stellvertretern, oder war er verrückt geworden? Vielleicht beides. Coolidge rieb sich die Augen und versuchte, einen klaren Kopf zu bekommen. Was hatte Breschnew hier verloren?

«Politik erfordert Subtilität. Eleganz, Schlauheit, Schönheit. Verständnis. Heute besteht sie nur noch aus brutaler Gewalt. Mit der Subtilität ist es vorbei.»

«Ich neige dazu, Ihnen zuzustimmen», erwiderte Coolidge.

«Ich habe sie davon abgebracht», fing Breschnew an.

«Wovon abgebracht? Sagen Sie doch. Wovon haben Sie sie abgebracht?»

«Von Ihrem Autounfall», antwortete Breschnew beiläufig. Er machte eine Pause, um einen großen Doppelzug zu inhalieren. «Ich sollte meinen Einfluß nicht übertreiben. Heute schon gar nicht mehr. Doch ich vertrete die Meinung eines Teils der Firma. Die Firma ist nicht ein Block, müssen Sie wissen. Vielen würde es Vergnügen bereiten, die BIBLIOTHEK in Verlegenheit zu sehen. Weshalb sollte die Firma der BIBLIOTHEK aus der Patsche helfen? Die Idee, die hinter der BIBLIOTHEK steht, ist nicht zu Ende gedacht, und darüber hinaus wird sie uns alle ins Grab bringen.»

«Sie werden mich doch sicher nicht ins Grab bringen wollen?»

Mit einer abrupten Handbewegung wischte Breschnew den Gefallen beiseite. «Macht keinen Unterschied.»

«Für mich schon.»

«Für Sie ist alles gelaufen. Sie verstehen nichts von der Sache. Ich mißbillige Ihr Vorgehen zwar nicht ganz, aber das tut jetzt nichts zur Sache. Was verstehen Sie schon von Flucht und Untertauchen? Nicht einmal zwei Stunden hat es gedauert.»

«Sie haben nicht zufällig den Schlüssel zu diesen Handschellen?» fragte Coolidge.

Breschnew zog eine seiner buschigen Augenbrauen hoch, langte in eine der großen Taschen und zog den Schraubenzieher hervor. Schwerfällig stand er auf und näherte sich mühsam, indem er einen Fuß vor den anderen schob, dem Bett. Dann beugte er sich vor und begann mit der Arbeit. Er schaute gar nicht erst hin, dazu waren seine Augen viel zu alt. Er arbeitete nach seinem Gedächtnis.

«Dieses Mal möchten wir, daß Sie es etwas länger schaffen», sagte Breschnew und nahm ihm die Handschellen ab. «Es wird auch diesmal nicht lange dauern, aber Sie könnten es besser machen.»

Coolidge versuchte herauszufinden, wie sicher er zu gehen vermochte, und machte einige Schritte im Zimmer umher. Er kam zwar voran, aber eine gerade Linie lag nicht drin.

«Hören Sie auf, so verkrampft zu tun», fuhr Breschnew fort. «Sie sind ohnehin verloren, machen Sie sich einen Spaß draus. Gebrauchen Sie keine alten Tricks; alte Tricks bedeuten den Tod. Lassen Sie sich etwas einfallen. Benutzen Sie – er beugte sich vor, um seinen Worten Gewicht zu verleihen – keine öffentlichen Verkehrsmittel. Nehmen Sie nicht mit Ihren Leuten Kontakt auf. Jeder, der Ihnen irgendwie behilflich sein könnte, wird beschattet. Hüten Sie sich davor, Ihren Gegner zu überschätzen; das lähmt. Mut zum Risiko. Über Ihnen schwebt ohnehin ein Fluch; was haben Sie also noch zu verlieren?»

«Glauben Sie nicht, ich schlage Ihre Ratschläge in den Wind, aber könnten Sie mir dabei nicht ein wenig behilflich sein? Sie wollen doch die BIBLIOTHEK zum Narren halten? Ich bin auf Ihrer Seite. Doch wie wäre es mit einem sicheren Haus und einem Auto? Und Geld?»

Mit Bedauern drückte Breschnew seine Zigarette aus und erhob sich. «Tut mir leid, Vladimir. Es wäre aus administrativer Sicht reiner Wahnsinn. Es ist unmöglich. Sicher können Sie das verstehen. Kommen Sie.»

Sie gingen zusammen nach unten, und Breschnew wies Epps an, Coolidge dorthin zurückzubringen, wo sie ihn aufgelesen hatten.

Wenige Minuten später stand Coolidge in der Massachusetts Avenue. Zurück auf Feld Eins. Er fühlte sich in der Falle, ohne Hoffnung, ohne einen Ort, wo er sich sicher gefühlt hätte. Genauso mußte es Charley gegangen sein. Verflucht.

Er stand still, um ihn herum bewegte sich der Fußgängerstrom. Irgendwie sickerte es schließlich durch sein Unterbewußtsein. Langsam ging ihm ein Licht auf. Eins und eins gleich zwei. Plötzlich war aus dem Rätsel Klarheit geworden: Was bedeutete Eberharts Fluch, und weshalb hatte er ihn ihm hinterlassen?

Schaltet den Doktor aus

Harry war 160 Meilen über Grund und in Hochstimmung; er beobachtete Polen. Veras kleine Beobachtungskanzel war bei ihrem Bau genügend abgesichert worden, so daß Harrys Masse nicht ins Gewicht fiel; vielmehr war es Harrys Umfang, der auf diesem kleinen Raum erdrückend wirkte. Harry war wie ein Gas, das sich ausdehnte, um den vorhandenen Raum zu füllen. Er hatte nicht abgewartet, bis die neuesten Satellitenaufzeichnungen in den Computer eingegeben worden waren; er war mit Vera auf der Beobachtungskanzel, als die Aufnahmen, frisch vom Vergrößerungslabor, zum ersten Mal abgespielt wurden.

«Sie befinden sich dreißig Meilen südlich von Warschau», sagte Vera zu ihm, während er angestrengt durch das Teleskop sah. «Schau dir den Konvoi an. Panzer, Lastwagen, gepanzerte Mannschaftstransporter. Er bewegt sich nach Westen.»

«Sie halten sich nicht zurück», bemerkte Harry und bewegte das Teleskop mit dem Nonius die Straße entlang. «Sie nehmen die Sache ernst. Geradewegs auf Konfrontationskurs.»

«Schau dir die Beschriftung der Panzer an», bemerkte Vera. «Es ist die 54. Panzerarmee. Der Mann im offenen Wagen bei der Kreuzung ist Generalmajor Szymanski.»

«Woran siehst du das?» fragte Harry und musterte den Russen.

«An seinem Schnurrbart erkenne ich ihn überall.»

«Klassisch, ganz und gar klassisch», bemerkte Harry, immer

noch durchs Teleskop schauend. «Ihre Angriffs-Divisionen. Wunderbar. Je mehr sie sich ins Zeug legen, desto größer ihre Demütigung.» Er kostete es aus. Mit einer Ausnahme waren alle sowjetischen U-Boote unter Kontrolle. Zwei Jäger-Zerstörer-Gruppen waren damit beauftragt worden, dieses letzte U-Boot aufzuspüren. Harry war gespannt, aufgeregt, beinahe begeistert.

Immer noch schwebten die beiden über Polen; Vera wollte noch nicht zurück. «Harry, was passiert nun mit Walter?»

«Mit Walter?»

«Was passiert mit ihm?»

«Warum soll ich mich darum kümmern? Alles im Computer drin.»

«Der Computer sagt: Beendigung des Arbeitsverhältnisses, Verlust des zugesicherten Gehalts, des Urlaubsanspruchs, der Rente und der Krankenversicherung.»

«So?»

«Hast du sonst noch was vor mit ihm?»

«Offensichtlich können wir ihn nicht für die Verletzung der Geheimhaltungspflicht zur Rechenschaft ziehen. Er hat uns in der Hand. Verdammt, jeder, der beim Geheimdienst arbeitet, hat uns in der Hand, oder kannst du dir etwa vorstellen, daß ich vor Gericht aussage, wie er über O.F.F. geplaudert hat?»

«Nein, kann ich nicht. Das ist es ja gerade.» Sie fuhr nach Murmansk hoch, wofür es eine speziell verstärkte Leiter gab; ihre Beobachtungskanzel schaukelte heftig, als Harry vorsichtig auf die unterste Stufe hinunterkletterte. Sobald er auf dem Laufsteg in Sicherheit war, fragte ihn Vera: «Harry, hast du sonst noch was vor mit ihm?»

Nichts sollte den Bibliothekaren verheimlicht werden; Zugang für alle und zu allem. Sie forschte in seinen Augen, um zu sehen, ob er diesem Prinzip treu blieb. Harry, der alles wußte und nie um eine Antwort verlegen war, geriet in Schwierigkeiten, er sah wie ein Politiker am Bildschirm aus; je länger er herumdruckste, desto mehr bangte sie um Coolidge. «Wenn nichts im Computer ist, dann gibt's auch nichts», gab er schließlich zur Antwort.

Das Telefon auf der Beobachtungskanzel klingelte, doch sie betrachtete ihn noch einige Augenblicke, bevor sie den Hörer abnahm. Es war Burnish; das letzte sowjetische U-Boot war aufgespürt worden. Ihre Stimme zitterte, als sie es aussprach. «Es ist auf 98,00 Prozent.» Es war einsatzbereit.

«Komm», sagte Harry und streckte ihr die Hand entgegen, um ihr die Leiter hinabzuhelfen.

«Schauen wir uns das Spielchen an.»

Die «Gelegenheit» war eingetreten, hatte angeklopft. Die sowjetischen U-Boote waren alle in Reichweite. Die Winde waren genau richtig, auf der ganzen Welt. Die Raketen waren in ihren Stellungen und einsatzbereit. Alle Faktoren stimmten, in der BIBLIOTHEK herrschte Hochstimmung. Die Aufdatierung der verschiedenen Zustandsdisplays wurde von Beifall begleitet. Die Bomber waren auf 100 Prozent. Die Pershings waren auf 100 Prozent. Die Tridents waren auf 100 Prozent. Fehlte nur noch der Feuerbefehl, es war ein vollumfänglicher O.F.F.-Test.

Vera saß allein am runden Tisch; die Blicke der anderen klebten an den Zustandsdisplays, sie machten Witze, applaudierten und bewunderten ihre eigene Arbeit. Im Moment hatten sie nichts anders zu tun als zu warten, bis die Russen die Realität der Zahlen anerkannten und klein beigaben, so wie sie es vor Jahrzehnten in Kuba getan hatten.

Vera tippte Coolidges Namen auf ihrer Tastatur ein. Auf der Anzeige erschienen die gleichen alten Angaben: Entlassen wegen Vorfall, Verlust des Rentenanspruchs usw. Wenn sie irgendwelche Maßnahmen gegen Walter geplant hätten, müßten diese irgendwo im Computer zu finden sein; eine solche Organisation konnte nicht aus dem Gedächtnis verwaltet werden. Beebe, als der Beschützer des Datenmaterials, mußte damit zu tun haben, sie begann deshalb bei ihm.

Nach fünfzehn Minuten sah alles aus wie gewöhnlich, auch Beebes gegenwärtige Aufgabenliste. Alles sah wie gewöhnlich aus, ausgenommen Harrys Gesichtsausdruck, als sie ihn wegen Walter gefragt hatte. Sie saß vor dem Bildschirm und fragte sich, wie sie die Schichten der Geheimhaltung zu durchbrechen vermochte, die Harry möglicherweise geschaffen hatte. Einen gemeinsamen Nenner gab es immer: Geld. Ohne Geld ging nichts. Sie zapfte die

Buchhaltungsabteilung an und überprüfte die laufenden Ausgaben. Es dauerte nochmals fünfzehn Minuten, bis sie der Sache auf die Spur kam.

«Dringende Aufwendung von 75 000 $ für die Operation Prognosis. Freelance-Gehalt plus zweifacher Bonus 35 000 $. Der Rest für neun Freelance-Agenten, Fahrzeugspesen, Verschiedenes.»

Im Hintergrund konnte sie die anderen hören; es klang wie bei einer Büroweihnachtsfeier. Was war die Operation Prognosis? Beebe hatte zwar das Geld bekommen, doch war die Operation nicht auf seiner Aufgabenliste. Sie schaute zu den anderen hinüber, die um die Bildschirme auf der anderen Seite des Raumes versammelt waren. Burnish war der Gehilfe, die am wenigsten verdächtige Möglichkeit; dort stand er, inmitten des ganzen Trubels, mit seinem gelben Notizblock in der einen und dem Bleistift in der anderen Hand. Sie gab seinen Namen ein.

«Operation Prognosis – Ausschaltung des Doktors.»

Vera starrte die Zeile fünf Sekunden lang an, um sicher zu sein, daß sie sie wirklich sah, und drückte dann auf die Lösch-Taste. Immerhin war die Information im Computer, doch versteckt. Sie war im Computer, und doch war sie nicht im Computer; Harry versuchte es auf beide Arten. Harry selbst verlor langsam den Glauben an die Klassifizierung «Alle». Vera starrte auf den leeren Bildschirm. Der Doktor hatte einen Arzt nötig.

Orson Welles

Jake Shoemaker saß in einem seiner aus dem Sperrmüll geretteten Kinosessel, niedergeschlagen, durcheinander und verwirrt. Seit einiger Zeit hatte er Mühe, sich zu konzentrieren; er konnte sich nicht mehr auf den Müll konzentrieren. Coolidges Büro war von Beebe versiegelt worden. Coolidge begann inexistent zu werden; Jake konnte nicht herausfinden, was vorgefallen war. Er war nun Barber unterstellt, der aber stellte sich als Reinfall heraus; Barber verstand überhaupt nichts von Müll, doch er konnte es nicht zugeben, und schlug dafür die verrücktesten Projekte vor, die jedoch bloße Zeitverschwendung waren. Jake war immer noch in Gedanken, als plötzlich das Telefon klingelte.

Es war Orson Welles. «Guten Tag, hier Welles. Hören Sie einmal gut zu. Rosebud soll heute abend um neun ins Art Director's Studio gebracht werden. Alles klar, alter Kumpel?»

«Wer, sagen Sie, ist am Apparat?»

«Entschuldigen Sie, muß die falsche Nummer gewählt haben.»

Shoemaker hörte das Piepsen und starrte ins Leere. Orson Welles? Orson Welles sucht Rosebud? Wer würde für einen so dürftigen Scherz Telefontaxen verschwenden? Und dazu war die Imitation nicht einmal gelungen. So etwas könnte er besser. Shoemaker lehnte sich in seinen Stuhl zurück, faltete die Hände hinter dem Kopf und betrachtete die Filmplakate an den Wänden. Das *Citizen Kane*-Poster hing in der Nähe des Fensters. «Dies ist Orson Welles vom Mercury Theater», sagte er laut. Nicht schlecht, braucht noch ein wenig Übung. Nicht so gut wie seine Laughton-Imitation. «Ins Studio des Art Director», dachte er. Wörtlich übersetzt: Fahr zum Studio des Art Director. Er versuchte, wie Coolidge an die Sache heranzugehen: intuitiv, locker, verrückt, doch hartnäckig.

Coolidge saß an einem kleinen Tisch in Shearer's Cocktail Lounge in der Nähe von Georgetown. Es war zehn Uhr dreißig, und Jake war noch nicht aufgetaucht. Vielleicht war Jake nicht klug geworden. Oder vielleicht konnte er Rosebud nicht mitbringen. Doch in diesem Fall hätte er mindestens herkommen sollen, um es zu sagen, oder anrufen und ihm an der Bar eine Nachricht hinterlassen. Coolidge war sicher, daß Jake der Versuchung nicht widerstehen konnte; bestimmt wollte Jake beweisen, daß er das Rätsel zu lösen vermochte.

Es war viel verlangt. Mittlerweile mußte Jake herausgefunden haben, daß Coolidge kein Volksfeind war. Doch er konnte es ihm nicht übelnehmen, wenn er den Anruf einfach ignorierte; bei einem solchen Job war die Karriere in zwei Minuten ruiniert. Coolidge hatte Jake zwar in die BIBLIOTHEK gebracht, doch Jake schuldete ihm keinen solchen Gefallen. Niemand war einem einen solchen Gefallen schuldig. Coolidge goß den letzten Rest seines vierten Glases in die rote Kugel, die als Kerzenhalter diente; nur schon der Gedanke ans Trinken war, nach der Zwangsernährung durch Epps vom CIA, ekelerregend. Er bestellte das fünfte Glas. Er wußte überhaupt nicht, was er tun sollte, wenn Jake nicht auftauchte; Jake war seine einzige Möglichkeit. Es war bald elf und der Kerzenhalter langsam voll, als Shoemaker eilig mit einem Attaché-Koffer hereinkam.

Shoemaker, eine nervöse Bohnenstange, stand mit verdrießlichem Gesicht vor ihm. «Zwei Stunden lang habe ich mich in Gibbons' Restaurant vollaufen lassen.» *Cedric Gibbons* war Art Director. Douglas Shearer war Recording Director.

Coolidge lächelte übers ganze Gesicht; er war erleichtert, dankbar und glücklich. «Die zwei Sachen habe ich immer schon durcheinandergebracht.»

«Darauf bin ich schließlich auch gekommen, daß du die zwei

Sachen schon immer durcheinandergebracht hast. Ich bin beinahe durchgedreht.»

Jake ließ den Koffer unter den Tisch gleiten und setzte sich. Es war ein intelligentes Rosemont-Terminal. Mit ihm konnte man sich über das Telefon in den Bibliothekscomputer einschalten, vorausgesetzt, man kannte den Code. Coolidge kannte ihn, dank Charley Eberharts Testament.

Jake beugte sich über den kleinen Tisch. «Walter, verdammt noch mal, was wird eigentlich gespielt?» Der Kellner brachte einen Kir, einen Wacholderlikör und Weißwein.

«Frag nicht.»

«Ja, ich hab mir gedacht, daß es so was sein muß.»

«Es ist mir keineswegs leichtgefallen, so was von dir zu verlangen.»

«Ich würde sagen, es *gibt*, allgemein betrachtet, einen mehr oder weniger legitimen Grund dafür, oder?»

«So würde ich es nicht gerade ausdrücken.»

«Walter, noch eine wichtige Frage. Du wirst doch nicht am Moskauer Fernsehen auftreten?»

«Nein. Nicht beim Moskauer.»

«Ich habe einen halben Tag gebraucht, um herauszufinden, was du damit gemeint hast – übrigens war es eine lausige Imitation; du hast keine Übung mehr –, und die restliche Hälfte, um einen Entschluß zu fassen.»

Coolidge goß einen Schluck Wein in den Kerzenständer. Jake schaute zu und schwieg. «Weshalb hast du dich entschlossen, es zu tun?» fragte Coolidge.

«Walter, bring mich nicht in Verlegenheit mit solchen Fragen. Ich mußte erst darüber nachdenken. Es war nicht einfach eine technische Angelegenheit. Du weißt ja, daß mir technische Angelegenheiten eigentlich Spaß machen; technische Angelegenheiten bringen einen nie in Schwierigkeiten. Einfach korrekt erledigen, du weißt schon? Verdammt, weißt du – dein Fall ist eine *rein* technische Angelegenheit.»

«Mein Fall?»

«Nun ja, er war. Solange es noch Spaß gemacht hat. Aber hier hört der Spaß auf.»

Coolidge zuckte mit den Schultern. Es gab nichts weiter zu sagen. Er hatte Jake verlegen gemacht, und darüber gab es nichts weiter zu sagen. Er hatte von Jakes Gnade Gebrauch gemacht, denn es blieb ihm keine andere Wahl.

«Ich dachte mir, was würdest du in einem solchen Fall machen», fuhr Jake fort. «Was weiß denn ich schon von der verdammten Sache? Ich weiß ja nicht, was du vorhast. Ich weiß auch nicht, was die anderen vorhaben. Da dachte ich mir, daß ich mehr über dich weiß als die anderen, und deshalb habe ich mich für dich entschieden. Was immer du tust, habe ich mir gedacht, wird schon irgendwie stimmen. Man muß aufgrund der Leute entscheiden.»

Jake zuckte mit den Schultern und nahm einen großen Zug Kir. «Ich habe auf dich gesetzt, Walter.»

Coolidge vermied das Problem, sich zu bedanken, und hielt sich an technische Angelegenheiten. «Hast du daran gedacht, daß man dich verfolgt haben könnte, als du hierhergekommen bist?»

«Ich habe einen Haken nach dem anderen geschlagen. Ich glaub, die haben niemanden, der genug Köpfchen hat, mir zu folgen. Du wirst staunen, aber ich bin zuerst nach Baltimore gefahren.»

Coolidge kicherte.

«Kommst du irgendwann wieder einmal zurück?»

«Gib deine Karten richtig aus, und du kannst der nächste Müllmann sein. Erzähl ihnen, daß du mich nie verstanden hast.»

«Brauchst du noch was? Etwas, das ich für dich tun könnte? Natürlich in diskretem Rahmen, versteht sich.»

«Hast du Geld bei dir?»

Shoemaker übergab ihm zweiundachtzig Dollar.

«Ich brauche auch deinen Wagen.»

Jake ließ sich wieder acht Dollar für das Taxi zurückgeben.

Coolidge schüttelte ihm die Hand. «Du bestehst einen Lügendetektor-Test, oder?»

«Ja, ich glaub schon.»

Coolidge war ziemlich sicher, daß das Wordsworth Hotel noch nie mit Microcams ausgerüstet worden war; es war zu schäbig, als daß man sich damit abgegeben hätte. Doch er machte die Probe.

Er rief den Computer an, verband das Telefon mit dem Modem und gab Eberharts Fluch ein. Zusammen mit dem blinkenden Cursor leuchtete READY auf dem kleinen Bildschirm auf. Mit einer Tastatur vor sich fühlte sich Coolidge im Element, nun hatte er wieder Anschluß, den Zugang zu Daten, den Zugang zur Welt. Er ließ genüßlich die Finger knacken und begann wie ausgehungert, Input einzugeben. Er fing gleich mit seinem Zimmer im Wordsworth Hotel an. Es war in Ordnung. Dann ging er auf die Suche nach Senator Garvey.

Ives war freundlich, aufgeräumt, manisch, beinahe kindisch. Er kam wie Sankt Nikolaus ins Zimmer und trug eine geheimnisvolle hübsche blaue Pappschachtel, die er vorsichtig auf den niederen Tisch vor der Couch legte, auf der Davey Reed saß. Während Ives sprach, wanderten Garveys Augen ab und an zur Schachtel.

«Der Entschluß ist natürlich noch nicht endgültig», führte Ives aus. «Es bleiben noch einige Einzelheiten, die es abzuklären gilt. Sie können es sich ja vorstellen. Danach wird es im Kongreß einige Dutzend unglückliche Leute geben, die besänftigt werden müssen, ist ja bekannt. Aber wie Sie wissen, sieht es so aus, als ob Sie der große Gewinner sind.» Ives hatte es lange genug spannend gemacht. Er ging zur Schachtel und hob mit einer ausladenden Geste den Deckel hoch. «Taa-tata-ta! Der Senator-Oliver-Garvey-Teilchenbeschleuniger.»

Ein Architekturmodell kam zum Vorschein. Die Bauten über der Oberfläche. Kleine beschriftete Schilder bezeichneten ihre Funktion. Eine weiße Doppellinie führte um sie herum und gab die Lage des Beschleunigungstunnels an, der einen Durchmesser von dreißig Meilen hatte.

Ives fuhr fort wie bei der Handelskammer: «Ihr Staat wird während der nächsten fünfzig Jahre zum Weltzentrum der Teilchenforschung. Es bedarf keiner Erwähnung, daß dafür Millionen ausgegeben werden. Es ist ungefähr, als ob Sie Ihrem ganzen Wahlbezirk eine Lebensrente ausstellen würden.»

Ives strahlte. «Nun, ich will nicht als Zyniker dastehen. Doch so meinen wir es ganz und gar nicht. Wir hoffen nur, daß Sie uns bei militärischen Angelegenheiten unterstützen, wenn diese aktuell werden. So wie Sie es bisher getan haben, doch bleibt die Entscheidung natürlich Ihnen überlassen.» Dann hörte Ives auf zu strahlen. Plötzlich starrte er auf die Hinterseite von Garveys Augäpfeln. «Der Präsident hat mich hierhergeschickt, um es Ihnen persönlich zu sagen», fügte er hinzu.

Einen Augenblick herrschte absolute Stille im Zimmer, dann gab sich Ives wieder leutselig. «Ich weiß, Sie haben viel zu tun. Behalten Sie das Modell. Gut zum Vorzeigen, wenn Leute zu Besuch kommen, nicht wahr? In ungefähr einer Woche werden wir an die Öffentlichkeit treten; wir werden dann einiges mit Ihnen arrangieren. Fotos im Rosengarten, TV-Kameras und was weiß ich noch alles.» Ives drehte sein Lächeln noch mehr auf, winkte und war verschwunden.

Garvey dachte im Schnellzugstempo. Reed ebenfalls. Sie konnten gegenseitig ihre Gedanken lesen. Garvey vermied es nicht länger, seinen Redenschreiber anzuschauen.

«Was halten Sie davon?»

«Es gibt nur etwas, das eine Bestechung in dieser Höhe aufwiegt», antwortete Reed.

«Ja.»

«Sie wissen es.»

«Ja.»

«Sie wissen, daß wir es wissen.»

«Ja.»

Garvey lehnte sich in seinen Drehstuhl zurück und blickte aus dem Fenster zum Capitol, ohne es wahrzunehmen. Der Präsident hatte ihm eben das größte Geschenk offeriert, ohne etwas dafür zu erwarten, mit Ausnahme von Ives' Gesichtsausdruck, der während einer Tausendstelsekunde sichtbar gewesen und wieder verschwunden war.

«Stellt sich die Frage», begann Reed, «wie kann er es wissen? Wie kann er wissen, daß wir es wissen?»

«Ja, ich weiß.»

«Der Doktor war vorsichtig. Im übrigen war das seine Sache, er kennt sich da aus. In der Rundfunkstation gab es keine Wanzen. Wissen Sie, was das heißt?»

Garvey war zum Modell getreten und beugte sich darüber. Die

Möglichkeit mußte tatsächlich bestehen, wenn sie ihm ein solches Angebot machten. Er wäre kein Mensch gewesen, wenn er nicht gierige Hintergedanken gehabt hätte; es bedeutete einen sicheren Posten für den Rest des Lebens. War der Preis zu hoch für einen achtjährigen Abstecher ins Weiße Haus? Man kam nicht an die Präsidentschaft ran, ohne Verluste zu riskieren.

«Ich fragte, ob du weißt, was das bedeutet?» wiederholte Reed.

«Was bedeutet was?»

«Daß es in der Rundfunkstation keine Wanzen gab.»

«Ja, klar. Sie haben es sonstwie herausbekommen.»

Reed schaute ihn an.

«Den Gedanken kannst du aufgeben», erwiderte Garvey. «Ich war es nicht, Mr. Rechtschaffenheit.»

«Ich gebe es zu, der Gedanke ist mir einen Augenblick lang durch den Kopf gezuckt. Wir sollten es dem Doktor sagen. Er könnte in Schwierigkeiten geraten.»

Garvey hatte die perfekte Entschuldigung, um nichts unternehmen zu müssen: «Wie um alles in der Welt können wir mit ihm in Kontakt treten, ohne ihn zu kompromittieren?»

Coolidge ließ Garveys Gesicht stillstehen. Kein ermutigender Anblick. Adam, von Satan versucht; man konnte es auf dem Monitor sehen. Ein solches Angebot auszuschlagen, war viel verlangt von einem Politiker. Coolidge hatte niemand Geringeren als den Präsident der Vereinigten Staaten zum Gegner gewählt, jemanden, dem, neben anderen Mitteln, auch das Bruttosozialprodukt zur Verfügung stand. Aber was taten die anderen?

Während Stunden ging er auf Datensuche, um die Emersons aufzuspüren. Der übliche Strudel der Ereignisse: An der Wall Street bahnten sich drei Insider-Skandale an. Botschafterin Zhu war ans Bettgestell gefesselt, und Ling-Ling flehte zum brünstigen Yeager: «Bitte, vergewaltigen Sie mich nicht!» Ein Untersekretär des Landwirtschaftsministeriums arrangierte einen Schwarzmarkt-Handel mit einer Weizenexportfirma, die üblichen menschlichen Verstrickungen.

Es dauerte eine Ewigkeit, bis Coolidge Glenn Ingalls aufgespürt hatte, dann jedoch fand er heraus, daß Ingalls zum Gegenstand einer FBI-Untersuchung geworden war. Sie wußten nicht einmal etwas über Reinhold Kunstner; sie suchten in Ingalls' Verbindungen während der Vietnam-Zeit herum, als er seine Leute gegen den Krieg organisiert hatte. Er ging auf die Suche nach Purefoy und fand ihn beim Essen mit dem Generalstaatsanwalt; die beiden waren alte Bekannte und amüsierten sich köstlich, wobei der Generalstaatsanwalt Purefoy daran erinnerte, daß er während seiner Amtszeit als Direktor des Geheimdienstes einen Geheimhaltungseid habe ablegen müssen, der ihn auch noch heute verpflichte.

Langsam schälte sich die Strategie des Präsidenten heraus. Sie bestand aus einer Kombination von Armdrehen, Beißen, Süßigkeiten aus dem Schweinetrog, Druck und Einschüchterung; die Emersons befanden sich *alle* auf dünnem Eis, eben da, wo man sich halt befand, wenn man sich in Amerika für Frieden einsetzte.

Die Arbeit hatte Coolidge ermüdet und schlechte Neuigkeiten gebracht. Er schaltete den Terminal aus, legte den Hörer auf die Gabel zurück und setzte sich auf die Bettkante, um nachzudenken. Er brauchte Zeit, viel Zeit; die Zahl der Möglichkeiten verringerte sich schnell.

Das Telefon klingelte.

«Stundenlang bist du an der Leitung gehangen», meldete sich Vera. «Bist du eigentlich verrückt? *Verschwinde*, und zwar *sofort!*» Dann hatte sie schon eingelegt. Keine Zeit für Fragen. Er klappte das Terminal in den Koffer zurück und machte sich davon.

Die Welt ist rund!

Vera hatte sich selbst überrascht. Es geschah impulsiv, ohne viel Nachdenken. Mike Barber hatte Beebe erzählt, wo sich Walter versteckte; Barber hatte die Telefonverbindung zu Walters Computerterminal entdeckt. Sie hatte einfach den Hörer abgehoben und angerufen. Doch der Impuls hatte länger als einen Augenblick gedauert; zwanzig Mal mußte sie anrufen, bevor Walter endlich den Hörer auflegte. Es war dilettantisch, dumm und gefährlich. Schlimmer noch, sie riskierte das Verdikt: typisch Frau.

Sie konnte sich rechtfertigen, wenn sie dazu gezwungen würde. Ihr war nicht mitgeteilt worden, daß Walter ein Volksfeind war; es war nicht im Computer gespeichert. Jedenfalls nicht so, daß man es finden konnte. Die Klassifizierung «Alle» war zur Klassifizierung «Fast Alle» geworden. Das war höchst un-bibliothekarisch; Harry verletzte seine eigene Regel.

Sie spazierte zwischen den O.F.F.-Displays und Zahlenanzeigen am anderen Ende des Raumes umher. Alles blieb nahe bei einhundert Prozent. Drüben beim großen Tisch saß Burnish mit einer Flasche Sambuca Romana und einem Pfund Kaffeebohnen. Gardella lehnte sich mit ausgestreckten Beinen in Harrys Sessel zurück, die eine Hand stützte sein Kinn, die andere hielt ein Glas, sein Blick war starr und ausdruckslos. Gardella sah aus, als ob er auseinanderfallen würde; seine Frau hatte ihn verlassen, sie schlief mit einem Retoucheur.

Vera verfolgte das Aufdatieren der Displays und fragte sich, weshalb Walter alles ausgeplaudert hatte. Walter hatte sich gegen O.F.F. gewandt. Weshalb? Sie kannte ihn gut genug, um zu wissen, daß er sich die Gründe dafür gut überlegt hatte. Es mußte etwas Schwerwiegendes gewesen sein. Entweder wollte Walter nicht sechzig Millionen Russen umbringen, oder er glaubte nicht, daß man es einsetzen konnte, ohne etwas abzubekommen.

Vera ging zu ihrem Stuhl und ließ sich hineinfallen; Harry hatte alle an den Rand ihrer Kräfte gebracht.

«Wird alles klappen?» fragte sie.

«Verdammt spät, so was zu fragen», gab ihr Gardella abwesend zur Antwort.

«Frag mich nicht», bemerkte Burnish, an einer alkoholgetränkten Kaffeebohne kauend. Noch nie hatte sie Burnish so erledigt gesehen. «Ich dachte, ihr seid die Experten.»

«Fragt sich, was ihr unter Klappen versteht», fuhr Gardella fort.

«Was verstehst *du* unter Klappen?» fragte Vera.

«Mach dir keine Sorgen, wir brauchen es nicht einzusetzen.»

«Warum sitzt dann Beatty zu Hause und betet mit seiner Familie?»

Gardella kicherte. Dann warf er das Glas Sambuca mit drei Kaffeebohnen um, das Burnish eben eingegossen hatte. Beatty, der wiedergeborene Christ, der immer wild darauf gewesen war, auf die Roten einzudreschen, hatte einen Nervenzusammenbruch und wollte sich eher auf Jesus als auf Harry Dunn verlassen. Die Warnung über den heißen Draht hatte ihm den Rest gegeben.

> Die Regierung der Vereinigten Staaten lehnt jede Verantwortung für die möglichen Konsequenzen ab, falls die Sowjetunion die vier Panzer-Divisionen nicht unverzüglich in östliche Richtung hinter den Großraum Fulda zurückzieht.

Es war ein Ultimatum; man war in Stellung gegangen. In den USA herrschte Verteidigungsstufe 2, noch eine Stufe vom Krieg entfernt. Die «Nachfolger» waren benachrichtigt worden und schickten sich an, in die Bereitschaftsbunker zu verschwinden; ihre Gattinnen ließen sie zurück. Barber, Farnsworth und Hopkins waren schon nach Mount Weather aufgebrochen, wo sich die Ausweich-BIBLIOTHEK befand, Harry schlief, Beatty betete, Burnish und Gardella tranken, und selbst der Computer wußte nicht, was Walter gerade machte.

Gardella starrte in sein Glas. Wenn er etwas sagte, war es sehr analytisch und trocken. «Wie viele werden ihnen danach noch übrigbleiben? Das ist die magische Zahl. Mit einem Dutzend können wir uns abfinden. Mit zwei Dutzend wird es schwieriger. Drei Dutzend bedeutet ein politisches Desaster für den Präsidenten und möglicherweise auch für die Partei. So lautet die Gleichung.»

«Ich dachte, du hättest eben gesagt, daß wir es nicht einzusetzen brauchen», bemerkte Vera.

«Ja», antwortete Gardella. «Ich meine, im schlimmsten Fall. Hängt alles vom Geisteszustand der Russen ab.» Er trank den reinen Likör als Brennstoff. «Die Russen sind eine Nation von Schachspielern. Sie wissen, wie man einen König mattsetzt. Auf der anderen Seite wissen sie aber auch, was es bedeutet, wenn der eigene König mattgeht, nämlich, daß das Ego eins abgekriegt hat, tief unten, da, wo es wirklich schmerzt; man hat sich einem Besseren unterworfen. Das ist die härteste Sache im Leben. Ich weiß, wovon ich spreche.»

Es war schwierig zu sagen, ob Gardella wegen des Dritten Weltkriegs oder wegen des Retoucheurs, der nun mit seiner Frau schlief, niedergeschlagener war. Möglicherweise traf das zweite zu; jeder hatte seine Prioritäten.

Es erinnerte Vera an ihren eigenen kleinen Zwischenfall mit Harry. Harry *konnte* Walter nicht davon erzählt haben; *so* gefühllos war er nicht. Obwohl man in Sachen Männer und Sex nie Gewißheit haben konnte. Mit einigen von ihnen war es wie beim Pokalspiel; was nützte der Sieg, wenn niemand etwas davon wußte?

Zuerst hatte sie ihn nur zu einem Drink nach Hause eingeladen. Harry schien nahe an einem Nervenzusammenbruch. Es war, als O.F.F. zum erstenmal 90 Prozent überschritten hatte. Harry drehte beinahe durch. Die BIBLIOTHEK war sein Kind; auch die statistische Analyse, die O.F.F. erst möglich machte; und nun funktionierte alles. Bedeuteten diese O.F.F.-Zahlen in Tat und Wahrheit irgend etwas oder waren sie wertlos? Nur administrative Manipulationen?

Es war nicht einfach mit ihm gewesen. Harry war daran, aus der Haut zu fahren, was ein natürliches Wunder dargestellt hätte. Ständig wiederholte er, daß es mit der Evolution vorbei sei, wenn er sich getäuscht hätte. Der ganze Entstehungsprozeß, der ganze Formenreichtum, Gottes zufälliges Wirken. Drei verschiedene *Flügelarten* allein, wenn man das Fliegen betrachtete. Alle unabhängig voneinander erfunden! Vögel, Bienen und Fledermäuse, wiederholte er andauernd. Durch Zufall die dreimalige Erfindung der Flugmaschine! Alles im Eimer, wenn er, Harry Dunn, sich geirrt hätte.

Doch sie hatte es ganz und gar nicht als Sex betrachtet; es war eine patriotische Handlung, sie tat dem Land einen Gefallen.

Doch wie um alles in der Welt hatte Walter es herausgefunden? Hatte Walter irgendwie einen besonderen Zugang gehabt? Eine besondere Kategorie von Information? Während Wochen hatte sie etwas in der Richtung vermutet. Der Gedanke wäre langsam verschwunden – er war zu un-bibliothekarisch –, hätte sie nicht die Operation Prognosis im Computer versteckt gefunden. Kontrollierte man nun auf irgendeine Art und Weise das Leben jedes einzelnen? Eine monsterhafte Idee: Microcams in all ihren Wohnungen. Der Gedanke an das gänzliche Fehlen von Privatsphäre stieß sie ab und widerte sie an. Wodurch konnte so etwas gerechtfertigt werden? Verdammt, es war so typisch Harry, so schamlos logisch.

«Coolidge tut mir leid», bemerkte Gardella, der immer rührseliger geworden war. «Es tut mir leid, daß er sowas getan hat. Er hatte seine Gründe, nehme ich an. Ich wäre nicht gern derjenige gewesen, der ihn schnappen muß. Ein weiteres Opfer im großen Krieg.»

Wieder war das Wort aufgetaucht: Opfer. Andauernd befaßten sie sich in der BIBLIOTHEK mit der Schätzung von Opfern; es war beinahe wie eine Währung. Verlustrechnung. Eigentlich redeten sie in Megatoten. Töten war der letzte Akt der Manipulation. Das kam immer öfter vor. Manipulieren, beobachten, urteilen. Himmel, so oft wurde über andere Leute geurteilt, über andere Nationen. Leute, deren Existenz sie nicht einmal kannten. Das Ganze erinnerte sie an den alten Sketch von Olsen und Johnson, bei dem sie Erdbeeren übers Telefon aussortierten: Die ist gut, die ist schlecht, die ist gut. Und niemand hatte ihn ernst genommen, Walter, den Unnützen, den Müllmann. Nun hatte er Alarm geschlagen.

Vera leerte ihren Sambuca und schaute zu den anderen hinüber. O.F.F. stand im Moment bei 99,32 Prozent. Ungefähr so nahe konnte man an Armageddon herankommen. Es mußte die eigene Perspektive beeinträchtigen, die Gegenstände in einer anderen Farbe erscheinen lassen. Man begann, über die tatsächlich wichtigen Dinge im eigenen Leben nachzudenken. Sie erhob sich und ging hinaus.

«Bleib ruhig», rief ihr Burnish abwesend nach.

Sie war im Vorteil. Sehr sogar. Sie kannte Walter; Beebe kannte ihn nicht. Sie ging ins untere Stockwerk nach Rußland und flog mit ihrer Beobachtungskanzel über die große Ebene zwischen Marschland und Don. Dort blieb sie schweben und tippte auf der kleinen Tastatur Angaben in den Computer; unter ihr begann die russische Ebene zu verschwinden, einige hundert Hektar aufs Mal, und Satellitenbilder des Distrikts Columbia begannen sichtbar zu werden. Die Welt war rund; die gleichen Satelliten, die die Sowjetunion fotografierten, machten auf ihren Rückreisen Bilder von den USA.

Sie wußte es, sie wußte es einfach. Es gab Dinge in der Welt, die sich nicht veränderten. Sie wußte, was er jetzt tat, und sie wußte ungefähr, wo er es tat. Sie tippte mehr Input ein und sammelte die relevanten Daten, dann beugte sie sich über ihr eigenartiges Teleskop und suchte Walter Coolidge.

Die Verschwörer

Schon immer war Davey Reed von Emerson Foster beeindruckt gewesen. Foster war klug und umgänglich, er wußte, was er darstellte; er schweifte nicht vom Thema ab, er setzte sich Ziele, kleine Ziele und große Ziele, und er verfolgte sie, bis er sie erreichte, die kleinen wie die großen. Aus diesem Grund hatte er es ohne Erbschaft zum zehnfachen Millionär gebracht.

Aber halt, dachte sich Reed, da mußte noch etwas anderes mitgeholfen haben. Auch Reed konnte sich auf eine Sache konzentrieren, und auch er setzte sich fortwährend Ziele, doch er besaß keinen Cent, ganz zu schweigen von zehn Millionen. Foster glaubte an sich selbst, das war der Unterschied. Foster zweifelte nicht an dem, was er tat, was auch immer es war. Er mußte auch viele kluge Ideen haben und Energie, sehr viel Energie. Zuviel von Reeds Energie wurde durch das Trinken verbraucht. Er machte eine kleine Bewegung mit dem Zeigefinger, der Kellner hatte sie sogleich bemerkt. Reed und der Kellner hatten ein gutes Verhältnis zueinander; augenblicklich stand er neben Reed und goß exquisiten Weißwein in einen exquisiten Kristallglaskelch.

Emerson hatte alles. Emerson hatte Teppiche und Tapeten, Stühle, Beistelltische und Kronleuchter, seinen eigenen Kellner und ein teures Stadthaus in Georgetown, alles sah wie in einer Anzeige aus, die illustrieren sollte, wie es bei den Reichen zu und her ging. Als Reed zum ersten Mal auf einen von Fosters Teppichen getreten war, überkam ihn tatsächlich ein leichtes Schwindelgefühl, so dick war der Teppich gewesen. Sie befanden sich im Speisezimmer, dem kleineren, Emerson, Garvey und Reed saßen ganz verloren am langen Tisch. Im großen Speisezimmer im oberen Stockwerk konnte man wahrscheinlich den ganzen Senat verpflegen, und wahrscheinlich hatte man das auch schon.

Sehr freundlich und zuvorkommend hatte Foster angefangen: «Ich fühle mich wie Sam Adams, der sich gegen George III. verschwört», hatte er verkündet, während er sie vor dem Abendessen zu einem Apéritif in die Bibliothek gebeten hatte. «Auf den Sieg über den König», hatte er beim Toast mit einem Augenzwinkern bemerkt, wobei Reed tatsächlich leicht fröstelte, als ob er an einem historischen Treffen teilnähme, dessen Konsequenzen in der Geschichte widerhallten und schließlich in den Unterstufengeschichtsbüchern nachzulesen waren; hier und da ließ sich Reed manchmal zu solchen Schwärmereien hinreißen.

Doch nach dem Essen, als die Gedecke abgeräumt, Brandy und Kaffee serviert, Zigarren und Schokoladenkekse angeboten und die Kellner für den Abend entlassen worden waren, hatte sich der Ton beinahe augenblicklich geändert.

«Sie werden bei der Sache das meiste abkriegen», fing Foster an. «Alle Achtung, ich bewundere Ihren Mut.»

Reed schaute in das Gesicht des Senators. Garvey hörte das Wort «Mut» nicht gerne; Mut hieß, daß man ein Risiko eingehen mußte.

«Haben Sie Daveys Memorandum gelesen?» fragte Garvey.

«Gelesen, auswendig gelernt, durch den Aktenvernichter gelassen und verbrannt.»

«Irgendwelche Bemerkungen dazu?»

«Keine. Alles perfekt.»

Reed nickte Foster höflich zu. Auf zwei Seiten hatte er alles zusammengefaßt. Der Senator würde eine Sitzung seines Unterausschusses einberufen und unbequeme Fragen über Harry Dunn und den Rest aufzuwerfen beginnen; wenn möglich in einer öffentlichen Sitzung, wenn nötig in einer Folgesitzung. Während Einzelheiten langsam bekannt wurden, würden dann die verschiedenen Wählergruppen der Emersons an die Öffentlichkeit treten, Erklärungen abgeben, Briefe an Senatoren, Abgeordnete und Medienleute schreiben und so langsam einen Protest von unten anstimmen, den man nicht überhören konnte. Der so entstandene Lärm würde laut genug sein, um das Interesse weiterer Senatoren auf sich zu ziehen, und sei es auch nur, um davon zu profitieren oder um wenigstens der ganzen Sache zuvorzukommen und nicht unter die Räder zu geraten.

«Meiner Meinung nach», fuhr Foster fort, «wird bei der Aktion das Tempo wesentlich sein. Unsere Leute sind ziemlich konservativ, glauben Sie mir. Jedenfalls die Mehrzahl. Sie wollen nicht dumm dastehen, sich unpatriotisch vorkommen, nichts Unbedachtes tun. Die Sache muß deshalb sehr vorsichtig angepackt werden. Es wird nicht leicht sein, einen Konsens zu erreichen und unsere Leute zum Handeln zu veranlassen.»

«Ja, genau, der Meinungsbildungsprozeß», warf Garvey verdrießlich ein.

«Um Ihrer eigenen Sache willen, Oliver, müssen Sie sich vergewissern, daß die Leute hinter Ihnen stehen. Gehen Sie besser nicht zu weit voraus.»

«Um einige Leute mache ich mir Sorgen», entgegnete Garvey und zählte sie an den Fingern seiner rechten Hand ab. «Kiernan, Purefoy, Ingalls, der Bischof.»

«Glauben Sie, daß sie umschwenken?»

«Vielleicht, vielleicht nicht. Sie können jede der beiden Richtungen einschlagen. Diese Leute stehen unter Druck und müssen damit fertig werden.»

Foster nickte. Er wußte, was es hieß, unter Druck zu stehen.

Nun zählte Garvey an den Fingern seiner linken Hand ab: «Ich glaube, auf Anderson, Witek, den Rabbi und Weinstein können wir uns verlassen. Sie scheinen von der Sache eingenommen. Aber es sind nicht genug. Ich kann nichts machen ohne Kiernan. Ohne Ingalls. Ohne Purefoy. Sie haben alle bedeutende Wählergruppen hinter sich. Wir müssen eine breite Basis haben, sonst wird das Ganze ein Reinfall.»

Foster spielte mit einem silbernen Kaffeelöffel; Reed schätzte ihn auf mindestens fünfundsiebzig Dollar. Foster trank nicht und rauchte nicht. War er wohl deshalb zehnfacher Millionär? Reed fragte sich, wie viele Millionen er seine Gurgel hinuntergekippt hatte.

«Alles in allem, Oliver», faßte Foster zusammen, «ich glaube, was Sie tun müssen, ist, den Schaden jetzt abzuschätzen, bevor es passiert ist. Ich bestehe darauf, daß Sie ehrlich mit sich selbst sind; es geht um eine lange, ehrenvolle Karriere.»

«Das entspricht seiner Gewohnheit», warf Reed ein und angelte sich die Brandyflasche. Reed begann abzuschweifen. Ihre Gesichter waren interessanter als ihre Worte. Beiden wurde ein saftiges Angebot gemacht – er konnte sich nicht ausdenken, wie verlokkend etwas sein mußte, um Fosters Aufmerksamkeit zu gewinnen –, und nun bereiteten sie Rückzugsmöglichkeiten vor. Wenn sie es richtig anstellten, konnten sie mit ihrer Beute abziehen und es immer noch fertigbringen, mit sauberer Weste dazustehen. König George III. würde keine bangen Nächte haben.

«Fangen Sie an, Emerson, ziehen Sie die Schadenbilanz.»

«Erstens werden ihnen die Mittel gestrichen. Der Präsident nennt das islamische Behandlung: Null-Diät. Das bedeutet das Ende einer voraussichtlichen zweiten Amtszeit, Oliver.»

Garvey und Reed schauten sich an. Die islamische Behandlung. Gute Formulierung des Präsidenten.

«Zweitens, man versucht, Sie als dümmlichen KGB-Tölpel hinzustellen. Die Masche kennen Sie ja.»

«Drittens, es ist eine Riesengaudi und rettet vielleicht sogar noch den Planeten», fügte Reed hinzu.

«Sicher», antwortete Foster. «Aber wir befassen uns mit der Kunst des Möglichen. Wir sollten mindestens einmal die Möglichkeit ins Auge fassen, uns als Gruppe zu entschließen, nicht zu schnell vorzugehen. Mindestens während einer gewissen Zeit.»

«Das ist sicher eine Möglichkeit», entgegnete Garvey.

«Ganz gewiß ist das eine», doppelte Reed nach. Er hielt in der Mitte der Bewegung inne und stellte das Brandyglas auf den Tisch zurück, ein unwahrscheinliches Verlangen nach Nüchternheit hatte ihn gepackt. Der Oliver-Garvey-Memorial-Teilchenbeschleuniger bedeutete, daß der Präsident wußte, daß etwas durchgesickert war. Bestand die Möglichkeit, daß der Präsident auch herausgefunden hatte, wo das Leck war? Reed versuchte, mit dieser Möglichkeit klarzukommen. Die Art und Weise, wie Samuel Adams redete, gefiel ihm nicht. Langsam kam ihm der Gedanke, daß Walter Coolidge einen Freund nötig haben könnte.

Reed kannte ihr Auto, denn er hatte, um es für sie zu kaufen, die Sache mit Arthur St. Claire erledigt. Es stand auf dem kleinen Parkplatz der BIBLIOTHEK, der unbewacht war und nur etwa einem Dutzend Autos Parkmöglichkeit bot. Von einem der Wächter auf dem Senatsparkplatz hatte er sich einen Türöffner besorgt; die Zündschlüssel ließen sie ja ohnehin immer stecken. Der Wächter hatte ihm einen Fünf-Minuten-Lehrgang erteilt; nach zehnminütigem Herumhantieren hatte er die Türe offen. Dann wartete er, verborgen im Schatten des Rücksitzes, bis Vera sich entschloß, an diesem Tag Feierabend zu machen. Nach zwei Stunden vernahm er das Geräusch ihrer Absätze auf dem Asphalt. Sie würde erschrecken, da ließ sich nichts machen, doch er arrangierte es so angenehm wie möglich.

«Nun erschrecken Sie mal nicht», fing er an, als sie die Wagentüre öffnete.

Vera schnellte zurück, begann zu schreien, faßte sich, wurde wütend, faßte sich und näherte sich behutsam erneut dem Wagen.

«Was machen Sie da drin?»

«Könnten Sie vielleicht die Türe zumachen, damit das blöde Licht abschaltet?»

Sie stieg ein und schloß die Türe. «Was haben Sie dieses Mal vor?»

«Ich suche einen meiner Freunde, der in Schwierigkeiten ist. Ich dachte, daß ich ihm vielleicht helfen könnte.»

Sie zündete sich eine Zigarette an. Während drei Sekunden konnte er viel in ihrem Gesicht lesen. Viel Haß, begreiflicherweise. Denn Reed gehörte schließlich zu jenen Leuten, die das Problem verursacht hatten. Doch es war nicht nur Haß, es gab noch ein klein wenig von dem anderen, und damit konnte er etwas anfangen. Er erkannte auch, daß er richtig handelte: Coolidge *war* in Schwierigkeiten.

«Wissen Sie, wo er sich befindet?»

«Natürlich.»

Müll-Taktik

Coolidge versuchte, sein Leben auf die einzige ihm bekannte Art zu retten: mittels Müll-Analyse. Er hatte Stunden damit verbracht – mittlerweile war es drei Uhr morgens – den Müll durchzukämmen, um nach Anhaltspunkten, Verbindungen, Gedanken und Zufällen zu suchen. Mit Jakes Wagen war es ihm leicht möglich, von einem Ort zum nächsten zu kommen, doch es brauchte Zeit, sich von hinten zu nähern, über Zäune zu klettern und durch Nebenstraßen zu streifen. Er hatte diese Vorsichtsmaßnahme angewandt, obwohl er wußte, daß Musters Leute die Emersons und nicht den Müll der Emersons beschatteten. Er wußte das, weil er den ganzen Abend lang bei öffentlichen Telefonzellen haltgemacht und den Computer abgefragt hatte, um Musters Telefongespräche mit Beebe zu kontrollieren. Im Laufe der Nacht wurde er sogar bei seinen Annäherungsversuchen noch vorsichtiger; die Emersons würden um diese Zeit nach Hause kommen und mit ihren Schwänzen wedeln.

Coolidge begann mit dem koscheren Müll bei Rabbi Mandelbaums Synagoge und stieß auf jene Müllart, die er mit «binär» bezeichnete. Der Fund selbst bedeutete nichts, ein vervielfältigter Wochenplan, der zeigte, daß der Rabbi am dritten, vierten, sechsten und siebten Tag viel zu tun hatte, doch daß am fünften Tag seine Assistenten die Arbeit erledigen würden. Später dann, beim Gewerkschaftssekretariat, fand er heraus, daß Joe Kiernan am fünften das Mittagessen mit einem Kongreßmitglied abgesagt hatte; Coolidge fand den Hinweis auf der Rückseite eines Durchschlagpapiers. Das war die andere Hälfte des «binären» Mülls; zusammen ergab sich daraus «Information». Bestätigung: Admiral Anderson hatte die Kalenderseite des fünften Tags herausgerissen, sie enthielt nur einen Buchstaben: E. Folgerung? Am fünften Tag war ein Treffen der Emersons angesetzt, und es war sehr wohl möglich, daß es schon in wenigen Stunden begann.

Coolidge hatte sich Emerson Fosters Wohnsitz in der Stadt bis zuletzt aufgespart. Jetzt befand er sich in einer engen Gasse, die an Fosters Haus grenzte, und stocherte im opulenten Müll herum; Reste von Kaviar, Fasanen, großen Zigarren. Unter anderem auch eine Telefonnotiz, die vielversprechend war. Niemand anders als Eugene Ives hatte Emerson Foster angerufen. Auf dem Zettel stand, wahrscheinlich von Emersons Sekretärin: «betr. Brasilien?»

Nachdem er den Müll wieder zugedeckt hatte, nahm er das Computerterminal auf den Schoß und setzte sich auf den Mülleimer. Eugene Ives sprach mit Emerson Foster. War das nicht sonderbar? Und zwar über das vielversprechende Land Brasilien, in das Emersons Bank Petrodollars aus arabischen Ländern hineingepumpt hatte, ohne sich jedoch genügend abzusichern. Es konnte nichtssagend sein; doch nichtssagende Dinge tauchten an den unmöglichsten Orten auf. Auf der anderen Seite: Wer Zugang zu Gene Ives hatte, der hatte Zugang zum Präsidenten. Zugang, verdammt noch mal; Ives hatte Foster angerufen.

Coolidge hockte auf dem Mülleimer. Das Leben war nicht einfach. Alles, worauf es nun ankam, war, beim Treffen der Emersons zugegen zu sein. Sie mußten davon überzeugt werden, daß ihr Anführer ein Schnüffler des Weißen Hauses war. Sie mußten abgehalten werden, die Sache aufzugeben. Oliver Garvey mußte dazu gebracht werden, seine Sache weiter zu verfechten, ehrlich zu sein, Risiken einzugehen und zur Abwechslung einmal etwas Konstruktives für die Menschheit zu tun. Wenn er sich *blitzschnell* aufmachte, konnte es ihm vielleicht sogar gelingen, vor Otto Muster dort anzukommen und dabei noch lange genug am Leben zu bleiben, um alle diese Ziele zu erreichen. Er hatte jedoch kaum den

Gedanken zu Ende gedacht, als sich diese weit entfernte Aussicht noch weiter entfernte.

Er hörte das unheilvolle Geräusch eines Müllautos, unheilvoll deshalb, weil es drei Uhr morgens war und es sich, wie er erkannte, als er die lange dunkle Gasse hinunterschaute und den haltenden Wagen sah, nicht um ein Müllauto aus dem Distrikt Columbia handelte. Beebe war endlich klar geworden, daß sich Coolidge für den Müll der Emersons und nicht für die Emersons interessierte.

Er rannte zur Hinterseite des Gebäudes, doch dort versperrte ihm ein etwa acht Fuß hoher Zaun den Weg. Coolidge stand davor und betrachtete das Hindernis; er war kein sportlicher Typ. Er konnte das Terminal nicht zurücklassen – er brauchte es immer noch –, und um das Terminal hinüberzuwerfen, war es zu empfindlich. In der einen Hand den Koffer, kletterte Coolidge mühsam über die Zaunspitze. Doch er war unbeholfen und riß ein Stück Holz mit, als er sich schwerfällig auf der anderen Seite hinunterfallen ließ. Das Geräusch lenkte die Aufmerksamkeit seiner Verfolger auf ihn. Dem Hallen ihrer näherkommenden Schritte nach schätzte er, daß jeder mindestens 225 Pfund wiegen mußte. Coolidge rannte durch die nächste Gasse und stand dann in der Straße. Kein Verkehr, keine Passanten, nicht einmal geparkte Autos. Es war die O-Street, N. W. Wie eine archäologische Grabstelle sah sie aus; zwischen den Pflastersteinen verliefen immer noch Straßenbahnschienen. Damit hätte er sich begnügen sollen, mit *historischem* Müll.

Er hörte, wie der Motor des Müllautos auf Touren kam, und begann zu rennen. Genau wie damals in Deutschland, als ihm ein Goliath auf den Fersen gewesen war. Doch wie konnte man einen Müllwagen außer Gefecht setzen? Coolidges einziger Vorteil bestand darin, daß sie darauf zu achten hatten, alles wie einen Unfall aussehen zu lassen; sie mußten also behutsam vorgehen. Er hörte, wie sie in die O-Street einbogen. Ohne die genaue Richtung zu kennen, rannte er, so schnell er konnte, den Gehsteig entlang; er suchte nach einer Idee, doch gab es nicht viel zu suchen. Der Müllwagen zog mit ihm auf gleiche Höhe. Er sah, wie ihn die zwei Männer im Führerstand beobachteten, wie sie die Lage einschätzten, überlegten und einen Entschluß faßten. Das Nächstliegende war, auf den Gehsteig zu fahren und ihm den Weg abzuschneiden. Er versuchte, das Problem auf Harrys Art und Weise anzupacken: Worin lagen die Schwächen eines Müllautos? Worin bestand der grundlegende Unterschied zwischen einem Menschen und einem Müllauto? Ja, klar. *Es* mußte *draußen* bleiben.

Eben rannte er an einer Souterrainwohnung vorüber; er stoppte, sprang über das Gartentor und landete auf beiden Füßen vor einem Fenster. Die Bremsen des Müllautos quietschten, als er mit dem Terminal ein Fenster einschlug und in die Wohnung kletterte.

Er befand sich in einem Schlafzimmer. Niemand war zu sehen. Die Zimmertür stand offen, und von irgendwoher in der Wohnung fiel Licht ein. Er rannte dem Licht entgegen und kam durch einen langen Korridor, der in den hinteren Teil des Hauses führte. Als er den Flur durchquerte, kam es ihm vor, als ob er die Wohnung kennen würde; möglicherweise wurde sie von einem VIP bewohnt. Er huschte durch das Wohnzimmer, wo ihm vier Paare schockiert und voller Schrecken nachstarrten. Beinahe hätte er die Hintertür aus den Scharnieren gerissen. Doch schon war er draußen, zertrat einen kleinen Garten, kletterte über eine weitere Hecke, hielt dann nach rechts und rannte durch eine Gasse, bis er wieder in der Straße stand.

Die O-Street war immer noch leer und ausgestorben. Er machte sich in Richtung Wisconsin Avenue davon, es war die einzige Möglichkeit, ein Taxi zu finden; jeder halbwegs anständige Taxifahrer mußte in der Lage sein, ein Müllauto abzuhängen. Doch langsam ging ihm die Puste aus, der Atem stockte, das Terminal wurde schwer, und die Beine versagten.

Auch die Wisconsin Avenue war ausgestorben; immer wenn man ein Taxi brauchte, war keines da. Atemlos stand er an einer Straßenecke und suchte nach einem Versteck. Es gab nur geschlossene Geschäfte, Restaurants und Bürohäuser. Er torkelte über die Fahrbahn, um die Situation aus einer anderen Perspektive zu betrachten. Nichts zu machen. Trotzdem begann er wieder zu rennen. Doch nach wenigen Metern gab er auf, er hatte keine Reserven mehr.

Als der Müllwagen angefahren kam und ihn mit den Scheinwerfern fixierte, stand Coolidge erschöpft gegen das Schaufenster einer Boutique gelehnt. Er hörte, wie die zwei Männer aus dem Wagen stiegen. Doch noch ein Auto hatte angehalten. Coolidge beobachtete, wie der Lenker ausstieg und sich ihm näherte. Er mußte nahe herankommen, bis Coolidge ihn erkannte.

Es war der Durchschnittstyp persönlich, der Mann der Straße, Otto Muster.

Am Morgen wäre Coolidge dann ein kleinerer Unfall auf einem Polizeiformular. Die drei warteten und betrachteten den nach Atem ringenden Müllmann; sie warteten, bis er wieder gehen konnte. Sie erinnerten Coolidge an Breschnews Leute; für sie war er nur ein Objekt. Immer noch rang er nach Luft, als zwei weitere Autos angefahren kamen; alle Fuchsjäger hatten sich zum Fangschuß versammelt. Nur noch Coolidges Atemzüge waren in der Straße zu hören.

Und noch etwas. Es dauerte einige Sekunden, bis sich Coolidge erinnerte, wo er dem Geräusch schon einmal begegnet war; das Rasseln verwirrte ihn, denn als er es zum ersten Mal gehört hatte, war es furchterregend gewesen: Es war das Atmen eines anderen Menschen.

«Uuuhhh», machte sich jemand bemerkbar.

Dann bewegte sich Coolidges beliebtester Asthmafall in das Scheinwerferlicht. Dieses Mal hielt er eine AK-47. Das letzte Mal, als sie sich auf dem Landsitz getroffen hatten, hatte ihn Coolidge mit dem *Aufstieg und Fall des Römischen Reiches* unschädlich gemacht. Coolidge wußte nicht, was er diesmal davon halten sollte.

«Stell dich gegen den Müllwagen», befahl Ned Otto Muster und trat noch weiter in den Lichtkegel. Ned hatte noch einen Begleiter mitgebracht, einen weiteren Wirrkopf, ebenfalls mindestens fünfundsechzig. Von links tauchten noch zwei auf; alle sahen aus, als ob sie ihre AK-47er besser als Stock benutzen würden. Muster und seine Leute hatten sich, die Füße in einigem Abstand gespreizt, gegen die Kühlerhaube des Müllwagens gestellt und wurden durchsucht.

«Nicht, daß ich so was nicht schätzen würde», wandte sich Coolidge an Ned, «doch könnten Sie mir vielleicht sagen, wie Sie es herausbekommen haben?»

Ned nickte in Richtung eines der Autos. «Uuuhhh», gab er zur Antwort.

Coolidge ergriff das Terminal und trat auf Muster zu, der immer noch mit gespreizten Beinen gegen die Kühlerhaube lehnte. «Richten Sie Beebe aus, er habe sich geirrt.» Dann ging er zum Auto hinüber. Es war Veras zweites neues Auto. Er holte noch ein letztes Mal tief Luft und begann sich langsam wieder wohler zu fühlen, oder zumindest, was man im Leben eines Müllmanns darunter zu verstehen hatte. «Wie haben Sie das geschafft?»

«Sie sind nicht der einzige, der alles weiß», erwiderte Davey Reed.

«Steigen Sie ein.»

Die Wahl

Der Hotelportier schaute ihn verwirrt an; es war sechs Uhr früh. Coolidge hatte das Terminal zwischen der Ablagefläche unter dem Telefonautomaten und seiner Gürtelschnalle eingeklemmt und den Telefonhörer mit dem Modem verkabelt. Ungelenk versuchte er, auf der Tastatur zu tippen. Er durfte keinen Verdacht aufkommen lassen, er mußte den Eindruck erwecken, er sei irgendein Verrückter einer Computerverkäufertagung.

Er brauchte nicht viele Münzen einzuwerfen. Emerson Fosters Bank hatte sich mit ungedeckten Darlehen an Brasilien verausgabt, sie brach zusammen, wenn ihr nicht ernsthaft unter die Arme gegriffen wurde. Das aber konnte nur Uncle Sam bewerkstelligen. Und noch ein Leckerbissen: Emerson Foster hatte ein Flugzeug nach Cat Cay Island gechartert, wo der Präsident einige Ferientage verbracht hatte. Einen Tag später war Harry Dunn hingeflogen. Noch kein Beweis, niemand konnte aufgrund solcher Indizien überführt werden. Doch sie reichten aus, ihn für eine Weile schmoren zu lassen.

Er gab «Beebe» ein. Der Computer hatte *schlechte* Neuigkeiten auf Lager. Beebe wußte vom Treffen mit den Emersons. Muster hatte seine Befehle. Trotz allem konnte Coolidge nur lächeln, wenn er sich an Musters Gesicht erinnerte, als Ned mit einer AK-47 aufgetaucht war. Aber es war unmöglich, daß Ned und seine Rentnerbande Coolidges Widersacher festzuhalten vermochten; mittlerweile mußten sie wieder auf freiem Fuß sein.

Er legte den Hörer auf, klappte das Terminal in den Koffer zurück, lächelte unbestimmt den Portier an und verließ das Hotel. Reed hatte bei einem Taxistand geparkt. Langsam stieg Coolidge in den Wagen.

«Sie lassen wohl besser die Finger davon», wandte er sich an Reed, «ich fahre selbst.»

«Ich bin *nüchtern;* kein Problem.»

«Die kennen unser Ziel. Sie werden uns irgendwo unterwegs erwarten.»

«Ich habe eine Superidee. Wir fahren nicht hin.»

«Ich muß mit den Emersons sprechen.»

Reed schaltete den Motor aus. «Walter, wir arrangieren ein weiteres Treffen. In der Zwischenzeit können Sie sich irgendwo verstecken.»

«Wo?»

«Wo?»

«Wo?»

«Ich weiß nicht wo. Es wird uns schon was einfallen.»

«Keine Chance. Es gibt kein Versteck. Warten ist das größere Risiko. Die Emersons kann man nicht an jedem beliebigen Tag zusammentrommeln. Es sind alles vielbeschäftigte Leute; einige von ihnen müssen sogar mit dem Flugzeug kommen. Ich werde jetzt hinfahren. Also steigen Sie aus.»

«Was erhoffen Sie sich davon?»

«Ich brauche politischen Einfluß. Das ist es, was ich von den Emersons verlange. Die Regierenden speisen uns mit Titelgeschichten ab, doch wir leben immer noch in einer Demokratie. Die Emersons repräsentieren Leute, sehr viele Leute. Das bedeutet Macht. Wenn die Emersons mich unterstützen, werde *ich* diese Macht haben. Und dann habe ich eine Chance, die ganze Sache zu überleben. Einen unbekannten Geheimagenten verschwinden zu lassen, ist eine Sache. Jemanden verschwinden zu lassen, der landesweit vom Volk unterstützt wird, ist eine andere Sache; das könnten sie nicht verheimlichen. Und darauf hoffe ich. Also steigen Sie aus.»

Reed, der hinter dem Lenkrad saß, zog die Haut seiner Wangen zum Kinn hinunter. «Ich bin in der unangenehmen Rolle, es Ihnen sagen zu müssen. Die Sache ist komplizierter, als Sie sich vorstellen. Die Emersons haben die Seite gewechselt, Walter. Die meisten von ihnen. Vor allem der Senator.»

«Ich weiß. Er bangt um seinen Teilchenbeschleuniger.»

«Er will den ganzen Braten. Bekommt er ihn, so glaube ich, daß ich wieder Werbespots für Hundefutter schreiben werde.»

«Er wird es nicht schaffen. Die Emersons werden es verhindern.»

Reed lachte über solche Naivität. «Schauen Sie, Walter, so leicht geht das nicht. Wissen Sie, worauf das hinausläuft? Es ist, wie wenn einer kandidiert. Sie kennen die Emersons nicht; sie repräsentieren die Wählerschaft. Man muß Politiker sein, um mit diesen Leuten fertig zu werden. Sie sind unberechenbar. Wissen Sie, was? Gehen Sie nach Toronto. Ich meine es ernst, Walter.»

«Davey, Sie haben mich schwer enttäuscht», antwortete Coolidge ruhig. «Sie scheinen nicht richtig verstanden zu haben. Danach wird es auch kein Toronto mehr geben. Also, steigen Sie aus.»

Reed dachte nach. «Nicht so einfach zu begreifen», sagte er schließlich und drehte den Zündschlüssel, um den Motor zu starten. «Es ist komisch, aber diesen Aspekt vergesse ich ständig.» Er bog in die Achtzehnte Straße ein. «Entweder die Emersons, oder wir fliegen in die Luft. So ist es doch, was, Walter?»

Reed verbrachte neunzig Prozent der Zeit damit, in den Rückspiegel zu starren, doch erst als sie ungefähr eine Meile vor dem auf einem Hügel gelegenen Landsitz den Beltway verließen, geschah es. Erst als es schon zu spät war, erkannten sie Musters Schlachtplan. Er hielt sich an das Klischee, an den Autounfall als die amerikanische Norm. Es war, als ob der Unfallhergang schon im voraus aufgezeichnet werden könnte.

Unweit, am Fuß der Steigung, die zum Landsitz hinauf führte, warteten vier Autos, alles hochtourige und besonders gefederte Boliden. Es würde wie ein am frühen Morgen ausgetragenes Drag-Rennen aussehen, bei dem etwas schief gelaufen war. Die vier Autos, auf einer Linie aufgereiht wie zur Attacke bereite Kavallerie, fuhren nun eines nach dem anderen im Abstand von etwa hundert Fuß los, wie Zerstörer. Auf beiden Seiten der Straße stieg das Gelände steil an; es gab keine Möglichkeit auszuweichen. Reed hatte den Fuß vom Gaspedal weggenommen, so daß sie nur noch mit zwanzig Meilen weiter fuhren; er sah unentschlossen aus.

«Darf ich einen Vorschlag machen?» fragte Coolidge.

«Geben Sie mir eine Antwort, Walter.»

Die Idee stammte von Herman Kahn, dem universalen Meisterstrategen: Um Stärke zu zeigen, mußte man betrunken sein, das Lenkrad von der Säule reißen und zum Fenster hinauswerfen.

«Runter mit dem Fuß», erwiderte Coolidge, «volle Pulle.»

Der erste Wagen war immer noch eine halbe Meile entfernt.

«Im Ernst?»

«Unsere Motivation gegen ihre Motivation. Ich glaube nicht, daß sie genügend Geld kriegen, um mit Vollgas in den Tod zu rasen. Uns bleibt nichts anderes übrig.»

Reeds Fuß drückte das Gaspedal langsam nach unten, Veras zweiter neuer Wagen beschleunigte. Reed klammerte sich ans Lenkrad, sein Gesicht in Angst und Ekstase erstarrt, als ob ihm endlich die Möglichkeit gegeben worden wäre, es den Schweinehunden – allen beliebigen Schweinehunden – heimzuzahlen. Coolidges Ekzem auf der Innenseite des rechten Fußgelenks begann zu jucken. Er kratzte, vielleicht war dies die letzte wohltuende Empfindung, die er noch spüren würde.

Alle fuhren sie auf der weißen Mittellinie, der Stärkere gewinnt, Sein oder nicht Sein, zuckende Nervenenden, losbrausende Egos, Wahrnehmungsfähigkeit im Test, Überzeugungen im Test, Genugtuung und Vernunft gegeneinander aufgewogen. Coolidge konnte das Gesicht des ersten Fahrers erkennen. Sein Ausdruck veränderte sich: Selbstgefälliger Professionalismus und Draufgängertum machten der Einsicht in die Hinfälligkeit der menschlichen Existenz Platz. Coolidge besaß eine Waffe: Davey Reeds Gesichtsausdruck. Der erste Wagenlenker betrachtete Reeds Gesicht und wich aus. Er kam links von der Fahrbahn ab, prallte in die Leitplanke, wurde dann zurückgeschleudert, streifte Reed seitlich und driftete erneut ab. Danach verschwand er hinter ihnen, und man hörte die Geräusche des Aufpralls.

Durch die Wucht der Kollision war Reed von der weißen Linie abgekommen. Er korrigierte den Kurs; Nummer zwei war an der Reihe. Der Tacho zeigte fünfundneunzig Meilen pro Stunde. Der zweite Fahrer sah aus, als ob er Darmbeschwerden hätte. Er steuerte nach rechts, doch zu weit, brach durch die Leitplanke und fuhr die Böschung hinauf. Es war zu hoch für seinen Schwerpunkt, der Wagen überschlug sich und rollte brennend auf die Fahrbahn zurück.

Reed hatte nun die Oberhand. Zwei Wracks lagen hinter ihm auf der Straße. Die heranschießende Nummer drei hatte eine Lektion bekommen, einen Blick in die Zukunft. Nummer drei versuchte, auf die linke Seite auszuweichen, doch Davey ließ ihr nicht viel Platz; er rückte keinen Fingerbreit von der Linie ab, doch es kostete ihn die zwei linken Wagentüren. Wieder wurde Reed dadurch nach rechts abgetrieben. Nummer vier machte sich die Lücke zu Nutzen und verschwand hinter ihnen.

Bevor er sprechen konnte, mußte Coolidge zuerst den Speichel hinunterschlucken. «Auf die Bremse, wie die Frauen», brachte er endlich hervor. Reed riß das Lenkrad herum und fuhr den Hügel hoch. Beinahe hätte sich der Wagen überschlagen, doch die Schwerkraft spielte mit, so daß er wieder auf die Räder kam, kurz durchdrehte und dann die Wiese hochraste. Wieder auf Asphalt, kam er quietschend und mit rauchenden Reifen inmitten der versammelten Wagen der Emersons zum Stehen, wobei er ein Auto an der Stoßstange streifte und den herumstehenden Chauffeuren einen tüchtigen Schrecken einjagte.

Coolidge stieg aus und betrachtete Veras zweiten neuen Wagen. Ohne die Türen auf der linken Seite sah er ziemlich heruntergekommen aus. Wer würde diesmal die Rechnung übernehmen? Reed saß immer noch im Wagen, es war, als ob er die Hände nicht vom Lenkrad zu lösen vermöchte. Coolidge beugte sich zu ihm hinunter. «Davey, das war ganze Arbeit. Ohne zu übertreiben, ich glaub, das hätte ich nicht geschafft.»

«Glauben Sie, daß es für einen kleinen Schluck noch zu früh ist?»

«Als Doktor verordne ich Ihnen den sogar.»

Es war 7 Uhr 30, Coolidge und Reed genehmigten sich in der Küche einen kleinen Drink. Der Koch-Scotch mußte dabei herhalten.

Dann gingen sie in die Bibliothek auf der Vorderseite des Hauses. Zum zweiten Mal öffnete Coolidge die Türe und überraschte die Emersons. Dieses Mal waren alle versammelt; sie saßen an einem langen schmalen Tisch beim Frühstück.

Reed ging zum Fenster, um nach Anzeichen feindlicher Aktivitäten Ausschau zu halten. Coolidge schritt den Tisch entlang und studierte die Gesichter. Der Bischof, Ingalls, Purefoy, der Rabbi, General Witek und Admiral Anderson in Zivil, Sarah Weinstein, Joe Kiernan. Foster saß an einem Ende des Tisches, Garvey am anderen. Es war der Aufsichtsrat des Weltfriedens, dessen Überzeugung gerade noch an einem Faden hing.

«Weshalb stellen Sie mich nicht vor, Senator?» fragte Coolidge.

Garvey führte gerade sein Rührei zum Mund. «Sie vorstellen?» stammelte er ungläubig.

«Natürlich. Wo bleiben denn Ihre Manieren?»

Garvey schüttelte nervös den Kopf. «Ich kann Ihnen nicht folgen.» Garvey war im Umgang mit Coolidge sehr vorsichtig geworden. Coolidges ständige Überraschungen hatten ihre Spuren hinterlassen. Garvey glaubte, daß Coolidge alles wisse, egal wie verrückt es auch immer klang; Coolidge hatte immer recht; Coolidge hatte einen Informationshintergrund wie sonst niemand. «Was suchen Sie hier?» fragte er, als ob er sich vor der Antwort fürchtete.

«Sicher ist auch Ihnen klar geworden, daß irgend jemand hier am Tisch den Doktor verraten hat.»

Coolidge wartete, bis das Rascheln, das Stühlerücken und das Luftholen vorbei waren und sich die schockierten Gesichter entspannt hatten.

«Ja, zu dem Schluß bin ich auch gekommen», gab Garvey zu und war darauf bedacht, niemanden außer Coolidge anzuschauen.

«Ist sonst noch jemand zu diesem Schluß gekommen?» richtete sich Coolidge an die Runde.

«Ich habe die Möglichkeit in Betracht gezogen», meldete sich Ingalls. «Gegenwärtig ist mir das FBI auf der Spur. Vierzig Prozent meiner Produkte kauft die Armee. Man ließ mich wissen, daß Schwierigkeiten in der Luft liegen.»

«Noch jemand?»

«Der Kardinal hat seine Ansichten kürzlich ungewöhnlich heftig vertreten.»

«Noch jemand?»

«Ich bekomm's von allen Seiten zu hören», beklagte sich Purefoy. «Man erwähnt sogar Geheimoperationen, die noch während meiner Amtszeit gelaufen sind. Operationen, die im nachhinein nicht ganz legal gewesen sein sollen. Ja, Coolidge, auch ich habe mir solche Gedanken gemacht.»

Coolidge ging immer noch langsam um den Tisch herum. Er genoß ihre ungeteilte Aufmerksamkeit. «Ich muß sagen, daß ich nicht wüßte, was ich unter den gleichen Umständen täte.»

Garvey hielt sich an den Armlehnen seines Stuhles fest; es sah aus, als ob er sich für ein Erdbeben festschnallen wollte. «Spannen Sie uns nicht auf die Folter. Wer war es?»

Coolidge machte eine Pause, um der Frage Gewicht zu verleihen. «Sollen wir die Sache ehrenvoll hinter uns bringen, Emerson?» fragte er.

Garveys Blick wanderte langsam von Coolidge den Tisch entlang zu Foster. «Ich kann es nicht zulassen, daß Sie so zu Emerson sprechen», sagte er leise, ohne Nachdruck oder Wut. Die Datenbank hatte gesprochen.

Foster blieb ruhig, gefaßt, sein eigener Herr mit seinen eigenen Interessen. Lange saß er schweigend da und blickte auf die Tischdecke. Dann hob er die Augen und schaute über den langen Tisch hinweg zu Garvey. «Die Bank kämpfte ums Überleben, Oliver. Ich mußte es tun.»

«Autsch», entfuhr es Garvey.

Niemand redete. Alle waren verlegen, es war peinlich, für sie und für Foster. «Verstehen Sie, es ist ein quichoteskes Unternehmen», fing Foster schließlich an. «Es ist zu umfangreich. Es funktioniert nicht. Zu viele wichtige Leute glauben an O.F.F. und fordern es. Zu viele wichtige Leute profitieren von O.F.F. Sie lassen uns dastehen wie Radikale, wie Spinner. Wir würden unseren Einfluß und unsere Glaubwürdigkeit verlieren.»

Coolidge stand gegen die Wand gelehnt und versuchte, sich zu überlegen, wie er seine Wahlkampagne lancieren sollte; seine

Glaubwürdigkeit stand auf dem Spiel. Er mußte mit großem Vorsprung gewinnen, um als Sieger dazustehen.

«Was Emerson sagt, ist vernünftig. Politisch vernünftig. Das steht fest.»

«Glauben Sie an einen Durchbruch?» richtete sich Foster an Coolidge. «Sie können nichts ausrichten.» Bei Fosters folgenden Worten zuckte Coolidge zusammen. «Der Mann von der Straße wird es nicht zulassen.»

«Ja, in diesem Punkt mögen Sie recht haben», antwortete Coolidge. «Es ist nicht einfach, mit dem hartgesottenen Kerl fertig zu werden.»

«Otto Muster hat Vertrauen in seine Generäle», fuhr Foster fort. «Er läßt es nicht zu, daß sie kritisiert werden. Er denkt, die Generäle wissen schon, was sie tun.»

«Himmel, selbst die Generäle glauben, sie wüßten, was sie tun.»

«Raffiniert», erwiderte Foster. «Aber zu einfach, zu leicht dahergeredet.»

«Fest steht, daß die Generäle ebenso fehlbar, selbstsüchtig und neurotisch sind wie der Rest von uns, vielleicht sogar noch mehr. Sie verbringen ihr Leben damit, sich mit raschen, kriegerischen Lösungen für schwierige Probleme zu befassen. Darüber müssen wir hinwegkommen. Tut mir leid, meine Herren», wandte sich Coolidge in die Richtung von Anderson und Witek.

«Einverstanden», erwiderte einer von ihnen.

Foster schüttelte den Kopf. Er behielt seinen Platz am Kopfende des Tisches. «Sie versuchen, den Kern der Sache zu treffen, doch Sie treffen daneben. Die Sache ist politischer Natur.» Foster schien entschlossen, seinen verräterischen Schritt zu rechtfertigen, indem er seine gute Absicht herauszustreichen versuchte. «Sie wissen, wie das Volk denkt. Otto Muster hat den Antikommunismus im Blut; er ist ebenso im Wasser, das Muster trinkt, und im Essen, das Muster zu sich nimmt. Otto Muster ist besessen von Angst und Rechtschaffenheit, von Fanatismus und Haß. Und solchen Leuten wollen Sie weismachen, das Wettrüsten sei unsere Schuld?»

«Das ist zu schaffen.»

«Da irren Sie sich, mein Lieber. Im freiesten Land der Welt ist es unmöglich, über solche Angelegenheiten eine offene politische

Diskussion zu führen. Da macht keiner mit, der sein politisches Ansehen behalten will. Oliver, Ihr Staat ist konservativ. Berufen Sie einen Unterausschuß zu O.F.F. ein, und Sie sind der Bote, den man umbringt. Sie wissen, daß ich recht habe.»

Während Foster sprach, beobachtete Coolidge die Gesichter. Weshalb in eine Kreissäge hineinlaufen? Darüber zerbrachen sie sich wohl gerade den Kopf.

Coolidge zog seinen Stuhl zum Tisch heran und kam zwischen Sarah Weinstein und Bischof Hinds zu sitzen. «Was Emerson Ihnen erzählt, ist nichts Neues. Das haben sich die Liberalen schon seit Jahrzehnten gegenseitig weisgemacht. Es ist unmöglich, der Kampf ist sinnlos, die Schlappe ist vorprogrammiert, geben wir das Problem an die nächste Generation weiter, mal schauen, wie die damit fertig werden. Das wollen Sie doch damit sagen, nicht wahr, Emerson?»

«Mehr oder weniger. Auch wenn es grotesk klingen mag.»

«Aber es klingt nicht grotesk, Emerson, sondern dumm. *Das* ist die *letzte* Generation. Es gibt keine Generation mehr, der wir das Problem *weiterreichen* könnten. Der Krug bricht mit dieser Generation, da können wir nichts dagegen unternehmen.»

«Kann sein, kann nicht sein», erwiderte Foster. «Aber Sie ignorieren das Problem, daß Otto Muster nichts davon wissen will. Er gefällt sich in seinem Haß. Das gibt ihm das Gefühl der Überlegenheit. Jeder Präsident muß es wieder tun; er muß im Land herumfahren und alle paar Jahre Otto Muster die Hölle heißmachen, so bekommt er all das Geld, das er braucht, um die neuesten Waffensysteme zu entwickeln. Das ist eine Politik, die nicht über die Gegenwart hinausdenkt; und dagegen wehren wir uns.»

Coolidge führte seine Kampagne weiter, sprach auf die Wählerschaft ein, setzte alle Mittel ein. «Dies ist nur ein Teil der zukunftsblinden Politik.» Er versuchte, in möglichst viele Augen zu blicken. «Jeder an diesem Tisch steht mit Gruppen in Verbindung, die über das ganze Land verteilt sind. Diese Leute fletschen nicht die Zähne nach einem Atomkrieg. Sie stellen Fragen. Ihre Ohren sind offen. Sie sind mindestens gewillt zuzuhören. An sie sollten wir uns wenden. Sicher wird es Verluste geben, und Sie haben den Preis dafür zu bezahlen.»

«Schöne Worte», begann Foster, «ich kann es nicht leugnen: und in einer ehrenwerten Sache.»

«Das Schwierige an Ihnen, Emerson», warf Coolidge ein, «besteht darin, daß Sie so realistisch sind – dies in Anführungzeichen, falls Sie meinen Ton nicht verstehen – Sie verstehen nicht einmal, wovon ich spreche. Es ist keine ehrenwerte Sache. Es ist eine eigennützige Sache. Es geht dabei um den Schutz unseres Lebens, ganz zu schweigen vom Schutz des Eigentums, Emerson.»

Coolidge lehnte sich in seinen Stuhl zurück, er war matt und müde. Nun war Garvey an der Reihe.

«Und Ihre Meinung, Glenn?» fragte Garvey leichtfertig.

Glenn Ingalls dachte darüber nach, während er sein Rührei mit der Gabel zerdrückte. «Es scheint von Ihrer Einschätzung der Fakten abzuhängen. Der Präsident hat eine Menge Erstschlagsraketen gebaut. Man kann sie nicht zur Verteidigung einsetzen. Sie sind auch kein Mittel, die Russen von einem Erstschlag abzuhalten. Sie sind allein für den Krieg da oder als Drohung vor Kriegshandlungen, und das ist beinahe so gefährlich. Wenn der Präsident nicht plant, einen Atomkrieg zu führen oder mit einem solchen zu drohen, dann ist er verrückt. Weshalb gibt er soviel Geld aus für Raketen, für die er keine Verwendung hat? Persönlich habe ich große Angst. Ich meine, wir sollten einen Unterausschuß einberufen.»

«Herb?» wandte sich Garvey an Purefoy und begann um den Tisch zu gehen.

«Mir gefällt die Sache ebensowenig wie Emerson. Ich mach nicht gerne Radau. Ehrlich gesagt, mir wäre es auch lieber, Otto Muster würde weiterschlafen. Wenn er nämlich aufwacht, dann macht er uns Schwierigkeiten. Aber ich glaube nicht, daß uns eine Wahl bleibt. Wir sitzen in der Klemme. Wenn wir nichts unternehmen, wird es früher oder später zu einem Atomkrieg kommen. Was riskieren wir also? Oliver, berufen Sie den Unterausschuß ein.»

Garvey runzelte die Stirn. «General?»

«Berufen Sie den Unterausschuß für morgen früh ein.«

«Admiral?»

«Den Unterausschuß.»

«Bischof?»
«Unterausschuß.»
«Sarah?»
«Unterausschuß.»
«Rabbi?»
«Unterausschuß.»

Garvey trommelte mit den Fingern; er dachte nach, wog ab, machte die Rechnung. Den Oliver-Garvey-Teilchenbeschleuniger gegen den Weltfrieden, gegen Mitmenschlichkeit und vielleicht die Präsidentschaft. Würde er den Unterausschuß einberufen, würde ihm die islamische Behandlung zuteil; nicht *einen* saftigen Braten mehr, solange der Präsident im Amt bliebe. Letztlich eine Sache des Instinkts; davon lebten Politiker. Vielleicht war es Zeit zu handeln. Jede Karriere kennt diese Phase; wer nicht handelt, wenn er die Gelegenheit dazu hat, der bereut es ewig. Die Konstellation schien richtig, die Auspizien vielversprechend. Er blickte Coolidge an, der nervös an einem kalten Toaststück herumkaute, sein Appetit erwachte wieder, je mehr es nach einer Überlebenschance aussah. «Stehen Sie auf Jungen?» richtete sich Garvey an Coolidge.

Coolidge hörte ihn kaum. Er hatte das Marmeladeglas vor sich und suchte auf den verschiedenen Frühstückstellern nach einem weiteren Toaststück.

«Ja oder nein?»

«Ob ich worauf stehe?»

«Ob Sie auf Jungen stehen. Man wird versuchen, Ihnen alles anzuhängen.»

Coolidge strich Himbeermarmelade auf den Toast. «Ich stehe auf Mädchen. Erwachsene Mädchen.»

«Sie werden einen Monat lang im Fernsehen kommen. Ich versuche nur, Sie zu kreuzigen, bevor es die Regierungspartei tut. Sie werden mich vor den Kameras zu überzeugen haben. Und ich werde hartnäckig sein.»

«Ich nehme die Herausforderung an», entgegnete Coolidge und schaute Emerson Foster an. Einen Augenblick schauten sich die beiden über die Köpfe der anderen hinweg in die Augen. Foster raffte alles, was er an Ehrenhaftigkeit aufbieten konnte, zusammen und ging still hinaus. Während die Türe zugezogen wurde, erhob sich Coolidge, ging den Tisch entlang und nahm Fosters Platz ein. «In der Sache Otto Muster gibt es noch einen letzten Punkt zu diskutieren.»

Der Bischof geht mittagessen

Der Gang zur Limousine war für den Bischof immer ein größeres Unternehmen, sein Stock stützte ihn, während ihm der Chauffeur auf den Fersen folgte. Beim Portal des Landsitzes gab es zwei Stufen, kleine umgekehrte Everests für den Bischof, dessen Fuß jeweils blind tastend nach Halt suchte, und danach die kurze Distanz zum Wagen, der nahe beim Eingang geparkt war. Der Chauffeur stützte den Bischof, während er gleichzeitig die hintere Tür öffnete. Doch erst jetzt begann die Arbeit. Zuerst mußte der Bischof um 180 Grad gedreht werden, so daß er sich ins Auto fallen lassen konnte, danach hob der Chauffeur die Beine des Bischofs und schob sie mit einer Drehung nach.

«Gott sei Dank ist es vorbei», bemerkte Coolidge, stellte den Stock vor sich und legte die Hände darauf; dies war die übliche Haltung des Bischofs. Als er sich die Stufen hinuntermanövriert hatte, hatte er im Westen einen Lichtreflex aufleuchten sehen. Vielleicht war es ein Feldstecher, vielleicht ein Gewehrlauf oder überhaupt nichts. Aber Coolidge hatte die Absicht, seine kleine Klamotte weiterzuspielen.

Der Chauffeur fuhr langsam den Hügel hinunter. Tempo hatte der Bischof gar nicht gern; den ganzen Weg nicht mehr als fünfunddreißig Meilen in der Stunde. Als sie die Zufahrtstraße zum Beltway entlang fuhren, zeigte Coolidge besorgtes Interesse an den Polizeiautos und Ambulanzfahrzeugen, die sich um die wrakken Boliden versammelt hatten. Er bekreuzigte sich. Die Rolle verlangte es. Die Idee war gar nicht schlecht. Wo sich Harry und Ives aufhielten, würde er mit dem tragbaren Terminal herausfinden. Das Vorhaben gefiel ihm nicht, doch er mußte nun einmal mit den beiden mittagessen.

Als sie vor dem Club 211 hielten, inspizierte Coolidge den Stock genauer. Es *war* eine Waffe. Doch er entschloß sich, sie nicht zu gebrauchen; wenn er überhaupt eine Waffe nötig haben sollte, so half nichts mehr. Er betrachtete sich im Rückspiegel. Weicher schwarzer Filzhut, weißer Stehkragen, schwarzer Anzug; selbst sein Gesichtsausdruck war von passender Frömmigkeit. Aus Angst natürlich. «Richten Sie dem Bischof aus, daß ich ihm morgen den Anzug zurückschicke», trug er dem Chauffeur auf und stieg aus.

Die Ehrerbietung, die man ihm beim Betreten des Clubs entgegenbrachte, war bemerkenswert. Unmöglich, den Hut aufzubehalten. Das Garderobenmädchen ließ sich nicht entmutigen. Übrigens ganz reizend, die Kleine. Als der maître d' für Coolidge einen Weg zwischen den Tischen hindurch bahnte, bemerkte er, daß ihn Harry einige Sekunden lang nicht erkannte. Dann führte der Chef-Bibliothekar die klassische Vaudeville-Überraschungsszene vor, er ließ die Augen aus den Höhlen treten, stieß den neben ihm sitzenden Ives an, dessen Kinnlade nach unten fiel, bevor er Haltung bewahren und sie wieder hochziehen konnte. Dazu noch ein Bonus: Beebe, der mit dabei war, saß in der falschen Richtung; Coolidge überraschte ihn aus dem Hinterhalt.

«Wie ich sehe, scheinen mich die Herren zu suchen.» Er brauchte sich keinen Stuhl heranzuziehen; der maître d' hatte ihn mit Sicherheit rechtzeitig hingeschoben.

Leere Sessel

«Bringen Sie irgendeinen alten Weißwein», wandte sich Coolidge an den maître d', der ihm den Stuhl zurechtrückte. Coolidge ließ den Blick über den Tisch gleiten. Ives aß einen welken Salat. Beebe trank einen Longdrink, sein Funkgerät lag vor ihm auf dem Tisch, möglicherweise wartete er auf Musters Anruf, er habe den Doktor ausgeschaltet. Coolidge konnte sich den Verlauf des Gesprächs vorstellen: Schade um Walter. War ein angenehmer Kollege gewesen. Vielleicht hätten wir ihm Eberharts Job nicht geben sollen. Verdammt guter Müllmann, steht außer Zweifel. Nun ja, niemand ist unersetzlich.

Er schaute Harry an. Der hatte vor Schreck eine Riesenmenge Sauce béarnaise über sein Essen gegossen, so daß man nicht mehr feststellen konnte, was es überhaupt war. Es geschah nicht oft, daß jemand Harry Dunn überraschen konnte. Beebe hatte sich ziemlich gut gehalten, kein Zusammenzucken. Nur ein angedeutetes Lächeln verriet, daß er überrascht worden war.

«Wie ich sehe, hast du dein Funkgerät bereitgelegt», richtete sich Coolidge an Beebe. «Jede Nachricht über mein Ableben ist verfrüht. Euer Mann befindet sich bei einem Landsitz etwa zwölf Meilen von hier. Er glaubt, daß ich dort bin.» Coolidge hatte Takt und schwieg, als der Kellner ihm den Wein brachte. Dann nahm er einen großen Schluck. «Ahhh. Das gibt Kraft. Ich fühl mich wieder ganz wie ein junger Priester.»

«Laß deine Spielchen, du Mistkerl», fuhr Ives dazwischen. «Was hast du vor?»

Coolidge starrte einige Augenblicke in sein Glas und dachte nach. Harry strich die verschüttete béarnaise so dünn wie möglich auf sein Essen. In einem gewissen Sinn war das auch ein Wahlkampf, eine Kampagne, um die Meinung der Leute zu ändern. Doch die Meinungen dieser besonderen Leute waren nicht einfach zu ändern. Sie hatten die dicksten Schädel. Der einzige Weg, es dennoch fertigzubringen, war, ihre Sprache zu sprechen.

«Ihr packt die Sache völlig falsch an», begann Coolidge. «Was die Lösung des Problems betrifft, entspricht sie nicht dem üblichen Harry-Dunn-Standard. Mich umzulegen ist unvernünftig.»

«Ich weiß nicht, was das soll», antwortete Ives schnell. «So etwas machen wir nicht. Offensichtlich versuchst du, Gerüchte über die entsprechende Regierungsstelle zu verbreiten.»

«Du redest um den heißen Brei herum», antwortete Coolidge, «das ist nicht deine Art, Ives. Hat man hier kürzlich Wanzen versteckt? Ich dachte, es sei eine Zone für freie Gespräche.»

«Komm zur Sache, Walter», unterbrach Harry.

«Im Umgang mit dem Problem läßt du jegliches Fingerspitzengefühl vermissen, Harry. Möglicherweise hast du nicht genügend Input. Garvey wird seinen Unterausschuß einberufen. Ich werde gewissermaßen als Starzeuge auftreten. Die anderen, uh, Emersons – wir werden den Namen ändern müssen – werden ihn unterstützen. Auch die Öffentlichkeit wird ihn unterstützen. Dafür wird gesorgt. Gewerkschaften, Katholiken, Rechtsanwälte, Ärzte, Wissenschaftler, Geschäftsleute. Ich spreche von einem beträchtlichen Teil der Nation. Die Lösung deines Problems, Harry, liegt deshalb darin, mich schlechtzumachen. Wenn du die Sache wirklich objektiv betrachten würdest, würdest du mich nicht umbringen, sondern mir einen Leibwächter geben. Im anderen Fall würde es weiter als bis zum Himmel stinken.»

«Über die Bedeutung der Sache, Coolidge, machst du dir Illusionen», kommentierte Ives. «Vertraust du tatsächlich noch dieser alten Vettel?»

«Du hast dir den Sarg gezimmert, Coolidge. Nun leg dich hinein», fuhr Beebe dazwischen.

«Walter», begann Harry wieder, «ich schlage vor, du verläßt uns unauffällig. Du gehörst nicht mehr zur BIBLIOTHEK. Tschüß und viel Glück.»

«Harry, du sprichst fürs Band. Ich spreche für die Ohren. Sie werden es tun. Ich weiß, es ist nicht einfach zu glauben. Doch die Emersons stimmen darin überein, daß es nun an der Zeit ist. Es ist die Meinung, die in allen Gegenden des Landes überzeugte Vertreter hat. Der Preis für die Zerstörung der UdSSR ist zu hoch. Man ist nicht gewillt, ihn zu bezahlen. Niemand will ihn bezahlen. Mit Ausnahme einer kleinen Gruppe.»

«Schon gut, Walter, vielen Dank für die Information. Und nun tschüß.» Harry aß noch immer in sich hinein, doch er sah gequält aus. Ives dachte zu 99 Prozent politisch und zu einem Prozent realitätsbezogen. Er konnte in Panik ausbrechen, wenn man richtig mit ihm umging. Im Moment jedoch steuerte er immer noch blindlings und mit Vollgas auf die atomare Mutprobe zu.

«Es war dumm von dir, deine Karriere so wegzuwerfen, Walter», bemerkte Ives. «Du weißt gar nicht, wie dumm. Unsere Landsleute wollen eine starke Verteidigung. Alles, worüber diskutiert werden kann, ist die jährliche Erhöhung der Militärausgaben. Die Joint Chiefs of Staff besitzen beim Volk mehr Glaubwürdigkeit als irgend jemand anders in der Regierung. So ist es nun mal.»

Harry schaltete sich ein. Aufmerksam schaute er Coolidge an, doch es ging ihm um Ives' Psyche. «Mehr noch als das, Walter. Der Amerikaner fürchtet sich schnell, er schlägt schnell zu, das ist sein Charakter. Wir stammen alle von Ausländern ab, aber wir hassen Ausländer. Vielleicht ist das Selbsthaß, aber das spielt jetzt keine Rolle. Du willst also mit Vernunft, Klarheit, Logik und Zahlen gegen Haß ankämpfen?»

Ein Gremium, das ruhig über den Tod eines seiner Mitglieder diskutierte.

«Man kann die Leute schon eine Zeitlang zum Narren halten», antwortete Coolidge. «Doch wie lange ist ‹eine Zeitlang›? Das frage ich mich. Dieser Zustand dauert nun schon vierzig Jahre. Ihr fordert das Glück heraus.»

Zum ersten Mal, seit er Beebe kannte, sah ihn Coolidge mit dem Glas an den Lippen. Der Scotch flog also doch nicht durch die

Luft; Beebe brachte das Glas nahe an die Brust und führte es dann zum Mund. Es war ein Tarnmanöver. Mit einer Drehung des Handgelenks leerte er es dann, eine Springflut. Ives hatte den Salat zur Seite geschoben. Er rieb sich die Augen. Was er hörte, schien ihm nicht zu gefallen. Watergate war noch immer ein Gespenst. Vertuschungsmanöver waren schlimmer als Verbrechen. Ob es das Risiko wert war? Kein einfacher Entschluß. Verminderte es die Verluste, oder war es der Versuch, alles zu gewinnen?

«Ich wiederhole noch einmal», fing Coolidge wieder an, «wenn ihr damit nicht einverstanden seid, gut. Ich gehe meinen Weg, und ihr geht euren Weg, und dann sehen wir, wer mehr einstecken muß. Silkwood erwischte es, als er *gerade daran* war, auszupacken. Ich habe schon ausgepackt. Das ist der Punkt, meine Herren. Einige kluge Köpfe wissen, was ich weiß. Selbst wenn ich morgen in einen ziemlich überzeugenden Autounfall verwickelt werde, werdet ihr noch in der gleichen Lage sein wie jetzt, doch ein weiterer Skandal ist dazugekommen.»

Ives schaute Harry an. Er rieb sich die Stelle über seiner Oberlippe. Harry erwiderte den Blick, nun jedoch ohne vorzugeben, mit Coolidge zu sprechen. «Es wird keine direkte Zeugenaussage geben», bemerkte er zu Ives. «Es wird ein Gerücht sein. Mit Gerüchten können wir fertig werden; denn sie sind nicht überzeugend.»

«Bischof Hinds soll nicht überzeugend sein?» entgegnete Coolidge. «Rabbi Mandelbaum? Herb Purefoy?»

«Glaubst du wirklich im Ernst, daß der Bischof mit solchen Dingen vor einen Senats-Unterausschuß gehen wird? Lächerlich, so was.»

«Harry, siehst du denn verdammt noch mal nicht, wie ich herumlaufe? Ich trage die *Hose* des Bischofs.»

Ives schlug auf den Tisch. «Moment mal, Harry, darüber sollten wir sprechen.»

«Haben wir schon gemacht. Wir haben die Sache durchgedacht. Jetzt mal keine Panik.»

«Es ist nun einmal passiert, Harry.» Er nickte Beebe zu. «Deine Leute konnten Coolidge nicht von den Emersons fernhalten. Eine neue Entwicklung also.» Die Muskeln in seinem Gesicht spannten sich. Ives war in Aufregung; wenn etwas sein politisches Denken betraf, gab es kein langes Hin und Her. Die Vorfälle hatten sich in der realen Welt ereignet. «Halt ihn davon ab, Harry.»

«Wohl nicht dein Ernst.»

«Wir brauchen Informationen. Wir müssen über Garvey Bescheid wissen. Ich werde unverzüglich mit dem Präsidenten sprechen.» Er wollte hinausgehen, stoppte jedoch und zeigte mit dem Finger auf Dunn. Es kam mit Nachdruck: «Halt ihn davon ab, Harry.»

In der Stille, die darauf folgte, nahm Coolidge einen langen Schluck; ein wunderbar warmes Gefühl begann sich im ganzen Körper auszubreiten. Harry sah aus, als ob er nun endlich doch seinen Appetit verloren hätte. Coolidge wandte sich dem hinterhältigen Gesicht seines Nachbarn zu. «Hast du gehört, was er gesagt hat?»

Beebe starrte eine Ewigkeit lang in Coolidges Gesicht. Er hatte seine Gesichtszüge unter Kontrolle. Nichts bewegte sich. Seine Augen waren nicht zu deuten. Man konnte erahnen, worüber er nachdachte, doch fehlte die solide Datenbasis. Nach einiger Zeit breitete sich in der Wüste ein Lächeln aus, das stärker und stärker wurde. «Dein Leben hängt von einem Politiker ab, huh, Kleiner?» Er nahm sein Funkgerät und brach kichernd auf.

«Gute Arbeit, Walter», bemerkte Harry nach einigen Augenblicken. «Großartig, wie du über der Sache standest. Du warst wie ein Arzt, der sich selbst operiert. Ein Doktor. Heh. Ich verliere dich nicht gern, aber ich werde aus dir nie klug, selbst wenn ich tausend Jahre alt würde.»

«Zweitausend», entgegnete Coolidge. Harry wird es nie begreifen, dachte er, es handelte sich um ein Problem, das man nicht lösen konnte. Wie sich herausstellte, war er, Coolidge, das Dilemma, das entscheidende Dilemma. Der Mensch, der es auf irgendeine Weise fertigbrachte, neue, widersprüchliche Daten zu verarbeiten; Daten, die alte Verbindungen, alte Denkstrukturen auflösten und so die Grundlage für Veränderungen bildeten. Da konnte weder Harry noch irgend jemand anders etwas dagegen ausrichten.

«Du bist ein kluger Kopf, Harry», entgegnete Coolidge. «Brillant sogar. Du kannst dir die Dinge vorstellen, deine Arbeitsgewohnheiten sind phantastisch, du hast Kraft, nichts fehlt dir. Doch trotz aller Daten, die bei dir zusammenfließen, wirst du die Welt nicht verstehen. Weißt du, weshalb? Weil du alles ignorierst, was nicht ins Schema paßt. Du könntest ebensogut ohne die BIBLIOTHEK auskommen; du bist einer der am schlechtesten informierten Menschen, die ich je gekannt habe.»

Der Chauffeur brachte Harry zur BIBLIOTHEK zurück. Sein Übergewicht war ihm lästig; bald einmal, wenn der Druck nachließ, wollte er mit einer Diät beginnen; 120 Extrapfund schleppte er mit sich herum, wie ein Soldat mit zwei Rucksäcken. Er mied den Besprechungsraum – die drei leeren Sessel reizten seine Nerven – und ging in seinen privaten Überwachungsraum. Bald einmal würde er sich ernsthaft um die Nachfolger kümmern müssen.

Er stieg die steilen Stufen des Überwachungsraums empor; hier war er zu Hause, hinter seiner Konsole, die Welt zum Greifen nahe. Er rief «NATO» ab; entzückend. Die Russen befanden sich in einer schwierigen Position. Die 27. Angriffsarmee zog sich weit nach Ostdeutschland zurück; das 54. Panzerbataillon war zum Stillstand gekommen; die Magnetometerwerte sanken.

Die Navy jagte immer noch jedes manövrierende sowjetische U-Boot, doch am Nordpol hatten sie kein Glück; widrige Winde hatten 7 Prozent von O.F.F. abgezogen, so daß es auf 91 Prozent gesunken war. Doch das war schon in Ordnung; bald, bald. Die Russen waren auf die Schnauze gefallen; das war die Hauptsache. Daran sollten sie sich nun gewöhnen.

Er wechselte zum *Sorgen*-Programm, um eine schnelle Darstellung der globalen Neurosen zu erhalten. Bilder und Statistiken flimmerten an ihm vorüber. Eine Phantasmagorie des Konflikts, der Beweis, daß der Homo sapiens unfähig war, mit sich in Frieden zu leben; alle waren sie auf Kriegspfad.

Die maoistischen Guerillas des Leuchtenden Pfades in Peru. Akali Dal, die politische Partei der Sikhs in Punjab. Die antikommunistische Brigade Maximilian Hernandez in El Salvador. Die Minderheiten der Sindhi, Pathan und Baluch in Pakistan, die nationale Union für die völlige Unabhängigkeit Angolas, die tamilischen Guerillas in Sri Lanka, Moros Nationale Befreiungsfront auf den Philippinen, das Komitee für die Befreiung Nordzyperns in Griechenland.

Es nahm kein Ende. Mauritius verlangte die Rückgabe Diego Garcias, der strategisch wichtigsten amerikanischen Basis im Indischen Ozean. Im Libanon kämpften sechs verschiedene Armeen in verschiedenen Kombinationen gegeneinander; die Israelis, die Syrer, die Milizen der christlichen Phalange, verschiedene PLO-Fraktionen sowie die libanesische Armee. Wegen der Spratly-Inseln im Südchinesischen Meer lagen sich fünf Nationen in den Haaren: Vietnam, die Philippinen, Taiwan, China und Malaysia. Es herrschten Kämpfe im Tschad, in Irak und in Äthiopien. Die äthiopische Armee griff von zwei Seiten gleichzeitig an. Die somalische Armee hatte in der Galgadud-Region attackiert und die äthiopische Befreiungsarmee in der Nähe von Halhal. In Ougadougou, der Hauptstadt von Borkina Fassos, hatte es erneut einen Putschversuch gegeben; das geschah immer, wenn sie einmal nicht ihre Grenzkämpfe mit Mali austrugen.

Harry schaltete das Gerät aus. Genug. Die Instabilität war epidemisch. Doch wenn die Schwierigkeiten mit den Russen einmal vorbei waren, würde es wieder einfacher und der Planet würde wieder ruhiger werden. Da saß er nun und betrachtete den leeren Schirm. Alptraumartige Visionen begannen darauf zu erscheinen: Garvey machte Schlagzeilen, Coolidge wurde zum TV-Star der Abendnachrichten, peinliche Auftritte des Präsidenten bei Pressekonferenzen, und die Russen, die sich köstlich amüsierten.

Er hielt es nicht aus und gab Input ein. In nächster Zeit mußte er sich selbst um den wahren Müll kümmern, bis er jemanden gefunden hatte, der es aushielt, alles mitanzusehen, ohne durchzudrehen. Es würde ihn zumindest von seinen eigenen Problemen ablenken.

Der reizendste Teil einer Frau ist ihr Gesicht, dachte Coolidge. Darin erkannte man, worum es ging. Sie konnten nicht anders, dort sah man es; offensichtlich kam es von innen und war nicht zu verbergen. «Zieh den Rock aus.» Schon seit langem war er nicht mehr so bereit gewesen.

«Ihr Kragen ist provozierend, Ehrwürden.»
«Runter mit der Bluse.»
«Wenn wir zusammen wohnen würden», bemerkte Vera, während sie die Bluse aufknöpfte, «könnten wir bei der Miete sparen.»
«Deine Wohnung oder meine?»
«Hier sind die sanitären Installationen besser.»
Er betrachtete sie von Kopf bis Fuß. «Stimmt. Weg damit.»
Sie streifte sich den Unterrock über den Kopf.
«Welchen Schrank kann ich haben?»
«Den gegenüber der kleinen Toilette.»
«Abgemacht.»
Pause.
«Uh, ich weiß Bescheid über dich und Harry.»
«Hab schon beim ersten Mal kapiert. Wie um alles in der Welt hast du das rausbekommen?»
«Der Müllmann weiß alles. Vergiß das nicht. Ich bin nicht emanzipiert. Jede Nacht Bettkontrolle, meine Dame.»
«Beruht auf Gegenseitigkeit.»
«Warum? Das würde ich gern wissen.»
«Abgeirrt, ein Rückfall. Ich glaube, Ostdeutschland hat uns beide durcheinandergebracht. Bist du eifersüchtig gewesen?»
«Ich habe die schlimmste Migräne meines Lebens gekriegt. Weg mit dem BH.»
«Übrigens, Walter, wie bestreitest du meinen Lebensunterhalt?»
«Falsch rum. Du bestreitest meinen Lebensunterhalt, während ich meine Doktorarbeit fertig schreibe. Ich habe es nie bis zum zweiten Teil von *Abfall in der Innenstadt* geschafft. Ich werde zum Doktor ohne Patienten. Wie wär's mit einem Doktorspielchen? Runter mit dem Höschen.»
Sie wartete, während er sich seiner Verkleidung entledigte.
«Warum hast du mir geholfen?» fragte er. «Was hat dich zu deinem Meinungswechsel veranlaßt?»
«Ehrlich gesagt, Walter: Es hat nichts mit Liebe zu tun gehabt.»
«Find ich prima, daß du dich so streng rational verhalten hast.»
«Ich glaube, ich habe vor Harry mehr Angst gehabt als vor den Russen.»
Er nahm sich vor, später einmal, wenn sie nicht da war, die

Wohnung zu durchkämmen und die Microcams herauszureißen. Weshalb sollte man es Harry auch leichtmachen? Er stand neben ihr und küßte und streichelte sie über den Schultern; das machte sie immer ganz wild. Kein Zweifel, daß er es auch vor der Kamera tun konnte; dieses Mal durfte Harry zusehen. Es gab jedoch noch ein weiteres Dilemma für ihn: Wie konnte man das Privatleben von Leuten beobachten, ohne dabei zusehen zu müssen, wie es die frühere Geliebte mit dem schlimmsten Feind trieb?

«Und nun?»

«Wie wär's mit ein bißchen Chinesisch?»

«Laß aber das Licht an.»

COLIN
FORBES
FANG
JAGD
ROMAN
BENZIGER